TENTACIONES

TENTACIONES

Jessica March

VIDORAMA

Fotografía de cubierta: Karen Filter

Título original: *Temptations*
Traducción: Dolors Udina y Jaime de Marcos

ISBN: 84-7730-130-1
Depósito legal: B. 14.397-1995
Gersa, Industria Gráfica
Impreso en España - *Printed in Spain*
Ediciones Vidorama, S.A. Perú, 164 - 08020 Barcelona

Prólogo

1

Hal Garretson, tumbado en la cama, extendió el brazo y acarició el hombro desnudo de su mujer con dedos suaves pero insinuantes.

Anne se tendió ligeramente al pensar en los cientos de ansiedades que la acosaban. Echó una subrepticia mirada al reloj de la mesita de noche. Sólo faltaban dos horas para la cita que podía cambiar sus vidas, proyectándolos a mayores alturas, al cenit de sus sueños... o hacer que se estrellasen todas sus esperanzas.

El toqueteo de Hal se volvió más insistente. Con un suspiro ahogado, Anne se volvió y besó al hombre que había sido su amante, su amigo, su compañero de vida durante casi veinte años. Las fuertes manos del hombre acariciaron su recta espalda y, con despreocupada familiaridad, subieron hasta sus hombros y luego bajaron por los brazos hasta los senos.

Cuando estaban juntos, Anne siempre se entregaba sin reservas. Encontraba alivio y nuevas fuerzas al sumergirse en la pasión. Sin embargo, esta vez iba a hacer el amor de manera mecánica, procurando dar placer con su cuerpo mientras sus pensamientos se hallaban en otra parte, ensayando lo que haría y diría aquella noche. Como siempre, cuando la penetró emitió un débil gemido y contrajo los músculos interiores, tal como a él le gustaba. Se irguió un poco sobre la almohada, para que él la sujetara de las nalgas, y con sus delgadas piernas le enlazó el cuerpo, estrechándolo más contra el suyo. Cuando él empezó su rítmico golpeteo, penetrándola hasta el fondo, Anne cerró los ojos. Deseaba disfrutar con su marido y trataba de evocar fantasías de otros tiempos. Sin embargo, cuanto más lo intentaba, más distante se sentía. Y, cuando se dio cuenta de que él se preparaba para liberar su tensión, dejó escapar un gritito y un leve estremecimiento... y esperó haber sido convincente.

–¡Oh, cariño! Ha sido tan bonito... –murmuró él, soltándola lentamente–. Siempre me das lo que necesito.

«¡Menos mal!», pensó. Hal no se había dado cuenta de su preocupación e inquietud. No podría soportar haberlo decepcionado.

–Bueno, ¿qué se siente al hacer el amor con el futuro presidente de los Estados Unidos? –le preguntó en voz baja.

–El doble de placer que al hacerlo con un senador vulgar y corriente –replicó con una alegría que no sentía, mientras intentaba no prestar atención al peso de la ansiedad que parecía acosarla siempre que estaba despierta–. ¿Crees que será aún mejor en el Dormitorio Lincoln?

Hal se llevó un dedo a los labios y señaló un amenazador retrato de Lenin, recordándole con cautela que podría haber micrófonos en la habitación. Durante unos instantes, Anne sintió pánico. ¿Había cometido la imprudencia de decir algo que podría utilizarse contra Hal para perjudicarlo?

–Tranquilízate –dijo él, sonriente–. Sólo estaba bromeando... Los chicos de nuestra embajada han «limpiado» la habitación esta mañana.

Anne trató de imitar su sonrisa... y su confianza.

–¡Qué demonios! Aunque el Gran Hermano estuviera escuchándonos, tal vez podríamos servir de ejemplo a los camaradas. Como en los viejos tiempos: haz el amor y no la guerra, ¿verdad?

El timbre del teléfono se adelantó a la respuesta de Hal. Se sentó en la cama y, mientras descolgaba el teléfono, Anne examinó su atlético cuerpo. Aún se le marcaban los músculos y no tenía ni un gramo de grasa extra. «Sin duda, tiene madera de presidente», reflexionó con orgullo.

A juzgar por la breve conversación telefónica, Anne adivinó que al otro lado del hilo estaba Phil McKinney, el ayudante e incansable paladín de Hal, que llamaba para recordarle que debía empezar a prepararse para la velada. Anne comprendió que había llegado el momento de abandonar el refugio que representaba el abrazo de su marido y afrontar sus otros deberes de esposa: fascinar al hombre que tenía el poder de enviar a Hal a la Casa Blanca... o de destruir todas sus posibilidades de conseguir la nominación de su partido.

La imagen de lo que les esperaba hizo precipitar a Anne al anticuado baño de su enorme *suite*: una habitación de mármol, de decoración tan opulenta que parecía extraída intacta de uno de los palacios del zar. Desde luego, los rusos sabían cómo tratar a sus huéspedes, pensó Anne; sólo sus propios compatriotas padecían privaciones. «¡Cuidado!», se recordó a sí misma. Debía eliminar todos aquellos pensamientos de su mente; sería desastroso que se le escapase un comentario negativo durante la cena. «¡Y cálmate, por el amor de Dios! ¡Cálmate! ¡Tienes que mantener la sangre fría!»

Automáticamente, recogió la bolsa de maquillaje y rebuscó en ella hasta encontrar un frasco de pastillas verdes. «Gracias a Dios que las tengo», pensó mientras se echaba una en la mano. Abrió un grifo de plata, llenó de agua un vaso de cristal tallado y se tragó la pastilla. Luego se quedó plantada junto a la pila, aguardando a que la magia surtiera efecto, y rogando por ello. Se miró en el espejo y observó fijamente sus propios ojos. Entonces vio el momento de llegada de los efectos: una súbita chispa y la sensación de recuperar las fuerzas y la confianza que necesitaba con tanta desesperación. Ahora podía decirse a sí misma que todo iba a ir bien. Todo estaba bajo control.

Se bañó rápidamente en la bañera, profunda y resbaladiza, con agua no lo bastante caliente. Luego volvió a concentrarse en los productos cosméticos, que había puesto en hilera según el orden en que los usaba. Planificación y organización. Había recibido aquellas lecciones durante el congreso. Entonces también había aprendido que la política es un campo de batalla donde no se da cuartel: los ganadores reciben los honores y los perdedores son olvidados.

Anne siempre había sido muy crítica con su aspecto. Había creado su propio rostro con una habilidad nacida del esfuerzo constante y reforzada con lecciones regulares de los especialistas en cosmética más importantes de América. Sólo el toque artístico necesario para realzar su aspecto de chica de portada de revista; nada más. Hacía unos días había acudido a la peluquería para dar forma a sus negros cabellos, abundantes y rizados. Se atusó el peinado con los dedos y, tal como le había prometido el peluquero, los cabellos enmarcaron su rostro como un suave gorro griego.

–Date prisa, cariño –exclamó Hal, que se disponía a ducharse–. Phil vendrá con la limusina de la embajada dentro de media hora.

«Date prisa», se repitió Anne mientras abría el enorme guardarropa de madera labrada de caoba en el que guardaba los modelos que había escogido minuciosamente para aquel viaje. Echó un rápido vistazo a la media docena de vestidos que había envuelto en fundas de tisú y plástico. En un principio, había elegido un vestido ajustado Norell de terciopelo negro, pero ya no estaba tan segura. ¿No resultaba demasiado dramática, demasiado previsible? ¿No pensaría la esposa del presidente que Anne trataba de eclipsarla? Por las notas que había leído en el avión, Anne se había dado cuenta de que la mujer del presidente era famosa por su carácter voluble. Cuando quería, era capaz de ser absolutamente afectuosa y vivaz, pero en otras ocasiones se mostraba fría e incomunicativa, o quisquillosa y engreída. Habían corrido ríos de tinta sobre los problemas habidos entre ella y la anterior Primera Dama. «¡Ojalá *yo* pudiera hacerme amiga suya! –pensó Anne–. Si la tuviésemos de nuestro lado, habríamos dado un gran paso en la campaña de Hal.» Así demostraría que, con su intervención personal, podría resolver favorablemente las cuestiones de política internacional.

Anne escogió un vestido de seda, azul como las flores de la vincapervinca, y largo hasta el suelo. Se cubrió con él, frunció el entrecejo y buscó otro. «Has de estar guapa, pero no eclipses a la otra...», se dijo.

Todavía estaba ante el espejo cuando Hal entró en el dormitorio en busca de una corbata.

–Vamos, querida –le dijo con cierta impaciencia–. El coche llegará enseguida y ya sabes que no podemos llegar tarde.

Ella se volvió y lo miró de forma inquisitiva.

–Cualquier vestido te sentará perfectamente –prosiguió Hal, recogiendo su chaqueta–. Tú siempre estás guapísima, Anne... ¿Quieres darte prisa?

Ella asintió, maldiciendo para sus adentros la ciénaga de presiones y titubeos en la que estaba atrapada. Al fin y al cabo, no controlaba la situación. Sus ojos se desviaron hacia la bolsa de maquillaje, preguntándose si no necesitaría otra pastilla... No, tenía que resistir. Desde su matrimonio había sido la esposa de un político y siempre se había comportado de manera excelente. ¿No le habían dicho eso una y otra vez? Sin embargo, desde que Hal había dicho «Creo que puedo ser presidente», y desde que ella había contestado «¡Adelante!», algo había cambiado. Parecía que las pastillas verdes ya no servían para nada.

Durante mucho tiempo, Anne creyó que aquellas píldoras servían para «controlar sus emociones». ¿No se las había recetado su propio hermano, un prestigioso médico, para aliviarla de la tensión provocada por haber trabajado demasiado en muy poco tiempo durante su último año en la escuela superior? «Sólo cuando las necesites, claro», le había avisado. Anne lo había entendido y nunca había roto aquella regla. Pero desde que Hal había decidido buscar el destino que ambos sabían que podía ser suyo, prácticamente cada día encontraba nuevos motivos para sentirse nerviosa. En la actualidad, las necesitaba diariamente y, a veces, incluso dos o tres veces al día.

«¡No!», se ordenó Anne mientras se ajustaba el vestido azul. Ninguna más. Tenía que ser dueña de sí misma, nunca una esclava de las pastillas. Podía tomarlas o dejarlas; eso la distinguía de otras mujeres, como Joan Kennedy y Betty Ford.

Se descubrió mirándose de nuevo al espejo. Unos instantes después, se quitó el vestido azul, se puso el de terciopelo negro y volvió a examinar su imagen. ¿Tenía el aspecto adecuado para estar al lado del futuro presidente...?

Hal entró otra vez en el dormitorio y cerró la puerta de un portazo.

–Ya es hora de irnos, Anne –le dijo.

El tono tajante de Hal paralizó a Anne. Apartó la mirada del espejo y abrió el pequeño joyero en el que guardaba sus mejores joyas. Sin mirar su imagen, completó el vestuario con pendientes de pinza con diamantes y una aguja a juego, diseñada por Van Cleef y Arpels. Por último, se calzó unos sencillos zapatos negros. Un segundo después, una discreta llamada a la puerta anunció la llegada de Phil McKinney.

Hal abrió la puerta y dejó pasar a su consejero de absoluta confianza, que traía un montón de periódicos.

–Échales un vistazo luego –dijo Phil, dejándolos en una silla–. Esta maniobra de venir a Europa ha sido un éxito. Los ingleses dicen que eres la gran esperanza de Occidente para avanzar en la distensión, a los alemanes les gustan tus puntos de vista sobre economía... y a los franceses les encanta el «estilo impecable» de Anne. Por cierto, Anne..., tienes un aspecto espléndido. No sé cómo lo consigues, pero sigue así.

Anne le agradeció el cumplido con una sonrisa, pero las palabras de Phil sólo habían servido para aumentar su ansiedad.

Mientras Hal se ponía el abrigo, Phil ayudaba a Anne a embutirse en su voluminoso abrigo de visón «Black Willow».

–Esta mañana, en el aeropuerto, vi que la mujer del presidente contemplaba con admiración tu abrigo –comentó Phil.

–Estuve a punto de dejarlo en casa –admitió Anne–, pero decidí que sería una hipocresía congelarse en un simple abrigo de tela republicano..., como alguien lo llamó una vez.

–Sí –dijo Phil, echándose a reír–, especialmente teniendo en cuenta que *su* primera dama lucirá una marta que podría valer ochenta de los grandes.

–¿Crees que ella pierde el sueño por lo que debe ponerse o no? –reflexionó Anne en tono irónico mientras salían al pasillo. Un par de hombres fornidos, vestidos con abrigos oscuros, se acercaron a ellos. Era su escolta de la KGB.

–Lo dudo –dijo Phil–. Según mis fuentes, cualquiera que critique a *esa* dama vivirá para lamentarlo. Por fortuna para nosotros, está deseando charlar contigo.

–¿Ah, sí? ¿Cómo lo sabes?

–Anne, no hemos montado para nada una operación de espionaje billonaria. –Cuando Anne dejó de reírse, prosiguió–: Ella le dijo a la esposa del embajador que le gusta lo que ha leído sobre ti en *sus* notas. –Se inclinó hacia adelante–. Obvio decirte lo decisivo, lo importante que sería que os hicierais... amigas.

«No, no es preciso que me lo digas –pensó Anne mientras entraban en un anticuado ascensor de estilo europeo–. Sé muy bien que todo lo que estoy haciendo estos días es importante, vital, crucial, cuestión de ganar o perder, de vida o muerte.»

La letanía de advertencias parecía acumularse a su alrededor como bloques de piedra que la encerraban en un estrecho pasadizo, un camino recto que debía seguir o arriesgarse a perder el respeto de Hal... y, tarde o temprano, su amor.

En el cavernoso y lujoso vestíbulo, algunos invitados se paraban a mirar a aquellos norteamericanos bien vestidos y aseados, pero unas palabras de los escoltas del KGB bastaban para dispersarlos enseguida. Una limusina Zhiguli negra esperaba en la calle con el motor encendido, calentando lentamente el interior del vehículo para contrarrestar el terrible frío de la noche moscovita.

Phil invitó a entrar en el coche a Anne y Hal. Luego se sentó en el asiento delantero junto al conductor, separado de los asientos traseros por un cristal. Los hombres del KGB los seguían en un pequeño sedán Moskva.

–Cuando esta noche pronuncie mi breve discurso, ¿debo mencionar algo así como que es un momento histórico? –preguntó Anne–. Queriendo decir..., ya sabes, que nadie se desenvuelve en el mundo diplomático internacional como el senador Hal Garretson.

–No exageres –contestó Hal–. Recuerda que sólo soy un candidato en potencia. No importa la ventaja que lleve en las encuestas; aún estoy muy lejos de la Presidencia. Y mi partido prefiere que no moleste al hombre que aún ostenta el cargo.

–¿Por qué no? –se rió nerviosamente Anne–. Habitualmente suele molestarse él solito.

Hal frunció el entrecejo y la tomó de la mano. La tenía fría, demasiado fría comparada con su rostro sonrojado y sus ojos brillantes. Se volvió hacia ella y la observó con atención.

–Anne... –empezó, titubeante.

–Basta..., no digas nada –dijo ella–. Sólo me he tomado una. Lo bastante para mantenerme bien despierta...

–Creía que habíamos decidido... –prosiguió Hal en tono más severo.

–*Tú* habías decidido –replicó Anne. Luego añadió con mayor suavidad–: Mira, Hal, estoy muy bien, de verdad. ¿Crees que voy a estropearlo todo después de lo que ya hemos hecho? ¿Después de todo lo que hemos sacrificado?

La pregunta quedó en el aire. Era algo más que simple retórica, aunque ambos habían llegado al acuerdo, hacía mucho tiempo, de olvidar el pasado y no volver a hablar de lo diferente que habría sido su vida si...

Hal besó a su esposa en la frente y la miró a los ojos. Aquellos ojos le recordaban a veces los de los grandes retratos impresionistas de Renoir o Manet: grandes, oscuros y luminosos... y, en cierto modo, algo brumosos, no claramente definidos. Dejó a un lado por unos instantes los recuerdos de su carrera y evocó aquella noche, ya tan lejana, en que Anne le había declarado su amor... y luego se lo había llevado a la cama con la pasión virginal que lo había atado a ella para siempre. En el amor, se había convertido en su compañera, en su amiga del alma, en su otro yo. En el apoyo a su carrera política, habían sido como dos meteoros gemelos recorriendo un único camino, pero con un noble propósito: volcarla en un auténtico y dedicado servicio a los ciudadanos. Como sus objetivos políticos se habían hecho realidad uno tras otro, Hal se sentía cada vez más fuerte. Trabajaba dieciséis o dieciocho horas diarias; comía poco y descansaba menos, desafiando las leyes de la naturaleza y segregando la adrenalina de su ambición. Anne había sido su gran apoyo. Gracias a su belleza, a su inteligencia y sus conocimientos sobre relaciones internacionales, era una pieza clave de su campaña y nunca había dejado de darle consejos valiosísimos en las charlas de almohada. Creía que ella se encontraba bien ahora, a pesar de las pastillas que se tomaba cada vez con mayor frecuencia. Tenía que pensar que...

Sin embargo, ¿era así? ¿O su mujer era una bomba de relojería que podía destrozar los sueños que parecían ya a su alcance?

Flanqueado por la escolta de la KGB, el grupo se abrió paso entre la muchedumbre que aguardaba a la entrada del Bolshoi suplicando billetes con una ansiedad que Anne había visto raras veces en los Estados Unidos. Uno de los guardias de seguridad los condujo apresuradamente a través del vestíbulo, de mármol y oro, y los hizo subir por unas escaleras hasta el camarín privado de la primera bailarina, Natalia Simonova.

Una criada uniformada dio la bienvenida a los visitantes en un inglés vacilante y les explicó que Madame Simonova no tardaría en saludarlos.

Las paredes de la antesala estaban cubiertas de terciopelo rojo y el mobiliario parecía francés, aunque varios muebles estaban cubiertos con inmaculadas sábanas blancas, como en una casa de verano de una obra de Chéjov. En una pared había un espejo oval, con un marco laboriosamente labrado como una reliquia de los tiempos de los zares.

Anne miró a hurtadillas en el vestuario y vio una pared de espejos. Éstos reflejaban a la bailarina, alta y de una delgadez poco natural, que realizaba sus ejercicios de calentamiento. Se movía como un caballo de carreras; los músculos se le estiraban bajo la piel y mantenía impasible su delgado rostro. Su ojos almendrados eran la imagen de la concentración.

Anne, que representaba su propio *ballet* de buenos modales y que, a veces, se sentía no menos amenazada que si girara *en point* sobre una cuerda floja, notó una cierta similitud entre ella y la bailarina rusa. Anne se preguntó qué sentiría en aquellos momentos. ¿Estaba tan aterrorizada como ella por miedo a cometer un error humillante? ¿Cada representación era una batalla a vida o muerte, sin que importasen todos los éxitos que la habían precedido? ¿O sólo empeoraban las cosas y cada triunfo convertía la posibilidad de un fallo en algo cada vez más enorme y aterrador?

Por fin, Simonova apareció ante ellos. Cuando el hombre de la KGB le presentó a Hal y a Anne, ella los saludó con un grácil movimiento de cabeza, como si fuera una zarina recibiéndolos en audiencia. La bailarina les alargó una mano de forma exquisitamente ahusada y les dijo en inglés:

–Esta noche bailaré para ustedes como homenaje por su visita a mi país.

–Nos sentimos muy honrados por ello –respondió Anne en un ruso impecable.

Una fugaz expresión de sorpresa animó el rostro de la bailarina. Anne ya había visto antes aquella expresión; era un reconocimiento de sus muchos años de duro trabajo y estudio. Sin embargo, Anne era plenamente consciente de que, tanto para los políticos como para los artistas, el trabajo duro no siempre era recompensado con el éxito.

Cuando Hal y Anne entraron en el palco presidencial, el líder soviético, un hombre de complexión gruesa, y su esposa, una mujer atractiva y cuidadosamente maquillada, se levantaron para saludarlos. Mientras se intercambiaban frases de cortesía, Anne se sintió escudriñada por su anfitriona, ataviada con un vestido de color borgoña con una chaqueta de brocado a juego.

–Su vestido –dijo la esposa del presidente–, ¿es de diseño americano?

–Sí –contestó Anne, tratando de decidir si una conversación sobre moda tenía interés político o era una mera frivolidad.

–Usted tiene una bonita figura para poder ponérselo. Yo no puedo llevar un vestido de líneas tan marcadas.

«¿Y ahora qué?», se preguntó Anne. ¿Un cumplido diplomático o un murmullo de consideración? Antes de que pudiera llegar a una decisión, la rusa rompió el silencio.

–Yo me compré el mío en París –le dijo, atildándose ligeramente.

Así, las cosas resultaban más fáciles.

–Es precioso –dijo Anne–. Le sienta de maravilla.

La mujer del presidente sonrió. Entonces, por suerte, los focos se oscurecieron y un murmullo de expectación recorrió el teatro mientras la orquesta entonaba la conocida música de *El lago de los cisnes.*

La música creció en volumen cuando aparecieron los primeros bailarines. Anne se acordó de volverse y obsequiar con una sonrisa de admiración a sus anfitriones. Durante unos minutos intentó abandonarse a la armoniosa y melodiosa música y a los gráciles movimientos de los bailarines. Fiel a su palabra, la Simonova lanzó una furtiva mirada al palco presidencial. Anne contuvo el aliento mientras la bailarina ejecutaba una cadencia especial, lanzando hacia atrás los brazos y las piernas, cortando el aire con el cuerpo como una flecha y proyectándose hacia adelante como si pudiera desafiar las leyes de la física.

–¡Qué hermoso! –susurró Hal, dejando la mano sobre la de Anne. El contacto sirvió para recordarle a ella que también tendría que actuar aquella noche, pese a la gélida presa que la tenía aterrada.

Todo el mundo estaba de acuerdo en que el caviar era delicioso. Era un Beluga gris escogido, presentado en delicados tazones de vidrio entre montañas de hielo cortado, y servido como debía servirse aquel manjar, es decir, sin aderezos tales como rodajas de huevo duro o cebolla. Un magnífico tentempié para el intermedio, pero Anne lo detestaba. A pesar de ello, aceptó con una sonrisa el plato que le ofrecía la esposa del presidente, al tiempo que le decía enfáticamente:

–Fuera de la Unión Soviética, nadie ha paladeado un caviar de esta calidad.

Anne se metió rápidamente aquellos huevecillos grises en la boca y los mordió. Para disimular su fuerte sabor salado, se tomó un buen trago de la otra delicia nacional: un soberbio vodka de muchos grados, enfriado hasta alcanzar la consistencia de un jarabe. El licor tenía un sabor gélido que resultaba estimulante. Anne se bebió otro trago, y luego un tercero.

–¿Está gustándole el ballet? –le preguntó la esposa del presidente.

–Mucho –contestó Anne, buscando mentalmente el material cultural que había guardado en su memoria... sin encontrar nada.

–El ballet ruso es muy distinto de la danza americana, ¿no cree?

–Sí, es diferente... –divagó Anne, notando que se formaban diminutas gotas de sudor sobre su labio superior–. El ballet ruso es... más clásico. La danza americana tiende hacia... la experimentación.

–Pero, en su opinión, ¿cuál de las dos es más creativa?

La mujer del presidente estaba sonriendo, pero a ojos de Anne se parecía cada vez más al Gran Inquisidor.

–No creo que esa clase de comparaciones sea justa –respondió Anne con cautela.

Lanzó una mirada furtiva a Hal, que sonreía tranquilo mientras divertía a su anfitrión narrándole una anécdota sobre uno de sus colegas del Senado. «¿Cómo lo consigue? ¿Por qué le resulta tan fácil?», pensó Anne con asombro.

Se reanudó la representación, lo que dio a Anne un compasivo respiro en la conversación; no obstante, sólo pensaba en la cena oficial que vendría a continuación. «¿Y si me olvido del discurso? ¿Y si le caigo mal a la esposa del presidente?», se preguntaba. Junto a estos pensamientos, se le planteó una posibilidad todavía más aterradora: «¿Y si me convierto en un lastre de la futura campaña? ¿Qué pasará entonces con mi matrimonio?».

Anne, absorta en sus desdichas personales, apenas se fijaba en los bailarines ni en la música. Se sobresaltó al oír el estruendoso aplauso que señalaba el final de la representación y se puso en pie mecánicamente para unirse a la ovación. Con una perpetua sonrisa, se dejó guiar hasta la salida del teatro.

El ambiente del interior de la limusina parecía insoportablemente cargado y Anne estaba ansiosa por salir de allí. Pulsó un botón para bajar la ventanilla, pero el huracán de aire ártico que le golpeó la cara parecía capaz de congelársela hasta el punto de que podría hacerse añicos. Volvió a subir el cristal.

Sin embargo, aquella sensación no se desvaneció; aún le parecía que podía caerse en pedazos en cualquier momento.

—Lo estás haciendo fenomenal, cariño —le dijo Hal—. Sigue así. Mañana ya estaremos tranquilos y en casa.

«¡Oh, no lo estoy haciendo fenomenal!», quería decirle. «Me duele la cabeza, tengo la garganta tan seca como una playa y tengo tanto miedo que apenas puedo respirar. Estoy a punto de reventar, amor mío, de perder todo lo que tú has deseado...»

Pero no podía decirle nada sin poner en peligro los mismos cimientos de su amor.

El magnífico palacio de Santa Catalina estaba bañado en luz tanto desde fuera como desde dentro. A medida que se aproximaba la limusina, la más espaciosa y brillante residencia de verano de los zares se parecía cada vez más a un palacio de cuento de hadas. Sin embargo, para Anne aquella grandeza sólo servía para recordarle cuántas cosas estaban en juego.

—¡Que nos sea leve! —dijo Hal en broma mientras ayudaba a Anne a salir del coche.

—Te quiero —le susurró ella, como si ya estuviera pidiéndole disculpas.

Aquel palacio, de varios siglos de antigüedad, era una reliquia de una era ya pasada. La magnífica escalera de mármol, los detalles rococó..., todo parecía extrañamente incongruente con el espartano estado soviético de la actualidad. En una lujosa galería, iluminada por relucientes candelabros de cristal, se hallaba una larga hilera de autoridades del gobierno y del partido junto con sus esposas, todos ellos vestidos de gala. Anne tragó saliva y se puso detrás de Hal, murmurando una frase de saludo a cada persona de la hilera.

En la habitación contigua, una orquesta tocaba piezas de música clásica, y unos camareros ataviados con lazo negro deambulaban de un lado a otro sosteniendo bandejas de plata con canapés y champán. Anne ansiaba tomarse un trago para apagar su sed, pero, antes de que pudiera conseguir una copa, se acercó la mujer del presidente.

–¿Le gustaría visitar el palacio? –le sugirió.

Era imposible negarse a aquella invitación.

–Sí..., gracias –dijo Anne. Si pudiera encontrar un momento para tomarse otra pastilla, todo sería mucho más fácil...

–Este palacio fue la residencia de verano de los zares desde Catalina Segunda.

–Es muy bonito –comentó cortésmente Anne.

–Mucho más que los edificios que se construyen hoy en día, ¿no cree?

Anne estaba tan nerviosa que no se fijó en el brillo malicioso de la mirada de su anfitriona. Todo lo que veía era otra trampa en la que podía caer; por ello, no dijo nada. La siguió en silencio por un gran pasillo con Cupidos en las paredes hasta una habitación cuadrada decorada con panes de oro y ébano. De sus paredes colgaban pinturas con marcos dorados: retratos de una realeza rusa extinguida hacía ya mucho tiempo.

–Éste es el llamado Salón Chino... Y aquel cuadro, el desnudo...

–Es la zarina Isabel –dijo Anne de sopetón. Por fin se había acordado de *algo* que podía mencionar.

La mujer del presidente sonrió.

–De modo que sí conoce algunas cosas de nuestro país...

Anne enrojeció, temiendo haberla ofendido de algún modo.

–Estudié ruso en la escuela superior.

–Una elección inusual. ¿Estaba usted interesada en seguir la carrera diplomática... o quizá la carrera de la CIA?

El brillo malicioso volvió a aparecer en su mirada, y Anne se sentía en peligro.

–No –respondió con firmeza–. Yo... siempre he creído que es importante que nuestros dos países se conozcan bien entre sí. Yo... –Se quedó muda por unos instantes y maldijo aquella ofuscación que le impedía encontrar las palabras adecuadas–. Pensé que el..., los mayores obstáculos para la paz eran el miedo y la incomprensión. Quería... hacer algo que ayudara a mejorar las cosas.

La mujer del presidente observó con frialdad a su invitada.

–Creo que pudo haberlo hecho –dijo en tono indiferente–. ¿Regresamos a la fiesta?

Anne la siguió, reprochándose el haber desperdiciado una oportunidad como aquélla y el haberse quedado con la mente en blanco cuando debía haber sido elocuente. Todos los conocimientos que había adquirido a lo largo de los años, todas las páginas de literatura rusa que había memorizado..., todo parecía perdido o desencajado. Cuando volvieron a la sala principal, recogió una copa de champán de la bandeja de un camarero y la sorbió poco a poco. «Sólo lo justo para tranquilizarme –se dijo–. Lo justo para que pueda acordarme de mi discurso.»

El tintineo de una campanilla llamó a los invitados al comedor, donde se había preparado una cena para sesenta comensales. Las mesas estaban cubiertas de límpidas mantelerías blancas, pesada y antigua cubertería rusa y porcelana fina francesa.

Cuando los invitados hubieron tomado asiento, el presidente les presentó a Hal.

–El senador Garretson es un invitado al que felicitamos calurosamente –dijo–, no sólo por sus opiniones sobre la paz mundial, sino también por tener una esposa tan hermosa.

Hal se puso en pie y agradeció las risas y los aplausos con tanto desparpajo como si se encontrara entre amigos suyos en el Senado.

–Esto me recuerda a nuestro difunto presidente, John F. Kennedy, quien también tenía una esposa guapa e inteligente... y tuvo la sabiduría de permitir que mostrara su belleza al mundo. Yo quiero presentarles hoy a Anne Garretson, que esta noche hablará en nombre de los dos.

Anne se levantó de la silla sintiéndose como si caminara sola por una cuerda floja y cualquier paso en falso fuera un error fatal. Carraspeó y empezó a decir en ruso:

–Ha pasado más de medio siglo desde que un pequeño partido radical derrocara a los zares y creara el primer Estado socialista del mundo.

Calló unos instantes y miró a Hal, que asintió con la cabeza de modo alentador. Cuando ella había intentado enseñarle las notas de su discurso, él se había negado a repasarlas, diciendo que quería que fuese espontánea... y afirmando que nunca había albergado la menor duda de que ella siempre haría lo más adecuado.

–Durante medio siglo hemos estado comparando vuestro modo de vida y el nuestro –continuó–, y aún seguimos aquí; aún tratamos de coexistir. ¿Quiénes somos nosotros para juzgaros? El norteamericano es el mejor y el peor observador de la Unión Soviética. Es el mejor, porque compartimos una visión grandiosa del uso de la tecnología y los recursos. Es el peor, porque nuestra historia puede confundirmos en el momento de entender la vuestra. Y así, las comparaciones que hacemos son casi siempre injustas, pues comparamos lo mejor de nosotros con lo peor de vosotros.

La interrumpió una salva de aplausos, pero Anne siguió hablando, pues tenía miedo de olvidarse de aquellas palabras que había ensayado tantas veces.

–Sin embargo, nuestras dos grandes naciones comparten la fe en el progreso, en la creencia de que el destino (no, la responsabilidad) de la raza humana es siempre avanzar de lo malo hacia lo bueno. Por lo tanto, unámonos asumiendo dicha responsabilidad. ¿No podríamos obtener muchos más éxitos si no fuésemos sólo simples vecinos en la comunidad de naciones, ni meros compañeros del mismo planeta, sino también buenos amigos?

Inclinó la cabeza y se sentó, temblando tanto que creía que iba a hacerse añicos. Oyó ruidos de aprobación, pero como si sonaran muy lejos. Los aplausos se apagaron con cierta reluctancia cuando ella se limitó a saludar con la cabeza, sin levantarse ni una sola vez para agradecerles la ovación. «Ya está, ya está», se decía Anne, pero no podía dejar de temblar.

–Un discurso maravilloso –dijo la mujer del presidente, apoyando la mano en el brazo de Anne. Sin duda, notó la agitación de Anne, pues añadió en tono comprensivo–: Debe de estar cansada.

Anne se apresuró a negarlo, pero la dama rusa insistió:

–El año pasado, cuando visité su país, ya estaba exhausta al segundo día. Le dije a mi marido que debía descansar y él se mostró de acuerdo.

Anne sintió envidia. Entonces, bostezó aparatosamente. Se oyó a sí misma riendo tontamente.

—El desfase horario puede gastar malas pasadas como *ésta* —se apresuró a explicar.

Dio un golpe en la mesa para enfatizar la última palabra y, con horror, vio que una copa de cristal se volcaba.

Un criado vestido con uniforme militar se apresuró a secar con una servilleta de lino el líquido derramado. Aunque Anne sabía que debía permanecer callada, oyó su propia voz tartamudeando como un niño, disculpándose una y otra vez.

La esposa del presidente rozó la mano de Anne con la suya. Aquel gesto debía ser tranquilizador, pero Anne pudo ver desde el otro lado de la mesa la expresión de preocupación de Hal. Se puso a temblar de nuevo. «¡Oh, Dios mío, que acabe pronto esta cena!», rezaba sin cesar.

El olor a comida le parecía insoportable, pero hizo un esfuerzo por mover los bocados en el plato y simular que se los comía; en realidad, la simple idea de comer le provocaba náuseas. Cuando sirvieron el café, creyó que no podría resistir ni un momento más.

—Perdone, por favor, pero debo ir al baño —dijo a su anfitriona, levantándose de la silla.

—Le indicaré el camino.

Anne titubeó. Necesitaba estar sola, pero ¿qué excusa podía inventar? Siguió sin protestar a la mujer rusa, que la condujo a un espacioso tocador, decorado en rosa y oro. Había una media docena de pilas de mármol blanco, con grifos dorados con forma de cabeza de cisne, varios lavabos tras sendas puertas adornadas con pan de oro y una fila de sillas tapizadas con seda rosa alineadas ante un enorme espejo.

—Querida —dijo la esposa del presidente a Anne, que se había desplomado en una de las sillas—, ¿quiere que le dé un vaso de agua? Está muy pálida. ¿O tal vez prefiere un licor fuerte...?

Era la ocasión de conseguir unos momentos de soledad, sin que nadie la observara.

—Sí, tráigame agua —dijo, y se apresuró a añadir—: Pero me encuentro bien. Si estoy pálida, probablemente es porque debo retocarme el maquillaje.

La mujer del presidente le lanzó una mirada titubeante antes de ir en busca del vaso de agua.

Anne se sentó en otra silla, en uno de los extremos del

espejo, y sacó del bolso una polvera, un lápiz de labios y un peine. Los dejó en la repisa de mármol y miró de reojo si su anfitriona no podía verla. Metió rápidamente la mano en el bolso y agarró el frasco de pastillas. Con dedos temblorosos y torpes, intentó quitarle la tapa. El proceso de sacar las pastillas parecía inacabable. De súbito, el frasco se abrió y las píldoras cayeron sobre la repisa de mármol. Anne extendió la mano para recogerlas.

–¿Sabe lo que el servicio secreto de mi marido podría hacer con eso?

La voz que sonó detrás de ella pareció retumbar como un disparo de cañón. Anne levantó la mirada y vio en el espejo la imagen de la mujer del presidente. Se hallaba justo detrás de ella, con la mirada clavada en las píldoras verdes esparcidas sobre el mármol.

–Yo... no...

Anne intentaba decir algo, negar que pasara algo malo, pero las palabras no le venían a la boca. En su mente se abrió una caja de Pandora de horrorosas posibilidades. El futuro de Hal estaba arruinado, ¿no? Nunca la perdonaría. Ni ella se lo perdonaría jamás *a sí misma.* Las miradas de ambas mujeres se cruzaron en la ventana plateada de sus reflejos. Anne intentó leer los pensamientos de la dama rusa.

–¿Por qué? –se limitó a preguntarle la mujer del presidente.

–¿Usted me lo pregunta? ¿Usted, precisamente? ¿No tiene a veces la impresión de que es imposible? Las expectativas..., ser todo lo que el marido espera de una..., todo lo que espera el *mundo*...

Se produjo un largo silencio. La imagen del espejo asintió y se sentó al lado de Anne.

–¿Lo sabe su marido?

Anne se volvió hacia ella.

–No conoce la gravedad de la situación. Tenemos que ser fuertes por ellos, ¿no?

Unas lágrimas asomaron a los ángulos de sus ojos. Bajó la mirada para ocultar su debilidad.

La mujer rusa la tomó de la mano.

–No diré nada a nadie –le dijo–. Se lo prometo.

Anne levantó la mirada, sorprendida.

–Pero, a cambio, usted también debe prometerme algo

–prosiguió la esposa del presidente–. Que hará algo para solucionar ese problema y librarse de esa... dependencia.

Anne contempló las pastillas. Deseaba tomarse una más que ninguna otra cosa en la vida.

–Creo que podemos ser amigas, usted y yo –continuó la mujer del presidente–. Tal vez algún día podamos marcar la diferencia de la que habló. Sería una verdadera lástima que no tuviéramos la oportunidad...

Anne asintió, sin atreverse todavía a hablar.

–¿Me lo promete? –insistió la dama rusa.

Al cabo de unos instantes, Anne recogió las pastillas en la palma de la mano. Mientras la esposa del presidente la observaba con atención, se incorporó, se acercó a uno de los lavabos, arrojó las píldoras al inodoro y tiró de la cadena.

–Sí, se lo prometo –dijo Anne al volver junto a ella.

–Muy bien. ¿Volvemos...?

–Déjeme sola unos momentos..., por favor.

–Como quiera –dijo la mujer del presidente. Dio media vuelta para salir, pero entonces se detuvo. Bruscamente, rodeó los hombros de Anne con el brazo y la estrechó con fuerza, como si quisiera compartir su propia fuerza de carácter con alguien que la necesitaba más.

Entonces, Anne se quedó sola... con la verdad que no podía seguir negando. En algún momento, había perdido la capacidad de decidir. Se había vuelto peligrosa para sí misma y para Hal.

La esposa del senador estaba cansada de fingir y de aparentar. Se miró al espejo y vio lo que era..., lo que había visto a través de los ojos de una poderosa extranjera que acababa de declararse amiga suya. Sí, había que hacer algo.

–Te lo prometo –repitió, susurrándoselo esta vez a la mujer del espejo.

Y conocía el único modo, y el único lugar, donde podía cumplir aquella promesa.

2

Desde el exterior, El Oasis parecía un centro de veraneo. Enclavado en las montañas negras y azules de Nuevo México, sus edificios de adobe, de desgarbado estilo español, estaban rodeados de flores silvestres de la región y jardines pulcramente cuidados con algunas mesas y bancos para ir de picnic.

En el interior había un millar de vidas compungidas y destrozadas... y Stevie Knight las había compartido todas.

El Oasis estaba en silencio. Todo el personal y las «viajeras», como las llamaba Stevie (odiaba la palabra pacientes), estaban durmiendo, y ella se encontraba sola en su despacho. Era una habitación coquetona, decorada con el estilo cálido y acogedor del sudoeste norteamericano, con una chimenea de piedra y una alfombra de los navajos en el suelo de anchos tablones de madera. De día, la amplia ventana enmarcaba las montañas de color rojo y oro y el cielo azul.

Sin embargo, en la penumbra que precedía al amanecer, el despacho daba una sensación de frío y soledad. Un rayo de luz de luna cayó sobre las numerosas fotos que cubrían una de las paredes: estrellas del cine y la televisión; mujeres ejecutivas; conocidas columnistas de periódicos que trataban todos los temas, desde el comentario político a los cotilleos; y una destacada diva de ópera, por no mencionar la multitud de sencillas madres y amas de casa. Todos los retratos estaban dedicados a Stevie con unas sinceras líneas llenas de gratitud y afecto.

Aquellas ex viajeras tenían dos cosas en común: que todas se habían encontrado en situación desesperada, luchando fieramente por sobrevivir; y que eran mujeres. Habían traído sus problemas a El Oasis y se habían ido curadas. Una y otra vez, Stevie había convertido la desesperación en esperanza y había plantado la semilla de un nuevo comienzo en las cenizas de la derrota. Durante más de quince años, desde que ella había superado las pruebas de su problemática juventud, la fama de Stevie había corrido de boca en boca y había sido saludada como autora de verdaderos milagros.

Aquella noche, sin embargo, mientras permanecía sentada a solas en la oscura habitación, Stevie sabía que no hacía milagros; si hubiese tenido aquel poder, lo habría usado en sí misma, para conseguir el amor que la había esquivado durante tanto tiempo, sin que importaran un bledo las consecuencias. Por el contrario, todo lo que había quedado de él era el recuerdo de aquel último abrazo, amargo y dulce a la vez, y el vacío eco de su adiós.

¿Por qué había tardado tanto tiempo? ¿Por qué, cuando sabían por fin que estaban hechos el uno para el otro, tenía que ser ya demasiado tarde? Su corazón protestó... contra la lógica, contra el deber, contra los principios que conspiraron para arrebatarle el hombre que amaba. ¿Por qué? Oh, ¿por qué tenía que sacrificar su propia felicidad por otra mujer?

Entonces, justo antes de rendirse al sueño, se recordó a sí misma que, sin aquel sacrificio, habría perdido la parte más profunda de su ser. En los últimos veinte años se había salvado de la desesperación gracias a que había descubierto que podía ayudar a otras.

Volvió a abrir los ojos y vio que los brillantes rayos del sol asomaban por el montañoso horizonte. Miró el reloj del escritorio: faltaban unos minutos para las seis. Aunque había dormido algo, se sentía dolorida y cansada. Decidió que una ducha y una taza de café la despejarían lo suficiente para que pudiera afrontar el duro día de trabajo que se avecinaba.

El estridente timbre del teléfono le causó un sobresalto. Descolgó el auricular.

—Stevie Knight...

Al principio sólo hubo silencio. Luego, oyó el sonido de una respiración agitada. Stevie esperó con paciencia. Conocía el significado de aquel sonido gracias a la experiencia de un millar de otras llamadas parecidas: alguien pugnaba por encontrar las palabras adecuadas.

Por fin, sonó una voz.
–Soy Anne Garretson, señorita Knight. Mi marido es el senador Hal Garretson.
–Sé quién es usted –dijo Stevie con suavidad–. ¿En qué puedo ayudarla?
Todavía luchaba consigo misma, pero en aquella ocasión la pausa fue más breve.
–¿Será...?
Stevie no necesitaba oír la pregunta completa: siempre era la primera que formulaban.
–Diga lo que diga, señora Garretson, se guardará en la más absoluta discreción. Naturalmente, a menos que llegue un momento en que usted desee hacerlo público.
Entonces, las palabras salieron a trompicones.
–Necesito que me ayude, pero no sé qué hacer... Los periódicos, la campaña de mi marido, las expectativas... Hay muchas cosas en juego, ¿sabe?
–Lo comprendo. Le preocupa que pueda saberse que usted está aquí. Permítame volver a asegurarle que yo no lo revelaré a nadie. No obstante, no puedo garantizarle que los medios de comunicación no conseguirán enterarse nunca. De todas formas, ¿es éste el factor decisivo? Usted no me habría llamado si no necesitara ayuda..., si no estuviera sufriendo. ¿No son su salud... o su vida... más importantes que cualquier otra consideración?
–No lo sé. –La voz de Anne era apenas un susurro–. Para mí, la carrera de Hal es lo más importante del mundo. Lo que él quiere es... lo que quiero yo. Tengo miedo de que, si alguien no me ayuda, lo eche todo a perder.
–Señora Garretson –la interrumpió Stevie sin brusquedad–, Anne..., si desea mi ayuda, cuente conmigo.
–¿Cuándo? –preguntó Anne, como si un solo día de retraso fuese fatal.
Stevie consultó el diagrama que colgaba de una pared y escribió una serie de mandatos en un ordenador que parpadeaba sobre su escritorio de estilo español.
–Venga el día veintidós, martes –le dijo–. Permanecerá aquí seis semanas.
–¡Seis semanas! –protestó Anne–. Hal tiene obligaciones, tareas que atender en el partido y campañas de recogida de

fondos por todo el país. Debo ir con él. En caso contrario, se harán muchas preguntas...

—Anne, todavía no sé cuál es su problema. Pero, por favor, créame: en la lucha contra cualquier adicción, el tiempo es una de nuestras mejores armas. Tiempo para aliviarla de las presiones y para contraer un compromiso absoluto de que no va a desviarse del buen camino. Si no puede contraer este compromiso, me va a ser imposible ayudarla.

Aunque sus palabras eran duras, Stevie sabía que la única posibilidad de empezar el viaje con una de sus viajeras era diciéndole la verdad... y haciéndole saber que siempre se la diría. Había visto a demasiadas personas, llenas de vitalidad y aparentemente inteligentes, aferradas a algo que las destruía poco a poco, con una fidelidad más inquebrantable que la que sentirían hacia un ser humano o una causa... y mantener su fatídica ilusión porque algunas de las personas que las amaban más tenían miedo de decirles la verdad. Amargas experiencias habían enseñado a Stevie que ningún tratamiento surtiría efecto hasta que todos, la persona que tenía el problema y los que sufrían con ella, aceptaban que la prioridad número uno era solucionar el problema.

Stevie dejó que sus palabras hicieran mella en su interlocutora y luego preguntó:

—¿La apunto para el día veintidós?

—Allí estaré —dijo en voz baja, pero con decisión.

—Una cosa más: después de las primeras tres semanas esperamos que los maridos intervengan en el tratamiento. ¿Podemos contar con el senador?

—No puedo hablar en nombre de mi esposo —contestó Anne—, pero le prometo que haré todo lo que me diga, todo lo que...

—Bien, hagamos las cosas por orden —dijo Stevie. Sabía que la promesa de Anne sería sometida a terribles pruebas. La mejor arma de Stevie Knight a la hora de ayudar a luchar a aquellas que estaban en el filo de la navaja de la autodestrucción, radicaba en que conocía todos sus sentimientos... porque ella misma los había experimentado.

Tras colgar el auricular, Stevie reflexionó en la última contestación de Anne Garretson: le era imposible prometerle el apoyo de su marido. ¿Acaso no era Hal Garretson el marido enamorado que aparentaba ser en público?, se preguntó Stevie. ¿O él formaba parte del problema de Anne?

Las respuestas llegarían con el tiempo. Acababa de empezar otro día en El Oasis. Gracias a la experiencia adquirida en los años que había pasado inmersa en una pesadilla, combatiendo los demonios más horribles y dañinos que habitan en el espíritu humano, se esperaba de ella que guiara a sus viajeras a la salvación, lejos de los peligros de sus peores tentaciones. Muchos decían que trabajaba bien, mejor que los demás. No le había fallado a nadie..., siempre y cuando estuvieran dispuestas a aceptar lo que ella podía darles.

Sin embargo, mientras salía por la puerta se preguntaba si el mayor fracaso no lo estaba viviendo ella misma. ¿O acaso el amor era una tentación más que debía evitarse?

Primera parte

1

Newport News, Virginia. Primavera de 1969

El gran leviatán gris permanecía erguido y orgulloso bajo el deslumbrante sol de Virginia. El submarino nuclear *Neptuno*, de 136 metros de largo, podía mantener una velocidad en superficie de 27 nudos, y de 20 nudos si navegaba sumergido, y podía recorrer hasta 320.000 kilómetros por alta mar antes de tener que «recargar» sus reactores de plutonio. Aunque sus complejos dispositivos de sonar y radar eran supuestamente de carácter defensivo, el *Neptuno* iba armado con dieciséis misiles Polaris, cada uno de ellos con una cabeza nuclear que podía lanzarse desde una distancia de 2.200 kilómetros mar adentro, y con la potencia suficiente para reducir a escombros una ciudad del tamaño de Filadelfia. El submarino llevaba una tripulación de 172 de los mejores hombres de la Armada.

En las ciudades y en los recintos universitarios de los Estados Unidos, muchos hombres marchaban a otro paso: protestaban contra la guerra en el sudeste asiático, gritaban «¡Rayos, no, no vamos a ir!» y llenaban las pantallas de televisión con imágenes de tarjetas de reclutamiento quemadas, banderas ultrajadas e inocencia manchada.

Sin embargo, nada de todo aquello iba a interferir en el glorioso momento de la botadura del *Neptuno*. La Armada de los Estados Unidos se había superado a sí misma con una demostración, casi desafiante, de esplendor militar. Se había erigido una tribuna para la revista militar y varias filas de asientos, para que pudiera presenciarse la inmersión en el agua del nuevo submarino. Decenas de banderas de los Estados

Unidos ondeaban agitadas por la brisa. La lista de invitados incluía al secretario de la Armada y un cierto número de senadores y congresistas (todos ellos «halcones», defensores de la continuación de la guerra), además de destacados hombres de negocios y miembros de la prensa nacional.

Y el hombre que iba a bautizar al *Neptuno* era ni más ni menos que Luke James, la estrella de cine, que había llegado a ser el actor que había obtenido las mayores recaudaciones con sus películas por haber interpretado un amplio repertorio de vaqueros solitarios y rápidos con el revólver y «polis» duros y renegados. De hecho, el único tipo de clásico héroe norteamericano que aún no había interpretado en el cine era el del soldado.

Aún no habían llegado los invitados a la ceremonia, pero ya había dos marineros orgullosamente en sus puestos, en posición de firmes, con rostros saludables y uniformes blancos. Los botones de latón de sus trajes brillaban a la luz del sol, y sostenían los fusiles a un lado en una precisa posición inclinada.

«Y yo también estoy preparada», pensó Stevie Knight mientras se dirigía al muelle de botadura. Llevaba sus rubios cabellos veteados en un peinado alto y armado; y un único rizo le caía seductoramente sobre un ojo. La habían maquillado con gran habilidad para disimularle unos pómulos demasiado prominentes, y le habían pintado los ojos (que tenía verdes y con grandes pestañas). El vestido de seda negro que llevaba (una chaqueta corta y una minifalda estrecha como un pincel) le quedaba tan ajustado que parecía cosido a la piel. Llevaba sus largas y esbeltas piernas enfundadas en medias negras como el betún, y calzaba unos zapatos de tacón de aguja.

Cuando mostró el pase y cruzó la puerta, Stevie notó cómo la miraban los dos soldados. Siguió su camino sonriendo de satisfacción. La ropa y el maquillaje estaban pensados para provocar a todos los hombres que la vieran; le gustaba que se irguieran en los asientos sin poder apartar la mirada de su cuerpo. Acentuó provocadoramente el balanceo de sus caderas mientras se alejaba, y se imaginó con placer a los dos marineros excitados que dejaba atrás en aquel cálido día de primavera.

Sin embargo, al pasar frente a la tribuna, la expresión de

Stevie se ensombreció. Todo aquel estúpido patriotismo le daba náuseas. Como si no fuera bastante que tantos jóvenes soldados y marineros muriesen a millares en un miserable país del otro lado del mundo que a nadie le importaba, los mandamases de la Armada tenían la desfachatez de afirmar que tenían algo que celebrar..., simplemente porque habían fabricado una nueva máquina de matar. «¡Cabrones!», pensó. Pero, aunque no se había unido a los chicos que se manifestaban y protestaban contra la guerra de Vietnam, meditó con malicia, iba a hacer una pequeña contribución personal...

Al acercarse a lo que en días normales era un aparcamiento, Stevie vio una enorme tienda a franjas rojas y blancas. En el interior estaba celebrándose una recepción: los dignatarios se entremezclaban con oficiales de la Armada ataviados con el uniforme de gala y esposas con el vestido de los domingos.

A la izquierda, en una plataforma desmontable, un joven interpretaba música clásica en un majestuoso piano. A la derecha se hallaba una mesa cubierta con un mantel en la que se habían servido varias bandejas de plata llenas de aperitivos y ensaladas. También había una amplia barra de bar atendida por cadetes de Annapolis que realizaban así un servicio especial. En el centro de la barra, borboteaba champán de California de una fuente rodeada de ramos de flores rojas, blancas y azules. Incluso las malditas flores eran hechas para cumplir su deber con la Patria, pensó Stevie. «*Hechas* para cumplirlo por orden del Almirante», reflexionó con amargura. Naturalmente, por allí podía conseguir cualquier cosa chasqueando los dedos... o repartiendo bofetadas.

Stevie se detuvo al llegar a la sombra de la tienda y se preguntó si debía entrar y observar cómo sus fríos ojos ardían al ver cómo ella mostraba sus encantos. «No –decidió–, no estoy preparada para enfrentarme a él. Aún no.»

–Hola, preciosidad.

Stevie se volvió y vio al capitán de corbeta Sanford Graystone parado a su lado. Era un hombre elegante, de metro ochenta y tres, con cabellos castaños y un rostro de rasgos bien definidos, con el único defecto de llevar gafas. Sandy era el primer ayudante del almirante Custer («Cus») Knight, jefe de base.

–Hola –dijo Stevie sin entusiasmo–. Supongo que eres

como los demás. ¿También te fascina el nuevo juguete de la Armada?

—Sólo cuando no te veo —dijo Sandy con voz ronca, comiéndosela con los ojos—. Te he echado de menos, Stevie. No sabes hasta qué punto. Hace una semana que no me llamas. ¿Por qué me haces esto? Vas a volverme loco...

Stevie detestaba tener que dar explicaciones de sus actos.

—No deberías hablar conmigo —le dijo sin miramientos—. Ya sabes por qué. Si el almirante llegara a sospechar lo que hemos estado haciendo, ya podrías despedirte de esto —y rozó con el dedo los galones dorados de su uniforme.

Sandy dio un paso atrás, como si la simple mención de la ira del almirante Knight bastara para enfriar sus ardores.

—¿No te atreverías a...?

—¿Decirle algo? ¡Diablos, no! ¡Me mataría a mí también!

—Entonces dime que nos veremos luego, Stevie, por favor. En el sitio de siempre...

Ella entornó sus ojos; sabía que eso lo excitaría.

—Quizá. Pero no te prometo nada.

Stevie vio cómo el deseo dejaba paso a la esperanza en el rostro de Sandy. Aquella expresión le recordó la que mostraba su madre cuando el almirante estaba cerca: débil y, en cierto modo, infantil. Era una expresión que ella había jurado no mostrar nunca por nadie. Y verla en la faz de aquel hombre la defraudaba. Había sido divertido coquetear con Sandy y con otros como él y utilizar el crudo poder de su sexo para convertirlos en niños indefensos que le rogaban que les concediera sus favores. Sin embargo, últimamente ya no le hacía gracia jugar con los esclavos del almirante. Aunque le encantaba tomarles el pelo delante de sus propios ojos, había llegado a parecerle demasiado fácil.

—¿No tienes nada más que hacer? —preguntó a Sandy. Súbitamente, había perdido todo interés en él.

El oficial asintió, obediente y dispuesto a ser despedido. Pero ella no estaba tan deseosa de dejar que se marchase; no si todavía podía utilizarlo para algo. Se humedeció sus labios carmesíes y le tiró un beso, y observó cómo se le iluminaba el rostro antes de marcharse apresuradamente. «¡Qué sencillo es dominarlos! —pensó—. Si una tiene lo que ellos quieren, puede lograr que se comporten como idiotas.»

Se volvió hacia la tienda y escudriñó la masa de invitados hasta que localizó a su víctima. En su opinión, Luke James tenía aún mejor aspecto en carne y hueso que en las películas. Era alto y delgado, y tenía un rostro atractivo, de rasgos acentuados, y una piel tan morena que sus famosos ojos azules, gélidos y despejados, resultaban todavía más impresionantes. Stevie recordaba haber visto una película suya cuando tenía doce o trece años; aún era virgen, pero ya le encantaba sumergirse en las más tremendas fantasías. «Sin duda, éste es un trofeo que vale la pena conseguir», pensó Stevie. Lograr que sus fantasías con Luke James se hicieran realidad sería su mayor éxito.

Se echó un poco más sobre los ojos su seductor mechón de cabello e hizo su entrada, moviéndose lenta y sinuosamente, caminando por el filo de navaja que separaba la fascinación del ridículo, consciente de que ninguna de las vulgares esposas de los oficiales le llegaba a la suela de los zapatos.

La muchedumbre parecía apartarse para dejar paso a Stevie. Llegó sin el menor problema al sitio adonde quería ir, donde no más de un par de admiradoras la separaban de Luke James. «Lo tengo en el punto de mira; ahora, dejémoslo que me descubra», pensó.

Al cabo de unos segundos, uno de los marineros que hacían de camareros apareció a su lado.

–¿Desea tomar algo? –le preguntó, tratando de parecer tímido, mientras repasaba el cuerpo de Stevie como si su mirada fuese un radar.

–Sólo un *Shirley Temple* –dijo Stevie con recato.

No necesitaba entablar conversación con ninguno de los que la rodeaban. Se limitó a quedarse quieta y observar cómo Luke James atendía a su público, pero bajando la mirada cuando él se volvía en su dirección.

Él firmó un par de autógrafos y luego, tal como Stevie esperaba, se acercó a ella muy poco a poco.

–Hola, soy Luke James –le dijo, como si su cara no fuese ya toda una tarjeta de presentación–. ¿Cómo te llamas?

–Stevie –dijo en voz baja, concediéndole la sonrisa más tímida de su repertorio.

–¿Stevie? –Se echó a reír; los famosos ojos azules se entrecerraron. –No tienes cara de llamarte Stevie, la verdad.

–Mi verdadero nombre es Stephanie –le explicó–, pero nadie me llama así. Lo que pasa es que... mi padre quería un chico.

Escrutó el rostro de Luke en busca de alguna pista sobre cuál debía ser su estrategia. Nunca había ligado con una estrella de cine y no tenía tiempo para cometer un error.

–Tendría que ser feliz por haber tenido una hija como tú –dijo Luke.

–No es de la clase de hombres que se conforman con cualquier cosa.

–¿Y qué haces aquí?

Stevie pensó que podía ser divertido ligar con Luke James utilizando sus propias ideas políticas, por mucho que ella se opusiera a éstas.

–Bueno, no me habría perdido esta botadura por nada del mundo. Creo que es importante luchar por aquello en lo que crees, en especial ahora, cuando todos critican a los militares... y, de paso, a los Estados Unidos.

Luke asintió con aprobación.

–¡Vaya, vaya! No creo que haya muchas chicas que piensen como tú. A la mayoría de las que conozco les encanta quemar banderas o sujetadores.

Ella lo miró atrevidamente a los ojos.

–Si quisiera conocerme, señor James, no tardaría mucho en descubrir que soy distinta de las demás chicas... en muchos sentidos.

–¿Ah, sí?

Stevie notó que él había captado la indirecta y que las imágenes ya le bailaban en la cabeza. Pero entonces, cuando ya empezaba a desnudarla con los ojos, se le nubló la mirada, como si quisiera concentrarse en su propia imaginación. Ella pensó que le preocupaba la edad. Se le había ocurrido que tal vez ella era demasiado joven para él. ¿Qué podía decirle para sacarlo de aquel atolladero?

–Tengo entendido que usted ha actuado en algunas películas –comentó bruscamente.

Luke James frunció el entrecejo. Stevie comprendió que había puesto el dedo en la llaga de su vanidad.

–No me digas que no has visto ninguna de...

–Ya le he hablado de mi padre. Es un hombre muy estricto.

Las únicas estrellas de cine que sería capaz de reconocer son Mickey Mouse y Fred Astaire.

–¿De veras...? –dijo a la ligera. Parecía haber entendido el juego de Stevie, pero aún le divertía. Cambiando de tema (el mejor modo de aliviar su vanidad herida), prosiguió–: Aún no me has dicho cómo has conseguido entrar. No tienes aspecto de político ni de marinero...

Stevie sonrió.

–Vivo en la base... con mi familia.

–¡Un cachorro de la Armada! –comentó Luke, y Stevie pensó que parecía a punto de pensar otra vez en su edad.

Sin embargo, antes de que Luke pudiese añadir nada más, el almirante Custer Knight apareció a su lado. El almirante, alto y erguido como una vara, tenía un rostro de rasgos muy acentuados y una piel curtida y arrugada que daba testimonio de los muchos años pasados en puentes de mando al aire libre, con la cara vuelta hacia el fuerte viento y hacia la espuma del mar. Sus cabellos tenían el mismo tono gris que utilizaba la Armada para pintar los cascos de sus barcos de guerra.

«Mierda», pensó Stevie. Al viejo cabrón se le había ocurrido meter la nariz en aquel preciso momento.

Luke miró a uno y luego a la otra, como si estuviera a punto de presentarlos, pero el almirante se le adelantó.

–Ya veo, señor James, que ha entablado amistad con mi hija. O más bien –agregó, lanzando una mirada glacial a Stevie–, ¿sería más correcto decir que ella ha entablado amistad con usted...?

Luke, que se había quedado sin habla, miró fijamente a Stevie. Una vez más, tomando la delantera antes de que los demás pudieran reaccionar, Custer Knight rompió el silencio.

–Me temo que su conocimiento mutuo va a ser muy breve. La ceremonia está a punto de comenzar. Hemos de botar un navío, señor James.

Y, como si hubiera tomado prisionero en batalla a la estrella de cine, el almirante lo asió por el codo y se lo llevó.

A pesar de ello, Stevie llegó a captar la mirada que le lanzaba James justo antes de ser llevado a prisión, y ello la hizo sonreír. Pensó que no era una nave lo único que se ponía en marcha aquel día.

Stevie esperó a que se llenaran las primeras filas de la tribuna antes de tomar asiento varias sillas detrás del almirante y mamá, la dulce y primorosa Irene. Irene tenía el perfecto aspecto de una dama, con un vestido de gasa de color lavanda, así como sombrero y guantes a juego. No obstante, a Stevie no podía engañarla: sin duda, su madre ya se había tomado un paquete de pastillas aromáticas para disimular el olor del *bourbon* que se había bebido para desayunar.

Una banda de la Marina interpretó una mescolanza de marchas de Sousa, y un grupo de cadetes de Annapolis se separó del grupo para desfilar en formación con gallardía. Al llegar a la altura de la tribuna, volvían el rostro a la derecha y saludaban con gesto enérgico. El almirante Custer Knight, condecorado seis veces en tiempo de guerra y de paz, poseedor de la Cruz de la Armada y vicecomandante de la flota del Pacífico (y probable candidato a ser promovido algún día a la Junta de Jefes de Estado Mayor), permanecía erguido como una flecha, devolviéndoles el saludo. Como si le hubiesen metido un atizador al rojo en el culo, pensó Stevie.

Stevie estaba loca por llamar la atención de los allí congregados. Rebuscó en el bolso y encontró un chicle Bazooka. Durante la interpretación de *Stars and Stripes Forever*, hizo un gran globo rosa y lo hizo estallar con una de las rojas uñas que adornaban sus largos dedos. Alguien se echó a reír y, tal como ella esperaba, Luke James se volvió y le dedicó una maliciosa sonrisa. Stevie se quitó la pegajosa goma de la cara y volvió a introducírsela en la boca con lánguidos movimientos de lengua.

Al acabar la música, los políticos pronunciaron sus interminables discursos, explicando cómo estaba ganándose la guerra y que todas las protestas eran obra de agitadores profesionales e idealistas equivocados. Los siguió el almirante, que habló con idéntica grandilocuencia de la libertad, como si supiera lo que aquello quería decir. «¡Qué curioso!», pensó Stevie. Desde aquella distancia y vestido con uniforme de gala, casi se parecía a lo que suele pensarse que es un héroe. Pero ella sí que lo conocía bien. No tenía la menor duda de que, si hubiera sido varón, la habría alistado y embarcado para que la matasen y así poder enorgullecerse de ser un patriota de pies a cabeza.

Cuando, por fin, el almirante terminó su arenga, la banda interpretó una fanfarria, y las esposas de dos oficiales se adelantaron y entregaron a Luke James una botella de champán decorada con cintas de colores rojo, blanco y azul.

Luke se cuadró. Sus marcados rasgos resultaban tan familiares como cualquier monumento norteamericano; sus rubios cabellos eran iluminados por el sol de California y sus ojos de color azul pálido se entrecerraban para no quedar deslumbrados.

–Estoy francamente orgulloso de estar aquí –dijo con aquel hablar arrastrado que hacía brillar de deseo las miradas de las esposas de la Armada allí reunidas–. Y también me enorgullezco de ser norteamericano. Hay algunos que piensan que decir esto ya no está de moda, pero creo que todos cometeríamos un grave error si olvidásemos que vivimos en un país libre porque siempre hemos tenido agallas para luchar por nuestro país y por los ideales que defiende. Que Dios bendiga a América –concluyó en tono reverente, coreado por aplausos entusiastas. Luego sopesó la botella de champán y proclamó–: Bautizo este submarino con el nombre de *Neptuno* en nombre de todos los norteamericanos leales a su país.

Arrojó la botella contra la estrecha y afilada roda..., pero rebotó intacta con un ignominioso ruido sordo.

Las esposas de los oficiales se rieron tontamente y las cámaras de televisión se acercaron más. Luke mostró su mejor sonrisa de «aquí no pasa nada», marca de la casa, e improvisó:

–Lo considero una señal de buena suerte, chicos..., y predigo que esta nave no se hundirá nunca.

Volvió a lanzar la botella, esta vez con más fuerza, y con un magnífico estrépito consiguió romperla en añicos.

La ceremonia había llegado a su fin. Las *fans* rodearon a Luke, tratando de tocarlo, de que les dijera algo o les firmara un autógrafo; pero el actor escudriñaba la multitud. Descubrir que la guapa y atractiva jovencita rubia era la hija del almirante lo había impresionado, pero se había recuperado bastante deprisa. Había algo en aquellos ojos verdes, en la manera como se cimbreaba, que le decía que tal vez valía la pena correr el riesgo. Todos los riesgos..., porque incluso era posible que fuese menor de edad. Sin embargo, cuando a uno le pagan tres millones de pavos por una película y mujeres de todas las edades, figuras y colores se le echan encima, cuando todo parece demasiado fácil..., ¿cómo demonios puede sentirse uno *realmente* vivo si no es corriendo riesgos? Motos veloces y chicas fáciles... Su *manager* estaba en contra de ambas, pero Luke sabía qué era lo que le hacía bullir la sangre.

Con sus largas piernas cruzadas y la falda levantada, Stevie estaba sentada en el guardabarros del alargado Cadillac convertible rojo, esperando a Luke James. Gracias a unos pucheros primero y a una promesa después, había sonsacado a Sandy Graystone que el coche de la estrella de cine estaba aparcado en uno de los garajes. Luego había enviado a Sandy de nuevo con su mujer.

Cuando Luke entró, una amplia sonrisa asomó a su bronceado rostro.

–De modo que has venido aquí –le dijo–. Estaba buscándote.

–Ya lo suponía –respondió Stevie. Bajó del coche deslizándose por el guardabarros, y la falda se le subió aún más, enseñando sus largas piernas. –Bueno, aquí estoy. ¿No es mejor encontrarnos aquí?

–¿Mejor?

–Más íntimo. Menos problemas para ti, con tus *fans*... y mi almirante.

Luke meneó la cabeza y sonrió. Le asombraba su descarada confianza.

–Dime, Stevie..., ¿cuántos años tienes?

Así que todavía no había tirado sus precauciones por la borda.

–Tal vez sea mejor que no lo sepas.

–¿Tal vez? –repitió él.

–¿No basta con que te diga que soy... gato viejo?

–No, si pueden enchironarme por tu culpa –dijo Luke, dejando traslucir un tono áspero en su voz. Tenía que demostrar a aquella jovencita que no podía manejarlo como a un crío.

Stevie notó que su mayor trofeo estaba soltándose del anzuelo. Había llegado el momento de usar toda la artillería. Recorrió el trecho de suelo de cemento que los separaba, apoyó la mano en la mejilla de Luke y le acarició la mandíbula con tres de sus largas uñas rojas. Luego dejó descansar la mano en su hombro. Como él no había intentado impedírselo, Stevie pensó que había ganado.

–¿Quién va a enterarse, vaquero? Será nuestro pequeño secreto. Me aseguraré de que no te encierren por esto. De hecho, si follas conmigo, quizá yo pueda, en cierto sentido..., liberarte.

La mirada de Luke ardió con mayor intensidad. Volvió a sonreír.

–Eres fantástica, Stephanie.

–Stevie –lo corrigió ella.

Luke había tomado una decisión. No iba a encogerse de miedo simplemente por el padre de Stevie. Al fin y al cabo, en su propio mundo él tenía una graduación superior a la de almirante: era un dios.

–Sube –dijo Luke, abriendo la puerta del coche.

Stevie lo obedeció, mostrándole una generosa porción de muslo y cadera y un provocador atisbo de una liga negra.

–¿Adónde vamos? –preguntó él.

–Vámonos de picnic –dijo ella, queriendo ser diferente de las demás mujeres que había conocido Luke–. Al campo..., donde podamos tumbarnos en la hierba.

Mientras Luke arrancaba el coche y salían del garaje, Stevie encendió la radio. The Wonders, un grupo de cantantes negros recién aparecido, cantaban *Mira lo que me ha hecho el amor*. Stevie chasqueaba los dedos al ritmo de la canción, acompañando con su tarareo la voz aterciopelada del solista.

Cuando hubieron dejado atrás la base, Stevie orientó a Luke hacia un área de servicio de la autopista. Mientras él hacía las compras, lo esperó en el coche con la cabeza apoyada en el respaldo de cuero blanco, los ojos cerrados y una leve sonrisa esperanzada en los labios. Luke regresó con una cesta de picnic, un mantel a cuadros... y el mismo tipo de sonrisa.

–¿Y ahora adónde vamos? –le preguntó.

Stevie le explicó cómo llegar a una finca abandonada de las afueras de la ciudad.

–Se supone que está vedado el paso, pero yo sé un sitio donde la valla está rota.

–¿Es allí adonde llevas a tus novios? –le preguntó Luke, arrancando de nuevo.

—Sólo a los buenos.

Al llegar a un camino largo, tortuoso y cubierto de hierbajos, Stevie le indicó que aparcara detrás de unos arbustos altos como árboles. Allí estaba oculto de miradas curiosas y lejos de la carretera principal. Luego recogió el mantel del asiento trasero y condujo a Luke lejos de la puerta de la mansión abandonada hasta un lugar donde la valla de hierro forjado estaba tan oxidada que se había deshecho.

—Sígueme —le dijo, cruzando la abertura con cuidado.

Recorrieron un terreno cubierto de flores y matorrales descuidados hasta llegar a un pequeño claro que se asomaba a un apartado estanque. Stevie extendió el mantel bajo un árbol, se quitó los zapatos de dos puntapiés y se sentó.

—Vamos a comer —dijo—. Todo aquel estúpido agitar de banderas me ha dado hambre.

Luke dejó la cesta de picnic en el suelo.

—¿Estúpido agitar de banderas? —repitió—. Creía que habías dicho que...

—¿Qué había dicho? —preguntó Stevie, mirándolo con los ojos abiertos como platos. Luego escogió un bocadillo.

Luke meneaba la cabeza mientras abría una botella de vino.

—Bueno, esto es toda una bomba. ¿Es que la hija del almirante es en realidad uno de esos comunistas de pacotilla que gritan: «¡Abajo los Estados Unidos!»?

—Yo no estoy en contra de los Estados Unidos —respondió ella despreocupadamente—. Es a la gente que pretende hablar en su nombre a la que no puedo aguantar.

Luke llenó dos vasos de plástico y se detuvo cuando iba a pasarle el suyo a Stevie.

—Lo había olvidado; ¿es Stevie lo bastante mayor para beber alcohol?

—No te lo he dicho.

Stevie le quitó el vaso de la mano. Tomaron un sorbo mirándose por encima de los bordes de los vasos.

—¿Y qué opina tu padre de tu manera de pensar?

—Me importa un bledo lo que opine.

Luke sonrió con tolerancia al escuchar las rebeldes palabras de Stevie. ¿No lo habían acusado a él una docena de veces de tener aquella misma actitud? «Hazte mayor, Luke», le suplicaba su representante con monótona regularidad. «Los estudios creen que quieres convertirte en otro James Dean.» A Luke tampoco le importaba lo que ellos pensaban. Mientras fuese una mina de oro en taquilla, podía hacer todo lo que le viniera en gana. Le gustaba que aquella lasciva fuese también una rebelde.

Apuraron los vasos y se tumbaron en la hierba, a la sombra de un gran arce.

–¿Cuándo vuelves a California? –le preguntó Stevie.

–No me voy a California. Vamos a rodar una película en Washington; se supone que debería llegar allí mañana. Pero no te preocupes, voy a tomármelo con calma...

–Hablando de olvidar las preocupaciones, ¿por qué no nos damos un chapuzón? –dijo Stevie con pereza.

–Me parece bien.

Aunque Luke trataba de parecer indiferente, la idea de lo que iba a ocurrir le producía un agradable hormigueo en el estómago. Se quitó primero la camisa, pensando en aliviar así cualquier desazón que pudiese sentir Stevie. Había averiguado que las mujeres, en aquel sentido, eran muy raras. Resultaba difícil quitarles la ropa, pero, en cuanto se desnudaban, era como si se hubieran despojado también de sus inhibiciones.

Sin embargo, Stevie no parecía estar avergonzada en lo más mínimo. Se puso en pie con la gracilidad de una joven leona y empezó a tararear de nuevo *Mira lo que me ha hecho el amor* mientras se desabrochaba la chaqueta de seda.

Debajo no llevaba ninguna blusa; sólo un sujetador sin tirantes y con un lazo negro que mostraba la dulce curva de sus senos. Cimbreándose al ritmo de la música se abrió la cremallera de la falda, que cayó a sus pies con un sugerente susurro. La lanzó lejos con un simple movimiento y, con idéntica elegancia, se despojó de las medias y el liguero. Luego corrió hacia el estanque, semejante a una ninfa de los bosques.

Era Luke quien se sentía torpe e inexperto mientras la imitaba. No obstante, aquella sensación le resultaba sorprendentemente estimulante. Stevie era la primera mujer en varios años que no lo había abordado como una *fan* y que no parecía impresionada por su fama. La joven se lanzó al agua y empezó a nadar de costado con lentos movimientos. Cuando Luke se zambulló detrás de Stevie, ella tomó aliento, se sumergió y nadó velozmente bajo el agua hasta que vio sus musculosas piernas. Le mordió el dedo gordo del pie derecho y tiró con fuerza de sus piernas, arañándole los muslos con sus largas uñas.

Luke, pillado por sorpresa, se fue para el fondo balbuceando. Sin embargo, no tardó en recobrar el equilibrio con sus fuertes brazos, la atrajo hacia sí y apretó sus pechos firmes y blancos contra su cuerpo. Intentó besarla, pero ella se zafó de su abrazo y nadó hacia la orilla.

Lo esperó allí, saboreando cómo el calor del sol secaba las gotas de agua adheridas a su carne desnuda. Cuando Luke salió del agua, Stevie le alargó la mano. Una vez más, a la estrella de cine le divirtió la incongruencia de que aquella niña fuera la que estuviera marcando el ritmo y tomara siempre la iniciativa. Tomó la mano que le ofrecía y saltó a la hierba que cubría la orilla.

Sin ningún preámbulo, Stevie estrechó con descaro su cuerpo contra el de Luke, buscando la erección que le indicaría que había triunfado. Al notar sólo una leve excitación, se apartó y empezó a moverse con gestos sugerentes, deslizando las manos por los contornos de su cuerpo como si fuesen las caricias de su amante. Tenía los ojos cerrados, pero sabía que él estaba mirándola y oía cómo se aceleraba su respiración. Aquello era lo que más le gustaba: tener el control de la situación. Por intensa que fuese la relación sexual, nunca dejaba de escuchar una voz en su interior que clamaba su victoria. Aquella era su forma personal de protestar contra todos ellos... Hombres que, con sus guerras, armas y certidumbres, querían que siempre se hicieran las cosas a su manera. ¿O sólo estaba librando una batalla contra el almirante, decidida a demostrar una y otra vez que ella podía ganar...?

Notó que Luke se volvía progresivamente más rudo, pero no le importaba. Ella era la vencedora, se repetía sin cesar, incluso cuando él la sometió agarrándola del brazo y atrayéndola de nuevo al mantel. Stevie se humedeció los labios y se arrodilló entre sus largas y musculosas piernas. Se fijó en la cicatriz, profunda y de forma aserrada, que le recorría la cadera. Luego se introdujo su miembro en la boca. Lo atormentó con los labios y la lengua y paseó las uñas a lo largo de sus delgados y fuertes costados. Él permaneció quieto un rato, rendido a las atenciones de Stevie. Luego empezó a moverse y la penetró casi hasta la garganta.

Sin embargo, cuando la agarró del cabello para obligarla a que se adaptara a su propio ritmo, ella volvió a apartarse. Se sentó a horcajadas sobre su cuerpo y se dejó caer sobre su pene erecto; se aferró a sus costados con las rodillas y lo montó como una reina de los rodeos cabalgaría sobre un potro salvaje, empujando cada vez con más fuerza hasta que él se corrió con un ronco gruñido.

Stevie se echó de inmediato a un lado y se apoyó en un codo. Observó el rostro de Luke mientras dibujaba suavemente unos pequeños círculos con el dedo en su pecho.

–¿Ya te has cansado, vaquero? –bromeó. Sus palabras, junto con el roce de las yemas de sus dedos, eran como un reto.

Luke habría jurado que sí estaba cansado, al menos por el momento; pero, antes de que pudiera contestar, ella se puso a lamerle el sudor que le cubría el cuerpo: primero en el pecho, luego bajo los brazos y, a continuación, en las piernas. Lo agarró de las nalgas y sus dedos se adentraron en su cuerpo en un suave masaje. Antes de que Luke supiera lo que estaba ocurriendo, ya se avecinaba otra erección.

Stevie sonrió, presumida, y se puso a cuatro patas, colocándole sus nalgas firmes y blancas delante de la cara.

–Ahora, veamos si realmente sabes montar, vaquero...

Luke se reía mientras la montaba. Ella lo tenía estrecho y caliente. Le agarró el miembro y se lo metió hasta el final..., y luego irguió el trasero, desafiándolo a seguir con el juego.

Él se aferró a sus pechos y se los estrujó. Su excitación crecía con cada empujón contra el cuerpo joven y ágil de Stevie. Quería dominarla, aunque sólo fuera por un momento. Desde su juventud, nunca había experimentado una sexualidad tan salvaje y abrumadora. Febrilmente, paseó las manos por todo su cuerpo, tocándola y excitándola hasta que ella empezó a gemir y estremecerse. Él quería aguantar para siempre, hacer que ella se corriese una y otra vez hasta oírla suplicar que parara. Pero no importaba lo que él hiciese; ella parecía querer siempre más. Luke sintió un retortijón de decepción al explotar en una tremenda andanada.

Se tumbaron abrazados, sudando y con brazos y piernas

enredados. Luke tenía una expresión que en parte era una sonrisa de satisfacción y en parte era de dulce sorpresa. Si Stevie deseara más, se sentía capaz incluso de tener otra erección. No se había sentido tan excitado desde el primer atisbo de triunfo en Hollywood, cuando nunca se saciaba de lo que le ofrecían las chicas. Lo malo de ser *sex symbol* es que el sexo acaba siendo rutinario y predecible; de todas formas, aquella muchacha tenía algo que lo tenía completamente atrapado. Incluso llegó a pensar: «¿Quién sabe adónde irán a parar las cosas?».

–¿Haces esto a menudo? –le preguntó, algo así como medio en broma.

–Únicamente cuando estoy aburrida –contestó ella. Luke no pudo discernir si lo decía en serio o no.

Con la misma facilidad con que se había desnudado, Stevie empezó a vestirse de nuevo.

Luke trató de ocultar su desilusión. Quería permanecer tumbado con ella un rato e intentarlo una vez más.

–Como te dije, estaremos rodando en Washington durante tres semanas. Me alojaré en el hotel Mayflower. ¿Por qué no vienes a hacerme una visita?

La invitación puso remate a la sensación de triunfo de Stevie. Se había acostado con el gran Luke James y, lo que era aún mejor, lo había dejado con ganas.

–No es necesario –dijo sin rodeos–. Ya he conseguido lo que me había propuesto.

La expresión de pasmo de Luke era casi ridícula. Ninguna mujer lo había despedido nunca, y mucho menos con aquella frialdad.

–Eres una entre un millón, Stevie. ¿Qué demonios te ha hecho así?

Ella lo miró a los ojos apenas unos instantes.

–Hazle esa misma pregunta al almirante –respondió, y le dio la espalda.

Ya era muy tarde cuando Stevie bajó del convertible de Luke y echó a andar por la carretera hacia la puerta principal de la base. Pasó de largo sin problemas ante los dos centinelas, que la saludaron con un gesto, y siguió su camino hacia la casa del 128 de Shady Lane. Corrió por el sendero de grava y subió los tres peldaños que conducían a la puerta delantera con el corazón palpitante. Se suponía que el almirante se había ido a Washington después de comer; sin embargo, el temor y los presentimientos se habían convertido en un hábito siempre que Stevie se acercaba a la casa donde vivía.

Al entrar derribó el paragüero y se quedó paralizada en el umbral durante un largo momento, escuchando.

Por fin, suspiró de alivio. No estaba en casa. En la sala de estar, el televisor estaba encendido; la programación nocturna consistía en una película. En la mesita había un vaso de cristal tallado, manchado de carmín rosa. Stevie se fijó en el círculo de humedad que dejaría, con toda seguridad; un nuevo aro que ella tendría que quitar frotando. No había ninguna botella a la vista. Por muy borracha que estuviese, Irene solía apañárselas para eliminar las pruebas de la cantidad que había bebido. No es que al almirante pareciera importarle mucho. Stevie creía que a él le venía como anillo al dedo tener una mujer que vivía en otro planeta la mitad del tiempo.

Casi por costumbre, Stevie subió de puntillas la escalera. Al pasar frente al dormitorio principal, se asomó al interior. Irene yacía en la cama de matrimonio que solía ocupar sola, por culpa de las frecuentes ausencias del almirante. Llevaba un camisón con volantes y un lazo en el cuello, y tenía las manos cruzadas sobre el pecho; casi parecía un cadáver, salvo por el pecho que subía y bajaba y los apenas perceptibles ronquidos.

Stevie meneó la cabeza, asqueada, y se fue a su habitación. Ésta estaba amueblada con sencillez militar, casi como una celda: una sola cama, de estilo cuartelero; sábanas fuertemente ajustadas bajo el colchón; una mesita de noche y un pequeño radio-despertador; y una cómoda vacía de objetos, a excepción de un peine y un cepillo. Sólo el papel pintado de las paredes (unos incongruentes capullos de rosa sobre un fondo blanco) sugería que era la habitación de una joven.

Colgó su ropa y se tumbó en la cama. La brisa nocturna era cálida y suave. A Stevie le resultaba tremendamente difícil respirar, como si un gran peso le oprimiese el pecho. Dejó que su mente reviviera los recuerdos de la conquista de Luke James... A su modo, un nuevo triunfo sobre el almirante.

La suya era una guerra clandestina, como la que se libraba en Vietnam. Se llamaba «guerrilla», ¿no? Stevie había aprendido a las malas que no podía derrotar el gran poder de Cus Knight en el frente de su hogar; por eso combatía con sus propias armas, minando la autoridad que mantenía sobre ella de todas las maneras que podía. Sus victorias permanecían en secreto, pero no por eso eran menos reales para ella. Tarde o temprano, pensó, acabaría con él... si ella podía aguantar lo suficiente. Era el único modo de sobrevivir que conocía.

2

Hacía un año que Stevie había abandonado sus últimas esperanzas de salvar algún retazo de una infancia razonablemente normal.

Aquella mañana se había despertado temprano. Tenía una rara sensación de expectación y un desacostumbrado optimismo. Sin embargo, se recordó a sí misma que debía ir con cuidado: tenía escasos motivos para pensar que un día podía acabar bien. De todas maneras, cuando se levantó de la cama comprobó que sus esperanzas no eran infundadas: en la puerta del armario estaba colgado un vestido nuevo, el regalo de cumpleaños de Irene. Era rosa, de algodón... y con un adorno de encaje que lo estropeaba todo. A pesar de ello, cuando Stevie se lo probó se sintió inundada de afecto por su madre. Irene no sólo se había acordado de su aniversario aquel año, sino que también había insistido en organizar una fiesta. Aquel año *sí* sería distinto de los anteriores. Desde luego, Irene iba a intentar que lo fuera... si el almirante no lo echaba todo a perder.

Por unos instantes, una cadena de recuerdos puso en peligro el ánimo optimista de Stevie. Recordó que, cuando tenía cinco años, vertió un vaso de leche en la alfombra de la sala de estar. Al ver la expresión aterrorizada de su madre, Stevie se echó a llorar. «¡Se acabó! Ve al calabozo y no salgas de allí», dijo el almirante con su fría y acerada voz. Irene trató de enjugar la leche vertida con el pañuelo de encaje que llevaba siempre en la manga, pero el almirante la apartó. Y Stevie aprendió que «el calabozo» era su habitación... y que su madre era impotente frente a la ira del almirante.

Una vez, cuando tenía diez años, la había tenido en posición de firmes durante cuatro horas bajo el abrasador sol de agosto, porque había olvidado recoger sus juguetes. Cuando había hecho trampa y corrido a la casa para beber un vaso de agua antes de que hubiera acabado el castigo, el almirante la había obligado a repetirlo al día siguiente. Luego, a los trece años, le había prohibido acudir a la fiesta de graduación de la escuela elemental porque había encontrado polvo bajo su cama durante la «ronda de inspección» semanal.

Con el tiempo, Stevie había aprendido a ver a su padre como a un tirano sádico y a su madre como a una mujer bienintencionada pero de carácter débil. Y, a su hogar, como una prisión, como un calabozo. Había buscado refugio en la escuela y consuelo entre sus compañeras de clase, pero el brazo del almirante demostró ser tan largo como poderoso. Los maestros de la base eran más duros con Stevie que con los demás porque el almirante insistía en que lo fuesen. Los niños de su misma edad (hijos de otros oficiales) solían mantener las distancias con ella. Stevie siempre tenía la sensación de que la juzgaban y la encontraban «diferente» (el peor de todos los pecados); por lo tanto adquirió la costumbre de rechazar a la gente de su edad antes de que fueran ellos quienes le dieran la espalda.

Sin embargo, si podía celebrarse aquella fiesta, tal vez no sería demasiado tarde. Al mirarse aquella mañana en el espejo, Stevie vio una imagen más joven y de aspecto más inocente que la que solía tener. Viéndose sin el maquillaje que había empezado a ponerse a pesar de lo que opinaba el almirante, pensó que el vestido, al fin y al cabo, le sentaba muy bien. ¿Era posible para ella, realmente, ser una encantadora adolescente?

Cuando bajó para prepararse el desayuno, que habitualmente tomaba a solas, percibió enseguida que había algo distinto en el ambiente: el dulce y persistente aroma del pastel que Irene había cocido la noche anterior, un bizcocho blanco y esponjoso, alcorzado en rosado y decorado con dieciséis rosetones de caramelo. Era un olor tan distinto del habitual de licor y cigarrillos, que Stevie presintió que podía ser una buena señal.

Cruzó el comedor y la sala de estar, tratando de verlos como los contemplarían sus compañeras de clase por la noche.

Había muebles preciosos, la mayoría de ellos procedentes de la casa de sus difuntos abuelos de Atlanta: una mesa de caoba y sillas de estilo Reina Ana con cojines tapizados; un aparador de madera labrada y un enorme espejo de marco dorado. Todo brillaba cubierto con una rica pátina, gracias a los cuidados de Stevie, que los limpiaba y abrillantaba constantemente.

Sin embargo, al menos hasta donde alcanzaba su memoria, a nadie se le había ocurrido cambiar los muebles de sitio, colgar un cuadro o comprar algo nuevo..., ni siquiera sustituir las piezas de porcelana que se habían agrietado y deteriorado tras varios años de accidentes provocados por las borracheras de Irene.

A pesar de todo, Stevie pensó que a las chicas de la escuela les parecería probablemente una casa bastante bonita, como correspondía al *status* del almirante; de hecho, era como sus padres: de espléndida apariencia, si uno no entraba en detalles.

No obstante, aquel día la casa de los Knight realmente parecía más alegre de lo habitual. Tal vez se debiera a los rollos de papel *crêpe* rosado y blanco que descansaban sobre la mesa del comedor a la espera de ser entrelazados y colgados. O al descuidado montón de gorros y prendas para la fiesta, o a la bolsa de globos de colores. Todo parecía tan joven e inocente que, por una vez, Stevie no sintió la necesidad de burlarse.

Incluso el ambiente que reinaba en la escuela superior de la base le pareció más cálido y acogedor a Stevie. Su maestro y un chico a quien apenas conocía la piropearon por su nuevo vestido. Por lo general ella estaba en clase como si fuera extranjera, aislada por su propia sensación de ser distinta. Sin embargo, aquel día aceptaba los gestos de amistad e intentaba devolverlos.

Al recoger la bandeja de comida en la cafetería, la siguió un grupo de tres chicas (la pandilla de Tammy Forrester).

–¡Eh, Stevie! –la llamó la propia Tammy, indicándole un asiento libre–. Ven a comer con nosotras.

Stevie la obedeció, cautelosa y desconfiada, y tomó asiento en la codiciada mesa de la Forrester. ¿Era posible que unas chicas que solían ser tan engreídas hubiesen cambiado de opinión... sólo porque Irene la había inducido a invitarlas a la fiesta? Aunque Stevie no acababa de fiarse de aquella repentina familiaridad, en parte ansiaba llevar la vida normal de una adolescente y superó su habitual actitud de mantener las distancias.

–Estábamos hablando de tu fiesta –dijo Tammy, coreada por los asentimientos de las demás. Se inclinó hacia adelante en actitud confidencial y susurró–: ¿Vas a echar alcohol al ponche?

Stevie casi soltó una carcajada. En su casa era sencillísimo hacerse con una botella de licor.

–No habrá ningún problema –dijo despreocupadamente, y fue recompensada con sonrisas de aprobación.

–¿Qué harán los viejos? –inquirió Tammy–. ¿Tu padre..., quiero decir, tus padres estarán en casa toda la noche?

Stevie comprendió el porqué de la pregunta. Todos los que vivían en la base conocían al almirante Custer Knight y le tenían miedo.

–Está en Washington –respondió–, y mi madre siempre se acuesta temprano.

Tammy sonrió alegremente.

–¡Genial! –exclamó, pero luego volvió al tono confidencial–. ¿Has quedado con algún chico para la fiesta?

–No..., no, con ninguno.

–¡Fenomenal! O sea, no es fenomenal que no hayas quedado con ningún chico –se apresuró a precisar–, sino que mi primo Tim de Richmond está viviendo ahora con nosotros y me gustaría mucho que viniese también. Mide metro ochenta y es guapísimo. Acaba de ingresar en la Universidad de William y Mary, e incluso tiene un deportivo italiano. Estoy segura de que te encantará, Stevie. ¿Te parece bien que vaya?

–¡Claro! –dijo Stevie, asintiendo con la cabeza–. Cuantos más seamos, más reiremos.

Alcohol en el ponche, una cita a ciegas... Todo aquello formaba parte de un mundo que nunca había conocido. Se preguntó si encajaría en él.

Aquella pregunta seguía bailándole en la cabeza mientras caminaba por el sendero de su casa, acompañada por Tammy y Eve, su amiga. Con aires de monarca que concede un tremendo favor, Tammy se había ofrecido a ayudar a Stevie a poner los adornos y comprobar que todo estaba «en su sitio» para la fiesta. Mientras giraba la llave en la puerta, Stevie pensó en lo extraño que le resultaba volver a casa con chicas de su edad en vez de hacerlo sola, como siempre.

Entró seguida por las chicas. Éstas, llenas de curiosidad, estaban deseando echar un vistazo a la casa. Aunque el almirante «Cus» Knight era prácticamente una leyenda, ninguna de las compañeras de clase de Stevie había estado nunca en su casa; de hecho, todo lo que sabían de él se lo habían oído decir a sus padres.

Antes de entrar en la sala de estar, Stevie notó algunos indicios aterradores de que algo iba mal: olor acre, y el ruido del televisor que emitía a volumen ensordecedor uno de los seriales favoritos de Irene.

Todas las chicas contuvieron el aliento al unísono al contemplar una escena que a Stevie le resultaba espantosamente familiar: Irene estaba inconsciente en el sofá, rodeada de media docena de globos inflados, con los cabellos desordenados, la bata abierta y una botella de whisky Wild Turkey y un vaso sobre un charco en la mesita.

Del candelabro pendían algunos lacios fragmentos de papel *crêpe*; allí donde tocaban el suelo, comenzaba un rastro de vómitos que se extendía hacia el tocador.

En un instante, Stevie se despidió de su adolescencia. Sin decir ni una palabra a sus compañeras, echó a correr hacia la cocina y volvió con un rollo de servilletas de papel, un cubo de agua con jabón y un cepillo.

Tammy y Eve se fueron sin decir nada; casi como si tuvieran miedo de quedar contaminadas por aquella respugnante visión. Mientras se iban corriendo por el sendero, Stevie llegó a oír su animada charla. Naturalmente, al día siguiente la historia ya habría recorrido toda la escuela.

Stevie se puso a cuatro patas y frotó la alfombra hasta que se le enrojecieron los nudillos. La mancha fue difuminándose poco a poco, pero el olor a rancio permaneció. Aunque las náuseas le dificultaban la respiración, Stevie inhalaba profundamente, como si quisiera castigarse aún más por haberse atrevido a soñar.

Cuando terminó, llevó casi arrastrando a Irene por las escaleras hasta tumbarla en su cama. Luego, Stevie rasgó el vestido de cumpleaños blanco y rosado, lo hizo trizas y lo tiró al suelo de la habitación de Irene.

Se puso unos tejanos y una camisa de hombre y volvió a bajar. Con hosca determinación, recogió la basura de la fiesta que no había llegado a celebrar, los globos, gorros y adornos, y realizó once llamadas telefónicas informando a cada uno de los invitados que la fiesta de cumpleaños había sido suspendida. No dio ninguna razón, consciente de que probablemente Eve y Tammy ya habían empezado a correr la voz sobre lo que habían presenciado.

Con demasiada brevedad, había saboreado lo que otras chicas daban por supuesto... y, también con excesiva rapidez por cierto, Irene la había devuelto a la marginación de Stevie Knight.

Juró no volver a ponerse en ridículo de aquella manera nunca más.

Dado que, varias horas después, Irene aún no había bajado, Stevie empezó a preocuparse. Aunque aquel día odiaba a su madre más que nunca, Stevie había adquirido profundamente el hábito de ser responsable. Largos años de tomar las riendas, de asegurarse de que a Irene no le ocurría nada durante las frecuentes ausencias del almirante, habían convertido a Stevie más en una madre para Irene que en una hija. Y, aunque a menudo deseaba la muerte de sus padres, Stevie no podía abandonar por completo a su madre, ni siquiera entonces. Como sabía que Irene se olvidaba de comer cuando bebía, rebuscó en la nevera los restos de alguna comida. Sacó algunos vegetales rígidos y unas piezas de pollo del congelador, los metió en una cazuela, añadió condimentos y agua y la puso a calentar mientras eliminaba los últimos vestigios de la borrachera de Irene.

Al cabo de una hora aproximadamente, oyó un ruido sordo en el piso superior, como si algo o alguien se hubiera caído al suelo. Meneando la cabeza, probó el cocido y decidió que ya estaba lo bastante bien para servirlo. Preparó una bandeja y subió con ella por la escalera. Llamó con fuerza a la puerta para dar tiempo a su madre a arreglarse.

Cuando Stevie entró, Irene estaba atusándose el cabello y ajustándose la bata.

–He tenido una jaqueca espantosa –se quejó, como si no fuera habitual que ella se encontrara tan indispuesta.

Stevie aguardó a ver si hacía alguna mención de la fiesta fallida, pero, al parecer, Irene no la recordaba. O tal vez se limitaba a salvar las apariencias, dejando de lado todo aquello que pudiese empañar sus pretensiones de ser una dama.

–Pensé que querrías comer algo –dijo Stevie, ofreciéndole la bandeja.

Irene olisqueó la sopa y probó una pizca, como si estuviera comparándola con otro ejemplo mucho mejor.

–Stephanie, cariño, aquí veo una servilleta de papel, y además del tamaño adecuado para un almuerzo –murmuró–. No es que quiera criticarte, pero una joven damita debería saber que estas servilletas sólo son apropiadas para los almuerzos en el campo. ¿Te acordarás de esto, pequeña?

La ira le subió a Stevie a la garganta, oscura, salvaje y abrasadora. Volcó la bandeja, se fue corriendo a su habitación y cerró dando un portazo a sus espaldas.

Eran casi las nueve cuando el timbre de la puerta despertó a Stevie. Después de haber pasado varias horas llorando, se había quedado dormida. Dejó que el timbre volviera a sonar por toda la casa. Dedujo que Irene debía de haberse tomado un par de tragos más y sumido de nuevo en un estado de sopor. Se restregó la cara y bajó por las escaleras.

En el umbral de la puerta se hallaba el principal ayudante de su padre, el teniente Sanford Graystone.

–Feliz cumpleaños, Stevie –dijo, entregándole una caja con flores. Un ramillete de camelias rosadas estaba recogido con tisú verde–. De parte de tu padre –le explicó el oficial–. Lamenta no poder estar aquí, y me pidió que te deseara especialmente feliz cumpleaños. –Atisbó en el interior de la casa–. Supongo que la fiesta debe de estar ahora en su apogeo.

–La fiesta ya ha terminado –dijo Stevie con aspereza. Su tono indicaba claramente que no debía hacerle preguntas.

Quitó la tarjeta de la caja y leyó su breve mensaje: «A mi preciosa hija, Stevie. Feliz cumpleaños. Con cariño, de papá». En unos instantes de locura, la necesidad que tenía Stevie de ser amada casi logró apartar el odio que sentía hacia el almirante. Sin embargo, mientras reflexionaba sobre aquellas palabras, recordó en cuántas ocasiones la había engañado antes. ¿«Con cariño, de papá»? Aquél no era su estilo...

Su mirada se desvió hacia el ansioso rostro de Sandy. Mientras cumplía con su deber (traer documentos a casa del almirante, o venir a escoltarlo hasta una reunión), ella se había fijado a menudo en que él la observaba con admiración. Entonces lo comprendió todo.

–El viejo tirano no ha enviado estas flores –dijo, y tiró las flores al suelo–. Las has comprado tú.

Sandy se sonrojó, avergonzado.

–Estaba anotado en mi agenda –se excusó–. Él lo habría hecho, pero...

–Lo has intentado –dijo Stevie con amargura–. Y gracias. Al menos *tú* te has preocupado lo suficiente para tomarte esta molestia.

Sandy se encogió torpemente de hombros.

De súbito, con una alegría forzada, Stevie dijo:

–¡Al cuerno! ¿Por qué no voy a celebrar que tengo dieciséis años? Lo festejaré contigo. Una fiesta de verdad, no una verbena para niños. ¿Qué te parece?

El oficial vaciló, tratando de aclararlo todo en su mente: lo que ella quería decir, los riesgos... Si él no hubiera odiado tanto al almirante, tal vez su respuesta habría sido diferente. Pero al cabo de un momento dijo:

–Vale, Stevie, ¿qué quieres que hagamos?

Mientras ella sopesaba las distintas posibilidades, su rostro sufrió una transformación. Ya se habían desvanecido todos los rasgos de la chica que aquella mañana se había despertado creyendo que podía ser una adolescente normal. En su lugar había aparecido una mujer cínica que sabía demasiado de la vida y demasiado poco del amor.

–Lo que quiero –dijo, con el tono de voz cargado de secretas insinuaciones– es que me lleves al motel Dreamland.

3

Las barbacoas en casa del almirante Custer Knight eran una tradición en la base. Se celebraban el segundo domingo de cada mes por la tarde y se planeaban con tanta meticulosidad como una operación naval..., con inicio a la una del mediodía y fin a las cinco en punto de la tarde. Las listas de invitados se componían de oficiales navales y sus esposas..., y últimamente incluía a los políticos de Washington y a militares de graduación que Cus Knight había cortejado para que lo apoyaran en su empresa de alcanzar una promoción que podría llevarlo a la Junta de Jefes de Estado Mayor.

Una docena de marineros tenían servicios asignados en la casa de los Knight para cocinar, servir comidas, atender el bar y limpiar cuando hubiera acabado la fiesta. En tiempos pasados, Stevie flirteaba con ellos a espaldas del almirante, pero aquel juego en particular ya le aburría. Aquella tarde estaba sentada en un peldaño que conducía de la terraza trasera al jardín, retorciendo perezosamente las húmedas y calientes briznas de hierba con los dedos de los pies mientras contemplaba cómo los secuaces del almirante iban de un lado a otro.

–Stevie, ¿qué demonios crees que estás haciendo?

El almirante cruzó como un resorte las puertaventanas de la sala de estar. Tenía el rostro enrojecido de ira por haberla pillado en pantalones cortos y camiseta.

–Estamos esperando invitados, ¡y tú pareces una reverenda jodida *hippie*!

Stevie sonrió para sus adentros. Por supuesto, había esperado que él la viera y perdiese los estribos. Se puso en pie despacio, con insolencia, plenamente consciente de lo furibundo que se ponía su padre si ella no se cuadraba, como hacían todos los demás.

–Ya sabes lo que se espera de ti –ladró–. Sube a tu habitación y ponte ropa más decente. Es una orden.

Stevie se metió en la casa. Sí, sabía perfectamente lo que él esperaba: que se acicalara para que él pudiera mostrarla a sus secuaces. Lo que no sabía era que ella sólo jugaba a aquel juego porque también le convenía.

Subió a su habitación y rebuscó en el armario. El almirante había sido siempre muy puntilloso respecto a su ropa. Le había comprado en persona muchos de sus vestidos, pretendiendo asegurarse así de que ella iba a aparecer como uno de sus éxitos. Sacó dos, y, cuando se volvió para mirarse en el espejo, vio con estupefacción que había entrado en silencio detrás de ella y la miraba con extraña fascinación.

–El vestido verde –le dijo–. Ponte el verde.

Durante unos tensos momentos permaneció inmóvil, casi como si esperase que ella se cambiase en su presencia. Aquella idea le pareció a Stevie sorprendentemente excitante; se preguntó cómo reaccionaría si se quitara la camiseta y dejara que los pantalones cortos resbalaran hasta el suelo.

Sin embargo, el almirante dio media vuelta y salió de la habitación, de forma tan abrupta como había venido. Stevie se metió por la cabeza el vestido de lino verde sin tirantes. Luego se maquilló un poco: carmín de labios de color albaricoque pálido, una sombra verde-gris que hacía juego con sus ojos, y mucho rímel.

Cuando bajó para la inspección, el almirante la examinó de pies a cabeza sin hacer el menor comentario. Luego recompensó sus esfuerzos con otra orden.

–Ve a ver qué es lo que retrasa a tu madre. El senador Harper vendrá a la una en punto.

Una vez más se alejó despacio, para poner a prueba la paciencia del almirante. Volvió a subir y encontró a Irene en su dormitorio. Estaba perdiendo el tiempo tratando de quitar una mancha imaginaria en su vestido de gasa de color melocotón. Parecía nerviosa, pero razonablemente sobria. A menudo, Stevie había visto a su madre como una cuba, pero casi siempre cuando el almirante estaba de viaje. Stevie suponía que en parte se debía al miedo, pero también al hábito. Su madre había empezado a beber en los años en que Cus Knight estaba en alta mar como capitán de buque luchando contra los japoneses. Naturalmente, él ya había descubierto que bebía, pero era raro que ella se emborrachase delante de él.

–Quiere que salgas –le dijo Stevie.

–¿Qué tal aspecto tengo? –preguntó Irene, rogándole que le confirmara que iba a causar buena impresión.

–Pregúntaselo a él –respondió Stevie–. Sólo su opinión tiene importancia.

Mientras salía de la habitación de su madre, Stevie pensó que quizás había sido cruel, pero aún no la había perdonado por el desastre de la fiesta de cumpleaños.

Bajó al vestíbulo, donde se hallaba el almirante con las manos cruzadas a la espalda, observando a los sudorosos marineros que entraban y salían por la puerta de la cocina que daba al jardín delantero, preparando el banquete que no tardaría en empezar.

–¿Y bien? –inquirió.

–Ya está casi lista.

–¿Está... en regla?

–Se mantendrá a flote –replicó Stevie, parodiando la insufrible costumbre del almirante de utilizar constantemente términos del argot de la Marina.

El almirante carraspeó.

–El... problema de tu madre –dijo sin alterarse– nos concierne a todos. Pero, si nos mantenemos unidos como una fuerte unidad de combate, todo irá bien.

Calló, aguardando una respuesta. Pero ¿qué podía decir Stevie? Sabía que nunca iría todo «bien». Guardó silencio y el almirante apoyó una mano en su hombro. El contacto de sus dedos sobre su piel desnuda le puso la piel de gallina; ya no podría verlo nunca como a su padre, sino como a un extraño que había llegado a tener poder sobre ella. Sin embargo, soportó su contacto sin apartarse. Hizo un esfuerzo por mirarlo a los ojos, azules y gélidos, y le devolvió una mirada que era tan penetrante como la suya.

De repente, el almirante cambió de tema.

–Te has convertido en toda una mujercita –le dijo en voz baja–. Aún más guapa que tu madre cuando era joven...

Aquel piropo y el tono dulce eran tan irritantes como su ira, pero, antes de que Stevie pudiese encontrar una respuesta, apareció un marinero que les anunció que el coche del senador acababa de aparecer por el sendero de entrada. El almirante fue a recibir a sus invitados.

Unos momentos después, Irene bajaba a toda prisa las escaleras. Cuando pasó a su altura, Stevie pensó que casi se asemejaba a aquella joven novia capturada para la posteridad en el retrato con marco de plata de su rinconera. Aún era esbelta; su blanca piel seguía suave y carente de arrugas, y sus cabellos trigueños, finos como los de un bebé, se ondulaban ligeramente, aunque el peluquero había de teñírselos cada mes. No obstante, Stevie sabía, mejor que nadie, que Irene no guardaba ningún parecido con la joven de la fotografía. Y también sabía que había sido el almirante quien la había hecho cambiar, quien la había destrozado y había privado a Stevie de una madre.

–He visitado todas las instalaciones militares del país –dijo el senador Albert Harper, el corpulento jefe del grupo parlamentario mayoritario y presidente del Comité de Presupuestos–. La moral parece estar por los suelos. Pero aquí, Cus, has hecho milagros... Ninguna apelación al Párrafo Octavo, ningún problema disciplinario... Estás al mando de un buque sin un asomo de fisuras, Cus. Ojalá tuviésemos más en la Armada. ¿Cuál es tu arma secreta? ¿O está clasificada como secreta? –agregó riendo.

–No es ningún secreto, Al –dijo con sinceridad el almirante–. Sigo la misma filosofía de Harry Truman: aquí nadie escurre el bulto. Si un oficial, en cualquier nivel, acepta la responsabilidad con todas sus consecuencias, resuelve los problemas..., ¡no, cojones!, los *prevé*, y los afronta antes de que los pongan en entredicho a él y su autoridad.

Se alzó un murmullo de aprobación entre el senador y los demás peces gordos del Pentágono que se hallaban en el jardín, todos ellos ya con un vaso en la mano. Stevie, oculta por una enorme planta de hortensia, fruncía el entrecejo despectivamente al oír la palabrería barata del almirante. «¿Por qué nadie se da cuenta de cómo es en realidad?», se preguntaba. ¿Es que sólo ella sabía la clase de hombre que era? Su «buque sin fisuras» era controlado simplemente mediante el terror y la intimidación, las mismas armas que empleaba el almirante para mandar en su casa. En cuanto a la moral, Stevie había oído a hurtadillas la amenazadora llamada telefónica que había efectuado al nuevo psiquiatra de la base, ordenándole con claridad meridiana que no debía haber apelaciones al Párrafo Octavo en una instalación bajo sus órdenes. «Si alguno de mis hombres intenta rehuir su deber pretendiendo estar chiflado, lo enviaré de cabeza al calabozo.» A todas las protestas que había realizado el médico, el almirante había replicado: «Tal vez las cosas en la vida civil sean como usted dice, doctor, pero aquí se hacen a mi manera. Creo que descubrirá que noventa días de calabozo curan las enfermedades mentales con mucha mayor eficacia que todos sus mimos y píldoras de colores». Así puso fin a la discusión.

La idea de que podía alcanzar pronto un puesto de mayor poder aún, hacía que Stevie lo odiara todavía más. Deseaba poder encontrar el valor necesario para salir de su escondite y denunciar al almirante como el mentiroso que era en realidad. Pero ¿cambiarían así las cosas? ¿O sólo conseguiría que cayeran sobre ella terribles represalias?

Como no podía levantar la voz ni seguir escuchando en silencio, se dirigió a la mesa de los aperitivos. Se sirvió un plato de carne de barbacoa y observó cómo Irene charlaba con dos esposas de oficiales, aferrada a su vaso de Wild Turkey como si le fuera la vida en el empeño y procurando desesperadamente no apurarlo aún. Cuando se avecinaba uno de aquellos festejos, el almirante daba instrucciones claras a sus lacayos: «La señora Knight sólo debe tomar un cóctel, ¿entendido?» Sí.

De súbito, Stevie sonrió al pensar cómo podía hacer que el buque sin fisuras de su padre se tambaleara. Tomó un vaso de whisky, se volvió hacia su madre, levantó el vaso y se lo bebió de un trago de forma desafiante. A continuación se tomó otro.

Stevie iba a recoger un tercer vaso cuando su madre apareció a su lado y la asió del brazo para que no lo hiciera.

–Stephanie, querida, creo que ya has tomado bastante... –le susurró.

Stevie se quitó de encima la mano de su madre y se volvió

hacia ella, fulminándola con la mirada. No se preocupó en bajar la voz.

–¿Bastante? Dime, Irene, ya que eres experta en este tema, ¿cuándo está uno *bastante* borracho? ¿Cómo lo sabes? ¿Cuando aún estás de pie... o cuando ya has caído redonda?

La pulla había dado en el blanco. A Irene se le cortó la respiración y enrojeció hasta la raíz de los cabellos. Apareció el pañuelo de encaje, que fue a parar a sus labios trémulos. Mientras tanto, las mujeres que la rodeaban se alejaron diplomáticamente.

Stevie, envalentonada por el alcohol y aún rebosando despecho, dejó plantada a su estupefacta madre y se acercó con disimulo al grupo de los hombres. El almirante la miró con irritación al verla, pero, antes de que pudiera reaccionar, Stevie tomó del brazo al senador Harper. El anciano político sonrió, radiante.

–Mi querida Stephanie, es increíble cuánto has crecido. Cada vez que te veo estás más guapa.

–Y usted más atractivo –respondió Stevie con voz dulce–. Espero que su esposa sepa la suerte que tiene.

El viejo se sonrojó y se echó a reír.

–Tienes madera de político, pequeña. ¿Tienes ambiciones en ese campo?

–¡Oh, prefiero dejar la política a los hombres!

Y bajó la mirada en una parodia de recato femenino.

Sin embargo, el senador creyó que su gesto era sincero.

–No importa, Stephanie. En estos tiempos, las jóvenes pueden hacer cualquier cosa. Incluso creo que podrías seguir los pasos de tu padre.

Stevie miró al almirante, que contenía el aliento con la esperanza de que su hija pudiera echarle una mano con el senador.

–¿Ser como el almirante? –dijo Stevie por fin. Luego, con el mayor afecto, añadió–: Antes me caigo muerta.

El grupo se quedó estupefacto. Sin embargo, antes de que Stevie pudiese saborear los efectos de sus palabras, sintió un terrible retortijón en el estómago. Soltó el plato y echó a correr sin prestar atención a las miradas que se concentraban en ella. Fue al lavabo más cercano, se inclinó sobre la taza y se rindió a los violentos espasmos que le vaciaron el estómago.

Entre cada vómito, se reía. Nunca había llegado tan lejos en el pasado, nunca había pillado tan desprevenido al almirante...

De repente, la puerta del lavabo se abrió de par en par y él apareció en el umbral, con los puños apretados y el rostro pálido de ira.

–¿Cómo te has atrevido? –masculló–. Quedas arrestada por un mes. Y esto es sólo el principio. No eres tan mayor para librarte de unos buenos azotes, Stevie. ¡Te las verás conmigo más tarde, te lo aseguro!

Con aquella última amenaza, cerró la puerta de un portazo.

Aunque Stevie se sentía débil y mareada, sintió una oleada de satisfacción por haberle estropeado el día al almirante. «Uno a cero a mi favor», pensó justo antes de que volvieran las arcadas.

Dos semanas y dos días después de la barbacoa, Stevie se hallaba en un autobús camino de Richmond... desobedeciendo la orden del almirante de «estar arrestada» salvo para ir a la escuela. Tras contar una y otra vez los días pasados desde su última menstruación, comprendió que se estaba retrasando mucho, muchísimo. La sensibilidad de sus pechos, la sensación de náuseas y el recuerdo de que se había acostado con Luke James «sin tomar precauciones» contribuían a aumentar su temor de haber quedado embarazada.

Durante la semana anterior, Stevie se había aferrado a la esperanza supersticiosa de que quizá su problema no era real. Aquella leve posibilidad se había desvanecido durante una clase de educación física, cuando se había inclinado para tocarse las puntas de los pies... y había acabado en el suelo, desmayada. Habían avisado a Irene para que la acompañara a casa, y, aunque Stevie había esquivado las preguntas de su madre alegando estar agotada (Irene aún creía que el ejercicio excesivo era impropio de una dama y potencialmente peligroso), ya no podía simular que no tenía motivos para preocuparse.

Sin decir nada, se fue a las oficinas de la compañía telefónica y hojeó las páginas amarillas de las afueras de la ciudad hasta que encontró el nombre de una clínica.

Al llegar a la dirección de Richmond que tenía apuntada, Stevie se encontró ante un edificio deteriorado del gueto negro de la ciudad. Entró, subió un par de tramos de una escalera sin barrer y pasó a una atestada sala de espera. Una recepcionista negra agobiada por la gente, le dio un número y le dijo que esperase su turno. Stevie se sentó en uno de los duros bancos alineados a lo largo de las paredes y escrutó los rostros que tenía a su alrededor, procurando no pensar en lo que se le avecinaba. Todas las demás mujeres parecían tristes, cansadas o preocupadas. Le extrañó que la gente afirmara que dar a luz era algo tan maravilloso; en aquella sala, nadie parecía mínimamente feliz.

El tiempo transcurría despacio. Stevie estaba demasiado nerviosa para leer ninguna de las revistas hechas jirones esparcidas por la sala. En sus dieciséis años de vida, sólo había acudido una vez a la consulta de un médico; cuando tenía siete años sufrió una neumonía a causa de un resfriado al que no habían prestado la suficiente atención. En aquella ocasión, al igual que en ésta, le había horrorizado ponerse en manos de gente que podía causarle dolor.

El doctor que llamó a Stevie parecía agobiado e impaciente, pero no era una persona desagradable. Era delgado y bajo, y su piel tenía un tono rosado pálido que lo hacía parecer demasiado joven para haber obtenido la licenciatura en la Facultad de Medicina. Sorprendentemente, aquella idea le hizo sentirse mejor: era como si tuvieran algo en común.

El doctor la asaeteó a preguntas. Luego le mojó el brazo con alcohol y tomó una muestra de sangre.

Lo que vino a continuación fue más duro. Stevie pasó detrás de un biombo y se desnudó, cubriéndose con un camisón de papel. Se sentía como si la hubiesen despojado de su último vestigio de protección. Necesitó reunir toda su fuerza de voluntad para subir a la camilla de reconocimiento y apoyar las piernas en los estribos.

–Esto puede resultarle molesto –dijo el médico de manera rutinaria mientras comenzaba a hurgar en su intimidad con los dedos enguantados. Sólo el orgullo impidió chillar a Stevie.

–Es difícil de decir –murmuró por fin–. El cuello del útero está un poco sensible... Hay cambios que tal vez anuncien un embarazo... o tal vez no. El test sanguíneo nos lo dirá. Ya puede vestirse –añadió, quitándose los guantes de goma–. Llame mañana para saber los resultados.

–¿Mañana? –repitió Stevie, irguiéndose en la camilla. Comprendió con un sobresalto que su calvario no había terminado aún. Olvidando su orgullo, le rogó–: Por favor, ¿no podría decírmelo hoy? Esperaré. Le aseguro que debo saberlo...

El médico miró fijamente a Stevie: entonces, como si acabara de darse cuenta de lo joven que era, adoptó una actitud más amable.

–Nuestro laboratorio está siempre saturado de trabajo, pero si un día es tan importante para usted..., espere fuera. Veré lo que puedo hacer.

Dos horas después, Stevie se hallaba en el autobús de regreso a Newport News. Miraba por la ventana mientras iban pasando los kilómetros, pero no veía nada. Sólo podía hacerse la misma pregunta una y otra vez: «¿Qué voy a hacer?». El médico había sugerido la «interrupción». Sin embargo, aunque aquello facilitara algunas cosas, a Stevie le horrorizaba la idea. Había algo vivo en su interior; no podía aceptar la idea de matarlo. Tal vez pensaba así porque, a muchos de los hombres que la rodeaban, los había oído hablar de matar y destruir como si fuera algo bueno..., algo relacionado con la victoria. Tal vez fuera así para el almirante, pero en tal caso tenía más razones todavía para resistir la tentación.

Por lo tanto, la única esperanza que podía encontrar radicaba en el sueño de irse lejos, tener el niño y sacar adelante una familia de verdad. «Pero ¿de qué viviríamos?», se preguntaba, y recordaba a las mujeres cansadas y derrotadas de la clínica.

¿La ayudaría Luke James? Parecía interesado en ella. Quizá le agradara la idea de tener una hija o un hijo. Pero Stevie era realista: no podía esperarse que él contrajera matrimonio. Sin embargo, tenía mucho dinero y podía ayudarla a irse de allí y encontrar trabajo. Tal vez incluso vendría a ver al niño de vez en cuando. En aquellos tiempos había muchas estrellas de Hollywood que hacían cosas así.

Se bajó del autobús en el centro de la ciudad y se encaminó a la farmacia Buy-Rite. Tras cambiar un billete de cinco dólares, entró en una cabina telefónica y llamó al hotel Mayflower de Washington.

Respondió un conserje. Stevie le pidió que le pasara con la habitación de Luke James.

–Lo siento, pero el señor James no recibe llamadas –dijo la voz en tono rutinario.

–Lo llama Stephanie Knight –insistió–. Soy una buena amiga del señor... de Luke.

Unos segundos de pausa le dieron esperanzas. Luego volvió a sonar la voz del conseje.

–Lo siento, pero usted no está en la lista...

–¿Qué lista? –preguntó Stevie, pero la comunicación se cortó bruscamente antes de obtener una respuesta.

Se quedó sentada un rato en el asiento de la sofocante cabina. Volvió a intentarlo. Disimulando la voz, pidió que le comunicaran con Luke.

–Le habla la telefonista de llamadas internacionales. Tengo una llamada personal urgente, desde Roma, del señor Foster de la Paramount Pictures...

Contuvo el aliento, rezando para que la mentira surtiera efecto.

Un momento después, Luke se puso al teléfono.

–Gracias al cielo –dijo Stevie. Se sentía tan aliviada que sólo le quedaba un hilo de voz–. Gracias al cielo que eres tú...

–¿Quién demonios está al aparato? –exigió saber Luke.

–Soy Stevie, Stevie Knight... –No se produjo ninguna exclamación, ningún indicio de que hubiese reconocido su nombre. Temiendo que colgara, se apresuró a añadir–: El día que bautizaste el *Neptuno*, ¿recuerdas?

–Oh...

Oh. Aquello era todo. Así que le devolvía la pelota por haber jugado con él. De acuerdo, tal vez se lo merecía. Hizo un esfuerzo por seguir hablando.

–Escucha, acabo de descubrir que estoy embarazada. Es hijo tuyo y yo...

–¿Mío? –la interrumpió. Se echó a reír, pero no le había hecho gracia–. Niña, es un truco bastante viejo para alguien tan lista como tú.

–No es ningún truco –protestó Stevie–. Acabo de hacerme una prueba. Mira, no espero nada de ti, salvo una pequeña ayuda. Lo suficiente para que pueda irme de aquí y tener el niño.

–Y si pico como si realmente fuera mío... ¿qué pasará después? Me tendrás agarrado por los cojones.

–No, no haría...

Luke volvió a interrumpirla, y su voz sonó fría y tajante.

–Escucha, Stevie, me importa un huevo si estás preñada o no. Por lo que a mí respecta, ya sabías lo que hacías, lo sabías tan bien que no está nada claro que ese crío sea mío. De modo que no me presiones, niña, o te juro que demostraré que te has acostado con tantos tíos como para tripular el próximo submarino que boten en esa base.

Se cortó la comunicación.

A Stevie le quedó grabado el eco de satisfacción que había oído en su voz. Luke había restañado las heridas en su orgullo y había recuperado su perfecta reputación con las mujeres.

El camino de vuelta a casa, a Shady Lane, parecía inacabable... y, sin embargo, no lo era bastante. Stevie no tenía ninguna estrategia; en tales condiciones, sólo podía prever una derrota.

Dentro de la casa, Irene estaba reclinada en el sofá viendo la televisión. Estaba como hipnotizada por uno de sus seriales favoritos.

–¿Stephanie...? –preguntó al oír que se cerraba la puerta principal.

-Sí.

Stevie entró en la sala de estar. «Al menos no está borracha», pensó Stevie tras escrutar a su madre.

Irene apartó la mirada del televisor.

–No sabía que habías salido –dijo en voz baja. No lo comentaba para regañarla, desde luego, sino para recordarle que tenían intereses comunes: guardar secretos al almirante.

Stevie no dijo nada. En parte esperaba que su madre le preguntara por qué había roto las reglas.

–Pareces cansada, cariño –le dijo Irene–. ¿Qué tal si te sientas a mi lado y te tomas una taza de té? –Irene señaló el juego de tazas de porcelana que había colocado donde solía estar el vaso de Wild Turkey.– Ya casi ha terminado el episodio y podríamos conversar un poco. Hace mucho tiempo que no hablamos.

Stevie, intrigada, se sentó. Había pasado mucho tiempo desde que Irene se había tomado tantas molestias en un día normal. Incluso iba vestida normalmente, en vez del camisón de encaje que prefería para pasar la noche en la sala de estar. Stevie se sirvió una taza de té y se comió una galleta de arruruz para engañar el estómago... y se preguntó qué podía anunciar la metamorfosis de Irene.

Tal vez su madre podría ayudarla. ¿No se suponía que las madres ayudaban a sus hijas... y no al revés? Stevie esperó, guardando un paciente silencio, hasta que acabó el episodio del serial.

Irene se volvió hacia el juego de té y se sirvió una taza.

–Eh..., mamá –dijo Stevie en tono vacilante–, tengo... un problema.

Su madre mantuvo la mirada al frente y dijo con suavidad:

–No hay nada que no podamos arreglar, cariño. ¿Se trata del almirante...?

–No. De *eso* puedo encargarme yo.

Esta vez, Irene levantó la mirada. Por primera vez, su rostro se ensombreció.

–¿De qué se trata, Stephanie?

–Estoy embarazada.

Tras aquella confesión, Stevie se sintió repentinamente reducida a una niña..., una niña que necesitaba que la consolaran.

–Mamá, no sé qué hacer... –añadió con desesperación.

Irene la miraba de forma inexpresiva, como si Stevie le hubiera hablado en una lengua extranjera. Luego volvió a fruncir el entrecejo; parecía estar profundizando en su propio interior para afrontar aquel reto.

–Tonterías –dijo por fin–. Estoy segura de que no tienes motivos para preocuparte. Las chicas de tu edad tenéis mucha imaginación. Recuerdo que, cuando tenía dieciséis años, me pasaba *horas* tonteando con Freddy Baker; luego estaba convencida de haberme quedado embarazada, porque todo era tan... tan emocionante. Me pasaba varios días preocupada, pero, por supuesto, mi madre se fijaba en mi palidez. Antes de que pudiera darme cuenta, ya me había tomado por su cuenta. Nos reíamos tan a gusto juntas... Imagínate...

Irene empezó a divagar, perdiéndose en los recuerdos de días más felices.

–Mamá, lo mío es distinto –dijo Stevie. Volvió a sentir un nudo en el estómago–. He ido a ver a un médico. Me han hecho pruebas. El padre es Luke James. Nosotros... Yo estuve con él cuando vino al almuerzo. Pero ahora no quiere saber nada de mí.

Irene guardó silencio largo rato. Luego, se le desencajó el rostro, sacó de la manga de la bata su diminuto pañuelo de encaje y, sollozando, se lo llevó a la cara.

–¿Cómo ha podido pasar esto? –gimió con voz quejumbrosa–. ¿Cómo has podido hacernos esto a tu padre y a mí, Stephanie? ¡Dios mío, había hecho este té sólo por ti...! Tenía tantas ganas de tener una conversación entre madre e hija, pero tú..., tú...

–¡Mamá! –gritó Stevie, incorporándose de la silla y zarandeándola–. ¡Por el amor de Dios, escúchame! Estoy en un lío y necesito ayuda. –En voz más baja añadió–: Por favor, compórtate como madre... por una vez. Ayúdame...

Irene contempló con ojos tristes el rostro angustiado de su hija. Su voz se quebró de dolor al responder:

–No puedo ayudarte, Stevie... Ni siquiera puedo ayudarme a mí misma.

Abrumada por la emoción, Irene se levantó repentinamente del sofá y subió corriendo las escaleras.

El ruido de la puerta del dormitorio al cerrarse fue concluyente para Stevie. «¿Por qué pensé que las cosas podían ser distintas?», se preguntó. Había cometido aquel mismo error muchas veces, siempre que se atrevía a confiar en un milagro, en algo que le demostrara que tenía una familia de verdad, y no sólo de nombre.

Seguía sentada en la oscuridad, exactamente en el mismo sitio, cuando el almirante volvió a casa y encendió la luz.

–¿Qué demonios...? –dijo sorprendido al ver a Stevie, rígida como una estatua y que apenas parecía respirar–. ¿Qué significa esto, Stephanie? –inquirió señalando el juego de tazas, que aún estaba sobre la mesa–. El servicio de cocina es responsabilidad tuya. Si no puedes recordarlo y actuar de manera madura y responsable, quedarás arrestada dos semanas más.

Stevie sintió una oleada de cólera. Se levantó del sofá y se encaró con él.

–Soy mucho más madura de lo que crees, *padre* –dijo con desprecio–. ¡Lo bastante madura para tener un hijo! ¿Qué te parece *eso*?

El almirante se puso pálido. Se quedó rígido, mascullando pero sin decir nada. Por fin, consiguió encontrar unas palabras:

–¡Explícate de inmediato! –le ordenó con sequedad.

–Aquel gran héroe americano que trajiste hace un mes, el señor Luke James, primero botó el barco y luego me folló. ¿Qué queda por explicar?

El bofetón del almirante pilló por sorpresa a Stevie, que perdió el equilibrio y fue a chocar contra la pared. Mientras se aferraba al muro para no caer, sintió al mismo tiempo un miedo cerval... y un extraño júbilo. Nunca el almirante había perdido el control de manera tan absoluta; nunca la victoria de Stevie había sido mayor.

Antes de que pudiera recuperarse, los puños de Custer Knight empezaron a golpearla salvajemente.

–¡Puta! ¡Guarra! –le gritaba con el rostro desencajado de ira. Entonces le asestó un puñetazo que se hundió en su abdomen. El dolor fue insoportable.

–Papá..., por favor... –gimió, doblada sobre sí misma. La muchacha burlona y encallecida había desaparecido, dejando sólo una niña lacerada por el dolor y rogando a su padre.

Pero Custer Knight no pareció oírla. Con la mirada nublada, siguió golpeando ferozmente a su única hija con los puños apretados y palabras de odio en los labios.

–¡Debes de haber jodido con algún marinero! ¡Admítelo, pequeña mentirosa! No con una estrella de cine. ¡No eres más que una vulgar puta! Después de todo lo que he hecho por ti...

Echó atrás el puño de nuevo y se detuvo antes de lanzarle su último grito de condena.

–Traidora... ¡Pequeña sucia traidora!

Entonces proyectó su puño contra la cabeza de Stevie. El golpe la hundió, compasivamente, en la inconsciencia.

Al abrir los ojos, Stevie no vio nada más que una neblina blanca. Por unos momentos pensó que se había muerto. «El Cielo existe», pensó. Pero entonces notó el débil dolor que palpitaba en su cabeza. Tras parpadear varias veces, pudo distinguir la habitación de un hospital. Paredes de un verde rutinario y una cortina blanca alrededor de la cama.

Stevie intentó girar la cabeza, pero no ocurrió nada. Se sentía como si tuviera roto el cuerpo en un millar de sitios.

En alguna parte sonó una voz amable de mujer.

—Me alegro de verte despierta. Nos tenías preocupados...

Se percató de que no era la voz de Irene. Pero el matiz de sincera preocupación hizo que afloraran lágrimas en los ojos de Stevie.

—Yo... —gimió; su voz le sonó quebrada, desconocida.

—Es mejor que no hables. —La voz rodeó la cama y Stevie pudo ver entonces a la enfermera; una enfermera de la Marina, a juzgar por el uniforme—. Tuviste un terrible accidente, pequeña. Te hemos administrado algo que te aliviará el dolor, pero avísame cada vez que te vuelva. Por ahora, quédate quieta y deja que el medicamento haga efecto. Antes de que te des cuenta, ya podrás levantarte otra vez.

Entonces, los últimos momentos de consciencia de Stevie acudieron a su mente: la terrible expresión del almirante, sus puños cayendo sobre ella... Se echó a temblar.

—Cálmate, Stephanie. Cálmate... —le dijo la enfermera—. Te recuperarás, te lo aseguro. Sólo tienes que dar tiempo al tiempo. El tipo de accidente que has sufrido causa un impacto muy fuerte al sistema. Pero tú eres joven. Te recuperarás enseguida.

¿Accidente?

La enfermera se inclinó sobre ella.

—¿No te acuerdas? —le preguntó.

Hasta aquel momento, Stevie ni siquiera se había dado cuenta de que había hablado.

—No he tenido ningún accidente —murmuró.

La enfermera asintió, pero no porque la hubiese comprendido de verdad; sólo era la aceptación profesional de la confusión de un paciente.

—Claro que lo tuviste, Stephanie. Pero es normal que no lo recuerdes. Sigues bajo los efectos del *shock*. Te caíste por las escaleras y tu padre te trajo aquí. Por suerte estaba en casa cuando te caíste. ¡Quién sabe lo que podría haber sucedido...!

Lentamente, entre las brumas del sedante, Stevie entendió lo que estaba oyendo. El almirante había estado a punto de matarla... y luego había mentido, como siempre. Nadie le creería. Él era el almirante, mientras que ella no era nada. Él podía hacer todo lo que quisiera y salirse con la suya, como había hecho toda su vida.

Stevie se sintió aún peor al pensar que todas sus pequeñas batallas, sus ínfimas victorias, no habían servido para nada. El almirante le había demostrado que, hiciera ella lo que hiciese, siempre tendría el poder de la vida y la muerte sobre ella. Unas lágrimas empezaron a resbalar por sus mejillas.

La enfermera acarició la frente de Stevie con algo más que cuidado profesional.

–Pobre niña –la arrulló.

Niña... Stevie casi se había olvidado del bebé.

–¿Está bien? –preguntó, esforzándose por pronunciar las palabras–. ¿El niño...?

La enfermera frunció el entrecejo, como si hubiese dicho una palabrota.

–En tu estado..., bueno, no pudimos salvarlo. Pero eso ya ha pasado, pequeña. A tu edad, no tienes motivos para lamentarlo... –La enfermera vaciló, como si aguardase una respuesta; al no obtener ninguna, insistió en usar un tono tranquilizador–. En cuanto vuelvas al colegio y hagas vida normal, te sentirás perfectamente. Ahora... tengo que atender a mis otros pacientes, y tú has de descansar. Pulsa este botón si necesitas algo.

La enfermera salió de la habitación, pero el eco de sus palabras y el horror de sus revelaciones permanecieron en el ambiente. Los golpes le habían hecho perder el niño. A pesar de que se había sentido muerta por dentro durante tantos años, la idea (o la fantasía) de que daría a luz un niño, a alguien que era suyo y a quien podría amar, había reavivado la vida en su interior. Pero él también le había quitado aquello. Un grito brotó de sus labios, pero lo ahogó. Nunca le daría la satisfacción de permitirle saber cuánto le importaba todo aquello. Hundió el rostro en la almohada y quiso sumirse en el olvido.

Stevie se despertó y miró el reloj de la mesita de noche. Las tres de la madrugada. Los efectos del último sedante se habían desvanecido y se sentía demasiado nerviosa para poder dormir.

Con dificultad, se incorporó apoyándose en la almohada y miró su imagen en una brillante jarra de cromo. El rostro que ésta le devolvió estaba tan hinchado y pálido que daba miedo, y los contornos de la jarra lo distorsionaban aún más. Se hundió de nuevo en la almohada. Quería llamar a una enfermera y pedirle las pastillas suficientes para poder dormir para siempre. Pero ella ya conocía la rutina. La enfermera le diría que era demasiado pronto para administrarle otro sedante y tendría que esperar.

Para pasar el rato, Stevie encendió el transistor que le había dejado uno de los internos. Encontró una emisora que emitía música y bajó el volumen. Cerró los ojos y trató de abandonarse a la música: canciones que hablaban de añoranza y decepciones, de desesperanza, dolor y soledad sin fin. Pronto sonó la número uno en ventas: la aterciopelada voz de Kanda Lyons, solista de The Wonders, cantaba a grito pelado *Mira lo que me ha hecho el amor*. La ironía de su título llevó una sonrisa a los labios de Stevie. Sí, míralo. Stevie cruzó las manos sobre el pecho, imitando, sin quererlo a Irene... y pensó en la muerte. ¿Habría realmente un Cielo, habría una segunda oportunidad para ser feliz? Presintió que nunca lo encontraría en la Tierra.

«¡Socorro! –parecía gritar, aunque sólo era silencio–. ¿Es que nadie va a ayudarme?»

Pero nadie acudió.

4

Fue Sandy Graystone quien fue al hospital para llevar a Stevie a casa. También había sido Sandy el único en visitarla durante sus diez días de confinamiento.

Cuando llegó, ella estaba sentada en la única silla de su habitación, vestida con una camiseta demasiado grande y unos pantalones de andar por casa. Tenía la cara limpia de maquillaje, y sus rubios cabellos, que le había lavado la enfermera a primera hora de la mañana, le caían lacios hasta el cuello. A excepción de su mirada vacía y perdida, parecía una niña pequeña.

–Hola, chica –le dijo Sandy en tono vacilante. Tenía el entrecejo fruncido por la preocupación–. ¿Estás bien? Pareces algo delgada...

Stevie no necesitaba un espejo para saber que no era la misma desde que el almirante le había dado una paliza tal que había matado al futuro niño.

–Una parte de mí ha desaparecido –dijo en voz baja.

Sandy asintió con la cabeza inclinada, casi como un hombre culpable que aceptara su castigo. Stevie se preguntó si sabría lo que el almirante había hecho. ¿Se echaría la culpa por no haber hecho nada para impedírselo?

En silencio, el oficial de la Marina recogió las pertenencias de Stevie (una maleta pequeña y las flores marchitas que él le había traído en una visita anterior). Esperó mientras la enfermera colocaba a Stevie en una silla de ruedas que la llevaría a la entrada principal del hospital de la base.

Una vez en el exterior, Sandy tomó del brazo a Stevie y la ayudó a subir al coche. Ella empezó a ser consciente de que iba a volver a la casa de Shady Lane y vaciló ante la puerta que le había abierto Sandy. Los gélidos dedos del terror se cerraron sobre su vientre y su garganta. El corazón le palpitaba furiosamente y, durante unos horribles instantes, creyó que iba a desmayarse.

Sandy la miraba fijamente.

–¿Vuelves a sentirte mareada, Stevie? ¿Quieres que llame a la enfermera?

Stevie se aferró con fuerza al brazo de Sandy y recobró la serenidad.

–Me pondré bien –dijo por fin, aunque le temblaba la voz–. Pero no puedo permitirte que me lleves otra vez a..., allí.

No consiguió pronunciar la palabra *casa*. Nunca lo había sido. Sólo un refugio..., un cuartel.

–Estucha, Stevie: el almirante me ha ordenado que venga a buscarte –protestó Sandy–. Podría estar esperándote. Es una orden, ¿sabes...?

Stevie sintió un escalofrío, y su ansiedad creció hasta convertirse en pánico.

–Ayúdame a huir de aquí –le suplicó frenéticamente, apretándole las manos con tanta fuerza que Sandy hizo una mueca de dolor–. Préstame algo de dinero. Te prometo que te lo devolveré. El almirante no tiene que enterarse. ¡Por favor, Sandy, por favor! Di... que hui, que me escapé. –Una risita de desesperación se mezcló con su ruego–. Como un prisionero de guerra...

Sandy miró al suelo y apartó despacio las manos de Stevie de las suyas.

–Es mi superior... –dijo en voz baja–. Debo cumplir las órdenes.

Stevie encorvó los hombros en un gesto de derrota. Aceptaba las reglas... Sabía, al menos, lo difícil que resultaría a Sandy romperlas. Pero ¿qué otra cosa podía hacer ella?

–De modo que es eso –dijo con voz cansina–. Sólo haces lo que el almirante te manda, sea lo que sea. Es tu jefe, para bien y para mal. ¿Sabes lo que me hizo, Sandy? ¿Acaso...?

–Lo siento, Stevie. Sé que es un cabrón, pero, hiciera lo que hiciese, o haga lo que haga... –Sandy dejó inacabada la frase.

Stevie podía terminarla por él: el juramento militar de obediencia. No había nada más que decir sobre su huida. Recorrieron la corta distancia que los separaba de Shady Lane en silencio.

Al frenar frente a la casa, Irene salió a recibirla a la puerta, como si siguiera un guión. Stevie supuso que también su madre había recibido órdenes sobre aquel «regreso al hogar».

Irene corrió al encuentro de Stevie, que salía del coche ayudada por Sandy.

–¡Stephanie, cariño! –dijo, esbozando un abrazo maternal. Pero Stevie la apartó a un lado y echó a andar por el sendero. En cuanto hubo cruzado el umbral de la casa, sintió como si se ahogara. El mobiliario parecía haber adquirido un aspecto siniestro. Antes, la casa del almirante había sido deprimente; desde aquel momento, le pareció maligna y amenazadora.

Siguiendo los pasos bastante vacilantes de Irene, Sandy ayudó a Stevie a subir las escaleras hasta su dormitorio. Esperó a que se acostara y se fue con un vacío «Que te mejores».

Irene merodeó un rato cerca de Stevie, limpiando absurdamente el polvo de los muebles con su pañuelo de encaje. Por fin, se sentó en la cama.

–¿Te gustaría...?

Stevie esperaba el perenne ofrecimiento de té o galletas..., pero la voz se apagó en los labios de su madre. Irene empezó a respirar de manera agitada y, de súbito, se echó a llorar derramando abundantes lágrimas.

–¡Siento tanto no haberte ayudado, Stephanie! –Se inclinó hacia su hija y le acarició la mejilla–. Pero tu padre... Si lo hubiera hecho, no me lo habría perdonado nunca.

Los húmedos ojos de Irene rogaban que Stevie la comprendiera, pero ésta siguió mirándola en silencio, incapaz de responder. Su madre acababa de confesar cuál era el perdón que realmente le importaba. Aquella vez, Irene parecía llorar desde detrás de un cristal. Era como si Stevie ya hubiera salido del mundo en el que había vivido en otro tiempo.

Por fin, Stevie volvió el rostro hacia la pared, para no ver a su madre. Se concentró en el papel pintado y se preguntó si sus padres lo habían escogido para ella (aquellos diminutos capullos de rosa) o si ya estaba pegado cuando se mudaron. Se puso a contar las florecillas, procurando no olvidarse ninguna, y no tardó en quedarse dormida.

No tuvo la sensación de despertarse, salvo por el detalle de que, repentinamente, notó la presencia del almirante. La apagada luz de la tarde invadía la habitación. Con el rostro aún vuelto hacia la pared, escuchaba cómo sus pisadas sonaban cada vez más cerca. Se le puso la piel de gallina y tuvo el presentimiento de que, si se volvía, si lo miraba, ocurriría algo horrible. De modo que se quedó tumbada y quieta, muy quieta, sin atreverse apenas a respirar, sintiendo su mirada.

Pero entonces, él encendió la lamparilla de la mesita. Era obvio que estaba decidido a hablar con ella..., a soltarle su discurso. Se volvió y ambos se miraron como dos enemigos que se enfrentaran en tierra de nadie. El almirante iba ataviado con su uniforme blanco, como si fuera a atender alguna tarea oficial.

–Espero que hayas aprendido la lección, Stevie –dijo por fin–. Si quieres guerrear conmigo, nunca podrás ganarme. La guerra es mi trabajo. Estoy adiestrado para luchar. Así que será mejor que firmes la paz. Ahora.

Sin dejar de mirarlo, Stevie movió la cabeza lentamente de un lado a otro.

–No me rindo.

–Entonces márchate. No quiero verte en mi casa.

Stevie se incorporó. ¿Estaba ofreciéndole la libertad... o la amenaza de una derrota total? ¿Podría sobrevivir ella por su cuenta?

–Dame dinero para que pueda irme –negoció.

El almirante meneó la cabeza.

–Si quieres ser una puta, puedes ganarte la vida con facilidad.

La chispa de ira que saltó en su interior fue apagada por una necesidad mayor de mantener el control. Se levantó de la cama, cubriéndose con las sábanas.

–De acuerdo, lo haremos a tu modo. Pero, sólo porque me voy, no te creas que no seguiré luchando.

Stevie se puso en el centro de la habitación y escudriñó las sombras que proyectaba la lamparilla.

Aquellas palabras parecían haberlo alcanzado y desconcertado ligeramente.

–¿Cómo crees que podrás hacerlo?

–Todavía no lo sé. Tal vez cuente lo que me hiciste.

El almirante se encogió de hombros.

–Ya me he encargado de eso.

Y ella sabía que lo había hecho.

–Entonces quizá me quede por la base... y me quede preñada de nuevo.

El almirante levantó bruscamente la mano, cerrando los dedos, pero se tranquilizó y bajó de nuevo el brazo. Había entendido su estrategia: mantener el listón alto.

–Dios mío –dijo en voz baja–, me parece que te he dejado salir demasiado bien de ésta...

–¿Quieres decir que debiste haberme matado?

–No. Quiero decir que debí mandarles que se encargaran de ti..., ordenarles que te lo quitaran todo. No sólo que arreglaran lo del feto, sino que se asegurasen de que no volverías a hacerlo nunca más.

–¿Les ordenaste que...? –murmuró Stevie con incredulidad. Entonces se le abrieron los ojos y sintió un horror y un desprecio que sobrepasaban todos los sentimientos que había albergado hacia el almirante. No había perdido el niño por una complicación causada por los golpes. Él les había *dicho* que se lo quitaran..., se lo había «ordenado», si usaba sus mismas palabras. Fuera o no cierto que él hubiera podido ordenar que se llevara a cabo algo así, no cabía duda de que el niño habría podido salvarse de no haber sido por su poder y su posición.

Por unos segundos, Stevie tuvo el impulso de abalanzarse sobre él, de atacarlo. Pero recordó su advertencia. En aquella clase de lucha, él siempre vencería.

Sintiendo un odio absoluto hacia él, lo primero que se le ocurrió fue hacerle una pregunta: ¿por qué? ¿Por qué había permitido incluso que ella viniera al mundo? Si podía matar a su posible nieto de manera tan implacable, si era tan incapaz de sentir amor, ¿por qué se había molestado en tener una hija? Pero ella podía responder a su propia pregunta. Ella no era lo que él esperaba..., lo que había previsto en su plan de batalla.

–Me iré –dijo por fin.

–Tienes tiempo hasta mañana –contestó sin rodeos el almirante. Luego salió a grandes zancadas de la habitación. Stevie meditó que su único detalle humano había sido no haber dicho «a las seis en punto». Al cabo de un minuto, oyó que se cerraba la puerta de la casa. El almirante se había ido.

Stevie, incapaz de llorar, se puso manos a la obra. Del armario sacó una caja de zapatos que contenía una hucha secreta con ahorros. Desde que tenía trece años había recibido un dinero de bolsillo ridículo. Y, bastante a menudo, el almirante se lo había denegado durante varias semanas para castigarla por alguna infracción leve. La mayor parte del resto lo había gastado en maquillaje, algún regalo de vez en cuando o los obligatorios presentes de Navidades y cumpleaños a Irene y al almirante. Sin embargo, en su desesperado intento de poseer algún símbolo de independencia, había conseguido ahorrar cincuenta y cinco dólares. Stevie se preguntaba hasta dónde llegaría con aquella cantidad, mientras se vestía y guardaba algunos vestidos en una maleta. Al fin y al cabo, no tenía ningún motivo para esperar hasta el día siguiente. Entonces comprendió con amargura que nunca había tenido motivos para no haberse largado de allí antes.

Cuando se dirigía a la escalera, se asomó al dormitorio principal. Tal como suponía, Irene estaba tumbada en la cama disfrutando de su habitual siesta. Mientras contemplaba a su madre, Stevie se convenció a sí misma de que no era preciso despertarla, ni siquiera dejarle una nota. No sentía ningún apego hacia ella. Era como si hubiera sido huérfana desde que tenía memoria y colocada en el hogar de dos personas incapacitadas para comportarse como padres. Lejos de ellos, tal vez las cosas irían, por fin, mejor.

Al salir de la casa echó a correr, sin pararse siquiera a echar una mirada atrás..., como si fuera un prisionero de guerra que escapaba. Pero, cuando por fin se detuvo para tomar aliento al otro lado de las puertas de la base, pensó que su guerra no había terminado. Fuera a donde fuese, aquel lugar sólo sería un nuevo campo de batalla.

Segunda parte

1

Anne Garretson corría por el largo pasillo como una niña que temiese llegar tarde a la escuela. Sin embargo, al llegar ante la Habitación de Día Número Tres (también conocida como Habitación Eldorado), los hábitos de la vida pública volvieron a imponerse. Se detuvo y se acicaló un poco antes de abrir la puerta y entrar con paso calmado.

No había nadie más en el interior de la habitación. Anne miró el reloj de pared colgado encima de la puerta y vio que las manecillas marcaban las diez menos seis minutos. Su desbocada carrera había sido innecesaria. Pero, al fin y al cabo, ¿no era ése su problema? Siempre corriendo demasiado, tratando de mantenerse en la vanguardia... aun cuando nadie la perseguía.

Anne se sentó en una de las sillas colocadas en semicírculo, tomó aliento profundamente y miró en derredor. Las paredes estaban pintadas con un brillante color amarillo dorado; los muebles eran de estilo rústico, fabricados en madera y cuero crudo por artesanos de la región. Ramos de flores silvestres del desierto salpicaban la estancia de anaranjado y rojo, y en el rincón, en macetas de tierra cocida, crecía un cuarteto de elegantes palmas. El sol, que penetraba por los arcos de las ventanas, daba a la Habitación Eldorado una atmósfera optimista.

Sin embargo, al cabo de dos semanas de estancia en El Oasis, Anne aún se sentía tan nerviosa como esperanzada. Al principio había notado un extraño alivio al desentenderse de todas las presiones que la habían abrumado y desarmado. Incluso había sido una bendición poder renunciar a tomar sus propias decisiones y hacer lo que le ordenaran. Fregar suelos, lavar platos, hacer camas... Las tareas asignadas rutinariamente a las viajeras parecían sencillas, y aun relajantes, comparadas con la infinita perfección que se exigía a la mujer de un político. Tomando comidas sencillas y sanas y haciendo ejercicio regularmente, y con la ayuda de medicamentos que la ayudaban a «desengancharse» de las anfetaminas, Anne se sentía más sana de lo que se había sentido en varios años.

No obstante, en lo más profundo subsistía la misma confusión e inseguridad que la habían llevado allí. ¿Qué ocurriría cuando abandonara el aislamiento de El Oasis y volviera al mundo real? El acoso que sufriría podía ser mayor, más duro y más implacable que nunca... si se hacía pública su adicción. Hasta el momento, había podido retirarse de la escena con facilidad, sin que le hiciesen preguntas. Había venido a El Oasis tras pasar por su casa de verano de Nueva Inglaterra: «Una ocasión para descansar junto a los hijos de los Garretson», rezaba la nota de prensa que habían publicado. Mientras los medios de comunicación estaban concentrados en Hal, que seguía con su ronda de visitas a los líderes europeos (uno de los componentes de su imagen de candidato a la presidencia), ella había podido viajar de incógnito a Nuevo México. Muy bien, por el momento. Stevie Knight había demostrado ser fiel a su palabra de mantener la reserva sobre los nombres de sus invitadas.

Pero, ¿podría mantenerse el secreto el tiempo suficiente? Hal y ella habían elaborado un plan de actuación. Naturalmente, sería imposible ocultar siempre su viaje a El Oasis. Pero, si podía liberarse de las drogas antes de anunciar su éxito a la prensa, su coraje sería aplaudido y su ejemplo elogiado. El problema quedaría relegado a la papelera de «noticias viejas».

Lo que cada día mantenía preocupada a Anne era la posibilidad de que la noticia se filtrara demasiado pronto. Había un juramento implícito de secreto entre todos los que trabajaban en El Oasis, y naturalmente las viajeras se protegían mutuamente, pero... bastaba un eslabón débil en la cadena para que todo se viniera abajo. Si se publicaba la noticia, los harían pedazos tanto a ella como a Hal. ¿Cómo podría soportar la presión que se produciría por parte del público si su adicción era conocida antes de que ella hubiera podido superarla?

A medida que las demás mujeres ocupaban las sillas a su alrededor, Anne las saludaba con una sonrisa mientras manoseaba el cuaderno de espiral en el que anotaba sus tareas «hogareñas» diarias. La noche pasada había trabajado hasta muy tarde, tratando de escribir algunas líneas de acuerdo al título asignado: «Una verdad que he aprendido sobre mí misma». Después de dos décadas de pulir y refinar el papel que interpretaba en público, le resultaba terriblemente difícil liberarse de la pulcritud y del refinamiento y actuar con espontaneidad en una habitación llena de personas extrañas.

A las diez en punto, Stevie Knight entró en la sala. Su alta y curvilínea figura se movía con una elegancia llena de seguridad que parecía contradecir la evidente vulnerabilidad que expresaba su mirada. De manera inconsciente, Anne se irguió en la silla como un alumno cuando entra el maestro en clase. Aunque se enorgullecía de ser buena observadora de los rasgos de carácter, Anne todavía no tenía una idea clara de la manera de ser de Stevie. La había visto el tiempo suficiente para saber que la rigurosa disciplina y el espíritu constructivo de El Oasis parecían derivar exclusivamente de la energía y determinación de Stevie. Sin embargo, Anne no se fiaba de aquello que no comprendía..., y aún no tenía claro qué había detrás de los métodos de Stevie, propios de un sargento de instrucción, ni qué había impulsado a Stevie a dedicarse en cuerpo y alma a salvar a tantas mujeres en apuros.

–Buenos días a todas –dijo Stevie, sonriente–. Hoy os pondréis todas una vez en el confesionario. Podéis hablar durante un minuto... o diez. La única norma es ceñiros al tema asignado: contarnos la verdad que habéis aprendido sobre vosotras mismas. ¿Quién quiere empezar?

Un escuálido brazo se levantó como una exhalación. Pertenecía a Francie Evers, una adolescente con gafas adicta a la heroína y una de las «becadas» de El Oasis..

–Yo seré la primera –dijo, y tomó asiento en la silla colocada en el centro del semicírculo–. No os va a gustar lo que voy a decir, así que será mejor que acabe cuanto antes. –Miró fijamente a Stevie–. Mi verdad es que no quiero cambiar nunca. Me gusta «flipar», ¿sabéis? Me encantan las drogas y no tengo miedo a morir por su culpa.

Varias de las mujeres del círculo tomaron aliento ostentosamente. Lo que aquella chica acababa de admitir les había puesto el dedo en la llaga. Por supuesto, querían liberarse de la dependencia. Pero, de vez en cuando, el objetivo no parecía valer la pena de pasar por el calvario que estaban sufriendo; a veces, no recordaban ningún momento de mayor felicidad que cuando flotaban en las brumas de los narcóticos o del alcohol.

–¿De eso se trataba, Francie? –preguntó Stevie, incrédula–. ¿Ésa es tu gran inspiración sobre la verdad? ¿Por qué no nos cuentas algo que no sepamos ya? ¡Claro, a ti te chiflan las drogas! Si no estuviésemos todas enganchadas a algo, no estaríamos aquí. –Stevie se inclinó hacia adelante, desafiando a la adolescente con su fiera mirada–. Pero tu verdad está mezclada con una mentira, Francie, una enorme mentira. Porque tú dices que no tienes miedo a morir por culpa del «caballo».

–Ésa *es* la verdad –replicó Francie.

–Entonces tal vez no tienes ni puta idea de lo que es la vida –contestó Stevie con brusquedad, elevando el tono de voz–. No eres más que una niña tonta.

–¡He visto más cosas de las que verás tú en toda tu vida!

Stevie no dijo nada; se limitó a sonreír con desdén. Francie hizo una mueca de ira y confusión.

–¡No soy una jodida mentirosa! –insistió, como si toda su dignidad dependiese de aquella aseveración.

–Por supuesto que lo eres –dijo Stevie con indiferencia–. Todos los adictos son mentirosos..., maestros del engaño. ¿Sabes por qué, Francie? Porque cuando te mires al espejo y veas lo que eres en realidad, sólo te quedarán dos alternativas: o irte derecha al infierno, o cruzar el infierno para volver a ir derecha.

–Ya he estado en el infierno –musitó Francie–. Y ahora estoy aquí, sin nada que me ayude a «flipar», y no sé qué hay de maravilloso en desengancharse. ¿Puedes decírmelo tú?

Stevie meneó la cabeza.

–Ése no es mi trabajo, niña, es el tuyo. Pero sólo hay una manera de que lo entiendas. De todas formas, sí que haré algo para ayudarte. Voy a redondear tu educación con un viaje. Tú y yo solas. Nos iremos de viaje por la calle de la memoria... a visitar a un puñado de drogadictos a quienes les gustan demasiado sus hábitos para renunciar a ellos. Ven a verme después de comer y lo prepararemos todo.

Francie guardó silencio, con el entrecejo fruncido. Intentaba imaginar qué tenía en mente Stevie.

–Bien, ¿quién es la siguiente en salir? –prosiguió Stevie con brio–. Anne..., hace tiempo que no sabemos nada de ti. Pasa al confesionario, por favor.

Anne la obedeció. Carraspeó y al fin dijo con voz baja y trémula:

–He tenido muchos problemas con esta tarea. Mi verdad es que todo parece cambiar...

–Eso no es una verdad, es una galleta de la suerte –comentó Stevie–. Háblanos de ti, no de los vastos misterios de la vida.

Anne no podía responder a las pullas de Stevie del modo que había visto hacerlo a la adolescente. Imbuida de las lecciones de la política, ahogaba automáticamente los resentimientos que pudieran impulsarla a decir algo hiriente.

–Quiero decir que me siento mejor en el aspecto físico –contestó, enrojeciendo de vergüenza–, pero sé que ahí afuera están las mismas presiones de siempre, esperándome. En cuanto salga de este lugar, los enemigos de Hal, e incluso sus amigos, estarán observándome para ver si vuelvo a recaer. Y eso me..., me da miedo.

Francie se rió con menosprecio.

–¿Quieres hacer algún comentario? –le preguntó Stevie enfáticamente.

–Sí –contestó la muchacha–. Estoy harta de escuchar todas esas memeces sobre lo dura que es la vida para la señora Garretson. Si quieres saber mi opinión, te diré que ella no sabe la suerte que tiene. Me gustaría llevármela de viaje..., que viviera por un par de días donde yo vivo..., en un piso de tres miserables habitaciones, limpiando la mierda para mis hermanos y hermanas, mientras el viejo nos levanta el puño cada vez que le apetece, y a veces por la noche... se mete en mi cama y... –Se le quebró la voz y miró a Anne con una expresión casi vengativa–. Prueba a vivir esa clase de vida, damisela, pruébalo sólo un día, y entonces sabrás lo que es sufrir presiones. ¿Qué importa si, cuando salgas de aquí, la gente se entera de que te tragas un par de pastillas cada vez que te quedas sin fuelle? ¡Menuda tragedia!

Anne tragó saliva, conteniéndose las lágrimas. Aún no estaba acostumbrada al modo como la gente hablaba en grupo; nadie la había atacado así jamás, ni siquiera alguien que hubiera perdido por completo los estribos.

Antes de que pudiera defenderse, Jane Peters, una veterana de tres centros distintos de desintoxicación alcohólica, tomó la palabra.

–¿Por qué no te callas, Francie? Al oírte, parece que nadie más que *tú* tiene problemas. Tal vez si te sentaras y escucharas aprenderías algo, para variar.

–Lo siento, Jane, pero esta vez estoy de parte de Francie –intervino Stevie–. Os *he* estado escuchando y a Anne todavía no le he oído decir nada que no sean quejidos y palabras de autocompasión. ¿Qué es tan terrible? Si a ella no le gusta ser la esposa de un senador, ¿por qué sigue siéndolo? ¿Qué hay de especial en ello..., o en ser senador, por cierto? A los que yo he conocido no les importaba un bledo nada más que sus carreras políticas y salir en los periódicos. De modo que, ¿por qué preocuparnos si tienen un par de problemillas?

–Eso no es justo –alegó Jane–. ¿Es que sólo debemos preocuparnos por los problemas de los pobres? ¿Es que alguien como Anne no puede tener también sus propios problemas?

–¡Caramba, no lo sé! –dijo Stevie en tono ingenuo–. ¿Qué opinas, Francie?

–Creo que eres una bocazas y una mezquina –replicó Francie–. Tal vez no me haría ningún daño cerrar la boca y escuchar cómo la *señora* Garretson habla de *sus problemas.* ¿Pero sabes una cosa, Stevie? Creo que a ti tampoco te vendría mal.

Stevie levantó las manos.

–¡Eh, quiero oír cuáles son esos problemas! Pero lo único que oigo son esas tonterías sobre «presión», «imagen» y...

–¡Basta! –gritó Anne, con voz trémula de ira–. ¡Dejad de hablar de mí como si fuera una especie de idiota! ¡Y no os atreváis a meter a Hal Garretson en el mismo saco de políticos de pacotilla que conocéis! Él es un hombre honesto e inteligente que realmente quiere hacer algo por este país... ¡y será un presidente fenomenal!

–Te ruego que me perdones –dijo Stevie con exagerada cortesía–. No sabía que hablábamos de las elecciones a la presidencia. Creía que esto se refería a ti.

–Sí, se refiere a mí –dijo Anne, bajando la voz–. He estado tratando de decírtelo... Estoy orgullosa de ser la mujer de Hal y quiero ayudarlo en todo lo que pueda. Lo ayudaré en su trabajo, a ser elegido si puede... Sé que él... que *nosotros* podemos hacerlo mejor... Por eso hemos trabajado toda nuestra vida.

–Déjame que ponga en claro esta cuestión –dijo Stevie, prosaica–. Tú estás orgullosa de ser la mujer de un senador..., ¿pero detestas todo lo que conduce a convertirse en una *buena* esposa? Te has convertido en una especie de lisiada. Estás enganchada a las prisas. ¿Y sólo porque no soportas la presión de estar constantemente bajo los focos, de tener que portarte *bien*? ¡Rayos! Estar expuesta a la luz pública forma parte de tu vida, amiga mía, y, si no puedes resistirlo sin la ayuda de las drogas, ¿por qué no te haces un favor a ti misma y sales del escenario? Sal y deja que otra persona haga ese trabajo.

Anne estaba sollozando con la cabeza gacha.

–¡Eh, no seas tan dura, Stevie! –exclamó Jane Peters.

–¡Sí, deja tranquila a esa desgraciada! –la secundó Francie.

Stevie no les hizo caso.

–Quiero que me respondas, Anne –le exigió–. ¿Por qué te obligas a hacer cosas que odias?

Pasaron treinta segundos hasta que Anne levantó la cabeza para mirar a los ojos a Stevie.

–Porque es preciso –contestó con nuevas fuerzas–. Es parte de su trabajo... y no *quiero* hacer nada más.

Stevie clavó su mirada en Anne, en un último desafío.

–Entonces, ¿por qué estás aquí?

Se produjo un largo silencio, roto sólo por el ruido de las respiraciones. Anne permaneció sentada, inmóvil, sintiéndose extrañamente en paz, como si, por fin, hubiera dejado de correr una carrera desesperada sin principio ni fin. Pero, antes de que pudiese contestar, se oyó un ruido rítmico a través de la ventana que aumentó de volumen hasta volverse casi ensordecedor.

Stevie fue la primera en reconocer aquel ruido, que no era desconocido para sus oídos. Estaba aterrizando un helicóptero. También suponía quién debía de ser. Varias viajeras llegaban en helicóptero (a menudo en el suyo propio), pero aterrizaban en una pista situada lejos de los edificios principales.

Sin embargo, aquella dama era distinta. Livy, la querida Livy... Hacía lo que le apetecía y aterrizaba en aquel lugar casi siempre como si le perteneciese. Y, en cierto modo, meditó Stevie, tenía derecho a ello.

Normalmente, Stevie sólo habría abandonado una sesión de grupo en caso de emergencia. Pero aquello también era un caso de extrema necesidad. Livy Walsh volvía a El Oasis después de una ausencia de quince años. Stevie sabía lo mucho que significaba para ella ser recibida con un abrazo y una promesa de ayuda personal.

Stevie echó un vistazo por toda la Habitación Eldorado para asegurarse de que no la echarían en falta si se iba entonces. Percibió que Anne estaba en el buen camino. Si dejaba que las demás pulieran las aristas de las ideas que estaba descubriendo Anne, eso las ayudaría tanto a ella como a sus compañeras.

Stevie se levantó de la silla y dijo:

–¿Os importa que os deje solas un rato...?

Anne Garretson levantó la mirada y, durante apenas un segundo, sus ojos brillaron de alarma. Luego esbozó una sonrisa.

–Estaremos bien –dijo.

Las demás miraron a Anne y asintieron. A ninguna se le había pasado por la cabeza objetar que hubiera hablado en nombre de todas, asumiendo automáticamente su representación.

El polvo giraba en el aire como una nube dorada mientras el helicóptero descendía lentamente hasta posarse en el suelo. Se abrió la portezuela, apareció una escalerilla y Livy Walsh salió del aparato. Su majestuosa carroza era la adecuada para una mujer que la revista *Fortune* había descrito en una ocasión como uno de los diez forjadores de opinión pública más poderosos del mundo. Cuando la directora general de la Walsh Communications tenía un buen día, aparentaba tener como mínimo diez años menos de los cincuenta y ocho que tenía en realidad; el esfuerzo diario de dirigir una empresa periodística valorada en mil millones de dólares (era la editora del *Washington Chronicle* y de la revista *NOW*, y propietaria de la segunda cadena de televisión independiente más grande de los Estados Unidos) no había conseguido privar a

Livy de su energía juvenil. Sin embargo, en aquella ocasión su rostro reflejaba toda la tensión y el estrés que la habían llevado allí.

«¿Estoy loca por irme ahora de Washington?», se había preguntado una y otra vez mientras su reactor privado sobrevolaba el país hasta el punto acordado para el enlace con el helicóptero. Livy Walsh tenía reputación de ser una luchadora; sin embargo, se había embarcado en el combate de su vida... y había optado por dejar el frente de batalla de los negocios en lugar de abandonar el alcohol que había sido su inseparable compañero durante más años de los que a ella le gustaba recordar. ¿Era sólo la última y más clara advertencia del doctor Trumbull lo que la había conducido hasta El Oasis? ¿O su viaje era una huida del desastre en que se había convertido su vida privada? ¿Estaba admitiendo implícitamente que había agotado sus reservas espirituales y se tambaleaba al borde del derrumbe emocional?

Mientras cesaba la polvareda, Livy vio que Stevie iba a su encuentro. Tenía los brazos abiertos, invitándola a que la abrazara. Livy pensó que, si hubiese podido tener una hija...; y entonces se contuvo. Eran aquellos deseos inútiles los que habían erosionado sus fuerzas en una ocasión y la habían impulsado a buscar un modo demasiado rápido de olvidar su futilidad. Livy reprimió sus emociones y no permitió que sus brazos rodearan a Stevie; se limitó a asirla de los hombros.

–Gracias –le dijo.

–¿Por qué? –respondió Stevie despreocupadamente.

–Por estar aquí...

Stevie esbozó una sonrisa.

–*Te* lo debía.

Se miraron con afecto durante otro segundo.

Entonces, el dique que Livy había tratado de erigir para contener sus sentimientos se hizo pedazos.

–¡Oh, Dios mío! ¡Stevie! –suspiró, desesperada–. ¿Puedes conseguirlo otra vez? Creí que lo había superado... Permanecí tanto tiempo en lo más alto... Pero...

–Nada de peros –la interrumpió Stevie–. Si realmente quieres lograrlo, Livy, lo lograrás. Y esta vez para siempre.

Livy escrutó el rostro de Stevie con el experimentado ojo de una periodista que busca indicios de falta de sinceridad, de una verdad desagradable oculta por fáciles palabras de apoyo. La determinación que vio en Stevie era un reflejo de la suya propia.

—Bien. Porque todo depende de ello. Más que nunca. Quieren librarse de mí, Stevie. *Él* quiere librarse de mí.

Por unos momentos, Stevie sopesó aquellas palabras con el resto de la historia que conoció cuando Livy la llamó desde Washington. Luego rodeó con el brazo a aquella mujer varios años mayor que ella y la guió hacia la puerta más próxima. Stevie sabía cuáles eran las batallas que aguardaban a Livy Walsh, y cuáles había librado en el pasado, y sospechaba que la victoria no sería fácil. No podían perder ni un minuto.

2

Mientras contemplaba la maleta que habían traído a su habitación, Livy volvió a preguntarse si se hallaba en el lugar adecuado. Hacía años que no realizaba la sencilla y hogareña tarea de sacar los vestidos de una maleta. En los últimos tiempos había estado rodeada siempre de criados que atendían las pequeñas labores, de modo que ella estuviera libre para atender las constantes exigencias que implicaba dirigir la Walsh Communications: tomar decisiones, impartir órdenes, contestar a llamadas telefónicas de líderes políticos y empresariales... En resumen, ejercer su poder.

Era el deseo de conservar dicho poder lo que la había traído de vuelta a El Oasis. Pero ¿de dónde procedía aquel deseo? Había habido muchas otras cosas que ella quiso con mayor intensidad, y muchas virtudes más agradables que las que había aprendido a cultivar. «El verdadero poder está sólo en manos de Dios», recordaba que había dicho su padre, un católico irreductible, mucho tiempo atrás. «Siempre que los hombres intentan usarlo, sólo consiguen estropear este mundo.» Naturalmente, la idea de que también las mujeres debían intentarlo no era siquiera merecedora de ser considerada. Y en su hogar, ella siempre se había sometido de buena gana a la sabiduría imperante. Ella era la cuarta de ocho hijos y, cuando era una niña, lo único que esperaba se resumía en la frase anotada en su agenda de la escuela primaria: «Un matrimonio tan feliz como el de mamá y papá, y una casa grande y llena de niños».

Su padre había sido superintendente de las escuelas de Riverdale, un sector acomodado del Bronx. Su posición permitió a los Callahan poseer una confortable casa de piedra que se asomaba al río Hudson y ganarse el respeto de la comunidad. Livy se había criado en un ambiente de comodidad y seguridad, protegida por su familia y su fe de las penalidades y del cinismo. Había crecido con una visión del mundo extrañamente limitada y una sublime confianza en Jesús como su protector personal. Sabía que había «otros» menos afortunados a quienes debía tratar con compasión; sin embargo, Livy tenía la secreta sospecha de que ser menos afortunado iba de la mano, en cierto modo, de ser menos meritorio o menos bueno.

«Nuestra Olivia es un poco tímida», explicaba su madre a los desconocidos; aunque, de hecho, Livy creía ser «profunda» y «reservada»... Selecta en sus motivos de entusiasmo, pero dedicada cuando se comprometía. En una ocasión, una tía suya había bromeado comentando que era muy silenciosa en comparación con su gregario hermano menor, Frank. Livy se había erguido hasta alcanzar sus noventa centímetros de estatura y había declarado con gazmoñería: «Mi hermano, mucho ruido y pocas nueces».

En la escuela Holy Rosary, donde el conformismo era más apreciado que la imaginación, había sacado siempre sobresalientes. Y fue también allí, en una fiesta de baile el día de Halloween, cuando Livy aprendió que la sensación de ser besada era interesante y en absoluto desagradable. Era su primer atisbo de que las tentaciones de la carne podían ser más sutiles y más difíciles de evitar de lo que había previsto en un principio.

James Callahan padre creía firmemente en los valores de la educación y en que la enseñanza era una carrera eminentemente apropiada para las jóvenes de buena familia.

–La enseñanza es una vocación honorable –dijo a su hija mayor, Livy, en su decimoséptimo cumpleaños–. El horario es civilizado, los beneficios son excelentes y es una profesión a la que puedes recurrir en las malas épocas. Tu madre y yo estaremos contigo siempre y sería tranquilizador saber que nuestras hijas siempre disfrutarán de comodidades...

Aunque Livy no tenía nada contra la enseñanza, se rebelaba ante la sugerencia de que Dios podía no enviarle un esposo.

–Voy a casarme, papá –dijo con firmeza, confiada en que el

designio de Dios coincidía con el suyo propio–. No habrá malas épocas, porque mi marido me cuidará.

A Jim Callahan le sorprendió el razonamiento de su hija.

–Eso espero... Livy, tu madre y yo no queremos menos para ninguna de nuestras hijas. Pero nadie conoce la voluntad de Dios. Obtén el título de maestra. Aunque no des ni un solo día de clase en toda tu vida, ello te convertirá en una esposa y en una madre mejor.

Este último argumento convenció a Livy, y, por fin, aceptó graduarse en educación y economía norteamericanas. Podía imaginarse a sí misma (como preludio a la dicha de enseñar a sus propios hijos) guiando a unas ansiosas manos jóvenes que cosían su primer delantal o tamizaban harina para hacer su primera hornada de galletas de suero de leche.

Estaba en su primer año en el Marymount College cuando su hermano, Jim Junior, trajo a casa a Kenneth Walsh para pasar las vacaciones de Navidad. Jim estaba en el último curso en Notre Dame y había escrito a su familia explicándoles el trágico accidente de coche que había dejado huérfano a su amigo a la edad de dieciocho años. «Kem es un tipo fenomenal –proseguía–, pero los Walsh no tienen parientes cercanos (¡a diferencia de nosotros, los Callahan!), y creo que sería una verdadera lástima que hubiera de pasar las vacaciones con gente a la que apenas conoce. Me imagino que hay sitio para dos, de modo que cuento con vosotros para que Ken pase unos días estupendos.»

Cuando llegaron los dos jóvenes, los Callahan ya estaban en plenos preparativos de Navidad. La casa estaba abarrotada de coronas de hoja perenne y guirnaldas hechas a mano; las paredes, decoradas con cientos de tarjetas de Navidad; de la chimenea colgaba un variado surtido de calcetines de brillantes colores. El aroma de los pasteles y postres invadía las doce habitaciones con la promesa de un futuro banquete. Un pino escocés de tres metros se alzaba en la sala de estar esperando la tradicional fiesta del veintitrés de diciembre, durante la cual sería adornado.

Mientras Jim presentaba a su amigo a la familia, Livy examinaba al joven de quien había oído hablar tanto. Le habían contado que sus padres habían sido propietarios y directores de uno de los mayores periódicos de Washington, así como de varias emisoras de radio del sur. Después de que su coche se estrellara en una carretera de los Alpes mientras disfrutaban de unas vacaciones en Suiza, senadores, congresistas e incluso el presidente en persona habían acudido al funeral. Sin embargo, Ken Walsh no era engreído y, unos minutos después de su llegada, estaba riendo y bromeando con los padres de Livy como si fueran amigos de toda la vida.

–Ken es el soltero más cotizado que conozco –anunció Jim entre risas durante la cena–. Por eso pensé que sería bueno que viese nuestra cosecha de bellezas antes de que otra desesperada familia irlandesa se haga con él.

La señora Callahan lanzó una mirada de reproche a su hijo mayor por su indiscreción. Pero, para asombro de su familia, Livy dijo de sopetón:

–¿Y cuáles serían los requisitos que exigiría a su futura esposa, señor Walsh?

–Prefiero los ojos grandes y castaños –respondió Ken. Sus ojos, de color azul oscuro, chispeaban de malicia–. Y el pelo también castaño, con algunos mechones pelirrojos. Tampoco estaría mal una nariz respingona...

Los hermanos Callahan abucheaban a Ken mientras seguía describiendo a su hermana Livy, pero ella se limitaba a sonreír y mirar el plato. Por una vez, no le importaban las bromas. Sólo reforzaba la idea que le había pasado por la cabeza en el mismo momento en que Ken cruzó el umbral de su casa: que Dios, por fin, había mostrado Su mano y revelado el designio para el destino que ambos habían acordado.

Más tarde, Livy subió a su habitación... y reapareció media hora después, con un desmesurado calcetín de gimnasia con el nombre «Ken» bordado apresuradamente en rojo. Lo colgó con solemnidad en la chimenea, al lado del suyo propio. Luego se volvió hacia Ken.

–No queremos que Santa Claus se olvide de nuestro invitado en Nochebuena.

–Santa Claus siempre me ha querido mucho –dijo Ken, mirando a Livy a los ojos de tal manera que no pudiese quedar ninguna duda sobre lo que quería decir.

Así comenzó su noviazgo. Desmintiendo de una vez para siempre la suposición de su familia de que era tímida, Livy adoptó una actitud dominante con Ken, procurando sentarse a su lado a las horas de las comidas, encargándose de que las piezas más escogidas de pollo y rosbif llegaran hasta su plato. Hizo caso omiso de los guiños y codazos de sus hermanos y sugirió dar paseos por las cumbres nevadas que se alzaban sobre el río Hudson. Lejos de las distracciones de su adorable pero alborotadora familia, Livy sonsacó a Ken cuáles eran sus planes para el futuro.

–Soy más afortunado que la mayoría –dijo–. La mayoría de chicos de mi edad aún no saben lo que van a hacer cuando sean mayores. Yo he trabajado todos los veranos en el *Chronicle* desde que era un niño. Siempre he sabido que algún día sería editor. Sólo que no me esperaba que... todo me ocurriría de esta manera.

Su voz se quebró y se apagó. Livy lo tomó de la mano y se la apretó con fuerza. Ken era un muchacho bueno y decente. No podía comprender por qué Dios se había llevado a sus padres..., y aquella incapacidad para entenderlo la inquietaba.

Ken le devolvió el apretón y caminaron un rato en silencio. Cuando emprendieron el regreso a casa, Ken se detuvo un instante, tomó la cara de Livy entre sus manos y la besó dulcemente en los labios.

–Tengo suerte de haberte encontrado. Me he sentido tan solo, Liv... Tal vez tú no sepas lo que se siente, pero es la peor sensación del mundo... Peor que estar enfermo, quizá peor que morirse...

Livy lo besó también, con un beso largo e intenso. Ken la rodeó con sus brazos y, entre los gruesos abrigos de invierno, sus cuerpos se estrecharon entre sí. Livy sintió primero un cosquilleo; luego se le doblaron las rodillas y notó un calor tan excitante que se estremeció hasta la médula. Ken pareció saber lo que ella sentía y se apartó riéndose cariñosamente, no de ella, sino del secreto que le había revelado.

–Mi dulce Livy –le dijo con ternura–, soy tan feliz de que me hayas esperado...

Ella se echó a llorar en silencio. Se sentía como una pecadora de la peor calaña por haberse arrimado a él de forma tan lasciva y ansiar su contacto.

–Tranquila, Livy, cariño, tranquila –le susurró Ken–. No hay nada malo en que nos deseemos. Yo no haría nunca nada para hacerte daño.

Aquella noche, Livy sufrió una pesadilla. Caminaba por las calles de Riverdale, embarazada y sola. Voces fantasmales le recordaban su vergüenza entre susurros, y unos dedos señalaban su vientre abombado. Se despertó presintiendo una amenaza de castigo que se cernía sobre ella como una nube de tormenta, y sólo a duras penas pudo esperar hasta la tarde para obtener el alivio de la absolución.

En el confesionario habló en voz baja, tratando torpemente de explicar lo que había sentido cuando Ken la abrazó, hasta qué punto anhelaba más y que había sido Ken el que había logrado contenerse. Como penitencia, el sacerdote le hizo recitar diez Avemarías y diez Padrenuestros.

–Evita las situaciones en las que podrías pecar, hija mía –le advirtió–. Si amas a ese hombre, comprometeos y santificad vuestro amor lo antes posible.

Livy comprendió que el sueño había sido un aviso: quedar embarazada era un castigo a las chicas que pecaban, pero dentro de los vínculos sagrados del matrimonio era el mayor privilegio y bendición que podía alcanzar una mujer.

Una semana después, Ken se sentaba en el salón principal con los padres de Livy. Le hicieron sólo dos preguntas.

–¿Recibes regularmente los sacramentos?

–Sí –contestó Ken. Era tan fuerte y guapo que el corazón de Livy estaba a punto de estallar de amor y orgullo.

–¿Cuántos hijos pensáis tener?

–Al menos ocho, si Dios quiere.

Hubo un atisbo de malicia en su sonrisa al responder, pero Livy sabía que lo decía muy en serio.

El compromiso se formalizó en el día de San Valentín. En cuanto Ken obtuvo la licenciatura en Notre Dame, ingresó en un cursillo para alcanzar un *master* en periodismo en la Escuela de Periodismo de Columbia y encontró un pequeño apartamento en Riverside Drive. Fue Livy quien convirtió aquel piso en un hogar lejos de su hogar, llenándolo con plantas, cuadros y el calor de su presencia. A menudo se preguntaba si fue entonces cuando había empezado a actuar como una madre para Ken. Sin embargo, cuando él la tomaba en sus brazos y la besaba hasta que ella se quedaba sin aliento, no se sentía nada maternal. A pesar de su determinación de esperar hasta que su amor fuera bendecido por la Iglesia, tenía que recurrir a toda su fuerza de voluntad para reprimir los deseos de su cuerpo joven y sano.

Cuando recibieron sus diplomas, Livy se integró en el sistema escolar de Riverdale y Ken volvió a Washington para completar el programa de preparación en el periódico ordenado por los depositarios de la herencia de su padre. Debía pasar tres meses en cada sección del *Chronicle* y después se sentaría en el sillón del editor, que antes había ocupado su padre.

A Livy, las separaciones tras sus encuentros de fin de semana le dejaban un sabor agridulce. Ella tenía su trabajo, su familia y, lo más importante, la deliciosa miríada de planes para su futura boda. Había que comprar el ajuar, vestir a las damas de honor, elegir el vestido y enviar las invitaciones.

Era Ken quien parecía sufrir más a causa de la soledad. Aunque el trabajo lo mantenía atareado los días laborables, llamaba a Livy casi cada noche, como si el sonido de su voz le diera fuerza y apoyo. A menudo, cuando notaba la soledad y la inseguridad en la voz de Ken, Livy se sentía culpable por estar tan satisfecha con sus ocupaciones. Entonces se acordaba de no insistir en sus alegres explicaciones y escuchaba los detalles del trabajo de Ken, para confirmarle que, cuando llegase el momento, él estaría capacitado para asumir el cargo que le aguardaba.

–No lo sé, Liv –le dijo Ken en una ocasión–. Aquí hay tipos que saben cien veces más que yo cómo dirigir un periódico.

–Y tú puedes aprender todo lo que ellos sepan –lo tranquilizó ella–. No temas hacerles preguntas, Ken... Mi padre dice que sólo los auténticos ignorantes rehúyen preguntar.

–Tu padre tiene razón –dijo él, riendo–, pero llegará el día, pronto, en que ya no podré hacerlo, en que tendré que empezar a tomar decisiones..., decisiones importantes, Liv. Entonces estaré solo.

–No, no lo estarás –le dijo ella en voz baja–. Cuando llegue ese día, yo estaré contigo.

Cuando, por fin, el día de su boda estaba próximo, Livy estaba convencida de que lo más difícil ya había pasado. Serían compañeros en todo lo que la vida les deparase, unidos para siempre por el sacramento del matrimonio.

La boda de Olivia Callahan y Kenneth Walsh se celebró en junio y su unión fue bendecida en una misa solemne en la iglesia de St. Aloysius por el padre Patrick McBride, que había administrado también a Livy la primera comunión y la confirmación. La recepción tuvo lugar en el Riverdale Country Club y acudieron más de trescientos invitados. Entre los amigos de los padres de Ken que asistieron se encontraban Averell Harriman y Bob Hope, así como un ex secretario de Estado. Mientras Livy y Ken bailaban a los acordes de *La chica con la que me casé,* ella se esforzaba por grabar para siempre en su memoria aquel día, el más perfecto de su vida: su hermoso vestido de organdí de seda bordado con antiguo encaje belga, la fragancia de su ramo de novia, la intensa concentración reflejada en el rostro de su guapo marido cuando repitió los votos matrimoniales... Sin embargo, pese a la enorme dicha que la embargaba, sentía que todo sería superado por lo que aún estaba por venir. Por fin se poseerían mutuamente, en cuerpo y alma..., sin pecar.

La *suite* nupcial del Plaza Hotel estaba llena de flores: rosas de damasco, lirios azules y blandos, exóticas aves del paraíso y delicadas camelias. Una enorme canasta de frutas frescas aguardaba a los recién casados, junto con una botella de champán metida en un enfriador de plata.

–Pareces un ángel –dijo Ken cuando apareció su esposa vestida con su camisón de noche de crespón de China blanco, con florecillas de seda bordadas.

–Ahora cierra los ojos, Livy, cariño. –Alrededor de su esbelto cuello le colgó su regalo de bodas: un perfecto diamante de dos quilates que pendía de una cadena de platino–. Es sólo el primero –le dijo con ternura–. Pienso regalarte uno en cada aniversario... y –agregó riendo– tal vez otro para cada hijo si eso no me lleva a la ruina.

Una vez acabados todos los rituales, les llegó el momento de convertirse en marido y mujer. Ken extendió los brazos y Livy se rindió a ellos, a sus dulces besos y tiernas caricias. Sin embargo, aunque ella lo amaba de todo corazón, no sintió ninguna llamarada de pasión, ninguna ansia irresistible. Y cuando él trató de consumar su unión, el himen se resistió con tozudez, negándose a perder la virginidad que ella había conservado con tanta devoción.

–No tiene importancia –la tranquilizó Ken–. Supongo que

aún nos quedan al menos cincuenta años de hacer el amor... Esperemos hasta que estés preparada, Livy, cariño.

Ella dio gracias a Dios en silencio por haberle dado un marido tan paciente y comprensivo, capaz de superar la decepción que había amenazado con estropear el día más hermoso de su vida. Al día siguiente viajarían a París para pasar allí dos semanas de luna de miel. Allí se entregaría por completo y haría que su cuerpo le perteneciera a él...

Llegaron al Hotel Lotti, en la Rue de Castiglione, a las once de la mañana. Livy comentó con admiración la elegancia rococó del antiguo hotel, con un vestíbulo decorado en oro y mármol, techos muy altos, y una espaciosa *suite* llena de antigüedades en la que pasarían los quince días siguientes. En cuanto el botones dejó las maletas y salió, ella se tumbó en la cama, que tenía un dosel y un colchón de plumas. Se sentía exhausta tras el largo vuelo nocturno. De repente, se preguntó si Ken querría hacer el amor entonces, pues se sentía malhumorada y sólo deseaba descansar. Como si él pudiese leerle los pensamientos, le hizo unas carantoñas y dijo:

—Por ahora, vamos a dormir.

Curiosamente, la actitud comprensiva de Ken la avergonzaba. Aunque llevaban menos de dos días completos casados, la primera semilla de duda se había plantado en su mente. «¿Qué me ocurre?», se repetía mientras iba quedándose dormida.

No fue hasta el tercer día de matrimonio cuando Ken pudo desvirgarla. Le pidió perdón por el terrible dolor que le había infligido y le prometió que todo sería más sencillo con el paso del tiempo. Pero Livy no estaba tan segura. Algo había cambiado, algo para lo que ella no tenía ninguna explicación ni solución. ¿Se había equivocado al creer que en el matrimonio viviría las mismas emociones apasionantes del noviazgo... o aún mejores, pues estaban santificadas? Le había sucedido algo misterioso que había acabado con su entusiasmo. ¿Acaso aquellos besos ansiosos y abrazos llenos de sentimientos de culpabilidad serían todo lo que ella conocería del placer carnal?

No podía preguntárselo a Ken; no podía admitir que no había sentido pasión mientras hacían el amor, sino únicamente dolor. Era una equivocación obligarlo a disculparse o a sentirse culpable sólo por querer amarla.

Sin embargo, si la parte física de su amor era imperfecta, la luna de miel fue sublime, todo lo que una joven podía imaginar en sus fantasías más románticas. Ken era su complemento perfecto; tenía todas las cualidades que a ella le faltaban: era extravertido, hacía amigos con facilidad, le interesaban todos los tipos de gente... Se enzarzaba en conversaciones con vendedores ambulantes y guías turísticos, les preguntaba sobre sus familias con su francés macarrónico y, sin fijarse aparentemente en el sonrojo de Livy, contaba a todo el mundo que estaban disfrutando de su luna de miel.

Libre del control paterno por primera vez en su vida, se enorgullecía de su nueva condición de casada. Garabateaba «Sra. de Ken Walsh» en las servilletas de los bares y mandaba postales a todos sus conocidos para poder firmar como «señor y señora». Navegaron en los *bateaux mouches* por el Sena y posaron frente al palacio de Versalles. Visitaron el Louvre y Notre Dame, comieron patatas fritas en un café y se besaron en el asiento trasero de los taxis. Pero, mientras que los días estaban llenos de maravillosas distracciones, las noches tenían para Livy la misma dolorosa monotonía.

Cuando los recién casados establecieron su residencia en Greenhills, la hacienda de los Walsh en Middleburg, Virginia, Livy recobró la confianza. Greenhills se alzaba majestuosamente en las colinas verdes y onduladas que le daban su nombre[1] y estaba rodeada de robles centenarios y estilizadas hayas que la protegían de los cambios estacionales. Era una finca rica en historia y tradición, un lugar donde Livy creyó que podría ser una esposa perfecta y una elegante anfitriona, un lugar donde podría triunfar.

Su única experiencia en el pasado con el servicio doméstico había sido con la mujer de limpieza de los Callahan, que iba una vez a la semana. No obstante, Livy adoptó una convincente actitud autoritaria con el amplio personal de Greenhills.

—Yo prepararé la mayor parte de las comidas, señora Sheridan —dijo al ama de llaves— y las serviré en persona. En ciertas ocasiones, cuando tengamos invitados, precisaré de su ayuda, por supuesto. Pero en nuestras tranquilas veladas hogareñas, yo cuidaré del señor Walsh...

1. «Greenhills» significa literalmente «Colinas verdes». *(N. del T.)*

Aunque Livy era joven e inexperta, su manera de ser convenció a la venerable señora Sheridan para que alterase la rutina que había mantenido cuando los padres de Ken vivían.

Una vez que Livy se convirtió en señora de un hogar hermoso y ya establecido, tenía tantas tareas agradables que atender que los días pasaban casi sin notarlo. Primero limpió y redistribuyó los antiguos muebles; luego se concentró en los armarios y cajones, guardando la cubertería, la porcelana y las mantelerías de forma conveniente y eficaz. Reorganizó los artesanales armarios de la enorme y anticuada cocina, y encargó que se compraran electrodomésticos nuevos y más eficientes.

De todos modos, no había nada con lo que disfrutara más que con pensar y hacer la cena todas las noches para Ken. Gracias a su creciente colección de recetas, preparaba cenas exquisitas para dos personas y las servía en antiguos manteles bordados a la luz de las velas. Decidida a ser buena esposa de todas las maneras posibles y aportar a su joven marido la seguridad y el apoyo que parecía necesitar, lo hacía hablar sobre sus problemas y lo escuchaba atentamente, deseosa de librarlo del peso de la responsabilidad que había caído sobre sus hombros.

–Pero, si Briggs sigue cometiendo errores, ¿por qué no lo despides? –le preguntó una noche, después de que Ken le describiese el más reciente de los despistes de su redactor-jefe para temas locales.

–Procuro ser justo, Liv. No es que Briggs cometa torpezas –le explicó Ken–. Briggs y el *Chronicle* han invertido un montón de años el uno en el otro. Es obvio que ese hombre se encuentra sumido en una crisis personal. Espero que me hable al respecto. Mientras tanto..., uno no debe tirar a las buenas personas cuando se estropean o se rompen... Es un mal negocio y un error. Lo que debe hacerse es llenar los huecos. Por ahora, tal vez yo y el resto de mi equipo debamos buscar las soluciones.

Livy amaba a Ken por su sentido de la justicia. Sin embargo, se preguntaba si existían soluciones para todos los problemas. Entonces pensaba en el único lugar donde todos sus esfuerzos habían fracasado: el dormitorio. Se maquillaba y perfumaba, ponía flores frescas en los jarros y música suave en la radio... y todo para crear el ambiente más romántico posible. Y, aun así, no lograba recuperar la magia del noviazgo, aquellos días anteriores al momento en que se vio obligada a vivir activamente la sexualidad. A veces creía que Ken estaba distante y carente de interés porque le preocupaban los problemas de dirigir un periódico y aún no se sentía cómodo en el puesto de su padre. No obstante, más a menudo solía sentirse culpable por no conseguir excitarlo.

En la mañana posterior al día en que cumplían dos meses de matrimonio, Livy dijo a Ken que se iba a pasar el día en Nueva York.

—Volveré antes de la cena —se apresuró a añadir—. Así que no me echarás de menos.

—¿Ya echas de menos tu casa, Livy, cariño? —bromeó Ken.

—¡Nada de eso! —contestó ella con energía—. Mi casa es ésta, Ken, y tú eres mi familia. Sólo necesito... comprar algunas cosas un poco especiales.

Al llegar a la ciudad, el primer sitio al que se encaminó fue a la iglesia en que debía encontrarse con el padre McBride.

—¿Cómo puede saber una esposa si ama a su marido... de todas las maneras posibles? —le preguntó.

Al sacerdote parecieron sorprenderle sus palabras.

—Ese tema ya lo tratamos durante la preparación para el matrimonio, Livy, querida. ¿Lo has olvidado?

—Lo recuerdo —respondió enseguida—. Debo amar a mi esposo como... como Cisto ama a su Iglesia, con todo mi corazón y con toda mi alma. Pero, padre... —Se le quebró la voz.

—¿Sí, pequeña? —la apremió.

—Los sentimientos... —dijo de improviso—. Quiero conocer mis sentimientos, padre. No en mi alma, sino... —se llevó las manos a los pechos y las dejó resbalar hacia abajo— aquí. ¿Cómo puedo *entregarme* a mi marido?

El padre McBride asintió en señal de comprensión. Livy sintió una oleada de alivio... que desapareció unos momentos después ante las palabras del sacerdote.

—No debemos fiarnos de algunos sentimientos, en especial de los sentimientos carnales. En lo que debes confiar, Olivia, es en las enseñanzas de la Iglesia. Obedece a tu marido y dale comodidad y satisfacciones. Sé fiel. Ése es el núcleo del amor conyugal. Es una actitud activa, no pasiva, ¿entiendes? Sigue las enseñanzas de la Iglesia y no habrá confusión posible.

A pesar de ello, cuando Livy se alejaba, su confusión era mayor que nunca.

Buscó en las páginas amarillas y concertó una entrevista con una doctora, Emily Saunders. Livy pensó que tal vez sería más sencillo discutir la cuestión con una persona extraña.

Sin embargo, cuando entró en la consulta de la ginecóloga, una mujer de aspecto simpático y maternal, se sintió torpe y estúpida. Abrumada por la vergüenza, intentó explicarle que hacer el amor con su marido le causaba dolor y que aquello había ocurrido desde la primera vez. Pronunció la temida palabra: *frígida*, y esperó conteniendo el aliento.

La doctora Saunders la examinó con gran cuidado, deteniéndose con frecuencia para confirmarle que todo estaba en orden. Después del reconocimiento, Livy se vistió y la doctora se sentó a su lado.

–No puedo estar segura –le dijo–, pero el problema podría tenerlo tu marido, no tú. Tal vez intenta la penetración demasiado pronto. ¿Le has pedido que espere?

Livy enrojeció de ira; su tez pálida se cubrió de brillantes manchas rosadas.

–¡No! No es culpa de Ken. Él es muy paciente. Es culpa mía. Tiene que ser mía.

Con voz entrecortada, le explicó que, durante el noviazgo, las ansias atormentaban su cuerpo y sólo podía despedirse de él reprimiendo sus deseos con un atroz esfuerzo.

–No eres frígida, Livy –le dijo la doctora Saunders, sonriendo–. Lo que sentiste entonces, puedes volver a sentirlo.

La doctora se fijó en la expresión preocupada de su joven paciente y en la tensión que la atenazaba.

–Es posible que tu problema tenga algo que ver con la ansiedad. ¿Tienes miedo de quedar embarazada?

–¡No! Quiero quedar embarazada enseguida. Y Ken también lo desea, doctora Saunders.

–Entonces, tal vez lo intentas con demasiada intensidad –le sugirió–. No puedes *querer* quedar embarazada, igual que no puedes querer sentir el placer sexual. Quizá lo que necesitas es relajarte y dejar que las cosas sigan su curso.

La decepción de Livy era evidente.

–¿No hay nada que usted pueda hacer? ¿No puede darme algo? –le preguntó, agarrando su bolso con tanta fuerza que se le blanquearon los nudillos.

La doctora Saunders jugueteó con el bloc de recetas, pero luego lo puso a un lado.

–Eres una joven absolutamente sana –le dijo en tono afable–. Eres tú quien debes darte permiso a ti misma para disfrutar del aspecto físico del matrimonio.

–Quiero hacerlo, de verdad –contestó Livy, perpleja. Ella siempre había querido tanto a Ken...

–Tengo una idea –dijo la doctora Saunders–. Antes de ir a la cama, tómate un vaso o dos de vino blanco, o quizá un cóctel. Un poco de alcohol puede tranquilizarte... y liberar tus inhibiciones.

«¡Por fin!», pensó Livy, levantándose de la silla como una exhalación. Finalmente había obtenido una respuesta concreta al problema que la acuciaba.

–Gracias, doctora, muchas gracias –le dijo.

Pagó al contado a la recepcionista. No quería que quedase ningún registro de su visita. Salió de la consulta ansiosa por tomar el primer vuelo que la llevara a casa.

Llegó a tiempo de preparar la cena, bañarse, vestirse y recibir a Ken en la puerta a las siete. Había bebido un vaso de vermut en la cocina y otro en el baño. Una botella de buen vino tinto de Borgoña ya estaba abierta en la mesa del comedor.

–¡Eh! –exclamó Ken echándose a reír cuando ella corrió a recibirlo y lo abrumó de besos y abrazos–. Si tengo una bienvenida como ésta cada vez que te vayas de compras, vale la pena cada centavo que te gastes.

–No he visto nada que quisiera comprar –murmuró Livy, estrechándose contra el pecho de su marido–. Sólo... te he echado de menos, eso es todo.

–Aún mejor.

Cuando la botella de vino ya estaba vacía y la cena acabada (rematada con el pastel de chocolate que había «emborrachado» con un cuarto de botella de ron), Livy se levantó tambaleante de la silla. Ken, que sólo se había tomado un par de vasos, llevó a cabo su deber de caballero subiéndola en brazos por la escalera. La miró y depositó un beso en su nariz.

–Eres adorable, ¿lo sabías? Estás como una cuba, pero sigues siendo adorable...

Cuando la dejó sobre la cama, ella abrió los brazos y él se lanzó ansiosamente entre ellos. Livy estaba tan aturdida por el alcohol, que apenas podía pensar o preocuparse. Entonces descubrió, por fin, las deliciosas sensaciones que la habían eludido hasta aquel momento. Llena de alegría, besó y acarició a su guapo marido, perdiendo toda noción de dónde terminaba su propio cuerpo anhelante y dónde empezaba el de Ken.

–¡Oh, amor mío, mi querida Livy, mi amor! He esperado tanto... conseguir esto –dijo él con la voz ostensiblemente quebrada de pasión.

–Yo también –suspiró ella.

Después, mientras yacían entrelazados en el lecho marital que parecía maravillosamente confortable, Ken se incorporó apoyándose en un codo.

–Estaba muy preocupado –dijo en voz baja, apartando los cabellos que le cubrían la cara a Livy–. Creía que nunca podría hacerte feliz, amor... Tenía tanto miedo de no hacerte feliz jamás...

La confesión de Ken sorprendió y aterrorizó a Livy. Había estado tan absorta en sus propias dudas y preocupaciones que no se había dado cuenta de lo dolido y frustrado que debía de estar su marido. ¡Gracias al cielo que había encontrado el remedio antes de que hubiera sido demasiado tarde! A Livy le parecía asombroso cómo unos tragos habían hecho fácil lo que parecía imposible.

Sólo dos meses después, Livy tuvo una falta. El embarazo fue difícil casi desde el principio, pero ella era feliz en aquel estado, a pesar de los síntomas y de todo lo demás. Por fin se sentía feliz y realizada. Sin arredrarse por los mareos matutinos ni por la hinchazón en los tobillos, redecoró la antigua habitación de los niños con un brillante color amarillo y blanco. Ambos fueron a comprar el ajuar del niño: docenas de diminutos pañales, jerseys y mantas de todos los colores a la venta.

Cuando Livy sintió las primeras contracciones, Ken dejó el despacho de inmediato..

–Aún no se ha cumplido el tiempo –protestaba ella mientras él la acomodaba en el coche–. El doctor Fenniman dijo...

–No me importa lo que dijera –la interrumpió Ken: estaba embargado por la preocupación–. Sois mi mujer y mi hijo, ¡y más le vale que os cuide bien a los dos!

En el hospital, Ken se sentó junto a su cabecera.

–Apriétame la mano cuando te duela, Livy, amor –le decía–. Aprieta fuerte para que pueda compartir tu dolor.

Livy no había amado nunca a su marido tanto como en aquellos momentos. El dolor, que había empezado como unos molestos calambres, aumentaba sin cesar. El rostro de Ken palidecía y se tensaba cada vez que Livy le clavaba las uñas en las palmas de las manos.

–¡Dios, mío, es terrible! –dijo él con aspereza–. No sabía que sería así...

–Me parece que la Biblia no bromeaba cuando aseguraba que pariríamos a nuestros hijos con dolor –dijo ella, tratando de sonreír.

Cuando el doctor Fenniman la examinó, Livy notó que algo iba mal. Sintió un estremecimiento.

–¿Está bien mi hijo?

–El niño está perfectamente... Sólo hay un pequeño problema con la posición, eso es todo. Es lo que se denomina «parto de nalgas».

–¿Qué va a ocurrir? –inquirió Livy.

–Cálmate, Olivia. Intentaremos realizar un parto normal, que, por supuesto, sería lo mejor para el niño; pero, si lo pasas muy mal, te haremos una cesárea. Todo irá...

–¡Nada de cesáreas! –exclamó Livy–. He de tenerlo de la manera normal, doctor Fenniman. –Lanzó una mirada suplicante a Ken–. He de...

Ken asintió con la cabeza.

En las largas horas que siguieron, Fenniman presionó a Livy para que cambiase de parecer. Aunque el dolor se hizo insoportable, y aunque ella creía que las contracciones iban a partirla en dos, siguió negándose a la intervención. Por fin, a las cuatro y media de la mañana, nació Carey James Walsh. Diez minutos más tarde, Livy era conducida a la sala de recuperación.

–Duerma un poco, señora Walsh –dijo la enfermera–. Luego podrá visitarla su marido. El pobre ha estado esperando toda la noche.

Livy, exhausta y rendida, se quedó dormida. La habitación estaba a oscuras y en silencio, pero se despertó porque tenía frío. Tocó las sábanas que la tapaban. Estaban húmedas y, cuando se llevó la mano a la cara, notó con horror que estaba roja y pegajosa por su propia sangre.

–Enfermera... Enfermera... –exclamó, pero su voz era débil y quebradiza. «Me estoy muriendo», pensó, aterrada por la idea de no llegar a conocer a su propio hijo ni verlo crecer.

Con enormes dificultades, logró volverse de costado. La habitación empezó a dar vueltas y una bruma negra la rodeó. Justo antes de perder el conocimiento, alcanzó el botón de aviso y lo apretó mientras rezaba: «Por mi culpa, por mi culpa, por mi grandísima culpa...»

Cuando recobró el sentido, la luz de la habitación estaba encendida y Ken se hallaba sentado en una silla a su lado. Estaba ojeroso y sin afeitar, y tenía los ojos vidriosos e inyectados en sangre.

En cuanto ella abrió los ojos, él le acarició la cara y se echó a llorar.

–¡Dios mío, qué susto me has dado, Livy, amor! No me hagas esto otra vez, por favor, no me lo vuelvas a hacer.

Ella nunca había visto llorar a su marido.

–¿Qué me ha pasado?

–Has..., has tenido una hemorragia... Han tenido que operarte.

–¿Y el niño? –exclamó, nerviosa–. ¿Está bien?

–Maravillosamente... Pesa tres kilos y veinte gramos. Es sano y precioso, y está chillando sin cesar por ir con mamá.

Livy sonrió..., pero entonces recordó los aterradores momentos previos a su desvanecimiento.

–¿Y qué me pasa a mí? ¿Qué me han hecho, Ken?

–Han detenido la hemorragia. El doctor Fenniman dice que te pondrás bien. Necesitas mucho descanso, cariño, pero te pondrás bien.

–Estupendo –dijo, sonriente y calmada–. Entonces podremos seguir con un hermanito y un montón de hermanitas.

Ken se echó a llorar otra vez.

—¡Oh, Dios mío! ¡Livy, amor, no...! Fenniman ha dicho que sería demasiado peligroso... Que si intentaras tener otro niño, podría..., podría... No puedo perderte, Livy, no puedo...

En los primeros años que siguieron, Livy se negó a renunciar a la esperanza de formar una familia numerosa. Consultó a un especialista detrás de otro, pero todos estaban de acuerdo en que otro embarazo la pondría en peligro mortal. Ken se ponía un preservativo para hacer el amor, aunque ella se resistía porque era un pecado mortal. «El amor en el matrimonio existe para concebir hijos», decía ella, recitando como un loro las enseñanzas que le habían inculcado en la iglesia.

Por fin, Ken cedió a sus objeciones..., pero sólo para hacerse una vasectomía. El sueño de Livy de una familia abundante, de una casa abarrotada de niños a los que podría cuidar y amar, se había hecho pedazos. Hacían el amor cada vez con menos frecuencia, hasta que Ken y Livy se volvieron como dos hermanos, siempre de luto por los hijos que nunca tendrían.

En cambio, su matrimonio pareció florecer en ciertos aspectos. Se unieron en un centenar de gestos atentos y considerados, y encontraron satisfacciones en los servicios a la comunidad y en sus respectivos intereses y aficiones. Livy se ocupaba de organizar cenas para el personal del *Chronicle*, ventas de beneficencia y visitas de fin de semana al hogar de los Callahan en Riverdale. Ken volvió a volar, una afición que había cultivado pero a la que casi había renunciado al casarse. Se compró un P-51 de la Segunda Guerra Mundial y se dedicó a ponerlo a punto de nuevo.

Y, naturalmente, estaban unidos en el amor a su hijo. Carey era un niño precioso, callado y tozudo como Livy, aunque había heredado el pelo oscuro, las expresiones faciales y los ojos azules de su padre. En cuanto el chico aprendió a andar, Ken empezó a llevárselo a las oficinas del periódico, como su padre había hecho con él. Le enseñaba las gigantescas prensas y lo dejaba que se sentara en su silla del despacho.

Livy adoraba a Carey. Escuchaba sus historias de la escuela, le ayudaba con los deberes, respondía a las preguntas que le formulaba..., realizaba todos los rituales exigidos a una madre. Sin embargo, a menudo se preguntaba si no estaría privándolo de algo que ella había dado por sentado en su niñez: un auténtico sentido de la familia. Inmersa en una búsqueda incansable de su propia realización personal, que llenaba los días que había previsto dedicar a sacar adelante una familia numerosa, se había relacionado con muchas actividades voluntarias. No obstante, ninguna le parecía bien y cambiaba de una organización a otra, en pos de algo que no podía definir con claridad.

Pero la búsqueda terminó cuando descubrió el Refugio de la madre Cabrini para madres solteras. En la habitación de niños rosada y azul del hogar encontró una tarea que daba un propósito a su actividad y saciaba su propia y afligida necesidad. Cuando sostenía en brazos a los bebés, mimándolos para que dejasen de gimotear y dándoles el amor y los cariños que tanto necesitaban, Livy se sentía en paz. Su trabajo voluntario aumentó de un día a dos, y luego a tres, e hizo saber que siempre estaba dispuesta a quedarse una hora más o dos si era necesario.

—¿Dónde estabas? —inquirió Carey una tarde; en sus ojos azules se reflejaban el dolor y el resentimiento—. Eras la única madre que no vino de todos los que participábamos en la obra de teatro. No viniste, mamá. Todos me dijeron que fui el mejor conejillo de Pascua, pero tú no me viste... ¡y ahora es demasiado tarde!

Sintiéndose culpable, Livy se disculpó.

—¡Oh, cariño, lo siento mucho! Quería ir, de verdad, pero tenía tanto trabajo y tantos niños a los que atender, que perdí la noción del tiempo...

—¡Pero son los hijos de otras! —contestó Carey, encarado aún con ella—. Y se supone que tú eres *mi* madre. Me lo prometiste..., me lo prometiste.

—Lo lamento, Carey. Estoy muy apenada por haberte fallado. Procuraré no volver a hacerlo nunca más.

¿Cómo podía decirle a su hijo que los niños de otras personas le permitían unos minutos de olvido? ¿Cómo podía explicarle lo que sentía al sostener a un bebé contra su pecho y pretender por unos minutos que era suyo?

—Papá no se habría olvidado. Él no me habría fallado.

«No, papá no lo habría hecho», pensó Livy. En cierto modo, Ken había dejado atrás el sueño de una familia grande y bulliciosa como los Callahan. De alguna manera, Ken había hecho las paces con todas aquellas esperanzas y promesas perdidas.

O eso creía ella, hasta el día en que volvió pronto a casa del Refugio de la madre Cabrini y vio el coche de Ken en el sendero. En todos los años que habían vivido juntos, nunca se había ido tan pronto del periódico. ¿Estaría enfermo? Fue corriendo a la casa.

Ken se hallaba en su estudio, sentado ante el escritorio, cubriéndose la cara con las manos. El ruido de sus sollozos resonaba por toda la habitación.

–¿Qué ocurre, cariño? Oh, Ken, por favor, cuéntame qué es lo que pasa.

Ken levantó la mirada. Tenía el rostro desencajado de dolor.

–¿Qué ha sido de nosotros, Livy, amor? ¿Cuándo se estropeó todo? Nos queríamos tanto, tantísimo... ¿Cómo perdimos el norte, Livy? ¿Cómo ocurrió?

Volvió a hundir el rostro entre las manos y Livy sintió que un nudo de temor se cerraba en su estómago.

«Está enamorado de otra mujer», pensó, recordando lo que había pasado por alto a propósito: las noches en que se quedaba hasta muy tarde en la oficina, las veces en que ella había intentado ponerse en contacto con él y sólo recibía como respuesta que había salido para resolver alguna cuestión. ¿Se había dado cuenta entonces? ¿Había sido demasiado cobarde para preguntárselo y oír que había encontrado a una mujer que podía aliviar el dolor que ella le había infligido?

Sin embargo, a medida que Ken siguió contando su historia con voz ahogada por la pena, Livy prestó más atención. No estaba hablando de otra mujer... ¡sino de un hombre! Lo que oía le parecía imposible, ¡repugnante, sórdido e imposible! Y, pese a todo, su querido Ken decía que era la verdad.

–... Es todo culpa mía –prosiguió–. No fui lo bastante fuerte para soportar la cruz con la que me habían cargado, Livy, amor. Me sentía tan solo, que... me rompí. Tal vez nunca quise serte infiel –dijo, esforzándose por mostrar una sonrisa que casi le rompió el corazón a Livy.

Pero, aunque le repugnaban los terribles detalles del relato, su conciencia trataba de defender a Ken. Aquello iba contra todas sus creencias: era un pecado capital contra el hombre y contra Dios, tal como había aprendido en su Iglesia. Y no obstante, ¿no era culpa suya que él se hubiese sentido solo? ¿No era culpable de que él se dejara tentar? Cayó de rodillas junto a su silla y lo tomó de la mano, jurando para sus adentros que desde aquel momento estaría allí, a su lado, y lucharían contra aquello juntos.

–Hay algo más –dijo Ken con una expresión que convirtió el miedo de Livy en terror–. El hombre... está..., está en la Casa Blanca.

–¿Quién es? –preguntó, como si el saber su nombre cambiara las cosas.

–Fred Williamson –contestó. Era el jefe de Personal de la Presidencia.

Luego, Ken tomó aliento profundamente y dejó caer su otra bomba.

–Acabo de recibir un anónimo. Hay alguien que sabe... lo de Fred y yo. Dice... que tiene fotos... de citas. Dice que las hará llegar a..., a la prensa la próxima semana.

–¡Oh, Dios mío!

Livy intentó comprender la magnitud de aquel desastre, la vergüenza que no sólo salpicaría a su amado Ken, sino que destrozaría a sus familias e implicaría incluso a la Casa Blanca en el escándalo.

–¿Qué quiere? –le preguntó, aferrándose desesperadamente a alguna esperanza–. ¿Dinero?

Ken meneó la cabeza. Su rostro era una pura mueca de dolor.

–Quiere destruir al presidente, no a mí. Planea filtrar toda la historia el día antes de la convención. Me parece que el anónimo es una especie de... aviso caballeroso –terminó con un sollozo ahogado.

Livy lo abrazó y se aferraron el uno al otro como náufragos que quisieran mantenerse a flote durante unos preciosos momentos aunque no hubiera ninguna esperanza de supervivencia previsible.

Curiosamente, en los siguientes días estuvieron más unidos que en muchos años. Livy llamó al *Chronicle* y dijo que Ken tenía gripe; luego notificó al Refugio que su presencia era necesaria en casa. Nadie salió de los terrenos de Greenhills.

Compartían el insomnio durante las noches, comían juntos y paseaban durante horas bajo las copas de los árboles, pero no se fijaban en la belleza de la verde primavera, sino que conversaban con calma e intentaban prepararse para lo que se avecinaba.

–Tendremos que hablar con Carey... pronto –dijo Livy–. Y también con mi familia... No me preocupa nadie más.

–No puedo dar la cara ante tu familia –dijo hoscamente Ken–. Sólo Dios sabe lo que pensarán de mí. –La abrazó con fuerza–. No permitas que se vuelvan en mi contra, Livy. Tú lo eres todo para mí.

–No te abandonaré –dijo Livy.

–¡Dios mío, Livy! Jamás quise hacerte daño, hacerte sufrir...

–Ya pensaremos en algo. Todavía nos queda tiempo.

A la mañana siguiente, Ken le dijo que tenía que irse a Boston. Debía atender algunos negocios, cosas que debía arreglar antes de que aparecieran los terribles titulares y el escándalo lo obligara a dimitir de la dirección del *Chronicle*.

Aquella decisión le pareció a Livy demasiado repentina. Tenían muchas cosas que planear todavía. Y aún debían discutir cómo protegerían a Carey...

Pero él le aseguró que volvería por la noche..., tal como ella se lo había prometido una vez cuando pasó inesperadamente un día fuera de casa. Hizo el ademán de ir a besarla, pero Livy, sin querer, se apartó. Ken dio un paso atrás y sonrió, como si diera a entender que no la culpaba por ello. Luego salió de la habitación.

Livy comprendió que también la explicación que le había dado para su viaje era una mentira cuando él ya se había ido. Corrió tras él, pues había cambiado de opinión con respecto al beso... Pero Ken ya estaba lejos.

A media tarde la llamó un capitán de la policía del Estado de Massachusetts. Con voz afable, le explicó el accidente: los restos del P-51, que Ken pilotaba solo, estaban desperdigados por los montes Berkshire. Era demasiado pronto para afirmar nada con rotundidad, pero la causa aparente era el defectuoso panel de instrumentos del viejo avión. Al colgar el teléfono, una pregunta empezó a darle vueltas en la cabeza: «¿Ha sido un accidente, amor mío, o has sacrificado tu vida? ¡Oh, amor, mi gran amor, perdóname! Perdóname por haberte fallado de esta manera».

El teléfono sólo guardó silencio un minuto hasta que sonó la siguiente llamada: era Mattew Frame, redactor-jefe del *Chronicle*.

–Lamento molestarle, señoral Walsh, pero es que tengo una noticia...

–Ya me he enterado, señor Frame.

El redactor-jefe cambió de tono inmediatamente.

–Ya sabe que todos los que trabajamos en este periódico la acompañamos en el sentimiento. Ken era un hombre maravilloso, el mejor.

–Sí... Sí, lo era –contestó, pensando en lo terrible que era... hablar en pasado. Qué definitivo e irrevocable.

–Señora, espero que no le importe..., pero hay que sacar a la calle este periódico y querría discutir con usted algunos aspectos de la esquela. ¿Hay algo que desee añadir..., alguna cuestión familiar de la que no dispongamos en nuestros archivos?

Livy reflexionó durante unos momentos. Luego salieron las palabras... aparentemente casi por sí solas, como si las repitiera al dictado de un fantasma.

–Ya que usted me lo pregunta, señor Frame, le explicaré con todo detalle cómo deseo que se lleve esto a cabo. Publique la noticia de la muerte de Ken en la primera página, con marco negro. Quiero que enumere todas y cada una de las obras de caridad de mi marido. También quiero que llame a los presidentes de los dos partidos y obtenga de ellos unas declaraciones sobre la lealtad y el patriotismo de Ken. ¿Algún problema, señor Frame?

El silencio subsiguiente indicaba que el editor estaba estupefacto por el tono autoritario que ella había empleado. Pese a todo, respondió obediente:

–Ningún problema, señora Walsh.

Era la primera vez que Livy Walsh saboreaba una pizca de poder y percibió lo dulce que era pese a estar inmersa en la amargura de su pena. Ni se le pasó entonces por la cabeza que llegaría a ser su pan de cada día.

–Gracias, señor Frame. Más tarde recibirá más intrucciones.

El redactor-jefe se despidió sin hacer ninguna objeción.

«¿Es lo correcto, Ken? –preguntó a la presencia que parecía flotar sobre ella–. ¿Dará resultado? ¿Avergonzaría a aquel cabrón lo suficiente para obligarlo a guardar silencio?»

«Buen trabajo, Livy, amor –susurró el fantasma–. Pero aún queda otra cosa...»

Ella asintió, como si pudiera ver aquella presencia. Descolgó el auricular y llamó a la Casa Blanca.

–Póngame con Fred Williamson, por favor. Dígale que soy la esposa del señor Kenneth Walsh. Estoy segura de que se pondrá.

La voz que respondió era grave y masculina..., y, como pudo detectar Livy, terriblemente asustada.

–Señora Walsh, la acompaño sinceramente en el sentimiento. Todo Washington...

Livy se distrajo unos momentos, tratando de imaginarse al hombre hacia el que se había vuelto Ken para huir de su soledad. «¡Ya basta! Éste no es el momento», se dijo.

–Señor Williamson..., Fred –dijo con su recién adquirida calma–, creo que debería dimitir de inmediato..., antes de que empiece la convención. Si no lo hace... Si no lo hace –se le quebró la voz–, me parece que la muerte de Ken no lo librará de las consecuencias.

Se produjo un silencio al otro lado de la línea hasta que sonó el «clic» del corte de la comunicación. Livy no llamó de nuevo. La segunda ocasión de paladear el poder había sido aún más dulce que la primera.

Una semana después del entierro de Ken, Livy fue al *Chronicle* y reunió a todos los jefes de sección en su despacho. Plantada tras el escritorio de Ken les anunció:

–Los he convocado porque no quiero tener que repetir estas palabras. Sin duda, todos ustedes han estado preguntándose quién sería el nuevo editor. Lo tienen ante ustedes. –Esperó unos instantes mientras los miembros de su equipo editorial cruzaban miradas de sorpresa–. Sé en lo que están pensando: Livy Walsh no está preparada. Livy Walsh no sabe casi nada sobre cómo dirigir un periódico. –Su mirada se paseó de uno a otro–. Pero Ken Walsh sí sabía... y creo saber mejor que nadie en el mundo cómo quería Ken que se hicieran las cosas. De modo que no quiero pegas. Concédanme su ayuda y su paciencia. Estoy segura de que al principio les haré muchas preguntas estúpidas, pero espero respuestas, y también espero..., no, *exijo* su apoyo y lealtad. Éstas serán las cualidades que más valoraré cuando llegue la hora de renovar sus contratos. Confío en que no haya ningún malentendido. Es todo por ahora.

Y, con estas palabras, Livy dio por finalizada la reunión. Los periodistas salieron del despacho; parecían perplejos y desilusionados.

Durante los seis meses siguientes, Livy vivió consumiendo sus propias energías. Empezó a fumar y, para mantenerse alerta y calmar los nervios, se tomaba innumerables vasos de café con un chorro de *bourbon*. Sentada en la silla de Ken en el *Chronicle* –moviéndose en un espacio que aún era demasiado grande para ella–, se juró a sí misma que aprendería.

Y entonces, de forma milagrosa, los fragmentos de información comenzaron a formar un todo coherente. Livy hacía menos preguntas y sus directrices eran más enérgicas y confiadas. El *bourbon* se convirtió en su aliado, su fuente de coraje; y, cuando necesitaba descanso, en lo único que se lo procuraba.

El último reportero incorporado a la plantilla, procedente del *Boston Globe*, ganó un premio Pulitzer por una serie de artículos sobre la drogadicción en los guetos negros de Washington. Finalmente, la propia Livy fue invitada a ser miembro del jurado que concedería el premio el año siguiente.

Intentó que Carey formara parte de su misión: mantener vivo el recuerdo de Ken y su orgullo por el *Chronicle*. Pero Carey se había vuelto distante e implacable. Primero acusó a Livy por estar ausente de casa, luego por sustituir a su padre..., y por último, por todo lo que había ido mal en su corta vida. Ella intentó razonar con su hijo, pero Carey había levantado una muralla impenetrable contra ella. La conciencia de Livy la impelía a hacer algo al respecto. Sólo era un chico y no podía permitir que se alejara de aquel modo. Pero no tenía ni idea de lo que podía hacer... y el *Chronicle* absorbía buena parte de su tiempo y energías.

Se sintió aliviada cuando Carey comenzó a pasar temporadas más largas en Riverdale con sus abuelos; primero algún fin de semana, luego cada quince días, y, al cabo, casi todas las vacaciones escolares. Livy se decía que lo que él necesitaba era precisamente el cariño desmedido de los abuelos. Entonces recordaba con cariño y pesar el alboroto, el afecto y la vitalidad del hogar de los Callahan. «Un chico necesita estar rodeado de gente –pensaba–, en especial uno que ha perdido a su padre.»

Nunca le pasó por la cabeza a Livy que algún día podía proporcionar a Carey un padrastro, ni siquiera la apariencia de una familia, tras la desaparición de Ken. Era como si sus propios sueños hubieran quedado tan deteriorados, tan mutilados y confusos, que le fuera imposible reconocerlos y le resultara insoportable contemplar lo que quedaba actualmente de ellos.

«Lo hago por Ken», se dijo cuando el trabajo se convirtió en su familia y en su amigo. No obstante, su dedicación absoluta al mantenimiento y progreso de la Walsh Communications no podía explicarse sólo alegando que era una misión. De algún modo, aquella primera ocasión en que Livy había saboreado el poder había creado en ella un apetito que crecía proporcionalmente a su pérdida de fe. Mientras perdía la capacidad de rezar, Livy encontraba una nueva clase de seguridad en su habilidad para poner de rodillas a los demás.

Y el whisky estaba siempre allí; no sólo para acallar las dudas, sino para alimentar nuevos sueños. Livy sujetaba sin temor las riendas del periódico; aumentó su circulación y utilizó los nuevos ingresos para adquirir más diarios y poner en marcha una revista. Vendió las pequeñas emisoras de radio e invirtió en grandes cadenas de televisión. La Chronicle Company se convirtió en la Walsh Communications. La empresa de Ken se transformó en la suya. No creía en absoluto que la bebida estuviera perjudicándola. Cuando bebía, a veces podía sentir cerca a Ken; su fantasma venía a ella como un genio que saliera de la botella, trayéndole promesas de perdón y amoroso aliento.

Pero, una mañana, el redactor-jefe del turno nocturno del *Chronicle*, Sam Conover, halló a Livy tumbada sobre el escritorio, con el vestido arrugado de la víspera.

–Señora Walsh... –la zarandeó suavemente para despertarla–. Señora Walsh..., ¿se encuentra bien?

A Livy le dolía la cabeza y se le nubló la vista mientras se esforzaba por recobrar su sentido del espacio y del tiempo. Vio que Sam estaba mirando hacia abajo y siguió la dirección de su mirada... hasta la botella vacía colocada sobre los papeles arrugados de la papelera.

–Estoy bien –dijo Livy, pugnando por superar la vergüenza que sentía. El orgullo la impulsó a alisarse su vestido arrugado y dar una explicación–: Ayer trabajé hasta muy tarde... y a veces..., los recuerdos, ya sabe.

El redactor-jefe asintió con gesto comprensivo y salió del despacho. Livy buscó en su memoria las horas perdidas. Era *cierto* que había decidido quedarse hasta muy tarde; el descuidado montón de papeles que tenía delante de sí lo demostraba. Sin embargo, las notas, aunque escritas de su puño y letra, le resultaban desconocidas y no podía recordar haber escrito ninguna de ellas. ¿Qué se había hecho de las últimas doce horas? «¡Dios mío!», pensó entonces. «¿Y si le hubiera pasado algo a Carey? ¿Y si nadie hubiera podido ponerse en contacto con ella?»

Entonces lo comprendió todo. Era una verdad oculta tras años de tomar sorbos de jerez en la cocina antes de hacer el amor con Ken, de cócteles antes de cenar, de tragos para tener coraje, de vasos de whisky a última hora de la noche para poder dormir.

Fue entonces cuando su mente sacó a la luz el recuerdo de un artículo que había aparecido en el periódico un año antes: había una pequeña clínica en Nuevo México en la que se había regenerado una estrella de cine cuya carrera había sido destruida por el alcohol.

Livy bajó corriendo los tres tramos de escaleras que conducían a los archivos del *Chronicle.* Haciendo caso omiso de las miradas de curiosidad de los empleados, ocupados en archivar y clasificar los artículos de la semana anterior, Livy recorrió los estrechos pasillos formados por los archivadores de color gris acero hasta que se detuvo ante la letra H. Allí estaba: Halloran, Brenda... Un artículo titulado «Una estrella atribuye su regreso a un milagro». Livy repasó el texto. Por fin, sus ojos se pararon en la última declaración de Brenda Halloran: «Lo intentaba todo, pero no podía dejar de beber. Entonces oí hablar de El Oasis. Ahora, toda mi vida ha cambiado. Ha sido un milagro».

Livy recordaba que tiempo atrás le habían enseñado a creer en los milagros. En el pasado había rezado para que se produjeran algunos (como tener otro hijo), y no había habido respuesta.

Pero tal vez no fuera aún demasiado tarde para creer en uno más.

El Oasis no era lo que ella esperaba. En aquellos tiempos lo formaba un único edificio de adobe de color crema, flanqueado por escarpadas montañas y rodeado por kilómetros de desierto. Desde lejos parecía un poblado indio. La primera impresión de Livy fue que era un lugar de retiro religioso; sin embargo, su imagen no evocaba las comodidades familiares, sino más bien una fugaz sensación de soledad.

«¿Cómo podrá ayudarme?», pensó Livy cuando Stevie entró por vez primera en su habitación, apenas unos minutos después de su llegada. ¡Era poco más que una niña! «Y una niña mandona, por cierto», precisó Livy mientras Stevie comenzaba a registrarle las maletas. Luego dio instrucciones a una ayudante para que se llevase la mayor parte de los vestidos innecesarios, además de los perfumes, las aspirinas y los papeles de trabajo. Por último, Stevie entregó a Livy una lista mimeografiada de reglas, tan amplias como numerosas.

–¿Realmente es necesario todo esto? –preguntó Livy, sintiéndose como si hubiera vuelto de repente a la infancia.

–Sí.

La respuesta de Stevie careció de más explicaciones.

–¿No va a darme ninguna razón? –insistió Livy–. ¿Se limita a esperar que los adultos sigan..., sigan sus órdenes como niños pequeños... sólo porque usted lo dice?

–Aquí no hay adultos –contestó Stevie; sus ojos de color avellana le devolvieron la mirada de manera desafiante–. Sólo hay niños que se han perdido. Si usted pudiera encontrar a esa niña perdida en su interior, no necesitaría El Oasis... ni tampoco las reglas.

–Usted parece terriblemente segura de sí misma, Stevie Knight. Por cierto, ¿cuántos años tiene? ¿O es materia reservada?

–Tengo veinticinco años. –Unos momentos después agregó–: ¿Cambiarían las cosas si le dijera que he cometido tantos errores como podrían cometerse en dos vidas... y que probablemente cometeré muchos más antes de morirme? ¿Cambiarían las cosas si le dijera que estoy segura de poder ayudarla, sin tener en cuenta mis propios errores?

–Una confesión... muy apropiada –dijo Livy con malicia–. Podría hacerme creer que usted es muy lista. Al decirme que es falible... ¿se supone que debe inspirarme confianza? Porque, en tal caso, le adelanto que yo no me fío fácilmente de nadie.

–Sin embargo, ha venido aquí –dijo Stevie con intención.

–Debió haber sido jesuita –observó Livy con sequedad.

Esta vez, Stevie sonrió.

–Lo tomaré como un cumplido.

Le tendió la mano y, cuando Livy se la estrechó, notó un calor y una fuerza inusuales en una persona tan joven. ¿Era posible que aquella niña tuviera algo que enseñarle al fin y al cabo?

Pese a su manifiesto escepticismo, Livy se adaptó con rapidez a la rutina de El Oasis. Mientras que algunas de las otras dos docenas de viajeras refunfuñaban que aquel lugar era más un campo de concentración que una clínica de recuperación, la niña que vivía dentro de Livy halló orden y comodidad (no tedio) en las normas. Y mientras que otras buscaban con torpeza las palabras adecuadas, tratando de revelar sus secretos más íntimos a un grupo de extrañas, Livy descubrió que los años de práctica le habían facilitado sacar a la luz toda una variedad de pecados sin tener que excavar en lo profundo, sin ir mucho más allá de la superficie. Voluntariamente, sin que tuvieran que provocarla, confesaba a su grupo todos los aspectos en que había fallado a su marido, a su matrimonio y a su hijo.

Al cabo de tres semanas en El Oasis, con su cuerpo limpio de alcohol, Livy se sentía fuerte y en plena forma. El régimen de buena comida y ejercicio regular le había devuelto las energías; gracias a las sesiones diarias de yoga y meditación había recuperado el autocontrol. Lo había hecho todo bien; no obstante, en todo el tiempo que llevaba allí, Stevie Knight no le había hablado todavía de sus progresos. La joven directora de El Oasis eran tan generosa en palabras de aliento como en dar normas; sin embargo, parecía estar vigilando y observando siempre a Livy... como las monjas de St. Aloysius.

–Estoy pensando en irme de El Oasis –anunció Livy durante una sesión de grupo matinal. Luego miró directamente a

Stevie y añadió–: Me siento bien y creo que sería bueno que volviera al trabajo.

Se produjo un murmullo general... y luego un desafío.

–¿Quién te crees que eres para crear tus propias normas? –inquirió Tanya Snow, una artista que, como Livy, era alcohólica–. ¿Crees que puedes dejarlo todo y largarte tan tranquila... como si esto fuera un hotel? Dejas de beber durante unas semanas... ¿y, sin más, piensas que estás curada? Estás soñando... ¡Acepta la palabra de alguien que sabe de lo que habla!

–Tal vez Livy sepa algo que nosotras no conocemos –intervino Stevie con voz suave–. Quizás Livy tiene su propia fórmula secreta. No sé qué opináis vosotras, pero yo me he pasado día tras día sentada en esta habitación, esperando a que Livy nos contara por qué está aquí, y todo lo que he oído ha sido una historia muy clara y ordenada. Seguro que tú no publicarías una historia como ésa en el *Chronicle*, Livy. ¿Y sabes por qué? Porque huele a chamusquina... ¡No es más que una tapadera, del principio al final!

Livy palideció, furiosa por el súbito y preciso ataque de Stevie. Miró a las demás mujeres y vio que también ellas estaban sorprendidas por la acusación de Stevie.

–No..., no sé a qué te refieres –dijo en tono evasivo. De repente, se sintió atrapada.

–¿No? –exclamó Stevie con incredulidad. Se levantó de su silla, situada en el centro del semicírculo, y caminó hacia Livy. Se encaró con ella casi como uno de los reporteros de Livy intentando obtener una información–. Déjame que te haga una pregunta. Si todo te hubiera salido a pedir de boca..., si Ken hubiese resultado ser un héroe de cartón en vez de un ser humano con problemas, si hubieses tenido una docena de niños perfectos en lugar de un hijo único e imperfecto, ¿qué habrías hecho?

Livy meneó la cabeza, estupefacta, mientras Stevie le describía el sueño que no había podido realizar.

–¡Estoy esperando tu respuesta, Livy!

–Yo... no puedo...

–Sabía que no podrías –la interrumpió Stevie–. Tal vez..., sólo tal vez..., habrías sido un poco presumida y santurrona..., pero habrías atribuido a Dios todo el mérito. Entonces, cuando tu perfecta vida se va a la mierda, ¿por qué te golpeas el pecho y dices «mea culpa, mea culpa»? ¿Cómo puedes hacerlo, Livy? ¿Y cómo es posible que Dios sea el responsable de todo lo bueno y tú lo seas de todo lo malo?

–¡Tú no me has escuchado! –gritó Livy, dando puñetazos en los brazos de la silla con exasperación–. ¡Ya te lo he dicho! ¡Ken y yo nos queríamos, maldición! De modo que no era ningún héroe de cartón, sino mi marido, ¡y debimos haber sido felices juntos!

–¡Y un carajo! ¿Sabes cuál es tu problema, Livy? ¡Te has inventado tu propio callejón sin salida! Primero te crees más importante de lo que eres... y así puedes asumir la responsabilidad de los errores de los demás. Tú no creaste los problemas de Ken; se los buscó él solito. Pero tú te adelantas y te regodeas en un inútil sentimiento de culpa..., como una niña pequeña. ¿Cuándo vas a dejar de hacerlo, Livy? ¿Cuándo vas a crecer y asumir la responsabilidad de tus propias meteduras de pata? Hazlo, en vez de esconderte en una botella cada vez que las cosas se pongan feas.

Livy estaba sentada rígidamente en la silla. Se sentía confusa y paralizada por la andanada de Stevie, pero, a la vez, estaba irritada por permitir que su sensación de bienestar se esfumara tan deprisa.

–No voy a decir nada más –consiguió articular.

–Pues no lo hagas. No hasta que estés dispuesta a ser honesta contigo misma. Pero no esperes demasiado, Livy. Y no esperes que yo u otra persona lo hagamos por ti. Aquí no obtendrás ninguna leve penitencia, ni ninguna reconfortante absolución. Todo lo que tendrás será una segunda oportunidad... si realmente la quieres.

El resto del día, Livy se sintió desnuda y humillada, preguntándose si debía abandonar El Oasis, sin que importara lo que Stevie Knight le había dicho. Livy Walsh no era una niña estúpida. Estaba al frente de un poderoso imperio y tenía la voluntad suficiente para beber con moderación. ¿No había demostrado ya que podía pasar sin el alcohol? ¿No había ido allí sólo para conseguirlo? Desde luego, no lo había hecho para ser acosada e insultada..., de manera injusta, por cierto.

Aún indecisa, fue al comedor para recoger la cena. Como si quisiera demostrarse que se encontraba bien, llenó la bandeja con una generosa ración de pollo, dos vegetales y una ensalada. Encontró una mesa pequeña en un rincón donde podría reflexionar sobre su futuro en paz.

Mientras Livy tomaba algunos bocados, se dio cuenta de que había alguien a sus espaldas. Se volvió con rapidez y vio a Stevie, que la observaba con una extraña mezcla de preocupación y tristeza. Le costaba creer que fuese la misma mujer (la misma muchacha) que la había atacado con tanta vehemencia. Livy le dio la espalda.

Pero Stevie no permitió que hiciera caso omiso de ella. Sin esperar a ser invitada, se sentó a la misma mesa que Livy.

—Sé que estás enfadada conmigo, pero no puedes irte. No ahora, cuando estás tan cerca.

—Mírame —dijo Livy. De repente, había tomado una decisión—. Mañana por la mañana ya no estaré aquí.

Stevie alargó el brazo sobre la mesa y tomó de la mano a Livy.

—No puedes. Sería un desperdicio, Livy, un desperdicio terrible.

Livy dejó a un lado su ira y escudriñó a la joven. Ya no tenía su actitud cáustica de la mañana y, en su lugar, había una súplica enérgica pero amable.

—Me dijiste que tomara la responsabilidad de mis decisiones y eso es lo que estoy haciendo. He pasado el tiempo suficiente alejada de mi negocio... y ya he pagado por el tratamiento. No voy a reclamar el dinero, si eso es lo que te preocupa.

Livy creyó que se había apuntado un tanto, pero Stevie meneó la cabeza con tristeza.

—No me preocupa el dinero.

—Entonces, ¿qué? —le preguntó Livy. En aquella ocasión estaba convencida de ir con ventaja—. ¿Se trata de tu ego? ¿Temes que hable mal de ti en mi periódico?

Aquella vez era Stevie la que luchaba por hacerse con el control de la situación.

—Es una pregunta justa. Sí, es justa. Podrías hacer mucho daño a El Oasis si te lo propusieras... Pero te juro que no se me había ocurrido hasta que lo has mencionado.

—Entonces, ¿qué? —repitió Livy, estrechando el cerco—. Si la honestidad es tan importante, vamos a ponerla sobre la mesa aquí y ahora. He notado que has estado acechándome desde que llegué. Hay algo personal en ello. ¿De qué se trata, Stevie?

¿Tienes algún prejuicio contra los católicos? ¿O tal vez es que formo parte del *establishment*? ¿Me voy acercando? ¡Vamos, Stevie, ahora me toca a mí exigir respuestas!

Los ojos de Stevie se llenaron de lágrimas.

–Sí es algo personal, Livy –respondió en voz baja–, pero no es lo que crees. –Bajó la mirada–. Mi..., mi madre es una borracha –prosiguió con voz entrecortada–. Yo nunca pude ayudarla. Ahora sé..., sé que ambas lo intentamos, pero jamás conseguimos entendernos. Tú... me recuerdas a ella.

De modo que era aquello. Un reflejo de su madre. Pero aquella confesión había tocado la parte de Livy que necesitaba tener otro hijo.

–¿Y crees que me has ayudado... insultándome, actuando como un completo tribunal de la Inquisición reunido en una sola mujer?

Stevie sonrió para disculparse.

–Estoy tratando de obligarte a recapacitar. No lo has hecho aún, Livy... Todo lo que has hecho ha sido escuchar una y otra vez las cintas que tienes grabadas en la cabeza. Te encierras en ti misma, te sientes culpable y utilizas el alcohol como anestesia. ¡Maldición, Livy, perdónate a ti misma! Por favor...

Livy se quedó.

Un mes después volvió a casa, decidida a alcanzar el éxito de otra manera. Había dejado a Stevie un enorme donativo para El Oasis, un cheque que sería el primero de una larga serie. Pero la ayuda de Livy se amplió más allá del dinero. Ordenó al equipo que elaboraba el suplemento dominical del *Chronicle* que hiciera un reportaje especial sobre Stevie Knight... y se encargó en persona de que El Oasis obtuviera una llamativa publicidad de manera regular.

Invitó a cenar a Carey con la esperanza de que no fuera demasiado tarde para salvar su relación. Reconoció la brecha que los había convertido en algo más que meros extraños, pero menos que madre e hijo... y le describió sus problemas con la bebida de manera franca y sin excusas.

–Sé que te he descuidado en el aspecto emocional –le dijo–. No puedo echar la culpa de eso al alcohol... Ni siquiera sé si puedo echármela a mí misma. Creía que era una buena esposa y madre... Seguí todas las reglas. Pero éstas no se llevaron a la práctica, Carey. Lo siento. Espero que tú...

—Ha sido un bonito discurso, Livy —dijo él, utilizando su nombre de pila de un modo que parecía casual, pero que no lo era—. Yo diría que has necesitado... ¿qué? ¿Unos minutos para pronunciarlo? ¿Quizás algunos más si lo hubieses ensayado? ¿Ahora se supone que todo irá como una seda?

La expresión de Carey permaneció impasible, pero sus ojos azules eran fríos, críticos. Era como si su padre hubiera vuelto para perseguirla.

—No —contestó Livy—. Nunca imaginé que sería tan sencillo. Pensé..., bueno, que podríamos tratar de tener una charla familiar y buscar soluciones.

Carey sonrió, pero sólo con los labios.

—No lo entiendo, Livy. Me dices que lo has estropeado todo... ¿y ahora quieres que *yo* participe en una especie de sesión de psicoanálisis?

—Nada de psicoanálisis, Carey. Sólo quiero que podamos hablar, aclarar las cosas...

—Ya estamos hablando, ¿no?

—Lo estoy intentando, Carey. Quiero saber qué es lo que piensas, qué sientes sobre...

—Vale —la interrumpió—. Si realmente quieres saber lo que pienso, te lo diré. Quiero ir al colegio en Nueva York. Viviré con la abuela.

—¿Estás seguro, Carey? —le preguntó en voz baja—. Quiero decir, si quieres marcharte..., hay colegios excelentes aquí en Virginia.

—Estoy seguro —replicó sin rodeos.

Livy se sintió vacía. «De acuerdo —se dijo para sus adentros—, a Carey le conviene estar cerca de la familia.» Aquello no quería decir que no tendría nunca un sitio en su corazón para ella. Accedió e intentó verlo como una decisión positiva para Carey, y no como una bofetada para ella.

Recitó en silencio la plegaria que había formado parte de cada día pasado en El Oasis: «Concédeme serenidad para aceptar lo que no pueda cambiar, coraje para cambiar lo que pueda cambiar, y sabiduría para percibir la diferencia».

Cuando Carey solicitó un trabajo eventual de verano en el *Chronicle*, se lo facilitó de buena gana... en la sección del correo.

—Allí es donde empezó tu padre —dijo cuando Carey le

expresó su decepción–. Ken dijo que era el mejor sitio para controlar toda la organización.

–¿Eso dijo? –preguntó Carey, sonriendo de manera extraña–. Entonces debe de ser verdad. Vale, Livy, ya tienes un nuevo empleado de correos.

Para celebrar su primer día de trabajo, Livy invitó a su hijo a comer en su comedor privado, una magnífica sala de paredes de cristal en el piso más alto del edificio del *Chronicle*, con una vista panorámica de toda la ciudad. Llegó vestido con su mejor traje; estaba tan arrebatador como su padre. Carey echó un vistazo a la habitación y contempló aquella vista de la que no había disfrutado nunca antes. Ofreció el asiento a Livy y luego se sentó al otro lado de la mesa de madera barnizada de caoba. Durante la comida elogió educadamente la *vichissoise* y el salmón hervido frío, e hizo corteses preguntas sobre el trabajo. «¿Cómo ha podido pasarnos esto?», se preguntó Livy, repitiendo las palabras de Ken. Entonces se contuvo. Nada de autocompasión ni inútiles sentimientos de culpabilidad. «Dale tiempo al chico, Livy –se dijo–. Demuéstrale tu cariño y dale tiempo. Y no tomes vino con el pescado.»

–Comamos juntos aquí cada semana –propuso una vez terminada la cena y después de que Carey le diera las gracias–. Me gustaría mantenerte informado sobre lo que sucede en el periódico.

–No –dijo Carey–. Si voy a trabajar en la sección de correo, no me corresponde estar en el comedor de la directora. Aún no. Lo repetiremos cuando me corresponda estar aquí.

En aquel momento, Livy presintió algo, pero era una sensación confusa. ¿Fue sólo orgullo maternal... o había también un poco de miedo?

Cada verano ascendió a Carey, pero sólo un peldaño en la jerarquía del *Chronicle*. Cuando se matriculó en la Columbia School para estudiar periodismo, lo puso a trabajar en la oficina de Matt Frame.

–Matt es un buen maestro –le dijo–. Aprenderás más con él en un verano que en cuatro estudiando en Columbia.

–Sobre el aspecto editorial de la cuestión –dijo Carey. Livy estaba de acuerdo. El «otro aspecto» era cosa suya y Carey no estaba preparado todavía. Aún no.

–La novia de Carey es una monada –dijo la madre de Livy durante su habitual charla telefónica de los domingos por la mañana–. Tu padre y yo estamos seguros de que esta vez va en serio.

«¿Qué novia?», pensó sorprendida Livy, pero el orgullo la impulsó a decir:

–Sí, es encantadora. ¿Cuándo la conociste?

Se produjo un breve silencio y luego una apresurada respuesta.

–Bueno, Carey la trae siempre que viene de visita. Dice que no tienes nada en contra.

–No, claro que no tengo nada en contra.

–Me alegro –dijo su madre–. Cuando me contó lo bien que se sentía al lado de Sharon, noté que se había sentido muy sólo durante mucho tiempo.

La madre de Livy no agregó nada más, pero el reproche estaba implícito en sus palabras. Livy había abandonado a Carey y había optado por ocupar el puesto de Ken... y vivir más cerca de su fantasma que de su hijo vivo. Colgó, preguntándose si Carey había entrado para siempre en el reino de las cosas que no podría cambiar.

El remedio fue hacer más cosas que sí podía cambiar. Livy informatizó las operaciones del *Chronicle* con ordenadores último modelo y lanzó un ambicioso programa de expansión para la Walsh Communications. Adquirió más revistas y cadenas de televisión. Pero, cuando reveló a Matt Frame, el director gerente, sus planes de añadir una agencia de prensa en dificultades al imperio Walsh, aquél se opuso.

–No lo hagas, Livy Aunque lleves a cabo la operación a precio de ganga, acabarás quedándote atascada.

–Matt, la única manera de crecer es comprando. Y en los tiempos que corren, si no creces, puedes estar seguro de que acabarás encogiéndote.

–Tal vez. Pero tratar de salvar la International Features es como querer rescatar a los dinosaurios de la extinción. Se precisaría una inversión de recursos enorme sólo para llevar a la International Features a la altura de la Associated Press. Entonces, ¿por qué empeñarse, si hay otros muchos usos mejores para tu dinero?

–Tengo mis razones –dijo Livy.

Aunque Matt era leal y digno de confianza, no tenía la menor intención de explicarle que quería la agencia de prensa como una especie de regalo de fin de carrera a Carey. Quizá podría demostrarle por fin cuánto lo quería y cómo se preocupaba por su futuro.

Mientras Livy explicaba sus planes a Carey, lo escrutaba atentamente.

–Llevas tiempo deseando tener un trabajo con mayor responsabilidad y creo que ha llegado el momento de que lo tengas. Empezarás como asesor jefe en la International Features..., pero quiero que sepas que aspiro a que, con el tiempo, llegues a ser el director. Quiero que evalúes los problemas actuales y elabores un amplio plan para lograr que la IF pueda competir con la Associated Press. ¿Qué sucede, Carey? No pareces estar contento.

–Me pregunto por qué no quieres tenerme en el *Chronicle*, Livy –dijo Carey sin alterarse–, o incluso en el equipo directivo de la Walsh Communications. Este trabajo que me ofreces...; parece que vayas a darme gato por liebre...

–¡No es así, en absoluto! –protestó Livy–. Pensé que te gustaría el reto, Carey..., la oportunidad de moldear una nueva e importante división de la Walsh Communications. Más adelante, si crees que ya has hecho todo lo que podías por la IF, discutiremos un posible cambio. Quiero que seas feliz. Espero que tengas conciencia de ello.

Carey aceptó el cargo que le ofrecía Livy y se mudó a un apartamento del complejo Watergate. Seis meses después, Matt Frame murió de repente a consecuencia de una trombosis. Carey solicitó el puesto de Matt.

–Antes de que me digas que soy demasiado joven, recuerda que mi padre lo era aún más cuando se convirtió en editor del *Chronicle*.

–Es cierto, pero se vio obligado a aceptar el cargo... y para él habría sido mejor haber podido esperar. Tú sí que puedes esperar, Carey. Lo estás haciendo muy bien en la IF y sería una locura sacarte de allí ahora.

Carey clavó en ella sus fríos ojos azules.

–¿Cuándo dejará de ser una locura, madre?

–Pronto, Carey. Cada cosa a su debido tiempo.

Carey siguió mirándola.

–A su debido tiempo, ¿para quién, madre? –dijo fríamente–. ¿Para mí o para ti?

Pero se fue sin aguardar respuesta.

Un año después, Livy supo por su madre que Carey había pedido en matrimonio a Sharon Cahill. Esperó a que su único hijo le diera la feliz noticia. Ésta llegó por correo: una invitación impresa para una fiesta de anuncio de compromiso en el hogar de los Cahill en Rye, Nueva York. Las lágrimas que derramó Livy mientras la leía eran más de aflicción que de alegría. No había ganado una hija; había perdido a un hijo.

Sola en la casa que una vez había compartido con Ken, luchó contra la tentación de buscar consuelo en el alcohol. En dos ocasiones estuvo a punto de sucumbir, pero siempre se salvó llamando a Stevie, a El Oasis, en busca de nuevos ánimos. «No des marcha atrás ahora, Livy...»

Cuando Livy fue a Nueva York para conocer por primera vez a su futura nuera, le impresionó el parecido que guardaba Sharon con ella misma cuando era joven. La saludó con afecto, esperando de algún modo llegar a Carey a través de la mujer a la que amaba.

–He oído hablar mucho de ti –le dijo–. Espero que seamos buenas amigas.

–Me gustaría que así fuera –respondió Sharon con timidez–. Hace tiempo que quería conocerla, pero...

–No te preocupes –la interrumpió Livy, percibiendo lo violenta que se sentía la muchacha–. Tal vez todo sea más fácil después de que Carey y tú os caséis.

Cuando se aproximaba el día de la boda, Livy ofreció a su hijo el cargo de editor jefe de la International Features, junto con un sustancial aumento de sueldo.

–¿Es un regalo de boda, Livy? –le preguntó él.

–Me limito a mantener la promesa que te hice –contestó en tono de reproche–. Pero, dado que vas a casarte, pensé que Sharon y tú encontraríais alguna utilidad a los ingresos extras.

–No sé cómo tomármelo. Ser editor jefe es como ser capitán del *Titanic*, Livy. Creo que deberías deshacerte de la IF. Admite que cometiste un error y líbrate de ella ahora, antes de que cueste más dinero a la Walsh.

–Pero las ventas han subido en un veinte por ciento –arguyó Livy–. Vamos a ver qué ocurre si aguantamos un poco más.

–Sé perfectamente lo que ocurrirá. Ese veinte por ciento no justifica el dinero que hemos gastado para conseguirlo. En seis meses, tendremos aún más números rojos y las ventas empezarán a bajar. Déjame llevar a cabo algunos sondeos antes del próximo informe anual.

Livy se dejó persuadir, aunque con reticencias. Sabía que volvería a planteársele la cuestión de dónde colocar a Carey. Él quería más que nunca formar parte del equipo de dirección de la Walsh y compartir el poder que sólo ella había tenido en sus manos. No obstante, siempre que pensaba en dar a su hijo lo que quería, Livy sentía un restallido de miedo. Carey era muy parecido a Ken, pero más fuerte. Era inteligente y ambicioso; ¿cuánto tiempo pasaría hasta que quisiera que ella dimitiese? Ella no tenía nada, salvo su trabajo: ni marido, ni amante, ni siquiera el afecto de su hijo. Era demasiado vieja para volver a empezar, mientras que Carey tenía toda la vida por delante. ¿Qué demonios haría ella? No era justo que él fuese tan impaciente, no cuando ella le daba todas las facilidades para que tuviera todos los trabajos que pudiesen proporcionarle una experiencia valiosa.

El día en que Carey encontró un grupo de inversores deseosos de adquirir la IF, con miras a vender todos sus activos, Livy compró una botella de *bourbon* y la guardó en un cajón de su escritorio.

En aquella ocasión, aunque pensó en llamar a Stevie, no descolgó el teléfono.

Guardó la botella cerrada, como una especie de talismán, y tocó el vaso de color ámbar antes de decir a su hijo que lo trasladaba a la dirección de una revista de decoración de hogares que había sido una publicación provechosa y floreciente de la Walsh, pero que había cambiado poco en los últimos diez años.

Curiosamente, Carey no dio ninguna impresión de estar decepcionado; se limitó a reconocer sonriente que el trabajo no le sería difícil. Y, por un tiempo, la tensión entre ambos pareció ceder. Sharon invitó a su suegra a cenar un domingo en su apartamento en el Watergate; aunque Carey se excusó al final de la comida, Livy pensó que algo positivo había ocurrido. Unas semanas más tarde, se repitió la invitación; en aquella ocasión, Carey se quedó. No habló mucho, limitándose a escuchar cómo las dos mujeres discutían los planes de Sharon de empezar a buscar casa.

–Por ahora estamos bien –dijo Sharon–, pero Carey y yo estamos de acuerdo en que... un apartamento no es un lugar adecuado para forma una familia.

–¿Estás embarazada? –le preguntó Livy.

–Aún no, aunque espero estarlo pronto. Queremos tener muchos niños, quizá cuatro o cinco..., y un perro y un jardín. Supongo que le parecerá un poco sensiblero a una persona tan poderosa como tú.

–No –dijo Livy con calma–, no me parece nada sensiblero. Espero..., espero que todo os salga como deseáis.

De repente, mientras contemplaba a su nuera, que irradiaba esperanza e ilusiones, Livy se sintió vieja.

Diez meses más tarde nacía Kenneth James Walsh. Era como si su nacimiento hubiera puesto fin definitivamente a la infancia de Carey... y a cualquier necesidad de obtener la complacencia de su madre. Un mes después dimitía de su cargo en la Walsh Communications y, al cabo de poco tiempo, Livy se enteró a través de un artículo en un periódico de la competencia de que tendría que luchar por la salvación de su vida profesional. Un grupo de inversores, encabezados por su propio hijo, pretendían hacerse con la Walsh Communications.

Sacó la botella del cajón del escritorio y se la llevó a casa. Y, cuando la vació, envió al chófer a buscar dos más.

Sin embargo, en la mañana del tercer día decidió luchar. Llamó a Stevie.

–Necesito otro milagro –dijo. Pero Stevie no había prometido nunca milagros (aquello lo había dicho otra persona), y tampoco iba a garantizárselo en aquella ocasión.

En plena batalla por salvar todo lo que había llenado su vida desde la muerte de su marido, Livy Walsh tenía que preguntarse si no habría agotado ya su ración de segundas oportunidades.

3

Sin deshacer la maleta, Livy fue a almorzar al comedor. Era reconfortante encontrarse entre otras viajeras, muchas más que la última vez que había estado allí. De hecho, el comedor era cuatro veces más grande que entonces. Aunque mantenía el estilo de cafetería, ya no era un cobertizo con mesas rudimentarias hechas de madera enchapada, sino una sala grande con espejos, amueblada y alfombrada con buen gusto. Pasara lo que pasase, Livy pensó que podía enorgullecerse de la ayuda que había dado a Stevie y El Oasis.

Livy recogió una bandeja, se sirvió una pequeña ensalada y buscó un sitio donde sentarse. No le habría sorprendido ver a más de una persona que conociera personalmente y, en efecto, reconoció a varias... que, sin duda, también la reconocerían a ella: una estrella de televisión, la esposa de un magnate de los negocios inmobiliarios de Nueva York, algunas mujeres que habían dado mucho que hablar en las páginas de sociedad de su periódico y de otros a lo largo de los años. Algunas la saludaron con una sonrisa despreocupada, demostrando con claridad que les alegraba su compañía.

Pero, cuando Livy escrutaba la sala (quizá llevada por la costumbre de ser periodista y hacer un censo total de los invitados de Stevie), su mirada se desvió súbitamente hacia una figura solitaria sentada en un rincón. Aquella cara, impresionante aun sin maquillaje, era reconocible de inmediato. El pulso de Livy se aceleró por la emoción. No importaba qué más podía sucederle mientras se hallara en El Oasis: al menos, había una historia, y de la clase que podía cambiar el futuro.

Cruzó la habitación con rapidez.

–Hola, Anne. ¿Puedo sentarme contigo?

El rostro de Anne Garretson expresó que la había reconocido... y también un cierto temor.

–Desde luego –contestó, tratando de mantener un tono de voz sereno.

La mente de Livy funcionaba a toda velocidad. Había apoyado con fuerza a Hal Garretson, utilizando los editoriales del *Chronicle* para dar impulso a su carrera hacia la nominación presidencial. Sin embargo, en aquellos instantes se sentía traicionada. Había visto a menudo a Hal y a Anne en reuniones celebradas en Washington y siempre había creído que eran libres de toda culpa, que estaban tallados en un molde distinto del de la mayoría de políticos. Pero, después de todo, Hal Garretson tenía un secreto escandaloso... y estaba sentado delante de ella.

–Me preguntaba adónde habrías ido después del viaje a Rusia –dijo Livy en tono despreocupado.

Anne sonrió sin comprometerse. Pensó que se suponía que aquello no debía ocurrir allí. El pánico que la embargaba crecía con cada inspiración. Livy Walsh se hallaba en el centro del *establishment* de los medios de comunicación. Si ella lo sabía, ¿le quedaba alguna esperanza de guardar el secreto hasta que pudiera hacerse el anuncio en el momento oportuno?

–¿Cuál es tu veneno? –preguntó Livy sin rodeos.

–Livy, creo que no deberíamos...

–¿Hacer semejantes preguntas? –la interrumpió–. Forma parte de la terapia. Aquí no hay secretos, Anne. ¿No lo has averiguado ya mientras trabajas con Stevie?

Las manos de Anne temblaban al recoger un vaso de agua y derramó algunas gotas sobre su blusa. Sus ojos escudriñaron rápidamente la habitación como si buscara una escapatoria, pero no había nada que la rescatase del frío y apreciativo examen de la prensa. Se preguntó por unos momentos si no debería tratar de volver las tornas y centrar la conversación en el problema de Livy. Pero, ¿le daría eso la comprensión y la indulgencia que necesitaba?

Se volvió de nuevo hacia Livy.

–He..., he estado tomando anfetaminas. He tenido este problema un cierto tiempo, pero ya... lo he superado. Cuando me vaya, lo haré público. Pero no hasta entonces. Por favor,

Livy, olvida que me has visto aquí. No hagas nada que perjudique la carrera de Hal.

–No lo sé, Anne –respondió secamente Livy–. ¿Debemos dejar que los hombres públicos decidan cuándo contarnos lo que les apetezca..., endulzando tanto la verdad que no podamos notar su verdadero sabor? –Su tono de voz se endureció–. Es la clase de razonamiento que nos condujo al caso Watergate. Mi periódico no encubrió a Richard Nixon... ¿Por qué esperas que encubra a Hal Garretson?

–No te pido que lo encubras –insistió Anne–. Sólo te pido que esperes hasta tener *toda* la historia... con su final. Por favor, Livy. Te concederé una entrevista exclusiva cuando salga de aquí. Hal y yo haremos declaraciones al *Chronicle*...

Livy, pensativa, guardó un breve silencio mientras tomaba un bocado de ensalada. Luego dejó el tenedor a un lado.

–No hay nada personal en esto, Anne. Dios sabe que soy la última persona del mundo que te condenaría a ti o a cualquier otra persona por... esta clase de debilidad.

La tensión empezó a abandonar el rostro de Anne. Entonces, Livy prosiguió:

–Pero tienes que comprender que, dada tu posición social, las consecuencias os rebasan a ti y a quienes te rodean. Tienes que decirle a Hal que nunca podrá llegar a presidente.

Anne se echó atrás como si le hubiera pegado.

–¡No! –La palabra explotó sobre la mesa–. Hal es el más indicado para llegar a la Presidencia, Livy –arguyó, con los puños apretados junto a los costados–, y nadie se lo merece más que él. Tu propio periódico ha dicho que es el político más capacitado que ha tenido este país desde hace años. Y tú has descrito sus cualidades de líder.

–Sí –admitió Livy–. Y su carisma, esa virtud decisiva en un político. Lo tiene todo, Anne. Hal Garretson podría ser el mejor para este puesto. Pero no sólo estamos hablando de Hal. La pregunta es: ¿eres tú su mejor pareja para la carrera presidencial? Hablemos claro, Anne: la mujer del presidente es más importante que el vicepresidente o incluso que un miembro del gabinete. ¿Qué sucedería si Hal se hallara en una negociación en la cumbre... o, Dios no lo quiera, tratando de mantener la cabeza fría en plena crisis nuclear... y su esposa comienza a derrumbarse?

—¡Basta, Livy! —le suplicó Anne—. Déjame que te explique cómo empezó todo... ¿Cómo sé que puedo...?

—Responde a mi pregunta —insistió Livy—. ¿Qué ocurriría si Hal tiene que cuidar de su mujer mientras el destino de su país pende de la balanza?

—¡He dicho que basta! —gritó Anne, arrojando el vaso de agua al rostro de Livy.

Livy se levantó y se secó tranquilamente la cara con una servilleta.

—¿Y qué pasaría si perdieras el control durante una cena oficial, como lo has perdido ahora? Acabas de confirmar mi opinión, Anne. Tu marido no puede, no debe tener siquiera la oportunidad de convertirse en nuestro próximo presidente.

Anne se abalanzó sobre Livy, agitando violentamente los brazos, pero Livy se echó atrás. Dos mujeres de mantenimiento corrieron hacia ellas y se interpusieron entre ambas. Una de ellas sujetó a Anne por el brazo, como si quisiera llevársela, pero Anne se soltó y corrió hacia la salida.

Stevie, alertada por una alarma silenciosa, apareció a tiempo de cruzarse en el camino de Anne.

—¿Qué sucede? —le preguntó.

Anne sollozaba sin poder controlarse y tenía la expresión desencajada por el dolor.

Una de las mujeres de mantenimiento vino corriendo a explicárselo.

—La señora Garretson ha atacado a la señora Walsh...

Anne miró a Stevie como si quisiera aclararlo, pero sólo pudo menear la cabeza.

—Todo se arreglará, Anne —le dijo Stevie en tono tranquilizador—. Ahora respira profundamente y pon en orden tus ideas. ¿Puedes ir sin ayuda a tu habitación?

Anne asintió.

—Muy bien. Iré a verte dentro de unos minutos. Sea cual sea el problema, tú puedes solucionarlo. Te lo aseguro...

Acarició el rostro de Anne, tratando de obtener alguna respuesta, pero la mujer del senador parecía atenazada por un ataque formidable de terror.

Anne se marchó y Stevie se dirigió al comedor, donde Livy había vuelto a sentarse y seguía enjugándose la blusa con una servilleta.

Stevie se sentó frente a ella.

–Por supuesto, ya conocías a Anne, de Washington...

–Creía que la conocía –dijo secamente Livy.

–¿Pero al verla aquí has cambiado de opinión?

–No sobre ella –Livy plegó la servilleta y miró a los ojos a Stevie–. Pero tenía que contarle a Anne un par de realidades de la vida política. Y, a cambio, me obsequió con un remojón... e intentó asestarme un gancho en la mandíbula. Creo que no es el comportamiento digno de una Primera Dama.

Stevie la cortó bruscamente.

–Eso no es lo que te he preguntado. Lo que quiero es saber con exactitud lo que le has dicho. ¿Qué le ha hecho perder los nervios, Livy? Dímelo sin rodeos... Ambas nos conocemos desde hace demasiado tiempo.

–Muy bien. Le he dicho que no creo que el *Chronicle* pueda ocultar al público norteamericano la noticia de su estancia en El Oasis.

–¡Livy! ¡No puedo creerlo! Ya conoces las reglas... Todo lo que sucede aquí es confidencial.

–Hasta cierto punto, Stevie. No puedes creerte más importante que un asunto de seguridad nacional.

–¡Maldición! –explotó Stevie–. ¿Cómo te habrías sentido hace quince años, cuando viniste a El Oasis por vez primera, si alguien se hubiera ido de la lengua?

Livy meneó la cabeza.

–No es lo mismo, Stevie, y lo sabes. Y también sabes lo mucho que os respeto a ti y a El Oasis. ¡Por el amor de Dios, la Fundación Walsh ha financiado dos alas enteras! Pero Anne Garretson no es una cualquiera, y no creo que tus reglas sean aplicables en este caso. Si fuese Imelda Marcos o cualquier otra esposa de un líder político, yo respetaría tus normas. Pero no se aplican a este caso. Hal Garretson quiere ser presidente de este país, Stevie.

–Y puede conseguirlo... con su mujer. Anne Garretson no va a pedir a nadie que tome su decisión sin que sepa toda la verdad. Pero se merece la oportunidad de demostrar cuántas agallas tiene en realidad. Déjala que supere esto, Livy, y será digna sucesora de cualquiera otra mujer que haya estado en la Casa Blanca. Quiere curarse de manera tan desesperada y lo está intentando con tanto esfuerzo...

–Querer e intentar, e incluso merecer, no significa necesariamente poder hacer milagros –la interrumpió Livy–. Tú y yo lo sabemos, ¿no? Todas tenemos que afrontar los hechos. Y, para Anne, los hechos son que se derrumbó cuando yo la provoqué, Stevie. ¿Crees por un momento que no va a ser provocada una y otra vez cuando salga de aquí?

Stevie miró fijamente los castaños ojos de la mujer que había sido cliente, amiga... y luego mecenas de El Oasis. Eran más dulces de lo que cabría imaginar en una mujer con tanto poder; sin embargo, Stevie conocía mejor que nadie, salvo la propia Livy, las cicatrices ocultas tras aquella fachada. Stevie sabía cuánto había deseado Livy alcanzar su propio milagro; entonces percibió algo más detrás del discurso moral de Livy.

–No se trata sólo de Hal Garretson y Anne, ¿verdad, Livy?

–¿Qué otra cosa podría ser? –se burló Livy.

–La muerte de Ken, quizá. Tú nunca te permitiste a ti misma caer derrumbada, ¿no? Había demasiadas cosas que hacer. Incluso cuando bebías, lo hiciste a conciencia..., aunque pagaste un precio: perder a tu hijo. Pero nunca has permitido que todo se desencaje por completo. Y no puedes consentir que otras personas hagan lo que tú no pudiste hacer.

Livy se había quedado rígida en la silla.

Stevie notó que había puesto el dedo en la llaga y le hizo un último ruego.

–Necesito que me prometas, Livy, que no violarás las reglas ni pondrás en peligro el tratamiento al que está sometida Anne Garretson.

–No puedo.

Stevie calló unos momentos, como si necesitara recobrar fuerzas.

–Tendrás que hacerlo, Livy. De lo contrario, habrás de marcharte.

Livy miró con expresión afligida a Stevie.

–No tomes ahora la decisión –se apresuró a añadir Stevie mientras se incorporaba–. Piensa en ello. Quiero salvaros a ambas.

Cuando Stevie se alejaba, oyó a Livy que la llamaba.

–¿Qué te da el derecho de hablar así, Stevie? ¿Qué te da el

derecho de decidir quién se salva y quién no? ¿Qué te da el derecho de dictar todas las normas?

Stevie siguió caminando, pero, una vez fuera del comedor, no pudo seguir manteniendo su paso rápido y confiado. Entró en la habitación vacía más próxima y se apoyó en una pared para no caerse.

«Sí, ¿qué me lo da?», se preguntó... por millonésima vez. ¿Qué había en su infernal pasado que la había inducido a creer que podía salvarlas a todas?

Tercera parte

1

Nueva York, 1970

Era el día de recogida de basuras y la acera de la calle Séptima del este estaba cubiera de cubos de basura estropeados, montones de cajas de cartón y bolsas de papel sucias. En los meses de verano, el olor a comida podrida podía llegar a ser insoportable; al menos, el frío refrigeraba los desperdicios de las cocinas del barrio y mantenía alejados a moscas y roedores.

«Éste es el lado bueno del invierno», pensó Stevie mientras salía del bloque de pisos, destartalado y carente de ascensor, en el que vivía. El lado malo era que su habitación del quinto piso era un congelador. Para lo único que parecía servir el radiador era como reloj por las mañanas, pues la despertaba siempre que empezaba a hacer un terrible estrépito al aumentar la presión del vapor. Sin embargo, por alguna razón, el vapor no acababa nunca de subir del todo.

El año que llevaba viviendo en Nueva York, Stevie no se había acostumbrado todavía a la dura realidad que había aparecido ante ella desde que había llegado con apenas unos dólares y aún menos experiencia laboral. A veces, se dedicaba a recordar con nostalgia el calor de su habitación en la casa de Shady Lane. Pero siempre que notaba que caía en algún sentimiento semejante al arrepentimiento, se recordaba a sí misma que, si uno es más que un perrito faldero, en un hogar debería haber algo más que refugio y comida.

Mientras rodeaba la plaza de St. Mark, la atmósfera se volvía un poco menos deprimente, gracias a los rótulos de brillantes colores de las tiendas y a la fragancia a salchichas fritas y café recién hecho procedente de los bares del barrio. Tras dar unos pasos más, llegaba a su destino, el Ático de la Abuela, una tienda llena de excedentes del ejército, abrigos de piel viejos y vestidos antiguos. Abrió la pesada puerta y miró el enorme reloj de iglesia que pendía en la pared. Las nueve en punto... Gracias al cielo. Había aprendido a las malas que la gente que contrataba a adolescentes inexpertos no consentía ni los retrasos ni los errores. Su jefe actual podía ser indulgente y amable, pero ella no tenía intención de ponerlo a prueba.

Patrick Menéndez, el casero de Stevie y propietario del Ático de la Abuela, se hallaba tras al mostrador principal hojeando sus libros de contabilidad. Aquella mañana estaba muy elegante con su traje de aviador de la RAF, conseguido en uno de los excedentes del ejército.

—Buenos días, Patrick —exclamó Stevie.

—Hola, niña —respondió sin levantar la mirada del libro mayor.

Stevie se acercó.

—Me sabe muy mal molestarle, pero ¿podría tener un poco más de calefacción en mi piso? La verdad es que llevo toda la semana congelada...

Patrick levantó las manos en un gesto clásico que había aprendido de su padre mientras sacaba a relucir su irresistible sonrisa irlandesa, heredada de su madre.

—¡Eh, Stevie, hago todo lo que puedo! El edificio es viejo y la caldera traga aceite como si fuera agua. A un pequeño casero como yo lo vapulean siempre desde todas partes: impuestos, control de alquileres...

—Espera un poco, por favor —lo interrumpió Stevie, entornando los ojos—. Trabajo para ti, ¿recuerdas? Sé que no irás a parar al asilo de pobres precisamente.

Patrick siempre se quejaba sobre lo mal que iba todo, pero tenía más negocios de los que ella podía contar, incluida una pequeña operación de apuestas que dirigía fuera del Ático de la Abuela.

—Además, ¿por qué quieres vivir en esa ratonera? —le preguntó Patrick, cambiando de tema—. Una chica tan guapa como tú... Deberías casarte, encontrar un buen chico que te cuidara.

–Sí, claro –dijo Stevie en tono burlón–. Como si fuera tan fácil. Ya sabes que me reservo para ti.

Era una broma habitual entre ambos. Una broma inofensiva, pues Stevie sabía que Patrick estaba chalado por su compañera, Eve.

–Y yo te reservo algo a ti –dijo Patrick, y le entregó una bolsa de papel marrón–. Esta mañana he comprado demasiada comida para el desayuno. Acábatela tú.

–Gracias.

Aunque no era el mejor casero del mundo, Patrick era un buen tío. Stevie sabía que había comprado aquel panecillo y el zumo para ella, del mismo modo en que de vez en cuando compraba «demasiada» fruta o medio kilo «extra» de carne; así lograba ayudar a Stevie sin hacerle creer que se trataba de caridad. El almuerzo era la comida más importante del día para Stevie. El resto del tiempo tenía que ir tirando con chucherías; era el único modo de hacer durar su exiguo sueldo de forma que cubriese el alquiler y sus necesidades.

Subió al altillo, donde había creado un «departamento» entre las mercancías apiladas de manera caótica. Al abrir un baúl de ropa se encontró con los restos de una subasta celebrada en la región interior del Estado. Empezó a clasificar las piezas. Algunas irían derechas a la basura; otras acabarían en la caja de «Bueno, bonito y barato» para ser vendidas «tal cual» por un dólar. El resto, lo bueno de verdad, lo ataría en bultos y lo enviaría a la lavandería de la esquina, donde le hacían a Patrick un presupuesto a ojo. Cuando volviera la ropa, Stevie la ordenaría según sus gustos en los percheros que ella había marcado como «Selección victoriana», «Los locos años veinte», «Los fabulosos años cuarenta» y «Para todos los gustos». Desde que Stevie había llegado al Ático de la Abuela, había desarrollado una auténtica habilidad para convertir la ropa vieja en vestidos de moda. Era su trabajo, claro, pero también le divertía escoger un traje arrugado de señorito de los años veinte, un viejo uniforme de banda militar o un esmoquin y, con un toque personal, crear un atuendo excepcional.

No disponía de mucho dinero para gastárselo en diversiones, pero a veces, después del trabajo, se peinaba el cabello, se maquillaba, se vestía con una de sus creaciones e iba a la sala de fiestas de Trude Heller en la calle Novena del oeste. Allí se confundía entre la ruidosa multitud que abarrotaba la acera, a la espera de una ocasión para colarse y bailar al son de la música de Mashed Potato o del *twist*. Bastante a menudo, un chico intentaba ligar con ella, pero Stevie no les daba nunca más que una conversación afable. De algún modo, lo que había hecho el almirante la había dejado sin ganas de disfrutar del sexo. No estaba segura de si se trataba de algo psicológico o si la operación la había traumatizado físicamente. Tal vez aparecería algún día un chico que despertara de nuevo su interés, pero ella no lo buscaba con desesperación. En la base naval, Stevie había sido una especie de princesa coronada, que podía escoger sus conquistas y manejar a los chicos a su antojo. Pero en Nueva York había sufrido un rudo despertar. Allí, en la enloquecida ansia que tenían todos de pasar un buen rato, de demostrar lo liberados e independientes que eran, los unos utilizaban y olvidaban a los otros con una rapidez que Stevie se sentía fuera de juego. Ella era solitaria y vulnerable, y evitaba jugar a juegos en los que podía perder; por eso se volvió más cautelosa y desconfiada. Además, se necesitaban muchas energías sólo para sobrevivir; los abrazos, los besos y las caricias se habían convertido en otro lujo del que ella estaba aprendiendo a prescindir.

De súbito, Patrick dio un grito de cólera.

–¡Por Dios, Stevie, baja y echa un vistazo a esto! ¿Cómo se supone que puede sobrevivir un hombre con basura como *ésta*?

Stevie bajó corriendo el corto tramo de escaleras. ¿Se trataba de algo que había hecho ella, como clasificar equivocadamente la ropa?

Patrick tenía una expresión de ira y dolor en el rostro; algunas camisas y pantalones con dibujos de camuflaje de color verde oliva sobresalían de una enorme caja de cartón.

–Mira esta mierda –dijo, sosteniendo en alto una camisa que tenía una manga larga y otra corta–. ¡Esto es lo que hacen para nuestros soldados! ¡No me extraña que no podamos ganar esa jodida guerra del Vietnam!

Arrojó la camisa al montón depositado en el suelo. Stevie se agachó y la recogió.

–¿Cuánto has pagado por este material? –preguntó, examinando la camisa con gesto pensativo.

–Un cuarto de dólar por pieza –admitió avergonzado Patrick–. Pero el proveedor me dijo que eran «ligeramente irregulares». Me imaginé que se refería a algún fallo en el cosido, un par de agujeritos..., nada que importase mucho a nuestros clientes. ¡No pensé que serían cosas tan inservibles! No podría vender esto ni a...

–Un momento –le interrumpió Stevie, sosteniendo la camisa contra su cuerpo–. ¿Qué te parece si igualo las mangas con una tijera? Las dejaré inacabadas, tal como los tejanos de moda. Luego le ponemos un cinturón, en el centro o en las caderas, con una de esas cinchas del ejército... ¡y mira, tenemos una minifalda! Si lo pongo en un maniquí, con estos pantis de color caqui, apuesto a que puedes pedir diez dólares como mínimo por el conjunto. ¿Qué te parece? Diremos que es un nuevo estilo: Moda Vietnam...

De súbito, la expresión de Patrick se iluminó al calcular los beneficios en potencia de la última idea de diseño de Stevie.

–¡Chica, eres un genio! Ponte a trabajar. Si lo convertimos en una oferta especial de Navidad, tal vez podamos pedir veinte pavos y quitarnos de encima este envío antes de fin de año. Escucha, para demostrarte mi fraternal agradecimiento, voy a comprarte mañana un calentador. No, mañana es el día de Acción de Gracias. Pero lo tendrás el viernes, palabra de *boy scout.*

–Gracias, Patrick, eres un sol... ¿Comprendes ahora por qué reservo mi amor para ti?

Eran más de las ocho cuando Stevie cerró la tienda. Apenas había tenido tiempo de arreglar la mitad del lote de camisas irregulares, pero ya no podía más. Le dolían los hombros, y veía manchas de color verde y marrón, el dibujo de camuflaje, que se habían grabado en su cerebro. Lo único que deseaba era llegar a casa. Si mantenía la estufa en funcionamiento con un par de cazos de agua, podría darse incluso un baño con agua caliente...

Cuando subía por la rampa exterior del edificio, entraba también una anciana polaca que vivía en el piso de abajo. La vecina tenía abrazada con fuerza una gran bolsa de compras de la que sobresalían las patas y la cola de un enorme pavo.

Acción de Gracias. No se había fijado antes en aquellas

palabras cuando Patrick las había pronunciado. Entonces no habían significado nada más que el inconveniente de tener que esperar otro día para tener el calentador. Pero ahora, mientras se dirigía a su fría habitación, Stevie experimentó una repentina ansia infantil de cariño y seguridad. Subiendo por las escaleras, envuelta en el aroma que salía de otro piso en el que preparaban la comida para la fiesta del día siguiente, Stevie empezó a imaginarse cómo lo habría pasado en la casa de Shady Lane. Recordó que Irene no tenía más remedio que mantenerse sobria durante las vacaciones. Tal vez cocinarían algo aquella noche. Dulces fragancias emanarían de la cocina. Y al día siguiente, algunos oficiales seleccionados y sus familias vendrían a comer pavo...

«No, las cosas no eran así –se recordó a sí misma al notar que se le nublaban los ojos–. En la fiesta no imperaba jamás la felicidad ni el cariño; era horrorosa. ¡Por eso te marchaste!»

Sin embargo, la nostalgia no se desvaneció, sino que se acentuó todavía más, como una herida de cuchillo, hasta que ya no lo pudo resistir más. Reunió todo su dinero y bajó corriendo al quiosco más cercano, cambió un montón de monedas de cuarto de dólar, entró en una cabina telefónica y llamó a un número que no podía olvidar. Mientras escuchaba las señales de los timbrazos, intentó pensar en las palabras que diría si respondía alguien.

–¿Diga? –Era Irene.

Su madre. Pero su voz, filtrada a través de un millar de recuerdos dolorosos, sólo le pareció la de una extraña. Stevie colgó el teléfono. Nada de lo que pudiese decir Irene aliviaría la soledad que sentía Stevie en aquellos momentos. Nada podría devolverla a la niñez. Ni siquiera por un minuto. Ni siquiera en el Día de Acción de Gracias.

Patrick contempló con curiosidad, a través de la ventana del Ático de la Abuela, la limusina negra que había aparcado a la entrada. A veces, después del anochecer, podía verse a los tipos de los barrios altos de los alrededores de la plaza St. Mark tratando de conseguir un poco de droga, pero sus limusinas no solían aparecer de día por aquellas calles.

–¡Eh, Stevie! –exclamó–, echa una ojeada a esto... ¡Parece que tenemos una visita de la realeza!

Stevie se acercó a Patrick y observó también el pequeño séquito que bajó de la limusina y examinó con cierto desagrado la fachada de la tienda, como si fuera una cabeza de playa del enemigo que debiera ser asaltada. Eran tres personas, encabezadas por una mujer alta e impresionante, de piel blanca cremosa y un moño de color castaño rojizo y aspecto severo. Aunque tenía un majestuoso vehículo, su ropa era de una asombrosa sencillez: un vestido verde esmeralda de seda cruda, adornada sólo con un alfiler de oro y rubíes en forma de dragón. Estaba flanqueada por dos hombres jóvenes con aspecto de maniquí, cabellos perfectamente peinados e idénticos trajes azules de corte italiano.

Cuando el grupo entró en la tienda, Patrick fue a saludarlos.

–¿En qué puedo servirles?

Patrick guiñó el ojo a Stevie mientras imitaba la reverencia de un jefe de sección de Tiffany's.

–Enséñenos sus vestidos antiguos..., todo lo que tenga de los años cuarenta –dijo la mujer en tono autoritario.

Riéndose todavía de su broma, Patrick hizo un amplio gesto hacia el techo.

–Ropa añeja, departamento superior. La señorita Knight los atenderá... –e hizo un gesto con la cabeza a Stevie.

Obediente, la muchacha condujo al grupo por las maltrechas y polvorientas escaleras.

–Nuestra ropa de los cuarenta se encuentra en estos dos percheros –les explicó. Entonces se le ocurrió que quizás aquellos inusuales clientes buscaban vestidos para una fiesta–. Si me dicen qué es lo que buscan, podría ahorrarles algo de tiempo.

–No importa –dijo la mujer como si no le diera importancia–. Sabré lo que deseo en cuanto lo vea. –Como Stevie no se marchaba, añadió–: Si necesito su ayuda, se lo diré.

Stevie se alejó y empezó a ordenar algunas mercancías sin dejar de vigilar al grupo, que empezaba a ojear los percheros. No tenían aspecto de ladrones, pero en aquellos tiempos no podía uno fiarse de nadie. La mujer, que era claramente la compradora principal, se detenía a menudo en un vestido o traje, examinaba el tejido o lo volvía del revés para comprobar el corte y el acabado. «¡Imagínate! –pensó Stevie–. La ropa más cara que tenemos aquí no cuesta mucho más que veinte pavos, y esta gran señora se dedica a mirarla con microscopio como si estuviera en Saks o en Bergdors Goodman's. Bueno, al menos tiene buen ojo», decidió Stevie al ver cómo la mujer dejaba a un lado algunos de sus favoritos, entre ellos el jersey blanco largo hasta el suelo, estilo Joan Crawford, que Stevie había soñado con ponerse en Nochevieja... si tenía algún sitio adonde ir.

De súbito oyó el repiqueteo de unos tacones en las escaleras y a continuación un fuerte golpe.

–¡Oh, mierda! –chilló una voz–. ¡Me cago en la puta!

Stevie se asomó a la barandilla del altillo y vio a una joven muy semejante a un signo de admiración tumbada sobre las escaleras. Sus cabellos, de vivo color bermejo, contrastaban con su piel de alabastro, sobre la que destacaban unos ojos asombrosamente negros y unos labios de coral que seguían abiertos por el susto.

Stevie se apresuró a bajar, ayudó a la joven a ponerse en pie y le sacudió su espectacular abrigo de piel de lince gris.

–¡Caray! ¿Se ha hecho daño? –le preguntó Stevie con sincera preocupación.

–Viviré –dijo, acabando de subir las escaleras hasta el altillo–. Pero, a menos que tenga una resaca demasiado gorda para ver claro, creo que debería haber un poco más de luz en este sitio.

–Dígame qué es lo que anda buscando para que pueda...

–Vengo con ellos –dijo la joven, señalando al grupo que ojeaba los percheros–. ¿No se nota? Ésa es mi madre, la Gran Duquesa Anastasia. No me digas que no te habías fijado en el parecido. La revista *Vogue* dice que parecemos hermanas.

Los oscuros ojos de la muchacha brillaban con malicia.

Entonces, Stevie notó la semejanza que había entre ambas. Era como si los rasgos y la tez de la mujer mayor hubieran sido reordenados por un artista con sentido del humor. Era obvio que ambas eran unas celebridades, pero Stevie no tenía ni idea sobre la identidad de ninguna de las dos y se sintió avergonzada de su ignorancia.

–Supongo que no lees *Vogue*... ¡Bueno, mejor para ti! Soy Philippa Mason –dijo la chica, sonriendo abiertamente–. Pero todo el mundo me llama Pip. Y la Gran Duquesa es conocida en el negocio de los trapitos como Valentine. Un nombre inventado, por supuesto, pero ¿te imaginas a una gran diseñadora que se llamara Sadie?

La mueca de repugnancia que hizo Philippa Mason fue tan exagerada que Stevie rompió a reír.

–Y, hablando de moda –prosiguió Pip–, ¿dónde compraste ese maravilloso conjunto que llevas puesto? ¿Es un Rudi Gernreich?

Pip se inclinó para examinar la original falda de camuflaje que Stevie se había hecho quitando las mangas descompensadas y añadiendo debajo un polo negro de cuello de cisne.

–No lo compré –le explicó Stevie–. Sólo aproveché algunas camisas de excedentes del ejército que teníamos.

–¡Vaya, no me digas! –exclamó Pip, lanzando una carcajada–. Espero que Valentine no te oiga. Cree que si una no puede permitirse comprar ropa, es mejor que una se quede en casa y se muera de vergüenza.

Stevie se rió a coro con Pip. Le gustaba el modo como aquella chica pelirroja y blanca hablaba, sonreía y miraba. Aunque Pip era evidentemente rica, no tenía modales presumidos. Parecía como si todo fuera... *normal.*

–¿Qué hace aquí su madre? –le preguntó Stevie, curiosa.

Con actitud altiva, como si imitara los ademanes de su madre, Pip dijo:

–Es un viaje de investigación, querida... Hay que estudiar a los diseñadores del pasado para alcanzar el perfecto equilibrio entre la autenticidad histórica y la originalidad en su ma-ra-vi-llo-sa nueva línea *retro.* –Bajó bruscamente el tono de voz–. En otras palabras, mamá está registrando la ciudad en busca de ropa vieja para plagiarla y luego venderla por ochocientos pavos por modelito.

Stevie se rió otra vez y deseó que Pip no fuese solamente una cliente de los barrios altos que no tardaría en marcharse.

Pip pareció captar la vehemente expresión de Stevie.

–¡Eh! ¿Te apetece un capuchino o cualquier otra cosa? Valentine podría quedarse aquí toda la vida y mi estómago no para de protestar.

Stevie meneó la cabeza apenada.

–No puedo. Tengo que trabajar.

Philippa suspiró.

–¡Qué lástima! Pero, si me perdonas por ser tan bocazas, no

entiendo por qué una chica tan guapa como tú no puede hacer algo mejor que... esto. –Pip guardó silencio unos momentos–. ¡Eh! ¿Y no tendrás tiempo para almorzar?

–Puedo tomarme cuarenta y cinco minutos de descanso a las doce y media.

–Vale. Eso me dará tiempo de pasear por la ciudad y gastar un poco del dinero de la Gran Duquesa... a mi manera. –Se encaminó hacia las escaleras y se volvió–. No te molesta que no compre nada aquí, ¿verdad?

Stevie meneó la cabeza.

–Bien. Estaré de vuelta a las doce y media.

Philippa saludó con la mano y se fue apresuradamente. Stevie quedó con la sensación de que había soplado una refrescante brisa del océano.

–¡Puaj! –exclamó Pip al echar un mordisco a la grasienta hamburguesa–. No me digas que te *gusta* la comida que dan en este sitio.

Por un momento, Stevie se quedó sin palabras. Le había sugerido aquel bar de amigos porque era barato y el propietario le descontaba de vez en cuando el precio de la bebida. Aunque lo había pasado bien hasta entonces con Pip, si iba a reírse de ella por ser pobre era inútil que pasaran más tiempo juntas.

–No es que me guste o me disguste –afirmó Stevie–. Como aquí porque no puedo permitirme ir a otro sitio. Si no es lo bastante bueno para ti, supongo que no deberías quedarte.

Por un segundo, los labios de coral de Pip formaron una O de asombro. Luego se echó a reír.

Stevie, perpleja, se dio cuenta de que había malinterpretado por completo a Pip. Incluso había llegado a imaginar que podían ser amigas. Pero se estaba riendo de ella. Stevie hizo además de marcharse.

Pip la agarró de la muñeca.

–¡Eh, Stevie, no me interpretes mal! Me reía porque... por unos instantes has hablado como Valentine, sermoneándome sobre lo vulgar que soy. Pero oye, ambas tenéis razón. Lo siento, de verdad...

Stevie volvió a sentarse, meneando la cabeza. Por muchos defectos que tuviera Pip, al menos podía admitir que se había equivocado. A Stevie, aquella virtud le parecía excepcional después de años de tratar con el infalible fariseísmo del almirante.

–Naturalmente, es culpa suya –continuó Pip–. La Gran Duquesa tenía que ser una estrella ya antes de nacer, así que no sé nada sobre lo que es ser pobre. «Mi hija lo tendrá *todo*» –entonó con voz profunda–. Eso fue lo que dijo el día en que nací y supongo que he tenido demasiado... –Clavó sus enormes ojos oscuros en Stevie–. Es mi manera de pedirte que me perdones si he herido tus sentimientos.

–Claro –dijo Stevie–. Me imagino que estoy demasiado dispuesta a estallar cuando se trata de ciertos temas –admitió con un candor nuevo en ella.

Pip dio otro mordisco a su hamburguesa, haciendo una simulación casi exagerada de que se lo tragaba sólo para complacer a Stevie. Tras echar un trago a su Coca-Cola, dijo:

–Ahora quiero que me devuelvas el favor, Stevie. Me has dado una lección de lo que es ser pobre, de modo que supongo que puedo mostrarte a *ti* cómo vive la otra mitad del mundo. ¿Puedo invitarte a una fiesta que celebraremos esta noche, Stevie? No te costará ni un pavo y te prometo que lo pasarás bien.

Stevie se sintió halagada por aquella invitación, pero titubeaba.

–¿Qué ocurre? –preguntó Pip, frunciendo el entrecejo de su cremosa frente–. No será una de esas refinadas fiestas de clase alta, si es eso lo que te preocupa. Será en la Wherehouse. –Esperó a que Stevie reaccionara; como no lo hizo, agregó–: ¡Eh! ¿No has oído hablar de la *Wherehouse*, el local de Samson Love? Le puso ese nombre[2] porque es donde pinta y hace sus películas... y donde ocurre todo...

Entonces lo entendió. Aunque Stevie no sabía mucho sobre arte, sí que había oído hablar del artista llamado Samson Love. Era un vanguardista que marcaba cuál sería la moda, y entre sus numerosos amigos se contaban estrellas de cine, de la música, políticos, empresarios multimillonarios e incluso miembros de la realeza.

2. «Wherehouse» significa literalmente «Casa-donde». *(N. de T.)*

–Me gustaría acudir –dijo Stevie–, pero... ¿no estaré fuera de lugar?

–¡Oh, no te preocupes! –dijo Pip de modo jovial–. Estarás como en tu casa.

–¿Es una fiesta... convencional?

–Nada de lo que rodea a Samson es convencional en el sentido más estricto. Se limita a inventarlo todo a medida que hace las cosas y todo el mundo intenta seguirlo.

–Vale, iré –dijo Stevie.

Trató de recordar si la Gran Duquesa Valentine había comprado todo lo mejor de la tienda de Patrick. Después de las ventas que Stevie había hecho aquel día, estaba segura de que podía tomar prestado algo para ponérselo por la noche.

–Espera y verás, Stevie. Será una noche inolvidable. Y a Samson le caerás fenomenal.

El tono de absoluta convicción de Pip intrigaba a Stevie.

–¿Cómo lo sabes?

–Porque tú eres mi amiga, ¿verdad? –contestó Pip.

Stevie miró fijamente a Pip por un segundo. Amiga. Era como si oyese aquella palabra por primera vez. ¡Qué sólida y reconfortante sonaba, con la promesa de algo que no había conocido nunca antes!

–Sí, soy..., soy tu amiga.

2

Asidas del brazo, Stevie y Pip cruzaron la calle Mercer, la frontera que separaba el Soho de Little Italy, y se dirigieron a una enorme nave de varios pisos que había albergado una industria.

–¡Ahí la tienes, Stevie! –dijo Pip–. La Wherehouse..., donde está todo.

Stevie se quedó un poco decepcionada. Pese a todo lo que Pip le había contado sobre la fabulosa fiesta, el lugar al que se encaminaban parecía bastante poco prometedor desde el exterior. Su deprimente imagen era acentuada por muchas ventanas oscurecidas, como si estuvieran tapadas con cortinas gruesas. El único indicio de que se celebraba una fiesta era el martilleo de la música de *rock-and-roll* que llegaba hasta la calle, a un volumen lo bastante fuerte para que se confundiera con los truenos de una lejana tormenta.

Sin embargo, en cuanto las chicas cruzaron las puertas de entrada de hierro oxidado, la impresión de Stevie empezó a cambiar. En las paredes del estrecho vestíbulo colgaban algunos de los abigarrados y famosos retratos de Mao, Marilyn y Richard Nixon. Y por el suelo habían esparcido lascas blancas y brillantes, lo que le daba la apariencia de un sendero de una casa de lujo. En el centro había un Ford descapotable de veinte años de antigüedad. En el asiento trasero del descapotable había unas figuras hechas de lo que parecían ser millares de parches de yeso pegados entre sí. Eran las esculturas de un hombre y una mujer haciendo al amor; las piernas de la mujer estaban tiesas y erguidas en el aire.

–¡Caray! –dijo Stevie, impresionada tanto por el coche

aparcado en el interior de un edificio como por la obra de arte.

–Fantástico, ¿eh? –dijo Pip–. Han ofrecido medio millón a Samson por esto..., pero él dice que le gusta demasiado para venderlo. Se llama «Paz».

Pip se rió como si hubiese dicho un chiste.

Stevie la miró sin entenderla. Pip se apresuró a explicárselo.

–Las piernas..., ¿te das cuenta?

Entonces, Stevie se fijó en que las piernas de la mujer dibujaban una V, evocando el popular símbolo de la paz que formaban con los dedos los que se manifestaban en contra de la guerra. Stevie rió entre dientes. Sentía escaso interés por el arte, pero el ingenio visual de Samson Love le bastaba para demostrarle que tenía una mente asombrosa. De súbito, sintió timidez al pensar que estaría a su lado.

Pip la conducía ya a un gran ascensor de carga. Cerró la puerta de paneles de metal y pulsó el último de unos botones enormes y de varios colores.

–¿Utiliza todo el edificio? –preguntó Stevie, pasmada.

–Samson hace muchas cosas insólitas –respondió vagamente Pip.

El ascensor se detuvo. Pip abrió la puerta e indicó a Stevie que la siguiera por un pequeño pasillo que acababa ante una gran puerta roja de metal. Pip llamó con fuerza a la puerta.

–A veces pasan *siglos* hasta que responde alguien. Pero no te preocupes: entraremos tarde o temprano.

Stevie se sentía menos preocupada que fascinada. Había conocido a Pip aquella misma mañana y ya se sentía como si la hubiesen rescatado de una existencia solitaria y carente de recursos.

Pip volvió a llamar aún más fuerte; como no abría nadie, resbaló hasta quedarse sentada en el mugriento suelo de cemento, sin preocuparse por el estado en que podía quedar su abrigo de zorro y su cara minifalda de cuero de color púrpura. Stevie se sentó a su lado. Su vestido era mucho menos espectacular y había improvisado un jersey negro de talla mayor que la suya, sujeto con un llamativo aro de latón; unos pantis negros; y un abrigo de color guisante de la Armada, para no pasar demasiado frío.

–Estás guapísima –dijo Pip, como si entendiera la necesidad

de Stevie de sentirse tranquila o confiada–. Ya te he prometido que a Samson le caerás fenomenal, o sea que cálmate.

Stevie no pudo evitar preguntarle de nuevo:

–¿Cómo puedes estar tan segura?

–Porque tienes todo lo que a él le gusta. Eres joven, bonita... y nueva. Eso es lo que más le interesa, Stevie: lo nuevo. Arte nuevo, emociones nuevas y caras nuevas.

Stevie no podía pensar en sí misma como una persona «nueva»; sin embargo, le gustaba la idea de que eso fuera lo que pensara un famoso.

–¿Sabes? –dijo Pip–, Samson no se conforma solamente con la gente atractiva, aunque le gusta que haya mucha gente guapa en sus fiestas. No, lo que pasa es que puede ver cosas sobre ti que nadie más ve, *sabe* cosas que tú ni siquiera sabes... y las saca a la luz. *Tienes* que gustarle..., porque te has convertido en una de sus creaciones. ¿Lo comprendes?

Stevie meneó la cabeza, escéptica.

–Me da un poco de miedo..., como si fuera brujería. No estoy segura de querer que se conozcan mis secretos. Y detesto que alguien me cuente más cosas sobre mí que las que *yo* sé.

Pip sonrió, y, bajo la tenue luz del pasillo, su faz expresó una tristeza que la hizo parecer mayor.

–Puede dar miedo –dijo en voz baja–, pero es emocionante. Valentine dice que Samson es la respuesta del siglo XX al marqués de Sade. Aunque yo lo veo como una especie de Peter Pan...

De súbito se oyó el ruido de un cerrojo descorriéndose en la gran puerta metálica.

–Bueno –concluyó Pip, poniéndose en pie de un salto–, ahora lo verás con tus propios ojos.

Un hombre bajo y rechoncho, de cabellos oscuros y rizados, abrió la roja barrera de metal. Iba vestido con una camisa teñida y pantalones acampanados azules. Su excéntrico atuendo era ligeramente incongruente con su fuerte complexión muscular de estibador de puerto. Una cicatriz, que le cruzaba el puente de la nariz, le daba un aire levemente siniestro. El tono de voz que empleaba, propio de un miembro de la clase alta, aumentaba aún más la incongruencia.

–Buenas noches, Philippa. –Movió un dedo hacia Stevie–. ¿Y ésta quién es? ¿Una nueva para el harén de Samson?

Philippa hizo una mueca, como si no quisiera que prosiguiese la conversación.

–Se llama Stevie Knight y es una muy buena amiga mía. Stevie, te presento a Paul Maxwell. No le hagas caso..., sólo tiene celos de Samson y, además, es muy mal educado.

Tomó a Stevie Knight de la mano y pasaron de largo.

–No es muy guapo –susurró Stevie.

–No –respondió Pip, también entre murmullos–, pero es *muy* rico y eso lo hace interesante a ojos de Samson.

Apenas hubieron dejado los abrigos en un montón junto con otros al lado de la puerta, Stevie se vio bombardeada por una avalancha de brillantes colores y sonidos. Cientos de globos de helio rojos, azules y amarillos flotaban hacia el techo, que se hallaba a más de seis metros del suelo. Los globos eran el perfecto complemento de las inmensas y abigarradas pinturas colgadas de las paredes. Los timbres de unas máquinas de millón eran el contrapunto de la música que sonaba en una pianola, y se oían gritos invitando a participar en los juegos de unas barracas de feria. Stevie aplaudió como una niña feliz al comprender que se había organizado una auténtica feria en aquel local cerrado. Había visto ferias ambulantes que se establecían a las puertas de la base naval y había pasado frente a ellas cuando iban a la ciudad, pero Irene no le había llevado nunca a una. Aquello era como si un sueño de la infancia se hiciera realidad..., casi como si fuera cierto lo que Pip había dicho de Samson Love: que la conocía sin haberla visto siquiera, y que supiera con exactitud lo que debía darle... Stevie aspiró el dulce aroma del caramelo algodonoso mezclado con el olor salado y aceitoso de las palomitas de maíz. A su alrededor, la gente se reía y se divertía, sin prestar atención a las cámaras que deambulaban entre ellos. Stevie apenas podía dar crédito a sus ojos.

–Bueno, ¿qué te parece? –le dijo Pip.

Stevie intentó contener su entusiasmo, temiendo ser rechazada como una niña tonta de pueblo por su refinada amiga.

–Es muy bonito.

–¿Bonito? –exclamó Pip, enarcando las cejas–. ¡Eh, Stevie! ¿Cómo vas a vivir una nueva experiencia si pretendes haberlo visto todo?

Stevie sonrió de oreja a oreja.

–Vale, no es bonito..., ¡es acojonante!

–Eso está mejor. Ahora vamos a buscar bebidas.

Stevie se dirigió a un surtidor de soda rematado en mármol, donde un chico joven ataviado con sombrero de paja de los Alegres Noventa, lazo y traje a rayas servía batidos y soda en vasos de helado.

–¡Ni hablar! –dijo Pip–. Hoy no. Esos brebajes no son tan geniales como parecen... y no quiero que desperdicies tu primera visita a la Wherehouse yéndote a otro planeta.

Llevó a Stevie a un pequeño bar donde las botellas de alcohol estaban expuestas junto a antiguos frascos de farmacia llenos de líquidos de brillantes colores. Pip llenó de hielo un vaso y echó un chorro de vodka.

–Toma, por ahora ve tirando con los líquidos anticuados.

A Stevie no le gustaba el alcohol, pero tenía muchas ganas de animarse. Empezó a sorber la bebida de inmediato.

Pip la condujo por toda la sala, presentándola a algunas personas cuyos nombres no significaban nada para Stevie, aunque estaba segura de que habría debido conocerlos. Todas las mujeres eran preciosas, la mayoría de los hombres eran atractivos, y todos iban vestidos fantásticamente. Cuando por fin reconoció a una de aquellas celebridades (uno de los Rolling Stones), se quedó demasiado pasmada para poder decir nada más que «Hola».

Finalmente, Pip la dejó sola.

–Escucha, ahora te arreglas un rato tú sola. Voy a ver si consigo encontrar a Samson.

Stevie miró a los grupos de gente que tenía alrededor y, en lugar de intentar meterse en alguno, se encaminó a la hilera de casetas de feria. Cuando vivía bajo la sombra del almirante, le era fácil ser el centro de atención, el pedazo de pastel. Pero en la gran ciudad había perdido el coraje y se sentía como se había sentido en la escuela: un espectador solitario que observa pero es incapaz de participar en el tipo de buena vida que nunca ha conocido.

El pregonero de una de las barracas le tendía un puñado de bolas.

–¿Y usted qué, señorita? ¿Quiere probar suerte? Si derriba los muñecos, gana un premio...

Stevie sonrió complacida y aceptó el desafío. Apuntando

cuidadosamente la bola, la lanzó contra una muñeca. Y la derribó.

–Denle un premio a la guapa jovencita –dijo una voz tras ella.

Stevie se volvió. Sólo lo había visto en borrosas fotos de periódico, pero lo reconoció en el acto. No había nadie como Samson Love. Su piel era del blanco-azulado de las ostras y llevaba los largos cabellos negro-azabaches atados detrás con una cinta de terciopelo. Vestía una camisa de seda arrugada sin abrochar, unos pantalones muy estrechos de terciopelo azul y zapatos de piel suave a juego. Sus ojos eran de un palidísimo gris plata, punteados de oro. A Stevie le recordó a un maravilloso personaje romántico de una película antigua que había visto en la televisión: un hombre guapo y elegante llamado Heathcliff. Él le dedicó una sonrisa, al tiempo que le ofrecía un panda peludo y rollizo y, de repente, pareció mucho más joven..., como el Príncipe Azul.

–Gracias –murmuró aceptando el panda... y deseando desesperadamente que Pip estuviera allí para aliviarla de la timidez que sentía.

–Eres nueva –dijo él escrutándola de tal modo que Stevie se acordó de que ser «nueva» era la cualidad más preciada. La cogió del brazo y la alejó de la barraca mientras los animadores de la fiesta les abrían paso–. Dime tu nombre.

–Stevie..., Stevie Knight.

–Stevie –repitió él mientras la estudiaba con tanta atención que le hizo desear que su ropa fuera tan espectacular como la de Pip–. Y Knight. No está del todo mal. Pero quizá te encuentre algo mejor –añadió, como si el asunto de los nombres fuera plenamente de su incumbencia.

Curiosamente, Stevie no puso objeciones. La halagaba que Samson Love pudiese interesarse por ella.

–¿Y cómo has dado con nosotros, linda Stevie? –preguntó.

–He venido con Pip..., con Philippa Mason.

–Ah, sí, Pip. –Volvió a examinarla–. Creo que hacéis buena pareja: nuestra Pip... y alguien como tú.

Stevie no sabía a qué se refería, pero estaba casi convencida de que aquellos ojos moteados de oro podían ver cualquier cosa.

–¿Te diviertes?

–Sí..., gracias.

–Divertirse es importante –dijo–. Puede que sea la única cosa realmente importante...

Stevie afirmó con la cabeza, deseosa de complacerlo.

–Dime –dijo él–, ¿eres una persona convencional o estás abierta a placeres de todo tipo?

La pregunta casi le hizo perder el equilibrio; se le sonrojaron las mejillas mientras intentaba balbucear una respuesta.

–No..., no lo sé.

–Bien –dijo–, mejor eso que estar segura de que no. –Dejó de hablar y le rozó la mejilla con el dedo. A Stevie le pareció que era un brujo, con sus pestañas en punta, sus ojos de gato y los cabellos más negros que la noche. Cuando la miró a los ojos, le pareció que la llamaban hacia lugares oscuros y misteriosos.

Pero, un momento después, volvió a ser el chiquillo.

–¿Quieres ir a dar una vuelta conmigo?

–Me encantaría –dijo ella–, pero ¿qué tipo...? –Echó una mirada a la Wherehouse sin ver nada con qué dar una vuelta a ninguna parte.

–¡Sígueme!

La cogió de la mano, tal como Jack habría podido agarrar a Jill, y la llevó corriendo hacia la parte de atrás del ático. Abrió una puerta que parecía ser de un lavabo y encendió la luz.

Stevie se quedó sin habla. Era una gran habitación llena de juguetes..., juguetes maravillosos, caros, como los que había visto en una enorme tienda de juguetes de la Quinta Avenida. Samson apartó una enorme jirafa mullida y la lanzó contra una auténtica guardería de animales de felpa.

–Aquí –dijo mostrándole el asiento de un coche de bomberos rojo brillante–, sube.

Stevie subió al juguete y dejó espacio a Samson. Él se sentó a su lado y giró una llave que había junto al volante. Se oyó el chisporroteo de un pequeño motor.

–¡Funciona! –exclamó Stevie maravillada.

–Claro que funciona. ¡Espera! –Y, tras poner una marcha, Samson salió de la habitación directo hacia la fiesta–. ¡Toca la bocina! –le dijo con regocijo a Stevie–. Toca la bocina para que se aparten...

Stevie tocó la bocina y se rió al ver que la gente se apartaba de su camino. Cuando vio a Pip, Stevie la saludó con la mano y la respuesta de Pip fue una señal de victoria. Mientras zigzagueaban con el coche entre la gente, Stevie miró a Samson y, de repente, no le pareció tan intimidante. En realidad, quizá tuvieran muchas cosas en común. Él se había comprado una infancia ya de mayor porque, de niño, había tenido que pasarse sin ella. Stevie tocaba la sirena sin parar y gozaba en grande mientras Samson conducía el pequeño bólido haciendo eses, forzando a sus invitados a reírse y haciéndoles derramar el líquido de sus copas al acercarse a ellos.

Stevie se entristeció cuando Samson detuvo el coche y gritó: «Última parada... ¡todo el mundo abajo!». Claro, tenía miles de amigos. Debía seguir...

Pero le sorprendió que le ofreciese la mano en el momento de salir.

–Ven... Vamos a hacer la gira de los diez céntimos.

Echaron a correr de nuevo y la llevó a un área aislada. Lo primero que vio Stevie fue una pantalla de cine con la cara de Dustin Hoffman proyectada: una escena de *El graduado*, pensó. Pero el sonido no estaba puesto y se oía la música de la última canción de los Beatles, *Lucy in the Sky With Diamonds*. Por allí cerca, había dos televisores colgados en la pared como cuadros. En una pantalla se veía un documental: imágenes de un pequeño pueblo consumiéndose bajo las llamas del napalm. En otra había una escena de manifestantes contra la guerra que eran introducidos en la furgoneta de la policía por oficiales provistos de porras y máscaras antigás.

Mientras Stevie miraba las imágenes, Samson comentó:

–Es el fin de la civilización occidental tal como la conocemos... si es que no lleva muerta más de cien años...

–¿Qué quieres decir con que está muerta? –preguntó enseguida Stevie.

–Bueno, si no estuviera muerta, linda Stevie –dijo solemnemente–, ¿cómo podría existir alguien como yo?

Stevie se volvió para observarlo y vio una sonrisa en la esquina de su boca.

–Eh, ¿me estás tomando el pelo?

La sonrisa floreció.

–No es imposible –dijo el artista, e hizo un gesto repentino señalando algo detrás de ella. Stevie giró y vio a un hombre con una cámara de cine en el hombro; ¡había grabado toda su conversación con Samson!

Antes de que pudiera reaccionar, Samson ya la empujaba hacia otra zona. Allí las paredes estaban pintadas de blanco, y de ellas colgaban más cuadros con el sello de Samson, su colección de partes de automóviles: una rejilla de Rolls Royce, el capó de un Jaguar, aletas de Cadillac... Encima de los cuadros, en letras de colores brillantes, había un letrero que decía «ARTE».

–¿Qué opinas? –Samson señaló la pared.

–¿Es un examen o qué? –preguntó Stevie evadiendo la respuesta.

Samson sonrió.

–O qué... Pero mira, acabas de revelarme una verdad importante sobre ti.

–¿Qué? –dijo un poco preocupada por lo que hubiera podido revelar.

–Yo ya lo sé, tú tendrás que descubrirlo –dijo cantando. La cogió de la mano y la llevó a otra esquina del amplio ático. Cogió una cámara fotográfica instantánea, la enfocó en Stevie y le tomó dos fotos–. A éstas las llamo «antes» –dijo–, pero creo que las de «después» serán mucho más interesantes.

Antes de que Stevie pudiese analizar el sentido de aquellas palabras, la llevó a un nuevo sitio: a una máquina de bolas de chicle llena de pequeños premios Crackerjack.

–¿Tienes una moneda?

Stevie negó con la cabeza, desilusionada. Pero Samson simplemente abrió la tapa y metió la mano.

–Esto es lo bueno de ser el encargado de todo –dijo–. Puedo hacer lo que quiera. –Sacó un pequeño anillo de metal amarillo con una piedra roja–. Toma –dijo mientras se lo ponía en el meñique–. Llámalo anillo de amistad, de mi parte. Llévalo siempre. ¿Me lo prometes?

–Te lo prometo –dijo, y lo decía sinceramente.

–Ahora –dijo con tanta solemnidad como si partiera de viaje por el océano–, debo dejarte.

–¿No puedo ir contigo? –Stevie deseaba más que cualquier otra cosa quedarse en el refugio encantado de Samson Love, gozar de su divertida presencia.

–Esta noche no, linda Stevie –dijo con suavidad–. *Adieu.*

Se puso la palma de la mano en los labios y luego le sopló un beso. Un instante después, ya no estaba. Exactamente igual que Peter Pan cuando huyó a la Tierra de Nunca Jamás, pensó Stevie.

Una mano se posó en su hombro y la sobresaltó. Era Paul Maxwell, el hombre que les había abierto la puerta.

–¿Te diviertes? –le preguntó.

¿Lo había enviado Samson a controlar? Divertirse, había dicho Samson, era lo más importante...

–Sí, gracias..., más que nunca.

–Pareces muy joven. ¿Saben tus padres que estás aquí?

La pregunta enojó a Stevie en todos sus aspectos y, sin dignarse responder, hizo gesto de alejarse.

Maxwell le agarró el brazo.

–Si fuera tú, me iría ahora mismo y no volvería nunca –dijo él con voz dura, como si ella le hubiera dicho algo irritante.

–Bueno, tú no eres yo –le espetó ella– y, además, no tienes ni idea de quién soy.

–Oh, pero la tendré –respondió con tal indiferencia que le dieron ganas de abofetearlo–. Quédate en este teatro y lo sabré todo de ti. Pregúntale a tu amiga Pip... si es que realmente es tu amiga.

Le soltó el brazo y Stevie miró aturdida a su alrededor, sintiéndose en cierto modo perdida. Entonces apareció Pip. Se dio cuenta enseguida de que Stevie estaba preocupada.

–¿Qué ocurre?

–Este hombre... es un rastrero –respondió Stevie decidida.

–Paul es inofensivo. Lo peor que ha hecho en su vida es despilfarrar su herencia. El problema es que le gustaría ser Samson, eso es todo...

–Me da igual –la cortó Stevie–. Es que no quería que..., que lo estropease todo.

Pip la abrazó.

–¿Verdad que Samson es fantástico? Ya te he dicho que le gustarías, y les has gustado. Te invita a volver... ¡oficialmente!

–¿Es su nombre real? –preguntó Stevie vacilante, sin saber si era correcto hacer esta pregunta.

–Debes de estar bromeando –dijo Pip riendo–. Samson es una invención, de la cabeza a los pies. Suya y de la cirugía plástica.

–¿De verdad? –Stevie se sentía cautivada por la idea de un hombre fabricándose a sí mismo. Si pudiera volverse a hacer a ella misma, se preguntaba, ¿qué cambios haría exactamente? De pronto se le ocurrió que acaso Samson podría decírselo si conseguía mantener su amistad con él.

Al salir del ascensor de mercancías en el piso más alto de la Wherehouse, Samson Love abrió la puerta con figuras míticas labradas que parecían procedentes de una iglesia. «Los que entréis aquí, abandonaos», decían las palabras esculpidas sobre la puerta.

Dentro, las paredes estaban insonorizadas y tenían el aspecto de un colchón plateado. Había pocos muebles, pero estaban cuidadosamente escogidos: un sofá negro en forma de U de quince metros y docenas de cojines negros y rojos esparcidos junto a las mesas de mármol sobre encerados suelos de madera. Había poca luz; el aire estaba espeso de humo y el ambiente pesado, como si los gruesos ropajes negros que cubrían las ventanas que iban del techo al suelo no se hubieran corrido nunca, como en un lugar herméticamente cerrado contra todo lo que había fuera de aquellas puertas.

Un equipo de sonido de veinte mil dólares proporcionaba la música a cuyo compás bailaban una docena de personas siguiendo con movimientos lentos el ritmo que sólo oían en sus cabezas. Las parejas estaban en distintos estados de desnudez, algunos totalmente desnudos. Samson les lanzó una mirada superficial, nada más. Lo había visto antes, lo había visto todo antes.

De reojo se dio cuenta de que había alguien filmando. Bajo las órdenes de Samson, su equipo trabajaba prácticamente cada noche, arrastrando las cámaras a cualquier tipo de acontecimiento que tuviera lugar en la Wherehouse, no sólo los preparados en persona por Samson. Con los miles y miles de metros de película que filmaban, él cortaba y montaba las películas –seis hasta entonces– que, si bien en principio pretendían ser para su colección privada, se habían convertido ya en parte de su organismo de arte.

Samson se encaminó hacia la cámara. A través de la niebla semioscura vio a dos jóvenes, uno blanco, el otro negro, sin nada más encima que los suspensorios, inclinados en una parte del sofá y aceitándose el cuerpo mutuamente. Los cuerpos eran bellos y bien ejercitados; el juego de luz, el brillo del aceite, podrían proporcionarle algo, pensó Samson. Se quedó mirando un rato más, mientras el hombre blanco empezaba a besar el cuerpo del otro. Los suspensorios empezaron a bombearse y los dos hombres se entrelazaron sin reparos, como si no hubiera nadie más en la habitación. El interés de Samson menguó. El sexo le interesaba sólo en su vertiente artística. Por desgracia, pensó, la mayoría de gente no tiene suficiente imaginación para hacerlo físicamente convincente, y mucho menos para hacerlo artísticamente valioso.

Dirigiéndose hacia sus cuarteles privados, se detuvo a controlar el Baño Romano de la Wherehouse, equipado con una bañera de burbujas en la que cabían ocho personas, con las paredes cubiertas de *graffiti* primitivos que se parecían a los dibujos eróticos de las cuevas. La prensa había descrito al lugar como «decadente», pero ahora no ocurría nada notable en él; la bañera estaba ocupada por una sola pareja que compartía una pipa de opio mientras las burbujas se agitaban a su alrededor.

Samson atravesó la puerta de sus aposentos privados. Allí los colores eran apagados y el suelo estaba repleto de pequeñas alfombras hechas a medida con sus cuadros favoritos tejidos en ellas. Su cama especial, que medía unos tres metros por cuatro, estaba cubierta por una plumosa piel blanca. El ambiente de la habitación hacía pensar en el recodo más interno de un capullo.

Se tumbó en la cama y se puso a jugar con su Etch-a-Sketch, moviendo los controles y dibujando divertidas viñetas. De pronto, apartó el juguete y se restregó los ojos como un niño despierto demasiado tarde. Estaba cansado; peor todavía, estaba aburrido. Abrió un congelador oculto tras la enorme ampliación de un póster de Tarzán, sacó una botella de agua y la vertió en un vaso de los Picapiedra. Luego alargó la mano para coger la caja, recuerdo de la Feria Mundial, que tenía junto a la cama. Retiró la tapa, pasó los dedos por el colorido surtido de píldoras, polvos y jeringas y eligió una larga tableta verde. La metió en el agua, mezcló la solución con el dedo y se la bebió. Luego pulsó un botón de un panel junto a la cama y bajó la intensidad de luz. No podía soportar la oscuridad total, de igual modo que no podía soportar el silencio total, ni siquiera cuando necesitaba dormir... Le recordaban demasiado a la muerte.

Por último, se quitó la ropa de la velada. Desnudo –tal como había venido al mundo, pensó–, se arrellanó cómodamente contra un montón de almohadones. Había sido una noche desesperadamente aburrida, pensó, salvada por aquel momento brillante que le había dispensado la linda amiga de Pip. Le gustaba, le gustaba el hecho de haberla impresionado sin que ella cediera del todo. Su mente empezó a forjar una imagen de lo que podía hacer con la materia prima que tenía la linda Stevie Knight. Había detectado, mejor que cualquier psiquiatra o psicoanalista, el secreto más privado de la linda Stevie Knight: un secreto que, artísticamente hablando, era el hilo con el que se tejían sus mejores relaciones. Antes... y después. Estuvo acariciando la idea de lo que podría crear con la linda Stevie como si fuera una «tela».

Reconfortado por la perspectiva de un juego así, se dispuso a dormir. Pulsó otro botón del panel cercano, bajó una pantalla del techo y activó el proyector. La cinta que había elegido para aquella noche empezó a desplegarse en la pantalla: una historia que Samson consideraba mucho más plena de sentido que la Biblia como parábola del bien y del mal. Con los ojos entrecerrados, esperando la caricia del sueño, el artista miraba cómo Bugs Bunny le hacía trastadas a Elmer Fudd.

3

Dos días después de la fiesta, Patrick cogió un mensaje telefónico para Stevie cuando ella había salido del Ático de la Abuela para ir a comer: una limusina la recogería a las siete en punto de la tarde.

—¿Ha llamado el propio Samson? —preguntó Stevie ansiosamente. Le había contado a Patrick los pormenores de la fiesta.

—No. Un lacayo.

—¿Puedo coger algo de la tienda? —le rogó Stevie—. Samson tiene muy en cuenta el aspecto de la gente...

El asentimiento de Patrick tardó un poco y Stevie se precipitó hacia una de las hileras de ropa.

—Niña —dijo Patrick alargando las palabras—. Ese tal Love... He oído cosas...

Stevie sacó una capa de lana roja, con un ribete negro.

—Desde luego, ya sé que no estás sordo, Pat —dijo Stevie con aire ausente—. Llevo dos días farfullando sobre Samson... Es fantás...

—No, Stevie, quiero decir... Bueno, ya sabes que por aquí pasa gente que está metida de lleno en drogas. Hablan de Love. He oído que es realmente horrible. Y no querría que... te comiera el coco, ¿me entiendes?

Stevie intentaba no hacer caso de sus palabras. No quería que nadie le estropeara el placer de conocer a Samson.

—Eh —dijo a la ligera—, tú eras el que me decía que me casara y me estableciera. Bueno, quizás Samson sea mi hombre...

De pronto, Patrick le asió el brazo con fuerza y la hizo girar. Sus ojos negros perforaron los de ella.

–Demonios, Stevie, escúchame. Me preocupas, ¿lo entiendes? Mierda, no eres más que una niña... –Al ver la expresión de protesta que se formaba en la cara de Stevie, siguió hablando–. Claro, claro. Has vivido muchas cosas. Pero, Stevie, eres de buen material. Tienes coraje y cerebro: úsalos y puedes ir a donde quieras. Yo incluso pensaba que, bueno, que podría hacerte socia algún día. Pero si vas con un tío llamado Love, no creo que ocurra. Métete en ese mundo... y acabarás con la cabeza girando como si estuvieras en una licuadora.

Conmovida por la amable preocupación de Patrick, Stevie sonrió.

–Gracias, Patrick. Pero todo va bien. No sé qué has oído, pero Samson es simplemente un niño grande. Le gusta jugar, eso es todo. Para él todo es divertido: la gente, su arte... Estoy segura de que esta noche me llevará... al zoo, a la feria o a comprar helados.

–Eso crees... –dijo Patrick irónico.

–Lo sé. Patrick, lo he pasado tan mal y me he sentido tan sola en esta ciudad, que también quiero divertirme.

Patrick movió la cabeza lentamente en actitud sumisa.

–Muy bien, niña. Pero en el momento en que deje de ser divertido, déjalo, ¿vale?

–De acuerdo. ¿Por qué no?

Él se detuvo un momento, como para dar una respuesta. Pero luego se alejó diciéndole por encima del hombro:

–¿Ves estas botas de caimán teñidas que acaban de llegar? Quedarían perfectas con la capa.

Cuando Samson llegó aquella noche, la limusina los llevó directamente al Madison Square Garden, donde pasaron las siguientes dos horas entusiasmados viendo un partido de los Knicks. Después, Samson llevó a Stevie al vestuario y la presentó a Red Holtzman como «mi hermana pequeña, perdida hace tiempo».

Todas las noches del resto de la semana fueron casi como ella había dicho: diversión, diversión inocente. Stevie se sentía como si le hubieran dado un «ábrete sésamo» a un reino encantado, un reino que la transportaba lejos de su miseria cotidiana y de la deslucida calle Séptima del este a un terreno de juegos nuevo y diferente cada noche.

El martes, el astrólogo personal de Samson, Charmaine, le leyó el horóscopo. Cuando dijo que los «astros» de Stevie eran compatibles con los de Samson, él declaró solemnemente a la linda Stevie Knight como visitante regular de la Wherehouse y luego la llevó a su salón de helados preferido para celebrarlo con sorbos de banana. El miércoles fueron al estreno de un musical protagonizado por Lauren Bacall, y, luego, a la fiesta de Sardi's. Aunque era a Samson, con su aspecto llamativo y plumaje equívoco, a quien miraba la gente cuando estaban los dos juntos, Stevie se sentía también una pequeña estrella de algún tipo, iluminada por su brillante resplandor. A la mañana siguiente, había una fotografía en el *Daily News* de Samson junto a Bacall, con Stevie al otro lado. El pie de foto la identificaba solamente como la «bella compañera» de Samson Love. A pesar de eso, al saborear un ápice de lo que debía de ser la fama, Stevie se sintió transformada como la Cecinienta... pero con una maravillosa diferencia: cuando llegaba medianoche, para ella era sólo un intermedio, no el fin.

La diversión del jueves por la noche fue un partido de hockey sobre hielo: chillaron y animaron a voz en grito. Y el viernes, Samson le condeció el mayor de los honores; la convocó a una cena china privada en la Wherehouse y le anunció que sería su pareja en la gala de inauguración de su nuevo espectáculo en la Galería Castelli. Luego la llevó a la habitación de disfraces. La colocó ante un espejo grande como la pared y se puso a revolver por los estantes y colgadores que iban del suelo al techo despreciando un vestido bonito tras otro. Stevie lo miraba y se sorprendía de la cantidad de ropa cara que dejaba de lado.

–¿De dónde viene todo esto? –preguntó ella.

–Soy coleccionista, linda Stevie –dijo con orgullo–. Si veo algo bonito, lo compro. A veces es útil, y a veces se queda aquí para ser contemplado y admirado. ¡Ah...!

Alzó una túnica invaluable hecha totalmente de plumas de maribú negro. Sin dudar ni un momento, cogió unas tijeras y partió la túnica casi por la mitad para convertirla en un vestido mini.

–Ya está –dijo satisfecho–, ahora necesitamos un manto. –De una larga hilera de pieles, eligió una capa blanca de armiño–. Fantástico, ¿no crees? Ideal para una inauguración.

–Y siguió así hasta reunir un disfraz que incluía calcetines de seda negros, zapatos de piel negros –parecía tenerlo todo en varias tallas– y, por último, una tira de perlas que le llegaban hasta las caderas después de haberle dado tres vueltas–. Esto irá bien –dijo finalmente.

–¿Y tú qué llevarás?

Con su sonrisa de gato, Samson repitió una de sus letanías favoritas.

–Yo ya lo sé, tú tendrás que descubrirlo.

–Oh, venga –se quejó ella–. ¿Siempre tienes que ser tan responsable?

Su tono se endureció de golpe.

–Sí, linda Stevie. Es la norma cardinal de la Wherehouse, no lo olvides. Primero, último y siempre, Samson es responsable.

Lo decía con una petulancia tan infantil que Stevie casi se echa a reír. Pero su voz le había advertido que hablaba mortalmente en serio e hizo un gesto de obediencia.

Después de aclarar este punto, Samson sonrió y le acarició la mejilla.

–Buena chica... Creo que te voy a dar una pista de mi traje. –Desapareció en los recodos de su amplio vestuario.

Stevie, mientras esperaba, pensó de pronto en el almirante y en cuánto le gustaba dar órdenes. Pero Samson era diferente. ¿Qué más daba que le gustase mandar? Era bueno con ella; había hecho ya más por ella que sus padres en toda la vida.

–*Voilà!* –Samson iba vestido con un esmoquin blanco y un fajín rojo, una camisa de pliegues blanca abrochada con diamantes tachonados y una capa negra con hilos de seda roja. Con una gran floritura, se puso la capa sobre la cara y los ojos de gato plateados resplandecieron de diversión.

Stevie se rió sofocadamente.

–¡Pareces el conde Drácula!

Samson dejó caer la capa y, por un instante, Stevie temió haber dicho algo inadecuado.

–Mmm. El conde Drácula –susurró–, conocido también como Vlad el Empalador..., un príncipe de la oscuridad, mortal pero sabio..., un maestro del erotismo, aunque profundamente solitario. Me gusta, linda Stevie, me gusta mucho tu idea. –Le cogió la mano y la besó... y luego le mordió con fuerza la muñeca.

–¡Ay! –gritó ella con menos dolor que diversión–. ¡Déjalo o te clavaré una estaca en el corazón!

–Ah, primero tendrás que encontrarla. Y, si pudieras, la muerte sería casi interesante artísticamente, una auténtica epifanía. Entonces, si muero... –Se corrigió rápidamente–, *cuando* muera..., claro que debo morir, como todo el mundo..., me gustaría que me enterraran como a los faraones, en una gran pirámide sobre la tierra, con todos mis juguetes y todos mis placeres a mi alrededor... y todos mis amigos. ¿Querrás enterrarte conmigo, linda Stevie? ¿Querrás hacerme compañía en el próximo mundo?

De pronto parecía tan profundamente desamparado que Stevie se apresuró a reconfortarlo.

–Claro –le dijo acariciándole el pelo–. Te quiero, Samson.

Él la miró.

–¡No! –aulló–. No..., ni se te ocurra, linda Stevie.

Confundida por su reacción, Stevie pensó que Samson debía de haber interpretado mal sus palabras; quizás había pensado que se le insinuaba.

–No quería decir *así* –le explicó ella–. Quería decir que te quiero... como quiero a Pip.

Él movió la cabeza.

–Sé lo que querías decir... No nos quieras a ninguno de los dos, si puedes evitarlo.

–Pero ¿qué tiene de malo quereros a Pip y a ti?

Samson se encogió de hombros, como si le cansara aquella conversación.

–Digamos simplemente que sería mejor artísticamente si te limitaras a adorarme y obedecer todas mis órdenes.

Stevie se calló. A veces le parecía que en la Wherehouse cada uno hablaba su dialecto privado, como niños con palabras y rituales inventados. Deseando como deseaba descubrir el código, a menudo le parecía que Samson –e incluso Pip– hablaban para ellos mismos más que dirigiéndose a ella.

–Dios mío, estoy deprimido –se lamentó Samson–. ¿Por qué demonios has tenido que hablar de amor y muerte..., cosas tan miserables y deprimentes? Lo único que yo quería hacer era disfrazarme y divertirme un poco y ahora lo has arruinado todo. Creía que eras mi amiga.

Stevie escuchó en silencio los desvaríos de Samson, sorprendida del radical cambio de humor. Hacía un momento estaban probándose ropa y riendo y, ahora, él estaba malhumorado y triste... ¡y le echaba la culpa a ella!

–Venga, no te quedes ahí parada como un pasmarote –dijo al fin–. ¡Vete a casa o haz algo útil!

Eran palabras hirientes, pero se las tragó. Muy bien, pensó, Samson era un artista; eso lo hacía diferente y, a veces, difícil de comprender. Ella, precisamente, debía saber tolerar la diferencia.

–¿Qué puedo hacer?

–Organiza una fiesta –dijo él–. Quiero una fiesta de inmediato. Llama a Pip, dile que busque a unos cuantos... Ella ya sabrá qué hacer.

En menos de una hora la Wherehouse estaba transformada. Stevie se quedó perpleja ante la cantidad de gente, incluso famosos, que eran capaces de dejarlo todo para responder a una llamada de Samson.

Aunque la gente bailaba y bebía, con apariencia de pasarlo bien, era una fiesta diferente de la primera fiesta Wherehouse a la que había asistido, mucho menos alegre, más oscura e intensa. El humor de los invitados parecía reflejar los sentimientos del propio Samson.

En un corto plazo de tiempo, el aire se puso denso y amarillento de humo. La primera hornada de «Dreamland Express» desapareció rápidamente del cuenco del ponche, como si los invitados estuvieran impacientes por abandonar sus inhibiciones y volar a otro planeta.

–¿Está de mal humor el niño? –preguntó Pip al llegar.

–No lo sé –respondió Stevie con sinceridad–. De golpe y porrazo se ha puesto tan... enfadado, y no entiendo qué puedo haber dicho...

–No es culpa tuya –la cortó Pip–. Es uno de sus cambios de humor a lo Jekyll-and-Hyde.

La explicación no satisfizo por completo a Stevie. No le gustaba pensar que, sin ninguna razón, Samson podía ser amigo suyo un momento, para actuar al siguiente como un cruel extraño. Contuvo la respiración cuando lo vio vagando inquieto por el ático, y se sintió aliviada cuando se acercó a ella y le dispensó una de sus dulces sonrisas.

–¿Quieres bailar, linda Stevie?

Ella afirmó con la cabeza y se acercó a él, pero los ojos de Samson se habían desviado ya para mirar hacia los rincones de su reino privado.

–Sí –murmuró–, creo que Paul lo hará muy bien –y, con un lánguido gesto del brazo, llamó a Paul Maxwell–. Tengo grandes esperanzas puestas en Paul –dijo–; creo que tiene un gran potencial... como tú, linda Stevie.

A Paul no pareció extrañarle que Samson le dijera que bailara con Stevie, y ella se dejó llevar mientras Samson se retiraba a hacer de observador. Paul bailaba bien; el cuerpo del estibador se movía con gracia y Stevie trataba de adecuar sus movimientos a los de él.

–Te he estado observando –dijo Paul acariciándole el brazo desnudo.

Stevie reprimió un escalofrío.

–Samson cree que tú y yo formaríamos una pareja interesante –siguió Paul–. Yo también lo creo.

Stevie iba a decir algo insultante, pero se contuvo. ¿Por qué insultar a Paul Maxwell? ¿Tenía importancia lo que pensara? Ella era capaz de fijar sus propios límites a lo que haría para complacer a Samson. Cerró los ojos y evitó la cara de Paul, sacudiéndose y balanceándose al ritmo sincopado de la última canción de los *Wonders*, chasqueando los dedos mientras Kanda Lyons se lamentaba: «Dime que me quieres, por qué me hieres, uh-uh, uh-uh...»

Cuando abrió los ojos, vio que Pip se había unido a ellos para formar un trío y sacudía lánguidamente sus cabellos cobrizos con los ojos negros centelleantes de entusiasmo. Cuando la música inició un ritmo de baile lento, se llevó a Stevie lanzando un «hasta luego» en dirección de Paul.

–Ven conmigo, Stevie... Samson está compartiendo, y te ha convocado.

Stevie la siguió en silencio sintiéndose como una novicia llevada a un ritmo misterioso de iniciación pagana. No entendia lo que había dicho Pip, pero, si significa que iba a compartir una nueva experiencia con Samson, no podía negarse.

Los cuarteles privados de Samson estaban silenciosos, aislados del ruido de la fiesta y la música. Él, en camisón, estaba tumbado sobre un montón de cojines. Señaló con un golpecito los asientos a ambos lados de él para indicarles que se sentaran. Sin una sola palabra, abrió una gran caja de latón decorada con escenas de la Feria Mundial y se la ofreció. Pip cogió un Eskatrol y lo ayudó a bajar con una copa de champán que cogió de una enfriadera de plata.

–¿Qué deseas, linda Stevie? –preguntó.

Stevie contemplaba el abanico de drogas. Había aceptado las copas, e incluso había probado un par de estimulantes de Pip cuando estaba cansada, pero esto parecía mucho más serio: tabletas, polvos y jeringas. Stevie contemplaba el surtido insegura.

–¿Es la primera vez? –el tono de Samson se había animado–. Entonces será muy especial. –Mirándola a los ojos, le preguntó con calma–: ¿Confías en mí?

Stevie afirmó con la cabeza.

Samson dejó la caja a un lado y, deslizando el brazo por detrás de la cama, sacó un pequeño pote de metal que tenía una máscara de plástico y un tubo adosados. Lentamente, con gentileza, sacó la máscara para cubrirle la cara a Stevie.

–Respira... con tranquilidad. Perfecto, linda Stevie, sigue respirando y espera la magia.

A mucha distancia, Stevie oyó una risita y luego una carcajada. Era su propia voz, lo que la hizo reír aún más. No había nada que temer, nada en absoluto. Se sentía como flotando, como si pesara menos que el aire. Cerró los ojos y se sintió elevar cada vez más.

–Suficiente –dijo Samson demasiado pronto, con una voz distante y apagada. Pero Stevie no protestó. Se sentía muy bien, y él era el mago que lo había propiciado. Ahora él tenía una aguja brillante, fina y puntiaguda en la mano y le sonreía.

–No noto nada –dijo Stevie medio minuto después. Pero, casi al instante, una luz dorada le explotó en la cabeza y en su cuerpo hizo erupción un volcán que le calentó la sangre hasta el punto de ebullición y le estremeció las entrañas.

–Qué envidia me da la linda Stevie –dijo Samson, con una voz amortiguada y lejana–. La primera vez es tan especial, tan única..., no hay nada exactamente igual, nunca más. Pip, muéstrale a Stevie la cantidad de placer que contiene su cuerpo..., muéstrale a tu amiga lo fácil que es volar.

Notó que le quitaban la ropa: la sensación de ser desnudada

era increíblemente maravillosa... como si fuera una flor madurando, emergiendo del capullo. Luego sintió unas manos, unas manos frías que se deslizaban por su piel, frías como el agua que caía sobre los pétalos. Dios mío, ¿era una flor? Stevie abrió los ojos para mirarse a sí misma, y vio a Pip –también desnuda– inclinándose, con los pelos colgando y rozándole ligeramente el estómago. Samson, como un dios, estaba sentado un poco más lejos, murmurando palabras de ánimo y aprobación. Entonces notó que la lengua de Pip le lamía los muslos y luego se movía entre sus piernas y bebía la miel del corazón de la flor. «Oh, sí –susurró Stevie–, sí...» como si concediera permiso para todo, para siempre, para todos. La piel se le derretía bajo las manos de Pip, que la trabajaba y amasaba en mil nuevas sensaciones exquisitas. Nadie había sentido algo así jamás, nadie había estado nunca como ella estaba ahora, llena de calor, luz y brillantísimos colores.

–Oh, Dios..., oh, Dios –gritó su voz en la distancia cuando el corazón le empezó a latir en la cresta de un orgasmo que seguía y seguía...

Con los ojos resplandecientes y abiertos, le pareció que podría ver el corazón del universo. Pero, al mirar hacia la oscuridad de encima, vio que Samson flotaba sobre ella y Pip, como el vampiro Príncipe de la Oscuridad suspendido en medio del aire.

4

Stevie avanzaba con dificultades entre los montones de nieve sucia provocando blancas nubecillas con su aliento en el aire de invierno. Pip se había ofrecido a ir a recogerla en la limusina, pero, aunque llevaba una maleta muy grande, aquella noche le apetecía el paseo, una oportunidad de observar las luces de colores y las decoraciones de fiesta que adornaban las calles del centro con su mensaje de compañerismo y amor. Qué lejos había llegado, pensaba Stevie, desde aquella noche de un año atrás en que no era más que una fugitiva sin amigos.

Cuando se acercaba al edificio de la Wherehouse, Stevie sonrió al ver la especial decoración de Samson: una corona de flores enorme sobre la entrada de la calle con un gran dedo de plástico justo en medio y un cartel luminoso debajo que proclamaba: «¡Paz en la Tierra, es decir, en ti!»

La puerta roja de metal del primer piso de la Wherehouse estaba abierta de par en par y el sonido de los villancicos navideños flotaba suavemente en el vestíbulo. La escena que captaron los ojos de Stevie era como la perfecta Navidad que sueña cualquier niño. Todo el desván estaba adornado con guirnaldas de hojas verdes. En el centro había un majestuoso abeto de unos siete metros, engalanado con cintas rojas y miles de lucecitas blancas que parecían velas de verdad. Alrededor del árbol había una alegre profusión de regalos envueltos con cuidado. A un lado, el tren eléctrico de Samson se alejaba en sus vías de miniatura y, en el otro, se había dispuesto una cena para la fiesta: un banquete de pato, jamón y aves de caza, ensaladas y panes, pasteles y tartas, todo perfectamente colocado sobre un mantel rojo brillante. Las ventanas que daban a la calle Mercer estaban abiertas. Ajenos al frío, los asiduos de la Wherehouse cantaban villancicos con el acompañamiento de un piano y un violín, con unas voces tan claras y encantadoras que los ojos de Stevie se llenaron de lágrimas.

—¡Stevie! —gritó Pip en señal de saludo, corriendo a abrazarla.

—¿Dónde está Samson? —preguntó Stevie.

—Se está vistiendo para hacer su entrada, ¿dónde quieres que esté? —dijo Pip riendo.

Stevie dejó sus regalos cerca del árbol y se unió a los cantores junto a la ventana. Mientras entonaba el estribillo de «Feliz Navidad os deseamos», echó una mirada al selecto grupo de invitados y sintió el calor de su camaradería. Qué suerte había tenido de ser uno de los elegidos de Samson. Qué distinto era esto de las horribles fiestas de la base presididas por Irene y el almirante.

Justo cuando los cantores empezaban «Santa Claus llega a la ciudad», apareció Samson vestido como el propio Kris Kingle, transportado por dos hombres disfrazados de renos en un antiguo trineo.

—¡Feliz Navidad! —dijo—. Feliz Navidad, niños. Como todos habéis sido muy, muy buenos, sentaos a mi alrededor y veremos qué os ha traído Santa Claus.

Stevie sintió un estremecimiento que nunca había sentido de pequeña. Para ella, la Navidad en casa del almirante había significado uno o dos paquetes, envueltos en papel de grandes almacenes, que se hacían pasar como regalos: una blusa nueva, unos cuantos pares de calcetines. Pero esto... oh, ¡esto era una Navidad! Stevie se sirvió un vaso de ponche caliente y se sentó en el suelo cerca del árbol, mientras Samson empezaba a sacar paquetes del saco de los regalos.

—Bueno, sin más historias, aquí hay uno para nuestra Pip —dijo—. Un pajarito le dijo a Santa Claus lo que necesitabas.

Pip abrió nerviosa el paquete y dio un grito de alegría al descubrir que era una cajita de oro Cloisonne exactamente igual que la que usaba Samson, tantas veces elogiada por ella.

Siguió diciendo nombres, la mayoría apodos especiales que ponía a todos los asiduos de la Wherehouse.

–Un regalo especial para mi viejo amigo Paul Maxwell... Y aquí hay uno para Baby Helen. Santa Claus espera que te dé buena suerte con tu nuevo disco... Y esto es para Robin Hood...

Stevie esperaba en tensión y, cuando Samson dijo su nombre, se levantó de un salto.

–Para la linda Stevie –dijo suavemente mientras le ofrecía una caja blanca rectangular atada con una cinta roja de satén–. Santa Claus sabe que has tenido que esperar mucho tiempo para esto, y le da lástima...

Lentamente, deseando que cada segundo fuera eterno, Stevie abrió la caja. Y allí, tendida en un lecho de seda rosada, estaba la muñeca más bonita que Stevie había visto en su vida, con la cara de delicada porcelana, unas facciones exquisitas y una melena rubia y suave. El vestido era de color rosado, guarnecido con pequeñas florecitas bordadas a mano y lazos rosados a juego; los zapatitos eran de chivo blanco e iban atados con botones de madreperla.

¿Había tenido alguna vez un juguete tan bonito? Todo lo que podía recordar era una muñequita de goma que le había sido «confiscada» por el almirante una vez que había olvidado decir «gracias» o «por favor».

Miró a Samson con ojos de asombro.

–¿Cómo lo sabías? –dijo con un susurro de sorpresa.

–Ya te lo dije –sonrió él–. Conozco todos tus secretos.

–Gracias –dijo simplemente, pero parecía expresar la reverencia de una plegaria.

Cuando los tesoros del saco de Santa Claus quedaron distribuidos, Stevie cogió del árbol los regalos que había llevado ella, deseando en su interior que fuesen más. Tímidamente le dio a Samson lo que le había comprado en una pequeña tienda de antigüedades de la calle Bleecker. Contuvo la respiración mientras él lo desenvolvía y suspiró aliviada cuando vio su sonrisa. Era un Rolls-Royce en miniatura, un modelo clásico, como el de su cuadro más importante.

–¡Es perfecto! –exclamó–. ¡Absolutamente perfecto!

Volviéndose hacia Pip, Stevie le ofreció un pañuelo de seda antiguo que había encontrado en el Ático de la Abuela, del mismo tono que el pelo de Pip y con la letra P bordada artísticamente.

Como siempre, Pip fue generosa con Stevie, tanto en sus muestras de agradecimiento como en su propio regalo: un par de pendientes de ónice con incrustaciones de oro.

–Oh, Pip –dijo Stevie–. Nunca te lo podré agradecer bastante. No sólo los pendientes...: todo. Es la mejor Navidad que he vivido nunca, y tú...

–¡Calla! –le ordenó Pip poniéndose las manos en los oídos–. Detesto este sentimentalismo barato.

Stevie simuló que cerraba una cremallera en sus labios.

Samson se atusó los blancos bigotes, descorchó la primera botella de champán y anunció que la cena estaba servida.

Era ya de madrugada cuando se terminó el último pedazo de pastel de Navidad y se consumió la copa del último brindis de la fiesta. Stevie estaba mirando *A Christmas Carol* en una de las muchas pantallas que había dispuesto Samson. En otras se pasaban sin parar películas clásicas como *Milagro en la calle 34* y *La vida es maravillosa.* Stevie pensó en ponerse a mirar una o dos de las otras. No quería que aquella noche terminase nunca.

De pronto, en la oscuridad, alguien le tocó el hombro. Se volvió y vio a Samson, todavía con su traje de Santa Claus.

–Tenemos algo que hacer, tú y yo –le susurró indicándole que lo siguiera en silencio.

Ella creía que la llevaba a sus cuarteles privados. Aunque no siempre ocurría, ya había hecho varios viajes al piso de arriba, horas de narcóticos durante las cuales Pip u otra mujer guapa designada por Samson –la conocida hija de una de las familias más ricas de Nueva York, la esposa de una estrella de la televisión– le hacían el amor mientras Samson las contemplaba. Stevie ya no ponía objeciones. Se resistía un poco a verse doblegada de este modo –no era el tipo de sexo que prefería, aunque las sensaciones eran agradables– pero era un precio muy bajo a cambio de la felicidad que le proporcionaba Samson. Al fin y al cabo, era un mago, capaz de proporcionarle una fiesta de Navidad perfecta; tenía derecho a pedir una retribución por el placer.

Sin embargo, cuando estuvieron en el ascensor, él pulsó el botón de bajada, no de subida. Stevie no dijo nada. Había empezado a conocer bien a Samson y sabía que algunas veces le gustaba dar sorpresas y que prefería que no se le preguntase nada.

Su nueva limusina Mercedes esperaba fuera: engalanada para la ocasión con ristras de resplandecientes luces navideñas. El chófer se levantó y le dio un abrigo de piel negro a Stevie. Le quedaba perfecto. Asombrada, miró a Samson.

–¿Es...?

Él le puso un dedo en los labios para que se callara y subieron al coche.

Recorrieron las calles silenciosas hacia la parte alta de la ciudad. Había empezado a caer una nieve luminosa, como si la Naturaleza cooperase con Samson para añadir perfección a su fiesta de Navidad.

La limusina se detuvo al fin delante de un edificio que Stevie no conocía. El chófer abrió el portaequipajes y Samson salió del coche tras pedirle a Stevie que lo acompañara. Se dirigieron a la parte de atrás del coche, donde Samson se volvió a atusar los bigotes antes de sacar un gran saco blanco del portaequipajes. Había un segundo saco, que Stevie cogió siguiendo las indicaciones de Samson.

–Vamos –dijo él.

–¿Qué estamos haciendo? –preguntó Stevie. Si tenía que cargar con aquel pesado fardo, ya no tenía ningún motivo para reprimir su curiosidad.

–Negocios –dijo Samson–. Negocios de Santa Claus. Tú eres mi pequeño ayudante.

Cuando entraron en el gran edificio, Stevie se dio cuenta de que era un hospital; cuál de ellos, no lo sabía. Bellevue, u otro de los grandes. Las luces del vestíbulo estaban medio apagadas; había un solo guardia de seguridad sentado a la mesa del centro con una copa de café al lado, leyendo un periódico. Sólo entonces –al ver el gran reloj en la pared– Stevie se dio cuenta de que eran las cuatro de la mañana.

–Feliz Navidad, Pete –dijo Samson.

–Feliz Navidad a usted, señor Love. Llega esta época del año –dijo con una risita–, y aquí está usted, como un reloj. Suba directamente. La enfermera de la planta lo debe de estar esperando.

Subieron al quinto piso y salieron del ascensor. En el letrero de la sala de enfermeras se leía «Pediatría». Sin alharaca ni fanfarria, Samson deseó feliz Navidad a la enfermera y le dio su saco de regalos. Stevie, automáticamente, hizo lo mismo.

–El papel rojo es para las niñas, el verde para los niños... y los paquetes blancos son *unisex* –explicó.

La enfermera estaba empezando a expresar su agradecimiento cuando Samson cogió a Stevie de la mano y salió a la carrera hacia el ascensor.

–Es tan bonito hacer esto –dijo Stevie–. Pero, ¿por qué no entregas los regalos tú mismo cuando los niños están despiertos?

–La fantasía de Santa Claus es mucho más interesante que Samson Love disfrazado.

Stevie meditó estas palabras y, cuando estaban ya en el coche, le dijo:

–Te has ido del hospital tan deprisa, Samson... Es casi como si... te avergonzara que te vieran hacer una buena acción.

–No es una buena acción, Stevie. Es sólo mi forma de chantaje. Si soy santo, quizá continúe mi suerte...

–¿Por qué no puedes decir que es una cosa muy bonita? –insistió ella–. ¿Por qué no te apuntas el tanto?

Samson se sacudió de risa.

–Oh, linda Stevie, qué encantadora eres. Me han acusado de muchas cosas, pero jamás de modestia. Hago de Santa Claus porque es divertido. Y acuérdate: divertirse es...

–Lo más importante del mundo –acabó ella–. Pero insisto en decir que eres un impostor.

–Claro que soy un impostor –corroboró él–. Y sólo yo sé cuánto... ¿O te gustaría verlo tú misma, linda Stevie...? –Sin esperar una respuesta, golpeó suavemente la separación de vidrio y dio algunas instrucciones al conductor. Después se arrellanó en el asiento, casi sin rastros ya de su humor festivo.

El coche atravesó el túnel de Lincoln y luego recorrió durante casi una hora la carretera 17. Por fin salió de ésta, pasó por una calle principal cerrada y abandonada y acabó por detenerse junto a una casa desvencijada de color gris. Todas las luces estaban apagadas, excepto una cuerda de bombillas multicolores intermitentes que rodeaba la puerta principal.

–Aquí –dijo él–, ¿te parece suficientemente real? Es la casa de mi infancia, si se puede llamar así. Es el lugar al que iba a dormir por las noches y donde me levantaba por las mañanas deseando estar muerto. El aspecto es bastante inocente, ¿verdad, linda Stevie? Pues si tuviera que pintar un cuadro del infierno, sería exactamente así. Te podría contar historias –dijo–. Sí, te podría contar historias...

Stevie le acarició la mano, helada a pesar de la elevada temperatura del coche. Era como si estuviera frente a su propia casa de la infancia que, también con un aspecto bastante inocente, había sido para ella una cárcel y, a menudo, una especie de infierno.

–No tienes que contarme ninguna historia –dijo ella con suavidad–. Lo entiendo, Samson, realmente lo entiendo.

–Sabía que lo harías. Por eso te he traído. Somos espíritus gemelos, linda Stevie... Por eso te he dejado ver lo que no ha visto nadie más. Es probable que mañana lo lamente y quizá llegue a enfadarme contigo y todo, pero, a veces, no tener pasado produce una sensación de soledad, y, a veces...

Stevie intentó ponerle el brazo sobre los hombros, pero él lo evitó. Sin embargo, de todo lo que Samson le había dado, en cierto modo fue este regalo de su confianza lo que más la conmovió. Quería decir algo para aliviar el dolor que él trataba de ocultar con tanto esfuerzo.

–No necesitas un pasado para nada, Samson. Tienes un presente tan glorioso, un presente... y un futuro. Y lo que hay aquí fuera, el dolor que te causó, ha dejado de ser realidad..., es historia antigua. Ahora eres alguien diferente, alguien con talento, con éxito e importante. Ya nadie te puede herir.

Él le acarició la cara en la oscuridad.

–Ah, dulce Stevie –dijo–, ésa es la mayor mentira de todas. Nunca lo creas... o te herirán una y otra vez.

Le dijo al chófer que los llevara a casa, y, luego, se acurrucó en una esquina y se puso a dormitar.

Pero Stevie no podía dormir. Estaba pensando en lo que acababa de decirle a Samson y se preguntaba si también podía ser así para ella. ¿Era el dolor del pasado historia antigua? ¿Era ahora alguien diferente?

Cuando volvieron al centro, el cielo estaba teñido de una luz rosada de alba. La noche había terminado. Su perfecta Navidad parecía haber ocurrido hacía mucho tiempo.

5

–¿Cómo te has atrevido? –le gritó Samson agitando ante la cara de Stevie el último número del *Village Voice*–. ¿Cómo has osado decir algo sobre mí sin mi *permiso*? Te hice especial, linda Stevie, y puedo hacerte desaparecer si veo que rompes mis normas cuando te da la gana.

Era un domingo por la tarde, y Samson le había dicho que fuera a la Wherehouse para una comida íntima: sólo ellos dos y Pip. Pero aún no había atravesado el umbral cuando él cogió el periódico y empezó a atacarla.

Su enfado asustó mucho a Stevie, como la había asustado la rabia del almirante. Quizás un poco más, porque le era más fácil predecir a su padre y prepararse para sus enojos. Los ataques de rabia de Samson parecían salir casi de la nada. En un instante eran los mejores amigos y, al siguiente, se convertía en un extraño furiosamente amenazante.

Y, en otro aspecto, era peor. Había podido dejar al almirante, huir de él. Pero estaba inextricablemente ligada a Samson. Le había dado tantas cosas, que ahora temía perderlas.

Los dos meses anteriores, él había rehecho su vida, y ahora ella era en verdad creación de Samson, como uno de sus cuadros o esculturas. Había empezado con la orden, en la fiesta de fin de año, de que debía dejar el trabajo. Dijo que no podía consentir que una asidua de la Wherehouse pudiera ser una «ordinaria vendedora».

–¿Pero qué voy a hacer? –había preguntado Stevie.

En aquel momento, con una señal, uno de los asistentes a la fiesta tocó un solo de trompeta y Pip entró con dos hombres de Valentine, enfundados en perfectos trajes italianos, que acarreaban un gran baúl. Lo abrieron y aparecieron dos docenas de las creaciones más caras de su madre... robadas, dijo Pip con satisfacción, de la sala de muestras de Valentine cuando la diseñadora se encontraba de vacaciones en Jamaica.

Al instante había empezado una atropellada sesión fotográfica de pase de modelos, bajo la dirección de Samson. A lo largo de tres horas, vistió a Stevie con ropas de Valentine, la maquilló con una sucesión de relucientes sombras de ojos y lápices de labios y la hizo posar con otros invitados en su coche de bomberos, entre sus esculturas y, finalmente, desnuda en su cama... con algunos de sus animales de felpa en posturas vagamente sugerentes. Stevie lo soportó todo sin hacer preguntas, sólo medio consciente, pero con ojos relucientes de agradecimiento por las anfetaminas que Samson sacaba para ella de la caja de la Feria Mundial. Al mismo tiempo, mantenía las cámaras de cine en movimiento.

En los días siguientes, Samson había logrado convencer a sus muchos contactos en las revistas de modas de que miraran las fotografías, seguro de que les entusiasmaría utilizar a Stevie como modelo...; y así fue. En dos semanas, Samson también había dispuesto que su película artística, «Sesión de Stevie», empezara a pasarse en un pequeño teatro del centro. Literalmente de la noche a la mañana, se había convertido en una celebridad, como quería Samson. La película estaba todavía en cartel, con colas que daban la vuelta al edificio; y su primera portada de revista estaba expuesta en todos los quioscos.

Pero, así como había podido construirla de la noche a la mañana, Stevie no tenía duda de que su amenaza era cierta: la podía hacer añicos a voluntad, convertirla de princesa de cuento en una rana. El almirante nunca había sido capaz de destruirla o de arrebatarle un sueño. Pero Samson sí que podía.

–Escúchame, por favor –lloraba ahora Stevie–. No sabía que este chico era periodista. Estaba mirando ropa en una tienda del Soho y él estaba allí con su novia y me reconoció. Hablamos sólo diez minutos, y yo no sabía que lo que decía iba a publicarse. Lo siento si...

–Que lo sientas no me sirve de nada, linda Stevie –declaró fríamente Samson–. Nunca perdono y jamás olvido.

–Oh, venga, Samson –intervino Pip arrebatándole el ofensivo periódico de la mano para echar una ojeada al breve artículo que describía a Stevie como la nueva superestrella secreta de Samson–. ¡Demonios, si no hay nada por que enfadarse! Todo lo que dijo Stevie fue lo que tú dices siempre: que eres responsable de su carrera de modelo y que tú tomas todas sus decisiones artísticas y creativas. –Pip levantó el papel y leyó en voz alta el último párrafo del artículo–: «La linda Stevie Knight, como la llama Samson, es creación de él como lo es la del señor Love. Ambos parecen no tener pasado, al menos no tienen un pasado que este periodista pueda atestiguar con cierto nivel de exactitud. Es suficiente para que la gente se pregunte si Samson Love, además de ser un fraude como hombre, no lo es también como artista. Puede ser que haya ido más allá del arte pop para inventar todo un nuevo género: el arte falso. –Pip dejó a un lado el periódico–. Es esto lo que te ha dolido, ¿no es cierto? Estas posibilidades que apunta el periodista.

Samson se dirigió ceñudo hacia Pip, pero ella mantuvo su postura desafiante. Stevie esperó la explosión que iba a producirse. Nadie que osara desafiar a Samson se salía con la suya.

Pero, de pronto, Samson estalló en carcajadas.

–Querida Pip –dijo–, siempre dices las cosas como son. No cambies nunca, ni siquiera conmigo. –Luego giró hacia Stevie–. Y tú, linda señorita. Evidentemente, te voy a dar otra oportunidad. Pero la próxima vez que tengas ganas de actuar de Miss Celebridad, llámame antes.

La crisis había terminado. Como si nunca hubiera ocurrido, Samson se puso un delantal y preparó la comida en persona, *blinis* con *crème fraîche*, caviar y salmón ahumado, coronado con una colorida pastilla como la guinda de un helado y todo ello regado con champán Dom Perignon.

Más tarde, cuando Samson insistió en lavar los platos solo, Stevie habló con Pip para agradecerle haber salido en su rescate.

–Estaba temblando como una hoja –dijo–. Pensé que podría perderlo todo.

–No te preocupes, Stevie. No puedes. Ahora tienes algo propio.

Stevie sonrió, como ante un cumplido cortés. No podía

creer que Samson la pudiera romper con la misma facilidad con que lo había visto despedazar una de sus esculturas de yeso cuando no le satisfacía. Entonces Stevie hizo una pregunta que le había ido creciendo en la mente al mismo tiempo que aumentaba la influencia de Samson sobre ella.

–Pip... ¿cómo es que no tienes miedo a Samson? Quiero decir, cuando se enloquece de este modo, todo el mundo se echa atrás. Pero tú no.

Pip pensó unos instantes.

–Supongo que no he tenido nunca una razón para tener miedo a nadie... porque sé que mis demonios están todos aquí. –Pip se dio un golpecito en la cabeza con el dedo–. Y son mucho peores, Stevie. Siempre he deseado que fueran tan fáciles de observar como lo es Samson.

La respuesta confundió a Stevie, ya que no había visto nada que indicase que Pip tenía profundos temores o inseguridades y le parecía que nadie estaba más cerca de Pip que ella. En cualquier caso, tener que luchar contra temores privados no le parecía tan terrible. Probablemente, los temores de Pip estaban relacionados con el hecho de haber sido demasiado dejada de lado por su madre y de que su padre muriese cuando ella era muy pequeña. Los de Stevie habían sido provocados por el almirante y había acabado por dominarlos. Pero deseaba tener alguna fórmula, como dijo Pip que tenía, para no tener miedo a Samson.

A pesar de la defensa de Pip, Samson no perdonó a Stevie del todo por su paso en falso. En las semanas siguientes, se esforzó en ejercer control sobre ella en cualquier oportunidad. Le dispensó un reportaje de cinco páginas en su propia revista *At*, pero se negó a permitir que asistiera a una charla local. Le permitió aceptar un trabajo para la portada de *Harper's Bazaar* porque quería pedirle un favor al editor, pero le negó el permiso para otros tres trabajos muy lucrativos argumentando que no le ofrecían el tipo de publicidad adecuado. Stevie no era capaz de discernir si la estaba castigando o si dirigía con sensatez su carrera.

Un día le pidió aparecer en una película –representándose a ella misma– que se iba a rodar en Nueva York. Era un papel pequeño, y la retribución, modesta, pero el director era Calvin

Knowles, el joven de veinticinco años cuya primera película el año anterior había propiciado una nominación al Oscar de Luke James. Fue el propio Knowles quien telefoneó a Stevie.

—Me gustan tu cara y tu imagen —le dijo—. Creo que tu aspecto revolucionario daría autenticidad a las escenas urbanas de mi película.

Ante las dudas de Stevie, Knowles añadió persuasivo:

—Podría ser tu oportunidad para entrar en el cine. Una vez que empieces, Stevie, creo que puedes llegar a ser una estrella.

—¿Puedo pensarlo y llamarte en unos días? —respondió Stevie—. Es sólo que... no estoy segura de estar libre —dijo buscando evasivas para no tener que decirle que la decisión correspondía a Samson.

—Muy bien, tómate una semana, diez días. Mi secretaria te llamará. Y, por si te ayuda a decidirte, sólo deberás asistir a cuatro o cinco días de rodaje.

—Es una idea interesante —dijo Samson cuando Stevie le comentó la oferta—. La linda Stevie haciendo de ella misma. Pero, ¿Calvin Knowles? Es un escritorzuelo comercial, Stevie, sin ninguna... visión. ¿Quieres ponerte realmente en manos de alguien así?

Stevie no sabía nada sobre los directores de cine y sus métodos..., pero era obvio que Samson se consideraba a sí mismo un genio.

—Sólo pensé que el trabajo podía ser divertido —respondió ella cautelosa, segura de que era mejor no revelarle cómo codiciaba en realidad la oportunidad que le daba Knowles.

—Bueno, vale —dijo Samson con una sonrisa—, si ves la posibilidad de divertirte, intentaré dejar de lado mi desagrado personal por el señor Knowles y estudiaré si puede hacerte algún daño el hecho de trabajar en su película.

Sin embargo, una semana más tarde, Samson desatendió la súplica de Stevie de tener una respuesta. Dos semanas después, de la oficina de Knowles le dijeron que no podían esperar más y Stevie le rogó una decisión.

—Creo que no —dijo Samson—. No quiero que el señor Knowles malogre los resultados de mi creatividad y te llene la cabeza de directrices erróneas sobre cómo actuar.

–Pero Samson –se quejó Stevie–, es un papel pequeño, unos cuantos días de trabajo. Dijiste que no podía ser malo...

–He decidido no correr el riesgo –dijo–. A lo mejor, si hubieras sido buena, linda Stevie, te habría dicho que sí, pero te debía un castigo y he decidido cobrármelo ahora.

Stevie no podía sentir rabia, ninguna emoción más que el rechazo. Samson la había creado, y, si decía que le debía un castigo, quizá fuera cierto.

Pero, entonces, Samson hizo otro de sus cambios de humor inexplicables que levantó el ánimo de Stevie.

–En cualquier caso –dijo animadamente–, no tendrás tiempo para otro proyecto. Porque acabo de firmar el contrato de mi nueva película: la primera de larga duración. Y, por supuesto, mi linda Stevie, tú serás la estrella.

Ella lo miró agradecida.

–Claro que te lo has merecido –dijo Samson–. Al fin y al cabo, la película fue prácticamente idea tuya...

Mientras se sumergía totalmente en los complicados planes de preparación de su primera epopeya, *Sueños de Drácula*, Samson prestó poca atención a las ofertas de trabajo para Stevie. Por primera vez, ella era capaz de tomar sus propias decisiones y su carrera despegó como una miríada de cohetes festivos. Había estado en las portadas de revistas americanas, pero ahora le llegaban llamadas de todo el mundo y la linda Stevie Knight irrumpió con brillantez en el mundo de la moda internacional. Antes era la protegida personal de Samson Love; ahora era la favorita de un mundo que, además de belleza, quería variedad. Mientras que antes su paga era la aprobación y los favores de Samson, ahora su esbelto cuerpo, la cara con forma de corazón y los encantadores ojos cómplices hacían subir los honorarios a mil dólares la hora. Mientras que antes su mundo era la isla de Manhattan, ahora aparecía repentinamente en lugares exóticos de todo el globo: en París y Roma, Hong Kong y El Cairo, las islas del Caribe y los atolones del sur del Pacífico.

Pero, cuanto más brillaba su estrella, cuanto más ganaba, menos real le parecía a ella todo; no sólo la fama, sino sobre todo sus ingresos: cientos de miles de dólares que pasaban por sus manos como si fueran dinero ganado en el juego.

Aunque Stevie tenía muy poco interés en montar su propia casa y prácticamente no pasaba ni un momento sola, se compró un espacioso apartamento en el sur de Central Park con vistas panorámicas de la ciudad y lo hizo pintar de blanco. Presa de un frenesí consumidor monumental, se gastó cincuenta mil dólares en muebles, todos blancos, resaltados con vidrio, cromo y acero inoxidable, como una tela por pintar... en espera del sello de una personalidad. Sin Samson, pensaba a veces, no sabía qué hacer consigo misma o con su entorno. No importaba cuántas cosas comprara: el apartamento seguía siendo un lugar sin calor ni historia, y su opulencia –al borde del exceso– era la única clave de la personalidad de su propietario.

Un día Stevie volvió a casa después de una sesión en el World Trade Center. Aquel día había vivido la experiencia agotadora de ser fotografiada desde un helicóptero, con el pelo azotado por el viento, el cuerpo envuelto en un *negligée* de gasa. Mentalmente, podía ver ya cómo serían las fotografías: etéreas, irreales, una mujer en camisón colgada en el edificio más alto del país. El mundo parecía funcionar según la norma de Samson: pinta un cuadro suficientemente bello y al infierno la realidad.

Cuando Stevie salió de su limusina, se le acercó un conserje y le recogió con deferencia la maleta de cocodrilo que contenía las herramientas de su profesión.

–Señora Knight –le dijo–, hay alguien que quiere verla. Ha llegado esta mañana, justo cuando usted acababa de salir... y desde entonces ha estado sentada en el vestíbulo. No quiere decirme quién es ni por qué ha venido.

«¿Una admiradora?» se preguntó Stevie. ¿Otra de esas jovencitas que veneraban su éxito y se acercaban a ver de cerca el aspecto de las fantasías que ella representaba? Avanzó por el vestíbulo, más allá de la pared de espejos y el mostrador del portero.

En un hueco junto a la mesa del conserje, erguida en el sofá reproducción del estilo Luis XVI, estaba Irene. Stevie se detuvo, sin habla. Con total claridad, comprendió ahora por qué Samson había cerrado con llave su pasado. No había ningún lugar para la realidad en aquel tipo de vida de fantasía que llevaba.

–¡Stephanie! –dijo Irene dando un salto y con sus desteñidas facciones iluminadas–. Oh, Stephanie, hace tanto tiempo...

Mientras se sometía a los abrazos de su madre, Stevie sintió un caleidoscopio de emociones, una confusión de recuerdos. Tuvo que forzarse a levantar los brazos y devolver el abrazo. Pero, al notar lo delgada y frágil que estaba Irene, Stevie sintió que le volvían sus viejos instintos protectores –el hábito adquirido de hacer de madre de su propia madre– y apretó los brazos alrededor de sus hombros.

Por fin, Irene se separó sin soltar el brazo de Stevie.

–Cielos, te has vuelto tan guapa. Soy muy feliz de verte.

–Yo también soy muy feliz –repitió Stevie. Pero había verdad en ello, constató. Se cogió al brazo de su madre.

–¿Me has encontrado por las revistas...? –dijo Stevie mientras subían en el ascensor las veintidós plantas que había hasta su apartamento.

–Oh, siempre supe dónde estabas.

–¿Cómo?

–Tu padre tiene sus contactos..., la inteligencia naval, ya sabes –siguió Irene.

Así que la habían seguido... y, sin embargo, la habían dejado sola. El almirante la había borrado de su mente. Stevie observó a su madre. Aunque se hubiera retrasado tanto, no dejaba de ser un acto de coraje que hubiera terminado estableciendo contacto.

–He seguido tu carrera con atención –dijo Irene–. Empecé un libro de recortes. –Tímidamente añadió–: Pensé en llamarte para decirte lo orgullosa que me sentía. Pero... el almirante... –Irene arrugaba nerviosa el sempiterno pañuelo de encaje.

–Lo sé –dijo Stevie.

La cara de su madre se iluminó de gratitud por el regalo de la comprensión.

Stevie giró la llave en la cerradura, abrió la puerta de su apartamento y esperó una reacción. No la decepcionaría. Irene resoplaba mientras contemplaba la blanca sala de cuatro metros, el resplandor del cristal y el espejo, el brillo del mármol blanco, la magnífica sucesión de ventanas que enmarcaban el parque.

–Oh, Dios... Es tan bonito, Stephanie. Nunca había visto nada así.

Stevie llevó a su madre de habitación en habitación mostrándole el lujo con el que se había rodeado. La cama de acero inoxidable con dosel; la piel blanca de visón descuidadamente lanzada sobre sábanas del mejor algodón egipcio; el cuarto de baño con su bañera de burbujas verde ónice; el vestidor adyacente lleno de vestidos y zapatos; el bar lacado de blanco, con vinos y champanes de cosechas antiguas; el armarito chino de marfil coloreado que ocultaba un televisor que casi nunca estaba en marcha y un complejo equipo estéreo que raras veces escuchaba; la reluciente cocina blanca, utilizada casi exclusivamente para hacer café, y, encima, instantáneo.

Al oír las exclamaciones de Irene sobre una cosa y otra, Stevie se sintió a un tiempo triunfante y desilusionada. Sus posesiones hablaban por ella. Mira todo lo que he conseguido sin vuestra ayuda, mira cómo os equivocasteis al no quererme. Pero un momento de triunfo no podía compensar los años de sufrimiento.

–¿Dónde tienes las cosas? –preguntó Stevie.

–En el Hotel Sheraton.

–Enviaré un coche a buscarlas. Quiero que te quedes aquí –dijo Stevie con decisión, dispuesta a controlar la situación. Nueva York era su ciudad, no la del almirante e Irene; aquí, las cosas se harían a su modo–. ¿Tienes hambre? –le preguntó–. El portero dice que has esperado muchas horas.

–No quería perderte –admitió Irene tímidamente–. Pero, ahora que lo dices, me iría muy bien comer un bocado.

–Bien. Déjame hacer un par de llamadas. Te llevaré a comer, y luego..., bueno, ya pensaremos algo.

Stevie llamó a su servicio de coches. Pidió una de las limusinas más grandes para que fuera a recogerlas y otra para que fuera al hotel a recoger el equipaje de su madre. Después llamó a su restaurante favorito.

–Tengo un cliente muy especial –dijo después de anunciar su nombre–, así que les ruego que no me hagan esperar.

Aunque ella ya tenía los sentidos embotados tras meses de excesos, Stevie saboreó la respuesta de su madre a la cálida limusina. Como un padre ofreciendo una recompensa a su hijo, Stevie puso en marcha el televisor y luego entretuvo a Irene con comentarios sobre los lugares por donde iban pasando. Se dio cuenta de que los ojos de Irene se desplazaban a menudo hacia el bar, hacia el líquido ámbar del estante de cristal. Pero no pidió una copa, y Stevie no se la ofreció. ¿Era posible, se preguntaba Stevie, que el problema estuviera bajo control? ¿Explicaba esto que su madre hubiera sido capaz de ir a verla?

En el restaurante Costa Vasca, el *maître* la recibió con cordialidad.

–Tiene la mesa preparada como me pidió, señora Knight. Estoy encantado de verla de nuevo. ¿Cómo está el señor Love...?

Irene miraba a las celebridades que iba viendo camino de su mesa y no paraba de volverse hacia Stevie para decirle: «Mira, allí está Henry Kissinger... ¿Y no es éste...?». Stevie se sentía más encantada que incómoda, en especial por la ironía de que su madre parecía totalmente consciente de que su propia hija atraía tanta atención con su entrada como cualquier otro famoso de la sala.

Cuando Irene echó una mirada al menú de tapas granate, emitió un murmullo de ansiedad.

–Es todo tan caro, Stephanie...

Stevie le arrancó el menú de las manos.

–Ya pido yo –dijo–. Tú relájate y disfruta.

–Para empezar, *escargots* –le dijo al camarero–. Ensalada verde para dos... y luego ternera con setas. *Saignant*, por favor.

El *sommelier* se acercó a la mesa, y, cuando Stevie le iba a decir que podía retirarse, Irene dijo:

–¿No podemos tomar vino?

La súplica era tan lastimera que Stevie no se atrevió a objetar nada. Pidió media botella de Cristal.

Cuando el *maître* de vinos se fue, hubo un rato de silencio mientras Irene miraba aquí y allá para completar su recuento de celebridades. Pero la inspección duraba tanto que Stevie empezó a pensar que su madre estaba evitando la conversación..., en realidad, evitando un tema previsible. Por fin, Irene volvió a mirarla.

–Stephanie, querida –empezó–. Ya sabes, tu padre podría...

La rabia y el resentimiento de Stevie llevaban mucho tiempo acumulándose.

–No me hables de él –dijo, furiosa.

A Irene pareció tomarla por sorpresa el calor de la respuesta de Stevie.

–Muy bien, Stephanie, no te enfades. Por favor, no te enfades. Pero quizá más tarde...

–No. No vuelvas a mencionarlo. Nunca.

Irene se calló, tan rápida y obedientemente que Stevie sólo pudo pensar que su madre estaba acostumbrada a recibir órdenes.

Cuando llegó el champán, el tapón fue descorchado discretamente y el vino espumoso vertido en finas copas. Stevie levantó el vaso. Por un instante terrible pensó hacer un brindis, luego acabó rozando ligeramente su copa con la de Irene y dio un sorbo.

Jugaba con la comida en el plato de porcelana rodeado por una bella cenefa y miraba cómo Irene comía lenta y cuidadosamente, utilizando los cubiertos de plata con precisión entrenada, como un pequeño soldado –o marino–, y secándose elegantemente la boca con una punta de la servilleta. Al tiempo que intentaba relacionar a la mujer que tenía delante con los recuerdos que había almacenado en una esquina de su mente, Stevie se preguntó cómo podía ser que la vida de Irene pudiese seguir siendo la misma mientras la suya propia había cambiado de modo tan drástico. ¿Por qué había permitido que las fronteras de su mundo fueran dictadas por la voluntad de hierro del almirante? Era probable que, en algún lugar dentro de ella, hubiera cierta capacidad de alegría, sorpresa, quizás incluso de amor... Pero no había ninguna señal de ello. Con su vestido azul ribeteado de encaje, su pequeño sombrero, su pelo rubio ratón con los pequeños rizos de la década anterior, Irene ofrecía la misma imagen patética de siempre.

Stevie tuvo una idea. El haber sido creada por Samson le había enseñado algo sobre la maleabilidad de la gente...

Tras acceder al deseo de Irene de tomar postre con tres tipos de *mousse* –blanca, de chocolate y Grand Marnier–, pidió la cuenta, firmó el cheque con un garabato y dejó la generosa propina habitual. Una vez fuera, ordenó al conductor que las llevase a Bergdorf Goodman, donde subieron directamente al departamento de ropa a medida. Cuando vio a su dependiente favorita, Stevie le presentó a su madre y fue al grano.

–Necesitamos una nueva imagen, Rose –dijo–. Algo diferente y espectacular. Quizás un vestido de Norell... o tal vez de Scaasi. Y un buen traje, de Valentino quizás. ¿Qué opinas?

La dependienta miró a Irene con cara lúgubre.

–Bien, lo mejor será probarlo –dijo con la típica sinceridad de Nueva York, y desapareció de inmediato hacia la habitación trasera donde se guardaban las mejores ropas.

Irene accedió como una niña a probarse la selección de bonitos vestidos que había elegido Rose, haciendo piruetas ante el espejo de tres lados y, con las castigadas mejillas rojas de excitación, le pidió su opinión a Stevie. Con ojos de experta, Stevie aprobó las tres piezas: una gabardina negra, un abrigo verde de tafetán para las noches y un simple traje de *crêpe* granate que destacaba la figura pequeña y elegante de Irene.

–El traje se lo lleva puesto –le dijo Stevie a Rose–. El resto puedes envolverlo.

Irene sofocó un grupito de sorpresa cuando vio que Stevie firmaba el recibo sin un solo instante de duda. La cuenta subía a casi dos mil dólares.

–Stephanie –protestó–. ¡No he gastado cien dólares en un traje en toda mi vida!

–Ya lo sé –dijo Stevie con una sonrisa–. Y todavía no hemos terminado.

Llevó a su madre de un departamento al siguiente, le compró zapatos, bolsos, guantes y un surtido de accesorios y reunió un montón creciente de paquetes que fueron llevados a la limusina que esperaba.

Cuando, por fin, dejaron la tienda, Stevie ordenó al conductor que las llevara al Salón de Kenneth de la calle Cincuenta y cuatro del este. A pie habrían llegado enseguida, pero Stevie estaba disfrutando con aquel nuevo papel mucho más de lo que había disfrutado con cualquier otro aspecto de su éxito. A pesar de la fama, el dinero y la notoriedad, no había tenido nunca una familia que aplaudiera sus pasos y la animara a seguir. Ahora era como si volviera a tener diez años, cuando, ansiosa de aprobación, mostraba un dibujo hecho por ella o una redacción y rogaba que alguien se fijara en ellos.

Tocó los cabellos de su madre con interés profesional.

–Podrías hacerte cortar las puntas –dijo–. Y esos rizos están demasiado rígidos y...

Los dedos de Irene volaron a su peinado, no cambiado en muchos años.

–Oh, Stephanie, no sé si... un peluquero desconocido y...

–Kenneth peina a Jackie Kennedy –la interrumpió Stevie–. ¿No te parece que puedes confiar en él?

–Pero no tenemos hora –dijo Irene inquieta–. Si es tan importante...

–Me lo debe. Dejé a Sassoon y le envié a Kenneth treinta modelos nuevas. No te preocupes, te dejará perfecta.

Ocurrió como Stevie había dicho. Kenneth Battelle las acogió en su salón sin siquiera pensar en decirle a Stevie que tenía el día muy lleno. Llevaron a Irene directamente a un cubículo, donde el principal colorista de Kenneth le abrillantó el pelo con sutiles reflejos y el propio Kenneth reemplazó los rulos de su juventud con un corte de estilo. Por instrucción de Stevie, Irene fue también objeto de una limpieza facial y un maquillaje completo.

Cuando salió del cubículo, Irene parecía diez años más joven... y Stevie se había gastado otros 650 dólares.

En cuanto volvieron las dos mujeres al apartamento, Stevie se quitó los zapatos y se estiró en el sofá y de pronto se dio cuenta de lo cansada que estaba. Se había despertado a las cinco y media y, antes de las siete, ya estaba maquillada, vestida y dispuesta a trabajar para que el fotógrafo pudiera aprovechar la primera luz de la mañana. Pero, más que fatiga, Stevie sentía una especie de decepción; ahora que habían terminado las compras y los gastos, no sabía qué más podía hacer por su madre.

–Oh, Stephanie –suspiró Irene mientras se acercaba al bar abierto–. Ha sido el mejor momento que hemos pasado juntas en nuestra vida. Lástima que... –dijo arrastrando las palabras.

Stevie había dejado de lado hacía mucho tiempo su catálogo de «lástimas». Pero le dolió la manifestación de pesar de su madre.

–¿Lástima qué, Irene?

–... lo podríamos haber hecho antes.

Stevie se puso tensa. Se resistía a permitir la intrusión de la realidad, convencida de que sería mucho mejor limitar esta visita al tipo de vértigo de aquella tarde. Sin embargo, no pudo evitar dejar de aclarar algunos puntos de inmediato.

–No podríamos haberlo hecho antes, madre..., no podríamos haber hecho lo que hemos hecho hoy. Porque yo era tu hija y no te podía llevar a sitios agradables y comprarte cosas bonitas. Pero, Dios mío, tú sí que hubieras podido hacerlo... y nunca lo hiciste. Nunca me llevabas a ninguna parte. –La voz de Stevie fue adquiriendo un tono acusador–. ¡Mierda, Irene, me pasé dieciséis desgraciados años... esperando que actuaras como una madre!

Irene la miró con ojos heridos. Luego, sin una palabra, se volvió hacia el bar..., que era, a su manera, una respuesta. No sólo para ella, sino para las acusaciones de Stevie.

Stevie empezó a hervir de rabia.

–¡Muy bien! –gritó–. Haz lo que haces siempre..., prepárate una exquisita copita. Qué demonios... ¡bébete toda la botella!

Temblando por la fuerza del repentino ataque de Stevie, Irene hizo exactamente lo que le había dicho. Cerró la mano alrededor de una botella de *bourbon* sin dejar de protestar.

–Pero, Stephanie, ¿por qué estás tan enfadada conmigo? Mira qué bien te ha ido en la vida..., todos los sitios maravillosos que frecuentas, la gente importante que conoces.

–¿Que me ha ido bien, Irene? –preguntó Stevie con su encantadora cara tensa de dolor y de rabia–. ¿Sabes tú cómo es mi maravillosa vida, cómo es realmente? Es habitaciones de hotel y estudios, dos días aquí y tres allí, permitiendo que extraños con cámaras me quieran... dejándoles tomar fotos hasta hacerme vomitar. Y a veces, Irene, no se conforman con quererme con sus cámaras. A veces quieren joderme también. ¿Y sabes qué? Normalmente los dejo, porque estoy demasiado sola y demasiado cansada para decir que no. Ésta es mi maldita vida maravillosa, Irene. Y aún hay más...

–Calla –gimió Irene tapándose los oídos–. Stephanie, por favor...

Pero Stevie siguió.

–Admito que hubiera podido ser peor. De hecho, cuando llegué aquí después de que el almirante me echase, fue mucho peor. Pero, por favor, no me digas que todo es fantástico... y no creas que puedes barrerlo todo debajo de la alfombra como haces siempre. En especial cuando la verdad pura y simple es que yo nunca tuve una madre. ¡Me hiciste una huérfana, Irene! ¡Me dejaste en las tiernas manos del hijo de puta con quien te casaste!

Con sus ropas recién estrenadas, Irene se quedó paralizada un momento, como una mariposa clavada en el aire por la rabia de Stevie. Luego cayó de rodillas, todavía con la botella de whisky en la mano, como un bebé abrazado a su oso de felpa.

–Perdóname, Stephanie. –Sollozaba suavemente–. ¿No puedes hacer el favor de perdonarme? Yo quería ser una buena madre. Lo intenté...

Stevie se dio vuelta y cerró los ojos. Agotada ya la rabia, parecía embargarla la confusión. No podía soportar la imagen de Irene de rodillas, pero tampoco podía darle el beso del perdón. Siempre había sabido que el whisky era más importante para su madre que ella. ¿Por qué se sentía entonces tan mal en aquel momento?

No oyó el ruido de la puerta al abrirse y cerrarse; no oyó siquiera que Irene se había levantado para irse y había dejado allí sus paquetes con alegres envoltorios.

Quizá vuelva, pensaba Stevie más tarde mientras se disponía a meterse en la cama. Tras vomitar la rabia que había acumulado durante tanto tiempo, se sentía mejor, un poco más ligera. Pero estaba preocupada...

Como Irene no volvió, Stevie decidió que debía de haberse vuelto a Virginia. Tal vez se decidiera a enviarle los regalos que había sido tan divertido comprar pero que ahora eran un recuerdo de la relación madre-hija que nunca existió.

Dos días después, el teléfono de Stevie sonó poco antes de medianoche. Agotada tras un día de trabajo, se había ido a dormir pronto. Cogió el aparato y murmuró un saludo.

–¿Dónde demonios está tu madre? –gruñó la voz, sin preámbulo de ningún tipo–. Tenía que haber llegado en el avión de hace dos horas. Envié al chófer al aeropuerto. Dice que tu madre no iba en el avión. He llamado a la compañía. El billete no estaba cancelado. He llamado a su hotel y dicen que no usó la habitación para nada, que su hija llamó para recoger su equipaje hace días. Quiero una explicación. Que se ponga al teléfono... ¡de inmediato!

–Pero si no está aquí... –respondió Stevie débilmente, acobardada por el sonido de la voz del almirante, por la súbita presencia oscura que acababa de aparecer en su habitación–. Se fue el lunes. Yo creía que iba..., que volvía a Virginia. ¿No está en el hotel?

–Ya te he dicho que no –repitió con voz llena de indignación–. ¿Quieres decir que no la has llamado en dos días? Es horrible tratar así a tu madre después de que hiciera el viaje para verte. Dios mío, Stevie, he visto algunas de esas fotos en que sales tan guapa. Pero no eres mejor que antes, ¿verdad? Pero no pienso permitirte que sigas así. ¡Será mejor que encuentres a tu madre! Llámame al despacho. ¿Me has oído bien?

–Te he oído muy bien. –Stevie colgó y se sintió como diez años más vieja, con el estómago comprimido de preocupación, rabia y temor.

Cobijándose en la idea desesperada de que era una mentira, una tortura pensada por el almirante, llamó al hotel Sheraton ella misma. El conserje le confirmó que la señora Knight no había dejado la habitación. «Pero no la ha utilizado y tenemos aquí una factura que suma...»

Ahora ya no le quedaban dudas. A Irene le había pasado algo terrible. Pensó en volver a llamar al almirante, pidiéndole ayuda..., pero no pudo decidirse a marcar para oír su voz y sentir su rabia.

En lugar de eso, llamó a la policía y denunció la desaparición de Irene. Mientras iba describiendo los detalles de la ropa que habían comprado juntas, el nuevo peinado y maquillaje, la atenazaron los remordimientos. Se imaginó una docena de desgracias..., una Irene llorosa atropellada por un coche, Irene en el hospital, sola.

Llamó uno a uno a todos los hospitales de la ciudad, pero no había ninguna Irene Knight en ellos.

Stevie canceló todos sus trabajos de los días siguientes haciendo caso omiso de las protestas y amenazas que siguieron. No aceptó compromisos sociales de ningún tipo para poder estar al lado del teléfono día y noche. Aterrorizada de volver a oír la voz del almirante, contestaba las llamadas con una voz simulada para decir que era la criada si era él quien llamaba.

Llamaba a la policía cada pocas horas y les pedía que se

esforzaran más para encontrar a su madre sin dejarse tranquilizar por sus consejos.

–Mientras no haya noticias, es buena señal –dijo un tal sargento Paulsen–. No está en ningún hospital y no está en... Bueno, tenemos razones para creer que está viva y bien.

Pasaron dos días de agonía hasta que el sargento Paulsen llamó con noticias de Irene.

–¿Señora Knight? Tenemos aquí a su madre.

–¡Gracias a Dios! ¿Está..., está bien, sargento?

Hubo una ligera pausa.

–Ahora mismo está un poco nerviosa, pero creo que en un par de días se recuperará. ¿Por qué no viene usted misma a recogerla?

–Salgo ahora mismo. Gracias, sargento... Gracias.

Stevie no se detuvo en llamar a una limusina. Un taxi iría más rápido. Cogió el bolso y corrió hacia el ascensor.

Cuando llegó a la comisaría del distrito doce, se acercó corriendo al sargento de la mesa.

–Busco al sargento Paulsen. Me dijo que mi madre estaba aquí..., Irene Knight. ¿Dónde está?

El oficial consultó un libro y señaló un largo pasillo. Stevie dio media vuelta... y se encontró cara a cara con el almirante, cuya cara era más tenebrosa que un cielo tormentoso.

–¡Menuda cara la tuya de presentarte aquí después de lo que hiciste! ¡Echar a tu madre a la calle... sin siquiera decirme si estaba muerta o viva!

–Pero si la he estado buscando desde que llamaste –protestó–. La encontré...

–¡Tú no encontraste nada, puta estúpida! Ha sido mi gente quien ha encontrado a Irene. ¡Después de lo que le hiciste, me asombra que tengas la cara de haber venido aquí!

–Pero qué...

–Yo le dije a tu madre que se mantuviera alejada, pero ella siguió en lo suyo. Sabes que la pobre mujer está delicada. El año pasado estuvo un mes en el hospital. ¿Te importa? ¡*No*! Le has vuelto a partir el corazón... ¡Ha estado a punto de matarse, dos días bebiendo en un bar de mala muerte... y luego víctima de un desgraciado! Todo esto tenemos que agradecértelo a ti, Stephanie... ¡Como si no hubieras hecho aún suficiente!

Stevie miró al grupo de policías que escuchaban atentamente la andanada del almirante, pero, si esperaba encontrar un aliado, no lo encontró. La hermandad de los hombres uniformados se mantuvo unida.

–Déjame verla –suplicó–. Sólo quiero asegurarme de que está bien...

–¡Y una mierda! –gruñó él–. Vete de inmediato de aquí. Y manténte alejada de nosotros si quieres seguir bien. Si nos vuelves a molestar otra vez, desearás estar muerta. ¡Demonios, en cuanto a mí, es como si estuvieras muerta!

Huyendo del ataque de su padre, Stevie salió corriendo a trompicones de la comisaría. En la calle, se puso las manos en los oídos y gritó como si quisiera ahogar las palabras crueles que resonaban todavía en su cerebro. Pero aún podía oírlas; las oiría una y otra vez, durante toda su vida.

6

Era pleno verano cuando la caravana de limusinas y camionetas de carga de Samson abandonó Nueva York camino de Connecticut. El lugar que él había prometido era un castillo de piedra adornado con gárgolas, que se alzaba sobre una colina cubierta de hierba, rodeado de un pequeño foso. Construido en el siglo dieciocho por un magnate naviero, llevaba más de veinte años abandonado.

Cuando los exploradores de Samson habían encontrado el lugar, tenía un aspecto deplorable, descuidado, casi inhóspito. La piscina, añadida en la década de los veinte, estaba llena de algas y musgo. Los jardines, otrora majestuosos, no habían conocido una mano de jardinero desde hacía décadas. Dentro, sin embargo, bajo espesas capas de polvo, el esplendor de una época antigua aún era evidente en la sala de baile de dos pisos, el techo abovedado con hojas doradas, los suelos de mármol italiano, las anchas escaleras con pasamanos de madera cincelada y las misteriosas habitaciones encumbradas.

Era el escenario perfecto para la primera epopeya de Samson: *Sueños de Drácula.* Todo lo que necesitaba para hacerla realidad era conseguir el dinero de un amplio presupuesto de producción; y, también esto, Samson lo tenía por primera vez: dinero recogido entre miembros y amigos ricos de los asiduos de la Wherehouse. La casa principal estaba aireada y limpia, los muebles restaurados por expertos en antigüedades. Los jardines estaban despejados y el césped recortado. La piscina estaba limpia y reparada, llena de agua, y el pabellón que la rodeaba, pintado y provisto de luz eléctrica.

Contrataron a un proveedor de comidas para la compañía y

un servicio de limpieza para después de las comidas. Y, cuando todo estuvo listo de acuerdo con las intrucciones de Samson, se invitó a la prensa a un cóctel en el césped delantero de la casa para informarles del «proyecto más ambicioso de Samson Love hasta la fecha».

–¿De qué trata la película, Samson? –querían saber todos los periodistas.

–Es un mito y una alegoría –dijo él erguido ante ellos–, algo así como un comentario de la vida moderna. Podría decir más y, si habéis visto mis trabajos anteriores, sabréis por qué. Una película de Samson Love es un organismo dinámico y vivo. No puede meterse en la camisa de fuerza de un guión. Simplemente, evoluciona.

–¿Es cierto que usted hará el papel principal? Y, si es así, ¿qué es lo que le ha hecho ponerse ante la cámara además de dirigir?

–Es cierto –dijo con gesto tímido–, pero el papel principal es meramente simbólico y yo lo abordo como una experiencia de crecimiento personal, nada más. Las verdaderas estrellas son la linda Stevie Knight, que hace de Mina; mi querida Pip, que hace de Lucy; y Paul Maxwell, que hace de doctor Van Helsing.

Siguieron unas cuantas preguntas que Samson respondió con una modestia poco habitual en él. Los periodistas se quedaron el tiempo suficiente para comerse los canapés y beberse el licor que se había preparado. Pero, cuando se fueron, Samson declaró que el resto de la noche era libre.

–Disfrutad del recreo, niños –dijo–, pero id a la cama pronto y no os paséis con los medicamentos. Quiero que mañana todo el mundo tenga la cabeza clara. –Y, con estas palabras, se retiró a la habitación que había elegido como refugio privado.

–No puedo creerlo –dijo Stevie a Pip–. ¿Pronto a la cama y pronto en pie? ¿Y no os paséis con los medicamentos? ¿Era nuestro Samson?

–Me parece que nuestro Samson se siente un poco inseguro, Stevie. Mientras hacía peliculillas sin presupuesto, ¿quién podía criticarlo si no estaban bien acabadas? Ahora que cuenta con dinero real, tiene que conseguir hacer algo más que simplemente «interesante...», en otro caso quedará como un idiota.

Y nuestro Samson preferiría morir antes de quedar como un idiota. Yo me pregunto de dónde ha sacado el dinero... A mí me encanta su mente deformada y complicada, pero no me gastaría ni un duro de mi patrimonio en una *alegoría*, ni siquiera de Samson.

Stevie rió sofocadamente sintiéndose un poco traidora porque le gustaba la idea de la inseguridad de Samson.

Justo en aquel momento apareció Paul Maxwell y le pasó el brazo por la cintura. Stevie se apartó herida por su familiaridad de propietario.

–Esta noche doy una fiesta en mi habitación. Tengo una caja de Dom Perignon fresco y otras golosinas que te gustan mucho. ¿Por qué no venís Pip y tu hacia..., hacia las nueve?

Stevie negó con la cabeza.

–Tengo intención de irme a dormir a las diez. ¿No has oído lo que acaba de decir Samson?

–Lo he oído. Es para todos los demás, no para mí.

–¿Te parece que eres mejor que todos los demás? –le preguntó Stevie con tono sarcástico.

–Mejor no, simplemente más rico..., y, para Samson, es exactamente lo mismo. No os olvidéis, chicas: en mi habitación a las nueve.

–Cuando el infierno se congele –murmuró Stevie cuando Paul se alejaba.

–¿Por qué le tienes tanta manía? –preguntó Pip.

–No lo sé. –Stevie se quedó pensando un momento–. Quizá sea porque intenta actuar como Samson cuando se pone insoportable. Pero no tiene el talento de Samson, ni su estilo, ni su... bondad.

–Qué tonta eres... Te lo dije hace tiempo. Paul es una de las personas más inseguras que conozco y esto es lo que lo hace comportarse como un chulo. Pero es inofensivo, y, sin duda, parece que le gustas. A lo mejor, si fueras un poco más amable con él, no se comportaría con tanta presunción.

A la mañana siguiente, todo el mundo fue despertado a las seis. El desayuno se sirvió a las seis y media en la galería del este y el propio Samson supervisó el servicio recordando a su gente que comieran a conciencia «porque hoy tenemos que estar todos en plena forma».

Pip y Stevie intercambiaron una risita, pero se quedaron mudas ante la mirada letal que les dispensó Samson.

–Atentos, chicos y chicas –dijo–. Todos habéis trabajado conmigo antes, así que ya sabéis lo que quiero. Sacad lo mejor de vosotros, porque no pienso aceptar menos.

Pip susurró:

–Ahora dirá que nos tomemos algo para dar el pego.

Stevie se mordió el labio para no echarse a reír. Samson parecía hablar realmente en serio. ¿Podía asustarlo, a pesar de toda su fama y éxito, hacer lo que había hecho muchas veces antes?

Siempre había pensado que actuar en sus películas era más un juego que un trabajo real. No había párrafos que aprender ni escenas a memorizar. Sólo Samson sabía de qué trataba la película, y, por tanto, sólo él sabía cuáles serían los planes del día. No había ensayos; sólo sus instrucciones antes de rodar la escena. Si no le gustaba el resultado, lo repetía una y otra vez hasta que quedaba satisfecho. En los peores momentos, el trabajo era monótono –aunque no lo parecía porque dejaba su caja de la Feria Mundial a mano y, al cabo de un par de horas, todo el mundo estaba bastante colocado– pero nunca era duro.

Cuando acabaron de desayunar, Stevie y Pip se dirigieron a la sala de baile del castillo. Paul Maxwell se unió a ellas y Stevie tuvo la sensación de que las había estado esperando. Al recordar el consejo de Pip, intentó ser amable y lo trató amistosamente.

–Así que has visto la luz, linda Stevie –dijo él cogiéndola del brazo–. Sabía que lo harías cuando Samson te comunicara el detalle que...

–¿Qué? ¿De qué hablas? –dijo apartándole la mano como si fuera venenosa–. Mira, Paul –dijo–, vamos a tener que estar juntos una temporada, o sea que sería mejor que nos llevásemos bien. ¡Sólo que no te hagas ilusiones, porque no estoy interesada!

Cuando Paul se alejó con paso airado, Stevie movió la cabeza con asombro:

–Dios mío, ¿no sabe aceptar un no como respuesta? ¿Por qué no molesta a otra? Si es tan rico como todo el mundo dice, seguro que habrá alguien que no lo encontrará pesado.

–¿Y qué gracia tendría entonces, Stevie? –rió Pip–. Hay hombres que sólo quieren entrar en los clubes donde no los admiten.

Cuando la compañía estuvo reunida en la sala de baile, Samson los llamó al orden. Bebió un sorbo de soda, se aclaró la garganta y empezó a hablar.

–Quiero que olvidéis todas las películas de Drácula que hayáis visto. Olvidad los estereotipos caducos y terroríficos y considerad esto: Drácula es la encarnación de todos los tabúes, de todos los oscuros deseos humanos, todos los temores que fascinan. Si es un monstruo, y ésta es la idea central que exploraremos, es un monstruo elegante, atrayente y seductor..., poderoso pero vulnerable, sabio pero profundamente solitario.

»La primera escena mostrará el naufragio, los restos esparcidos del navío que transportaba el ataúd de Drácula a su nuevo hogar. Nos vamos al campo... Todo está en flor, rico y verde, pero la música y las luces darán una imagen de tristeza, porque todos aquellos colores y sombras le son prohibidos al príncipe de la oscuridad. Entonces presentaremos a Jonathan Harker; quizá mostremos la naturaleza tenue, casi insípida, de su relación con Mina... De momento, esto es todo.

El programa parecía bastante breve y simple, pero aparecieron problemas desde el primer momento de rodaje. Samson se quejaba de que el naufragio se veía falso, los colores del casco demasiado alegres, la disposición de los restos falta de dramatismo, etcétera, etcétera. El diseñador de escena recibió órdenes de trabajar toda la noche si era necesario y el equipo de rodaje metió todos sus instrumentos en el *jeep*. Con Samson siempre atento, recorrieron una y otra vez el mismo trecho en busca de combinaciones perfectas de follaje de verano y cielo abierto.

Cuando ya casi no quedaba luz, el equipo de rodaje seguía trabajando en las mismas escenas de exterior.

–Lo volveremos a intentar mañana –dijo secamente Samson–. Y será mejor que nos salga bien.

Al día siguiente llovió, y Samson se vio obligado a elegir entre no hacer nada o trabajar en escenas que pudieran rodarse dentro. No era una elección fácil, porque, a pesar de su aire lánguido y su aplomo, Samson no era en absoluto flexible en nada que le pareciese importante. Ordenó a los actores que fueran a la casa principal con una petulancia que sugería que todos y cada uno de ellos eran culpables del clima.

–Rodaremos la seducción de Lucy por parte de Drácula –decidió por fin. Después de pasarse horas arreglando el camisón de Pip y de reordenar los muebles de lo que tenía que ser el tocador de Lucy, Samson le ordenó que se metiera en la cama y dio los últimos toques a su propio traje: una camisa de seda blanca, pantalones oscuros de terciopelo y ajustadas botas hechas a mano.

Cuando se introdujo ágilmente por la ventana de la habitación, Samson era todo lo que había dicho que debía ser Drácula: grácil, elegante y romántico. Al acercarse a la dormida Lucy, la habitación quedó invadida de tensión sexual. Su respiración se hizo menos profunda cuando se inclinó sobre los hombros desnudos de ella, sobre su fino cuello. Y, de pronto, se oyó una risita, sofocada primero, luego aumentada hasta convertirse en una completa carcajada.

–¡Dios mío, Samson, me haces cosquillas con la camisa! –gritó Pip.

–¡Maldita seas! –aulló él, con su atractivo rostro deformado por la rabia–, ¡malditos sean los aficionados e ignorantes! ¡Estáis intentado arruinarme, todos vosotros, estás intentando arruinarme! –Y, tras decir eso, huyó a su habitación, cerró la puerta y se negó a hablar con nadie el resto del día.

En los días siguientes, Stevie tuvo que admitir que Pip tenía razón. Samson estaba nervioso y, aunque era difícil decir cómo afectaba esto a su creatividad, lo hacía más variable y arrogante con su compañía. Primero les decía cómo debían hacerlo, luego cambiaba de idea... y después se enfadaba si no le gustaba el resultado.

Para empeorar las cosas, los aires de la casa de campo hicieron que todos cogieran fiebres. Acostumbrados a la vida urbana, los asiduos de la Wherehouse empezaron a quejarse de todo: de la obligada espera continua, de la falta de algo para hacer por las noches... La ciudad más cercana estaba a treinta kilómetros y sus atracciones estaban limitadas a un cine, un teatro y cuatro restaurantes, que cerraban todos antes de las diez. Stevie y Pip se entretenían una a otra, pero, incluso ellas, empezaron a darse cuenta de que aquella película no se acabaría en muchos meses. Cuando las quejas y peleas alcanzaron proporciones de motín, Samson retiró la prohibición de drogas pero pidió moderación.

Stevie no pudo evitar recordar aquella ocasión en que se escapó y sedujo a Luke James, hacía toda una vida. Le pareció extraño haberse sentido entonces con tanto control de sí misma, tan segura de lo que iba a hacer. Ahora que era algo así como una actriz, no tenía la sensación de controlar nada.

Centímetro a centímetro, con dificultades, el rodaje seguía adelante y nadie era capaz de decir si era bueno, malo, o algo entre medio. Renovaron el contrato de alquiler del castillo y prorrogaron el acuerdo con los proveedores. Samson dirigía a los actores y al equipo con impaciencia, con rabia y amenazas y, a veces, con una fuerza similar a la desesperación.

Solo en su habitación, trabajando con la máquina editora que no dejaba tocar a nadie más, Samson miraba cada día los resultados del rodaje. Más reservado que nunca, no compartía sus pensamientos con nadie, lo que alimentaba el rumor de que Samson Love estaba a punto de caerse de bruces por primera vez en su hasta ahora brillante carrera.

Había guardado las últimas escenas, en las que Drácula es destruido, para el final, y, a medida que se acercaba el momento de rodarlas, se iba deprimiendo e inquietando más y más, como si no pudiera soportar tener que contemplar la muerte de su propia creación de ficción. Cuando ya no hubo posibilidad de posponer más las escenas, cuando se hizo evidente que todo el mundo estaba simplemente pasando el tiempo y esperando que Samson diera la orden, se retiró a su habitación y allí se quedó. Preocupadas de que tuviera problemas para dormir o comer, Stevie y Pip se arriesgaron a ir a verlo. Llamaron a la puerta y esperaron. Intentaron abrir, pero estaba cerrada por dentro. Volvieron a llamar con más fuerza, temerosas de que hubiera pasado algo horrible. De pronto se oyó un gran estrépito, un ruido de vidrios contra la pared y una voz apagada que decía: «Marchaos de aquí, maldita sea, fuera».

Pero, a la mañana siguiente, cuando la compañía se reunió en el comedor para desayunar, allí estaba Samson, con aspecto fresco y descansado, vestido con su traje de Drácula y claramente dispuesto a trabajar. Golpeó el vaso con una cuchara para que le prestasen atención.

–Tengo un nuevo concepto muy atrevido –dijo con la primera sonrisa que le habían visto en semanas–. Drácula no puede ser destrozado... Todo lo que representa es inmortal. Es la gente pequeña, asustada, la que insiste en su muerte... Es un remate falso y artísticamente inválido de la historia. Nuestro Drácula triunfará... ¡Al final seducirá a todos los que intenten destruirlo!

Se oyó un murmullo de conversaciones. ¿Significaría eso nuevos retrasos, más tomas nuevas?

–Terminaremos hoy –siguió Samson en un tono más confiado del mostrado durante semanas–. Las escenas finales se rodarán en el pabellón de la piscina. Cuando Jonathan Harker y Van Helsing lleguen con sus palos y estacas, habrá un eclipse de Sol... como si la propia Naturaleza interviniera para turbar sus planes. Drácula se levanta del ataúd. Tiene poder para destruir a sus enemigos y, sin embargo, los seduce con visiones de sus propios deseos ocultos. La elección es de ellos... ¿será su llamada moralidad lo suficiente fuerte para resistir a la tentación? La lucha es real, pero breve. Contra el rico perfume del placer sensual, la noción abstracta de la virtud no es defensa. La conclusión, chicos y chicas, será una bacanal que avergonzaría a los propios romanos... Ahora, ¡a vestirse todo el mundo y a trabajar!

El pabellón fue iluminado rápidamente con luces fluorescentes rojas que bañaban la piscina y las áreas circundantes con un diabólico brillo escarlata que hizo temblar a Stevie a pesar de que ya sabía que era simulado. Se aplicaron el maquillaje, se pusieron los trajes y pasaron examen con una eficacia y velocidad poco habituales.

Cuando por fin se terminaron las escenas preliminares con una sola toma, el humor de la compañía era, con mucho, el mejor registrado en semanas. Pronto terminarían el aburrimiento, las suspicacias y la tensión; pronto estarían todos de vuelta en Nueva York.

Mientras se preparaba el escenario para la bacanal, se llevaron la habitual carretilla con café y pastas. En su lugar, Samson colocó un bar con ruedas y una farmacia portátil: una selección de estimulantes, calmantes y botellitas de amilnitrato; hachís, cocaína, opio y marihuana, con los diversos utensilios para fumar e inyectarse y los tubos de respiración.

Todo lo que antes había sido retirado o racionado, se ofrecía ahora a manos llenas.

–Adelante, chicos y chicas –dijo Samson alegremente–. Tomad lo que queráis. Lanzad las precauciones por la ventana... Quiero que os desprendáis de las inhibiciones como aquel que se quita la ropa, que os abandonéis a las delicias del placer sensual.

Como niños en una tienda de golosinas, los actores se lanzaron ansiosos a los polvos, píldoras y elixires eróticos. Samson se movía entre ellos como el comandante de un campamento y les susurraba palabras de ánimo cuando las pociones hacían efecto, mientras dirigía las cámaras hacia un par de ojos o hacia un cuerpo.

–¡Ahora, al agua! –gritó–. Con o sin ropa, lo que os guste más... ¡Elegid pareja y hacedlo!

Las cámaras se acercaron cuando empezaron los acoplamientos, cuando los cuerpos desnudos y vestidos se entremezclaron en combinaciones de dos, tres o más y los sonidos del abandono sexual se mezclaron con las risas y chapoteos.

Vestida con un transparente vestido blanco, Stevie esperaba su turno. Le habían dicho que tenía que hacer el amor con Donny Glass, que hacía de Jonathan Harker, y, como protestó, Samson le había explicado la necesidad artística de aquella escena.

–¿No lo ves? –había argumentado–. Mina es la novia de Jonathan, pero, en general, es un noviazgo gris y aburrido: él prácticamente no la ha tocado. Y ahora Mina pertenece a Drácula, que la ofrece a Jonathan... burlonamente, tentadoramente. Lo entiendes, ¿verdad?

Al final, Stevie había accedido. Se había tomado una copa y un Miltown, pero todavía estaba tensa.

–No tienes buen aspecto –dijo Samson ofreciéndole una mezcla poderosa de vodka y Tuinal–. Debes relajarte más. Queremos conseguir un aire como de sueño, de otro mundo. Tienes los músculos tensos y los ojos demasiado lúcidos.

Se bebió de buena gana la poción y el mundo comenzó pronto a desleírse. Las piernas y brazos se le volvieron de gelatina y tuvo que sentarse y asirse a la silla para no caer. Perdió la noción del tiempo y el espacio, y, cuando Samson dijo «A sus puestos», no tenía ni idea de qué era lo que debía hacer. Se dejó llevar a un banco en el centro del pabellón y se quedó apoyada en un árbol.

–Está bien –dijo Samson–. Ahora, todo lo que tenéis que hacer es esperar... y dejaros llevar.

Las luces eran cálidas y lo único que Stevie deseaba era tumbarse y dormir. Era remotamente consciente de Samson dando instrucciones, de alguien que se acercaba. Alzó los ojos con la vaga idea de que vería a Donny Glass..., pero era otra persona. Era Paul Maxwell, que la cogió de la mano, le soltó el camisón hombros abajo y la tumbó en el banco. Ella intentó hablar, pero Paul le cubrió la boca con la suya y le inmovilizó sus debilitados miembros mientras la poseía rudamente, con una especie de rabia salvaje.

Cuando abrió los ojos, estaba en una habitación extraña. La de Paul.

–Ha valido la pena –dijo él con una sonrisa de satisfacción–. Caro, pero ha valido la pena.

–¿De qué hablas? –le preguntó ella con la cabeza espesa y zumbante y desprovista de memoria reciente.

–De... poseerte. Vale todo el dinero que cuesta esta película. –Ante la ausencia de reacción por parte de Stevie, continuó–: Me avine a poner dinero en esta peliculilla cuando Samson me dijo que podría gozar de todas las prebendas propias de los productores..., de todo lo que quisiera, incluido el privilegio de acostarme con cualquiera de las actrices. Yo concretamente te queria a ti.

Entre nieblas, Stevie registró lo que estaba diciendo Paul, y, reuniendo toda su fuerza, le dio una patada en la ingle. Él lanzó un grito de dolor, y, luego, le propinó una bofetada. Ella retrocedió tambaleándose y, al tropezar con la cama, cayó y se hizo un corte en la mejilla. Sollozando de dolor y rabia, salió corriendo hacia el baño y cerró la puerta tras ella. Le salía sangre del corte y le bajaba por el cuello. Entró en la ducha, abrió el agua caliente y se quedó allí mucho rato hasta que se le quedó insensible la carne. Había ocurrido algo muy desagradable y, aunque despreciaba a Paul, Samson era el que lo había permitido. Esto no era lo mismo que probar cosas nuevas, no era lo mismo que estar abierta a nuevas experiencias que parecían extrañas y quizá sucias cuando no estaba colocada. Samson la había vendido, como un chulo, y lo había hecho por dinero.

Por fin, cerró el agua y se miró la cara. El corte había dejado de sangrar; una fina línea rosada le atravesaba la mejilla. Se puso una bata y corrió escaleras arriba.

Sin llamar, entró en la habitación de Samson. Estaba solo, inclinado sobre la máquina editora, mordiéndose las uñas.

—Maldito seas —dijo con la voz temblando de rabia—. Maldito seas, Samson... ¡Creía que eras mi amigo!

Él la miró sorprendido, casi inocente.

—¿Qué te has bebido... o fumado o esnifado, linda Stevie? Eres la viva imagen de un mal viaje... ¿Y qué le ha ocurrido a tu encantadora cara? Suerte que ya hemos terminado...

—A la mierda tu estúpida película —lo cortó ella—. Me has vendido a Paul Maxwell. Toda esta mierda sobre arte... era pura mierda. ¿Cómo pudiste hacerlo? Me has convertido en una...

—¿Una puta? —terminó él enarcando las cejas en un gesto como de diversión—. ¿Es por eso toda esta rabieta infantil? —le preguntó como si ella fuera la culpable—. En realidad, decidí que sería mucho más interesante que el piadoso doctor Van Helsing fuera seducido por la encantadora Mina. ¿Qué importancia tiene haberle dejado creer a Paul que era idea suya? Especialmente cuando este pequeño engaño nos ha permitido hacer la película. Ahora ya la hemos hecho —dijo con tanta calma como si fuera él el que se hubiera acostado con Paul—, y fue un encuentro interesante..., mucho mejor de lo que había pensado. Cuando veas la película verás que tengo razón.

—No tenías derecho —insistió ella tozudamente—. Tú...

—Con cuidado, linda Stevie —la interrumpió Samson en un tono bajo y en cierto modo amenazante—, estás andando sobre arenas movedizas. He sido indulgente contigo porque me doy cuenta de que estás preocupada. Ahora cálmate y admite simplemente que todos hacemos lo que necesitamos hacer. Ve a tu habitación y descansa un poco. A no ser que te quieras ir...

Stevie se retiró confusa, con la amenaza de la excomunión en lucha contra la sensación de que le había pasado algo muy malo... y de que estaba con el agua al cuello. Sola en la habitación, revisó la explicación de Samson contra la horrible escena de Paul. ¿Quién decía la verdad y quién mentía? Y, aunque Samson le estuviera diciendo la verdad, ¿hasta dónde era capaz de llegar ella para complacerlo? Se sumió en el sueño sin haber conseguido una sola respuesta.

Pero aquella noche, en la cena, Samson estaba tan amable como si no se hubieran peleado en su vida.

–A mi estrella, mi mejor y más bella estrella –dijo brindando con champán. Y, aquella misma noche, ella y Pip fueron invitadas a la habitación de la torre para una velada tranquila. En pijama, o envueltos en batas, comieron helado de chocolate y jugaron al Monopoly hasta que se les cerraron los ojos. Cuando llegó la hora de dormirse, a Stevie le era muy difícil distinguir lo que era real de lo que no lo era.

El estreno de *Sueños de Drácula* estaba previsto para la víspera de Todos los Santos, una gala privada en el Museo de Arte Moderno. Samson, copiándole un truco a Truman Capote, convirtió lo que habría podido ser simplemente un estreno íntimo en el acontecimiento de la temporada de otoño para la prensa. Dirigió en persona la campaña de relaciones públicas llamando a amigos suyos periodistas y haciéndoles saber lo selecta que sería la lista de invitados, la cantidad de gente rica y famosa que había suplicado el privilegio de estar presente... y lo decepcionados que se sentirían los excluidos. Y todo fue tal como Samson había dicho que sería. No pasaba un solo día sin una mención en la prensa de la asistencia de estrellas de cine procedentes de Hollywood, políticos de Washington, magnates navieros de Grecia y jeques del petróleo del golfo Pérsico. Las invitaciones eran codiciadas y negociadas, con favores y dinero. Se rumoreaba que el alcalde de Nueva York se había ofrecido a poner el nombre de Samson a una calle si éste invitaba a un líder político poderoso y a su esposa.

El día de la fiesta, Stevie fue a la peluquería. Preparó cuidadosamente su ropa y accesorios, pero sin ninguna ilusión; sólo sentía una ansiedad que rayaba el miedo.

Cuando llegó la limusina de Samson a recogerla, con la necesidad de ponerse una capa de insensibilidad para afrontar el estreno, se tomó dos Miltowns. Pip la esperaba en el coche, rebosante de cotilleos y emoción, pero el entusiasmo de su amiga no consiguió encender en ella una reacción similar.

Cuando entraron en la calle Cincuenta y tres, pasaron entre un muro de gente que se empujaban unos a otros contra la línea de la policía montada que trataba de impedírselo. Los flashes empezaron a encenderse antes de que Stevie y Pip salieran del coche. «¡Aquí!», gritó un fotógrafo. «¡Una sonrisa!», ordenaba otro. Stevie respondía, como la muñeca en que sentía haberse convertido.

Dentro, vestido con la ropa de etiqueta que había pasado a ser su preferida, Samson atendía a un grupo con Paul al lado, amable y seductor con las celebridades que lo rodeaban ansiosas por oír sus anécdotas de la producción de *Sueños de Drácula*. Cuando vio a Pip y Stevie, les hizo un gesto con la mano invitándolas a unirse al grupo.

Pip cogió a Stevie del brazo, pero ella lo retiró.

–¿Qué te pasa? –preguntó Pip–. Te estás portando de forma muy rara. No me digas que aún estás enfadada por el asunto de Paul.

–¿Te ha comentado algo Samson? –Stevie se sintió como avergonzada por la posibilidad de que Samson le hubiera contado la historia a Pip cuando ella no le había dicho nada.

–Claro que sí –replicó Pip con voz cortante–. Samson y yo también somos amigos, ¿sabes? Y debo decir que, en este asunto, estoy de su parte. En la Wherehouse todo el mundo duerme con todo el mundo, ante la cámara o tras ella. Yo ni siquiera puedo recordar la gente con que lo hice durante la escena de la orgía. Probablemente me muera de vergüenza si resulta que son unos imbéciles, pero no se me ocurriría culpar a Samson. Los amigos no se juzgan unos a otros, Stevie...; esto debe hacerlo el resto del mundo. Es la razón por la que ser un asiduo de la Wherehouse es tan fantástico.

Las palabras sonaban convincentes, pero no persuadieron a Stevie. Dejó que Pip se fuera con Samson y Paul, y ella se dirigió al auditorio y se sentó en el lugar que le había sido reservado. Miró el programa y leyó los distinguidos promotores que habían cedido sus nombres para el acontecimiento. En la página de títulos estaba su propio nombre en gruesas letras negras, junto con una fotografía estupenda retocada por Samson. Tenía el aspecto de una estrella, como le había prometido él. Pero no podía librarse de la sensación de que el control de su vida se le había escapado de las manos.

Pronto el auditorio empezó a llenarse. Con un roce de sedas, pieles y programas, los invitados se sentaron en sus asientos ilusionados de antemano. Al aparecer Samson, flanqueado por Pip y Paul, se produjo un brote espontáneo de aplausos. Cuando se sentaron, se apagaron las luces y aparecieron los primeros títulos en un romántico montaje con dibujos de Samson Love. Hubo un murmullo de aprobación.

Inmersa en sus propios pensamientos, Stevie se sorprendió de que la película reclamara su atención y la introdujera en la historia de un héroe al estilo de Byron, incomprendido durante siglos, en busca del solaz de un alma gemela para la eternidad. En la pantalla, Samson era completamente bello, con una postura noble cuando luchaba con sus oponentes, y unos discursos ingeniosos e irónicos que contrastaban con la pesada pedantería de los cazadores de vampiros.

Cuando su propio personaje, Mina, apareció en pantalla, Stevie se miró con una fascinación curiosa. No tenía memoria de sonreír de una manera particular, ningún recuerdo de mover su cuerpo justo de aquel modo. ¿Estaba actuando –se preguntaba–, o simplemente se comportaba como una muñeca de Samson, haciendo esto o aquello en respuesta a sus órdenes? Cuando empezó la escena de amor entre Drácula y Lucy, Pip le dio un codazo a Stevie.

–¿Te acuerdas de cómo se enfadó Samson cuando no lo dejé morderme el cuello? –susurró.

–Shhh –ordenaron dos voces al unísono tras ellas.

En la oscura sala se respiraba la tensión sexual, como había ocurrido al rodar la escena. Se produjo un silencio completo cuando el Drácula Samson hacía la corte y encantaba a Mina, en una escena que era al mismo tiempo casta y palpablemente erótica.

–Encantador –murmuró una voz cercana cuando el vampiro abrazó a su novia elegida, y Stevie tuvo que estar de acuerdo. Sin embargo, cuando Mina se rendía a las fuerzas de la oscuridad, Stevie no pudo evitar preguntarse si no había un paralelo en su propia vida... y si, con su aceptación de todo lo que le ofrecía Samson, no habría entregado ya su propia alma.

Siguió dando vueltas a la idea, que cobró fuerzas cuando empezaba la bacanal. Se oyeron exclamaciones de sorpresa, reacciones de azoramiento aunque no de desaprobación, cuando los asiduos de la Wherehouse empezaron a juguetear en la piscina y alrededores, al principio como niños traviesos, después en una desenfrenada orgía de drogas y sexo. En el centro de todo estaba el Drácula Samson, con su pálida piel iluminada por el resplandor infernal de las luces fluorescentes rojas, sonriendo mientras su adversario, Van Helsing Paul, iniciaba la seducción.

Stevie quería cerrar los ojos, pero, a pesar de sí misma, miró cómo desaparecía la casta imagen de Van Helsing en el momento en que dejaba caer la cruz y reclamaba el premio de perderse en los placeres del bello cuerpo de Mina. La partitura llegó a un *crescendo* y, de pronto, la pantalla se oscureció.

Hubo un largo momento de quietud, como si el público no supiera qué hacer exactamente con lo que había visto, y luego empezaron los aplausos, que se tornaron ensordecedores cuando Samson se levantó para saludar.

Mientras oía el coro de bravos y exclamaciones de «brillante», «atrevido», Stevie comprendió que la película sería otro triunfo para Samson.

Éste hizo poner en pie a sus estrellas y provocó otra ola de aplausos. Pero Stevie ya no se sentía como una estrella. En compañía de sus mejores amigos, se sentía como las almas perdidas de la película, a la deriva y sin saber adónde ir.

7

Lee Harrison Stone se llevó la mano al cuello de su almidonada camisa de gala. Pero, al recordar que estaba en exposición, dejó caer los brazos a ambos lados del cuerpo. «Un soltero elegible de primera calidad», había dicho de él el subastador, y la palabra, recordatoria de un buen trozo de ternera, forzó una triste sonrisa en el rostro de Lee. Si había aceptado jugar aquel papel, no debía mostrarse tan poco dispuesto a estar en el grupo en subasta.

–La «licitación de solteros» fue lo que nos hizo ganar más dinero en el baile del año pasado –le había explicado Rosalind Fenwick– y, todo lo que queremos de ti es que ofrezcas a alguna joven afortunada, en realidad, no necesariamente joven, una noche memorable. –Rosalind era una de las amigas más antiguas de su madre y presidenta del baile del Waldorf en beneficio de la Inclusa Metropolitana–. Es deducible de impuestos, claro –prosiguió–. Y la causa es muy buena.

Es una buena causa, se decía Lee mientras observaba a las mujeres hermosamente disfrazadas que se agolpaban en la sala para ver mejor a los veinte solteros por «vender». Sólo por esta razón podía perdonarse haber cedido a los requerimientos de Rosalind Fenwick. Precisamente, era un rasgo de fortaleza y debilidad al mismo tiempo por parte de Lee prestarse a hacer por principios filantrópicos algo que no habría hecho por amor o dinero.

El subastador dijo el nombre de Lawrence Ivey III y siguió con una lista de atributos que lo habían convertido en objeto digno de licitación: diploma de Harvard, vicepresidencia de la firma de corretaje de la familia, un trofeo como Jugador Más

Valioso de la temporada anterior en el campeonato de polo americano. La licitación empezaba en 500 dólares y avanzó rápidamente hasta llegar a 950.

–Señoritas –dijo en tono de riña el subastador–, es una suma tan miserable... ¿Ofrecerían más si les informara que el señor Ivey está dispuesto a proporcionar no una cita ordinaria sino un fin de semana completo a bordo de su yate, el *Mar Azur*? –Las ofertas crecieron desmesuradamente.

Cuando Lawrence Ivey III y su yate se vendieron por 2.100 dólares, Lee sintió una punzada inesperada en las cercanías de su ego. Había creído en la palabra de Roz Fenwick y se había presentado dispuesto a acompañar a su adquisición a un buen restaurante elegido por ella y luego al teatro. ¿Había sido irreflexivo..., quizás un poco vano? Cuando se afeitaba por la mañana, estaba acostumbrado a ver un cuerpo alto y atlético, una cara de rasgos firmes y regulares, una mandíbula cuadrada con un profundo hoyo y unos ojos gris claro. Estaba acostumbrado asimismo a que lo consideraran atractivo y a conseguir el tipo de atención acorde con tal descripción. Pero nunca se había encontrado en esta posición antes, intentando forzar o inspirar a una mujer para que ofreciese un par de miles de dólares por el placer de su compañía. Lo ponía bastante nervioso el hecho de que lo subastaran, pero subastarlo barato... sería embarazoso. Quizá debería ofrecer un fin de semana en su casa de campo del interior. No..., no era tan extravertido como para entretener a una extraña nada más y nada menos que durante todo un fin de semana.

Mientras escuchaba a medias la subasta del «Soltero número dos», Lee vio a sus padres hablando con Roz Fenwick. Eran una pareja distinguida. Rebecca Stone tenía un aspecto espléndido y elegante, con su belleza poco convencional, luciendo un traje antiguo de Norell y el pendiente de diamante y esmeralda que los antepasados de su madre habían adquirido expresamente de la emperatriz Josefina. Sherman Stone lucía esbelto y apuesto en su traje de gala Savile Row, con su rostro todavía atractivo y sus cabellos plateados que contrastaban así con su bronceado permanente de rico. Gracias al impecable linaje de Rebecca y al encanto de Sherman, los invitaban siempre a todas partes. En otra época, Lee se había sentido orgulloso de ellos, pero eso era cuando aún admiraba a su padre y creía que lo que unía a Sherman y Rebecca era un devoto amor conyugal.

Cuando Lee descubrió que Sherman era muy inferior a lo que él había imaginado, cuando supo la verdad de la aparente devoción de Rebecca, juró que su vida sería diferente. Puso en práctica esta promesa rechazando todo lo que sus padres querían para él: escuelas de la Ivy League, una carrera de banquero, una esposa de alta sociedad. Lee había sido el único miembro de su clase de preparatoria que había renunciado a una prórroga militar; se presentó voluntario para hacer el servicio militar en el Chaplain Corps. Intentó con poco entusiasmo convencer a sus padres de que no apoyaba la guerra de Vietnam, pero se sentía mal moralmente si no hacía nada por los pobres o desfavorecidos que no tenían más opción que servir o ser castigados... mientras que los hijos de los ricos podían evadir el conflicto en la Universidad o en las escuelas. Su madre lo amenazó con un infarto, y su padre..., bueno, su padre declaró con altivez que Lee tenía muchas cosas que aprender de la vida en el mundo real.

Lee sabía que todavía estaba aprendiendo. Pero a su modo, no al de ellos.

–Nuestro nuevo soltero, señoras y señores, es Lee Harrison Stone. –Lee prestó atención y el subastador lanzó su discurso–: Sin ninguna duda, un hombre que se ha hecho a sí mismo, fundador y presidente de Electrónica Stone: la revista *Forbes* lo califica de mago del *marketing* y de emprendedor sin temores. Lee mide metro ochenta y cinco y pesa setenta y siete kilos. Está en el comité del Museo de Arte Moderno, y le gustan el tenis y la fotografía. A ver, ¿quién de ustedes, señoritas, quiere hacerlo suyo por una noche? ¿He oído quinientos dólares para empezar? Tengo quinientos. ¿Quién da los seis...?

Dos mujeres de primera fila mantenían una conversación en murmullos y se pusieron a reír sofocadamente. Cielos, era mucho peor de lo que había imaginado. ¿Cómo demonios había accedido a ponerse allí en traje de etiqueta para ser contemplado y valorado por mujeres lustrosas pero sin duda hambrientas?

–Novecientos..., mil doscientos..., mil quinientos... –Las ofertas llegaban de toda la sala tan rápido que Lee no podía descubrir la procedencia. Al notar que tenía un objeto caliente en oferta, el subastador redobló sus esfuerzos–. Señoritas, señoras, ¿pretenden quizá que este hombre se acompleje? ¿Sólo mil doscientos dólares por un magnífico ejemplar de virilidad, un héroe de guerra genuino que fue condecorado por su bravura bajo el fuego? Lee..., daremos a las damas más incentivos para que sean generosas. ¿Sabe bailar?

Lee, sin fuerzas para abrir la boca, hizo un gesto de asentimiento. ¿Quién demonios había dicho aquello al comité de la medalla? ¿Su madre... o su padre? Estúpida fanfarronada, pensó. Lee sabía que era estúpido considerarse un héroe. Para él, lo que había ocurrido era claro: cuando vio al niño de Delaware sangrando en pleno campo de tiro, ya no pudo pensar en echarse a correr para cubrirse.

A medida que avanzaba la subasta, Lee miraba el techo, las paredes y, sobre todo, las salidas... Miraba a cualquier parte, excepto a las mujeres que lo reclamaban. Cuando al fin fue «adjudicado» por el precio más alto de la noche hasta aquel momento, 3.200 dólares, la agitación del aplauso quebró su tímida falta de atención. Bajó de la plataforma... y vio que la mujer que se acercaba a él con una papeleta firmada por el subastador era una morena magnífica cuyo peso estaría cerca del suyo. Momentáneamente falto de palabras, Lee aceptó con gesto mecánico el papel que ella le puso en la mano, garantía de su victoria.

–Eres mío –dijo–. Soy Francesca Spaulding.

El nombre no le decía nada, pero su cara y maneras le parecían ligeramente familiares. Quizás había bailado con ella en alguna verbena de estudiantes unos mil años atrás.

–Gracias por el voto de confianza –dijo con una sonrisa–. Por tres mil doscientos billetes, me parece que también debería incluir mi jersey estampado. –Ella no le devolvió la sonrisa, pero su cara era maravillosa en reposo. A Lee le sorprendió que una mujer tan guapa estuviera disponible y que, además, tuviese que comprarse una cita. Por muchas ganas que tuviese de hacer obras de caridad, había otras maneras de dar dinero.

Ella pareció leer sus pensamientos.

–Francamente, necesito una deducción de impuestos. Y mi agente pensó que esta cosa benéfica sería buena para mi imagen. Espera y verás: conseguiré este precio multiplicado varias veces con la publicidad.

Sus maneras poco seductoras y su preocupación por los asuntos de negocios respondieron las dos preguntas de Lee. La referencia a la publicidad le indicó que no la había conocido en una fiesta de principiantes. Pero, ¿quién era? Fuera cual fuese la respuesta, él tenía la poderosa intuición de que no iba a disfrutar nada con la compañía de Francesca Spaulding. Sin embargo, un trato era un trato y su trabajo consistía en asegurarse de que el dinero que ella había pagado fuese bien correspondido.

–¿Qué noche quieres salir? –le preguntó–. Y, ¿hay algún sitio en particular al que te gustaría ir?

–Te lo comunicaré cuando mi agente de prensa haya dispuesto el cubrimiento de la noticia. ¿Tú tienes algún problema de horario?

–En absoluto –respondió Lee pensando que, cuanto antes llamara Francesca Spaulding, antes terminarían sus obligaciones con la Inclusa–. Cuando estés dispuesta, llama a mi número privado. –Le dio su tarjeta, se excusó y apretó con firmeza la mano de Francesca Spaulding. Al fin y al cabo, esto era un negocio, no un placer.

Un sábado por la noche, Lee Stone salió en la limusina de la compañía para acudir a la cita con Francesca Spaulding. Normalmente conducía un viejo Corvette, pero, en cierto modo, no podía imaginarse a la estatuaria Francesca doblándose cómodamente en el asiento. Una pequeña investigación –en realidad, nada más que una pregunta a su secretaria ejecutiva sobre si conocía el nombre de Spaulding– le había revelado que Francesca era la modelo contratada por Aimée Myner, la empresa de cosméticos. Lo que más impresionó a Lee fue enterarse de que Myner vendía suficientes lápices de labios y abrillantadores de uñas para poner a su empresa muchos puntos por encima de Electrónica Stone en el Fortuna 500.

Puntualmente, a las siete, el coche se detuvo en la entrada de la torre de cristal sobre el East River donde vivía Francesca Spaulding. El chófer le abrió la puerta y Lee entró en el edificio, donde un hombre tomó su nombre y llamó arriba.

Había confiado en que, tras ser anunciado, se le invitaría a subir..., al menos para llevar a cabo las corteses tareas de recoger a la señorita en la puerta y ayudarla a ponerse el abrigo. Por 3.200 dólares estaba dispuesto a no hacer menos.

Pero el portero dijo:

–La señora Spaulding bajará enseguida.

«Enseguida» resultaron ser veinte minutos durante los cuales Lee esperó en la limusina mientras la agitación le aumentaba hasta tal punto que estuvo en un tris de decirle al chófer que lo llevara a casa. La caridad tenía sus límites. Sin embargo, justo cuando Lee estaba llegando al límite de su paciencia, Francesca salió a toda prisa del edificio, en una salida espectacular: llevaba un vestido escotado y ceñido de seda blanca con una blusa plisada larga hasta el suelo, y un abrigo de chinchilla sobre los hombros.

Lee dio un salto para recibirla. A pesar de su enfado, tuvo que dispensarle una mirada aprobadora. Ella también se detuvo para inspeccionar su aspecto: traje gris oscuro de Savile Row, corbata granate, zapatos ingleses hechos a mano.

Antes de que ninguno de los dos pudiera decir una palabra, se encendió un flash. Lee se dio cuenta entonces de que un joven con varias cámaras al cuello había salido del edificio detrás de Francesca.

–Venga –dijo Lee empujando a Francesca hacia el coche–, despistemos al *paparazzo*...

Ella apartó el brazo.

–Pero si es Buck Lansing –dijo–, mi fotógrafo personal. Ya te dije que hacía todo eso por publicidad. Buck viene con nosotros...

Y, sin esperar el consentimiento de Lee, ella y el fotógrafo se metieron en la parte de atrás del coche.

Lee se quedó en la acera. No lo seducía la idea de ver su foto pegada por toda la ciudad, y menos como nuevo novio de Francesca Spaulding. Era evidente que aquello no formaba parte del acuerdo. Pensó en la posibilidad de enviarlos en la limusina y volver en taxi a casa. Podía remitir al hospital su propio cheque por 3.200 dólares; de pronto, le pareció un precio barato a cambio de su libertad.

–Oh, venga –le gritó provocadora Francesca por la ventanilla–. Es por una buena causa, ¿no te acuerdas? Sube, Stone, y no seas tan remilgado.

Esto lo convenció. Demasiadas mujeres, especialmente antiguas amantes, lo habían acusado de tomarse a sí mismo demasiado en serio. Subió al coche sin preocuparle en absoluto que el fotógrafo quedase comprimido entre él y Francesca.

En Le Cirque, donde había reservado mesa, Lee posó voluntariamente para una docena de fotos y amablemente cambió la reserva por una mesa para tres. De hecho, acabó disfrutando de la compañía de Buck Lansing mucho más que de la de Francesca. El fotógrafo no sólo hacía triviales trabajos de moda sino que había estado un tiempo cubriendo la Casa Blanca de Johnson y había estado en Vietnam. Intercambiaron anécdotas mientras Francesca se quedaba callada, completament absorta en la comida.

Eran sólo las diez y cinco cuando salieron de Le Cirque. En el coche, Lee preguntó sumisamente:

–¿Y ahora qué? ¿Quieres ir a bailar?

Francesca dibujó una sonrisa de aprobación, como si Lee hubiera captado al fin el objetivo principal de aquella costosa velada.

–Sí –dijo ella–. Pero esta vez, yo elegiré el sitio.

Se inclinó hacia adelante y, cuando el chófer abrió el tabique de vidrio, habló en voz tan baja que Lee no pudo oír la dirección.

Lee contempló con aire sospechoso la oscura calle en que se había detenido el coche ante un edificio con aspecto de fábrica.

–¿Qué es eso?

–La Wherehouse –dijo Francesca.

Como coleccionista de arte, Lee conocía el nombre de Samson Love y había oído hablar de su exclusivista tinglado, medio estudio, medio palacio de placer. Aunque no había sentido mayor curiosidad de verlo porque no le interesaba el arte pop. Prefería el impresionismo... y la cordura.

Pero Buck esperaba con su cámara y, obviamente, era allí donde Francesca y sus patrocinadores podían conseguir mayor publicidad. Lee entró tras ella.

Sus peores sospechas quedaron confirmadas cuando llegó arriba. Lee se sintió golpeado por un muro de sonido tan ensordecedor como las descargas de artillería oídas en Vietnam. Y el aire estaba tan cargado de humo de marihuana que uno podía colocarse respirando unas cuantas veces hondo.

Francesca conocía sin duda el lugar, porque, cuando se quitaron los abrigos, se negó a entregar su chinchilla hasta que localizaron a alguien llamado Eddie.

–Ponlos en la habitación de vestuario trasera –le ordenó al chico haciéndole una señal a Lee de que le diera dinero–. No quiero que ninguno de los colegas de Samson juegue a disfrazarse con mis pieles.

–¿Quieres decir que aquí no se respeta la propiedad privada? –le preguntó Lee en son de mofa.

La respuesta fue una mirada fulminante que anuló cualquier nuevo intento de burla.

–Empecemos –le dijo a Lansing.

Aunque la Wherehouse estaba bastante llena, y aunque Samson Love no estaba a la vista, apareció en cuanto Buck empezó a tomar fotografías de Francesca y Lee, casi como si hubiera sido alertado de su presencia por un sistema personal de radar. La sesión fotográfica parecía estar ya prevista porque Samson besó a Francesca y abrazó a Buck.

Francesca empezó halagando al artista.

–Me encanta este color de vincapervinca que llevas –dijo señalando la camisa de seda arrugada de Samson–. Eres un auténtico ángel por dejarnos hacer esto.

–Ángel, un cuerno. ¿Acaso esta asquerosa compañía para la que trabajas no prometió comprarme dos cuadros para su sede central? Y también quiero mi libra de carne tuya, Frankie. Tendrás que representar un papel en mi próxima película.

–No si tengo que enseñar las tetas, Sammy. Tengo una imagen que mantener.

Samson se rió.

–Tú no tienes tetas, Frankie. Todos sabemos que en realidad eres un hombre disfrazado. De hecho, el papel que quiero que hagas es de hombre...

–Muy bien entonces –dijo Francesca–. Ahora, ¿podemos tomar fotos?

Samson dio su consentimiento, se besaron y él se fue.

Decir que aquél no era su mundo era decir muy poco de Lee. Pero jugó su papel posando para una sucesión de fotografías hasta que Francesca se alejó de él y se puso a hablar con otra gente. Volvió a pasarle por la cabeza irse, pero, por pura educación, se quedó para llevarla luego a casa. Si ella quería irse, muy bien, pero él se iría como había llegado..., como un caballero.

Lee se dirigió al bar en busca de una bebida que le hiciera compañía, aunque la reputación de Samson y sus orgías de drogas le hicieron preguntarse si era seguro beber algo allí. Contempló con disgusto el gran cuenco de píldoras de colores como caramelos que había sobre la barra. Lee no se consideraba remilgado en este aspecto. Demonios, había probado muchas cosas en una ocasión, y aquello fue suficiente para un hombre que no quería pasarse la vida en sitios como aquél jugando a la ruleta farmacéutica con su cerebro. Encontró una botella de vodka sin abrir, la desprecintó y se sirvió una copa.

Con tiempo por matar y sin nada mejor que hacer, se puso a mirar a los que bailaban, algunos saltando, retorciéndose y revoloteando frenéticamente al ritmo de la música, otros moviéndose como zombies, a medio camino entre la vigilia y el sueño. Casi de inmediato, Lee vio a la chica. Era guapa a pesar del maquillaje blanco y del pelo teñido de negro que le caía sobre la cara. Parecía una princesa sometida a un encanto diabólico, con los ojos cerrados y una sonrisa infantil en la cara. Su esbelto cuerpo estaba envuelto, casi como con un pañuelo, por un hombre fornido cuya cara quedaba casi oculta a la vista; ella parecía ajena al hecho de que él la estuviera magreando en la misma sala de baile.

Luego el hombre la empujó hacia el sofá negro gigantesco y la soltó como si fuera una muñeca de goma. Ella emitió un suave gruñido. ¿Era una señal de protesta, se preguntó Lee, o simplemente parte de un sueño inducido por las drogas?

Un momento después apareció Samson y agitó a la chica como quien despierta a un perro dormido para ponerse a jugar. Ella abrió los ojos y, cuando Samson le susurró algo al oído, respondió con la misma sonrisa dormida que Lee le había visto antes. Samson llamó a uno de sus siempre presentes fotógrafos y, sin dudar ni un instante, le arrancó la blusa y dejó al descubierto sus cremosos pechos.

Se reunió un pequeño grupo de gente mientras Samson le

pellizcaba los pezones con aire de propietario y empezaba, con lápices de fieltro, a dibujar imágenes –como figuras de cómic– en su pecho y brazos. La cámara se acercó para tomarlo de cerca y, al terminar, Samson firmó sobre el ombligo de la chica. Se inclinó ligeramente y agradeció el aplauso de sus *fans*; luego giró hacia el hombre fornido que Lee había visto antes y le hizo un gesto amplio con la mano, como diciendo, «toda tuya». El hombre alzó a la chica, que todavía parecía ligeramente consciente, la cargó sobre los hombros y se dirigió hacia la parte de atrás del desván.

–¿Te ha gustado el pequeño «happening» de Samson? –La voz de Francesca lo sorprendió y lo hizo sentirse como si lo hubieran pescado viendo un *striptease* en la calle Cuarenta y dos.

–No. Ha sido horrible...

–Pero lo has mirado, ¿no? –le lanzó Francesca.

Lee se quedó sin habla. Quizá no podía negar cierto matiz de corrupción dentro de él, alguna herencia de su padre. En un momento de soledad y aislamiento insoportables, había visitado un burdel en Saigón. Había presenciado la decadencia disfrazada de erotismo, escenas fantásticas mucho más extrañas que la que acababa de ver allí. Pero siempre le producían un sentimiento de tristeza y soledad y dejó de ir. Ahora se sentía como entonces, enfadado y asqueado. Sentía la necesidad de pegar a Samson y a su amigo en la cara, llevarse a la chica de aquel lugar, rescatarla del hechizo malvado que la había hecho cautiva de la Wherehouse como quien libera a un prisionero de guerra del enemigo.

–Me parece que te ha gustado más de lo que quieres admitir –insistió Francesca–. A los hombres siempre les gustan las locuras de Samson. Consigue que la gente haga cosas ante sus cámaras que no harían por Cecil B. de Mille ni por dinero. ¿Tú no lo encuentras ni siquiera un poco estimulante?

–No –repitió Lee–. Esa pobre chica que Samson ha manoseado está tan hundida que no sabe qué demonios hace.

–Esa «pobre chica» –dijo Francesca con sonsonete– es la linda Stevie Knight. Samson también ha hecho muchas cosas por ella. No me digas que no has oído hablar de su revolucionaria estrella de cine...

–Su cine es una letrina –dijo Lee–. No voy nunca.

–Pero estás aquí, Stone –susurró ella con presunción–. A lo mejor sólo eres un hipócrita, lo que te hace aún peor que nosotros, que sabemos lo que nos gusta y no nos molesta conseguirlo. Creo que podemos declarar nuestra cita oficialmente terminada. No eres mi tipo.

Lee se amarró la lengua, aunque le habría sido fácil buscar una réplica, y Francesca se volvió y desapareció entre la gente.

O sea que era libre de irse. Pero se detuvo un segundo pensando en la chica que había visto ultrajada y que luego se habían llevado. La imagen de Stevie Knight, drogada y perdida, no lo abandonaba. Algo en su cara con forma de corazón, algo le hablaba de una inocencia olvidada pero no perdida. Rescatarla...; ahora tenía una buena causa...

Pero luego se reprendió. «Manténte alejado, Stone. Si quiere ser la *geisha* de drogas de Samson Love, no es asunto tuyo.» Miró a su alrededor para llamar al chico que se había llevado su abrigo. Como no lo vio, Lee se fue hacia la parte de atrás de la Wherehouse. Abrió la primera puerta y se encontró con un cuarto de baño enorme decorado con *graffiti*, todos de índole sexual. Dentro, en una bañera de burbujas, había dos jóvenes desnudas fumando marihuana con la cabeza apoyada en el borde y un aire de abandono satisfecho. Lee hizo caso omiso de su invitación a compartir la fiesta y cerró la puerta.

La puerta siguiente resultó ser el vestuario. Era del tamaño de una pista de baile y estaba lleno de colgadores con ropas y pieles, estantes de cajas, sombreros y zapatos. Francesca tenía razón en algo, pensó: Samson y su amigos parecían disfrutar disfrazándose.

A la pálida luz que entraba de fuera, Lee fue palpando hasta encontrar su abrigo. Se volvió para irse, pero se detuvo al oír un suave ruido, como el de un animal haciendo una madriguera. Echó una mirada por el suelo pero no vio más que un montón de ropa en una esquina. Se acercó un poco y, de pronto, vio que era la chica, Stevie Knight, sin nada más encima que medias y zapatos y con los ojos color avellana abiertos y vacíos. Por un horrible instante, Lee temió que estuviera muerta. Le tocó la mano y vio que estaba fría como el hielo. Se inclinó hacia ella para ver si respiraba. Ella abrió los ojos un momento, los giró de un modo alarmante y los volvió a cerrar. Lee la envolvió en el abrigo y se puso a calentarle las manos.

Ella hizo un sonido, casi como el gemido de un niño. Lee volvió a mirarle la cara. El espeso maquillaje estaba manchado y de un ojo le colgaba una pestaña falsa; parecía una niña que había estado jugando con los cosméticos de su madre. ¿Dónde demonios estaban sus padres?, se preguntó enfadado. ¿No le importaba a nadie que se pasara las noches con drogadictos y degenerados... y que, a este ritmo, muriera en un par de años?

Lee se quedó clavado en el sitio inmerso en una batalla que el sentido común iba a perder. La linda Stevie Knight era una perfecta desconocida y, sin embargo, lo atraía como un imán.

Con un pesado suspiro, la puso en pie –era dolorosamente ligera– y, después de envolverla en su abrigo, la sacó de la Wherehouse. Nadie intentó detenerlo; ni siquiera parecieron darse cuenta.

–Vamos –le dijo al chófer después de instalar cómodamente a la chica en la limusina que esperaba. No tenía ningún plan, ni idea de lo que haría con aquella extraña a la que había rescatado. Cuando el coche se alejó de la calle Mercer, Lee le ajustó bien el abrigo alrededor del cuerpo y levantó el cuello para que no tuviera frío. Ella entreabrió los ojos, le rodeó el cuello con los brazos y lo atrajo hacia sí. Por un momento de descuido, Lee respondió al tacto de unas manos suaves, a la dulzura de su perfume... y luego se apartó con una sacudida, enfadado por su propia debilidad, enfadado con aquella niña que tenía al lado por..., por ser irresistible.

–Si no quieres hacer nada, ¿qué haces aquí? –preguntó ella, pronunciando las palabras con dificultad y con una expresión sorprendida e infantil.

La rabia de Lee se desintegró en remordimientos.

–No te cogí para abusar de ti –le dijo amablemente sintiéndose en el acto torpe e idiota por expresarse de manera tan remilgada–. Estabas bastante mal –acabó–. Me ha parecido..., me ha parecido que tal vez querrías un café fuerte.

–¿Café? –repitió ella–. Claro... ¿por qué no?

Un segundo después, se había vuelto a dormir.

«¿Ahora qué?» se preguntó Lee contemplando a la chica

inconsciente. No estaba en condiciones de ir a ningún lugar público y Lee no tenía ni idea de dónde vivía –ni con quién, en realidad–. Lo que necesitaba era una ocasión para recuperarse, sacarse las drogas del sistema y tomar decisiones difíciles desde una nueva perspectiva.

De pronto, sonrió. «Muy bien, Stone» se dijo a sí mismo, «te has erigido tú mismo en caballero con armadura brillante... Ahora hazlo bien.» Le dio una nueva serie de instrucciones al chófer y se arrellanó en el asiento para afrontar el largo camino que les separaba.

La casa de campo de Lee era una cabaña de seis habitaciones ubicada a unos ochenta kilómetros de Nueva York en una pequeña comunidad que estuvo de moda una breve temporada después de la Segunda Guerra Mundial y luego había caído en declive. Los precios habían bajado y Lee había adquirido, por una miseria, treinta acres de montaña y una sólida casa desde donde se divisaba un lago de diez kilómetros de extensión. Había añadido una casita para el vigilante y un garaje para guardar el *jeep* que le proporcionaba transporte rápido en cualquier momento del año.

Aunque su casa en Central Park West era mucho más lujosa, Lee consideraba la cabaña de madera como su hogar, porque aquí estaba a salvo de las intrusiones de la «gente de la alta sociedad» y era libre de disfrutar en soledad, de subir por el camino de los Apalaches con pocas posibilidades de mayor interrupción que la de un mapache de paso o un ciervo extraviado.

Eran las tres de la mañana cuando la limusina de la compañía entraba en el largo camino serpenteante que quedaba oculto desde la carretera por altísimos pinos y robles antiguos. Lee despidió al chófer y subió en volandas a Stevie, que prácticamente no se había movido, por el corto tramo de escaleras de piedra. Buscó las llaves y abrió la puerta. Una vez dentro, pulsó los botones del panel de control electrónico que ponían en marcha la calefacción y la luz de las habitaciones principales.

Llevó a Stevie a una habitación de invitados forrada de pino viejo y curado y la colocó con cuidado en la cama. Pensó en ponerle un pijama, pero no se veía capaz de manipular su cuerpo desnudo..., no después de haberla visto utilizada como un cuerpo sin alma ni voluntad propia. Por tanto, simplemente le quitó los zapatos y las medias y la acomodó bajo el cálido edredón, con el abrigo todavía puesto.

Con una súbita inspiración, entró en el baño adyacente, humedeció una toalla y volvió junto a ella para limpiarle el maquillaje de la piel. La cara que apareció debajo mostraba una alarmante vulnerabilidad, una frescura que contrastaba violentamente con lo que él había presenciado. Casi de un modo inconsciente, le tocó la cara con los dedos: un gesto cariñoso de buenas noches, justo antes de apagar las luces e irse a su habitación.

Tumbado en su maciza cama de roble, rodeado de muebles simples de la primera época norteamericana que había ido reuniendo en las subastas locales, Lee se sentía cansado pero sin ganas de dormir. Era plenamente consciente de otra presencia en su casa, una presencia molesta, desconcertante. De hecho, casi había secuestrado a la chica; Dios sabía que ella no estaba en condiciones de dar su consentimiento. A lo mejor al despertarse se pondría a gritar que la habían violado o mutilado. A lo mejor estaba tan loca como el resto de gente de la Wherehouse de Samson. Quizás habría debido dejarla allí..., pero no lo creía realmente. Desviar la vista era de cobarde y Lee Stone no creía en la táctica de mirar a otro lado cuando veía algo erróneo.

En muchos aspectos, Lee se había sentido anacrónico, con valores obsoletos o, al menos, alejado de su propia generación. Era patriótico, aunque reconocía la necesidad de cambios. Se había manifestado a favor de los derechos civiles, pero se negaba a deshonrar su bandera o quemar su tarjeta de alistamiento. Le impacientaban los lamentos inmoderados y creía que el hombre era responsable del destino que se forjaba desde que tenía uso de razón.

Lee había sido un niño privilegiado, pero no enormemente rico. Había ido a Andover porque era la escuela preparatoria a la que había asistido su padre... y ésta fue la última vez que repitió algún paso de su padre.

Sherman Stone era encantador, de esto no había dudas, y, de pequeño, Lee se había sentido cautivado por su risa cordial y sus maneras sencillas. Pero, incluso entonces, había reconocido instintivamente algo diferente en su madre, algo que más tarde reconocería como refinamiento y distinción.

Cuando se hizo mayor, Lee se dio cuenta de que era la tranquila fortaleza de Rebecca lo que mantenía a la pequeña familia, mientras su padre se iba metiendo primero en un negocio, luego en otro y conseguía algún éxito de vez en cuando y fracasos demasiado frecuentes..., explotando con exceso el linaje y las relaciones sociales de su esposa en busca de un atajo hacia la fortuna.

Sus padres raramente discutían, porque Rebecca Harrison consideraba las riñas matrimoniales una prerrogativa de las clases inferiores. Pero en una ocasión, cuando él tenía doce años, Lee oyó su voz gritando con rabia. Fue cuando se enteró de que Sherman había intentado sacar provecho de otra empresa con un préstamo de su hermano. Primero Sherman había intentado engatusarla, y luego había lanzado una seria acusación a su esposa responsabilizándola de sabotaje deliberado y de impedirle el éxito que se merecía.

Ella había respondido con un frío desdén que Lee no le había oído manifestar nunca.

–¿Puedes asegurarme honestamente que cumplirás tus obligaciones con mi hermano sea cual sea el resultado? Creo que no... Así que quizá deberías buscar en tu conciencia como yo busco constantemente en la mía. Quizá entonces sepas quién y qué te impiden el éxito por el que tanto luchas. La familia Harrison ha tenido su porción de piratas y bucaneros, pero me siento orgullosa de decir que ninguno de ellos se disfrazó de hombre de negocios honrado. Muestra un poco de integridad, Sherman, y tendrás mi apoyo además de mis relaciones familiares. Muéstrame tu debilidad de carácter y lo mejor que te puedo ofrecer es neutralidad, siempre que te mantengas alejado de mi familia.

Lee comprendió entonces que había algo erróneo en la manera de hacer las cosas de Sherman, aunque hasta unos años después no empezó a formular mentalmente la acusación que lo separaría emocionalmente de su padre.

Había ido a casa a pasar las vacaciones de Navidad de la escuela preparatoria. Él y su compañero de habitación, Rob Petersen, habían ido a ver una película por la tarde –era *Cat Ballou*, todavía lo recordaba como si hubiera sido ayer– y luego habían bajado al chiringuito de Manero a tomar un bistec con patatas al horno. Sentado a una mesa de la esquina, vio una cara familiar. Era Sherman, en intensa conversación con una mujer joven. «Quizá sea una reunión de negocios» se dijo primero Lee sin querer dar fe a sus ojos. Pero no era el tipo de restaurante que Sherman solía frecuentar y, cuando Lee lo vio inclinarse y susurrar algo al oído de la chica, y tocarle la mano de un modo que era más que simple amistad, supo que su padre estaba liado. Con el estómago alterado, se levantó, los puños firmemente apretados a ambos lados, y se acercó a la mesa de Sherman.

–Hola, papá –dijo.

Sherman palideció ostensiblemente. Desvió la mirada un momento largo y revelador antes de adoptar su actitud habitual.

–Hola, Lee –dijo–. ¿Qué estás haciendo aquí?

–He venido a tomar algo con Rob. ¿Qué haces tú aquí?

–También he venido a tomar algo –explicó Sherman con una risita–. Me parece que no conoces a Marilyn Weller... Marylin, éste es mi hijo, Lee. Marilyn está en el departamento de contabilidad y es tan amable que ha accedido a trabajar durante la comida en unos papeles que me hacían falta. Lo mínimo que podía hacer era invitarla a una comida decente al terminar, ¿no te parece? –Los ojos de Sherman se negaron a mirar a su hijo, y añadió–: ¿Queréis sentaros con nosotros?

–No. No, gracias.

–Bueno pues –dijo Sherman afablemente como si no tuviera nada que ocultar–. Nos veremos en casa esta noche.

Lee volvió a su mesa sintiéndose como si el mundo hubiera zozobrado en un terremoto y hubiera quedado con grandes grietas en lo que antes había sido piedra lisa. Cogió la comida que ya no quería y cortó las preguntas y adivinaciones de Rob sobre qué le pasaba. Quizá lo habría ayudado descargarse, arrojar su rabia, pero le parecía que no podía exponer su empañado orgullo familiar a alguien de fuera, ni siquiera a un amigo.

Más tarde, cuando los chicos pidieron la cuenta, el camarero les comunicó que la había pagado el señor Stone. El detalle aumentó la rabia de Lee, que vio en ello un intento de comprar su silencio.

El resto del día, su honestidad batalló con el amor a su madre. ¿Debía herir a Rebecca o debía engañarla? Lee seguía todavía confuso cuando, en la cena, Sherman hizo suya la decisión. Rezumando candor y confianza, Sherman mencionó tan casualmente como pudo que se había encontrado a Lee en un restaurante, donde estaba comiendo con «alguien de contabilidad». Si Rebecca sospechó algo, no hubo nada que lo indicara en su educada sonrisa.

Desde aquel día, Lee se alejó de su padre y se alistó junto al honor e integridad de Rebecca. Se negó a ir a Dartmouth, la Universidad de Sherman, y anunció su intención de pedir la admisión en la Universidad de Nueva York. No hizo el menor caso a las burlas de Sherman sobre la Facultad, su insistencia en que allí no se podían hacer relaciones valiosas, la amenaza de que Lee estaba saboteando su propio futuro.

«Mejor esto que un futuro como el tuyo» pensó Lee. Y mejor estar cerca de casa, para poder cuidar a su madre y vigilar a su padre. Una vez que hubo clasificado a Sherman como un cobarde y un traidor, le fue fácil reunir más evidencias: una conversación oída con su contable, el pánico por una auditoría, un piropo susurrado a oídos de una de las amigas de Rebecca, una enfadada visita de uno de sus colegas de negocios, acusaciones de malversación, amenazas de responsabilidad criminal..., retirada ésta última cuando Rebecca cubrió los gastos liquidando una parte de su reducida cartera de acciones.

–¿Por qué no lo dejas? –le había preguntado Lee a su madre una vez que la encontró derramando lágrimas en la intimidad de su habitación.

–Los Harrison no se divorcian –respondió–. Prometí seguir con él «en lo bueno y en lo malo». No era una promesa a tu padre; era un compromiso conmigo misma... e intento mantenerlo. La vida no tendría sentido para mí si no pudiera creer en mí misma. No tendría ningún sentido dar mi palabra si supiera que no tiene valor.

Lee meditó en las palabras de Rebecca largo tiempo; parecían tener sentido cuando muy pocas cosas en la vida lo tenían y, en especial, cuando se sentía desconectado de la gente de su edad.

Tras dos años de Universidad, se alistó en el Ejército y lo enviaron a Fort Hamilton, en Brooklyn, como entrenamiento para el Chaplain Corps. Empezó sus obligaciones como un idealista en busca de afirmación, pero la parte más pura de su idealismo murió en Vietnam. Había terminado la guerra siendo más realista, dispuesto a utilizar el sistema para encontrar la manera de implicarse en buenas causas.

Y esta noche, mientras viajaba hacia el norte, Lee pensaba que tenía una causa que, extrañamente, le tocaba el corazón más profundamente que cualquier otra cosa antes.

8

Lee durmió poco: casi cada hora se levantaba para ir a ver a su invitada. Prudentemente, había dejado su libreta de teléfonos en la mesita de noche, abierta en el número del médico del pueblo más cercano. Pero la respiración de Stevie parecía regular y su pulso correcto.

A las ocho de la mañana se levantó, fue a la cocina y abrió la nevera, que estaba llena de frutas y vegetales, huevos frescos y mantequilla. Lee hizo una mueca y escribió mentalmente una nota de agradecimiento al joven guardián, Tim Fallon, por hacer su trabajo. Lee había sacado a Fallon de un hogar de jóvenes y le había ofrecido un trabajo y un sitio para vivir; el chico no le había dado razones para arrepentirse.

Después de preparar un poco de jugo de naranja, Lee cogió una sartén de cobre lustrado del estante y se puso a freír panceta. Le gustaba trabajar en la cocina, espaciosa aunque acogedora, pero lo hacía raramente; era un lugar para actividades solitarias. Hacía mucho tiempo que no llevaba a una mujer a su refugio de soltero. Las bellas de alta sociedad que llenaban su buzón con invitaciones a fiestas y bailes le parecían sospechosas porque pertenecían al mundo de Sherman y Rebecca Stone. Su madre lo reprendía a menudo por estar «casado con su trabajo», una crítica que no podía refutar. Por ahora, quizá fuera necesario; ¿cómo habría podido convertir de otro modo el modesto legado de su abuelo Harrison en un negocio dinámico y próspero? Algún día se establecería, le prometía a su madre: cuando encontrara el momento y la mujer adecuados.

Rompió cuatro huevos en un cuenco y empezó a batirlos

con un batidor de aluminio. No fue hasta que se encontró cantando «Extraños en la noche» cuando se dio cuenta de que le gustaba la perspectiva de cuidar a la joven que ocupaba la habitación de invitados. Tómatelo con calma, Stone, se advirtió a sí mismo. Acuérdate: esto es una buena acción, nada más.

Sin embargo, cuando preparaba la bandeja blanca de mimbre, salió un momento a coger unas cuantas flores de campanitas primerizas y las puso en un jarro. Sólo para hacer el desayuno más atractivo, claro. Ella bostezó, se desperezó y abrió los ojos.

–Buenos días –dijo él con suavidad para no asustarla o desorientarla–. Soy Lee Stone. Estás en mi casa. No sé si recuerdas algo, pero... ayer noche estabas totalmente ida. Aceptaste una taza de café –añadió con una mueca tranquilizadora–, y aquí está... con toda su guarnición.

Stevie se sentó, se frotó los ojos, miró la bandeja del desayuno y luego al atractivo hombre que se la ofrecía. «¿Habían dormido juntos?» se preguntó. «¿Era ésa la razón por la que la miraba con tanta preocupación?» Se dio cuenta de que no llevaba puesto nada más que un abrigo de hombre. Dios mío, pensó, si era capaz de perder el sentido y tener relaciones con extraños, las cosas estaban realmente mal. En su opinión, esto era mucho peor que acostarse con los de la Wherehouse; al fin y al cabo, aunque no los conociera mucho, allí eran todos... una especie de familia. Stevie rebuscó en su memoria lo ocurrido la noche anterior en la Wherehouse. Se había tomado unos cuantos Quaaludes y se había emborrachado. Paul no paraba de llenarle el vaso. Pero, ¿cómo había llegado hasta aquí? Miró hacia la ventana y vio las parras florecidas que se apoyaban en el alféizar exterior, la extensión de árboles detrás y el agua brillando al fondo como un campo de diamantes bajo el sol de la mañana. ¡Dios mío..., secuestrada y llevada, como mínimo, a pleno desierto!

Para ganar tiempo, cogió la taza de café humeante y dio un sorbo sin dejar de mirar al hombre por encima del borde. Era muy atractivo, pensó. Si realmente había dejado que la jodiera, bueno, habría podido tener peor suerte.

–Hace un buen café, señor Stone.

–No es lo único que hago bien –dijo... y, por un instante,

Stevie pensó que se estaba insinuando..., hasta que le acercó la bandeja–. Pruebe mi tortilla.

Stevie miró la tortilla y cogió el tenedor. Pero, entonces, preguntó secamente:

–¿Eres amigo de Samson?

Se le acababa de ocurrir que la habían adjudicado a este hombre, como en una ocasión la habían adjudicado a Paul.

Pero la respuesta de Lee fue inequívoca:

–No, jamás –dijo con una expresión de evidente disgusto–. Y, si quieres saberlo, te diré que Samson Love tampoco es amigo tuyo.

–No quiero saberlo –replicó Stevie duramente. Una cosa era que ella estuviese enfadada con Samson; otra muy distinta, dejar que un extraño lo criticara.

Lee no quería discutir. Volvió a señalar la bandeja.

–Venga, tómate el desayuno... Si te ha gustado mi café, también te gustará mi tortilla.

Como Stevie seguía mirándolo con aire de sospecha, Lee cortó un trozo de tortilla con el tenedor y se lo acercó a la boca.

Stevie separó los labios y se comió un trozo de tortilla; sin más comentarios. Luego aceptó otro trozo.

Lee no podía evitar sonreír ante su malhumor.

Por fin, como por fuerza, cogió el tenedor con su propia mano.

–Muy bien –dijo–. Está buena.

Mientras estaba masticando la panceta, la invadió un fuerte dolor de cabeza. Se echó atrás y apoyó la cabeza en la almohada frotándose las sienes.

–¿Qué ocurre? –preguntó Lee–. ¿Te encuentras mal?

–Dolor de cabeza –susurró ella–. Muy fuerte.

Lee fue al baño y volvió con dos aspirinas y un vaso de agua.

–Aquí tienes –dijo–, tómatelas. Si tienes resaca, será mejor que no comas hasta más tarde. Cuando te sientas mejor, quizá quieras tomarte un baño o una ducha. Encontrarás jabón y toallas en el cuarto de baño y ropa limpia en el armario. Luego te vendré a ver.

«¿Cuál era el nombre de este tío?» se preguntó Stevie cuando Lee salió de la habitación. Parecía estar bien de dinero, y, ciertamente, su aspecto era inmejorable. ¿Era uno de esos tipos de la zona residencial que se enloquecía por salir con las asiduas de la Wherehouse? La había tratado de un modo un tanto remilgado, pero todavía no sabía si lo que quería era su cuerpo... o si ya lo había poseído.

Cerró los ojos y descansó un rato dejando que las aspirinas hicieran su trabajo. Al cabo de una hora, se levantó y llenó de agua la gran bañera con patas. Abrió un armarito de madera y encontró una pila de toallas de baño suaves y un surtido de jabones perfumados y sales de baño. Una cosa era evidente, pensó. Aquel tío debía de estar casado y probablemente tenía la mujer fuera. Tenía que ser una mujer la que mantuviera tan bien provisto el baño.

Tras un largo y lujurioso chapuzón en el agua caliente y espumosa, se secó y abrió el armario en el que Lee había dicho que había ropa. Comprobó los estantes y colgadores y le sorprendió no encontrar ropa de mujer. Extrañamente, eso le gustó... aunque no era capaz de dar ni una sola razón para ello.

Se puso un jersey, un par de tejanos demasiado largos que se ciñó a la cintura con un cinturón de piel y un par de mocasines que casi le quedaron a su medida cuando se hubo puesto un par de calcetines de lana. Se miró en el espejo con marco de roble y decidió alegremente que parecía un chaval de doce años..., muy lejos de la provocativa modelo.

Como no pudo encontrar a Lee por ninguna parte, salió afuera. El aire era frío y vigorizante, con un suave perfume que anunciaba la primavera. Tras ella se oía el ruido constante de una cascada; más allá de un prado, el lago de zafiro; encima, el cielo asombrosamente azul. Un lugar bello, admitó Stevie, casi mágico, aunque diferente del tipo de magia que generaba Samson con píldoras, polvos y prestidigitación. Al oír un ruido en la esquina de la casa, se acercó y encontró a su anfitrión cortando una cerca de tejo con unas anticuadas tijeras de mano. Dejó de trabajar en cuanto la vio.

–¿Estás mejor?

–Mucho mejor, gracias.

–Has tenido suerte de salir con una simple resaca –le dijo con seriedad–. Cualquier día puedes tener menos suerte.

Ella cerró los ojos.

–Una tregua, por favor. Puede ser que anoche me pasara un poco, pero no necesito ninguna reprimenda. Ahora estoy bien.

–¿Ah sí? –Lee se puso las manos en las caderas y se quedó mirándola–. Si vienes conmigo, te demostraré que no estás tan bien.

–¿Ir adónde?

En lugar de responder, él se acercó a Stevie, le cogió rudamente la mano y luego la llevó hacia el camino que se internaba en el denso bosque de detrás de la casa. De haberlo querido se podría haber resistido, pero el olor de resina y el aire fresco del bosque eran vigorizantes.

–Venga, sígueme –dijo Lee en cuanto estuvieron en el camino– hasta la cascada. Sólo es un kilómetro y medio..., una nadería. ¡Venga, arriba!

Lee subía a paso lento y constante. Stevie se detuvo un segundo. En el pedante desafío de aquel tío había un ligero eco de la actitud de sabelotodo del almirante. Bueno, le enseñaría una o dos cosas. Empezó a subir tras él, enfurecida por la evidencia de que Lee aflojaba el paso y la esperaba. Reuniendo toda su energía, se puso a correr y lo dejó atrás con una carcajada triunfante. Sin preocuparse por las ramas que le arañaban la cara, Stevie se obligó a correr más deprisa, como si su vida dependiera de ello. Sí, los pasaría a todos..., al almirante, a Samson y a este imbécil pedante.

Pero, cuando la pendiente se hizo más pronunciada, se cansó enseguida y los músculos empezaron a acalambrársele. Cuando Lee la pasó sin esfuerzo con un gesto alegre, apretó el paso, hasta que el aire de la montaña le penetró en los pulmones como un centenar de cuchillos afilados. Y, finalmente, cuando Lee desapareció de su vista, se dejó caer de rodillas en el suelo frío y húmedo jadeando de agotamiento.

Unos momentos más tarde, Lee volvió a estar a la vista.

–Es patético –le gritó desde unos diez metros–. ¡Creía que ibas a ganarme, pero estás tan hecha polvo que te podría ganar con los ojos cerrados y con muletas!

–¿Ah, sí? –le respondió ella–. Es porque no tengo ningún interés en hacer una carrera estúpida. Y, además, los zapatos no me quedan bien y la ropa se me cae y...

–Claro –dijo él con una sonrisa burlona que le provocó

ganas de abofetearle la cara–, y yo soy la reina de Rumania. Escucha, Stevie, te hago una apuesta. Te llevo al pueblo y te compro unas zapatillas y ropa que te vaya bien. Si puedes terminar el ascenso, me comeré mis palabras... ¡hasta soy capaz de comerme mis zapatillas!

Los ojos de Stevie brillaron ante la perspectiva de una venganza tan dulce.

–¿Qué dices? –preguntó Lee con la mano en alto–. ¿Aceptas la apuesta... o eres demasiado gallina?

–Has ganado –dijo ella aceptando el apretón de manos.

Cuando bajaban camino del garaje, se encontraron con un joven que estaba retirando las ramas secas que obstruían el camino.

–Hola, señor Stone –gritó–. Hubo una tormenta hace un par de días... Siento no haber terminado de limpiar antes de que usted llegara.

–No importa, Tim. Tómate tu tiempo. Estás haciendo un gran trabajo. Si necesitas ayuda, dímelo.

Lee le presentó a Stevie, y Tim observó a la invitada de su patrón con algo más que simple curiosidad.

Mientras seguían andando, Stevie dijo:

–Este chico que trabaja para ti me miraba como si viniera de Marte. Supongo que no me parezco a las chicas que sueles traer.

Lee se rió.

–Tim no suele ver por aquí a *nadie* más que a mí. Aunque probablemente no era el único motivo que tenía para mirarte. –Se le ocurrió una idea, que intentó expresar con tacto–. Pero sé buena con Tim. Quiero decir que eres obviamente atractiva, Stevie, y si te metes con él...

Stevie saltó.

–¿Qué crees que pasaría? ¿Que haría *striptease* para él, me tumbaría en el suelo y dejaría que...?

–Stevie, no quería decir...

–Oh, sí que querías. ¿Y por qué no? ¿Es lo que hice para ti? ¿Cómo demonios llegué aquí, señor Stone? ¿Qué demonios querías de mí, en cualquier caso...?

Lee tardó en contestar.

–Quería ayudarte –dijo sinceramente–. Ésta es una respuesta. La otra es... no, Stevie; no me acosté contigo.

Confusa y apenada, Stevie se volvió y siguió andando. Lee la alcanzó y le explicó con calma las circunstancias que lo habían llevado a casa de Samson, cómo la había encontrado en el vestuario cuando se iba y su incapacidad de abandonarla en aquellas condiciones.

–Pero, escucha, si no quieres quedarte aquí..., lo comprenderé. ¿Quieres que llame a alguien para que te venga a buscar? ¿A tus padres...?

Ella lo miró a la cara.

–No tengo padres.

–Entonces... ¿quieres que te lleva a la parada del autobús?

–No.

Lee extendió las manos, inseguro de lo que quería decir. A lo mejor quería irse pero esperaba que la llevase a la ciudad.

Ella tampoco lo sabía, hasta aquel instante, hasta que de pronto estuvo segura de que todo lo que él le había dicho era verdad: era un buen tío que sólo quería ayudarla.

–Sería estúpida si me fuera sin ver cómo te comes tus zapatillas.

Lee rió y le señaló el *jeep* oxidado del garaje.

Fueron a comprar al pueblo, que consistía en media docena de tiendas y una gasolinera. En los almacenes donde compraron zapatillas de goma y ropa para ella, Stevie se encontró de pronto convertida en el centro de atención de la joven vendedora, sin duda lectora de las revistas de moda, que la había reconocido. Pero, en la panadería, donde Lee compró un surtido de panes frescos, el viejo que estaba tras el mostrador también la observó con curiosidad. Y un puñado de otros clientes, que saludaron a Lee cálidamente, le dispensaron a ella el tipo de mirada recelosa de que no había sido objeto desde que, no siendo nadie, iba por la ciudad escoltada por Samson.

–¿Por qué me miran de esta manera en todas partes? –preguntó cuando salían de comprar los periódicos de Nueva York.

–Quizá mis buenos vecinos se preguntan si eres el tipo de chica adecuado para mí –bromeó... y, de inmediato, se sintió como un idiota. Él no estaba flirteando con Stevie; sólo la había salvado de sus malos amigos y de tíos malos. Pero Lee estaba empezando a pensar que, a pesar de las maneras poco educadas de Stevie y de sus peligrosos hábitos, tal vez fuera él el necesitado de rescate.

—Bueno, puedes decir a tus buenos vecinos que no se preocupen, señor Stone —dijo con una sonrisa paternalista—. No eres mi tipo.

—¿Ah, no? Y, ¿cuál es tu tipo exactamente, señorita Knight? —le preguntó Lee picado por su desprecio—. ¿El que te da copas y drogas en lugar de panceta y tortilla?

—Mi tipo —dijo Stevie, impasible a pesar del golpe directo— es aquel al cual le gusto tal como soy.

—Bueno, me gusta como eres... ahora mismo —dijo él para sorpresa propia—. Pero como eras ayer noche... no me gustabas nada.

Entró en el *jeep* y encendió el motor. Ella saltó rápidamente a su lado.

—Entonces, ¿por qué no me dejaste allí? —preguntó ella.

—Porque estaba bastante seguro de que aquélla no eras realmente tú —dijo bajando del bordillo un poco demasiado aprisa.

Ya estaban en la carretera fuera del pueblo cuando ella volvió a hablar.

—Pero ¿qué pasa si sí lo era? —dijo con un temblor de miedo en la voz—. Supónte que la que viste ayer noche era mi yo más real...

Lee detuvo el *jeep* abruptamente a un lado de la carretera y examinó la cara de Stevie, que parecía infinitamente más bella sin maquillaje. Mirándole aquellos ojos verdes que eran claros y atentos y llenos de promesa, dijo con calma.

—No lo eras. Me lo dice el corazón. Anoche fue un error, Stevie, un gran error. Y quizás hayas cometido otros errores, cientos de ellos. Pero los errores pueden subsanarse.

Sopesó cada palabra con una convicción basada en la experiencia. ¿No se había construido él una vida y una profesión gracias a las buenas intenciones y a la perseverancia?

Stevie se arrellanó sin discutir en el asiento y Lee volvió a poner en marcha el coche. Ella no dijo nada en el resto del camino hasta casa. La petulancia de Lee la inquietaba y su seguridad era incluso un poco amenazante, pero la tranquilizaba el hecho de que fuera capaz de descartar lo que había presenciado la noche anterior como un mero error.

Aquella tarde no volvieron a hacer la carrera. Lee dijo que, en justicia, primero ella tenía que entrenarse. En su lugar, Lee preparó una cesta de picnic con bocadillos y fruta y un termo de café, y, después de enfundarla en un jersey de lana pesado e inmenso, la llevó al muelle del lago, donde había atada una chalupa de madera pequeña pero graciosa llamada *Bella*.

Stevie había visto muchos barcos en Newport News, pero pocos tan elegantes como el *Bella*, con su casco de caoba, su cubierta de madera de teca y los lustrosos accesorios de hierro. Lee la ayudó a subir a bordo y a ponerse la chaqueta salvavidas, deshizo los nudos y zarpó.

–Cuento contigo para que me ayudes –dijo él–. No es difícil si sigues las instrucciones. ¿Puedes hacer eso, Stevie..., cumplir órdenes? –preguntó con un parpadeo malicioso.

La sombra del almirante se le apareció como un demonio. Por un instante, su genio se volvió incontrolable.

–No, soy mucho mejor dándolas –le lanzó. Y, para demostrar que sabía algo de barcos, le dedicó su repertorio de palabras marinas mientras saltaba por la regala a la carlinga.

–Yo cogeré la caña del timón. Tú sal, levanta las velas, maneja el foque y déjate de cháchara.

Lee se volvió con un asombro exagerado.

–Sí, mi capitán –dijo él.

Avanzaron suavemente hacia el medio del lago con el experto manejo de Stevie del timón, ante la admirada –y sorprendida– mirada de Lee.

–¿Dónde aprendiste a navegar? –le preguntó por fin.

–Es una cosa privada –dijo de tal modo que quedaba claro que el tema estaba más allá de los límites. No quería pensar en ello: aquellos tiempos en que el almirante la había lanzado a un bote y le había dicho que o aprendía... o no comería. Sin embargo, tampoco quería cortar totalmente la conversación.

–¿Por qué se llama así el barco? –preguntó a Lee. Se imaginó que tal vez fuera por una antigua novia.

–Porque es lo primero que pensé cuando la vi –dijo Lee–. Me enamoré de la chalupa a primera vista y hemos estado juntos desde entonces.

Había encontrado el barco en Cape Cod varios años antes,

explicó, enterrado con el caso medio oxidado y los hierros negros. Para ponerlo en condiciones, había trabajado todos los fines de semana de dos años.

—Pero *Bella* se lo merecía... Es auténtica. Mira esta cubierta enclavijada...

El evidente amor de Lee por las cosas marítimas era un eco preocupante del almirante, pero Stevie lo escuchaba atentamente, más atenta a la animación en el rostro de Lee que a la historia que le contaba. Abrigada como iba, le gustaba notar la brisa helada que la despeinaba. Y el sonido de su voz era diferente... Ahora no parecía tan arrogante.

Perdió la noción del tiempo cuando él se ocupó del timón y fueron avanzando perezosamente por el lago. Sólo se percató de que estaba a punto de oscurecer cuando Lee encendió las luces de cubierta del *Bella*. Los colores del cielo cambiaron de repente mientras el sol se volvía de un rojo profundo y se ocultaba tras la montaña ensombreciendo el campo con una paleta de rosado, azul y lavanda. La proximidad de la noche brindó una sensación de intimidad a bordo del *Bella*, que hizo recordar a Stevie lo que casi había olvidado: las circunstancias de su encuentro con Lee. Haber salido de aquello... para llegar a esto parecía..., *era* demasiado bonito para ser verdad.

—¿Realmente no hicimos nada anoche? —preguntó vacilante en el momento en que Lee maniobraba para atracar el barco en el muelle.

Pareció que él hubiera recibido una patada en los riñones.

—Stevie —dijo lanzándole una mirada ardiente—, cuando hago el amor a una mujer, quiero que esté *conmigo*, totalmente conmigo..., no alejada en un sueño propio privado... por no decir en su pesadilla privada. Nunca te querría si estuvieras tan pasada como para no saber siquiera si yo estaba allí o no.

Distraído de la maniobra, dejó que la proa del *Bella* chocara con fuerza contra el muelle. Desvió la vista de Stevie, enojado, para ocuparse del atraque.

El desconcierto de Stevie dio paso a la vergüenza y, humillada, le espetó:

—Bueno, si estoy tan pasada, mejor será que me lleves a casa. ¡Ahora mismo, antes de que pierdas otro minuto de tu precioso tiempo!

Él se volvió después de poner un cabo en la abrazadera, y,

por un instante, se quedó sin habla. No quería que se fuera. Era lo último que quería.

–Mira, siento haberte molestado. Si insistes te llevaré a casa..., pero, si quieres, puedes quedarte el fin de semana.

–¿Para qué?

«Buena pregunta, Stone» se dijo a sí mismo. ¿Era sólo preocupación por el bienestar de Stevie? ¿Y podía creerlo ella cuando ni siquiera él mismo estaba seguro?

–Bueno..., tenemos que entrenarnos para la carrera...

Intercambiaron la más breve de las sonrisas antes de que Stevie dijera:

–Vale, me quedo.

9

Rompían los primeros rayos de sol sobre el lago cuando Stevie abrió los ojos. Se quedó tumbada un minuto dejando que los recuerdos de la noche salieran a la superficie, unos recuerdos tan encantadores que le flotaban en la mente como burbujas de colores arrastradas por la brisa.

Habían preparado una cena simple juntos. Bistec, ensalada, fruta y queso..., su «menú de entrenamiento», lo había llamado él. Habían hablado poco, pero, a cada minuto que pasaba, ella sentía que lo conocía mejor. Una o dos veces, mientras comían en la mesa de pino de su comedor, había estado tentada de revelarle algo más sobre sí misma, pero sólo tentada. Si le gustaba como era –si estaba dispuesto a hacer caso omiso de lo que había visto en la Wherehouse–, ¿por qué llamarle la atención sobre otra cosa? Le parecía que, con Lee, no necesitaba un pasado. Después de cenar se habían sentado ante el fuego en la sala y él había respondido algunas preguntas sobre su negocio. Luego había cogido un banjo y se había puesto a tocar. Aunque lo hacía bastante mal, logró cantar pasablemente una canción de folk. Y cuando ella rechazó con delicadeza sus esfuerzos por conocer su biografía, se habían dicho «buenas noches» y había ido cada uno a su habitación.

Lee Stone era una revelación para Stevie: un hombre fuerte, del que no tenía que temer nada. Sintiéndose a salvo de un modo que no había sentido desde hacía años –quizá no lo hubiera sentido nunca–, Stevie se tapó con el edredón y se acurrucó en la cama.

De pronto sonrió y se levantó de un salto, atrapada por una idea que parecía infinitamente más interesante que dormir.

Se lavó y se vistió deprisa y en silencio, y luego se bebió un vaso de jugo de naranja de un jarro de la nevera. Salió de la casa de puntillas y se dirigió hacia el camino de montaña que la había vencido tan innoblemente.

Respiró profundamente y se puso a correr. Con su nueva ropa y las zapatillas de goma, Stevie iba mejor equipada, pero avanzaba con dificultad. Lee tenía razón, admitió; no estaba en forma y se movía como una vieja. Pero, al menos, lejos de su ojo vigilante, podía detenerse a descansar sin problemas. Y, así, subió jadeando hasta la cascada y regresó.

La casa estaba todavía en silencio cuando Stevie se quitó la ropa y se volvió a meter en la cama. Simuló estar cansada y dormida cuando Lee la despertó con otra bandeja de desayuno. Esta vez no necesitó mimos para comer.

–Esto está mejor –aprobó él–. ¿Ves la diferencia de llevar una vida un poco ordenada?

–Totalmente –afirmó con solemnidad–. Y no te olvides de las buenas compañías. –Sin embargo, aunque estaba bromeando, Stevie se había dado cuenta de lo poco que echaba en falta las píldoras y polvos que utilizaba a discreción cuando estaba con Samson y Pip.

Más tarde, después de lavar los platos del desayuno, Stevie pasó ante la habitación de Lee. La puerta estaba abierta y oyó que Lee hablaba por teléfono.

–Soy Stone –dijo–. Mañana no iré a la oficina. De hecho, estaré fuera unos días... No sé cuántos... No, no me podéis llamar... Llamaré yo mañana.

Stevie no había tenido intención de escuchar, pero se sintió halagada por la convicción de que Lee estaba cambiando sus planes sólo para estar con ella. Volvió a pensar en Samson y Pip; si no se ponía en contacto con ellos pronto, lo encontrarían extraño. Pero no se decidía a llamar, a dejar que su otra vida perturbase su estancia con Lee. Más adelante dejaría un mensaje para Pip diciéndole que no se preocupase. En cuanto a Samson, prefería dejar que se preguntase dónde estaba y con quién. Quizás así se arrepintiera de haberla tratado con tan poca delicadeza.

Cuando colocaba los platos en el lavajillas, Lee entró en la cocina y le despeinó el cabello.

–¿Dispuesta para otra carrera? –preguntó Lee.

–Cuando quieras –respondió ella animadamente.

Mientras corrían por el camino de montaña, o mejor dicho, mientras Lee corría y Stevie luchaba por seguir adelante, había un matiz afectuoso en sus bromas. Y, cuando ya no pudo más, Lee la felicitó por el esfuerzo realizado.

–Te mereces un premio –dijo–, y desde luego la máxima nota en aplicación. Por cierto ¿has ido alguna vez a una subasta del campo...?

Stevie negó con la cabeza.

–¿Te gustaría ir?

–Tú saliste de una subasta, ¿verdad? Entonces deben de tener algo bueno...

Lee sonrió.

–Aquélla era diferente: sólo por dinero. Ésta es un poco como la caza del tesoro –dijo Lee–. Hay todo tipo de baratijas, pero nunca sabes lo que encontrarás. Hay un lugar cerca de aquí donde hacen una todos los fines de semana. ¿Te parece que puede ser divertido?

Stevie afirmó con entusiasmo... y luego pensó en Samson diciendo que divertirse era la cosa más importante del mundo. Claro que una subasta en el campo no entraría en *su* idea de diversión. Pero Samson, decidió Stevie, tampoco había reparado en lo que era importante.

La subasta tuvo lugar en un viejo cobertizo a varios kilómetros del pueblo. Era obvio que se trataba de una atracción local muy popular. Había docenas de coches aparcados en un campo de hierba, algunos de ellos sedanes de lujo que, según le dijo Lee, pertenecían a gente de la ciudad que pasaba el fin de semana en el campo. Vestida con la camisa de lana y los tejanos que se habían convertido en su ropa habitual, a Stevie le había parecido que estaba fuera de lugar entre las mujeres de la ciudad. Pero se dio cuenta pronto de que allí todo el mundo iba vestido con sencillez.

La subasta ya estaba en marcha cuando entraron en el cobertizo. Un subastador que parecía tener unos ochenta años iba ofreciendo un montón de armazones de cama, cuadros con las telas desgarradas, lavamanos victorianos de mármol y otras curiosidades.

Mientras buscaban un sitio, de pie en los márgenes del

grupo, Lee recibió varios gestos de saludo de gente del local y Stevie algunas miradas recelosas más. Sin premeditación, como un acto reflejo en busca de protección, enlazó el brazo con el de Lee y notó agradecida que él respondía con un ligero apretón.

Observando los objetos antiguos que se subastaban, Stevie vio algunos que le llamaron la atención. Pero no tenía dinero para comprar... y, en cualquier caso, ninguno encajaba en la decoración de su apartamento. Cuando por fin Lee pujó, ella apreció su elección: una antigua mantequera con la madera reluciente de años de uso y manejo.

–Es muy bonita –dijo ella–. ¿Qué vas a hacer con ella? –Sabía que la mayoría de gente las convertía en lámparas.

La miró con ojos de asombro.

–¿Qué quieres que haga? Voy a intentar hacer mantequilla...

Incapaz de participar, la atención de Stevie había empezado a menguar cuando se percató de que Lee estaba pujando otra vez. Miró hacia el frente de la sala y vio que uno de los ayudantes del subastador mostraba una caja negra de terciopelo con un conjunto de cepillo, peine y espejo con adornos de plata. Le sorprendió que la puja llegara hasta doscientos dólares y Lee continuase subiendo; luego recordó la meticulosidad con la que había abastecido el baño de invitados. Finalmente se lo quedó por cuatrocientos dólares, y, poco después, le dijo a Stevie que estaba dispuesto a marcharse.

Cuando volvieron a la casa, Lee se pasó un rato pensando en qué lugar de la sala podía quedar mejor la mantequera, «hasta que me ponga a hacer mantequilla». La ponía en uno y otro sitio y le preguntaba a Stevie si le gustaba cómo quedaba. Justo cuando empezaba a pensar que estaba exagerando un poco, se dio cuenta de que sus repetitivas preguntas eran una manera de decirle que quería que se sintiese cómoda en su casa.

–Aquí, cerca de la chimenea –aventuró al fin–. Es donde me gusta más.

–Creo que tienes razón –dijo él, y dejó la mantequera allí. Luego cogió la caja de terciopelo. Pero no la llevó a la habitación de invitados; se la dio a ella.

–Y esto es para ti, Stevie. Es mi manera de decirte que..., que quiero que te cuides.

Alargó la mano muy despacio, como si fuera a tocar un

espejismo. No era el regalo lo que la conmovía tan profundamente; no era el regalo en absoluto, sino el detalle.

–Gracias –dijo en un susurro.

Se sentó en el sofá y abrió la caja; luego sacó los artículos. Vio que la plata del cepillo y el peine tenían unas iniciales grabadas, y, cuando giró el espejo, vio que había un mensaje escrito: «A nuestra querida Charlotte, en sus dulces dieciséis años.»

Luchó por contener las lágrimas; no quería que Lee la viera desmoronarse, no quería desmoronarse, no quería oír las preguntas que ello provocaría. Pero el pasado acabó ganando, y se derrumbó.

Lee se sentó a su lado.

–Eh... ¿he dicho algo malo?

–No, no has dicho nada. Sólo que mi decimosexto cumpleaños no fue tan dulce, y ahora... Me gustaría volver atrás...

Le puso el brazo alrededor del hombro y ella se acurrucó junto a él.

–Lo entiendo –dijo–. A veces pasan cosas, y, por mucho que quieras, no puedes volver a empezar.

Qué extraño, pensó. Qué distinta había sido la frase de Samson. Él le había hecho creer que la infancia podía vivirse de nuevo, y, sin embargo, después de haber intentado recobrar aquella infancia con él, se sentía mucho más vieja que antes.

–¿Y tú, qué? –le preguntó a Lee–. ¿Hay cosas así en tu vida?

–Lo habitual –dijo con una sonrisa de disculpa–, nada especial. Me imagino que llega un momento en que tienes que poner a dormir a todos los fantasmas y diablos del pasado..., dejar de culparlos por todo lo que va mal y coger las riendas, hacer lo que puedas.

–¿Así de fácil? –preguntó ella.

Él se encogió de hombros.

–¿Cuál es la alternativa, Stevie?

Ella no tenía una respuesta preparada, y, aunque envidiaba su pragmatismo, le dolía porque no era capaz de compartirlo.

Se quedaron sentados en la sala mientras iba oscureciendo. Luego él se levantó e hizo la cena, esta vez solo: *spaghetti carbonara* regados con agua mineral.

Mientras lavaban y secaban juntos los platos, Stevie empezó

a pensar en la velada que les esperaba. Sin duda él también debía de sentirla..., la cercanía, la llamada del deseo.

Pero aquella noche no hubo charla ante el fuego ni acordes de banjo. Aquella noche, él se disculpó por tener trabajo que hacer y se retiró sin más demora.

–Tampoco te haría daño adaptarte a los horarios del campo –le dijo.

Afirmó con la cabeza. Lo que la hería era la evidencia de que él había decidido ir hasta allí y no más allá.

A la mañana siguiente, Stevie volvió a levantarse pronto para hacer su ascenso lento y duro a la montaña. «No te pares» se decía, «no te pares. Sólo un minuto más, y después de éste otro. Puedes hacerlo, puedes hacerlo...» Y, de algún modo, milagrosamene, ¡lo hizo! Temblorosa y exhausta, encontró suficientes fuerzas para lanzar un alarido triunfante que rebotó en las paredes de piedra y volvió a ella. No podía creer lo bien que se sentía por una cosa tan pequeña y estúpida. Espera a que Lee se levante, pensó, espera a que lo vea. A este ritmo, incluso le habría podido ganar en una semana o así..., pero, ¿cómo sabía si una semana después todavía estaría allí? Era una locura. Volvió corriendo a casa y miró en la habitación de Lee, pero no estaba.

Esperó en el porche, pero no vio señales de él. Cuando Lee volvió, era obvio que la había estado buscando y estaba loco de preocupación.

–¡Gracias a Dios que estás bien! –dijo con evidente alivio, la voz temblorosa y abrazándola con tanta fuerza que casi no podía respirar–. No podía imaginar dónde estabas... He pensado que te habías ido.

–He ido a correr –admitió ella en voz baja–. Montaña arriba... Quería sorprenderte.

Se miraron uno a otro. Los ojos grises de Lee se derretían. Había pasado algo, algo mágico. Ella se sentía a un tiempo mareada, sin aliento, y maravillosamente feliz. La cara de Lee le decía que él sentía lo mismo. Lee la besó, con dulzura primero, luego con pasión creciente. La alzó en brazos, la llevó a su gran cama de roble y la depositó en ella con delicadeza. La tocaba como si fuera un objeto precioso, pedazo a pedazo, cariñosamente, amorosamente, murmurándole palabras dulces contra el cuello, los pechos. Le parecía que no había estado nunca antes con un hombre, y no lo había estado, no de esta manera, con tanto cariño y calor. Se sentía como si se estuviera derritiendo en manos de Lee.

Yacía en sus brazos y se sentía más completa y en paz que nunca en su vida. Parecía que Lee había reunido todo lo que le faltaba y se lo había regalado; había borrado todo lo feo que le había pasado jamás y la rehacía de nuevo.

—Nunca había traído a nadie aquí —dijo antes de ponerse a dormir.

—Bien —dijo ella—. Así no tendré que arrancarle los ojos a nadie.

Los tres días siguientes fueron como un sueño. Lee era un amante, amigo y padre que la mimaba como nunca la habían mimado. Andaban por la montaña, iban al cine y comían palomitas; se acostaban tarde. Y lo mejor de todo era que, en la tranquila madrugada, Lee decía «te quiero». Stevie sabía que había gente que lo decía cada dos por tres. Pero, viniendo de Lee, la palabra significaba algo real. Era como si hubiera andado dando tumbos para llegar finalmente a casa.

—¿Tenemos que volver? —dijo ella—. ¿Por qué no podemos quedarnos unos días... o unas semanas?

—No te preocupes —la tranquilizó él acariciándole la mejilla—. En la ciudad también te querré, Stevie. Nuestra relación no termina aquí.

Cuando Stevie abrió la puerta del apartamento, no pudo evitar darse cuenta de lo estéril que parecía, un salón de escaparate más que una casa. En el contestador automático había una docena de mensajes, todos de Pip, y cada uno con mayor urgencia que el anterior.

—¿Dónde demonios estabas, Stevie? —le preguntó Pip cuando la llamó—. Estaba muy preocupada... y Samson está *furioso.*

—Te dejé un mensaje —dijo Stevie—. Siento que estuvieras preocupada, pero estaba fuera... con un hombre. Ya sabes cómo es... —Se calló para permitir que la imaginación de Pip funcionara a rienda suelta. No se veía capaz de decir nada más sobre Lee Stone o los días pasados con él; eran... sagrados.

–Suéltalo todo, taimada –insistía Pip–. ¿Quién es el afortunado? ¿Y cómo es que no lo conozco? ¿Me has estado ocultando un amante secreto todo este tiempo?

–No, no te lo he ocultado. Nos conocimos la semana pasada. Me..., me invitó a su casa de campo y fui. Ya me conoces, siempre lo tengo que probar todo una vez. –Se rió–. ¿Está realmente tan enfadado Samson? –preguntó entonces, dividida entre sus sentimientos por Lee y la lealtad hacia sus amigos–. ¿Qué dijo? De mí, quiero decir.

–Oh... Lo que dice siempre en sus rabietas. Lo superará. Será mejor. Después de todo, él puede pensar que no puedes ir al baño sin su permiso, pero ya eres mayor, Stevie, y tienes derecho a pasar unos días con un tío sin que él tenga que darte luz verde. Por cierto, ¿cuándo vamos a conocer a este pedazo de tío? Esta noche, espero.

–No... No puedo –balbuceó sintiéndose como una hipócrita traidora. ¿Cómo podía decirle a Pip lo que Lee opinaba de la Wherehouse y todo lo relacionado con ella?

–Ya lo entiendo... Un nuevo amor. Es todo muy exclusivo. Llámame cuando se te pase la calentura. Nos pondremos a tope y volaremos.

La comprensión de Pip sólo consiguió hacer que Stevie se sintiera peor. ¿Cuánto tiempo podía continuar dando excusas a sus amigos? ¿Y cómo podía hacerle entender a Lee que sus amigos no eran una amenaza para ella ni para los sentimientos que ambos compartían? Quizá podría organizar algo neutral. Podía invitarlos a salir todos juntos y entonces tal vez Lee pudiera ver que la Wherehouse no era simplemente drogas y sexo.

Las dos semanas siguientes, Lee y Stevie salieron casi cada noche. Cenas en buenos restaurantes, películas, y, luego, pasaban la noche juntos en el apartamento de Lee. Él había insinuado varias veces que quería ver su casa, pero ella se sentía avergonzada de la ausencia de personalidad que denotaba... su papel en el pasado.

Aunque le encantaba estar con Lee, Stevie sentía que no era lo mismo que cuando estaban en el campo. ¡Todo había sido tan simple allí! Y él había estado con ella cada minuto. Ahora, durante el día, cuando él estaba trabajando, Stevie se sentía temblorosa, aislada. Los días no tenían para ella ningún objetivo y empezó a darse cuenta de que lo único que hacía era dejar pasar el tiempo. ¿Cómo podía mantener los sentimientos que tenía hacia Lee? ¿O tal vez debería preocuparse e intentar...?

Pensó en llamar a uno de los editores que la había puesto en un anuncio de moda, pero tuvo miedo de que Samson se enterase. Adoptó de nuevo la costumbre de dormir hasta tarde y luego pasear por la ciudad comprando el tipo de ropa adecuada para salir con Lee. De vez en cuando comía con Pip, e iba ganando kilos, como comprobaba con tristeza, ahora que había aumentado su interés por la comida. Dejaba pasar el tiempo hasta el momento de estar con Lee.

Una noche, cuando esperaba su llegada, recibió una llamada de disculpa.

–Me tengo que ir a Washington –le dijo–, en menos de una hora. Es una emergencia... Estaré fuera una semana, quizás diez días.

Stevie se quedó paralizada de pánico.

–Llévame contigo –le dijo–. No te molestaré, y, al menos, podremos pasar lo noche juntos.

–No puedo, Stevie –dijo él con evidente pesar–. Me encantaría hacer un viaje contigo, pero no puede ser ahora. Mi contrato con el gobierno tiene graves problemas y me pasaré todo el día reunido hasta que los solucionemos. Cuando vuelva, ya te resarciré. Te lo prometo. Cuídate. Quiero decir, cuídate, de verdad...

–Siempre me cuido –dijo ella pensando en el vacío de los días que se avecinaban.

–Ya sabes qué quiero decir. Prométemelo, Stevie... No pienso colgar hasta que lo hagas.

–Vale, te lo prometo.

Intentó mantener la promesa, pero, al irse Lee, la magia parecía haberse ido con él. Todo lo que tenía eran sus llamadas diarias y, la verdad, no eran suficientes cuando se sentía sola, aburrida y asustada. ¿Cómo podía irse y pretender que se quedase sola? ¿Y cómo podía esperar que ella dejase a sus amigos?

Finalmente, a los ocho días, llamó a Pip.

–¿Tan pronto? –broméo Pip–. Supongo que la pasión ya no

es lo que era. No me digas que por fin voy a conocer al misterioso Lee.

–Está fuera en viaje de trabajo –dijo Stevie–. Pero, cuando vuelva, haremos algo, te lo prometo. Pero he pensado que hoy...

–Quieres estar con tus viejos y queridos amigos, claro.

10

Stevie se arregló con un cuidado especial y se puso el traje de piel que había elegido Samson de uno de sus diseñadores favoritos. Se maquilló como antes y se colocó el par de pestañas postizas que se habían convertido en su sello personal. Y, todo el rato, se sentía como se había sentido la primera vez que había ido a la Wherehouse con Pip: nerviosa, asustada y ansiosa de adaptarse. Sin pensarlo, cogió la botellita de pastillas rojas del armario de las medicinas. Sólo quedaban dos. No había tomado ninguna desde el fin de semana con Lee...

Se le apareció una imagen de él, un recuerdo de sus carreras por los fríos bosques con olor a pino... y luego mecida en sus brazos. Sintió un escalofrío de culpabilidad por abandonar las nuevas esperanzas que él le había brindado...

Demonios, él era el que se había ido, la había abandonado. La había dejado apañárselas por su cuenta cuando él más que nadie sabía cuánto dependía de él. Se tragó las píldoras; aquella noche tenía que estar en forma.

Cuando se encontró con Pip ya se sentía mucho mejor, mucho más controlada. Al llegar a la Wherehouse, reían y hacían chistes como habían hecho siempre. Stevie no podía recordar qué la había preocupado tanto.

La fiesta de aquella noche era reducida, sólo para los asiduos. Samson estaba reclinado en un sofá negro; a su lado había una joven rubia de ojos verdes. Practicaba con ella sus conocimientos de quiromancia. Él le estaba estudiando atentamente la palma de la mano, y decía:

—La línea de la vida es corta... Esto significa que eres uno de los pocos afortunados que no tienen que preocuparse nunca de volverse viejos y feos. La línea del amor, por otro lado, es muy fuerte, lo que es aún mejor...

Pip y Stevie se acercaron y Stevie se sentó a la izquierda de Samson.

–Hola –le dijo afablemente.

Él se detuvo un segundo y, sin siquiera mirarla, siguió con su lectura:

–Quiere decir que, mientras vivas, tendrás hombres que te querrán, que morirán por ti. En cuanto a la línea de la profesión...

–Corta el rollo, Samson –dijo Pip secamente.

Él alzó la vista y esbozó una sonrisa.

–¿No te gusta mi interpretación? Quizá te gustaría leer tú misma esta adorable palma –dijo moviendo la mano de la rubia en dirección de Pip.

–Lo que no me gusta es que le vuelvas la espalda a Stevie –le respondió.

–Oh, querida, tienes razón –dijo con voz meliflua–. ¿Qué ha sido de mi educación? Stevie, Pip, os presento a Baby Jean. No es sólo la cosa más encantadora que he visto en muchos años, sino que además tiene un talento extraordinario. Puedo convertirla en una estrella, ¿no os parece? Es perfecta para mi próxima película. Y todas las revistas la quieren poner en portada...

Stevie se sintió como si hubiera bajado veinte pisos de golpe en un ascensor. Contempló un largo instante a Baby Jean, sus cabellos rubios y los ojos brillantes y centelleantes; era como mirarse en un espejo que le mostraba su propio pasado. Temblando de dolor, Stevie se levantó sin decir nada y se alejó, primero andando, luego corriendo, hasta atravesar volando la puerta de metal.

En el vestíbulo de cemento, apoyó la cabeza contra el muro y se echó a llorar. No podía creer que Samson fuera tan cruel. Sí, se había enfadado con él, pero ¿no eran como una familia de amigos?

Pip corrió tras ella.

–No, llores, niña –le rogó abrazándola e intentando consolarla–. Samson no puede permitir que nadie esté cerca de él mucho tiempo... Es como es. Una especie de mutilado, Stevie.

Su nombre –Samson Love– es otra de sus afectadas bromas: «el epítome de la fuerza y el amor». Pero no es capaz de querer a nadie, Stevie..., porque se haría vulnerable como cualquier otro, y no puede permitirlo. Cuando le gusta alguien realmente, lo mejor que puede hacer es ofrecerle una época especial, maravillosa: diez minutos bajo el proyector, lo llama él. Convierte en realidad todos tus deseos... y luego te aparta a un lado y enfoca el proyector en otra. Pero un día u otro tenía que ocurrir, Stevie. Siempre acaba ocurriendo. Tus diez minutos habían terminado ya cuando te fuiste con tu nuevo novio. Así que no dejes que te rompa el corazón. No es el fin del mundo...

–Es fácil decirlo para ti –sollozó Stevie–. A ti no te ha ocurrido.

–Claro que sí –replicó Pip suavemente–. Mis diez minutos bajo el proyector fueron anteriores a los tuyos. Samson me llevaba a todas partes. Éramos como hermanos..., y conmigo, Stevie, incluso llegó más lejos. Se acostó conmigo, Stevie. No sólo miraba: me hizo el amor algunas veces, hasta que pensé... –Calló un momento y desvió la vista–. Demonios, da igual lo que yo pensara. Porque luego me dejó. Llegaba aquí y me miraba como si no existiera; intenté hablar con él y él hizo lo mismo que te ha hecho a ti ahora. Hubiera debido dejarlo, pero no pude. Ya sabes lo que significa este lugar para gente como nosotros... Es un hogar..., una familia. Así que no me fui, a pesar de que me hería terriblemente soportar que me dejara de lado una y otra vez. Entonces lo perdoné. Y me parece que realmente ahora le gusto más que nunca... porque no espero que actúe como un amigo de verdad...

Stevie miraba a Pip con asombro.

–¿Quieres decir que, cuando me dijiste que le gustaría..., sabías que pasaría todo esto...?

Pip se encogió de hombros.

–Así es él. Pero Stevie, ¿no ha valido la pena...?

¿La había valido? ¿Podría perdonar a Samson? Nada tenía sentido si la gente que te importaba acababa abandonándote hicieras lo que hicieses.

–Venga, Stevie –la animó Pip–, vuelve dentro. Demuéstrale que eres suficientemente fuerte para superar todo eso. Te respetará por ello... y es más de lo que ha hecho hasta ahora.

Era un hilo de esperanza al que Stevie necesitaba agarrarse. De otro modo, pensaba, estaría otra vez sola, sin familia. Para el almirante estaba muerta. Para Lee, era alguien de usar y tirar. Ni siquiera podría mantener la amistad con Pip si no se quedaba cerca de Samson.

–Vale –le dijo a Pip–. Así que la receta para este dolor de cabeza es quedarse con Samson aunque tengas que bailar a la sombra, lejos del proyector. Muy bien, vamos a ello. A lo mejor consigo que vuelva a enfocar su maldito proyector sobre mí...

Se secó los ojos con un pañuelo para no mover las pestañas y, atravesando de nuevo la puerta de metal, se dirigió al bar. Metió la mano en el cuenco lleno de píldoras multicolores y cogió una Dexedrina. Luego pidió una cerveza para tragársela.

–Allá vamos –le susurró a Pip, que la seguía–. Le demostraré a Samson que no necesito su carnaval para montar una fiesta.

Miró las luces multicolores que se encendían y apagaban sobre el área utilizada como pista de baile y agarró al primer hombre suelto que vio. Era Paul Maxwell. «Perfecto» pensó. ¿Quién mejor que él para enviarle a Samson el mensaje de que podía ser una buena colega, en cualquier lugar y en cualquier momento?

Paul no necesitó persuasión de ningun tipo para abrazarse a Stevie. Lanzando atrás la cabeza como solía hacer Pip, Stevie empezó a moverse con abandono.

No se detuvo. Nada ni nadie podía dañar a Stevie cuando estaba colocada y ella quería estar siempre colocada, en la cima del mundo –en la cima de las *estrellas*–, libre, bella e inmune al dolor. Bebió el champán que Paul le daba una y otra vez y esnifó la cocaína que él compartía tan generosamente con ella. Y, cuando la llevó al gran sofá negro de una alcoba en penumbra y le quitó la ropa, el único sentimiento de Stevie fue alegrarse de que todavía la deseara. Necesitaba tan terriblemente que *alguien* la quisiera...

Dos horas después, sentada junto a Paul en su Mercedes deportivo, con el colocón de cocaína amortiguado por el aire fresco sobre la cara, Stevie sintió la primera punzada de remordimiento. ¿Por qué había dejado que Paul la tocara cuando era a Lee a quien quería? ¿Qué era lo que la hacía hacer estas locuras?

Paul detuvo el coche delante del edificio de Stevie y le puso el brazo alrededor de los hombros.

–¿Por qué no vienes a mi casa esta noche? –le preguntó intentando acercarla a él–. ¿No preferirías pasar la noche conmigo que en una cama fría y solitaria?

–No –dijo apartándose, deseosa de dejar a Paul y el recuerdo de lo que había hecho con él.

–No me gusta que jueguen conmigo, Stevie –dijo enfadado–, y no me gusta nada esta postura tuya de frío y calor.

–No es una postura –dijo ella en tono de hastío–. Sólo que estoy cansada y quiero dormir un poco.

Salió del coche, tropezó con el bordillo y estuvo a punto de caer. Paul no intentó ayudarla. Sin mirar atrás, Stevie se incorporó y corrió hacia la casa.

Lo primero que hizo cuando llegó al apartamento fue comprobar el contestador. Ningún mensaje de Lee. Ahora sus remordimientos dejaron paso a una ansiedad teñida de rabia. Le había prometido llamarla cada día, pensó...

Se oyó un golpe fuerte en la puerta. Mierda, pensó, si Paul se pensaba que podía seguirla y forzarla...

–¡Te he dicho que estaba cansada! –gritó abriendo la puerta de par en par.

Lee estaba al otro lado, un Lee diferente del que la había dejado con promesas de amor.

–Soy yo –dijo él en un tono bajo, tenso.

–¿Cómo llegaste aquí? –preguntó buscando tiempo para recuperarse–. El portero no...

–Le he dado diez pavos –dijo él severamente–. He venido pronto para sorprenderte. Te he estado esperando fuera tres horas... y he ido al bar de la esquina a tomar una taza de café antes de volver. Estúpido, ¿eh? Todo lo que tenía que hacer era ir a la Wherehouse. ¿No vienes de allí? He visto que tu novio te dejaba...

–¡No es mi novio! –gritó Stevie–. Puedo explicártelo, Lee, déjame explicarte...

Se acercó a él, pero él la detuvo por el brazo, la llevó al baño y la forzó a mirarse al espejo. Tenía los ojos legañosos, las pupilas dilatadas, el maquillaje manchado. La cara de Stevie contaba la historia de aquella noche mejor que cualquier palabra.

–Explícame esto –dijo él con desprecio–. Explícame las manos de este tío en todo tu cuerpo, Stevie. Explícame que no podías ni sostenerte en pie cuando te ha dejado aquí.

–¡Es todo culpa tuya! –gritó ella. Desesperada por huir de sus palabras acusadoras, de borrar la expresión de lástima de sus ojos, Stevie se fue corriendo a su cuarto.

Él la siguió.

–¿Culpa mía? Vale, explícate. Será una buena historia..., me muero de ganas de oírla.

–Te supliqué que no me dejaras sola, pero lo hiciste. Necesitaba tener a alguien conmigo –siguió ella con la voz cada vez más suave e infantil.

–¿Alguien? –repitió él.

–¡A ti! –gritó ella–. ¡Te necesitaba! No puedo evitarlo, Lee..., no estoy preparada para estar sola. Quizás algún día lo estaré, pero todavía no. Y me dejaste. Si no querías que viera a mis amigos, hubieras debido llevarme contigo.

Los ojos de Lee se empequeñecieron.

–Stevie, yo quiero ser tu amante, no tu niñera. ¿Me estás diciendo que si yo no te vigilo las veinticuatro horas del día los siete días de la semana, empezarás a envenenarte y a dormir con cualquiera que te dé el veneno?

–¡No! –gritó ella con el cuerpo temblando–, no es así. ¿No puedes entenderlo, Lee? He tenido tan poco en que confiar... Tengo que aprender, Lee. Dame una oportunidad. –Buscaba palabras para explicarle lo bien que se sentía en sus brazos, lo solitaria y asustada que se sintió cuando él se fue, lo vacíos que parecían los días cuando él no estaba–. Te quiero –dijo finalmente, acercándose a él–. Te quiero...

Él la cogió por las muñecas y la mantuvo alejada.

–¿Por mí, Stevie? ¿Por mí mismo, o soy sólo una muleta..., alguien, algo a lo que agarrarse cuando no hay nadie más cerca? Es la impresión que tengo ahora mismo y, en estos términos, no puedo aceptarte.

Ella le soltó las manos y se volvió desesperada. ¿Por qué lo liaba todo! ¿Por qué no le ponía los brazos alrededor y la abrazaba, le decía que la entendía y que la quería proteger para siempre...?

Oyó que le hablaba desde atrás con voz amable.

–¿No lo ves, Stevie? No serás capaz de quererme hasta que te quieras a ti..., hasta que dejes de echarte basura. El amor es un premio, Stevie, un tesoro... y no es barato. –Le tocó los hombros y la hizo girar–. Y yo soy un hombre, Stevie, no una muleta. Quiero que me quieras como una mujer ama a un hombre. Dios sabe cuánto lo quiero, pero...

Stevie había dejado de escuchar. Contemplando los labios de Lee, oyendo el tono de su voz y viendo la expresión de su cara, supo que lo había perdido. Le había prometido amor, pero le había mentido, como todos los demás, y ahora intentaba simular que la culpa era de ella.

–... quizá necesitas el tipo de ayuda que yo no te puedo dar –siguió–. Me duele en el alma verte de esta manera, pero no puedo hacer nada. Supongo que fue un error pensar que eras suficientemente fuerte para alejarte de aquella gente de la Wherehouse y de todo lo que representan. Y, si es así, déjame ayudarte a conseguir un tratamiento..., cueste lo que cueste, Stevie...

La oferta le tocó un punto flaco y le recordó las maneras del almirante: el envanecido convencimiento de su propia perfección mientras todos los demás necesitaban ser instruidos y guiados por sus órdenes, el modo en que había dispuesto el «tratamiento» para que le mataran a su niño.

–¡No necesito ningún maldito tratamiento! –replicó temblando–. No necesito tu caridad ni tu ayuda. Si crees que soy una perdedora sin remedio, vete y búscate alguna puta de clase alta que sea tan perfecta como tú.

Lee se quedó clavado en el suelo contemplando a Stevie, como esperando que retirase lo que acababa de decir. Ella le aguantó la mirada y no dijo nada. Había jugado al juego de las miradas penetrantes con el almirante y estaba dispuesta a no ceder nunca más.

Por fin, Lee se dio media vuelta y se fue sin decir una palabra. Cerró con suavidad la puerta tras él, pero el suave «clic» de la cerradura detonó en los oídos de Stevie con la fuerza de una bomba. Para ella, fue un sonido más horrible que el de un portazo en un ataque de rabia; aquella aceptación pacífica tenía un significado mucho más devastador que la rabia y el enfado, que, al menos, sugerían alguna posibilidad de cambio de opinión, de reparaciones, algún esfuerzo posterior para arreglarlo. No, Lee la había dejado, la había juzgado y condenado en el espacio de tiempo de un simple latido.

Quería llorar, saltar en la cama y anegar la almohada de lágrimas. Pero no le salían. Todo lo que consiguió fue un patético gemido de dolor. Como si pensara que aquello le podría dar la energía suficiente para liberar todo un llanto de miseria, se acercó a uno de los cajones de su habitación y lo registró de arriba abajo... Seguro que debía de haber algunas pastillas sueltas. Encontró una, azul y verde; no podía recordar de qué era. Se la tomó sin agua, haciendo caso omiso del gusto amargo, y luego se metió en la cama. Al cabo de un rato, le empezó a vibrar el cuerpo y la mente se le quedó en blanco. ¿Qué era el amor? Intentaba recordarlo. ¿Quién era Lee?

11

–No puedo soportar la fiesta de Acción de Gracias en Nueva York –declaró Pip con un amplio gesto que abarcaba el apartamento y todo lo que representaba–. Detesto la procesión de Macy, y la salsa de arándanos y los jodidos peregrinos, y detesto a Norman Rockwell.

Stevie vacilaba entre secundar los sentimientos de su amiga o manifestarse contra ellos. Había pasado un año desde su primer día de Acción de Gracias solitario en Nueva York. ¿No era éste mejor? En lugar de estar sola, tenía a Pip. Y le habían pasado tantas cosas maravillosas en aquel espacio de doce meses.

Pip encendió otro cigarrillo y se puso a andar.

–Debería haber ido con Valentine a Palm Beach. Tú también podrías haber venido, Stevie... Al menos, habríamos tenido un poco de sol, aunque aquello está más muerto que un cementerio.

–A tu madre no le habría gustado mi presencia –dijo Stevie. Se había dado cuenta, a pesar de que Pip sostenía lo contrario, de que Valentine cada vez le hablaba con menos cordialidad por teléfono o cuando se encontraban en el apartamento.

Pip se detuvo junto a una de las ventanas y se quedó meditando ante una vista de los desiguales rascacielos de la ciudad.

–La verdad, Stevie, es que tampoco le gusta la mía, a no ser que cumpla sus condiciones. Si yo le gustara, ¿no me aceptaría como soy?

–Claro –dijo Stevie–. ¿Quién puede no quererte tal como eres?

¿Y yo...? Stevie se perdió un segundo en imágenes de Lee.

Pip levantó la botella de vodka que había dejado antes en el alféizar.

–Tú también, adorable Stevie. ¡Venga, por nosotros! –Alzó el vaso y se tragó su contenido. Luego volvió a mirar por la ventana–. ¿Por qué dicen que el pato es un ave? –preguntó ociosamente–. No puede volar. Nosotras no somos aves, ¿verdad...?

Estaban las dos de un humor extraño: reflexivas, aburridas, nerviosas, sin saber qué hacer con ellas mismas. Había sido así desde que Samson las había echado. No las había excomulgado de un modo oficial ni les había dado ningún mensaje. Simplemente, habían ido a la Wherehouse y la habían encontrado vacía. Les dijeron que los asiduos estaban fuera «rodando» la nueva película de Samson. Con un par de llamadas, Pip se enteró de que el escenario era, en realidad, una casa que tenía Samson en la calle Setenta y uno del este, cerca de Central Park. La había comprado hacía años, pero no había vivido nunca en ella. En el piso de arriba tenía un estudio con claraboyas, donde se retiraba a trabajar cuando necesitaba alejarse de la locura de la Wherehouse. El resto de la casa lo utilizaba como almacén. Como había dicho Samson a menudo, era un coleccionista incurable; siempre estaba comprando –muebles, ropa, arte, joyas, monedas, muñecas antiguas, viejas neveras– y casi todo lo guardaba en aquella casa, llena hasta los topes.

Hacía un par de días, Stevie y Pip habían reunido el coraje suficiente para ir a la casa con la intención de pedir a Samson que las perdonase y las volviese a aceptar. Pero había abierto la puerta un joven musculoso con acento del Bronx vestido como un mayordomo, quien les dijo que nadie, pero *nadie*, podía entrar ni salir de la casa mientras Samson estuviese trabajando en la película. Pip, siempre desafiadora, había convencido al joven para que le llevara el mensaje de que ella y Stevie estaban deseosas de participar en la «diversión». Tras esperar diez minutos, el joven –no un mayordomo, había adivinado Pip, sino un semental que tenía un papel en la película– volvió y les dio dos globos fláccidos. Eran, dijo el mayordomo cerrando con firmeza la puerta, la totalidad de la respuesta de Samson.

Stevie se había quedado confusa. Pero Pip siempre había sabido ver mejor la cruel ironía de Samson.

–Esto es para que nos divirtamos –le explicó–. Tenemos que cogerlos... y largarnos.

Desde entonces las dos habían estado sin saber qué hacer, intentando desesperadamente divertir una a la otra.

Pip rellenó la botella de vodka del antiguo aparador francés que servía de bar y se sirvió otra copa.

–Bueno –dijo encogiéndose de hombros–, ¿qué más da que Samson se haya ido? Volverá a nosotras, ya lo verás. Echará en falta la acción y los fenómenos... y nos echará en falta a nosotras.

–¿Lo crees realmente? –preguntó Stevie con ansias de creer la predicción de Pip, con necesidad de creer que al menos la pérdida sería temporal y que Samson las reclamaría pronto.

Pero la llama de optimismo de los oscuros ojos de Pip se apagó.

–No sé, Stevie. Esta vez creo... –Se detuvo y volvió a caminar sin objetivo de un lado a otro. Su deambular sobre la alfombra de Aubusson empezaba a poner nerviosa a Stevie.

–Eh –dijo ésta–, se nos está olvidando la cena de Acción de Gracias. Las cosas que ha traído el proveedor huelen fantástico. Comamos y luego vayamos a ver una película o un espectáculo. Venga, Pip, no tenemos que deprimirnos. Todavía nos tenemos una a otra.

Pip miró a su amiga con expresión cariñosa.

–Tienes razón, chica... ¿Qué más necesitamos? Demos gracias... Daremos gracias hasta que nos duela. –Puso un disco de Peter, Paul and Mary en el tocadiscos y se puso a preparar la antigua mesa de refectorio con los mejores manteles de encaje belga de Valentine, su porcelana de Spode, plata de Cristoffle y cristal de Waterford.

–Ahí tienes –dijo–. Apuesto a que esos pegajosos peregrinos nunca han soñado con algo así. Venga, vamos a la fiesta.

Se dirigieron a la espaciosa cocina anticuada donde el proveedor favorito de Valentine le había dejado un pato asado perfecto con batatas, una ensalada mixta y un pastel de calabaza todavía caliente.

–Mmmm. Tiene un aspecto fantástico –dijo Stevie mientras llevaba una de las bandejas y una botella de champán frío al comedor. No estaba particularmente hambrienta y, a pesar de su intento de animar a Pip, había estado peleando con sus sentimientos de vacío desde que se había despertado por la mañana. Meneó la cabeza, como si quisiera liberar las confusas imágenes del «hogar», de sus padres y Samson, de Lee, que le había hecho creer por un corto tiempo que su amor la haría completa. No servía de nada pensar en lo que habría podido ser; mejor simular un poco de animación hasta que pasase algo de verdad.

Pip descorchó el champán, contempló la mesa, llena ahora de comida, y preguntó:

–¿Qué falta en este cuadro?

Stevie respondió jugando:

–Me rindo.

–Espera a ver –dijo Pip corriendo hacia su habitación. Volvió rápidamente y soltó un puñado de píldoras delante de cada sitio.

–Ahora –dijo–. Ahora tenemos pato con *todos* los aditivos.

–Fantástico –dijo Stevie entusiasmada, contenta por la euforia que sabía que seguiría–. ¿Nos lanzamos?

Se sentaron.

Pero Pip vaciló.

–Espera un segundo. Primero tenemos que dar gracias. –Cruzó las manos y bajó la cabeza.

Stevie estaba sorprendida. Nunca le había visto un lado religioso a su amiga.

Pero, entonces, Pip empezó a entonar su plegaria especial:

–Doy gracias a mi madre por dármelo todo, o sea que ¿para qué trabajar? Y le doy las gracias por dejarme sola para que pueda hacer lo que me da la gana. Y doy gracias al tío que inventó la píldora porque así puedo joder con cualquier persona cuando me dé la gana y no tengo que preocuparme de quedar embarazada. –Miró a Stevie–. ¿Me he dejado a alguien?

–Sí –dijo Stevie alzando su vaso–, te has dejado a Pip Mason. Gracias por ser mi amiga... ¿Quién necesita a Samson o a cualquier otra persona?

La bella cara de Pip se torció en una mueca de dolor; en sus grandes ojos negros aparecieron dos lágrimas brillantes. Luego se contuvo.

–Eh –dijo secamente–. Estás infringiendo las normas. ¡El sentimentalismo barato no vale!

–Vale, vale –dijo Stevie–. Entonces, brindemos por los buenos tiempos. –Cerró los ojos, cogió una pastilla y se la tragó con el champán–. Te toca.

Pero Pip contemplaba ausente su plato.

–Eh –dijo Stevie–, no seas pava. Vamos a volar juntas.

Pip alzó el rostro y pareció volverle el brillo de una chispa a los ojos.

–Oh, estaré a la altura. De hecho, hagámoslo divertido, como haría Samson. –Hizo una hilera con todas las píldoras que tenía cerca del plato–. Te desafío al juego de «a ver quién se mantiene en pie». La que pierda, lo limpia todo... cuando se despierte. –Pip se tragó una pastilla.

Stevie aceptó el desafío y se tragó una segunda píldora.

Entre bocados de comida de Acción de Gracias, las dos siguieron el juego, tres, cuatro veces.

Stevie vio entonces que Pip estaba derramando lágrimas.

–¿Qué pasa...?

–Todo, Stevie. Todo. Los buenos tiempos han terminado y nunca volverán.

Stevie nunca había visto aquello antes: Pip siempre estaba animada, desbordando alegría, dispuesta a superar cualquier obstáculo.

–Eh, Samson no era Dios. Habrá otros...

–No era sólo Samson, Stevie. Es todo. Los sesenta, Woodstock, el amor..., todo ha terminado.

–Venga, chica –dijo Stevie, preocupada por la quiebra del humor de Pip–. Debes de haber tomado demasiados calmantes. Tómate un par de rojas. Anímate. Tenemos que pasarlo bien, ¿no te acuerdas?

–Sí..., tienes razón. Deben de ser los calmantes. –Pip cogió dos anfetaminas del montón junto a su plato, se echó atrás en la silla y cerró los ojos. Un momento después, se levantó con dificultades de la silla.

–Discúlpame, Stevie. Tengo que irme.

Stevie no sabía qué quería decir hasta que vio que se dirigía a uno de los baños de la casa.

–¿Quieres que te ayude? –preguntó Stevie al ver que Pip apenas podía andar.

Pip le dirigió una mirada extraña.

–No, lo haré yo misma. Pero gracias por ofrecerte. –Se acercó balanceándose a la silla de Stevie y le besó la mejilla–. Te quiero, Stevie –dijo–. Eres la única...

Stevie se tragó dos pastillas más. Se sentía colocada ahora, no exactamente feliz, pero tampoco triste.

Parecía haber pasado mucho rato cuando se dio cuenta de que Pip no había vuelto. Pero, en su estado, no podía estar segura de su percepción del tiempo. Acaso fueran sólo unos treinta segundos, acaso treinta minutos. Stevie esperó un poco más.

Finalmente se forzó a levantarse y fue a la puerta cerrada del baño más cercano.

–¿Pip? –llamó–. Pip, ¿estás aquí? ¿Te sientes bien?

No hubo respuesta. Stevie intentó abrir la puerta, y ésta no opuso resistencia. El baño estaba vacío.

Había tres baños más en el apartamento y Stevie fue a cada uno de ellos. Estaban todos vacíos. Con alarma creciente, empezó a correr por las habitaciones...

De pronto le llegó el chillido de las sirenas de la calle de abajo. Entonces, en la habitación de Pip, Stevie vio que la puerta de la terraza estaba abierta. En su prisa por llegar a ella, tropezó y se cayó. El corazón le latía con fuerza cuando se apoyó en la barandilla y miró abajo..., quince pisos. Había un grupo de personas revoloteando como moscas cerca de un pequeño coche de policía y una ambulancia. Luego Stevie vio el trozo de ropa blanca extendido en el suelo. Desde la distancia parecía un pañuelo..., pero Stevie sabía que no lo era. Emitió un grito de angustia y cayó al suelo.

Fue peor que una pesadilla. Todo era tan horriblemente real..., sentada entre los escombros de su fiesta de Acción de Gracias –la comida casi intacta, las drogas parcialmente consumidas–, mareada y enferma hasta el alma, intentaba responder a las preguntas de la policía cuando todo lo que ella quería era tomarse un puñado de píldoras y dormir mucho, mucho tiempo, quizá para siempre.

Le hacían preguntas sin parar, las mismas, como si la policía creyera que estaba mintiendo, cuando la verdad era que apenas podía pensar y no podía soportar el recuerdo de los últimos momentos que había pasado con Pip. Aunque sus voces eran insistentes, los oficiales no eran antipáticos. Sin embargo, Stevie notaba el menosprecio que se mezclaba con la lástima en sus preguntas y veía en sus ojos que el menosprecio superaba a la compasión. Quería desesperadamente que se fueran.

¿Estaba Pip deprimida?, querían saber. Un poco, contestó Stevie, pero cambiaba pronto de humor; era difícil saber lo que sentía Pip Mason en un momento determinado.

¿Qué tipo de pastillas, y cuántas, se había tomado Pip?, le preguntaron. Stevie no lo sabía; no estaba segura. Intentó explicar el juego al que habían jugado y, cuando vio que los oficiales movían la cabeza, dijo que no, que no era aquello. Pip se estaba tambaleando pero no había enloquecido. No era lo que ellos estaban pensando, una chica rica mimada y loca por las drogas que ha saltado por la ventana.

–No..., no le gustaba el ácido –les explicó–. Sólo tomaba estimulantes y calmantes. Dijo que iba al baño..., eso es todo. Debía de estar un poco mareada. Quizá saliera a tomar un poco de aire. Ha sido un accidente... Oh, Dios mío, tiene que haber sido un accidente.

Stevie se puso a sollozar sin control y su esbelto cuerpo se agitaba en un llanto sin lágrimas. Notó que una mano fuerte se posaba sobre su hombro, pero ello no le dio consuelo.

Alguien le acercó un vaso de agua. Bebió un poco, tosiendo e hipando tan violentamente que apenas podía respirar. Cuando se calmó, volvieron a empezar las preguntas. Los oficiales escribían todo lo que decía, pero su impresión era que no daban ningún valor a sus palabras. Le pidieron la dirección y dijeron que quizás volverían a interrogarla.

Cuando le ofrecieron llevarla a casa, Stevie negó con la cabeza. No podía soportar estar sola en casa, ahora no. Pero, ¿adónde podía ir? Lo único que se le ocurría era Samson. Él conocía la amistad que la unía a Pip, y, aunque les había vuelto la espalda, era la única persona que sabía lo que Pip significaba para ella.

–¡No pienso irme! –gritó cuando la chica que había abierto la puerta le dijo que Samson estaba en plena cena de Acción de Gracias. Gritó su nombre con la voz más potente que le había salido en la vida.

–¡Samson! ¡*Samson*...!

Un momento después él bajó las escaleras, con pantalones de terciopelo azules y una camisa azul de seda plisada... El Príncipe Azul otra vez.

Sonrió y le alargó la mano, como si la recibiera a un simple evento social.

–Linda Stevie..., qué sorpresa más agradable –dijo. Luego como si su terrible alarido no lo hubiera alertado, se fijó en la angustia de su cara–. Pero, dime, ¿qué ha pasado? –le preguntó con calma.

Ella intentó hablar, pero no le salieron las palabras y se abalanzó a los brazos de Samson. Él la abrazó y le acarició el pelo; aquel gesto de cariño hizo que Stevie llorara aún más por todo lo que había perdido. La llevó a la sala, que estaba llena de cajas y cajones de embalaje, la hizo sentar en el sofá y le acarició suavemente la mejilla.

–¿Qué pasa? –repitió–. ¿Estás acaso metida en algún lío, linda Stevie?

–Es Pip –explotó–. Oh, Dios mío, Samson, Pip ha muerto, está muerta.

Ocultó la cara en su pecho y empezó a murmurar los detalles hasta que las lágrimas se lo impidieron y empaparon la camisa de seda. Él suspiró pero no dijo nada y, más allá del ruido de sus sollozos, Stevie alcanzó a oír el péndulo del reloj antiguo que había a la entrada de la sala.

Finalmente, Stevie se apartó y lo miró a los ojos, con una súplica silenciosa. Necesitaba ver su reacción. No parecía aturdido ni sorprendido, ni siquiera triste.

–Está muerta, Samson –repitió Stevie–. No es una broma.

Samson le dedicó una ligera sonrisa.

–Oh, no, linda Stevie, lo sé. Sólo lo de antes era una broma. La muerte es lo más real que existe. Pero Pip estaba preparada.

–¿Preparada? –Stevie dio un respingo; la frialdad de Samson la afectaba casi con la fuerza de un golpe físico–. Samson, si era tan joven, tenía tanta energía...

–Y sus diez minutos bajo el proyector habían terminado. Era gloria pasada, Stevie, y ella lo sabía.

Stevie movió la cabeza, aturdida por el razonamiento frío y cruel de Samson y negándose a aceptarlo. Se percató de que algunos de la camarilla de Samson habían bajado un tramo de escaleras y estaban mirando y escuchando: todo aquello no era más que una actuación para ellos.

–¿Por qué no te vas a casa e intentas descansar? –dijo Samson–. Estás tan...

–¡No! –gritó, odiándolo pero necesitándolo al mismo tiempo, deseando que todas aquellas dolorosas realidades pudieran convertirse en irreales, deseando poder ver la tragedia de Pip como un simple episodio de una obra de teatro–. Oh, por favor, Samson, ¿me puedo quedar unos días? Por favor, no me eches ahora...

Él dudó, pero sólo un momento.

–Muy bien –dijo con un suspiro–. Te daré algo para ayudarte a dormir. Cuando estés más descansada... –Dejó la frase inacabada, se sacó del bolsillo la caja que llevaba siempre consigo y le dio dos Nembutal.

Stevie se los tomó obedientemente y se retiró a una habitación del piso de arriba. Se tumbó totalmente vestida en la cama y esperó a que le viniera el sueño. Pero los calmantes no eran suficientes para borrar los últimos momentos con Pip, para evitar que se representaran en su cerebro una y otra vez. ¿Había decidido Pip de repente que la vida era insoportable? Stevie sabía lo que era sentirse derrotada y perdida, sentir que era demasiado difícil seguir adelante, pero no podía imaginarse dando realmente el último paso del que no había retorno.

Con la mirada fija en el techo, Stevie tuvo una horrible visión de Pip cayendo por el espacio –viendo la Muerte que la esperaba abajo, con la mortaja en su brazos, dispuesta a abrazarla–, tan asustada y tan terriblemente sola. Lloró sintiendo como propio el dolor de Pip y luego ella misma fue abrazada por una oscuridad consumidora.

Retornó a la conciencia lentamente con un dolor de cabeza pungente. Tenía la sensación de tener los ojos pegados y, con gran esfuerzo, consiguió abrirlos. Con la vista llegaron el recuerdo... y una angustia ineludible.

Se arrastró hasta el baño. La cara que vio en el espejo era aterradora, la piel pálida y descolorida, los ojos vacíos e inexpresivos. Abrió el agua fría y se lavó la cara. El esfuerzo la agotó y, aunque se daba cuenta de que tenía que hacer algo, no sabía qué. Samson lo sabría, pensó. Samson siempre sabía...

La casa estaba tranquila y silenciosa mientras Stevie lo buscaba abriéndose paso entre las cajas y bolsas que contenían el producto de muchos años de voraz coleccionismo. Lo encontró en el piso más alto, en el espacioso estudio con claraboyas que había hecho juntando tres habitaciones pequeñas. Estaba inclinado sobre una mesa de dibujo, completamente absorto en lo que hacía y, cuando vio a Stevie, frunció el entrecejo como si se hubiera olvidado de que ella estaba allí o ya no le importara.

–Tengo mucho trabajo –le dijo, y, como Stevie no se movió, añadió–: Vete de aquí, linda Stevie. Yo no puedo cambiar lo que le ha ocurrido a Pip y ya no te puedo ayudar. Las nubes oscuras son contagiosas y, si quieres seguir con las tuyas, llévatelas a la Funeraria Campbell. Esta tarde ofrecen una misa por Pip. Algo así como una gala, me imagino. La Gran Duquesa ha interrumpido sus vacaciones en Palm Beach para asistir.

–¿Una misa? –repitió ella agarrándose a la oportunidad de estar con Pip de algún modo, de expresarle su amor–. Ven conmigo, Samson, por favor. Sólo esto, no te pediré...

–¡No! –la cortó secamente–. Ahórrate el aliento, linda Stevie. No voy a funerales ni a velatorios. –Volvió a coger su fiel caja de pastillas–. Si necesitas un amigo para superarlo, aquí tienes unos cuantos.

Stevie cogió un par de estimulantes.

–Pero ¿no te importa, Samson..., no te importa nada?

Samson le volvió la espalda y, por un instante, Stevie pensó que la dejaba de lado otra vez. Pero entonces volvió a mirarla con la expresión irónica que ella había llegado a conocer tan bien.

–Sí –dijo con suavidad–. Me importaba mucho nuestra Pip. Y ésta es la razón por la que no participaría ni loco en un horrible ritual. Nuestra Pip volvió a nacer ayer noche, exactamente aquí, linda Stevie. No he terminado, pero infringiré las normas por una vez y te dejaré verlo. Contempla a nuestra Pip... tal como yo la recuerdo.

Samson se apartó y dejó que Stevie echara una mirada a la obra de la mesa de dibujo. Era un montaje de fotografías sobre las que Samson había trazado varias líneas que hacían las imágenes todavía más vívidas: Pip riéndose, con la cabeza echada atrás en abandono despreocupado; Pip haciendo de payaso, sacándole la lengua a la cámara de Samson; Pip disfrazada para el carnaval, tan viva que Stevie apenas pudo resistir mirarla. Bajó corriendo las escaleras de la casa de Samson y salió a la calle.

Stevie se sentó al fondo de la capilla abarrotada, jugando nerviosa con el pañuelo y alargando el vestido negro que parecía excesivamente corto para una ocasión tan solemne. Intentó concentrarse mientras un hombre que ella no conocía elogiaba a la única amiga que Stevie había tenido. Pero parecía estar describiendo a una Pip que ella no conocía. ¡Una chica que se había graduado en la Brearly School con matrícula de honor a los dieciséis años! Una joven cuya fiesta de puesta de largo había sido la comidilla de todo Nueva York. Una experta jinete que había ganado cintas azules por sus saltos y su manera de hacer desfilar al caballo.

¿Era aquella realmente nuestra Pip?, se preguntaba Stevie. Y ¿por qué había dejado atrás aquellas partes de ella misma?

«Más» pensaba Stevie, «quiero saber más de ella.» Pero el conferenciante no tenía nada más que decir de la vida de Pip y se puso a hablar de su muerte, de «una luz brillante y resplandeciente extinguida trágicamente antes de tiempo». Un gemido de angustia ahogó las últimas frases y atravesó a Stevie como un cuchillo. Era Valentine, toda vestida de negro.

–Mi niña –sollozaba–, mi niña se ha ido para siempre. –Se acercaron algunos amigos a consolarla, pero Valentine no podía contener su dolor–. Oh, Dios –se lamentaba–, era tan joven, tan guapa..., lo tenía todo... ¿Por qué no me llevaste a mí en lugar de ella?

«¿Por qué?» repitió Stevie en voz baja. Cerró los ojos un instante e intentó sentir la presencia de Pip, allí, entre aquellos que la querían. Pero no encontró respuestas. Sólo oía el roce de las ropas, los suaves murmullos de palabras consoladoras cuando los asistentes empezaron a desfilar lentamente.

Abrió los ojos y vio que Valentine se levantaba de su asiento apoyada en los brazos de dos amigos. Daba traspiés como una vieja, destrozada y sin esperanza. Cuando se acercaba a la puerta de la capilla, Stevie alargó la mano.

–Lo siento... –susurró–. Yo...

Valentine giró los ojos vidriados de dolor hacia ella. Cuando la reconoció, se echó atrás y le dedicó una mirada llena de odio.

–¿Estás satisfecha de lo que has hecho? ¡Asesina! Mi niña era un ángel..., un ángel bello hasta que tú y gente de tu especie os la llevasteis. ¡La has matado! ¡Tú has matado a mi Pip!

Sus amigos llevaron a Valentine fuera, dejando a Stevie temblando por la fuerza de su ataque. Se volvió a sentar en el banco con las palabras de Valentine grabadas en la mente para siempre. Quería convencerse de que la madre de Pip se equivocaba, que ella no habría hecho nunca nada que hiriera a su única amiga, con lo que la quería. Pero la semilla de culpabilidad que la propia Stevie había plantado florecía ahora con la acusación. Hubiera podido hacer algo para salvar a Pip... hubiera *tenido* que hacer algo. ¿Por qué aceptó aquel juego estúpido? ¿Por qué no vio o notó que algo iba mal? ¿Y por qué había dejado que Pip se alejara de ella?

Salió como pudo de la capilla poco iluminada. Avanzó a trompicones, sin saber adónde ir, sintiéndose también ella muerta. No podía pensar y no quería sentir porque los sentimientos le producían un dolor y una soledad terribles.

Caminó sin objetivo, sin notar el frío que le enrojecía la cara y le helaba los dedos. El efecto de los estimulantes ya había desaparecido y Stevie temía el momento en que no habría nada entre ella y la conciencia total. En su apartamento tenía píldoras y licor, pero no podía ir allí ahora para estar más sola que nunca.

Stevie recordó los fuertes brazos de Lee, sus sinceros ojos grises, sus cariñosas caricias. ¿Pensaría en salvarla, en darle amor y consuelo ahora que tanto los necesitaba? ¿O le daría la espalda con rabia y disgusto? No podía soportar esto, ahora no.

Entonces pensó en Paul Maxwell. Él no la echaría; siempre la había querido y, aunque no había amor entre ellos, era mejor que estar sola. Si no le podía ofrecer consuelo, al menos tenía muchas cosas para permitirle conseguir el olvido.

El polvo púrpura de la noche se depositaba sobre el East River cuando Paul Maxwell volvía a su casa en Beekman Place.

Stevie contemplaba la luz que se iba amortiguando. Cuando llegó, Paul no estaba, pero la portera oriental la conocía de vista y la había dejado entrar para que lo esperara allí.

–¿Qué es esto? –dijo Paul entrando en la sala, donde había uno de los cuadros más grandes y valiosos de Samson–. ¿Me has traído un regalo de Navidad por adelantado, Stevie?

Como ella seguía mirándolo con ojos vacíos, suavizó el tono.

–He oído lo de Pip, Stevie... Lo siento. Sé que erais muy amigas.

Sus palabras le hicieron sentir más afecto hacia Paul que el que había sentido hacia Samson, más segura de su elección.

–Necesito un sitio para estar –dijo ella.

–¿Cuánto tiempo?

–He dicho para *estar*.

En su cara apareció una leve sonrisa.

–Bueno, bueno –canturreó–. Así que ahora la cosa es así, ¿verdad? –Se quedó pensativo un momento, considerando las posibilidades mientras Stevie contenía la respiración. Luego llamó a su criado–. La señora Knight se quedará con nosotros un tiempo, Hashi. Ve a la habitación contigua a la mía y mira si hay todo lo necesario. –Se volvió hacia Stevie–. ¿Has traído algo?

Ella negó con la cabeza.

–No te preocupes..., lo iremos a buscar mañana. ¿Qué querrías cenar? Hashi te puede llevar una bandeja si estás cansada...

–No tengo hambre, Paul. No puedo comer. Pero... necesito...

Él asintió con la cabeza.

–Sí, ya lo veo. Sígueme.

Durante las semanas siguientes, Paul se convirtió en el protector y proveedor de Stevie. Le daba todo lo que necesitaba: comida, ropa y refugio, y, sobre todo, las drogas que la liberaban de la responsabilidad de pensar.

En la majestuosa casa de Beekman Place nadie le hacía hacer nada; no tenía que lavar un plato ni recoger la mesa... ni siquiera estaba obligada a consumir las deliciosas comidas que le servían. Le permitían dormir, día y noche, envuelta en sábanas de seda y protegida del dolor por la abundancia del sótano-almacén de Paul. A cambio, todo lo que él pedía era el uso de su cuerpo de vez en cuando, bien en la cama o bien en fiestas y orgías a las que a él le gustaba ir, en el Soho y en el Village. En aquellos lugares, donde quedaban recuerdos de la celebridad de Stevie, Paul disfrutaba luciéndola como su *caniche* personal.

Al principio parecía estar satisfecho de ser su amo, a pesar de que era propietario por eliminación. Le compraba regalos: joyas y pieles para acompañar todo el armario de trajes sastre que le había comprado. Sin embargo, a medida que crecía la dependencia de Stevie, a medida que su espíritu se embrutecía y desaparecía en la niebla química que la envolvía siempre que estaba despierta, Paul se iba volviendo más resentido y cruel, como si ella lo hubiera engañado y le hubiera entregado meramente la cáscara vacía del premio que antes había deseado.

Empezó a insultarla con comentarios terriblemente mordaces sobre su belleza destrozada, con recuentos detallados de la gente fascinante que conocía en las fiestas de Samson, y le recordaba con placer que él, gracias a su riqueza y nivel social, todavía era bien recibido allí, mientras que ella apenas sería tolerada si es que él se dignaba llevarla. Si lo que buscaba era un amago de rabia, un brote de fuego, siempre quedaba decepcionado, porque Stevie soportaba sus provocaciones siempre y cuando él le proporcionara drogas. Cuanto más seguro estaba él de su dependencia, más jugaba para hacerla sufrir. Tenía unas esposas y, a veces, la ataba a la ducha y la hacía dormir desnuda, de pie. Le pegaba con un cinturón y la degradaba exigiéndole retribuciones sexuales animales.

La mañana del día de fin de año, le dio un ultimátum.

–Se acabó lo que se daba –le dijo–. Sea cual sea tu problema, será mejor que te recuperes o encuentres otro sitio para estar. Esta noche vienen setenta personas y quiero que lo pasen bien. No quiero que vayas andando por todas partes como una zombie o que te coja uno de tus ataques de lágrimas. Pero, si eres capaz de ponerte un poco decente, si puedes ayudar a mis invitados para que lo pasen bien, puedes unirte a la fiesta. Si no, quédate en tu habitación... y empieza a hacer las maletas.

La amenaza dejó a Stevie muerta de terror. Haría todo lo que quisiera Paul, cualquier cosa para que no la echase.

Se esforzó por volver a ponerse guapa. Se forzó a salir de la casa para ir a un salón de belleza cercano y, deslizándole al propietario un billete de cien dólares, consiguió que le diera cabida en su apretada agenda de la tarde. Le cortaron y peinaron el pelo rápidamente, le hicieron la manicura y le animaron el color de la piel con un maquillaje orgánico.

Cuando volvió a casa, se cuidó de no encontrarse con Paul. Se tomó sólo un estimulante, aunque el cuerpo le pedía más a gritos, y pidió al criado un termo de café. Con manos temblorosas, se cubrió las oscuras ojeras con mucho maquillaje y se aplicó color a las mejillas y labios. Como toque final, se añadió las dos pestañas postizas que antes habían sido su sello personal. Estudió su trabajo en el espejo. No estaba guapa... pero tampoco parecía la zombie que Paul le había acusado de ser. Se puso un traje rojo de Givenchy y se dispuso a que Paul la inspeccionase.

–Mejor –dijo él con aprobación mesurada–, mucho mejor. Ahora ten cuidado de no colocarte ni emborracharte demasiado.

Esta parte era más difícil, porque, a medida que iban llegando los invitados, le iba aumentando el pánico. No tenía nada que decir a nadie, pero sabía que Paul esperaba que estuviera a tono..., que actuase como solía hacer en la Wherehouse. Empezó con una copa de champán y, subrepticiamente, se tragó un par de estimulantes. Deseosa de que la combinación funcionase y con una ancha sonrisa en los labios se puso a flirtear con un hombre que había llegado sin pareja. Se le unió otro, y Stevie redobló sus esfuerzos buscando en sus caras la admiración que antes había despertado en los ojos de todo hombre.

Pero, cuando la casa estuvo ya llena de gente, la ansiedad la abrumó. Parecía faltarle aire para respirar, el ruido era demasiado fuerte para tolerarlo. Sintiéndose mareada y pálida, se excusó y salió corriendo por una puerta trasera hacia el jardín que daba al río. Temblando en el viento helado de la noche, se preguntó si no era ya el momento de reunirse con Pip.

–¿Qué demonios intentas hacer? –le preguntó Paul apareciendo tras ella. La cogió del brazo y le dio la vuelta–. ¿Ya estás borracha? Te avisé, Stevie...

–No –protestó ella–. No estoy borracha. Sólo necesitaba un poco de aire. Está tan cargado dentro.

–Pues es una pena –dijo–, porque estamos a punto de empezar el festival de películas de la linda Stevie Knight y no podemos empezar sin ti. Venga, adentro.

Ella siguió a Paul hasta la sala del segundo piso.

–Aquí está nuestra estrella –anunció afablemente, al tiempo que apagaba las luces–. Nuestra primera atracción será la última película de Stevie: *Sueños de Drácula,* producida por un servidor. Espero que os guste.

Stevie se sentó en la oscuridad y contempló las vacilantes imágenes de la pantalla. Todo parecía haber ocurrido hacía mucho tiempo, en una vida y en una época diferentes, tal como había dicho Samson. Cuando vio la cara de Pip, reprimió un grito y cerró los ojos. Ahora sólo oía voces, las voces de su pasado hablando y riendo. De pronto notó una mano en el muslo. Se quedó paralizada, pero la mano no se retiró. Abrió los ojos. Era el hombre con el que había estado hablando antes, que sonreía con anticipación secreta.

–Ya he visto la película –le susurró–. Vamos a algún sitio privado para que pueda conocer a la Stevie Knight real.

Quería decir que no, retirar la mano, pero le daba miedo hacer un número, le daba miedo lo que podía hacer Paul si ofendía a su amigo. No tenía ningún sitio al que ir, ningún sitio en el mundo. Permitió que la llevase fuera de la sala, a una habitación en penumbra. Cerró los ojos cuando él la tumbó en la cama, y los mantuvo cerrados cuando sus manos le subieron el vestido y le arrancaron la ropa interior.

–Despierta –le exigía el compañero–. No es muy divertido si tú no juegas conmigo.

Sus brazos repitieron movimientos recordados y se cerraron alrededor de su cuello. Las piernas se le abrieron, permitiéndole la entrada, y luego se cerraron sobre su espalda. Él empujó unas cuantas veces en espera de una respuesta y, al no encontrarla, se puso a moverse a su propio ritmo. Terminó deprisa y salió de su cuerpo gruñendo.

–¿Es una fiesta privada o puede añadirse alguien? –dijo una voz nueva en la oscuridad.

–Es toda tuya –dijo con una carcajada la voz que estaba a su lado.

Stevie oyó el roce de ropa, el ruido de una cremallera... Luego notó que otro cuerpo la cubría, un aliento cálido en su rostro. Unas manos le estrujaban los pechos. Unos labios se posaron sobre los suyos y le metieron en la boca el sabor del alcohol. Se repitió el acoplamiento... y antes de que terminara se reunieron otros a su alrededor, una profusión de manos arrastrándose por su cuerpo, mientras algunos hombres utilizaban su boca y otros se clavaban dentro de ella. Duró horas y horas, y le daba igual.

Cuando se fueron, se quedó tendida mucho rato, encarcelada en su propia inercia. Finalmente se levantó y empezó a alisarse la ropa. Encendió la luz y tembló de repugnancia al verse en el espejo. El delicado traje que llevaba estaba desgarrado; la cara manchada de maquillaje, los ojos vacíos. La linda Stevie Knight había dejado de ser linda. Peor todavía, se había convertido en una furcia. ¿Cómo podía haber ocurrido?, le preguntó al espejo. ¿Por qué todos los hombres que conocía se convertían en el almirante?, le preguntó una voz interior. Parecían diferentes un tiempo, hablaban diferente, ¿por qué, pues, se volvían todos iguales? El espejo le respondió: Porque eres una inútil, Stevie, y te mereces ser tratada así. Pero, ¿qué pasa con Lee?, arguyó la pequeña voz de la esperanza. Él sólo quería ayudarme, y no me pedía nada a cambio. ¿No era él diferente? Ah, pero no quería a la Stevie Knight real, replicó el espejo. Quería a alguien decente y bueno, alguien que tú no sabrías ser.

«No, no» lloraba Stevie silenciosamente golpeando el espejo con los puños y sin poner atención a los trozos de vidrio que le arañaban los brazos y manos. «No, no, no...»

Intentó moverse, pero no podía. Tenía los brazos atados al cuerpo, que estaba rígido y acalambrado. No era capaz de ver mucho, pero el olor le decía que no estaba en el apartamento de Paul. Era un olor rancio, humano, impregnado de desinfectante. Le ardía la garganta, tenía la boca como algodón y ansiaba desesperadamente un vaso de agua. Oyó un murmullo de voces y actividad, pero parecía venir de la distancia. Con un gran esfuerzo, volvió a intentar liberar su brazos, pero sólo consiguió golpearse la cabeza contra lo que parecía una cuna sin almohada.

Tenía frío, le dolían todos los músculos, estaba sedienta, pero, ante todo, estaba asustada. De pronto inhaló la fragancia de colonia, vislumbró la cara de una mujer mayor, rubia..., y se sintió llena de alivio. Por fin, pensó, por fin.

–Mamá –gimió–, oh, gracias a Dios, mamá, me has traído a casa. –Stevie se asió a la bata blanca–. ¡Oh, gracias, mamá! Nunca volveré a ser mala. Haré todo lo que *él* diga...

Stevie señaló al almirante, de pie al otro lado de la habitación, vestido de blanco.

La mujer puso sus manos sobre las de Stevie y, con gentileza pero con decisión, las arrancó de su bata.

–No soy tu mamá, niña.

Y Stevie se dio cuenta de que el hombre con chaqueta y pantalones blancos no era el almirante.

–Pero, si crees que lo soy –siguió la mujer con una risita–, no hay duda de que has venido al lugar adecuado. –Como para responder a la pregunta que se estaba formulando en los ojos de Stevie, añadió–: Bien venida a Bellevue.

Cuarta parte

1

Inquieta como estaba ya por la confrontación entre Anne Garretson y Livy, Stevie quedó totalmente trastornada por una simple llamada telefónica. La voz pertenecía a Lee Stone. La saludó cordialmente, casi demasiado, le pareció a ella, aunque enseguida se reprochó hacer suposiciones. A lo mejor, para él ella no era más que un viejo amor, un recuerdo agradable.

–Ha pasado mucho tiempo –dijo él–. Demasiado. Quería ponerme en contacto contigo, pero... bueno, ya sabes cómo son las cosas.

–Sí –dijo ella–, lo sé. –Era fácil dejar a un lado todo lo que había sido doloroso, mucho más fácil que intentar resucitar las promesas rotas de un amor que en su momento parecía tan auténtico–. Se te oye muy cerca –dijo ella luchando por mostrar alegría.

–Estoy muy cerca –dijo él–. En Santa Fe..., en Los Milagros.

Contra su voluntad, Stevie recordó el viejo hotel romántico que había visitado en una ocasión, sola; la habitación cálida y cómoda con hogar..., un refugio perfecto para amantes.

–¿Que estás haciendo en Nuevo México? –preguntó forzándose a volver a la realidad.

–He venido a verte –respondió con prontitud–. Ya sé que debí haberte avisado, pero esperaba... Stevie, ¿te va bien que vaya a verte mañana por la mañana?

–Sí, muy bien. Tengo muchas ganas de volver a verte –dijo, afectando una normalidad traicionada por la aceleración de su pulso y el enrojecimiento de las mejillas.

El día se le hizo larguísimo y la excitación le aumentaba a

cada hora que pasaba. Por la noche durmió poco y sus intentos de dormir se veían interrumpidos por fantasías sobre Lee que se repetían como una melodía inacabada. Inquieta y aturdida como estaba, Stevie esperaba exaltada la llegada de Lee. Intentó dirigir la sesión de grupo de la mañana como siempre y sólo se dio cuenta de lo distraída que estaba cuando una de las mujeres le espetó:

–Stevie, si tanto te aburrimos, ¿por qué no te vuelves a la cama?

–Lo siento –se apresuró a disculparse–. Tengo..., tengo muchas cosas en la cabeza, hoy.

«Para ya» se dijo a sí misma, «para ya de actuar como si fueras una adolescente enamorada. Lee pertenece a la historia y tu vida esta aquí.»

Pero cuando llegó por fin, cuando la rodeó con sus brazos y la mantuvo abrazada un momento demasiado corto, el sentido común salió volando por la ventana y Stevie se encontró riendo y hablando descontroladamente, como si de algún modo pudiera llenar los años que habían estado separados. Le cogió la mano y lo llevó a dar una vuelta por El Oasis, mostrándole con orgullo sus logros como si quisiera demostrar de una vez por todas que no era la misma mujer a la que él había juzgado y rechazado.

–¡Suficiente! –dijo él riendo después de andar durante lo que parecieron horas–. Ya he visto suficiente. Si estás intentando ajustarme cuentas, lo has conseguido.

–¿Ajustarte cuentas? –repitió ella con una expresión de asombro en la cara. Y entonces se acordó..., la carrera matutina por las montañas, con Lee delante, Stevie jadeando y palpitando para intentar seguir el paso... Dios mío, parecía haber sucedido hacía toda una vida, y, sin embargo, podía recordar todavía todos los detalles.

–No te preocupes –dijo él, decepcionado por lo que parecía un obvio olvido por parte de Stevie de su época de amantes–. ¿Puedo invitarte a comer? Llegados a este punto, sería capaz de poner cualquier excusa para detenernos y descansar.

–Hay comida en la casa. Llamaré a la cocinera y haré que manden algo a mi despacho.

Stevie sintió un amago de timidez cuando Lee atravesó su habitación –el escenario de sus fantasías nocturnas– y salió al jardín. Lo volvió a sentir cuando Gus Timmons, un miembro muy antiguo del personal de cocina, les llevó la comida. Con cuidado exquisito, preparó la mesa de fuera con un mantel de lino y servilletas y luego dispuso una artística muestra de pechugas de pollo y setas en platos de reluciente porcelana blanca. Con la pericia profesional de un *sommelier*, vertió agua con gas en dos vasos de cristal y añadió unas gotas de lima.

–¿Necesita algo más? –preguntó a Stevie con una amplia sonrisa y un parpadeo malicioso en los ojos.

–No, gracias, Gus... Es todo.

–Debe de pensar que somos pareja –observó Lee con un tono de voz satisfecho cuando se fue Gus.

–Aquí somos como una gran familia –dijo ella–. Todo el mundo se preocupa por los otros.

–Ya lo veo. Stevie, no puedes imaginarte lo orgulloso que me siento de todo lo que has hecho.

–No lo he hecho sola –terció ella–. Nadie como yo puede hacerlo sola, Lee...

–Por eso he venido. Stevie... Quería pedirte...

–¡No! Por favor, no digas nada más –le suplicó luchando contra la memoria del deseo–. No es posible que nosotros...

Lee enrojeció y, por un instante, Stevie creyó que se había enfadado.

–Lo siento, Stevie... Debería habértelo explicado cuando te llamé. La razón por la que estoy aquí... es una mujer. Necesita tu ayuda. Yo confiaba...

–Ya veo –dijo ella luchando para reponerse–. ¿Estás casado? –le preguntó intentando disimular su incomodidad.

–No. –No se extendió más, no dio ningún detalle de su relación–. Es una mujer... famosa, Stevie. Le preocupa que el hecho de estar en El Oasis pueda perjudicar su carrera.

–No debe preocuparse. Lo que pasa aquí es confidencial.

Lee movió la cabeza mientras sus claros ojos grises suplicaban comprensión.

–El problema no son tus principios, Stevie... Trabaja en la prensa... Le parece que *todo* está permitido.

–Aquí no –dijo ella con calma–. Dile a tu... amiga que puede confiar en mí.

«Bueno, ya está» pensó Stevie. «Al fin y al cabo, no soy yo la que tengo que decidir.»

Cuando Lee se fue de El Oasis, no podía pensar en nada más que en Stevie, mucho más guapa ahora que cuando él se había enamorado de ella, con una nueva personalidad y fuerza en el rostro y una nueva calidez. Sabía que le resultaría duro volverla a ver; pero no se había imaginado lo doloroso que podía ser el rememorar lo que había perdido.

Se había dicho a sí mismo que lo único que buscaba era ayuda, pero le dolía en el alma saber que Stevie estaba fuera de su alcance.

«Lo arruinaste, Stone» pensó. «Ni siquiera has llegado a decirle lo que has cambiado desde que la dejaste.» Pero, sabiendo lo que había pasado ella, ¿cómo podía ensombrecer su alegría con sus propios problemas? ¿Cómo podía explicarle la relación en que se hallaba metido cuando él apenas podía entenderla? Ella había entrado en su vida como una tormenta tropical, le había hecho soltar todas sus amarras y lo había llevado por su camino...

Había ido a Washington a una recepción para una delegación comercial japonesa, sin mayores esperanzas que las de reforzar sus relaciones empresariales, cuando entró ella como una exhalación, barrió la sala con la mirada y se dirigió directamente a él.

–¿Eres alguien a quien debiera conocer? –le preguntó sin molestarse en presentarse, convencida, al parecer, de que todo el mundo sabía quién era.

Sorprendido de su determinación, Lee había reído.

–¿Por qué no lo descubres tú misma? –le dijo. Y eso fue lo que ella había procedido a hacer. Era tan vital y vivaz, tan brillante y resplandeciente, tan segura, que era capaz de llenar con su incansable energía toda una habitación.

Se había acostado con Lee con el mismo tipo de determinación que la había llevado a su profesión, y, durante un tiempo, él creyó que la vida le estaba dando una segunda oportunidad. Ella irrumpió en su soledad desafiándolo a estar al nivel de su rapidez mental, de su ambición... y de su tosca sexualidad.

Al principio hacían el amor de un modo que él nunca había experimentado, salvaje y sin inhibiciones, más excitante que cualquier fantasía de adolescente porque ella era vívidamente real. No había tiempo para complacencias, ni siquiera para el tipo de comodidad fácil que proporciona la familiaridad; ella no lo permitía. Siempre estaba ampliando los límites de su relación en su larga carrera hacia... ¿qué? Lee todavía no podía responder a esta pregunta.

La primera vez que ella le pidió que la lastimara en la cama, él pensó que bromeaba, que quería una pelea de aquellas que terminan con los dos contrincantes haciendo el amor. Y, entonces, le había mostrado las esposas de cuero, el látigo...

Imposible, se dijo él, me es imposible pegar a una mujer.

–No lo entiendes –dijo ella mostrando un enfado real, no juguetón–. Si quieres hacerme feliz, jugaremos a mi manera...

Contra todos sus instintos, y sólo porque quería hacerla feliz, Lee lo intentó. Pero no podía hacerle daño realmente, aceptar el desafío que relucía en sus ojos.

Y, cuando ella vio que no quería jugar, se burló de su reticencia... y luego, al momento siguiente, se puso a hacerle el amor con una intensidad que él no podía asimilar.

Lo hacía sufrir con su inconsecuencia. Las noches amorosas se alternaban con citas a las que no se presentaba. Le daba explicaciones fantásticas, increíbles, o ninguna en absoluto. En una ocasión, cuando tenían que irse a pasar el fin de semana fuera, ella simplemente desapareció; supo por su secretaria que había volado a Israel para entrevistar al primer ministro. Cuando volvió no se disculpó; sólo se sorprendió de que él se considerara dueño de su tiempo.

Era el recuerdo de Stevie, la memoria de cómo había roto su relación, lo que le hacía tratar de entender su extraña conducta. Y, cuando tenía la sensación de que ella era dos mujeres distintas a la vez, intentaba quererlas a las dos.

Pero a medida que ascendía profesionalmente a velocidad vertiginosa, su humor se iba enrareciendo y oscureciendo. Ante la cámara y en público, la mujer a la que él había admirado y querido estaba siempre impecable, pero, cuando estaban solos, la otra, la que estaba dominada por necesidades que a él le parecían ajenas, empezaba a sobresalir con regularidad preocupante. Cuando él le sugirió que fuese al médico, ella reaccionó con una furia que lo dejó sin habla.

«¿La habría dejado entonces?» se preguntó. No lo sabría nunca, porque, cuando le dijo a Lee que estaba embarazada, se estrechó el vínculo entre los dos.

Sin embargo, ella no quiso casarse; rechazó incluso su proposición de vivir juntos.

–Tengo que ser libre –le dijo con una carcajada gutural–. Tengo que dejarme llevar por los vientos. Pero volveré a ti, Lee, querido. ¿No lo hago siempre?

Por extraño que fuera, el vínculo entre los dos pareció fortalecerse aún más cuando ella abortó. Había estado en Cannes, entrevistando a una controvertida pareja de Hollywood, una pareja de estrellas tempestuosas que deleitaban a la prensa con sus disputas públicas y sus tórridas reconciliaciones. Le pidió a Lee que fuera con ella, que hicieran del viaje unas vacaciones, pero él no había podido ir a Francia..., aunque le prometió reunirse con ella unos días después. Cuando él llegó, ella estaba en una pequeña clínica del sur. Con un aspecto pálido y débil como si fuera una niña, le contó en tono angustiado que había resbalado y se había caído en la bañera del hotel, que no había nadie para ayudarla... y había sido demasiado tarde para salvar al niño.

Decidido a salvar la relación, Lee había ido a El Oasis. Pero, ¿cómo podía decirle a Stevie por qué necesitaba su ayuda? No tenía derecho, ninguno; había perdido el derecho a su comprensión hacía mucho tiempo, y, ahora..., ahora la vida le había mostrado lo arrogante que había sido y cómo se había equivocado.

2

Sola en el silencio de su oficina, Stevie contemplaba desde la ventana el paisaje desierto, una paleta de dorados y rojos, sembrado de cactus rotos y espinosos. Buscaba en la contemplación de la naturaleza intemporal un poco de serenidad.

Con un suspiro profundo, se apartó de la ventana y alargó la mano hacia la bandeja de metal que rebosaba de cartas. El trabajo era el remedio para el dolor de cabeza; entierra tus preocupaciones ayudando a los demás. Nunca fallaba.

Stevie colocó la bandeja en el centro de la mesa, se sentó y cogió unos cuantos sobres. Casi de inmediato, le llamó la atención un sello de aspecto oficial grabado en el sobre de vitela color crema. Lo abrió rápidamente y leyó la tarjeta: «El presidente de los Estados Unidos se complace en anunciar la concesión de la Medalla de la Libertad a la señora Stephanie Knight, por su labor incansable y heroica en favor de...».

Con entusiasmo creciente, Stevie leyó por encima el resto de la tarjeta hasta las palabras que la convocaban a la Casa Blanca dos semanas después para recibir la medalla de manos del mismísimo presidente en una cena en la que sólo se honraría de igual modo a otros cuatro norteamericanos..., todos mayores, distinguidos y ya célebres.

¿Cómo podía haber dudado de ella misma?, se preguntó Stevie. Estaba recorriendo el buen camino, y, aunque significara pasar tiempos de soledad y añoranza, estaba haciendo cambiar la vida de otros, un cambio que reconocían incluso en los más altos santuarios del poder.

Con la tarjeta en una mano, salió de la oficina, ansiosa de compartir la noticia con el personal que trabajaba aquel fin de semana. Pero, al atravesar la puerta, tropezó de lleno con una mujer que venía por el pasillo, una pelirroja estupenda con ojos de topacio y una piel perfecta.

–Oh, Díos mío –dijo Stevie–. Lo siento.

–No pasa nada –dijo la mujer con la voz fuerte y profunda que era parte de su atractivo–. Me han tirado hasta granadas. Esto no ha sido mucho peor.

A Stevie le pareció reconocer la voz, y, cuando se detuvo a mirarle la cara, también le pareció familiar. Pero no daba con su nombre.

Apresuradamente, Stevie se agachó para recoger los objetos esparcidos del bolso de la mujer. Por hábito, hizo un inventario de los objetos que iba metiendo dentro. La sorprendieron dos cosas: el único estimulante era un paquete de cigarrillos sin filtro; había también una navaja pequeña, aunque no insignificante. Stevie dudó unos instantes antes de meter este objeto con los otros.

–Ya está –dijo mientras cerraba el bolso y se lo alargaba. Los ojos de Stevie se pararon una vez más en la cara de la mujer intentando situarla. Tal vez fuera una cara vista en un periódico.

–Es Stevie Kinght, ¿verdad? –preguntó la mujer. La voz le volvió a recordar algo, una voz profunda y ronca que sugería noches hasta las tantas, whisky y cigarrillos.

Stevie asintió con la cabeza.

La pelirroja la miró con expresión crítica un segundo.

–Venía a verla.

No había pedido cita. Además, habría debido encontrarse primero con alguien de recepción. Stevie se formó una impresión propia de aquella mujer: era del tipo que se llevaba por delante todas las barreras.

–Mire –le dijo Stevie–, todos los visitantes tienen que firmar en...

–Yo no soy una visitante –anunció la mujer–. He venido a quedarme... para ser una de sus, como se llamen, peregrinas. –Hablaba en un tono ligeramente sarcástico, como si quisiera ofender.

–Viajeras –la corrigió Stevie con calma–. Si necesita ayuda, hablaremos y lo dispondremos todo para que ingrese. Pero ahora no puedo atenderla y usted no puede... «quedarse». El

Oasis no funciona así. Los procedimientos habituales de admisión que...

–Todo eso ya lo sé. He escrito algo sobre ello –la cortó la pelirroja con impaciencia–. ¿No sabe quién soy?

De pronto, Stevie la reconoció. Había visto aquella cara en la televisión, y la habría identificado antes si la mirara más a menudo. Deni Vickers era la reportera mejor pagada en la historia de los informativos norteamericanos, una estrella en su campo, famosa por sus reportajes en directo en circunstancias tan peligrosas que ponían a prueba el coraje de los más maduros corresponsales masculinos. Deni había paseado por las avenidas de Beirut para entrevistar a terroristas y había ido a un suburbio del Bronx para negociar la libertad de una mujer y varios niños que estaban retenidos como rehenes por un amante enloquecido con el cuerpo recubierto de dinamita. Y, justo aquella semana, en medio de una historia sobre un grupo de luchadores por la libertad de Afganistán enviada vía satélite desde las montañas que rodean Kabul, Deni Vickers había dejado de informar repentinamente y se había puesto a narrar un relato fantástico de un viaje hecho en su infancia por las montañas del Tíbet. La emisión fue cortada de inmediato para dar paso a anuncios, y, cuando terminaron los anuncios, en la silla de Deni se sentaba otro periodista que empezó la historia donde la había dejado ella.

Deni vio llegar a los ojos de Stevie la luz del reconocimiento. No esperó ningún reconocimiento verbal antes de hablar.

–Escuche, Stevie, estoy... contra las cuerdas. Necesito demostrar a los de mi cadena que no estoy al borde del colapso... o que, si lo estoy, tomo las medidas para no estarlo. No puedo esperar seis u ocho semanas. Para entonces ya no me necesitarán. Aparecerá una nueva cara... y les mostrará a los ejecutivos lo prescindible que soy...

Intentó decirlo con un deje de ligereza, pero Stevie pudo notar que le daba terror ser despedida, sustituida.

Cuando ya estaba empezando a hacer un gesto de negación con la cabeza ante la imposibilidad de encontrar una cama vacía, Stevie observó las uñas de Deni, mordidas hasta la carne y extrañamente incongruentes con su impecable imagen en pantalla, con la firmeza de sus hombros, la tirantez alrededor de la boca. La observó encender un cigarrillo con dedos temblorosos, aspirar el humo con un ansia que le recordó la manera como solía fumar Pip... y supo sin ninguna duda que aquella mujer estaba en el límite de sus fuerzas.

Seguida por Deni, Stevie entró en su oficina exterior y comprobó el gráfico que mostraba las fechas en que tenían que abandonar El Oasis las viajeras y el gráfico de nuevos ingresos. El Oasis estaba totalmente lleno; era impensable posponer ninguna de las citas dadas.

–No puede ser, señora Vickers. Pero, si quiere ayuda de verdad, esperaremos.

Deni se quedó callada un momento.

–Mi problema no es como el de las otras, Stevie. No es lo de alejarse del alcohol, las pastillas o la cocaína. No puedo esperar.

Se acercó a Stevie como si pretendiera dar a sus siguientes palabras el mismo énfasis que adquirirían en un primer plano de la cámara.

–Si me echa, Stevie –dijo Deni simplemente–, moriré.

La particular elección de las palabras tocó una fibra profunda de Stevie. El almirante la había echado, le había ordenado que se fuera de su casa. ¿No había sido el primer paso en su largo descenso?

–No la echaré, Deni –dijo–. Ya encontraremos un sitio en alguna parte. Podemos hacer la entrevista de admisión una vez que se haya instalado.

3

Deni seguía a Stevie por un largo pasillo y sentía una mareante sensación de alivio. Ahora todo iría bien, se decía. Todo iría bien. No estaba loca ni enferma. Simplemente, estaba muy cansada y ahora conseguiría el descanso que necesitaba.

Se sentía como si se hubiera pasado la vida pedaleando en el agua, y, cuando estaba cansada, cuando sus fuerzas flaqueaban un poco, el terror de hundirse se hacía tan grande que engullía toda posibilidad de placer en la vida exquisita y excitante que se había buscado.

Aprovechaba las ocasiones: ocasiones salvajes, locas, porque era la manera de conseguir otro titular, de hacer que los jefes de la cadena sonrieran y dijeran: «Buena chica, Deni, adelante»... y ella estaba a salvo un tiempo más. De su entereza bajo el fuego se decía que Deni Vickers tenía nervios de acero y a ella le gustaba aquel cumplido más que ningún otro. Era el tipo de halago que su padre habría dedicado a una persona que admirase; mucho después de la muerte de Jack Vickers, seguían siendo sus actitudes las que dominaban la vida de Deni.

Instalarse en aquella habitación alegre pero espartana fue fácil; Deni vació el contenido de su neceser en el estante del baño y colgó en el armario la bolsa de viaje que había dado la vuelta al mundo.

Sacó del bolso un pequeño marco de plata y lo colocó en la cómoda blanca de abedul. Dentro del marco había una fotografía de «Black Jack Vickers», apuesto y todavía atractivo y elegante a los cincuenta y ocho años, «coronando» a carcajadas a su hija de dos años con su gorro de marinero. Todavía ahora, veinte años después de su muerte, seguía pareciendo convincentemente vivo y vibrante. ¿Era extraño, pues, que casi todos los hombres que la habían deseado y amado le parecieran pálidos e insípidos? Las historias que él le había contado a lo largo de los años –las historias que habían vivido juntos– eran más reales y emocionantes que cualquiera de sus reportajes.

Sin lugar a dudas, Jack Vickers había vivido la vida al máximo. Contrabandista en licores durante la prohibición, había hecho grandes agasajos a *gangsters* y famosos de Nueva York en su taberna clandestina del East Side con el mismo encanto inagotable. Y, cuando terminó la prohibición, Jack convirtió su negocio de contrabando en un negocio de distribución de licores y en la taberna llamada «Black Jack Club», que le reportaron la legalidad y un sobrenombre, todo de un plumazo.

Las mujeres lo adoraban; jóvenes y viejas, ricas y pobres, perseguían al atractivo y gallardo soltero con la esperanza de ser la que se lo llevara, con las lisonjas de la belleza o el dinero, al altar.

Entre las que casi lo consiguieron estaba Brenda Frazier, la asombrosa e irreprimible principiante cuyas locuras eran casi tan famosas como las de Jack. Cuando se encontraban, era como el fuego cuando encuentra fuego; su romance ardió durante tres agitados meses y esparció rumores de un compromiso inminente. Entonces, de repente, todo había terminado.

Se decía que Jack Vickers había dado calabazas a la bella Brenda después de tener una pelea en el club que terminó con el lanzamiento por parte de ella de una botella de champán contra él y su posterior abandono del local. A Jack no le molestó; le gustaba que sus mujeres dieran muestras de carácter. Incluso podría haber pedido disculpas, porque sabía que las mujeres necesitaban salirse con la suya de vez en cuando. Pero, antes de que pudiera pasar nada, Brenda apareció en el Black Jack con un hombre nuevo, riendo y charlando como si ya hubiera olvidado a su amante y estuviese cautivada por alguien nuevo.

Naturalmente, todos los ojos estaban puestos en Jack; era su turno, y lo hizo como el consumado artista que era. Envió un champán añejo del mejor a la mesa de Brenda con un gesto alegre y una sonrisa de «sentimientos nobles». Lo hizo con el aire de un caballero que curara los sentimientos heridos de una dama descartada, y esto fue lo que todo el mundo creyó, dijera Brenda lo que dijese. Acaso habrían pensado de otro modo si hubieran visto lo que ocurrió más tarde aquella noche, después de cerrar el club, cuando Jack se acercó a Hoboken y se puso a pelear con el tío más grande del bar.

Luchó como un salvaje, liberando toda la furia que tenía dentro y, cuando terminó, su desafortunado contrincante tenía la mandíbula fracturada y tres costillas rotas. Jack cogió tres billetes de cien dólares del montón que llevaba siempre, los dejó en el pecho del caído y se alejó con un corte debajo del ojo y su virilidad intacta.

Mientras que otros hombres habrían pronunciado unos cuantos improperios para suavizar la decepción, Black Jack Vickers se lanzó a una campaña de seducciones que habrían avergonzado al propio Don Juan. Cuando bordeaba ya el medio siglo, Jack empezó a hacer la corte a Susan Bellefort con algo parecido a intenciones honorables. Susan era guapa y joven, de familia distinguida y añeja. Ella estaba cautivada por el encanto de Jack, pero su familia estaba aterrorizada por su reputación.

Le aconsejaron que lo dejara... o que se atuviera a las consecuencias. Se negó y eligió abandonar toda su herencia –exceptuando unas acciones irrevocables– y casarse con Black Jack Vickers en una desafiante fiesta de boda que reunió al tipo de gente más despreciable para su familia. Los doscientos invitados, de famosos a notables: gente del cine, artistas, *gangsters*... decididamente «no son nuestro tipo, querida».

Tras haber hecho un negocio tan costoso, Susan Bellefort Vickers decidió gallardamente recuperar su dinero. Voluntariosa a su modo como Jack al suyo, se dispuso a demostrar a sus padres que se habían equivocado, y se empeñó en que su matrimonio funcionase. Jack, a su vez, demostró que Susan se había equivocado, y se acostaba con todas las mujeres deseables que se sentían atraídas por su reputación de peligroso.

Desesperada, Susan jugó su carta: se quedó embarazada. Y, durante un tiempo, la perspectiva de la paternidad a los cincuenta y seis años acercó más a Jack al hogar. Pronto nació la pequeña Denise, que recibió este nombre en homenaje al padre de Jack, Dennis. Jack no tardó mucho tiempo en sentirse inquieto de nuevo. Susan empezó a manifestar un sinnúmero de síntomas: desmayos, lapsus de memoria, períodos de desorientación en que se imaginaba que volvía a ser una niña. En los años que siguieron, Susan iba y venía de un sanatorio caro al apartamento de la Quinta Avenida de los Vickers. Dejada al cuidado de enfermeras y amas de llaves, a las atenciones siempre fluctuantes de su adorado padre, la dieta emocional de Deni iba del descuido benigno a la pródiga abundancia.

Alarmados por las noticias del desmoronamiento de su hija, la familia de Susan acabó perdonándole su acto de rebeldía y se personaron con un equipo de especialistas. Uno achacó su estado a los cambios hormonales relacionados con el embarazo y el parto, otro a las tensiones de un matrimonio infeliz. Jack lo achacaba a la sangre de los Bellefort.

–Demasiada endogamia –dijo a sus suegros cuando le propusieron el divorcio–. ¡Venga, lleváosla! ¡A mí no me sirve de nada!– gritaba mientras Deni escuchaba detrás de la puerta.

Con la respiración detenida y un nudo en el estómago, oyó pronunciar su nombre, y algo sobre «custodia».

–¡Si fuera un niño, os mataría antes de dejároslo llevar! –gruñó Jack a sus casi ex suegros.

Deni lo entendió y se sintió tan disminuida por las palabras de su padre como antes se había sentido seducida por sus extravagancias. Entró en la adolescencia en la casa de la infancia de su madre a la sombra de una locura que sólo se comentaba en apagados susurros y cuidados eufemismos. Deni sabía que cuando le decían «Tu madre hoy está muy cansada», podía querer decir cualquier cosa; un ataque de lágrimas, un silencio total, o peor..., las alucinaciones que la hacían hablar de sus torturadas quimeras. En este ambiente inexorable, Deni se convirtió en una rebelde silenciosa, sólo aliviada por sus salidas con Jack, en las que suplicaba con ansiedad un poco de cariño y aprobación.

Aprendió a fumar, a beber y a conducir. Aprendió a cazar al lado de su padre –patos en Idaho, osos y ciervos en el Maine– y a valorar la carne de caballo de los sementales de pura sangre de las granjas de Kentucky e Irlanda. Imitando el coraje jactancioso de Jack, siempre estaba dispuesta a aceptar un reto o un desafío.

Jack le brindó a Deni el cumplido definitivo cuando tenía dieciséis años. Se la había llevado a un safari en Kenya –«nada de esas mariconadas con cámaras», le había dicho– y había sido la primera en darle a un rinoceronte.

–Ya que no pude tener un hijo –se jactaba él aquella noche junto al fuego–, gracias a Dios que tuve una hija como tú.

Aunque los chicos de la escuela se sentían atraídos por la belleza y vivacidad de Deni y por su atrevimiento, ella no era capaz de mostrar interés a su vez. Aunque no era dada a la introspección, no le costó mucho encontrar el motivo: ningún chico de su edad podía compararse con el formidable Black Jack Vickers. Siempre había preferido salir a cenar con su padre y sus amigos y no se reprimía en absoluto para flirtear de modo escandaloso con hombres que le triplicaban la edad, a los que desfiaba a beber más que ella o a pulsear, y a quienes casi siempre acababa ganando.

Una semana antes de cumplir diecisiete años, Jack le regaló un Jaguar convertible, capaz de llegar a doscientos kilómetros por hora.

–Ponlo a tope –le dijo cuando daban su primera vuelta juntos por una carretera desierta de Long Island–. ¡Valiente! –le dijo riendo cuando apretó el acelerador sin dudar ni un solo instante–. ¡Ésta es mi niña, mi Deni! No temas nunca forzar la vida hasta el límite. Lo demás es de cobardes...

«Tiene razón» pensó Deni mientras pasaba por prados y granjas a una velocidad endiablada, excitada sin medida por el viento que le golpeaba la cara y el frenético latido de su propio corazón de fugitiva.

Y después de haber pasado este último examen y haber vuelto a demostrar que podía afrontar cualquier riesgo y sobrevivir, Jack le dispensó otro regalo de cumpleaños: un crucero de un mes por las islas griegas a bordo de su yate, el *Secuestrador*.

Surcando mar abierto con su padre, sin nadie más que Nicos, un joven griego como tripulante adicional, Deni se sintió más feliz que jamás en su vida. Deseaba más que nada poder seguir allí siempre, de océano a océano, contemplando el mundo y todas sus maravillas los dos juntos. Bajo el sol del Egeo que le bronceaba el cuerpo y pintaba su cabello rojo cobre con reflejos dorados, parecía una joven diosa pagana.

Era natural que Nicos encontrase a Deni irresistible, que intentara echarle los tejos aunque fuera sólo para llenar las largas horas en el mar. Deni le respondía, más por costumbre que por otra cosa, porque, aunque era capaz de admirar el cuerpo duro y musculoso del chico, no le interesaba de verdad. Simplemente, estaba demasiado lejos del nivel de su ideal. Sin embargo, Jack Vickers parecía alentar a los dos jóvenes, orgulloso de la cautivadora belleza de Deni y divertido por el modo en que ella embrujaba al inocente tripulante. Pero, una noche en que Jack había empezado a beber antes de lo habitual, el mero hecho de ver a Deni y Nicos riéndose juntos mientras trabajaban lanzaron a Jack a una depresión oscura y horrible.

Más tarde, cuando el barco estaba ya anclado en una cueva apartada, Deni intentó animar a su padre retándolo a ver quién bebía más de su whisky de malta preferido. Pero el alcohol sólo sirvió para ponerlo sensiblero; parecía preocupado por la cantidad de cumpleaños que había acumulado, más que por los de Deni.

—No me gusta —gruñó—. Los viejos apestan, Deni, y no dejes que nadie te diga lo contrario.

—Tú no eres viejo —protestó ella convencida de lo que decía—. Cada año eres mejor... como el buen vino tinto.

—Claro —dijo él riendo—. Si crees lo que has dicho, tengo un puente que te puedo vender cuando volvamos.

—Pero es verdad, papá —insistió Deni—, eres el mejor hombre que conozco...

—¿Mejor que este joven semental griego? —bromeó con un resplandor en los ojos.

—¿Él? No es nada comparado contigo.

—Ah, Deni —suspiró—, si...

Jack alargó la mano para acariciar el hombro desnudo de su hija. El gesto parecía cálido y cariñoso, pero, un momento después, Jack se le acercó, tan cerca que podía notar su cálido aliento contra sus labios. Respiraba con agitación mientras deslizaba las manos por las curvas del cuerpo de Deni.

Ella pensó en dar un grito, en alejarlo. Pero otra parte de ella estaba muerta de curiosidad. ¿Cómo sería con él? No con su padre; no pensaba en él de este modo. Era Jack Vickers: el hombre más excitante que había conocido en su vida.

Se inclinó sobre ella, crecido ante la falta de resistencia, y le deslizó la mano por debajo de la falda, palpando...

–Papá –murmuró ella, una pequeña protesta formada espontáneamente.

Pero él confundió esta exclamación jadeante con una invitación definitiva y, palpando con más fuerza, empezó a quitarle la ropa.

Ahora ya no podía detenerlo. Era un sacrificio que debía hacer por él, se dijo, para no mostrarle un rechazo que podría herir su ego. No podía prestarse a hacer algo que lo disminuyera, que le provocara la duda de no ser el mejor. Porque lo era... y ella lo quería.

–Perdóname, Deni –dijo cuando habían terminado, tumbados en cubierta y mirando al cielo–. Te quiero demasiado...

Pero no había nada que perdonar, pensó ella. Quería abrazarlo otra vez, mantenerlo a su lado, tenerlo dentro.

Pero él se incorporó y se fue por la cubierta. Las últimas palabras que le dirigió fueron esta súplica de perdón. A la mañana siguiente, su litera estaba vacía y no lo encontraron en ninguna parte. Aunque estaban anclados a cientos de metros de la costa, el bote neumático seguía en su sitio, atado al tangón. Frenéticamente, Nicos y ella registraron el barco en busca de algo, de una señal de accidente... o, como mínimo, de una nota.

Pero no encontraron ningún rastro de él... Sólo quedó el recuerdo de aquella última noche.

La amabilidad de las autoridades griegas casi le partió el corazón a Deni. No se lo merecía, y se sentía una completa hipócrita al aceptar su amabilidad cuando lo que le correspondía era un castigo por su culpabilidad. Obligándose entonces a un silencio eterno, Deni juró no contar jamás su historia para no empañar el nombre de Jack Vickers.

Cuando Deni volvió a los Estados Unidos, la recibió una legión de amigos de su padre, todos guiados por un único propósito: homenajear a Black Jack Vickers con una despedida jamás vista en Nueva York.

No hubo funeral –su cuerpo no fue encontrado nunca– y, además, muerto o vivo, Jack habría detestado los llantos y el rechinar de dientes. En su lugar hubo una celebración, más grande y conmemorativa de lo que había sido su boda, en el Black Jack Club. Empezó a las siete de la tarde con unas trescientas personas: la mezcla favorita de Jack de gente del espectáculo, la política y el crimen organizado; eran todos iguales, solía decir, jactándose de tener las cicatrices que lo demostraban.

Más ruidosa que un velatorio irlandés, más obscena que un cabaret francés, la fiesta continuó durante toda la noche y llegó al día siguiente, hasta que el club quedó repleto de hombres mayores desmayados sobre las mesas.

Pero Deni seguía en pie. Si alguna vez había necesitado una prueba de que no habría otro hombre como Jack Vickers, allí la tenía ahora, en los relucientes tributos pagados, en las canciones que se cantaron para celebrar su vida. Si alguna vez había sido la mascota del club personal de Black Jack, ahora era el miembro más importante, la persona que podía ayudar a sus amigos a mantenerlo vivo. ¿Qué podían hacer por Deni?, preguntaban estos hombres influyentes y poderosos. ¿Qué necesitaba? Con sólo decirlo, sería suyo.

Deni no necesitaba nada, no tenía planes ni ideas más allá del dolor que la consumía.

–Quiero ser como él –era todo lo que podía decir ella.

Todos sus tíos honorarios lo comprendían: ¿no habían tenido muchos de ellos el mismo deseo alguna que otra vez? El tiempo lo curaba todo, le prometían, y estaban dispuestos a ayudar a la niña de Jack tanto como pudieran. La llevaban a sus casas de campo para pasar fines de semana, la trataban como a una de los suyos. Hablaban con ella de la Universidad y del futuro. No, dijo ella, la Universidad la aburriría.

Pero tampoco le gustaba la ociosidad, y, cuando terminó los estudios superiores, pensó durante un tiempo en hacerse actriz. El «tío» Ted Fielding, productor de musicales de Broadway, hizo una única llamada, y Deni fue aceptada en el Actors Studio, el «atelier» de Lee Strasberg, en el que participaban en aquellos momentos gente como Brando, Monroe, Newman y Steiger.

Estudió teatro durante seis meses, el tiempo suficiente para saber que le encantaba estar ante la cámara... y que detestaba la rigurosa preparación, las semanas de rutina que sentaban las bases hasta de las partes más insignificantes. No, Chejov,

Ibsen y Tennessee Williams no eran para Deni Vickers; quería excitación y encanto y lo quería ya.

Deni llamó al «tío» Harry Stroud, vicepresidente en funciones de la programación del segundo canal de televisión. Ningún problema. Con sus miradas cautivadoras y su considerable encanto, Deni había nacido para la televisión, el medio instantáneo. El tío Harry le encontró un trabajo de chica del tiempo, con dos minutos enteros para lucirse en la emisión del mediodía. Aunque no sabía nada en absoluto sobre la ciencia de la meteorología, sabía cómo cautivar a la gente, cómo hacerse la buena, vacilar y cautivar. Incluso sabía disimular instintivamente sus errores con una risita ronca y un «¡Vaya por Dios! ¡Me he equivocado otra vez!», una frase que no tardó en convertirse en una especie de sello personal. Con un traje distinto cada noche, Dani aprovechó al máximo su primera oportunidad y no tardó mucho tiempo en ser una cara harto más conocida que la de los miembros más serios del equipo de noticias.

Por su primer éxito, Deni recompensó al tío Harry con un fin de semana en cama que él nunca olvidaría. En realidad, no había empezado así y, ciertamente, no fue idea de él. Harry había invitado a Deni a pasar el fin de semana a su casa de campo en Bucks County para alejarla un poco de la ciudad y dejar que el corazón le cicatrizara después de la pérdida de su padre. Era a finales de marzo, pero hacía calor; la primavera se notaba en el aire..., un tiempo de renovación.

Pero no podía haber renovación para Deni. Estaba desesperada por volver a ver a su padre, por deshacer lo que había causado su pérdida. Pero, consciente de que era imposible, tomó el camino que le pareció más cercano. Si bien Harry Stroud tenía sesenta y ocho años, había sido amigo de Black Jack. Aunque las infidelidades de Harry Stroud con su mujer llevaban mucho tiempo limitadas a citas con prostitutas y con alguna secretaria dispuesta, Deni vio en él una oportunidad de llenar el vacío de su vida... o quizá de recrear el momento que ella quería revivir y comprender, un momento de pasión con un hombre lo bastante mayor para ser su padre. Por la noche, cuando la esposa de Harry se había ido ya a la cama, Deni se ofreció al amigo de su padre. Harry era demasiado débil para rechazar semejante oferta. Y, cuando descubrió algunas de las perversiones que parecían gustarle a Deni, accedió feliz a continuar su relación después del fin de semana.

–¿Por qué te gusta que te aten? –le preguntó una tarde después de uno de sus «encuentros» en un hotel cerca de las oficinas de Harry.

–¿Por qué quieres saber la razón? –respondió Deni–. ¿No es suficiente que nos dé placer a los dos?

En los años siguientes le harían muchas veces esta pregunta en distintas versiones y ella proporcionaría distintas versiones de respuestas. Porque, en la cama, Deni estaba dispuesta a llegar a los límites del envilecimiento. Invitaba a los hombres a que le hicieran cosas que sólo habían imaginado en sus fantasías más salvajes y enfermizas... y que algunos no podían haber imaginado jamás. A veces, no sólo implicaba degradación sino también dolor.

«¿Por qué?» le preguntaban los hombres, algunos sumidos en contradictorias emociones de amor... y repulsa. Era guapa, inteligente y brillante; ¿por qué necesitaba hacerse todo aquello?

Pero aunque nunca respondió a nadie, ella intentaba encontrar los motivos por su parte. Nunca acabó de esclarecer el motivo exacto... pero, evidentemente, tenía algo que ver con Black Jack. Lo había matado con el sexo; por tanto, era muy lógico que ella se castigase a sí misma con el sexo.

Su ocupación como chica del tiempo duró sólo unos meses. Pronto se cansó de los vestidos y la coquetería, convencida de que estaba destinada a cosas mejores. El mayor tributo que podía pagar a su energía y capacidad era que siguieran siendo reconocidas, incluso por aquellos que habían visto las pocas pruebas de respeto a sí misma que daba en la cama.

Cuando el presentador deportivo del telediario de la noche se puso enfermo de botulismo por haber comido una ensalada de mariscos en mal estado en una conferencia de prensa del último ganador del Trofeo Heisman, Deni llamó de inmediato al tío Harry. Si era capaz de hacer el tiempo, ¿no haría mucho mejor los deportes una hija de Jack Vickers? Y, al notar cierta vacilación, añadió un argumento definitivo: era sólo por unos días, máximo una semana, hasta que el periodista habitual volviera a su puesto. Sería sin duda una novedad la elección de una mujer guapa para sustituir a un compañero; podría generar cierta animación, algo de publicidad. Y, si cometía algún error, bueno, la mayoría de espectadores serían hombres, ¿no? No podía haber dudas de su atractivo hacia los hombres.

El tío Harry y Deni cerraron un trato: se respetarían los caprichos mutuos.

Deni se encargó de no cometer ningún error. Es más, se aseguró de que su programa transitorio se viera desde la mejor óptica posible. En un cambio camaleónico, dejó de lado su aspecto de pelirroja encrespada y apareció en el estudio con un traje sastre que sólo servía para acentuar las curvas de su cuerpo. El operador –a quien había seducido con toda intención– la presentó en un primer plano favorable; el encargado de las noticias, cuya cooperación se había asegurado Deni con un comentario inolvidable en la sala de los hombres, presentó a Deni con palabras entusiastas.

–Oh, tonterías, Tom –dijo ella–, trátame como si fuera uno de los chicos.

Y luego siguió hablando para demostrarlo y ofreció un comentario perfectamente vocalizado de tres minutos sobre la sorprendente victoria de los Knicks sobre los Celtics, la cantidad de heridas sufridas por la línea defensiva de los Giants y los rumores que hablaban del posible traspaso de un *pitcher* de los Yankees.

No satisfecha con descansar en los laureles del éxito de una única noche o de intentar demostrar simplemente su competencia, Deni buscó una oportunidad para conseguir más reconocimiento... en la persona de Daniel Xavier Collins, el amigo más antiguo de Black Jack y decano de los corredores de apuestas de Nueva York. «Dandy Dan» lo llamaban, porque parecía un banquero más que un corredor.

Deni lo encontró en su «oficina»: una mesa en la esquina del Black Jack Club. Se levantó de la silla para saludarla con una cortés reverencia.

–Te vi en la televisión anoche, Denise..., y debo decir que estabas encantadora. Habrías hecho enorgullecer a Jack, querida..., nos has hecho enorgullecer a todos.

En realidad, Dandy Dan había empezado a oír rumores sobre Deni que no eran exactamente motivo de aplauso. Pero él era un hombre práctico que no intentaba juzgar lo que no podía entender; además, aunque en el terreno de la alcoba él no había ido mucho más allá de los límites convencionales, no estaba en contra de romper las normas de su propia esfera.

–Dandy –dijo Deni–, este trabajo es temporal. Un par de días más y me volverán a enviar al tiempo. A no ser que...

–¿A no ser que qué, querida?

–A no ser que pueda mostrarles que soy mejor que eso. Dandy, tú lo sabes *todo* sobre deportes...

–Todo no, Denise –la corrigió con modestia–. Pero, ¿qué buscas?

–Necesito una noticia bomba, algo que no tenga nadie más. ¿Puedes ayudarme?

–¿Quieres decir algo sobre el rumor de traspaso que apuntaste anoche?

–Hablaba de algo... un poco más interesante. Algo que me dé a conocer y me haga ganar un puñado de espectadores de la noche a la mañana.

Dandy Dan miró los ojos de topacio de su ahijada oficiosa y vio que centelleaban de excitación.

–Entiendo lo que dices, querida –dijo un momento después–, y es una alta aspiración.

–Black Jack siempre me dijo que no debía aspirar a menos. Un plato vulgar, me solía decir, puedes conseguirlo en cualquier bar pringoso.

Dandy Dan rió con ella al recordarlo.

–Denise, querida..., se me ocurre que tal vez tengo lo que necesitas.

Aquel mismo día, cuando millones de neoyorquinos estaban a punto de sentarse a la mesa para cenar, Deni Vickers apareció en pantalla, después de las noticias y antes del tiempo. Después de leer los resultados e informar de los partidos jugados la noche anterior, se inclinó hacia la cámara, se humedeció los labios, y dijo:

–Ahora, para todos aquellos que perdieron dinero cuando apostaron por los Giants en el partido contra los Packers hace dos años, déjenme ofrecer una palabra de consuelo... y un consejo. La próxima vez que decidan respaldar al equipo de casa, tal vez quieran imitar a cierto defensa de los Giants que, según fuentes bien informadas, ¡apostó un fajo *contra* su propio equipo! Me pregunto qué nos podría decir sobre esto la Liga de Fútbol Americano...

La noticia de Deni desencadenó un escándalo de proporciones considerables que llevó a la expulsión de tres jugadores de la liga. A ella le proporcionó también el sabor de lo que era hacer noticias... y la seguridad de que nunca volvería a nada menos importante o brillante.

El tío Harry Stroud se puso tan contento con el golpe de Deni que le ofreció un puesto de presentadora deportiva regular en las noticias de última hora, un puesto insólito para una mujer. Pero Deni había puesto el ojo en un coto de hombres aún más cerrado...: el del periodismo de información general. Y, para eso, hasta Deni sabía que tendría que pagar algun peaje.

Pasó los siguientes cinco años trabajando en estaciones afiliadas a la cadena en Cleveland, Dallas y Boston. Por primera vez en su vida, empezó a leer periódicos –el *Christian Science Monitor*, el *New York Times* y el *Washington Chronicle*–, tomó cursos intensivos de media docena de lenguas, no para dominarlas sino para tener el vocabulario suficiente para actuar con seguridad y conocimiento en cualquier circunstancia.

De día, Deni Vickers era un modelo de compostura mientras alimentaba sus ambiciones y su necesidad de aclamación. Pero, de noche, alimentaba una necesidad más oscura: el ansia de dedicarse a unos actos que habrían hecho temblar de desagrado a la mayoría de mujeres. Siempre había hombres dispuestos a servirla, tanto si los conocía por el trabajo, en muchas entrevistas que hacía para reunir noticias, como si los encontraba después del trabajo: extraños anónimos que conocía en bares, teatros e, incluso, en plena calle. Evidentemente, los había que se retiraban cuando descubrían lo que ella quería, y siempre había algunos que querían ayudarla, o aconsejarla, o intentar redimirla con amor. Pero nada podía apartarla de su necesidad de sexo bruto, que parecía seguir creciendo. Aceptaba que le pegasen con la mano y con látigos..., siempre que los morados quedasen restringidos a partes de su cuerpo que no aparecían ante la cámara. Permitía que los hombres la penetrasen por todas las aperturas de su cuerpo, que le infligieran todo tipo de castigo... y lo llamaba placer, porque la ayudaba de algún modo a aliviar su culpabilidad.

En su profesión iba de éxito en éxito y volvió a Nueva York con gran publicidad como la primera presentadora femenina importante. Se decía que Deni Vickers nunca esperaba a que las noticias se produjeran: salía ella misma a hacer que las noticias ocurrieran.

Tenía sus detractores. Había quien se quejaba de que hacía un periodismo cínico e irresponsable. Había quien encontraba que su entrevista al depuesto Sha de Irán había sido no sólo espantosamente cruel sino también peligrosa... al acosar al monarca moribundo para que revelase negociaciones secretas con el secretario de Estado en el momento en que la vida de varios norteamericanos estaba amenazada por los revolucionarios que ocupaban la embajada en Teherán. Pero las encuestras demostraron que más de la mitad de los televisores de Norteamérica estaban encendidos cuando se emitió la entrevista... y Deni Vickers volvió a dejar en ascuas a sus críticos. Amargados los llamaba, y, en tanto mantuviera sus niveles productivos, la cadena se inclinaba a darle la razón.

También había muchos –entre ellos el Médico General de los Estados Unidos– que se quejaron de su información sobre la enfermedad que había castigado a ciudades del África y que ahora afectaba a la población homosexual de varias ciudades norteamericanas, y de su sugerencia de que Estados Unidos estaba en riesgo de contraer una plaga de proporciones sin precedentes. Pero a Deni no le importaba lo que pudiera decir el Médico General..., y, por lo visto, tampoco les importaba a sus jefes, que aceptaban sus continuas demandas de aumento de sueldo, poder y prebendas cada vez que se acercaba a la mesa de negociaciones.

Siempre había tenido dinero, pero ahora vivía como una reina. Su dúplex de la Quinta Avenida era lo más ostentoso que podía conseguirse con dinero. Como hacía en su trabajo, Deni despreciaba la modestia, incluso el buen gusto, en pro del brillo..., tal como había hecho Jack Vickers. Sus vecinos eran directivos de compañías, millonarios nacionales y extranjeros... y Deni podía competir con el mejor de ellos.

No había puerta en el mundo que no se abriese al decir su nombre. Su lista de números privados habría pagado el rescate de un rey en el mercado abierto. Los jefes de Estado respondían a sus llamadas, incluso cuando estaban «muy ocupados» hablando con otros jefes de Estado.

Su vida era más excitante que cualquier fantasía. Pero,

mientras su estrella iba creciendo, la vida personal de Deni se iba oscureciendo, descontrolándose un poco más con cada éxito.

Y entonces había encontrado al hombre que le hizo pensar que, a pesar de haber descendido hasta lo más bajo de la depravación, todavía era posible la redención.

Siempre en la noticia, se había dejado caer una noche en una fiesta aburrida de Washington..., cinco minutos, nada más, sólo para controlar. Él estaba allí, solo, un hombre de negocios rico que parecía conocer a bastante gente, si no a todos. No era Black Jack Vickers; nadie podía serlo. Pero tenía el buen aspecto que ella admiraba, y, si Jack era una especie de caballero negro, el hombre de Deni era la versión blanca.

Lo conquistó fácilmente, demasiado. Si él hubiera sabido cómo le gustaban a Deni los desafíos, habría opuesto mayor batalla, pero estaba colado por ella... y Deni disfrutaba de la victoria. Sobre todo cuando se enteró de que había habido una mujer especial en su vida... y nadie desde entonces.

Y entonces Deni hizo algo que la sorprendió. Se quedó con él, a pesar de que rechazó jugar a los juegos de cama que la satisfacían. ¿Fue porque parecía un puerto de salvación, un hombre en quien se podía confiar? ¿Fue porque reconoció en él algo que podía salvarla? ¿O, simplemente, necesitaba un amigo en el mundo que ahora parecía compuesto de admiradores o enemigos? Intentó vivir un tipo de relación normal, como las que veía en las películas y por las calles durante las cálidas noches de verano. Pero una parte de sí misma no se lo permitía.

Mantuvo vivo su romance ordinario, aunque relegado como una parte de su vida. Pero también se alejaba de su amante, se cambiaba la ropa y el maquillaje, se tapaba el llamativo pelo rojo y se dirigía a los bares más cutres de la ciudad en busca del tipo de hombre que satisficiera su compulsión. Una noche, a última hora se encontró a un marinero de un carguero de Panamá y lo convenció para que la llevara a su barco. Él intentó llevarla a su camarote, pero Deni quería otra cosa. Bajaron a la bodega, donde la ató, desnuda y con las piernas abiertas sobre un colchón duro y asqueroso, y le golpeó los órganos sexuales con una cuerda nudosa hasta que ella gimió de dolor. Luego llamó a sus compañeros de barco que aún estaban a bordo y uno tras otro la poseyeron con más brutalidad de la que podían utilizar con una puta de puerto. Y, cuando terminaron, descargaron sus necesidades sobre ella y la lanzaron al muelle como si fuera un desperdicio.

Tuvo que mantenerse alejada de su amante hasta que se le curaron un poco las heridas. Pero él se dio cuenta. Le explicó que la había atacado una banda de drogadictos cuando volvía a casa... y pudo ver la expresión de culpa en su cara por no haberla protegido.

En un vano intento de dejar los bares y antros que frecuentaba, Deni presionó a su hombre con la esperanza de hacerle realizar un acto de salvajismo que la ataría a él como no podían hacerlo todas las palabras que él murmuraba ni su cariño. Pero sólo consiguió que se alejara desencantado y volviera a desafiar su capacidad de atraerlo de nuevo.

Una vez, después de haber pasado varias semanas sin ponerse en contacto con él, pensó que lo había perdido para siempre. Y entonces se enteró de que su cuerpo la había traicionado de nuevo... aunque de modo diferente: estaba embarazada. No tenía ni idea de quién era el padre..., podía haber sido su amante... o cualquiera de los ligues sin rostro que satisfacían su adicción sexual. Pero, fuera quien fuese el que hubiera plantado la semilla en su cuerpo, la idea de un niño llenaba a Deni de desprecio, de horror... y de un pánico frío e innombrable.

Le dijo a su amante que era de él y vio cómo su rostro se encendía de cariño. Lo aceptó en el acto. Claro, esto es lo que hacen siempre los caballeros blancos: hacer una mujer honesta de toda chica que se ha arrastrado por el lodo. No como Jack Vickers, que se jactaba de haber engendrado suficientes bastardos para montar su propio ejército.

Se había librado de aquello en una discreta clínica lejos de casa. Se había negado a la anestesia y se mordió el labio hasta sangrar mientras le raspaban el feto.

–¡Sáquenlo todo! –gritó–. Está todo podrido. Sáquenmelo y tírenlo...

Creyendo que deliraba de dolor, el doctor tranquilizó a Deni explicándole con voz amable que había mejores maneras de protegerse contra el embarazo, en especial para una joven guapa que algún día querría fundar una familia.

Le explicó a su amante que se había caído cuando estaba sola, y que no había llegado nadie a ayudarla hasta que fue demasiado tarde. Él se lo tragó todo.

Mala suerte, pensó ella. Si los dos hubieran sido hombres, habrían podido ser excelentes amigos. Demonios, habrían podido hacer muchas cosas juntos: beber, pescar, cazar y montar a caballo. Qué lástima. Tal como eran las cosas, todo lo que él quería de ella no tenía nada que ver con lo que ella quería para sí misma.

Y, sin embargo, había una pequeña parte de ella, una voz, que decía: «Él te salvará si lo dejas.»

Mientras, la otra voz se burlaba: «¿Salvarte de qué?» Deni Vickers no tiene miedo de nada. Deni Vickers sabe cómo llevarlo todo hasta el límite.

Tenía que seguir adelante creyéndolo; conformarse con menos habría sido traicionar la memoria de Jack Vickers, y ella era incapaz de hacerlo.

Los días siguientes a la llegada de Deni a El Oasis, Stevie se sintió atraída por ella, no sólo porque cuando estaba bien era especialmente brillante, enérgica y graciosa, sino porque estaba claro que, sin una atención y un esfuerzo especiales, Stevie no podría conseguir atravesar sus bien construidas defensas y ayudarla a reconstruir su confianza íntima y su respeto a sí misma. Deni había contado una historia en una de las sesiones de grupo que, en opinión de Stevie, resumía su problema. Black Jack (el nombre que usaba casi siempre para hablar de su padre) la había llevado a escalar montañas al Nepal. No era uno de los picos más duros, decía Deni riéndose –ni el Everest ni el K-2–, pero claro, ella tenía sólo quince años y era su primer ascenso. A pesar de ello, el desafío que había elegido Black Jack para ella era realmente duro. Todo el camino se había sentido aterrorizada de caer, pero, atada a su padre y a un par de *sherpas,* había llegado a la cima.

Y Stevie sabía que era exactamente ése el modo en que Deni recorría el camino de la vida: había escalado hasta arriba, con un miedo terrible durante todo el camino de que, con un resbalón, pudiera caer a plomo hasta el fondo.

No obstante lo distintas que eran, la profundidad de la necesidad de Deni despertaba en Stevie los recuerdos más intensos de su propia miseria juvenil. Pero, a pesar del interés de Stevie por ayudarla, Deni se resistía extraordinariamente. No era sólo que tuviera defensas fuertes: había construido un cascarón de hierro alrededor de toda su vida. A diferencia de las otras viajeras, que debían liberarse de algún estímulo *fuera* de ellas mismas para salvarse, Deni tenía que ser separada de un núcleo interior esencial de su propia personalidad, de aquella parte de ella decidida a no mostrar debilidades, casi deseosa de aceptar cualquier sufrimiento y soportarlo con sonrisas. Deni no era adicta a una sustancia que provocase dolor, sino al propio dolor.

Y así, cuanto más insistía Stevie en que participase en la rutina de El Oasis, más se resistía Deni... y aceptaba gustosa la desaprobación de Stevie. Parecía casi ansiosa de irritar a Stevie, de provocar que la reprobase delante de las otras viajeras. Stevie creía entender lo que estaba haciendo Deni, pero le costaba mucho superar sus emociones humanas. Deni destruyó de tal modo el equilibrio de la casa, que afectó a la dinámica de la comunidad en general y Stevie cada vez encontraba más difícil excusarla.

A veces, cuando se preguntaba por qué Deni había ido a buscar ayuda si se resistía de tal modo a aceptarla, la frustración de Stevie se tornaba en sospecha. Al fin y al cabo, Deni era periodista, una corresponsal que iba siempre al frente para tener impresiones de primera mano. Quizá no fuera ayuda lo que había ido a buscar en realidad, sino una historia sobre El Oasis, un documental. Ciertamente, aunque su objetivo fuera mejorar su personalidad, si decidiera batirse en retirada, no le costaría mucho utilizar un reportaje como premio de consolación.

Una noche, cuando Deni llevaba una semana en El Oasis, Stevie recibió una visita en su habitación. Aunque le respetaban la intimidad, todos sabían que su puerta estaba abierta a cualquier viajera con una necesidad extrema de consuelo o consejo. La visita de aquella noche era Lorna Kashen. Lorna y su marido, Rory, eran cantantes, y, como dúo, habían sido la atracción estelar en Las Vegas y otros lugares del circuito de clubes de clase alta durante dos décadas. De pronto, hacía un año, después del último concierto en The Sands, Rory le había dicho a Lorna que se iba con una chica de veintidós años. Con miedo de actuar ella sola, Lorna había elegido el «retiro», que quería decir vivir con una sucesión de hombres tan jóvenes que habrían podido ser sus hijos y enseñarle a cada uno de ellos a ponerla bien con cócteles de vitamina B reforzada con heroína. Estaba allí para romper el hábito y conseguir el valor suficiente para hacer una gira de solista que tenía prevista para el otoño.

Lo que Lorna le quería decir a Stevie era que, cuando paseaba por uno de los senderos del parque, había visto a Deni sentada sobre unas piedras y hablando a un pequeño magnetófono portátil. La conclusión era clara: había una posibilidad de que Deni estuviera utilizando el magnetófono para tomar notas para un reportaje.

Cuando Lorna se fue, Stevie se quedó preocupada por lo que había oído. Por supuesto, si le hubieran localizado el magnetófono en el registro habitual de entrada, se lo habrían confiscado. ¿Lo había mantenido oculto deliberadamente? ¿O simplemente no lo habían visto o lo habían confundido con un casete normal para escuchar música, lo cual habría sido aceptable? Pero, aunque lo estuviera usando, no podía demostrarse que su intención fuese hacer públicas sus observaciones. Acaso fuera una especie de diario y grababa sus sensaciones para estudiar sus propias reacciones, para comprenderse mejor.

Todas las preocupaciones se le fueron de una sacudida cuando sonó el teléfono de su mesita de noche. Todavía distraída, lo cogió.

–Hola, Stevie.

Hubo una pausa. Era una voz que no podía olvidar ni creer. ¿Era posible que la reconociera al instante después de tantos años...? Consiguió responder.

–Hola, Lee. Me alegro de oírte.

Intentó permanecer a salvo en el terreno de la moderación... Pero, ¿detectaba él el temblor de excitación?

Siguió un silencio, como si él no supiese cómo continuar.

–Stevie –dijo por fin–, te llamo... Estoy intentando localizar a alguien..., una amiga mía. He pensado que a lo mejor está contigo..., quiero decir, a tu cargo.

Stevie sintió que se desinflaba. Sus palabras eran suficientes para imaginar su historia. Fuera quien fuera la mujer, Lee estaba sin duda comprometido con ella, preocupado por ella, y era un confidente lo bastante cercano para conocer sus debilidades secretas. No le sorprendió que fuese alguien necesitado de ayuda. Lee siempre había sido bueno en el mejor sentido de la palabra.

–¿Quién es? –preguntó Stevie intentando mantener su nivel de tono profesional.

–Deni Vickers.

Stevie se quedó sin habla. De todas las mujeres... Pero ahora, muchas cosas que le había contado Deni de su vida reciente cobraban sentido. Le había dicho que salía con un hombre que era demasiado bueno para ella. Él había intentado ayudarla y, cuanto más lo intentaba, más necesidad parecía tener ella de defraudarlo, de degradarse con otros hombres, al tiempo que simulaba serle fiel... para ensuciar lo mejor que había tenido en su vida con perfidia y mentiras.

Así que el hombre sin nombre del que había hablado Deni era Lee. Aquella revelación embrolló los sentimientos de Stevie hacia él. ¿Debería considerarlo menos por estar liado con alguien tan profundamente problemático?

¿Cómo podía? También la había querido a ella, una vez. Y quizás ella aún...

No, eso tenía que terminar ahora, sepultarlo.

–Gracias a Dios que está en un sitio donde la pueden ayudar. Tenía esperanzas de que acudiera a ti. Habló de ello...

Stevie forzó la pregunta.

–Y cuando habló de venir aquí, ¿le dijiste que me conocías?

Él dudó un momento.

–¿Cómo podía hacerlo, Stevie? Si conoces a Deni, si has visto lo finos que son los hilos que la mantienen entera, deberías comprenderlo. Le habría impedido pedirte ayuda. No quería hacer nada que la desalentara.

–Lo entiendo –dijo Stevie–. Yo no diré nada.

–Stevie. No hay mejor forma en el mundo de ayudar a Deni que teniéndola contigo. Si pudiera resolver sus problemas...

Stevie podía adivinar lo que iba a decir. Si Deni pudiese huir de aquella parte destructiva de sí misma, sería una mujer fabulosa y realizada, alguien con quien él podría ser feliz. No quería oírlo.

–Lo sé –dijo–. Haré lo que pueda, Lee, no te preocupes. No digas nada más.

Hubo un breve silencio.

–Muy bien, Stevie. Dios te... –se cortó la línea.

Lee... con Deni Vickers. Largo rato después de la llamada, Stevie seguía reflexionando. ¿Había querido Lee realmente a Deni, o era otra de sus buenas causas? ¿Lo sabía todo de ella y, aun así, se había quedado con ella? Quizás..., aunque a Stevie le dolía pensarlo, sabiendo lo poco que le había costado dejarla a ella. Las preguntas la importunaron a lo largo de toda la noche.

4

Una delgada línea de sol del desierto se abría camino sobre la sierra del este cuando Stevie saltó de la cama y se puso el albornoz.

Se sentía más agitada –más vulnerable– de lo que se había sentido en muchos años. En los escasos momentos de sueño que había conseguido durante la noche, se le habían presentado imágenes mezcladas del pasado y el presente: Lee y Pip, ella y Deni, Livy y su madre, el almirante y Samson, todos entrando y saliendo en escenas tortuosas que eran medio sueño... y medio recuerdo. Casi podía recordar lo que era sentirse tan obsesionada y afligida como para buscar una felicidad breve y artificial en alguna píldora.

Su respuesta a los períodos de descontento o vacilación que le sobrevenían de vez en cuando solía ser abocarse al trabajo, o, como cura para una pena más seria, meditar. Pero aquella mañana necesitaba algo para sacarse los demonios de dentro, para perderse en el puro esfuerzo físico.

Fue a la piscina, se tiró a la vigorizante agua fría y se puso a nadar. Faltaban casi dos horas para que las viajeras se levantaran y empezaran la rutina cotidiana de El Oasis. Una y otra vez, Stevie recorría nadando la piscina, abandonándose al ritmo simple de un acto repetido sin descanso, forzando al cuerpo a dejar de lado las preocupaciones de la mente. El ejercicio riguroso era un remedio que había usado mucho anteriormente, antes de tener un control total sobre sí misma; un remedio que le había enseñado Lee...

–¿Crees que a mí también me iría bien?

La voz que se dirigía a Stevie tardó un poco en penetrar su

conciencia. Siguió nadando hasta la parte menos honda de la piscina, se puso de pie y miró a su alrededor. Con los ojos borrosos por el agua, sólo pudo ver la oscura silueta de la mujer que había al otro lado de la piscina, con el ascendente sol tras ella. Parecía llevar un camisón ancho; una bata probablemente. Alguien que se había levantado a pasear.

–¿Te acuerdas de cuando vine por primera vez, Stevie? –dijo la mujer–. Había noches en que no podía dormir... Me iba a andar por fuera y te encontraba a menudo aquí, al alba, nadando sin parar. Me dijiste que te ayudaba a despejar la cabeza... e intentaste enseñarme a nadar.

Sonriendo, Stevie lo recordó. Ahora ya sabía.

–No lo he olvidado, Livy.

–Siempre me decías que estaría mucho mejor si aprendiera a nadar como un pez en lugar de beber como si lo fuera. –La amable risa de Livy se elevó en el aire suave de la mañana–. No parabas de intentarlo, aunque cada vez me hundía como una piedra.

–Fuiste una buena alumna en lo importante –le dijo Stevie afectuosamente.

–¿Lo fui, Stevie? No aprendí lo suficiente para dejar de cometer errores.

Stevie subió por la escalera de la piscina y cogió la toalla que había dejado en una silla.

–Quizá no –dijo mientras se secaba–. Sin duda, no aprendiste la lección más importante de todas. –Dejó de secarse el pelo con la toalla y miró a Livy con intención–. No esperar nunca la perfección, ni en ti misma ni en nadie. Saber que todos tenemos errores y debilidades. Perdonarte a ti misma, Livy. Y –añadió con énfasis– perdonar a los demás.

Stevie esperaba que su referencia velada a Anne le daría la oportunidad a Livy de decir que había cambiado de idea, que no publicaría nada de Anne... de momento. ¿No era lo que había tenido en vela a Livy toda la noche?

Pero Livy no mordió el anzuelo. Se sentó en una de las sillas de la piscina.

–Anoche –dijo– cené muy pronto. Sólo había cuatro o cinco personas en el comedor. De hecho, supongo que era lo que había planeado: no quería tener que vérmelas con Anne otra vez. Pero vi a alguien con quien he tenido algunas palabras a lo largo de los años. Ella y yo estamos en el mismo negocio, Stevie, pero no solemos estar muy de acuerdo en cómo deben hacerse las cosas. –Se inclinó hacia adelante–. Deni Vickers. En algunos aspectos es una gran periodista. Pero tienes que saber que no tiene escrúpulos de ningún tipo. Y no creo que...

Stevie la cortó.

–Livy, atengámonos a las normas. No quiero meterme en este tipo de murmuraciones sobre ninguna viajera. En grupo, de acuerdo, nos podemos meter todas con todas. Pero así, no.

–Espera un momento, Stevie. No estoy hablando exactamente de Deni. Hablo de ti y de mí. Es sobre el hecho de que me hayas planteado –no, *ordenado*– que o protejo a Anne Garretson o me voy..., y, sin embargo, la expones a un peligro mucho mayor.

Stevie se sentó en una silla cerca de Livy, tomándose un momento para dar su réplica, para desechar cualquier indicio de que Deni Vickers jugaba un papel en su propia vida.

–Creo que Deni respetará la confidencialidad –dijo deseando creerlo–. Ha venido aquí porque necesita ayuda desesperadamente. No creo que se arriesgue a perder esta ayuda..., aunque quizá tú sí.

Livy observó un momento a Stevie, como si hubiera detectado cierta tensión en su voz, el esfuerzo que se veía obligada a hacer para mantener un estado plácido cuando hablaba de Deni. Luego dijo:

–Esto no quiere decir que estés a salvo, Stevie... El senador Hal Garretson es la posibilidad más atractiva que hemos tenido para la Presidencia desde hace años. Tiene a todos los sabios y grandes políticos –incluso algunos líderes extranjeros– dispuestos a darle un empujón. Sería un buen golpe dar la noticia que pudiera derribarlo. No creo que Deni Vickers sea capaz de resistirse.

–¿Porque tú no puedes?

–No, es porque yo conozco el valor de las noticias. Lo que tienes que tener en cuenta es que, si soy yo la que hago pública la historia, lo haré con responsabilidad... y haré todo lo que pueda por explicar razonablemente la parte de Anne. Diré la verdad. Si lo hace Deni, lo enfocará de modo que le reporte un auditorio mayor; lo hará lo más sensacionalista que pueda. Y será aún peor para Anne.

–¿Y qué me propones? –preguntó secamente Stevie–. Quieres que te dé el visto bueno para publicar la historia, y cuanto antes mejor. Bueno, yo no puedo darte este permiso, Livy. Tu trabajo tal vez sea decir la verdad; el mío es ofrecer a Anne –a cualquiera que viene aquí– las mejores condiciones para recuperarse. En este asunto, estamos en bandos opuestos, Livy. Si actúas contra mí, hemos terminado.

–¿Y si Deni publica la historia?

–Lo mismo. –Y entonces, como si necesitara demostrarse a sí misma que podía tratar a Deni como a cualquier otra viajera y concederle el beneficio de la duda, Stevie añadió–: Pero Deni no me ha dado ningun motivo para pensar que lo hará.

–Quizás por eso ella y yo somos diferentes –respondió Livy–. Yo digo la verdad. –Se levantó y se dispuso a irse.

–Livy..., quizás le hayas dado demasiada importancia al hecho de decir la verdad.

Livy giró de golpe para mirarla. Su expresión estaba teñida de decepción y acusación, pero, fuera cual fuese la defensa obvia de la verdad que habría podido hacer, no le salió antes de que Stevie continuara:

–La verdad es que, desde el día en que murió Ken, has necesitado lanzarte al trabajo, sustituirlo, hacer todo lo que pudieras para olvidar que él no estaba allí para hacerlo él mismo. Y la verdad es que has estado librando esta batalla tan a cara de perro para mantener el poder que merecidamente te ganaste, que no te ha costado nada sacrificar a tu hijo en el proceso. Ésta es una verdad que has expresado sin preocuparte... y Carey fue el primero en oírla. Y ahora lucha contra ti, Livy, porque quiere más... y quizá tenga derecho a conseguirlo.

La dura expresión de resistencia desapareció de la cara de Livy. Se volvió un momento para mirar hacia la salida del sol.

–Es un lugar bonito, Stevie –dijo al cabo–, y haces cosas muy buenas para la gente. Pero hay problemas que no puedes arreglar. Ahora estoy totalmente sobria y todavía me parece que mi vida está a punto de explotar a mi alrededor. –Volvió a mirar a Stevie–. Si dejara que Carey me echara del *Chronicle*, perdería lo que queda de mi futuro. Me cuesta ver a Olivia Walsh sentada en una mecedora el resto de sus días, ¿a ti no?

Stevie sonrió.

–Sí, desde luego. Pero ahora tienes un nieto, Livy, y también me cuesta imaginarte el resto de tu vida sin la alegría de verlo crecer. Ya te perdiste el crecimiento de tu hijo...

Por un momento, Livy volvió a perder la compostura, afirmando con la cabeza como si estuviera simplemente aprobando un titular. Pero los ojos le empezaron a brillar y las facciones de la cara se le suavizaron.

–Oh, Dios mío, Stevie –dijo–. No sé qué hacer.

Stevie la envolvió en un abrazo: el tipo de apoyo que le habría gustado ofrecer a su madre.

–Livy, la felicidad de Carey y la tuya no son incompatibles. Tú pusiste las cosas en esos términos al agarrarte tan fieramente a tu territorio que Carey tuvo que declararte la guerra para conseguir lo que él quiere y necesita. Pero él no es sólo tu hijo, también lo es de Ken..., aunque Ken no pudiera verlo crecer. Estoy segura de que Carey quiere hacer las cosas que su padre habría delegado en él. Y tú te has quedado todo el poder para ti.

–No hay elección. O lo llevas todo, o te vas. –Livy se alejó de Stevie–. Y, entonces, ¿qué me queda?

–Livy, el hecho de no haber aprendido nunca a compartir el poder no quiere decir que Carey no sepa. Habla con él... como una madre, no como un jefe. Escúchalo, descubre lo que necesita. A lo mejor, sólo a lo mejor, no lo quiere todo...

Livy afirmó lentamente con la cabeza y sonrió.

–Tal vez lo haga. Gracias, Stevie. Y, escucha...: voy a empezar a afrontar algunas verdades nuevas y a ir con más cuidado en el modo de contarlas, así quizá pueda pensar mejor qué hago con lo de Anne...

La cara de Stevie se iluminó.

–O sea que, de momento, retienes la historia.

–Sí... siempre que Deni Vickers haga lo mismo.

–Perfecto –dijo Stevie–. Me aseguraré de que sea así.

Se volvieron a abrazar. Luego Stevie la cogió del brazo.

–Todavía tenemos una hora antes del desayuno. ¿Quieres otra lección de natación? No hay nada mejor para...

Livy soltó el brazo riendo.

–¡No, gracias! Ya me has enseñado suficiente para un día.

Viendo alejarse a Livy, Stevie deseó poder seguir el camino correcto con la misma facilidad que parecía tener para ayudar a los demás. Su necesidad de aclarar las cosas con Deni se había hecho aún más imperativa, pero no estaba segura de poder dominar la confrontación. No podía imaginarse estar frente a una mujer que había estado comprometida con Lee –que lo había necesitado y usado exactamente del mismo modo en que lo había hecho ella– y mantener al mismo tiempo su fachada profesional.

Volvió a su habitación y llamó a la cocina para que le llevaran el desayuno a la oficina. Normalmente comía en el comedor con las viajeras, pero, si tomaba el café sola, podría sacarse de encima alguna correspondencia.

Sólo cuando llevaba casi una hora sentada en la oficina –el café terminado, la correspondencia todavía intacta– se dio cuenta de que su intención era evitar a Deni Vickers. No tenía sentido, claro. ¿Cómo podía funcionar todo si había una viajera a la que no podía ni ver?

Se quedó allí media hora más, en la que al menos consiguió escribir una agradecida carta de aceptación a los honores de la Casa Blanca. Estaba cerrando el sobre cuando oyó un golpe en la puerta. Antes de que pudiera responder, Jeanne Felber, del personal de trabajadores sociales, entró en el despacho.

–Perdón por importunarte –le dijo con urgencia–, pero te necesitamos, Stevie.

–¿Qué pasa? –preguntó Stevie. La llamaban personalmente muy pocas veces, a no ser que hubiera una emergencia de algun tipo.

–Kanda Lyons acaba de llegar –replicó Jeanne.

–Oh.

Stevie no necesitó hacer más preguntas. Toda la vida de Kanda Lyons –su carrera y su vida personal– se había convertido en una serie de emergencias y desastres. Su decisión de ir a El Oasis era, en realidad, el resultado directo de su último arresto y condena por robo, ataque y posesión de drogas. El juez William Hardesty del Tribunal Superior de Los Ángeles no se había dejado convencer por la historia de que Kanda no había querido robar el collar de esmeraldas de quince quilates de Cartier de Rodeo Drive ni por su declaración de que los cincuenta gramos de cocaína encontrados en su bolso por un detective no eran suyos. Tampoco había creído que ella actuase en defensa propia cuando atacó al guardia de seguridad que la había arrestado. La sentencia judicial había sido que dedicara los tres meses de condena a regenerarse o iría a la cárcel por mucho tiempo. Y ahora era Stevie quien tenía que imponer la sentencia.

Stevie salió de la oficina y cogió un atajo hasta la entrada pasando por el gimnasio, donde estaban jugando un partido de voleibol. *Mens sana in corpore sano,* el lema que había sobre la puerta, sonaba un poco pomposo, pero Stevie sabía que era verdad, como había podido comprobar cuando, demasiado joven para creer en su propia mortalidad, prácticamente había destruido su cuerpo... y casi su alma. Ahora creía firmemente en el hilo de oro que ataba el cuerpo y el alma; había observado una y otra vez que, cuando la salud física estaba amenazada, alteraba la mental, y viceversa. Así, mientras enseñaba a sus viajeras a luchar emocionalmente contra los estragos de la adicción, las ayudaba también a curar unos cuerpos que habían sido castigados y debilitados.

Stevie se dirigió hacia la puerta pensando en lo que sabía de Kanda Lyons y no pudo hacer más que mover la cabeza ante la triste cronica de despilfarros que la había llevado hasta allí. Kanda Lyons había conseguido una docena de discos de platino y había ganado un premio de la Academia por la única película que había protagonizado. Ahora, su brillante carrera estaba arruinada, destruida por el hábito de ingerir cocaína, que Kanda no se preocupaba de ocultar; le habían robado o había derrochado millones de dólares y estaba inmersa en una lucha encarnizada con Hacienda, que había utilizado su derecho de retención de todas las posesiones que le quedaban. A Stevie le entristecía la historia de un modo especial porque recordaba el importante papel que había tenido en su juventud la música de las Wonders –el grupo creado por Kanda– cuando la voz de Kanda Lyons era la música de fondo de la juventud de Stevie. Por reflejo, Stevie se puso a canturrear el gran éxito de finales de los sesenta: «Mira lo que me ha hecho el amor.»

Al pasar por la fuente de azulejos, cerca ya de la puerta

arqueada de la entrada a El Oasis, el ruido de unas voces en discusión acalorada interrumpió su canto. Observó la situación. Había dos taxis locales aparcados en la avenida. Charlie Matthews, un taxista que a menudo había llevado a Stevie personalmente, regañaba a la secretaria personal de Stevie, Pam Delaney, que intentaba calmarlo. Debía de ser un problema importante para provocar el enfado de Charlie, pensó Stevie. Era un hombre lacónico con una disposición tan placentera que ella le había dicho a menudo –no del todo en broma– que, si alguna vez tenía interés en hacer terapia con sus clientes, no le molestaría darle un trabajo en El Oasis. A lo cual él siempre respondía: «Señora Knight, ya tengo bastante con llevar a sus clientes en mi taxi. ¿Cómo iba a querer pasar el día con ellas?»

Stevie se acercó al grupo.

–¿Qué pasa, Charlie? –le preguntó–. Hace muy buen día para arriesgar la salud en una pelea.

–Buenos días, señora Knight –dijo bajando la voz–. Lo que pasa es que una de sus... clientes cogió el taxi de Dave Huggins y el mío en el aeropuerto. Dijo que necesitaba dos coches, uno para ella y otro para las maletas. Dave le ha llevado diligentemente el equipaje y yo me he encargado especialmente de la señora, como hacemos siempre con su gente. Ahora la señora está aquí –el taxista hizo un gesto hacia el otro taxi–, ¡y no quiere pagar las tarifas!

–Hay un malentendido, Charlie –dijo Stevie tranquilizadora–. Lo arreglaremos de inmediato. Ya sabes que te agradezco mucho el cuidado especial que nos brindas..., o sea que, por favor, ten paciencia y yo me aseguraré de que os paguen.

Un momento después, se abrió la puerta del segundo taxi. Una mujer negra, alta y muy delgada, casi demacrada, con un traje de Chanel verde oscuro, sacó sus largas piernas revestidas de medias y zapatos de piel a juego. Una melena de pelo negro alborotado enmarcaba una cara chupada y fina como de niña maquillada con profusión. Los ojos estaban ocultos tras unas enormes gafas de sol, pero la cara era tan reconocible como la voz que la acompañaba.

Cuando Kanda se deslizaba por el camino de piedra hacia Stevie, su porte era regio, pero, a medida que se acercaba, la ilusión se iba desvaneciendo. Stevie pudo ver que el traje clásico estaba manchado, la blusa de seda gastada en el cuello... y sintió una ola repentina de compasión que sabía que tenía que ocultar, al menos de momento.

—Bienvenida, Kanda —le dijo alargándole la mano—. Soy Stevie Knight. ¿Cuál es el problema?

—Yo no tengo ningún problema —dijo Kanda con arrogancia—. Son esos taxistas los que tienen el problema. En el aeropuerto han sido rudos e insolentes y, para colmo, ¡aquel hombre me ha llamado negra! —Señaló a Charlie Matthews, que se había acercado para oír la conversación.

—¡No es verdad, señora Knight! —protestó Charlie con rabia teñida de perplejidad—. Se lo juro por Dios. Usted me conoce, señora Knight... Siempre que alguien de aquí necesita un taxi, llaman a Charlie Matthews. Jamás una queja, aunque yo podría decirle un par de cosas sobre alguna de la gente que he traído hasta aquí... Pero siempre pienso: vive y deja vivir. No insulto a mis clientes, señora Knight, y no sé por qué esta señora dice que lo he hecho.

Stevie no tenía ninguna duda de que estaba oyendo la verdad. Y, de tratarse de otra viajera, se hubiera arriesgado a llamarle la atención. Pero el instinto le dijo que tenía que hacer todo lo posible para evitar una postura que Kanda pudiese interpretar como una alianza contra ella.

Stevie se volvió hacia Pam.

—Paga a Charlie y Dave con dinero de caja. La señora Lyons y yo ya lo arreglaremos más tarde.

Mientras Pam entraba seguida por los dos hombres, pareció que Kanda iba a desafiar la decisión de Stevie, pero sólo se encogió de hombros y dijo:

—Así que eres la guardiana de este establecimiento...

Bien, pensó Stevie, ahora quedaba claro que Kanda había ido allí arrestada.

—No tenemos guardianes en El Oasis —replicó—. Éste es el otro sitio..., distinto de aquel en que terminarás si no te aprovechas de lo que te ofrezcamos. Pero estoy segura de que ya lo sabes.

Kanda se sacó las grandes gafas de sol y Stevie pudo ver que los inmensos ojos negros estaban rojos e hinchados, de llorar o por haber consumido drogas duras, no lo sabía. Se sintió escrutada y valorada.

–Bueno –dijo Kanda, adoptando una postura con la mano posada en la puntiaguda cadera–, pues si no hay guardianes, ¿cuál es el programa de este establecimiento? –Su actitud parecía sugerir que Stevie era poco más que la recepcionista de un hotel.

–Primero te instalas –le dijo Stevie con amabilidad–. Luego te daremos una lista de las normas de la casa.

–Me dijeron que tenía que estar aquí seis semanas –la cortó bruscamente Kanda–. Supongo que sus... invitadas consiguen alguna rebaja... por... por, buena conducta.

–Vuelves a equivocarte de sitio –dijo Stevie con tono jovial–. Aquí son seis semanas para todo el mundo. No decidimos este número a boleo... Es el que más parece convenir.

–¿Y qué pasa si decido irme antes? –insistió Kanda–. ¿Informará a las autoridades?

–Ya te he dicho... que no soy tu guardiana ni carcelera. Y tampoco una informadora. Puedes irte cuando quieras. Si quieres, puedes volver a irte al aeropuerto en el mismo taxi. Sólo que, en este caso, no se te ocurra volver. La próxima vez que admita a alguien, será porque quiere ingresar.

Stevie contuvo la respiración. Quería ayudar a Kanda Lyons, quizá más de lo que nunca había querido ayudar a nadie, pero, demonios, Kanda tenía que participar, no simplemente pasar por El Oasis como un prisionero contando el tiempo.

Los frágiles hombros de Kanda parecieron hundirse por un momento, mientras golpeaba el suelo con la punta de sus caros zapatos. Luego se incorporó.

–Muy bien, señora Stevie, me hago una idea. Puede prescindir de mí porque he hecho un trato con la Justicia de aceptarme *gratis.* Supongo que estaría más ansiosa de que me quedara si pudiera pagar yo misma por este... tratamiento.

«Cada cosa a su tiempo» se recordaba Stevie mientras respondía en un tono neutro.

–Puedes llamarme Stevie. Y estás totalmente equivocada en cuanto a lo del dinero. Cuando tu *manager* me llamó y me dijo que necesitabas ayuda, eso me bastó. ¡Demonios, es algo fantástico para alguien que admira tu talento y tu música como yo! ¿Por qué quieres echarlo todo por la borda... y todo por unos míseros polvos blancos...?

La cantante esbozó una sonrisa extraña.

–Todo por unos míseros polvos blancos –repitió, pero no dijo nada más. Estaba de pie junto a su maleta de Louis Vuitton como si estuviese esperando que la recogiera el mayordomo. No había hecho nada desde hacía años; tenía un ejército de criados, personas a las que apenas conocía y que estaban en su nómina únicamente para recoger sus cosas o para satisfacer su deseo de un helado o de cocaína.

Stevie agarró con naturalidad la bolsa.

–Deja que te ayude –dijo con claridad para que no pudiera haber duda del sentido de las palabras–. Pero, todo lo demás –dijo señalando la montaña de maletas Vuitton a juego–, no va a caber en el espacio que tienes adjudicado. El Oasis no es la cárcel, pero tampoco es un hotel de lujo. Selecciona lo que quepa en tres cajones y medio armario. El resto lo guardaremos hasta que te vayas.

A Stevie le pareció captar el trazo de una sonrisa, pero, al cabo de un instante, se dio cuenta de que estaba equivocada. La expresión en el rostro de Kanda era un gesto de dolor, como si estuviera haciendo un gran esfuerzo de voluntad para no desvanecerse. Stevie se pudo imaginar lo humillante que debía de ser para una estrella brillante como Kanda estar allí como receptora de caridad y le hubiera gustado consolarla y animarla. Pero, de momento, sabía que podía hacerle más daño que bien. Siguió pues andando, sosteniéndole las puertas y comentando trivialidades cuando le mostraba las áreas públicas: el gimnasio, la pequeña tienda de regalos y el comedor, que era su orgullo y alegría.

–¿Quién es tu decorador? –preguntó Kanda al reconocer la mezcla de comodidades y estilo del sudeste–. ¿Mary Poppins o Billy el Niño?

–Divertido –dijo Stevie sin desaprobación. «Muy bien» pensó, «permítete un par de pullas, señora Lyons, si esto te lo facilita.»

Llegaron a la habitación 210, en el ala oeste del edificio de estilo español. Stevie llamó a la puerta y, luego, la abrió.

–Tu compañera de habitación es Carla Williams. Creo que ahora está en una sesión de grupo, así que nos aprovecharemos de la intimidad para instalarte. La primera parte del ejercicio es comprobar el bolso. ¿Lo abres tú... o lo hago yo?

Kanda se puso rígida, con los ojos llenos de rabia y sospecha.

–Si esto no es una cárcel –dijo bruscamente–, ¿qué te da derecho a manosear mis cosas?

–Normas de la casa. Y, por cierto, tenemos muchas. Todo el que se queda, debe seguirlas.

Kanda se encogió de hombros, como dando a entender que ella no iba a seguir muchas. Stevie se enfrentó con decisión a la cantante.

–Mira, no puedo jurar que sé lo que estás pasando, pero es bastante probable que lo sepa. Y no puedo prometerte que estar aquí vaya a cambiar tu vida. Lo que sí puedo prometerte es que, si no haces algo para cambiar, y pronto, acabarás muerta o tan hecha polvo que no podrás distinguir entre la vida y la muerte.

Mientras Stevie hablaba, Kanda movía la cabeza como hacen los niños para burlarse de sus profesores.

–Si no me entiendes bien –dijo Stevie–, pregúntate por qué una mujer con el dinero suficiente para mantener un país pequeño tiene que robar una piedra de cincuenta mil dólares en las narices de dos detectives, una cámara de vigilancia y una docena de clientes. Estúpido, ¿no? La gente que no quiere que la atrapen, Kanda, comete los robos de otro modo.

Esta vez, Kanda casi sonrió.

–Pues dígame por qué lo hice, señora Knight. Seguro que tiene todas las respuestas.

–No –dijo Stevie meneando la cabeza–. Eres tú quien tiene las respuestas... Pero quizá, quizá querías que te cogieran. Quizá la Kanda Lyons que era lo bastante inteligente para convertirse en una estrella acabó buscando una manera de dar un giro a su vida..., de encauzarla por el buen camino.

Kanda le dedicó una sonrisa paternalista.

–¿Es de un libro de psicología esto... o lo vas inventando mientras hablas?

–Lo descubrí una vez, pero lo sé por experiencia. Así que déjame seguir la primera instrucción para que no haya ningún error. Primero miraremos el equipaje. Todo tipo de droga, prescrita o no..., fuera. Lo mismo para todo tipo de alcohol, incluyendo colonias y perfumes.

Kanda empezó a sudar visiblemente cuando Stevie abrió la

maleta de mano. Del estuche superior, sacó un frasco de aspirinas, un pote de analgésicos y dos botellitas de perfume de opio. Continuó la búsqueda y encontró un estuche de joyas de piel. Dentro no había perlas ni rubíes. Estaba el objeto particular de su tentación: al menos setenta gramos de cocaína. Stevie pensó que, por muy arruinado que estuviera un drogadicto, siempre encontraba la manera de conseguir las drogas. Se metió la bolsita de polvo blanco en el bolsillo; sin comentarios.

Ahora Kanda estaba temblando, luchando a las claras por recuperar el control.

–Puta –murmuró entre dientes.

Stevie no se tomó el insulto de un modo personal; nunca lo hacía. Al principio pedía a los miembros del personal que hicieran esta parte del trabajo –«búsqueda e incautación»–, pero se sentía un poco culpable de dejar que los otros cargasen con la rabia y frustración, e incluso el odio, que algunas viajeras sentían cuando les llevaban sus muletas. Sacó un libro que sobresalía del bolso de Kanda.

–Esto también tengo que llevármelo –dijo.

–¿Ah, sí? ¿Se prohíben los libros en este establecimiento? Pensaba que todavía estaba en América... –La voz de Kanda era confusa y áspera.

–Prohibimos libros y periódicos durante las primeras dos semanas –le explicó Stevie–. Ya sé que es raro, pero, cuantas menos distracciones se tienen, mejor funciona el tratamiento. La asistente social que te hemos adjudicado, Miranda Fields, vendrá de aquí a unos minutos. El desayuno ha terminado, pero se servirá la comida a las doce... en el comedor principal. –Stevie se volvió para salir.

–Un momento, señora Knight –la llamó Kanda imperiosamente–. No estoy segura de querer comer en su comedor. ¿Hay algún restaurante decente por la zona?

–Hay un buen restaurante francés... y uno español. Pero las cuatro primeras semanas no puede salirse del recinto.

–Entonces mejor me dice dónde está el teléfono más cercano –dijo Kanda fríamente–. Tengo que comentarle la situación a mi *manager.*

–Lo siento –dijo Stevie–, pero la primera semana no se pueden efectuar ni recibir llamadas.

La cara de Kanda estaba rígida de tensión.

–Me parece que en la cárcel habría estado mejor. Al menos las internas pueden permitirse algunos privilegios.

–Si crees eso, todavía tienes la opción. Lo que me dijeron a mí los del tribunal es que te quedas aquí... o te vas a la cárcel. ¿Qué prefieres?

Sin esperar respuesta, Stevie salió de la habitación.

Cuando la puerta se cerró tras ella, el frágil cuerpo de Kanda se desmoronó sobre la estrecha cama, como una muñeca rota. Contempló el pequeño montón de pertenencias que Stevie había apilado con cuidado sobre la cama... y sintió una punzada de temor en el alma. Parecía todo tan poco, después de haber tenido tanto. Había ganado millones y ahora no tenía más que un billete de veinte dólares en el bolso: tan poco que no había podido pagar los dos taxis desde el aeropuerto y había tenido que inventar una excusa.

Durante muchos años, se había definido a sí misma por sus posesiones y lujos, por el número de gente que tenía a sus órdenes. Los podía comprar, no sólo con dinero, sino con su fama. Cuando consiguió el primer disco de platino, la sorprendió la cantidad de gente –blancos incluidos– que estaban dispuestos a servir a Kanda Lyons, sólo porque era la nueva reina del *rock and roll*.

Rodeada de lujo y adulaciones, Kanda casi llegó a creer que era tan buena como el que más o mejor, que había dejado atrás para siempre a la pequeña negrita que rezaba por morir y volver a nacer blanca.

Ahora, en este lugar que era peor que una cárcel, alejada de su entorno y de las drogas que habían formado parte de su vida como el respirar, Kanda sabía que algo había terminado para ella, algo comenzado mucho tiempo antes, cuando era aún más delgada que ahora... e incluso más negra, pensó con amargura.

¿Le habría ido mejor?, se preguntó. ¿De qué servía que los sueños se volviesen realidad si de todos modos acababas sin nada? ¿Tenía razón su mamá cuando le dijo que no importaba lo que hiciera, pues siempre sería la hija de su padre, inútil y mala?

Asustada, cansada y con una necesidad desesperada de tomarse algo para templar los nervios, Kanda se echó a llorar:

una terrible angustia de niña torturaba su frágil cuerpo, casi como si se fuera a quebrar. Y, de prontó, calló. Oyó que se acercaban unos pasos. El instinto que la había hecho una luchadora en la calle, el orgullo que la había enfurecido tanto que no podía ser menos que una estrella, le hizo tragarse las lágrimas y esperar.

Se oyó un golpecito en la puerta. Una mujer pequeña con cara juvenil y tirabuzones entró en la habitación. Se presentó como Miranda Fields y, sin más preliminares, siguió donde había terminado Stevie.

–El primer sitio al que debes ir es al despacho del doctor –le dijo con un tono anodino–. Es para asegurarnos de que todo va bien.

Kanda no tenía nada que decir. Su encuentro con Stevie le había advertido que allí debía obedecer órdenes. Y, a pesar de su genio, Kanda no quería cambiar aquel sitio por una cárcel de verdad. De ningún modo. Ganaría a aquella gente jugando su propio juego, porque estaba segura de que era un juego, como todo lo demás en la vida.

«Pues seguiré a la puta esa» se dijo mientras salía de la habitación y bajaba por un largo pasillo. Por el camino, Kanda vio de lejos a Jennifer Kane, la estrella de *Police Beat.* A pesar de su propia fama, Kanda seguía reaccionando como una simple admiradora cuando se trataba de la fama de otro. Curioso, pensó, la Kane siempre parecía tan descaradamente blanca, como una maestra o una bibliotecaria.

–No podía imaginar que alguien como Jennifer Kane acabase aquí –dijo a media voz.

La zorra asistenta social sonrió, erguida y orgullosa como si Kanda le acabase de poner una medalla.

–Está en El Oasis porque es el mejor sitio –dijo, al tiempo que se detenía ante una puerta blanca donde se leía «HOWARD SLOAN, JEFE DE SERVICIOS MÉDICOS.» Llevó a Kanda a una espaciosa oficina con una vista panorámica de las montañas circundantes, le presentó a un hombre viejo con bata blanca y sonrisa de bobo y le dijo que la esperaba fuera.

–Tu último álbum era magnífico –dijo el doctor Sloan–. Lo compré para mi nieto, pero cambié de idea y me quedé con él. La manera en que cantabas «My man»..., ¡cielos, me ponía la piel de gallina!

Kanda afirmó con la cabeza y, como no sabía qué le convenía decir, mantuvo la boca cerrada. Probablemente registraban todo lo que se decía allí y no quería añadir más tiempo a su sentencia de seis semanas.

El doctor Sloan la pesó, le auscultó el corazón y comprobó su presión. No enarcó las cejas, como había hecho su último médico, y no hizo ninguno de aquellos horribles chasquidos de médico cuando le examinó los ojos, la garganta y la nariz. Cuando hubo terminado, la miró directamente a los ojos y le preguntó:

–¿Cuándo has tomado tu última ración?

Se quedó sorprendida, no tanto por la pregunta como por la facilidad con que la había formulado, como si lo supiera todo de ella. Simuló tener que pensarlo un poco, como si hiciera mucho tiempo.

–La semana pasada.

Le dedicó su sonrisa de bobo y dijo con suavidad:

–¿Sabes cómo se descubre que un drogadicto está mintiendo?

–¿Cómo? –preguntó ella sin ningunas ganas de oír un chiste estúpido.

–Cuando ves que mueve los labios.

Kanda no rió. Tenía el estómago revuelto y el corazón le palpitaba con fuerza.

–¿Te sientes mal? –le preguntó él con simpatía.

Como respuesta, ella saltó de la camilla y corrió al baño. Estuvo devolviendo mucho rato y, aunque no podía recordar cuándo había comido por última vez, el estómago no se rendía. Sentía deseos de morir. Si ir por el buen camino iba a ser así de horrible, más le valía estar muerta, porque no veía la gracia de sentirse únicamente miserable.

Cuando volvió a la sala de observación, el médico le tendió una toalla y un vaso de agua.

–¿Te pasa a menudo? –preguntó.

–A veces –respondió ella con cautela, queriendo decir «sólo cuando me quedo sin suministro».

–Sé lo que es... –asintió Sloan–. Yo soy un borracho. Sólo que dejé de beber hace quince años.

Enarcó una ceja y pensó que era muy curioso el modo que tenían de hablar en aquella casa. Pero le daba igual. Lo único que le importaba era sentirse mejor y, en aquel momento, casi habría sido capaz de matar a alguien para conseguirlo.

El doctor le dio algunas pastillas.

—Te ayudarán en la desintoxicación —explicó—. Cuesta más tiempo para las drogas que para el alcohol, pero quedarás limpia en unos diez días. Mientras tanto, estas píldoras te ayudarán a soportar los efectos secundarios. Si puedo hacer algo por ti, estoy a tu disposición. Stevie también. Tenemos mucho personal —sacerdotes, asistentes sociales— para que no creas que estás sola. ¿Puedo hacer algo por ti ahora?

A pesar de su miserable estado, Kanda no pudo resistirse a contestar:

—No, a no ser que me pueda conseguir algo más fuerte que esto —dijo con una mueca perversa.

Sloan se estremeció, casi como si le hubiera pegado.

—Prueba otro tipo de cosa fuerte, Kanda —le dijo seriamente—. Prueba a vivir...

Kanda se tragó las pastillas con ansia y salió del despacho. ¿Qué sabía de ella un viejo borracho? Ella *había* intentado vivir, y todo lo que le había hecho la vida era traicionarla. Dos maridos inútiles que la habían desplumado y dejado con dos niñas aún más negras que ella. Ni siquiera podía fiarse del talento que le había permitido salir del gueto; le había faltado cuando más lo necesitaba y la había convertido en una gloria pasada en un mundo que no tenía en cuenta a las estrellas del ayer. Su único amigo era el polvo blanco. Siempre la aliviaba y siempre podía contar con él.

La zorra asistenta social la estaba esperando.

—Te voy a enseñar la habitación principal —le dijo.

«Déjame sola» quería decir Kanda, pero se contuvo con rapidez. «Tranquila» se decía, «tranquila, sigue el juego.»

La habitación principal parecía una de esas salas grandes de los hoteles en que había actuado. Mucho cristal y vistas de postal, como si hubiera un campo de golf fuera.

Había unas cuantas personas sentadas, algunas escribiendo en libretas o hablando en pequeños grupos. Nadie parecía loco o raro, y, por el modo en que la miraron, Kanda pudo ver que la reconocían y simulaban que era como todas las demás. Estaba acostumbrada a ello y no sabía qué le molestaba más, si la falsa calma o el modo en que alguna gente le salía al paso para pedirle autógrafos o conversación, como si fueran propietarios de un trozo de ella.

–Sentémonos aquí –dijo Miranda llevándola a una esquina soleada que quedaba discrectamente apartada. Sacó un montón de papeles de su libreta y se puso a leerle el horario.

–Aquí nos levantamos a las seis. Te haces la cama...

–Yo no hago camas –replicó con dureza sintiéndose un poco más controlada, ahora que la píldora, fuera lo que fuese, había empezado a hacerle efecto–. Es trabajo de criada.

–Aquí cada uno hace su cama. Luego viene el desayuno, luego un paseo, luego... –y aquí la mujer vaciló un instante mostrando una inseguridad que Kanda saboreó–, ... luego hacemos labores terapéuticas.

–¿Qué es eso... en lenguaje llano? –la desafió Kanda, consciente de que la asistenta social no estaba tan segura como quería aparentar.

–Son pequeños trabajos..., preparar las mesas en la cafetería, archivar papeles en una de las oficinas administrativas o...

–Tengo entendido que a Penny Farlow le encargaron fregar los servicios –dijo Kanda sonriendo maliciosa al repetir un cotilleo que había oído sobre una famosa estrella de los musicales de Broadway.

Miranda Fields meneó sus tirabuzones con vigor.

–Aquí no se hace eso –dijo con énfasis–. En El Oasis hemos descubierto que hacer una labor doméstica es terapéutico. Es una conexión con la realidad que ayuda a la recuperación.

–¿En serio? –comentó Kanda riendo con amargura–. Lástima que mi madre no lo hubiera sabido. Se pasó la vida haciendo labores domésticas... y luego cayó muerta a los cuarenta y dos años. Bueno, las labores domésticas cortaron su conexión con la realidad con una rapidez inusitada.

–Lo siento –dijo Miranda con suavidad esbozando la curiosa mueca de simpatía-hacia-los-desgraciados que Kanda conocía tan bien. Y luego siguió con algo que entendía mejor: el horario.

–La conferencia de la mañana es a las nueve. A las diez, tú y cuatro más os reuniréis en mi oficina para una reunión de grupo. Después viene la comida, seguida de una conferencia, y, luego, grupo otra vez.

»Finalmente, tenemos ejercicios en la piscina o el gimnasio, cena a las cinco y media; conferencia nocturna, luego lecturas o escritos asignados, y, luego, a la cama. ¿Alguna pregunta? –Esbozó una sonrisa brillante como la de aquellos profesores que explicaban la Biblia en una escuela y que mamá solía llevar a cenar los domingos.

Como Kanda no respondió, Miranda echó una mirada a la carpeta que llevaba.

–Si no tienes ninguna pregunta, te la haré yo: ¿por qué estás aquí?

–El juez dijo...

–¿Por qué estás aquí? –repitió Miranda, como si Kanda fuera sorda o algo así.

–Estoy intentando decirlo –dijo Kanda con cortesía exagerada–. Me dieron a elegir entre esto o la cárcel.

–Eso no es una respuesta a mi pregunta –insistió Miranda mirándola directamente a los ojos.

–Siento que no te guste mi respuesta –dijo en el mismo tono cortés–. ¿Qué quieres que te diga?

–¿Cuánto tiempo hace que tienes serios problemas con las drogas?

Kanda se tensó de resentimiento.

–No tengo problemas con las drogas –dijo con arrogancia–. Es la gente la que me da problemas.

La asistenta social hizo un gesto de conocer la historia, y, por un momento, Kanda sintió deseos de abofetear su cara blanca y pedante.

–Veo que fuiste arrestada dos veces por posesión de drogas. Una de ellas con la acusación de abandonar a tus dos hijas, cuya custodia se encomendó luego a tu hermana Charlene. Más recientemente, un arresto por robar en Cartier's de Rodeo Drive... El informe dice que saliste de la tienda con un valioso collar de esmeraldas, que te insolentaste cuando el detective te pidió que lo devolvieras y que luego lo atacaste con un zapato de tacón alto y le provocaste una herida que necesitó tres puntos.

–Si sabes todo eso, ¿por qué me interrogas? –preguntó Kanda con la intención de controlar la conversación.

–¿Eres drogadicta?

–Si lo sabes todo de mí, ya...

–No estamos hablando de mí –la interrumpió Miranda–. Si

no puedes admitir que tienes un problema, no nos podemos poner a resolverlo.

Kanda se levantó y adoptó una postura desafiante, curiosamente juvenil. Con sus largas piernas y su falda corta pareció por un instante una niña de doce años vestida con las ropas de su madre y a punto de sacarle la lengua al profesor.

–¿Me disculpas ahora? –preguntó con tono cortés.

–Esto no es una cárcel –replicó Miranda con un suspiro que para Kanda fue como un reconocimiento de su victoria–. Tenemos normas y horarios, pero tú puedes decidir seguirlos o irte.

Sin más comentarios, le alargó a Kanda una copia de las normas de la casa.

Mientras atravesaba la sala principal, Kanda era consciente de que tenía todos los ojos puestos en ella y trataba de mantener aquel balanceo descarado que entusiasmaba a sus admiradoras. Cuando todo lo demás fallaba, todavía era capaz de apelar a su orgullo y quizá, sólo quizá, esto la podría ayudar a soportar aquel reformatorio de clase alta. Todo lo que tenía que hacer ahora era llegar sin desmoronarse a su habitación.

Sin embargo, una vez allí, volvieron las lágrimas. Esta vez, cuando se tiró en la cama, escondió la cara bajo la almohada y lloró con rabia y frustración. Pero de pronto se dio cuenta de que la causa no era El Oasis. Estaba llorando exactamente igual que cuando era una niña en la casa de su mamá y por las mismas cosas que entonces la habían enfurecido: la suciedad, la necesidad de su madre de trabajar tanto, el abandono de su padre y la falta de cosas bellas.

Por primera vez en muchos años, volvía a estar dentro de aquella niña pequeña que había sufrido y odiado tanto, aquella maldita negrita sin ropa, dinero ni papá..., sin más posesión que la música de su corazón.

5

Mientras su voz se elevaba más y más hasta llegar a las últimas notas de «Qué grande eres», Kanda sintió que la presencia de Dios se la llevaba hacia lo alto de la decadente sala que reunía a la congregación del Divino Cordero. No creía nada de lo que decía el pastor los domingos, pero, en los «aleluyas» del coro, en compañía de las voces que se elevaban en el canto, Kanda sentía el poder de Dios, el poder de la esperanza. Podía creer en la promesa de una vida mejor y soñar en algo superior al piso de Chicago con agua fría que compartía con su mamá y su hermana pequeña, Charlene.

–Pasad a la página cincuenta y dos, hermanos y hermanas –dijo el maestro del coro, Franklin Elridge–, y cantemos «Gracia admirable».

Kanda no necesitaba el cantoral; se sabía de memoria la letra de todos sus himnos favoritos. Cuando el órgano tocó la introducción, entonó las primeras notas con potencia, y, enseguida, empezó a chasquear los dedos y a marcar un ritmo de *blues* que fue adoptado por su amiga, Lonette Jones, y luego por los otros cantores que ensalzaban la gloria de Dios en un himno brumoso y popular.

–¡Dedicadle un canto alegre al Señor! –gritó el hermano Eldridge, a quien no molestaba un poco de improvisación siempre que la música fuese ferviente y las voces potentes. De todos los miembros de la congregación, él era el que más le gustaba a Kanda, porque le había permitido entrar en el coro el año anterior, cuando sólo tenía once años.

El ensayo terminó demasiado pronto, y Kanda se demoró en marcharse, aunque sabía que debía ir a casa a preparar la cena. No estaba dispuesta a parar de cantar, más que nada porque era la mejor parte del día y porque en casa no la esperaba nada más que las labores habituales y el cotidiano abandono de los hijos de padres que trabajan fuera todo el día. Le hizo un gesto con el brazo a Lonette, que hablaba educadamente con algunos miembros adultos del coro. Lonette tenía sólo catorce años, pero a Kanda le parecía madura y refinada. Fue ella quien le dijo que su voz era demasiado buena para desperdiciarse en el coro de una iglesia y la que tuvo la idea de formar un grupo.

–¿Quieres venir a mi casa? –le preguntó Lonette tras haber guardado el cantoral y recogido todos sus libros escolares–. Estará mi prima Maline y podremos practicar aquel nuevo arreglo que nos hizo Lee.

–¿Crees que ya estará despierto? ¿Crees que accederá a tocarlo? –preguntó Kanda con ansiedad. El hermano de Lonette, Lee, tocaba el piano en el Club Tophat de la calle State de Chicago, y a veces, si no estaba muy cansado, acompañaba a las Wonders cuando practicaban su creciente repertorio de canciones.

–Tal vez si se lo pides muy bien... –bromeó Lonette, que sabía que a Kanda no le interesaban los chicos. Todo lo que le interesaba era hacer música y hablar de cómo sería cuando las Wonders tuvieran la oportunidad de actuar por dinero.

–Imposible –replicó Kanda con firmeza–. No pienso liarme con tu hermano, Lonette, y, si no quiere tocar su miserable piano, cantaremos sin él.

Cogidas de la mano, corrieron hacia casa de Lonette, y, aunque no era mucho mejor que la de ella, Kanda se habría avenido felizmente a pasar allí todas las horas. Según su mamá, la única música buena era la evangélica, pero Kanda no estaba de acuerdo porque la voz era su único talento, su única esperanza de escapar de la pobreza en que había nacido. Y así mantenía sus sueños en secreto. No era mentir, se decía a sí misma; un día se lo diría a su mamá, cuando las Wonders estuvieran a punto, cuando el sueño tuviera posibilidades de convertirse en realidad.

Cuando entraban en la casa de Lonette, oyeron el sonido del viejo piano vertical de Lee... y una voz fuerte y ronca que cantaba «Mi novio ha vuelto».

Entrando a la carrera en la sala, Kanda vio a Maline, que tonteaba con Lee, al tiempo que cantaba con sus brillantes cabellos sobre el rostro y meneando su desarrollado cuerpo de dieciséis años.

–¡Eh –dijo Kanda indignada–, estás haciendo *mi* solo, Maline! ¿Por qué no practicas tu parte?

–Bueno –respondió Maline, riéndose–. Tal vez debería ser *mi* solo, si tenemos en cuenta que lo canto mejor.

–¿Ah, sí? ¡Pues yo digo que *yo* lo canto mejor! –espetó Kanda herida por la arrogancia de Maline. Desconfiaba, y envidiaba, a Maline Powers desde el momento en que se conocieron. Ella cantaba bien y era guapa, con una pálida piel dorada, unas facciones exóticas perfectamente cinceladas y unos ojos algo sesgados de color de almendra.

–¿Qué opinas, Lee? –preguntó Maline–. ¿No crees que queda mejor el solo cuando lo canto yo? Al fin y al cabo, ¿quién puede creer que la delgadita Kandy Kane pueda tener un novio? –Sonrió seductora invitando a Lee a defenderla.

Lee le hizo una mueca y movió negativamente la cabeza.

–Uy, uy –dijo–, no pienso meterme en ninguna pelea. Si queréis convertiros en profesionales, más vale que aprendáis a trabajar juntas... y esto quiere decir que *alguna* tiene que aceptar sin rechistar cantar como acompañante.

Con las manos en las caderas, Kanda declaró:

–Bueno, puedes estar seguro de que no seré yo quien cante como acompañante.

Siempre pacificadora, intervino Lonette.

–Lee tiene razón –dijo–. No llegaremos a nada si no trabajamos en equipo. Yo creo que lo mejor, por ahora, será que Kanda y Maline hagan los solos por turno. Al fin y al cabo, no tiene sentido discutir hasta que no tengamos una actuación a la vista. ¿Qué dices, Maline?

Maline sonrió amablemente a la sugerencia, que le daba una media victoria, pero Kanda estaba enfadada en silencio. Quería continuar la discusión, aunque le daba miedo perderla y quedarse sin más alternativa que dejar el grupo. Con el placer repentinamente teñido del sabor amargo de la derrota, se resignó a compartir un escenario imaginario con Maline. «Pero sólo de momento» se prometió, «hasta que lo consiga.»

Era ya de noche cuando Kanda se alejó de la casa de Lonette y corrió hacia la suya sintiéndose como una pecadora culpable por no ocuparse de sus labores.

Subió corriendo los cuatro tramos de escaleras y llamó a la vieja puerta de la señora Baker. Oyó los pasos lentos y arrastrados que denunciaban la artritis de la señora Baker y, al abrirse la puerta, inhaló el dulce aroma de los caramelos de azúcar que la vieja mujer hacía para ella y Charlene.

–Cálmate, chiquilla –le dijo la señora Baker–. Cálmate y recupera la respiración. Aquí tienes un caramelo –le dijo ofreciéndole un trozo de dulce pegajoso–, y pon una sonrisa en tu linda cara.

Kanda cogió el dulce y rechazó el cumplido. Sabía que la vieja señora Baker era muy amable, igual que sabía que ella no era linda.

–He venido a buscar a Charlene –dijo Kanda, pero su hermana estaba plantada delante del televisor en blanco y negro de la señora Baker mirando los dibujos animados, que eran su entretenimiento favorito.

Al oír su nombre, Charlene empezó a quejarse.

–¿Tengo que ir a casa? Ya he terminado los deberes, ¿puedo quedarme un poco más? Por favor, señora Baker, por favor.

–Muy bien, niña –le dijo la señora Baker a Kanda–. Charlene puede quedarse conmigo mientras preparas la cena para tu mamá. La enviaré a casa dentro de un rato.

Cuando se volvía para irse, Kanda sintió una punzada de resentimiento. Charlene tenía ocho años, pero todavía se comportaba como un bebé grande. No ayudaba en la casa para nada y, en cambio, su mamá parecía quererla más, siempre alababa su carácter y tranquilidad y la dejaba hacer lo que quería. Demonios, pensó Kanda, Charlene no era buena; era simplemente tonta, y no era justo que lo tuviera todo tan fácil. Mamá decía que era porque era más pequeña, pero Kanda pensaba que había otra razón: Charlene era delicada y de piel clara como su madre, mientras que Kanda, según las fotos que había visto, era la viva imagen de su padre ausente: alta, espigada y negra como el ébano.

Cogió la llave que le colgaba del cuello en una cinta, atravesó el rellano y abrió la puerta de las tres habitaciones a las que llamaban casa. La casa estaba impecable. Mamá se encargaba de ello aunque estuviera cansada de limpiar las casas de otra gente todo el día.

Kanda fue a la cocina y abrió la vieja nevera que se pasaba la noche emitiendo sonidos raros. Cogió un bróculi –mamá insistía en que comiesen algo verde– y la carne picada que serían su cena. Limpió y cortó el bróculi y puso agua a hervir. Dispuso la carne en tres hamburguesas y, estaba a punto de freírlas, cuando entró mamá por la puerta.

Kanda sintió una oleada de orgullo al ver a su madre y pensar lo diferente que era de las otras mujeres del barrio y lo difícil que era adivinar que se pasaba el día barriendo, fregando y planchando. Con sus altas mejillas, las finas facciones, el pelo echado atrás, tenía más aspecto de princesa africana que de mujer de hacer faenas. Andaba siempre erguida y segura, aunque estuviera muy cansada; su ropa, como su casa, estaba bien cuidada e impecable.

–Hola, encanto –dijo acercándose a Kanda para darle un beso y un abrazo. Kanda arrugó la nariz ante el olor de amoníaco y aceite de limón que le recordaban la ocupación de su madre.

–Charlene está aquí al lado –anunció–. Le he dicho que viniera pero no ha querido.

Martha sonrió y movió la cabeza cansadamente, demasiado exhausta para hacer de árbitro o defender a alguien. Se sentó a la mesa de la cocina y empezó a vaciar la bolsa de la compra. Kanda detestaba que mamá llevara cosas a casa de los sitios donde trabajaba, pero vio que su madre sacaba una foto vieja y limpiaba el cristal con un trapo. Era un cuadro de una niña rubia muy mona montada a caballo sobre un fondo de montañas. El marco estaba roto y viejo, pero Martha Lyons se lo alargó con reverencia.

–Es un Winslow Homer –le explicó a Kanda–. Era un buen artista norteamericano.

–A mí me parece basura –dijo Kanda, que no había visto nunca una montaña ni un caballo blanco. Sabía que su madre quería que valorase lo que ella llamaba «cosas buenas», pero a ella le parecía que todo aquello era una pérdida de tiempo cuando vivías en la calle Quinta. Quizás algún día, cuando fuera rica, se compraría algunos cuadros, pero seguro que no tendrían el marco roto.

Mamá volvió a mover cansadamente la cabeza mientras metía la mano en la bolsa y sacaba un vestido de fiesta azul que parecía casi nuevo.

–He pensado que te quedaría muy bien, encanto. Sólo tienen que hacerse unos puntos en la cintura...

–¿Por qué no lo guardas para Charlene? –dijo Kanda, que odiaba la idea de la caridad más de lo que odiaba pasarse sin ella.

Mamá dejó el vestido sobre la mesa y le cogió la mano.

–Kanda, encanto, no es ninguna vergüenza aceptar lo que te dan. He intentado enseñarte la diferencia entre la dignidad y el orgullo. La dignidad es una cosa íntima..., viene de ti misma y nadie puede arrebatártela, por muy pobre que seas. Pero el orgullo es una debilidad y un pecado..., se come el alma. Tengo miedo cuando lo veo en ti. Me recuerda... –Se detuvo, pero Kanda sabía qué era lo que mamá había callado. Era como su padre, otro parecido malo. Retiró la mano y volvió junto a la cocina.

Un momento después, Charlene entró en el piso y se lanzó sobre mamá con abrazos y besos y la hizo reír como nunca conseguía Kanda. Elogió el bonito cuadro que había traído mamá y el vestido de fiesta, gritando de alegría cuando supo que era para ella.

Kanda preparó la mesa, cortó el pan y sirvió la simple cena. Pero fue Charlene la que entretuvo a mamá con historias tontas sobre lo que había hecho en la escuela y contando que la habían elegido para hacer de peregrino en la obra del día de Acción de Gracias.

–Es fantástico –dijo mamá–. ¿Y tú Kanda? ¿Cómo ha ido hoy el ensayo del coro?

–Como siempre –replicó Kanda bruscamente, sintiéndose como una extraña porque mamá hacía el esfuerzo de incluirla.

Cuando terminó la comida, Kanda despejó la mesa y lavó los platos, mientras Charlene se lavaba los dientes y se ponía el pijama. Luego venía el ritual habitual de las noches, cuando mamá la metía en la gran cama doble que compartía con Kanda.

–Háblame de la casa ahora –dijo Charlene, dándole indicaciones de la historia que había oído cien veces.

–Cuando Albert... tu papá encuentre un trabajo en Detroit

–empezó mamá–, nos va a venir a buscar. Lo empaquetaremos todo y nos subiremos al tren. Y, cuando lleguemos a Detroit, papá nos estará esperando, en una bonita casa de un barrio agradable...

–Tendremos jardín, ¿verdad, mamá? –intervino Charlene–, y un columpio y unas anillas, ¿verdad?

–Y un columpio y unas anillas –repitió mamá–. Quizás un rosal, o dos...

Kanda escuchaba en silencio la historia de mamá. También ella había hecho preguntas una vez, pero, después de cuatro años, ya no creía en esa historia. Era como un cuento de hadas: su papá nunca volvería. Nunca tendrían una casa con jardín, al menos no gracias a él.

Cuando Charlene se durmió, Kanda encendió la lámpara de la mesita de noche y sacó de debajo de la cama la gran caja de cartón llena de cuentos de hadas en los que podía creer: revistas de cine y fotos de estrellas que habían sido pobres en una ocasión y ahora eran ricas y famosas... Dionne Warwick, Barbra Streisand, Lena Horne. Leyó y releyó las historias que hablaban de su éxito y luego examinó su reflejo en el espejo que tenía sobre el tocador. Al recordar los malignos comentarios de Maline, se preguntó si podría llegar a ser una estrella con el aspecto que tenía. Sabía que cantaba mejor que Maline, dijeran los demás lo que dijese, pero ¿qué podía hacer con sus cabellos aplastados, su cara de niña y su aspecto de chico? ¿Llegaría el día en que se miraría al espejo y su imagen la haría feliz?

El día de Acción de Gracias terminaron las historias sobre papá y la nueva casa. Mamá se levantó pronto para empezar a cocinar el pavo y la salsa de castañas. Luego se puso el vestido de los domingos y anunció que tenían un invitado a comer. Un buen amigo, dijo; su nombre era Calvin Johnson y era el conductor del autobús que la llevaba a trabajar todos los días.

A Kanda no le gustó la idea de comer con un extraño, especialmente en una cena de fiesta. Pero Charlene estaba entusiasmada y hacía una pregunta tras otra sobre el aspecto del hombre y dónde vivía. Cuando llegó, poco después de la una, con un ramo de flores para mamá y una caja de caramelos para las niñas, Kanda empezó a preguntarse si su madre también tenía secretos. Después de lo que le había dicho sobre el pecado, ¿podía tener un novio?

Mamá lo presentó con timidez, como suplicando aprobación. Era un hombre agradable, tranquilo y también bastante tímido. Explicó a las niñas que era viudo y que tenía una hija mayor que vivía en Florida. A Kanda no le gustó todo eso y, cuando él ensalzó la comida hecha por mamá y comentó que no recordaba haber probado nunca nada tan bueno, aumentaron sus sospechas sobre su madre y Calvin Johnson. Charlene podía estar todo lo contenta que quisiera, pero a Kanda no le gustaba nada que un hombre fuera a meterse en sus vidas. Si su propio padre las había abandonado, ¿por qué Calvin Johnson iba a ser mejor?

Dos semanas después, mamá le dijo a Kanda que Calvin iba a ir a vivir con ellas.

–No es bueno que una mujer esté sola, encanto. Calvin es buen hombre y quiere ocuparse de nosotras.

–¡Pero tú no estás sola! –protestó Kanda–. Nos tienes a mí y a Charlene. ¡No necesitamos que nadie se ocupe de nosotras! Podemos vivir solas. Además –dijo lanzando el argumento más convincente–, no puedes vivir con Calvin... ¡Estás casada con mi padre!

Mamá suspiró.

–Me gustaría que intentaras entenderlo, encanto –dijo–. He hecho lo que he podido para educaros yo sola, pero llevo demasiado tiempo aislada. Creo que Dios me perdonará por querer a Calvin. ¿No podrías hacer tú lo mismo... por mí?

Kanda no tenía respuesta para eso, pero se quedó a la espera, segura de que tenía razón y que mamá estaba equivocada. Durante un tiempo, fue cierto que la tranquila presencia de Calvin hizo sus vidas más fáciles; acaso, admitía con reticencia Kanda, incluso más felices. Mamá no parecía tan cansada después del trabajo, y, los fines de semana, Calvin las llevaba al cine y luego a cenar al Howard Johnson. Los domingos iban a la iglesia juntos, casi como una familia de verdad, y, cuando llegó Navidad, tuvieron un árbol con regalos, vestidos por estrenar comprados en Marshall Fields, una muñeca para Charlene y un par de zapatos de piel para Kanda.

Entonces, tan súbitamente como había llegado, Calvin se

fue, la segunda semana de primavera. Mamá dijo que había ido a ver a su hija a Florida, pero por las noches se ponía a llorar cuando creía que las niñas dormían. Kanda se levantó e intentó consolarla y, aunque no le importaba que Calvin volviera o no, le juró en voz alta que lo mataría por haber herido los sentimientos de mamá. Pero mamá la hizo callar diciendo que aquella manera de hablar no era cristiana y que las relaciones entre hombres y mujeres no siempre funcionaban, incluso entre dos personas buenas.

Kanda escuchaba. La correcta manera de hablar de mamá hacía siempre que sus explicaciones parecieran buenas. Pero ella no entendía por qué su madre necesitaba un hombre si él acababa yéndose y ella siempre acababa llorando como una loca.

Aún lo entendió menos cuando mamá llevó a casa a Bill Timmons, que no era tan agradable como Calvin Johnson, bebía como un cosaco y maldecía cuando se enfadaba. Con todas sus buenas maneras y su charla sobre la dignidad, ¿cómo podía cerrar los ojos a estas cosas? Cuando Kanda le hizo esta pregunta, mamá se puso tan triste e infeliz que ella se arrepintió de haber abierto la boca.

Y así se quedó callada, ofendida por la debilidad de mamá, especialmente porque a Charlene no parecía preocuparle quién viviera con ellas siempre y cuando consiguiera alguna recompensa y un poco de dinero de vez en cuando. Kanda pasaba el mínimo tiempo posible en su casa y se dedicaba en cuerpo y alma a su música. Las Wonders consiguieron un nuevo miembro, Sondra Leeds, que era aún más tonta que Charlene, pero tenía una potente voz de contralto que añadía riqueza y variedad a los arreglos de *rock and roll* que les había proporcionado Lee. Lo mejor de todo era que Sondra estaba satisfecha de cantar como acompañante.

Un mes después del decimotercer aniversario de Kanda, volvió a casa de una sesión en casa de Lonette, dispuesta a hacer la cena como siempre, y se encontró a su madre en la cama gimiendo de dolor y con un ataque de fiebre.

–¿Qué pasa, mamá? –le preguntó intentando no demostrar lo asustada que estaba.

–No es nada, encanto –dijo Martha débilmente–. No me encontraba bien y el señor Connor me ha dicho que podía irme a casa. Hay mucha gripe... Seguro que es eso. Si me haces una taza de té... y me traes dos aspirinas, me pondré bien.

Kanda nunca había visto a su madre tan enferma. Llamó a la señora Baker, preparó el té y se sentó junto a la cama de su madre mirándola con ansiedad mientras ella intentaba tomarlo.

–Es la gripe, claro –dijo la señora Baker al principio–. Dale mucho líquido y que descanse. –Pero, cuando el dolor y la fiebre aumentaron en lugar de disminuir, cuando mamá empezó a temblar y sacudirse, la señora Baker llamó a Kanda y le dijo–: Tal vez sea mejor que lleves a Martha al hospital, niña. Llamaré un taxi... y me quedaré con Charlene hasta que volváis.

La palabra «hospital» sembró el pánico en el corazón de Kanda; evocaba imágenes de muerte. Pero intentó alejarlas mientras vestía a su madre y la ayudaba a bajar las escaleras y subir al taxi.

–Al Hospital Local –le dijo al chófer con el billete de diez dólares que le había dado la señora Baker en la mano. Cuando llegaron, sentó a su madre en un banco de la sala de espera.

–Mi madre está muy enferma –le dijo a la enfermera de recepción.

La enfermera echó una mirada hacia Martha Lyons y afirmó con la cabeza.

–Aquí todo el mundo está enfermo, guapa. Tendréis que esperar turno.

–¡He dicho que está *muy* enferma! –gritó Kanda golpeando la mesa–. Necesita un médico de inmediato y, si le pasa algo, la mato, ¿me oye?

–¿Qué pasa? –preguntó un interno que pasaba por allí.

Kanda lo agarró del brazo.

–Por favor –le suplicó–, por favor, vea a mi madre ahora mismo. Tiene algo malo, lo sé, y si no hacen algo rápido...

El interno observó el pánico de la cara de Kanda y le puso la mano en el hombro.

–Muy bien –le dijo amablemente–, vamos a verla. –Ayudó a mamá a entrar en la sala de visita pero le dijo a Kanda que no entrara con ellos. Al ver a su madre andar con tanta dificultad, doblada de dolor, se sintió totalmente inútil... y más sola que en toda su vida.

¿Qué pasaría si se moría? ¿Y si estaba tan enferma que el médico no podía hacer nada? ¿Qué sería de ella y de Charlene? ¿Cómo vivirían y quién se ocuparía de ellas? Aparte de la pobre vieja señora Baker, no había nadie que se preocupara por ellas, nadie. Y, en aquel momento, Kanda se dio cuenta de que no había nadie en el mundo con quien pudiera contar, nadie más que ella misma. La idea era dolorosa, pero notó que la invadía una curiosa sensación de paz mientras se sentaba en el banco y esperaba.

Fue varias horas más tarde cuando el médico volvió y le dijo que había ingresado a su madre.

–Tiene una úlcera sangrante –le explicó–. Pero no es tan malo como parece. Le haremos una pequeña operación y quedará como nueva. Ahora te dejaré que entres para que veas que está bien..., pero sólo un minuto; luego te vas a casa.

Kanda siguió al médico hacia la sala donde mamá estaba tendida quieta y callada entre sábanas blancas intentando esbozar una sonrisa para Kanda.

–Sólo un minuto –le recordó el médico antes de correr la cortina para que pudiesen hablar fuera de la vista de las otras siete pacientes de la habitación.

–Por favor, ponte bien –le rogó Kanda–. Por favor, vuelve a casa pronto.

–No te preocupes, encanto –le dijo mamá acariciándole el pelo–. Tardaré un poco, pero te prometo que volveré. No dejaría a mis niñitas..., sabes que no lo haría.

Pero Kanda no se sentía muy segura. La veía tan débil y había estado tan enferma hacía un rato, que no quería irse. Pero una enfermera metió la cabeza por la cortina y le dijo que debía irse.

–Yo me encargaré de todo, mamá –le prometió Kanda antes de irse–. No te preocupes por nada, mamá... Sólo mejórate.

Kanda mantuvo su promesa... y más. Todos los días que mamá estuvo en el hospital, rezó a conciencia y juró ser lo más buena que sabía si Dios permitía volver a su madre a casa. Y, para que Dios supiese que era sincera, dejó de cantar con las Wonders hasta que mamá se pusiera bien. Todos los días, al salir de la escuela, iba directamente a casa para limpiar y hacer la cena. No se peleaba con Charlene por muy pesada que ésta estuviera e intentaba ser amable con Bill, aunque él bebía sin parar y llevaba al apartamento a sus ruidosos amigos, que ensuciaban todo. Y, todas las noches, iba al hospital a ver a mamá hasta que se terminaban las horas de visita.

Un día, Bill llegó a casa pronto con un paquete envuelto en papel de plata y una cinta roja.

–Es para ti, Kandy Kane –dijo llamándola por el apodo que ella detestaba. Dentro de la caja había un collar de piedras verdes–. Es un premio por portarte tan bien mientras tu mamá está enferma.

Ella iba a decir «no, gracias» para sugerir que el collar sería un bonito regalo para mamá, pero él le puso la caja en la mano y la apretó con la suya con tanta fuerza que ella intentó liberarse.

–Esto de aquí se está volviendo muy solitario –dijo todavía con su mano en la de ella–. Un hombre no puede esperar siempre... Tal vez debiera buscarme otro sitio para vivir.

Kanda se alegró de la posibilidad, pero enseguida se sintió culpable al recordar lo mal que lo había pasado mamá cuando Calvin se fue.

–¿No me echarás de menos si me voy, Kandy Kane? –bromeó él interpretando a su modo la expresión preocupada en su rostro–. Tal vez haya llegado el momento de que alguien sea un poco amable conmigo –agregó, medio mimoso, medio amenazante. Y, como ella siguió sin responder, la alzó en volandas y llevó su delgado cuerpo a la gran cama de la habitación de mamá. Kanda sabía lo que iba a ocurrir; había oído hablar de cosas así a las chicas del vecindario. Pero nunca se había imaginado que le iba a pasar a ella, especialmente después de haber sido tan buena y haber hecho todo lo que se esperaba de ella.

Lanzó un grito cuando Bill le arrancó el ligero vestido de algodón del cuerpo, pero él sofocó sus gritos con su gran mano sudada y murmuró:

–Nada de eso, ¿me oyes? Si no, le diré a tu mamá que tú echaste de casa al viejo Bill.

Kanda paró de gritar. No había nadie para protegerla de las manos toscas e hirientes que pellizcaban y golpeaban su tierna piel, nadie para detener el terrible dolor del ataque de Bill cuando se introdujo dentro de ella, maldiciendo al encontrar resistencia, gruñendo y gimiendo al tiempo que se hincaba con más fuerza y profundidad hasta que Kanda notó que el cuerpo se le partía en dos. Miraba fijamente las grietas del techo y juró no perdonarle jamás a Dios aquella horrible traición.

Cuando Bill terminó, le dedicó una sonrisa de cómplice, como si ahora los uniera un secreto.

–Acuérdate de lo que te he dicho..., mejor que no digas nada a tu madre, ¿me oyes? Le puedes partir el corazón, incluso matarla, estando tan enferma...

La sonrisa y las palabras convencieron a Kanda de que nunca más volvería a estar a salvo mientras mamá quisiera que Bill viviera en la casa. La soledad que había sentido el día en que mamá se puso enferma se apoderó de ella, y, ahora, parecía la única verdad real.

Aquella noche llevó a Charlene a casa de la señora Baker y le preguntó si se podían quedar con ella hasta que mamá regresara a casa. La mujer aceptó y no hizo preguntas, como si ya supiera las cosas horribles que le podían pasar a una mujer pobre y negra.

Una vez se encontró con él en la portería, pero él sólo sonrió y la saludó con la mano, como si supiera lo que ella estaba haciendo y estuviera seguro de que él conseguiría lo que quería de todos modos.

Cuando mamá volvió a casa, Kanda no tuvo más opción que volver al apartamento. Intentó desesperadamente no encontrarse con Bill, pero él siempre encontraba la manera de abordarla cuando estaba sola, de utilizar su cuerpo y asegurarse su silencio con amenazas..., hasta que ella compró una navaja de afeitar a un chico de la calle. Cuando Bill se acercó a ella, simuló ceder y, cuando él terminó, le cortó la cara.

–Si me vuelves a tocar, te mato –le dijo, y él debió de creerle al ver el odio de sus ojos. Unos días después, se fue de la casa.

Kanda dejó el coro porque ya no podía soportar cantar los «aleluyas». Empezó a saltarse las horas de escuela para tener tiempo de cantar, siempre acosando a Lee para que la escuchase y le dijera cuándo sonaba bien y cuándo no, y pasaba por alto la preocupación que expresaban los ojos de su madre cuando recibía el informe que detallaba sus ausencias sin excusa y los suspensos.

Junto con Lonette y Sondra, suplicó a Lee que ayudase a las Wonders a empezar.

–Seguro que conoces a alguien que nos puede encargar un trabajo, Lee –le rogaba Kanda–. Ayúdanos una sola vez y no te molestaremos más. Por favor...

–¿Por qué será que no lo creo? –bromeó Lee. Pero, al final, se comprometió a pedirle una entrevista a Barnett Hawkins, un agente que se ocupaba de algunas de las actuaciones del Club Tophat. Barnett las contrató para un fin de semana, por veinte dólares la noche, con el acuerdo de que habría más trabajo si a los clientes del club les gustaban las Wonders.

Tan pronto como tuvieron el contrato, Kanda se dirigió a Maline.

–Yo soy la primera voz –dijo–. Y si no te gusta, me voy... y ya puedes despedirte del trabajo.

Con las manos en las caderas, esperó la respuesta de Maline. Era imposible que Kanda se fuese ahora, pero no estaba dispuesta a compartir el solo con nadie, y menos con Maline. Y si se tenía que poner dura y mezquina para conseguir lo que quería, no le importaba.

–Es una guarrada, Kanda Lyons –replicó Maline–. Es una guarrada que no se hace a los amigos.

–No lo es –dijo Kanda consciente de que había ganado–. Estoy haciendo un favor a mis amigos... Espera y verás.

Kanda se deshizo las trenzas, se alborotó el pelo y se lo dejó como una mata brillante. Desempeñó un reloj y un collar de perlas de Marshall Fields y se los dio a Barnett en pago por su primer traje profesional: un vestido largo de satén azul adornado con gasas y lentejuelas.

Mamá clamó al cielo la primera vez que vio a su niña con pechos postizos de cartón, la cara cubierta de maquillajes, los labios pintados de rojo brillante y pestañas falsas. Pero Kanda no se rindió. Herida por lo que le parecía una hipocresía por parte de su mamá, Kanda dijo que prefería parecer una fulana pintada que vivir como basura.

Aunque no sabía leer ni una nota, el canto de Kanda salía de la inocencia perdida, del dolor del corazón, con una voz clara y pura, con sentimientos reales y auténticos, y el público parecía darse cuenta. Aquél fue el mejor pago para Kanda, más que los veinte dólares que recibieron las Wonders en metálico, más que el escenario y los aplausos, los silbidos y gritos de ánimo que le llegaban de más allá de las potentes luces del escenario.

Las Wonders actuaron en el Club Thopat durante quince semanas, con Barnett presente en casi todas las actuaciones, aplaudiendo y animando, especialmente a Maline. Y, cuando terminaba el espectáculo, llevaba a las chicas a casa en su convertible Oldsmobile y luego se iba a cenar con Maline a un restaurante moderno. Kanda no tenía celos; demonios, como le había dicho a Maline, si Barnett se enamoraba realmente de ella, les conseguiría trabajos mejor pagados.

Las Wonders fueron del Thopat al Elite, y, luego, a Chez Paris. Para Maline, Lonette y Sondra, aquello era éxito, pero para Kanda no era más que el principio. Era Kanda la que iba antes todas las noches, hablaba con los músicos e intentaba explicarles que la música que ellas hacían tenía que tener algo diferente, fresco y original, y era Kanda la que forzaba a las chicas a intentar arreglos distintos para que las Wonders no sonaran como copias de grupos como los Ronettes o Martha y los Vandellas.

Y cuando las Wonders por fin tuvieron un repertorio que mezclaba los sonidos de la calle con el ritmo de evangelio del coro del Divino Cordero, Kanda presionó a las demás hasta que las convenció de pedir a Barnett que les consiguiera un contrato para «La Noche del Aficionado» del Teatro Apolo y les adelantara el dinero del viaje a Nueva York.

La actuación no les reportó ningún dinero, pero les valió la atención de Frankie Sedutto, propietario de una compañía de discos, y de un par de *disck jockeys* importantes y un letrista de talento que se había apartado recientemente del sello Motown. Sedutto les ofreció un contrato de tres años, con la condición de que dejaran a Barnett y pusieran sus carreras en sus manos.

Kanda estuvo de acuerdo al instante. Pero Maline estaba enamorada de Barnett, y, cuando exponía sus razones, sus ojos de color almendra suplicaban comprensión.

–Barnett nos lanzó –decía–. No es justo dejarlo ahora, después de lo que ha hecho por nosotras...

–¿Qué ha hecho por *nosotras*? –preguntó Kanda–. Puede ser que tú tengas algunos extras, Maline, pero las Wonders no tenemos nada más que actuaciones en clubes porque es todo lo que puede conseguir Barnett.

Las otras dos chicas escuchaban, como espectadoras de un partido de tenis, los argumentos que se iban lanzando mientras aumentaba poco a poco la rabia y salían a flor de piel las pasiones.

–Yo me voy –dijo al fin Kanda–. Después de todo, el hombre, a quien quiere es a mí, y, si todo lo que queréis vosotras es quedaros aquí cantando por un dólar, le diré al señor Sedutto que me busque algunas chicas que quieran ganar dinero de verdad...

Se hizo una votación. Contra la ambición de Kanda, nada podía el amor de Maline por Barnett. Amargamente, Maline se rindió con lágrimas en los ojos.

–Espero que algún día tengas tu merecido –dijo sollozando, con sus bellas facciones contorsionadas de dolor–, espero que sientas lo que estoy sintiendo yo ahora. Sólo debes esperar, Kanda Lyons... Algún día amarás a un hombre, y espero que te trate mal.

–A quien Dios se la dé... –rió Kanda sintiéndose fuerte y poderosa. *Ella* era la voz de las Wonders, así que ¿qué importaban las maldiciones de Maline, ahora que sus sueños estaban a punto de convertirse en realidad?

El primer disco de las Wonders con el sello Unicor de Sedutto, «Vivir con esperanza», consiguió rozar la lista de éxitos; suficiente para afirmar su talento y rentabilidad. Frankie aumentó su inversión en el grupo, les compró ropas espectaculares y les organizó una actuación de presentadoras en la gira de veinte ciudades de Johnny Mathis.

El primer álbum, *Blues de la calle,* convirtió en estelares sus actuaciones; el *single* «Mira lo que me ha hecho el amor» estuvo en la lista de éxitos quince semanas. De pronto, las chicas tenían más dinero del que habían imaginado jamás y, mientras llenaba un cheque tras otro, Kanda se sentía como si viviera uno de los cuentos que solía leer de noche, como si por fin hubiera empezado su cuento personal y se fuera haciendo cada vez mejor.

Aunque le había ido enviando dinero a su madre regularmente, no había vuelto a Chicago para nada. Fue la culpabilidad, además del éxito, lo que la hizo volver para visitarla. Mamá ya no tenía que salir a limpiar casas, pero el apartamento de tres habitaciones de la calle Quinta era exactamente el mismo, aparte de un cuadro nuevo y algunos muebles. Kanda no tuvo que preguntar adónde iba a parar su dinero después de mirar en la habitación de Charlene y ver el armario lleno de vestidos nuevos, un televisor en color y un equipo estéreo.

–¿Por qué no te compras ropa para ti, mamá? –le preguntó Kanda poniéndole un montón de billetes en la mano–. Un buen abrigo de pieles para el invierno –sugirió.

Martha sonrió, le acarició la cara amablemente.

–Ya tengo todo lo que necesito –dijo–. Eres tú quien me preocupa, encanto...

–Estoy bien –la cortó Kanda reprimiendo el enfado. Después de todo lo que había conseguido, ¿seguía viendo a su padre en todo lo que ella hacía? Le demostraría de una vez por todas lo distintos que eran.

Antes de irse de la ciudad, entregó un adelanto para comprar una casa de ladrillo blanco en Lake Shore Drive. Estaba rodeada de matorrales y árboles y, detrás, había una hilera de rosales y un columpio anticuado.

–Aquí tienes –dijo mientras le daba a su madre los papeles–. Esto es lo que *él* tenía que darte, así que ahora ya no necesitarás más basuras de hombres por aquí... ¡y ahora ya sabes que no soy como él!

Y luego se dispuso a enterrar a la niña negra sin padre que sabía demasiado de la vida y muy poco del amor.

Alquiló un apartamento en Nueva York para tener cierta intimidad lejos de las habitaciones de hotel que compartía con las otras chicas. Aunque sentía todavía efecto por Lonette, estaba muy alejada de las otras. Empezó a darse cuenta de lo mal que hablaban y, al juzgarlas a ellas, se juzgaba a sí misma. Secretamente, tomó lecciones de vocalización y se dio cuenta de lo extraño que era pagar a alguien para que le enseñase lo que mamá se había enseñado a sí misma, lo que les había querido enseñar a sus hijas.

Empezó a reconocer el tipo de ropa que llevaban las mujeres ricas de Nueva York, a compararlo con los complementos baratos y llamativos que llevaban las Wonders, tanto en el escenario como fuera de él. Y, sobre todo, se dio cuenta de que ella era la única que se preocupaba por la música y no sólo por el dinero que ésta les daba. En una sesión de grabación, hicieron pucheros como nenas cuando Kanda se empeñó en repetir «Mi nombre es Corazón Roto» una y otra vez hasta que lo hicieran perfecto. Y, cuando intentaba decirles qué era lo que hacían mal, ni siquiera la escuchaban.

–Estoy cansada –gruñó Maline–, tengo hambre... Y, si la reina no está satisfecha, ¡que se vaya al cuerno!

–¿Sabes cuál es tu problema? –le respondió Kanda–. Te quedas satisfecha enseguida. ¡Si te hubiéramos hecho caso, todavía estaríamos cantando a veinte dólares por noche!

Maline le lanzó una mirada llena de odio que quería expresar que todavía recordaba lo que le había costado el éxito.

–No nos peleemos –dijo Lonette, que seguía siendo la pacificadora, el puente entre Maline y Kanda–. Estamos todas cansadas y hambrientas. Pero las horas de estudio cuestan dinero, así que intentémoslo otra vez y pongamos atención.

Aunque Kanda había ganado, vencer a Maline ya no le deparaba placer. Las discusiones la cansaban y estaba harta de presionar y forzar.

En su soledad, se buscó un amante, un músico del estudio. Era guapo y, mejor aún, blanco. Y cuando terminó con él, se lió con un agente de bolsa blanco que le enviaba flores y la cubría de regalos. El recuerdo del horror de Bill Timmons la hijo jurar no dejarse tocar nunca por un negro, nunca más. El recuerdo de los hombres que habían dejado a mamá, la hizo jurar que siempre sería ella la que se fuera.

Aunque nunca discutía sus cosas con las otras chicas, no le fue posible ocultar el secreto, y cuando el *Daily News* publicó una foto de Kanda con el agente de bolsa, Maline recortó la noticia y la llevó al estreno.

–¿No has oído nunca que lo negro es bello? –bromeó–. Me da la impresión de que intentas desesperadamente ser blanca... ¿Qué pasa, Kandy Kane, te crees mejor que el resto de nosotras? ¿Es eso lo que piensas?

Kanda le propinó una bofetada y salió del estudio. «No pienso volver» pensó, «no pienso volver a trabajar con esta zorra nunca más.»

Pero cuando se le enfrió la rabia, se impuso el profesionalismo. Era una locura romper con las Wonders ahora; rescindir su contrato con Unicorn sería un desastre para su carrera. Pero pronto..., algún día no muy lejano, le enseñaría a Maline –qué demonios, al mundo– que ella era mejor que las demás.

Visitó la sala de modelos del diseñador Jean-Claude Sourir y le pidió que la hiciera parecer una estrella. Para cuando terminó de diseñarle un vestido que era todo resplandor y provocación, Kanda había conseguido un nuevo aspecto y un nuevo marido, un marido blanco que era parte de lo que andaba buscando: el mundo de ensueño que había visto en las revistas, donde la gente era guapa, rica y feliz.

Jean-Claude era un amante experimentado y dotado y, cuando ella le contó lo que le había pasado de niña, reaccionó con tantas simpatía y sensibilidad que ella casi lloró de gratitud. «Pero si todavía eres virgen», murmuró, y le prometió enseñarle lo bien que podían estar un hombre y una mujer. Le dio lo que él llamaba *la douce poudre blanche,* para permitirle olvidar, igual que la vieja señora Baker solía tranquilizarla con caramelos de azúcar. Pero los polvos de Jean-Claude hacían algo más que aliviar sus temores e inseguridades; la hacían sentir guapa y maravillosa, como si fuera la dueña del mundo, como si todo en el mundo estuviera a su disposición.

Después de unas noches en la cama de Jean-Claude, Kanda estaba tan enviciada por su manera de amar, tan embriagada por la idea de ser amada por un elegante hombre blanco y triunfador –tan diferente de los imbéciles y perdedores que se ligaban las otras–, que habría sido capaz de andar sobre las llamas para no perderlo. No habría confiado en un amor que no pedía nada a cambio y, por tanto, sintió casi alivio cuando resultó que todo lo que Jean-Claude necesitaba era un préstamo para poder ampliar su negocio... y, un tiempo después, otro préstamo para proteger su inversión original.

Las Wonders consiguieron dos álbums de platino seguidos; los cheques de los derechos de autor eran cada vez más elevados y Kanda pudo comprobar la verdad que siempre había sospechado: que, con dinero, se podía comprar cualquier cosa: gente, amistades, gratificación de todos los caprichos y, evidentemente, el polvo blanco que aliviaba todas las penas.

Cuando supo que Jean-Claude la estaba engañando, se puso

furiosa. Olvidando las lecciones de lenguaje que había recibido previo pago, le gritó y lo insultó como la niña de la calle que era y lo amenazó con matarlo.

Jean-Claude soportó su rabieta y luego se disculpó, abatido y sincero. El asunto no tenía ninguna importancia; sin duda, como mujer de mundo, podía comprender que a veces un hombre caía en la tentación. Quería a Kanda, sólo a Kanda, y, para demostrarle cómo la quería, abrió los brazos y la llevó a la cama suavizando el camino hacia el amor con palabras tiernas y un poco de cocaína pura.

Al día siguiente, le envió un enorme ramo de flores. Clavada entre éstas había una delicada aguja de platino con un mensaje de reconciliación grabado: «A mi flor exótica, con todo mi amor. J.C.S.». Kanda puso la aguja en su joyero y contrató a un detective privado para que siguiera a su marido. Estaba enfadada con Jean-Claude..., no de modo irreparable, pero no estaba dispuesta a permitir que ningún hombre le tomara el pelo.

El primer informe del detective era ambiguo; Jean-Claude parecía saber mucho de mujeres, pero era imposible decir si era fiel o no.

–No es suficiente –dijo Kanda dejando el informe sobre la mesa–. Le pago para que me encuentre respuestas... No vuelva si no las tiene.

Dos meses después, el detective le llevó un sobre de fotografías. Las miró, una a una, y estalló en carcajadas nerviosas. Creía estar preparada para lo peor, pero nunca se habría podido imaginar aquello. Jean-Claude tenía un asunto con su última modelo: ¡una negra! Y, repentinamente, el premio que pensaba haber conseguido se volatilizó sin remedio y su matrimonio quedó reducido a un chiste de mal gusto.

Recuperado el orgullo, Kanda sólo pensaba en la venganza. Podía pedir el divorcio, pero eso sería demasiado fácil. Quería herir a Jean-Claude igual que la había herido él.

Compró la venganza como compraba cualquier otra cosa: con dinero líquido. Por 1.000 dólares, contrató a dos hombres para que dieran una paliza a Jean-Claude al salir del apartamento de su amante.

Kanda se quedó sentada en la habitación, cerca del teléfono, esperando la llamada que le anunciase que Jean-Claude había recibido su castigo. La llamada no llegó. La suerte, en forma de policía neoyorquina, había rescatado a Jean-Claude. Sus hombres fueron arrestados; la declaración llevó a la policía directamente a Kanda. Y, de pronto, se encontró en medio de un escándalo que no sólo amenazaba su carrera sino incluso su libertad. Los periódicos adornaron la historia tanto como pudieron y pintaron a Kanda Lyons como una mujer patológicamente celosa, una mujer burlada... o la víctima idiota de su propia inocencia. Durante semanas, Kanda vivió en la incertidumbre mientras sus abogados negociaban con Jean-Claude e intentaban comprar su perdón... al menos en lo que atañía a la policía. Kanda supo que el precio sería algo más que unas cuantas flores y un dije grabado. El acuerdo –el divorcio y la retirada de los cargos contra ella– le costó una pequeña fortuna y unas ilusiones que Kanda desconocía poseer.

De la notoriedad salió un remedio para el lacerado orgullo de Kanda, la oferta de un papel en el cine que añadiría una nueva dimensión a su carrera. Era un papel que le daría la oportunidad de llevar docenas de vestidos bonitos y cantar en pantalla. Durante la primera semana de rodaje, se enteró de que estaba embarazada de tres meses. Perdió el papel que quería... y tuvo el niño que en otra ocasión podría haber querido. Una niña de ojos negros y piel color caoba. Una amarga decepción, una última traición de Jean-Claude, que no había sido lo bastante blanco para darle una niña color crema. Le puso el nombre de Alberta, en recuerdo de su padre; era la manera de aceptar la trastada que le había jugado la vida: hacerla rica y famosa y, luego, acabar igual que había acabado mamá, con un marido inútil y una niña para cuidar sola.

Para mejorar su deslucida imagen, permitió reportajes fotográficos con la niña vestida con ropas de lino irlandés, haciendo gala de su maternidad como de una banda de mérito.

–Ahora mi profesión queda en segundo plano –dijo–. Como soy una madre soltera, tendré que trabajar mucho más para asegurarme de que Alberta tenga todo el amor y atención que necesita. Sé lo que es vivir sin padre y pretendo proteger a mi hija del conocimiento de este dolor.

Pero, unos meses más tarde, cuando ofrecieron a las Wonders un millón de dólares por una semana de actuación en Las Vegas, Kanda contrató a una asistenta para Alberta y salió de

Nueva York en el primer avión. Dijo que necesitaba el dinero, pero, en realidad, lo que necesitaba era trabajar, alejarse de la niña que le recordaba el peor error que había cometido.

La actuación fue un éxito, pero su reunión con las chicas sólo demostró que Kanda tenía razón en querer dejar el grupo. Maline estaba más zorra que nunca, sonriendo triunfante mientras lucía su nuevo novio, un atractivo actor negro de quien se hablaba como el segundo Sidney Poitier. La comprensión de Lonette tampoco le gustaba porque le hacía sentir que, a pesar de todo el dinero que había ganado, era una fracasada.

Antes de terminar la semana, Kanda contrató a un agente que le había mandado la tarjeta después de una actuación.

–Quiero hacer algunos cambios –dijo–, y quiero que me consiga una película. No me importa el dinero, pero asegúrese de que yo sea la estrella.

Como la película tardaba mucho, siguió haciendo discos para Frankie Sedutto y utilizando cada vez mayores cantidades de *la douce poudre blanche* –el único de los regalos de Jean-Claude que no la había decepcionado– y alimentando su resentimiento contra las Wonders, que, estaba segura, iban a remolque de su talento y eclipsaban la fama que habría debido ser sólo suya.

Cuando por fin le ofrecieron otro papel en el cine, era tan triste, tan poco delicado, tan dolorosamente evocador de la miserable vida que había dejado atrás, que estuvo a punto de despedir al agente. Era la historia de una niña negra minusválida, abandonada por sus padres y dejada al cuidado de un mal padrastro tras otro. Soportando la pobreza, el rechazo y los abusos, la niña crea un mundo privado de música y canciones y llega a ser una famosa cantante celebrada en todo el mundo.

–Acepta el papel –la presionaba el agente–. La imagen que tienes ahora ya tiene suficiente encanto. Prueba otra cosa. Todo el mundo dice que eres brillante. Confía en mí –dijo–, ha llegado el momento de que Kanda Lyons demuestre al mundo que tiene alma y talento de actriz.

Al final, Kanda hizo la película para evitar la gira con las Wonders y exponer clara su intención de dejarlas atrás, como había hecho con todos los otros recuerdos de Chicago. La película alcanzó el reconocimiento internacional y ganó dos premios de la Academia, uno de ellos para Kanda.

Después de recibir el premio, ataviada con un vestido rojo encendido, un manto de maribú y joyas suficientes para eclipsar a la reina de Inglaterra, volvió a su nueva casa de Malibú para celebrarlo sola. Nadie llamó para felicitarla. Ni mamá, que volvía a estar en el hospital, ni Charlene, que estaba de luna de miel. Ciertamente tampoco las Wonders, que habían empezado a hablar mal de ella en la prensa y la tildaban de ingrata y de haberlas utilizado. Qué más daba; a Kanda no le importaba. Había luchado y batallado por todo lo que tenía, y, si la gente quería opinar de otro modo, que lo hicieran. Llenó de champán de bañera en forma de corazón y se metió cocaína por valor de ochocientos dólares.

Cuando conoció a Winston Hammond III, Kanda no iba en busca de aventuras amorosas; sólo buscaba un consejero capaz que se ocupara de sus finanzas enmarañadas y confusas. Ganaba más dinero del que jamás hubiera podido soñar y, a pesar de ello, siempre parecía tener problemas. Tras una auditoría que le costó cientos de miles en honorarios, Hacienda le reclamó el pago de un millón de dólares de impuestos.

Sin comprender cómo podía ser posible algo así, fue a ver a Hammond, consejero financiero de muchas estrellas de Hollywood.

—Es curioso —dijo después de revisar las cuentas de Kanda. Pero, tal como lo dijo, no parecía culpar a Kanda: sólo a la gente que trabajaba para ella—. Curioso —repitió—. Una mujer de su posición, una artista, no debería tener que ocuparse de los problemas de dinero. Debería protegerla alguien que obtuviese el máximo de rentas de sus ganancias y le asegurase un retiro no sólo cómodo, sino lujoso.

Fue un alivio para Kanda que Hammon no le pidiera una explicación de los montones de recibos que reflejaban cómo gastaba el dinero. No podía explicar que tenía juergas continuas, que compraba cosas que no quería y luego las daba, que compraba casas igual que la otra gente compraba ropa y no vivía prácticamente en ninguna de ellas. Le gustaron el acento de clase alta de Win y sus maneras, y, cuando él le prometió «seguridad sin dolor», se sintió intrigada por su confianza.

Puso los asuntos financieros en sus altamente recomendadas

manos. Cuando la invitó a cenar, ella se sintió primero sorprendida y más tarde halagada. Win Hammon era blanco, su sangre era azul; y su patrimonio personal, considerable. Era dieciocho años mayor que Kanda y parecía conocer a todos y todo lo que importaba. Como un padre amante, la instruyó y aconsejó con paciencia y cuidado; hizo que Kanda creyera que, con él a su lado, no podía pasar nada malo.

Seis meses después se casaron y Kanda tuvo la sensación de haber encontrado por fin un hogar. Win mantuvo sus promesas, una a una. Apeló a la sentencia de Hacienda y, milagrosamente, consiguió que le redujeran la cantidad a la mitad. Formó una nueva compañía de discos, con él como director ejecutivo y Kanda como principal accionista y artista. Controlaba todas las ofertas que recibía y se aseguraba de que apareciera en los mejores hoteles y salas de concierto de América y Europa y ganara más que nadie, con la excepción de Wayne Newton y Frank Sinatra.

Tuvo otra niña, y, aunque ésta también era de piel oscura, a Kanda no le importó tanto. Estaba en el pináculo de su carrera y su vida personal era tranquila y ordenada.

Kanda estaba en Londres cuando arrestaron a Win y lo acusaron de conspiración y fraude. Se enteró de la noticia no por él sino por los titulares de *Los Angeles Times.* Volvió hacia casa para estar a su lado, pero, cuando llegó, él ya había huido del país llevándose consigo no sólo la fortuna de muchos inversores, sino también la mayor parte del dinero líquido de Kanda.

La conmoción causada por su traición y por la pérdida de todo aquello fue como una avalancha que sepultó a Kanda. Se encerró en la casa de Malibú y permaneció allí durante semanas, comiendo poco, durmiendo menos, viviendo de drogas y desesperación. Su no asistencia a dos citas de grabación y a un estreno en el Caesar's Palace de Las Vegas hizo que empezaran a aparecer historias comparando a Kanda con Billie Holiday y Judy Garland, estrellas que brillaron con fuerza y luego se extinguieron.

Cuando Kanda vio aquellos artículos se sintió más asustada que enfadada y temió que todo aquello por lo que había trabajado estaba a punto de desaparecer en una espiral descendente sobre la que no tenía ningún control. Cuando murió su madre, estaba tan drogada que Charlene tuvo que llamarla una docena de veces para lograr que la entendiera.

En el funeral, tuvo que soportar las amargas críticas de Charlene y a una tropa de fotógrafos y periodistas que la torturaron con preguntas e insinuaciones para las que no hallaba respuesta.

Como buitres sedientos de carnaza, los de Hacienda volvieron a acosarla. Y aunque se sentía demasiado enferma para trabajar, se vio forzada a ir de gira como único modo de aplazar la ruina. La gira fue un desastre, y, por primera vez en su vida, Kanda Lyons oyó silbidos y abucheos... de un público que no sabía por qué su poderosa voz vacilaba y se quebraba, a quien no le importaba la razón por la que no era capaz de recordar las letras de las canciones que la habían hecho famosa.

Sintiéndose fustigada y derrotada, se fugó a su casa de Malibú, donde fue arrestada bajo acusación de negligencia y de poner en peligro el bienestar de menores. Resultaba que el ama de llaves y las asistentas se habían ido, llevándose como paga los abrigos de piel de Kanda. Habían entregado a sus dos hijas a los vecinos, que, consternados ante su delgadez y desamparo, llamaron a las autoridades de seguridad infantil.

De todas las historias desagradables que le habían ocurrido, ésta iba a ser la peor. Los asistentes sociales que investigaron su caso la calificaron de madre indiferente y negligente, de mujer drogada que no mostraba ningún interés por sus hijas y que las había dejado al cuidado de extraños. El juicio, que en principio debía ser privado, se convirtió en un circo de la prensa, con Charlene criticándola duramente y reclamando la custodia de las niñas, a quienes prometió amar como si fueran suyas. «¡Incapaz!», la tildaba el titular del *Daily News*, mostrando una foto de la cara ojerosa de Kanda cuando el juez decidió quitarle a las niñas.

La misma opinión manifestó su *manager* cuando recurrió a él desesperada.

–Nadie quiere arriesgarse contigo –le dijo claramente–, ni invertir contigo. Tienes que aclarar tu vida, Kanda, y mejor que lo hagas rápido. Deja las drogas, demuestra a la gente que todavía puedes actuar, y te conseguiré más compromisos de los que puedas aceptar. Pero, hasta entonces...

–¡Jódete! –dijo ella, y salió con paso airado.

Apenas podía recordar las semanas que siguieron a este encuentro; sólo se acordaba de que había ofrecido muchas fiestas en su casa de Malibú que luego no pudo pagar. No tenía más que un vago recuerdo de la mañana en que había ido a Beverly Hills, se había paseado por las tiendas de Rodeo Drive y había visto el bonito collar verde... y había protagonizado una pelea fuera de la tienda.

6

Había veces en que Stevie llevaba las sesiones de grupo con seguridad y experiencia, y, sacando a la luz importantes recuerdos del intrincado laberinto del olvido, llegaba a tocar cuerdas de emoción enterradas bajo capas de represión. Pero hoy no era uno de aquellos días. Dado el desbarajuste de sus emociones y recuerdos, Stevie se encontraba rodeada de discordancia y falta de armonía.

La primera nota amarga fue provocada por un pequeño gesto... Deni que encendió un cigarrillo, inhaló con intensidad y soltó luego una bocanada de humo amarillento en dirección de Livy. Livy respondió con un ataque de tos exagerado... y luego con un ataque a Stevie por permitir fumar en las reuniones.

–Después de todo el cuento que haces sobre la salud y estar en forma –se quejó–, no puedo entender cómo permites que *alguna gente* –y en este punto alzó una mirada mordaz a Deni– ¡envenene el aire que tenemos que respirar todas!

–Cada cosa a su tiempo –dijo Stevie suavemente con la esperanza de reducir el desagrado que Livy sentía hacía Deni, consciente de que ya había bastante con sus propios sentimientos confusos–. No puedo pretender que todo el mundo deje al mismo tiempo todas las cosas que le tientan. Y además –añadió con una sonrisa–, si no recuerdo mal, hubo una época en que tú también tenías el hábito de la nicotina.

Pero Livy no estaba dispuesta a abandonar.

–Recuerdas bien –dijo remilgadamente–, pero he dejado este sucio hábito y no entiendo por qué no puede hacer lo mismo *otra gente*.

–Quizás haya otra gente que no aspire a la santidad –se burló Deni–. Por mi parte, creo que no hay nadie más aburrido o insoportable que un fumador convertido..., a no ser que sea un borracho convertido.

–¿Es eso lo que crees, señora Vickers? –dijo Livy con la cara peligrosamente encendida–. Pues déjame decirte...

–Basta –cortó Stevie–. Si queréis discutir, hacedlo fuera del grupo y en vuestras horas libres.

–Me parece bien –dijo Deni tranquila frunciendo los labios en una sensual O y lanzando un anillo de humo al aire.

Justo en aquel momento entró con toda calma Kanda Lyons, como si estuviera efectuando la entrada en un escenario de Las Vegas.

–¡Llegas tarde! –le gritó Stevie señalando el reloj de la pared–, y no es la primera vez.

–Lo siento mucho –replicó Kanda en un engolado acento de clase alta–. Creo que he perdido la noción del tiempo.

–Que lo sientas no sirve de nada –dijo Stevie–. ¿Por qué no nos dices la razón por la que tú tienes que tener unas normas distintas de las demás?

–Es nueva –intervino Anne Garretson–. Kanda no está acostumbrada al tipo de horario que llevamos aquí. Cuesta un poco acostumbrarse...

–Kanda hace tiempo que perdió su horario –la cortó Stevie–. Por eso está aquí.

–¿Vamos a pasarnos la mañana insultándonos por turno –se quejó Francie Evers–, o haremos algo útil?

Stevie reconoció que Francie tenía razón, pero atenerse a ello era otra cosa totalmente distinta. Cada vez que intentaba utilizar una de sus técnicas para controlar la veracidad, se encontraba desviada por las alianzas y enemistades que habían surgido entre los miembros clave del grupo.

Por ejemplo, cuando intentó que Anne se explicara sobre su matrimonio, que revelara que en realidad se sentía ensombrecida por la ambición de Hal, Anne lanzó una mirada temerosa a Livy y a Deni... y luego respondió con tópicos defensivos.

–Es un buen matrimonio –dijo–. Él me quiere y yo lo quiero. El modo en que están ahora las cosas... es sólo temporal, hasta que se decida su futuro. Me ha prometido que pasaríamos unos días juntos tan pronto como...

–No te pregunto por Hal o su futuro –la interrumpió Stevie–. Te pregunto qué sentimientos tienes ahora sobre el matrimonio.

–Por el amor de Dios, déjala en paz –intervino Kanda–. ¿Qué eres..., fiscal de distrito? Le has hecho una pregunta y ella te ha contestado.

–Pero no ha respondido –explicó Stevie con más paciencia que la habitual. Era la primera vez que Kanda había intervenido y, aunque sólo lo hubiera hecho para apoyar a Anne, Stevie no quería quitarle las ganas de hablar–. Anne tiene muchas más cosas que decir sobre su matrimonio y su relación con su marido. Sólo intento ayudarla a reconocer el hecho para que pueda enfrentarse a ello.

–Quizá reconocer los hechos duela demasiado –dijo Kanda en voz baja.

–Quizás haya problemas en el paraíso –dijo inesperadamente Deni con sonrisa conocedora–. Quizá Anne no está dispuesta a admitirlo porque no sabe cómo enfocarlo.

Stevie sintió una súbita oleada de cólera. Aunque Deni había dicho exactamente lo que pensaba ella misma, le sentó muy mal su perspicacia; era como si Deni le usurpara otra cosa más que debía haber sido suya.

–Si Anne no está dispuesta a decir la verdad, ¿qué tal tú? ¿Por qué no ocupas tú el estrado? –dijo Stevie intentando contener la rabia de su voz–. Le hemos dado vueltas y vueltas a tu relación con tu padre, pero parece que hay muchas cosas que no has dicho.

–No sé qué quieres decir –dijo Deni–. Ya he confesado mis... preferencias sexuales. El resto de mi vida es un libro abierto. De hecho –dijo hablando lentamente–, si buscas unos cuantos números atrasados de la revista *People*, encontrarás todo lo que quieras saber de mí..., hasta la talla de sujetador que uso.

Livy intervino irónica.

–Venga, Deni, ¿qué crees que somos..., un grupo de admiradoras adolescentes? Debes de pensar que...

Stevie intervino para evitar otra confrontación personal.

–Responde a una pregunta, Deni. Si existiera la posibilidad de decirle una sola frase a tu padre ahora mismo, ¿cuál sería? ¡Rápido, contesta!

–Lo siento –estalló Deni, y luego se arrellanó en la silla como si estas dos palabras la hubieran agotado.

–Muy bien..., ahora dinos qué es lo que sientes.

Deni se quedó callada. Ya había hablado demasiado, revelado demasiado. Había jurado solemnemente llevarse a la tumba el secreto de aquella oscura noche en Grecia y estaba perdida si permitía que Stevie Knight se lo arrancase.

–Lo de siempre –dijo con aire despreocupado–: no haber sido lo bastante buena, no haber dicho bastante...

–No te creo.

Deni se encogió de hombros, negándose a morder el anzuelo.

–Tú eres la jefa –dijo con una carcajada.

–No –dijo Stevie–. Sólo soy una guía. Contéstame a esto, Deni: si no tienes nada pendiente con tu padre, ¿por qué entonces no puedes tener relaciones normales con un hombre? ¿Por qué tienes que envilecer todas las cosas buenas que te suceden? ¿Por qué...? –Stevie siguió haciendo preguntas, incapaz de detenerse. Por las miradas de curiosidad de las otras mujeres se daba cuenta de que estaba avanzando demasiado rápido, pero, cuando intentaba refrenarse, le salió una última pregunta–. ¿Por qué, Deni, teniendo un hombre que te quiere, estás tan decidida a destruir la mejor relación que podrías tener en tu vida?

Aunque se había mantenido tranquila, casi indiferente durante toda la arenga de Stevie, ahora Deni se inclinó hacia adelante y se humedeció los labios, con el mismo gesto inconsciente que solía hacer cuando estaba a punto de informar a alguna desventurada celebridad de su propia versión de un asunto.

–¿Sabes, Stevie? –dijo ella–. Te podría proporcionar algunas de estas respuestas... si antes me respondes tú un par.

Stevie no consiguió ver la trampa.

–Vale –dijo–. Dispara.

–Bien –dijo Deni con calma y una cortesía exagerada–. Sé que me perdonarás si estoy equivocada, pero me parece que no practicas lo que predicas, Stevie. Si crees que estoy tan mal porque no puedo entenderme con un hombre, ¿cómo es que estás sola? ¿Cómo es que eres tan experta en matrimonios y relaciones estando sola? A no ser que consideres estar casada con este lugar... –continuó con una sonrisa.

Stevie se sintió como si la hubieran abofeteado.

–No estamos aquí para hablar de mi vida, Deni –dijo débilmente.

–¿Por qué no? –contestó Deni inclinándose más hacia adelante–. Se supone que debemos decir lo que pensamos. No somos máquinas, Stevie. ¿Tú sí?

–Suficiente –cortó Livy sacando a la superficie su antipatía personal hacia Deni–. Esto no es una de tus estúpidas entrevistas: estás hablando con una amiga mía. Si conocieras a Stevie como la conozco yo, no le preguntarías algo así. Tiene bastante amor en el corazón para todo el mundo.

Deni levantó las manos con una carcajada de triunfo.

–Es lo que digo, exactamente. La gente que ama a todo el mundo, encuentra mucho más fácil amar a una persona.

Stevie se quedó sentada sin mayor deseo que el de salir corriendo y ocultarse. Hacía mucho tiempo que había experimentado en persona lo que ahora repartía todos los días, pero, en aquel momento, era plenamente consciente de lo que se sentía en la silla de la verdad. Estaban todas esperando que hablase, que expresase la simple verdad sobre la que basaba tan alta reserva. Pero, ¿cómo podía hablar si no sabía ella misma lo que era? Le vinieron a la mente recuerdos de los reproches de Ben, mezclados con recuerdos de Lee. Y, cerniéndose sobre ellos, la larga y oscura sombra del almirante.

–¿Te ha comido la lengua un gato? –bromeó Deni–. Nunca permites que nadie se quede callado.

–Lo sé –admitió Stevie con calma, avergonzada de su incapacidad–. Es que no sé qué decir.

–¡Cobarde! –dijo Francie con desagrado–. Es pura y lisa cobardía.

«Sí» pensó Stevie, «es exactamente eso.» Pero tenía la sensación de no tener otra opción. ¿Cómo podía empezar a explicar por qué estaba sola sin invocar el nombre de Lee, sin admitir que lo quería desesperadamente... o revelar por qué no podía tenerlo?

Quinta parte

1

Centro Médico Bellevue, invierno 1972

¿Podía haber algo peor? Atada como un animal, alimentada contra su voluntad, sin oír nada más que sonidos confusos y voces desesperadas hora tras hora, Stevie llegó a odiar las drogas con que la sedaban continuamente. «Curioso» pensó en un momento de claridad; antes había vendido su cuerpo por aquellos viajes al olvido, y en cambio, ahora, no quería nada más que la posibilidad de pensar, de descubrir la manera de liberarse.

«Estaba equivocada» se decía a sí misma mientras oía una voz incorpórea cantando el alfabeto con el contrapunto de una risa frenética. «Creía que mi vida había llegado a lo peor posible, pero esto es peor, mucho peor.» Paul la había envilecido y utilizado, y ella se lo había permitido siempre que él le suministrara las drogas y el licor que le evitasen enfrentarse a la única persona de la que no podía huir: Stevie Knight. Ahora suspiraba por todas las cosas cotidianas que había tirado por la borda o que había dado por descontadas: la libertad de ir de un lado a otro, de elegir qué comer o cuándo despertar, de pensar claramente y, lo más importante, de dirigir su propia vida. «Acaso la cárcel habría sido mejor» pensó; «al menos en la cárcel tienes derecho a usar la cabeza libremente.» Pero, aquí, intentaban quitarte la libertad, junto con los objetos punzantes, cordones de zapatos y cualquier otra cosa que pudiera sugerir una fuga, aunque fuera envuelta en una mortaja. «¿Cómo puede haberme sucedido esto?» se preguntó. ¿Cómo llegó a convertirse el mundo de ensueño de la linda Stevie Knight en una pesadilla de la que era imposible despertar?

–¿Puede recordar cómo se hirió? –le preguntó el joven psiquiatra que le habían asignado y para quien era, simplemente, un caso más de los sesenta que le correspondían–. ¿Puede decirme qué tenía en la cabeza cuando atravesó el espejo con los brazos?

–¿Puede decirme cómo demonios salir de aquí? –inquirió a su vez Stevie, sintiéndose como una prisionera de guerra–. No necesito un psiquiatra. Todo lo que necesito es *salir*.

–Stevie –le suplicó con cansancio el médico con la voz teñida de fatiga–. Esta hostilidad sólo la perjudica a usted. Podemos ayudarla.

–No estoy loca –le cortó ella–. Éste no es lugar para mí.

–Nadie dice que esté loca –dijo él amablemente–. Pero lo que hizo, cortarse por todas partes y atacar a la gente que intentaba detenerla, no me dirá que es su conducta habitual en las fiestas, ¿verdad?

Stevie sonrió con afectación.

–Mi conducta habitual, como dice usted, era francamente salvaje, así que si me va a juzgar por esto...

El psiquiatra contempló a Stevie, invitándola en silencio a continuar. Pero, ¿qué más podía decir? ¿Cómo podía convencer a aquel extraño de que no había intentado matarse, si apenas era capaz de recordar –y mucho menos de explicar– lo que había hecho?

–Entonces, ayúdeme a entenderlo, Stevie –le dijo el psiquiatra tras aceptar su taciturno rechazo a hablar–. Ayúdeme a creer que no va a intentar lesionarse de nuevo... o a otra persona.

Stevie recibió el mensaje. Su billete de salida pasaba por demostrar que podía ser buena, conformarse con todo y hacer exactamente lo que le decían. Muy bien, pensó con amargura, podía hacerlo a la perfección; los años de vida con el almirante la habían preparado bien.

–De acuerdo, doctor –dijo con un suspiro–. Había estado bebiendo y tomando pastillas. Era una estupidez, ya lo sé, pero me sentía deprimida. Era la víspera de Año Nuevo...

El joven médico afirmó alentadoramente y Stevie siguió con su narracción mientras observaba la cansada cara del médico en busca de la señal de que iba por el buen camino, por el camino que atravesaba la puerta cerrada con doble llave y la devolvería al mundo de los vivos... donde podría hacer lo que quisiera.

La luz que se filtraba por las ventanas cubiertas de mugre siempre era gris: entraba más o menos luz, según el tiempo y el clima, pero siempre gris. Stevie anotó en la pequeña libreta que se había ganado después de diez días de buena conducta. Aquellas notas no tenían mayor objetivo consciente que el de recordarse que estaba sana en aquel lugar olvidado donde la salud era mucho más relativa que afuera... y se reflejaba en cosas tales como una cara limpia, los cabellos bien peinados y la capacidad de juntar algunas frases lúcidas.

Ahora vivía en la Sala B, «la GPA», como la llamaban los internos –abreviación de la unidad General de Psiquiatría para Adultos–. En esta sección, a diferencia de la sala «Max», los controles de seguridad eran más relajados y se permitían libertades tales como la de utilizar un lápiz (aunque, por supuesto, bajo supervisión).

Sin embargo, Stevie no pensaba bajar la guardia. Había visto con sus propios ojos que habría que tener presente en todo momento que un mal paso de cualquier tipo tenía malas consecuencias. «Aquí te castigan», escribió en una carta a Samson después de ver cómo le inyectaban Thorazine a una interna por provocar una pelea sobre una caja de caramelos que había sido robada. «Aquí castigan a la gente cuyo único crimen es estar enferma y asustada.» Escribía a Samson a menudo, no porque pensase que él leería alguna de sus frecuentes cartas sino porque necesitaba a alguien para estar conectada con el exterior.

Después de haber oído al personal hablar de las pacientes como si no estuvieran presentes, como si no tuvieran nombre ni identidad, refiriéndose simplemente a síntomas como «esquizofrénica» o «maníaca-depresiva» –o ubicaciones, como «casa número 10»– escribió: «Les gusta pensar que hemos dejado de ser personas. Les facilita el trabajo, pero no es correcto.»

Sin embargo, a pesar de saber todo eso, a Stevie le costaba mantenerse al margen de la vida a su alrededor. Decidida como estaba a salir de allí, se compadecía de aquellas que no tenían esperanza de irse y de las que habían perdido la capacidad de ocuparse de sí mismas. Sin siquiera darse cuenta, Stevie adoptó a la mujer que tenía en la cama de al lado. Su nombre era Kate y las enfermeras la describían como «catatónica»: esto era todo lo que sabía Stevie. Aunque en los cabellos oscuros de Kate se veían algunas canas, tenía la cara suave y sin arrugas de una adolescente. Si se lo hubieran permitido, se habría pasado el día en la cama, con sus ojos azules vacíos contemplando el espacio. Cuando Stevie le cepillaba el enmarañado pelo y le limpiaba la cara con un trapo húmedo, Kate no protestaba. Tampoco se resistía cuando la ayudaba a levantarse y la hacía pasear por la sala, pero movía sus delgadas piernas con vacilación, arrastrando los pies, como si hubiese olvidado cómo usarlas.

¿Qué terrible experiencia la había dejado así?, se preguntó Stevie. ¿Qué era lo que se había llevado su voluntad de hablar y hasta de moverse? Tras aquellos ojos azules vacíos debía de haber habido una persona, pero ¿dónde se había ido? Stevie se dio cuenta de que el psiquiatra ni siquiera se molestaba en hablar con Kate cuando hacía su gira de visitas; sólo verificaba sus signos vitales y garabateaba algunas notas en sus papeles.

En una ocasión, cuando el médico ya se iba, Stevie le preguntó impulsivamente:

–¿Qué le pasó? ¿Por qué está así...? –Sabía que estaba haciendo algo indebido, pero la pregunta la acosaba.

El psiquiatra se encogió de hombros sin hacerle caso. Después de todo, era poco apropiado hacer comentarios de una paciente con otra. Pero, al irse, echó una mirada a su carpeta y se detuvo.

–Stevie, Kate entró casi al mismo tiempo que usted. Estaba en coma..., tan llena de productos químicos que ni siquiera pudimos conseguir un colapso correcto. No creíamos que sobreviviría, pero lo hizo. Por desgracia –añadió suavemente con un gesto amable en dirección de Kate–, no tenemos esperanzas de que se recupere.

–No –dijo Stevie–, no puede ser cierto. Seguro que pueden hacer *algo*...

–Lo hemos hecho todo, Stevie. Cuando uno estropea la maquinaria de aquí arriba –dijo señalándose la cabeza–, a veces se arregla, pero otras veces..., otras veces el colapso es irreversible. –Al ver la expresión de tristeza en el rostro de Stevie, añadió–: La única razón por la que le he dicho esto es para que vea la suerte que usted tiene. Tiene una segunda oportunidad, niña. Aprovéchela, porque no puede contar con tener otra.

«Una segunda oportunidad» pensó Stevie cuando el doctor se hubo ido. Incluso en sus más fervientes deseos de esperanza, no se había imaginado Bellevue como una segunda oportunidad. Y sin embargo... estaba viva; su mente, intacta. A diferencia de Kate, tenía un futuro lejos de aquel lugar, aunque no tuviera idea de lo que le depararía. Por primera vez en muchos meses, se consideró afortunada..., al menos en comparación con Kate.

El conocimiento de que aquella mujer, probablemente, no podría volver a experimentar los placeres y libertades más simples de la vida la hizo sentirse aún más protectora.

–¡Eh! –le gritó a la asistenta que sacaba a Kate de la cama con malos modos porque la había mojado–. ¡No sea tan bruta, diablos! No tienes derecho a tratarla así sólo porque tuvo un accidente.

La asistenta respondió echándole a la cara las sábanas sucias y denunciándola por haber provocado una escena.

La intervención de Stevie le reportó una dosis de Stelazine, a la que se sometió callada para no arriesgarse a ser devuelta a la sala de violentas. Durante horas se sintió como una zombi. Tenía las piernas como de goma, la boca seca, los ojos nublados, pero, lo que era peor, no podía centrar la vista y necesitaba toda la concentración que podía conseguir para poner una pierna delante de la otra o meterse en la boca la comida sin tirársela por encima.

Pero no se arrepentía de haber ayudado a Kate, aunque el resultado fuera una señal negra en el informe de su conducta. Escribió en la libreta de notas: «Aquí algo anda mal. No sé qué es, pero no puede ser normal que la gente que está aquí para ayudarte utilice su poder contra ti.»

Las horas de visita brindaban la misma procesión de parientes con expresiones de falsa alegría o resignación obligada, provistos de papel y ropa, libros y revistas. Muy raramente oía Stevie algún tipo de conversación real a su alrededor. Era como si la gente de fuera hubiera aceptado como palabra divina que los de dentro eran criaturas extrañas, espantosas y hasta desagradables.

Estaba segura de que no podia esperar que nadie de la Wherehouse fuera a verla a aquel sitio horrible; todos habían sido adiestrados según el lema de Samson de que sólo la diversión valía la pena. Pero, para aliviar el dolor de sentirse abandonada, se dijo que tampoco quería que nadie la viera en aquel sitio.

Un sábado por la mañana, cuando paseaba a Kate por la habitación, vio un parpadeo en sus ojos, un ligero movimiento de la cabeza hacia la pantalla del televisor.

–¿Quieres ver dibujos animados? –preguntó Stevie.

No hubo respuesta. Stevie repitió la pregunta mientras la llevaba a una silla vacía delante del aparato.

–Son el Coyote y el Correcaminos –dijo–. ¿Me oyes, Kate...? ¿Te acuerdas de algo?

Kate no respondió, pero, como sus ojos estaban fijos en la pantalla, Stevie se colocó detrás de la doble fila de sillas, para ver si los dibujos podían evocar de algún modo un recuerdo olvidado. De pronto Kate se levantó y caminó hacia la pantalla con el brazo estirado. Se oyó un rabioso grito de protesta; un instante después, fue tirada al suelo por una mujer maciza que comenzó a maldecirla y lanzarle golpes salvajes. Stevie corrió a rescatar a Kate; se arrojó entre las dos mujeres y empujó a la atacante con todas sus fuerzas. Sonó un pito agudo y dos asistentas se incorporaron a la refriega, pero, antes de que pudieran pararla, Stevie vio el resplandor de una lima metálica de uñas y sintió un dolor agudo y abrasador en la cara.

–Se te acabó la televisón, Pat –dijo bruscamente una asistenta, al tiempo que arrebataba la lima prohibida de la mano de la mujer maciza y se la llevaba arrastrando.

Stevie se puso a reír de lo absurdo que le parecía todo mientras se le llenaban los ojos de sangre. Unas manos más amables le pusieron una toalla en la cara y unos brazos fuertes se la llevaron de la sala.

–Es una vergüenza –dijo el joven residente mientras le cosía la mejilla a Stevie.

La anestesia le evitaba el dolor, pero podía notar cada entrada y salida de la aguja, y, cuando empezó a contarlas, se dio cuenta de que los puntos le recorrían toda la cara, desde la ceja hasta la barbilla.

–Has tenido suerte de no perder un ojo –susurró una enfermera.

«Suerte» pensó Stevie adormecida. «Si tengo suerte, quizá no conviertan esto en una razón para mantenerme encerrada aquí para siempre.»

La herida hizo que la llevaran a la sala del hospital, donde podían controlar fácilmente cualquier signo de infección que apareciera.

–Se está curando muy bien –decía el residente cada vez que le cambiaba las vendas y le ponía pomada antibiótica. Pero evitaba mirarla a los ojos cuando hacía estas optimistas declaraciones.

Y,cuando le sacaron las vendas, Stevie entendió por qué. «Parezco Frankenstein» pensó. «Parezco un ogro para asustar a los niños el día de Acción de Gracias.» Nunca había prestado excesiva atención a su belleza, pero, ahora que la veía tan perjudicada, tuvo una terrible sensación de pérdida. Era como si la linda Stevie Knight hubiera sido destruida para dar paso a alguien diferente, todavía informe.

El hombre que estaba junto a la cama de Stevie parecía recién salido de un yate. Lucía una piel rabiosamente morena, aunque era invierno. Llevaba el espeso pelo plateado demasiado corto para los dictados de la moda, pero en un estilo que encajaba con sus facciones fuertes y bien definidas que enmarcaban los pómulos altos, la nariz aquilina y unos ojos oscuros de sorprendente belleza. Llevaba un jersey de cachemira azul y unos pantalones grises de alta costura... y parecía totalmente fuera de lugar.

–¿Cómo demonios has venido a parar aquí, Stevie Knight? –preguntó con una expresiva voz de barítono.

–¿Quién quiere saberlo?

–Benjamin Hawkins, doctor en Medicina, a tu servicio.

–No se parece a los demás.

–Porque no soy como los demás –dijo él riendo–. Soy

cirujano plástico, Stevie. He venido a ver qué puedo hacer con esta encantadora cara...

—Debe de ser caro —lo interrumpió Stevie, desconocedora de lo que podía o no permitirse.

—Lo soy —dijo él riendo otra vez—, pero a ti no te costará un céntimo.

—¿Caridad? —preguntó ella con cierto sarcasmo en la voz.

—No. Un día por semana hago trabajo voluntario. Lo hago como si actuase de Robin Hood. No me privarás de esta diversión, ¿verdad, Stevie? Sé lo importante que es tu cara para ti.

—¿Cómo lo sabe? —le preguntó—. No me diga que lee revistas de moda.

—No las leo —sonrió—, pero he visto tu bella cara al menos en media docena de revistas. Mi trabajo me obliga a recordar las caras bonitas, Stevie. En especial cuando mis pacientes me las enseñan y piden una nariz o unos pómulos como los tuyos...

—¿De verdad? ¿Mi nariz... y mis pómulos?

—De verdad. —Con la punta de los dedos le tocó la horrible cicatriz que le recorría la cara—. Puedo devolverte la belleza.

Aunque Stevie había conocido ya suficientes fanfarrones y jactanciosos, le pareció ver que Ben Hawkins era sincero, un hombre que podía cumplir sus promesas. Se dio cuenta de que él esperaba su respuesta.

—¿Qué ocurre? —le preguntó—. ¿Quieres preguntarme algo, Stevie? Si quieres, puedo explicarte la operación...

—No —dijo ella—. Prefiero no saberlo.

—Entonces, ¿qué pasa? —insistió con gentileza—. ¿Tienes acaso miedo?

Ella afirmó admitiendo su debilidad, atraída por la confianza de Ben.

—Siempre me han dado miedo los médicos y los hospitales. No he tenido razón para cambiar de idea.

—No puedo decir que te culpe por ello —intervino Ben—. Siento que hayas tenido malas experiencias.

Stevie se dio cuenta de que Ben no despreciaba sus sentimientos ni las críticas inherentes a su profesión, y aquello le gustó.

—Pero —añadió él—, si puedes dominar un poco el miedo,

haré todo lo que esté en mi mano para ayudarte. Hago bien mi trabajo, Stevie..., muy bien. Me parece que te alegrarás de haberlo intentado.

Decidió confiar en él.

Unos días después, a las siete de la mañana, la llevaron en una ambulancia privada a la clínica de Ben en Park Avenue. Y, cuando la trasladaban, pudo echar una mirada al cielo azul y sentir el sol del invierno en su rostro. Qué momentos más preciosos, qué frescos y nuevos. ¿Por qué no había reconocido nunca antes lo saludable que podía llegar a ser una brisa de aire fresco, lo estimulantes que podían ser los cálidos rayos del sol?

La clínica no se parecía a nada de lo que ella conocía: era más un hotel de lujo que un hospital. El área de recepción estaba cubierta de alfombras de lana granate y bien amueblada con una ecléctica mezcla de reproducciones contemporáneas y antigüedades genuinas. Las paredes eran de un color rosado suave con cuadros de serenos paisajes ingleses. Las ayudantes de Ben –sus recepcionistas y enfermeras– eran atractivas e iban muy acicaladas, como para subrayar el ambiente de serenidad y afabilidad. Stevie no pudo evitar notar qué diferente se sentía uno en un sitio así y se preguntó si las pobres almas torturadas de Bellevue podrían abrigar más esperanzas, o al menos no sentirse derrotadas, si se las trasladara a un sitio así.

Consciente de la ansiedad de Stevie, Ben hizo salir a la enfermera diciendo:

–Yo mismo prepararé a esta paciente, señora Apleby. –Le ofreció a Stevie una camisa rosada de algodón, le mostró el pequeño vestuario y esperó a que se cambiara–. Bueno, lo que va a suceder es esto, Stevie. En unos minutos, te dormirán. Yo vigilaré cuidadosamente para asegurarme de que estás bien. Necesito unas dos horas para reparar el daño de tu rostro encantador... y luego disfrutarás de un largo y agradable descanso en una de mis habitaciones privadas. ¿Te parece bien?

Stevie asintió con la cabeza. Ben le presionó los hombros.

–Bien. Entonces, empecemos.

Diez minutos después, Stevie estaba tumbada en una mesa estrecha rodeada de figuras con batas y máscaras que esperaban que empezase la operación. Cuando apareció Ben, le guiñó el ojo a Stevie como si compartieran un chiste en privado, y, de repente, la habitación fría y estéril se caldeó. No obstante, cuando la enfermera se puso a atar las cuerdas que inmovilizaban sus brazos a la mesa, Stevie gritó.

–Es por tu bien, querida –dijo amablemente la enfermera–. No queremos que te hagas daño mientras el doctor Hawkins trabaja.

–Déjelo, señora Apleby –intervino Ben cogiendo las cintas de lona. Luego se dirigió a Stevie–. Entiendo lo que sientes, pero es necesario. Al fin y al cabo –bromeó–, no queremos que me des una bofetada justo cuando esté a punto de culminar mi mejor obra. ¿Qué te parece si esperamos hasta que te duermas, Stevie?

Stevie estuvo de acuerdo: su confianza en Ben iba aumentando minuto a minuto. Sabía que era un cirujano importante y, sin embargo, la trataba con el mismo tipo de respeto que le dispensaban a él. Cuando el anestesista le puso la aguja en el brazo, miró los ojos oscuros de Ben y, mientras las drogas adormecedoras se le infiltraban por las venas, estuvo segura de haber visto que Ben sonreía detrás de la máscara. Lo último que oyó fue su voz, una voz amable que decía:

–Todo irá bien, Stevie. Te prometo ocuparme de ti...

Cuando Stevie abrió los ojos, estaba en una habitación encantadora decorada en tonos melocotón. En una pared había unos cuadros de flores; en la otra, una ventana doble enmarcada por las ramas sin hojas de un arce.

–Veo que ya has vuelto –dijo una enfermera junto a su cama–. Debes de ser alguien muy especial... El doctor Hawkins ha dicho que no te dejásemos sola ni un instante. –Stevie intentó decir algo, pero tenía la cara rígida e insensible, revestida de pesados vendajes–. No intentes hablar –le sugirió la enfermera–. Descansa todo lo que puedas y, en poco tiempo, volverás a la normalidad.

«La normalidad» pensó Stevie mientras volvía a cerrar los ojos. «¿Qué será la normalidad para alguien como yo?»

Cuando se volvió a despertar, vio un gran ramo de coloridas flores junto a su cama.

–Tenía razón, ¿no? El doctor Hawkins las ha mandado hace

unos minutos. –Le ofreció un vaso de agua con una caña flexible–. Seguro que podrás probar esto... –Amablemente apoyó la cabeza de Stevie contra su brazo y la ayudó a beber–. Con calma..., no demasiada. Es mejor tomárselo todo con calma después de una operación así. ¿Te duele?

Stevie movió enérgicamente la cabeza de un lado a otro.

–Muy bien. El doctor Hawkins te vendrá a ver en cuanto termine su última operación.

Con sumo cuidado, y con la ayuda de la enfermera, Stevie se sentó en la cama. Cuando contempló el encantador ramo de flores, vio una tarjeta elegantemente apoyada en una margarita, con una cara sonriente dibujada a mano. Sintió que su propio rostro se distendía en una sonrisa de respuesta. Se sentía realmente como alguien muy especial. ¿Cómo podía evitarlo si alguien como Ben la consideraba digna de su atención?

Cuando fue a verla, Ben se había cambiado el uniforme de cirujano y se había puesto pantalones y un jersey. Se sentó en la cama de Stevie y le acarició la mano en señal de saludo.

–Ha ido todo como una seda –anunció alegremente–. Tendrás que llevar el pelo sobre la cara un tiempo. Pero, en seis meses –quizá menos–, la cicatriz será casi invisible. Aunque –sonrió con aires de conspirador– a la gente de Bellevue les he dicho otra cosa. A ellos –bajó la voz a un tono sobrio y grave– les he hablado de... complicaciones.

–Pero ¿por qué? Ha dicho que había ido...

–He pensado que no te importaría quedarte unos días más aquí... bajo observación.

–¡Fantástico! –Emocionada por la perspectiva de la preciada libertad, Stevie intentó expresar su agradecimiento en voz alta. Pero tenía la mandíbula demasiado apretada por los vendajes. Su exclamación fue casi un murmullo–. Gracias, doctor Hawkins...

Él afirmó con la cabeza y luego cogió una flor del ramo y se la dio.

–¿Qué te parecer llamarme Ben? Mi trabajo de «doctor» ha terminado y me gustaría... ser Ben a secas, si te parece bien.

Stevie hizo una señal afirmativa.

–Pero, ¿no podría tener problemas si el hospital descubre que no tengo complicaciones?

Ben sonrió.

—Bueno, si hay algún problema, siempre puedo provocar las complicaciones. Entretanto, correré el riesgo. Tengo la sensación de que estás mejor aquí que en la GPA, ¿no crees?

Hundiendo la cabeza en el montón de almohadones, Stevie manifestó su total acuerdo.

Pasó los siguientes días redescubriendo los lujos que antes había dado por descontados: la comodidad de una buena cama, la intimidad de un baño resplandeciente con comodidades tales como jabón francés y toallas gruesas y suaves, y el gusto de la comida de verdad. Lo mejor era Ben, quien, a pesar de estar muy ocupado, conseguía facilitarle la recuperación con visitas breves pero frecuentes. Incluso cuando tenía sólo un momento entre visitas, llamaba a la puerta y la saludaba con un gesto de la mano y una sonrisa para volverse a ir.

Por las noches, él mismo le llevaba la cena: platos especiales de pollo o pescado, lo bastante tiernos para masticar sin esfuerzo, enviados de los buenos restaurantes de la zona. Se sentaba allí mientras ella comía, a veces compartiendo la cena o leyendo en voz alta los libros de su colección encuadernados en piel, párrafos de Twain o Thurber que la hacían sonreír bajo las vendas de algodón y gasa blancos. Y luego él aplaudía, como si hubiera hecho algo extraordinario.

—Buena chica, Stevie. Una buena risa es la mejor medicina natural, incluso en mi campo de trabajo —dijo en una ocasión—. Te sorprendería saber la cantidad de gente que no se adapta a las bellas caras que les hago porque no saben cómo reír... y no se preocupan por aprender. Por eso me gusta hacer trabajo voluntario. Cuando me encuentro con un niño con quemaduras graves, que se muere de miedo de morir, y lo ayudo a volver a reír, entonces sé que he hecho algo útil... y que él y la naturaleza acabarán el trabajo curativo.

—No hablas como ninguno de los médicos que he conocido —comentó ella.

Ahora era Ben quien se reía.

—Hay algunos como yo. Pero muchos de mis estimados colegas se toman demasiado en serio a sí mismos y pierden el contacto con la gente que deberían ayudar. ¿Sabes cuál es el problema, Stevie? En el momento en que un joven médico termina los estudios, se convierte en parte de la congregación de médicos. Es el premio por todos aquellos años de estudio, aquellas guardias de cuarenta y ocho horas sin dormir, todos aquellos trabajos por una paga mínima. De pronto eres médico y tienes que saber todas las respuestas, Stevie. Demonios, tus pacientes no dejan de insistir en ello: quieren que seas un dios. Al cabo de un tiempo, algunos de nosotros no podemos resistir este papel.

–¿Y tú, Ben? –preguntó ella–. ¿Sabes todas las respuestas?

–No, qué va... Cuanto más practico la medicina, más aumenta mi lista de dudas. Supongo que se puede decir que he sido siempre un hereje de corazón.

Stevie sonrió. No sabía por qué, pero era muy agradable estar con Ben.

–Eh, hablo en serio –dijo–. Si vieras mi biblioteca, entenderías lo que quiero decir. Llevo más de veinte años coleccionando herejías..., libros sobre hierbas curativas, acupuntura y curación por la fe, junto con los últimos boletines de la Asociación Médica Americana.

A Stevie le encantaba oír hablar a Ben, en especial cuando hablaba de ayudar a gente con problemas. Nunca utilizaba palabras que ella no pudiera entender, nunca actuaba como si él fuese más listo y culto, aunque ella estaba segura de que lo era. Y, cuando llegaba el momento de irse, ella siempre lo lamentaba. ¿Dónde iba después de darle las buenas noches?, se preguntaba.

Se había dado cuenta de las miradas de curiosidad del personal de Ben, incluso de ciertos celos entre las enfermeras. Se había enterado –escuchando a escondidas con todo descaro– de que era viudo. Y, aunque se dijo que no era asunto suyo, Stevie no podía evitar pensar si el interés que sentía por ella era el mismo que sentía por cualquiera de las chicas encantadoras que lo ayudaban en su trabajo. O si, quizás, había alguien más, alguien especial que lo esperaba cuando se despedía de ella por las noches.

–Te voy a volver a sacar las vendas –le dijo Ben cinco días después de la operación– y, esta vez, no volveré a ponértelas. Te daré un espejo... y no quiero que te sientas decepcionada... porque en cuatro o cinco semanas estará perfecto. Ahora mismo, lo que verás no es bonito... a no ser que te guste tener la cara hinchada con manchas azules y amarillas, como si te hubieses peleado con Mohamed Alí...

–Estoy preparada –dijo Stevie–. Me he peleado con tíos que eran aún más bestias...

Ben oyó algo en su voz que le hizo detener su explicación y sentarse en la cama de Stevie.

–¿Quieres hablarme de ello? –le preguntó–. Soy un buen oyente.

Stevie creía y confiaba en Ben, pero la costumbre le hacía difícil revelar algo que había mantenido oculto y reprimido durante tanto tiempo.

–Es una larga historia –dijo suspirando–. No tienes tiempo de oírla...

–Dispongo de todo el tiempo que necesites –dijo él, al tiempo que descolgaba el teléfono de la mesita de noche y comunicaba a la recepcionsita que retuviese todas sus llamadas. Esperaba expectante pero sin ninguna señal de impaciencia en su atractivo rostro–. Venga, explícame cosas sobre la pequeña Stevie Knight. ¿Fue una niña feliz?

–No. –Una sola palabra que expresaba toneladas de rabia y amargura.

Ben movió la cabeza pensativamente.

–¿Malos tiempos en casa? Háblame de tus padres, Stevie... Por favor, no te resistas. Duele mucho más cuando se guarda todo el dolor cerrado dentro.

Stevie miró por la ventana buscando su pasado más allá de los árboles y edificios. Empezó a hablar, lentamente, con paradas. Pero después de haber hecho la primera raja en el velo de silencio que ella misma había tejido, las palabras le fueron saliendo más deprisa y cogieron ímpetu cuando descubrió su infancia, el temor y odio que sentía por el almirante, la vergüenza y decepción que le causaba Irene. Sin mirarlo a los ojos, le habló de su promiscuidad, su seducción de Luke James, el embarazo y el niño que le habían sacado de las entrañas.

Ben le acarició la mano en un gesto silencioso de ánimo. Stevie habló de sus primeros tiempos en Nueva York, de cuando encontró a Pip y Samson y los convirtió en la familia que nunca había tenido e hizo de la Wherehouse su primer hogar. Habló brevemente del éxito que tan poco había significado y luego, sin ahorrarse nada, pasó rápidamente a la espiral descendente de drogas y degradación que la había llevado a Bellevue. Por fin, miró los bellos ojos de Ben y buscó en ellos una indicación de repulsa o disgusto. No la encontró; tampoco ningún signo de lástima. Sólo había el calor y la compasión que Stevie había podido observar en él siempre que hablaba de gente con problemas.

–¿Sabes qué opino? –dijo con suavidad–. Que eres una mujer excepcional, Stevie Knight. Creo que has cometido errores, errores graves, pero también creo –sé– que tienes el coraje de aprender y mejorar, de hacer que tus experiencias sirvan de algo.

Ella movió la cabeza en señal de duda.

–Todo lo que he hecho es crear confusión. He tenido mis oportunidades: amigos, una profesión excitante... y lo tiré todo. Mi mejor amiga se suicidó y yo no hice nada para...

–No podías –la cortó al instante Ben–. No eres Dios, Stevie. No estabas en condiciones de ayudar a tu amiga... Ni siquiera podías ayudarte a ti misma. Primero responsabilízate de lo que te pasa a ti. Luego puedes empezar a ayudar a la gente que quieres.

«Pero si llevo muchos años ocupándome de mí misma» estuvo a punto de decirle Stevie. Se dio cuenta de lo estúpido que sería alegar aquello. No dijo nada mientras sus pensamientos volvían al presente. Sintió que era el momento de volver a Bellevue, de dejar los mimos y atención que le había dispensado Ben en su clínica sin escatimar esfuerzos, y volver a la realidad. Era el momento de hacerse mayor.

Como si él supiera lo que estaba pensando, le dijo:

–La ambulancia llegará esta tarde. Te iré a ver cada día, pero tú también tienes que poner de tu parte. Has sobrevivido, Stevie Knight, pero quiero que hagas algo más. No es suficiente sobrevivir. Quiero que empieces a vivir de nuevo.

–¿En Bellevue? –dijo ásperamente–. Es una orden difícil de cumplir, Ben.

–Incluso en Bellevue. Mira, Stevie, no pretendo saberlo todo, pero he visto hacer milagros a seres humanos. Cuando era cirujano residente, uno de los médicos nos llevó a un hombre mayor para que le hiciésemos unas pruebas y una operación exploratoria. Era un zapatero alemán, un inmigrante que apenas hablaba inglés. Le encontraron el estómago comido por el cáncer, por lo que el cirujano lo volvió a cerrar. Yo estaba allí cuando le comunicó la sentencia de muerte. Pero el zapatero se negó a aceptarla, Stevie, no quiso aceptar la sentencia de muerte, a pesar de que se la comunicaba alguien con años de estudio y una pared llena de diplomas. No me importa decirte que el coraje de aquel hombre me derrumbó. Me sentía abrumado de admiración hacia él y me partía el corazón verlo librar una batalla perdida.

–¿Murió...? –preguntó Stevie.

–Es lo que le estuve preguntando a su médico cada dos semanas. El tío pensaba que yo era idiota por preguntarle algo tan obvio. «Mire, Hawkins», me dijo al fin, «el señor Hoffman probablemente esté ya muerto y enterrado. Así que mejor será que se ocupe de los pacientes que no están desahuciados». Tuve que admitir que seguramente tenía razón... Me imaginé que el viejo zapatero se había ido a otro médico. Confié en que hubiera tenido suerte y el final no le hubiera sido muy duro...

Stevie esperaba más, expectante.

Ben sonrió.

–Estaba haciendo mis prácticas en cirugía plástica cuando me encontré con mi viejo profesor. Cuando me vio, me preguntó con expresión tímida si me acordaba del señor Hoffman. Desde luego, no lo había olvidado. «Pasó algo rarísimo –me dijo–. Vino el otro día a mi consulta para que le hiciera nuevos análisis. Bueno, ya llevaba viviendo tres veces más de lo que yo había previsto, así que se los hice. No tenía cáncer, Ben, ni rastro». Mi profesor no quiso calificarlo de milagro... No era un hombre religioso, y yo tampoco. Pero pensé que, si Hoffman podía curar su enfermedad sin nuestra ayuda, ¿quién puede afirmar que la gente no puede curar las heridas que nosotros no vemos?

–Comprendo por qué me explicas esta historia, Ben, pero yo no soy el señor Hoffman. Yo... no sabría por dónde empezar.

–Empieza mirando dentro de ti, Stevie. Ocupa tu tiempo en Bellevue en meditar.

–¿Como los Hare Krishnas? –dijo ella riendo.

–No, como Stevie Knight. Despeja la confusión de tu mente. Y luego mira con nuevos ojos tu propia historia, la forma en que te manejaste y las elecciones que hiciste. Perdona tus propios errores... y así quizá puedas perdonar los errores de los demás. Hoy me has dejado ver mucha rabia en ti, Stevie, y, aunque no discuto tu derecho a sentir rabia, me gustaría que dieses el paso siguiente. Piensa en la rabia como en una nube oscura y venenosa... Deja que se aleje de ti en lugar de respirar dentro de ella. ¿Puedes hacerlo?

Stevie ponderó la pregunta y respondió honestamente.

–No lo sé. –Luego, deseosa de despedirse de él con una nota positiva, añadió–: Pero lo intentaré.

«Por ti», estuvo a punto de decir. «Lo intentaré por ti.» Pero ya empezaba a conocer a Ben y era capaz de anticipar su respuesta: «No, no lo hagas por mí sino por ti».

Así lo hizo. Porque haría cualquier cosa que él le dijera.

2

Cuando Stevie volvió a Bellevue, había una nueva ocupante en la cama contigua a la suya.

–¿Qué le ha pasado a Kate? –preguntó a una enfermera.

–Trasladada –fue la respuesta.

–¿Dónde? –le rogó Stevie–. ¿La vino a buscar su familia? Por favor, dígame a dónde ha ido...

La enfermera vio la expresión preocupada de la cara marcada de Stevie y cedió.

–No debería decírtelo –dijo–. Va contra las normas... Kate ha sido trasladada al Manhattan State. Aquí ya no podíamos hacer nada más por ella.

Manhattan State, pensó Stevie con un escalofrío. El hospital estatal estaba ubicado en la isla de Ward, en el East River. No era muy lejos en lo que a distancia se refiere, pero, para Kate, sería probablemente el final del camino, el lugar donde envejecería y moriría. Tuvo una visión de Kate sentada en una silla sola, mirando fijamente al espacio y con la misma expresión dulce y resignada año tras año. Luego Stevie recordó aquel día aciago en que había visto un centelleo de algo en aquellos ojos vacíos y Kate se había precipitado tambaleando hacia el aparato de televisión.

«No es correcto» escribió Stevie en su libreta de notas. «No es correcto sacarse de encima a la gente que no puede valerse por sí misma. Sé que están muy ocupados, pero alguien hubiera tenido que encontrar tiempo. Ben lo hubiera encontrado.»

En los días que siguieron intentó seguir el consejo de Ben, y cumplirlo aunque él no estaba allí para ofrecerle ánimos y apoyo. Empezó a meditar cada mañana, y, después, continuaba aquel rato de tranquilidad con una mirada a su propia historia. A veces el proceso le provocaba una mueca de dolor, otras –menos frecuentes– la hacía sonreír, pero siempre la dejaba con una determinación mayor de seguir avanzando.

Una tarde tuvo una visita. Era Lee Stone, con los brazos cargados de flores, caramelos y artículos de tocador. Stevie sintió un instante de vergüenza y desconcierto: por su belleza perdida y por estar encerrada en aquel sitio tan feo. Al verle la cara cortada, Lee dejó sin ceremonias los paquetes en la cama.

–Stevie... Lo siento –dijo–. Llevo varias semanas buscándote. Finalmente, hice de tripas corazón... y llamé a Samson. Me dijo que estabas aquí.

Stevie no pudo evitar que su labios esbozaran una sonrisa triste. Así que Samson había leído sus cartas...

–Dios mío, Stevie, yo tengo la culpa...

Vio la expresión de culpabilidad en su cara, la pena de sus ojos grises y, por un momento, sintió una cierta satisfacción. No habría pasado nada de todo aquello si Lee no se hubiera ido y no la hubiera abandonado. Pero, al cabo de un segundo, Stevie se oyó decir a sí misma:

–No digas locuras, Lee... ¡es el colmo! ¿Culpable tú? Pasaron muchas cosas antes y después. No fue culpa tuya, en absoluto...

–Debí haberme asegurado de que estabas bien –insistió Lee.

–No, ésa era mi obligación –replicó volviéndose a sorprender. Su época con Lee parecía una parte de la historia que ahora intentaba entender y se sentía una persona diferente de la mujer que lo había necesitado para protegerse de sus propias tentaciones.

Él iba cambiando incómodamente de postura, confundido por las novedades que observaba.

–Stevie –volvió a empezar–, quiero que entiendas cómo fue para mí. Estaba enfadado y celoso..., me sentí traicionado. No debí haberte tratado tan duramente...

Sin dejar de observarlo, lo veía desde una distancia creada por ella misma. Era un hombre con un claro sentido de la responsabilidad y ahora estaba dispuesto a aceptar su culpa por lo que le había ocurrido. Pero ella no quería que un hombre se le acercara como una especie de obligación. Esto únicamente le hacía desear que se fuera con la conciencia tranquila.

—Oye, ya sé que no querías herirme —dijo ella con suavidad—. Confiaste en mí, me diste un regalo valioso... y yo lo utilicé mal. Yo pensaba que te quería, Lee, pero quizá no sabía cómo. Tú dijiste que primero necesitaba amarme a mí misma. Es lo que estoy intentando hacer ahora.

—Me alegro —dijo—. Mira, Stevie, tal vez no tenga derecho a decir esto, pero tú me importabas, y me importas, mucho. Sólo quería...

—Sólo querías que yo fuera casi perfecta —lo cortó ella afablemente—. No pasa nada..., no tienes por qué negarlo. —Mientras hablaba, Stevie pensó en Ben, que no juzgaba ni exigía, que no giraba la espalda a las cosas feas de su pasado... ni le exigía que fuera mejor de lo que era.

—Me dijiste que no querías ser una muleta, Lee —continuó ella—. Dijiste...

—Recuerdo lo que dije —la interrumpió Lee encogido por la repetición de sus palabras, en las que ahora oía un mensaje de rechazo que no había previsto—. Ojalá pudiera retirar aquellas palabras...

—No —dijo ella—, tenías razón. Lo nuestro... era desequilibrado, Lee. Tú eras..., tú eras como el príncipe azul de los cuentos de hadas. Querías rescatarme de todo lo malo... y yo quería que lo hicieses. Quería que me arreglaras todo lo que tenía mal. Y yo no daba suficiente a cambio.

—Sí que dabas —dijo él—. Te diste a ti misma, Stevie.

Ella movió la cabeza con un gesto de tristeza.

—En esto también tenías razón. Te di mis problemas; es todo lo que tenía para dar. Yo era la linda Stevie Knight, alguien a quien Samson había fabricado. Ahora se ha ido, Lee..., y todavía estoy buscando a la simple Stevie Kinght.

Él asintió y se acercó a la puerta.

—Cuando la encuentres, espero tener una oportunidad de conocerla...

Pero Stevie no podía garantizar nada.

—Prométeme al menos que me llamarás si necesitas algo —dijo Lee—. Esta vez no seré un príncipe azul, Stevie..., sólo un hombre que se preocupa por ti.

–Sé que siempre lo hiciste –dijo ella.

Vaciló un momento en el umbral, como si quisiera añadir algo. Pero, luego, se volvió bruscamente y se fue.

Cuando las secuelas de su operación empezaron a mitigarse y Stevie empezó a ver los resultados del exquisito trabajo de Ben, se fue sintiendo cada vez más dependiente de su constante presencia. No como muleta, como en el caso de Lee, sino como amigo y maestro, alguien que la ayudaba a pensar objetivamente en su propia vida, a estudiarse a sí misma con la dorada promesa del conocimiento personal. Cuando Ben le explicó que a menudo la infancia prepara el escenario para los dramas de toda una vida, Stevie se dio cuenta por primera vez de que sus heridas de la infancia, faltas de atención, se habían ulcerado y profundizado y habían infectado su vida con amenazas tenebrosas... que ella había convertido en realidad. Este descubrimiento, más que cualquier otro, le proporcionó un enorme alivio. Se dio cuenta de que, si el almirante aparecía constantemente en todas sus relaciones con los hombres, no era el destino quien lo conjuraba, sino los temores irresueltos de una niña vulnerable.

Ocurrieron dos cosas cuando Stevie empezó a sentirse cómoda dentro de su cuerpo. Los días de confinamiento pasaban más deprisa y le era más fácil colaborar con el psiquiatra que tenía la llave de su liberación. Como se sentía más libre, se interesaba aún más por la otra gente y llenaba páginas y páginas de su libreta con observaciones y preguntas, que luego discutía con Ben.

Una noche, mientras Stevie esperaba ansiosamente la visita de Ben para comunicarle que se iría de Bellevue en poco más de una semana, él no se presentó a la hora acostumbrada. Sintiéndose más fuerte que nunca, Stevie se proporcionó unas cuantas explicaciones razonables. Pero cuando fueron pasando los días, llamó a su oficina, donde sólo le informaron que el doctor Kawkins no estaba disponible. Pidió más información y no se la dieron, pero le dijeron que podía dejar su nombre y número de teléfono. Stevie estaba preocupadísima, no por ella misma, sino por Ben. Estaba segura de que pasaba algo malo; pero estaba allí, todavía encerrada y sin posibilidad de descubrir si estaba enfermo o herido. Y entonces tuvo una idea: al fin y al cabo, había una manera. Marcó rápidamente un número y sintió una oleada de alivio cuando respondió la voz familiar.

–Necesito un favor –le dijo sin preámbulos.

–Lo que quieras –se apresuró a responder Lee con un brillo de esperanza en sus ojos grises.

–Hay un hombre...; necesito saber dónde está.

–Oh. –Se hizo un silencio, mientras el centelleo parpadeaba y se apagaba–. ¿Es alguien especial para ti?

–Claro que es especial –replicó Stevie con impaciencia–. Si no fuera por Ben Hawkins, bueno..., es igual.

–Me parece que...

–Hace días que no lo veo, Lee. Estoy muy preocupada y desde aquí no puedo conseguir que en su clínica me den una respuesta clara... Está en el cruce de Park Avenue y calle Sesenta y tres. ¿Me puedes ayudar? Necesito saber dónde está, qué le ha pasado. Me dijiste que me ayudarías...

–Lo recuerdo –la cortó Lee con una voz apagada y sin expresión–. No te decepcionaré, Stevie... Esta vez, no.

Dos días después le llegó un sobre. Dentro había un recorte del *New York Times*. «Cirujano juzgado por operación defectuosa», decía el titular. Después venían los detalles de cómo el doctor Benjamin Kawkins, un eminente cirujano plástico, había sido denunciado por operar bajo la influencia del alcohol y haber dejado una esponja dentro del pecho de una paciente cuando le estaba practicando un aumento de pecho. La paciente tuvo un absceso y necesitó una segunda operación. Le pedía dos millones de dólares por daños. El doctor Hawkins, terminaba el artículo, declinó hacer cualquier comentario.

¿Cómo podía ser?, se preguntaba Stevie. Nunca había visto que Ben no estuviese sobrio. Su propia cara daba testimonios de su habilidad como cirujano, sus propias experiencias testimoniaban la decencia de Ben como ser humano. ¿Por qué no le había dicho que tenía problemas?

Dos días después, en sus primeros momentos de libertad, Stevie corrió a la clínica de Park Avenue y pidió ver a Ben.

–El doctor Hawkins no recibe pacientes hoy –le dijo la recepcionista.

–A mí sí –insistió Stevie decidida–. Dígale que no me iré

hasta que lo vea. –Y, tras decir esto, se sentó en el área de recepción, cruzó con un gesto agresivo los brazos sobre el pecho y se dispuso a esperar.

Salió un hombre a su encuentro; tenía sólo un ligero parecido con el Ben que ella había conocido. Llevaba la corbata de seda torcida y la chaqueta arrugada, como si hubiera dormido con ella puesta, y lucía una cara flaca y ojerosa y aspecto abatido. Llevó a Stevie a su despacho privado.

–¿Por qué dejaste de venir a verme? –le preguntó cuando estuvieron solos. Sacó el recorte y se lo puso delante–. ¿Fue por esto?

–Me pareció que era mejor no ir.

–¿Mejor para quién?

–Para ti, claro –replicó él sorprendido de la pregunta–. Tú tienes tus propios problemas, Stevie; no me parecía correcto cargarte con los míos...

–¿No debería haberlo decidido yo? Los amigos se ayudan unos a otros, Ben. ¿Te parece correcto decidir que no te podía ayudar? ¿Tratarme como un caso de caridad que no tiene nada que ofrecer?

Ben cogió un pisapapeles de vidrio y miró en su interior como si fuera una bola de cristal.

–Puede que no –dijo–. En cualquier caso, no se puede hacer nada. La compañía de seguros arreglará el caso... No iremos a juicio, sobre todo porque les he dicho que no pensaba defenderme.

–No estoy hablando del juicio, Ben. ¡Me refiero a ti!

–Eso también está decidido –dijo él cansadamente–. Cuando hice la operación, yo creía estar sobrio. Si no puedo ver la diferencia entre estar borracho o sobrio, ha llegado el momento de dejar de operar.

–¡Pero a mí me lo hiciste perfecto! –replicó ella–. Estoy segura de que lo has hecho perfecto en cientos, miles de casos, Ben. Un error no te convierte en un mal cirujano.

Se reclinó en su silla de piel y cerró los ojos.

–Un error anula mil aciertos. Soy un borracho, Stevie. Llevo cinco años bebiendo, desde que Pat, mi mujer, murió. He ido con cuidado, desde luego... Soy un borracho cuidadoso y solitario. Siempre me tomo mis whiskys solo, nunca en público. Tengo todo tipo de remedios para las resacas, y, si alguno de mis colegas lo notó alguna vez..., bueno, los médicos son especialistas en encubrirse unos a otros. Es como una norma de fraternidad, una norma mala, pero mantenida por la fraternidad. Hasta ahora, he tenido suerte. Pero es inexcusable cometer el tipo de error estúpido y negligente que yo no perdonaría a un residente novato, Stevie: es un crimen. Sólo puedo interpretarlo como una señal –del patrón de los borrachos, quizá– de que no tengo derecho a seguir probando suerte con los pacientes. Sólo me alegro de no haber perjudicado seriamente a una mujer que confió en mí.

Stevie no paró de negar con la cabeza durante la explicación de Ben, como si no pudiera creer ni una palabra. En todo el tiempo que lo conocía, no había visto nunca nada que le recordase en lo más mínimo a la alcohólica Irene: la vocalización confusa, los ojos vidriosos, el sospechoso aliento a menta, nada que sugiriera que Ben no tenía un control absoluto sobre sí mismo.

–¿Y el consejo que me diste... sobre curarme? Fue un buen consejo, Ben. ¿Por qué no lo usas para ayudarte a ti mismo?

–La frase más antigua de nuestro libro, ¿no? –dijo sarcásticamente–. «Médico, cúrate a ti mismo.» Pero hasta un doctor necesita tener la mente clara para ayudarse a sí mismo, Stevie, Mi mente está hecha un lío.

Stevie no podía soportar que Ben se ridiculizase de aquel modo. Se levantó de la silla, corrió a su lado y le puso la mano en el hombro.

–Entonces te ayudaré yo –dijo sin dudar un momento.

Él sonrió, como si le hubiera hecho un regalo encantador pero poco apropiado.

–¿Y cómo piensas hacerlo?

–Yo qué sé –respondió ella con honestidad–. Pero lo voy a hacer. Tú me ayudaste a salvar mi vida, ahora me toca a mí.

Instintivamente, y por experiencia, Stevie sabía que Ben no debería estar solo.

–Déjame ir a vivir a tu casa –dijo–. Necesitas a alguien ahora, alguien...

Él movió la cabeza y ella se dio cuenta de que estaba confuso.

–Stevie –dijo–, no hay nada en el mundo que me guste más que tu compañía. Pero...

–¿Pero qué? ¿Tienes novia?

Se rió sin alegría, como si el chiste no fuera con él.

–No. Una botella de Johnny Walker es la única cita regular que he tenido desde hace mucho tiempo.

–Entonces, ¿qué? –Recordando los momentos de casi intimidad que habían compartido pensó que quizá la reticencia de Ben fuera una manera de mantenerla a raya–. Yo sólo quiero ser tu amiga. Te prometo que no daré ningún paso...

La expresión de Ben se ensombreció.

–Bueno, no puede decirse que sea muy halagador.

Ahora le tocaba a Stevie sentirse confusa.

–Me estás liando, Ben. Concentrémonos simplemente en tu recuperación, de momento. Dame una buena razón por la que no debamos empezarla. Y resulta que la mejor manera de hacerlo es estar contigo.

–La verdad es –dijo él dudoso–, la verdad es que no creo poder mantenerme sobrio mucho tiempo..., en especial ahora, Stevie. Y no quiero que me veas fuera de control. No quiero que tengas una concepción de mí aún peor que la de ahora.

–Si piensas así –le dijo ella mirando sus torturados ojos con un fuego propio–, quiere decir que no me conoces para nada. Sé lo que estás pensando –argumentó apasionadamente, con la sensación de estar luchando por el alma de Ben–. Yo sé lo que es estar fuera de control, ceder a las tentaciones que parecen demasiado fuertes para luchar contra ellas. Tú me ayudaste a encontrar la esperanza de nuevo. No me vuelvas la espalda ahora... Nos podemos ayudar uno a otro. –Iba improvisando sin darse cuenta de que había dicho algo profundamente cierto–. Yo no pienso volver a mi antigua vida... y no voy a dejarte hundir. Los dos tenemos que seguir adelante... ¿no lo entiendes? ¡Hagámoslo juntos porque, como hay Dios, que no podemos hacerlo solos!

Tan pronto como Ben se rindió a la decisión de Stevie, ella se puso en acción. Hizo un rápido viaje a su apartamento, preparó una sola maleta con su ropa más sencilla y algunos artículos de primera necesidad, y, al cerrar la puerta del «escaparate» que la había rodeado anteriormente con un lujo tan estéril, supo que no volvería.

Recogió a Ben en la clínica y se fue con él a su casa, justo en la esquina. Por fuera, el edificio de pared de ladrillos de tres pisos se parecía al de sus vecinos; dentro, se reflejaba la historia del hombre que ella ya empezaba a conocer. Los muebles eran eclécticos, todos auténticos, desde la alfombra china en el suelo oscuro de madera de la sala a las máscaras africanas sobre las paredes de su magnífica biblioteca. Cada pieza, desde el banco jacobino de la entrada a la alacena francesa de la cocina, había sido seleccionada con cuidado con el correr de los años, no reunida a toda prisa por un decorador caro. Se podía imaginar a Ben y a su difunta mujer llenando la casa de cosas bellas y soñando con los años de alegría que tenían por delante.

Pero cuando continuó la inspección de la casa, Stevie pudo ver las señales que ella recordaba tan bien de su vida con Irene: las manchas en las alfombras, los montones de basura en cada habitación, la marca de vasos húmedos en la superficie de los muebles, las capas de polvo...

Viendo su casa a través de los ojos de Stevie, Ben explicó con calma:

–Despedí al ama de llaves cuando empezó todo esto.

Stevie comprendió. La ausencia de otra persona, la soledad, le habían facilitado sumergirse profundamente en su desesperación privada.

En la cocina encontró el resto de la evidencia: las botellas vacías que habían contenido el veneno particular de Ben.

–Ya he visto esto antes –dijo Stevie–, más veces de las que quiero recordar. Lo importante es lo que pase a partir de ahora –añadió buscando una nota de optimismo que disminuyera la confusión de Ben–. ¿Dónde lo guardas? –le preguntó.

En silencio, Ben se dirigió a un armario de música inglés de anticuario que ocultaba de la vista sus hileras de botellas de whisky.

–¿Sabes qué vamos a hacer con todo esto, verdad? –dija ella con calma.

Los músculos de su mandíbula se tensaron, pero se esforzó por hablar en un tono suave.

–Mierda, Stevie, este líquido es oro. No sé si puedo...

Se sintió tentada de suplicar y convencerlo, pero algo la detuvo: el recuerdo de cómo había intentado, inútilmente, impedir que Irene bebiera escondiéndole las botellas.

–Es decisión tuya –le dijo mirándolo a los ojos–. Yo me quedo contigo de todos modos... Pero es tu decisión, tu problema.

Esperó lo que le pareció una eternidad. La respuesta le llegó en un murmullo susurrado.

–Muy bien, niña. Dios me ayude, no sé si seré capaz..., pero lo intentaré.

Cogió cuatro botellas, las llevó a la cocina y empezó a vaciar en el fregadero el contenido de cada una de ellas. Una vez que Stevie vio que había empezado por sí mismo, se puso a ayudarlo. Se quedó a su lado junto al fregadero y le observó la cara mientras el líquido ámbar desaparecía por la cañería. Parecía tan dispuesto ahora...

Bueno, ¿aquello era todo?, se preguntó ella. ¿O, como Irene, tenía sus lugares secretos: debajo de la cama, entre los libros, encima de los armarios? Cada cosa a su tiempo, se dijo, sintiendo como si la lucha de Ben fuera la suya propia.

Preparó una jarra de café y la puso en la mesa de la cocina junto con dos tazas de porcelana.

–Ahora te toca a ti –le dijo a Ben–. Ya sabes todo lo referente a mí..., todo lo importante. Ahora dime cómo demonios llegaste hasta aquí –dijo ella, repitiendo deliberadamente las primeras palabras que él le había dirigido a ella.

La sonrisa en su rostro hizo ver a Stevie que lo recordaba.

–Mi historia no es tan buena como la tuya...

–¿Buena? –lo cortó ella indignada–. ¿Dónde ves lo bueno en mi historia?

–Bien –dijo eligiendo las palabras con cuidado–. Tengo la sensación de no contar con excusas..., sólo una excesiva suficiencia. La vida me iba ofreciendo una oportunidad tras otra, Stevie. Esperaba que siempre fuese así. Y, entonces, Pat se puso enferma... El pronóstico era malo, pero yo estaba seguro de que juntos haríamos el milagro. Luchamos contra la enfermedad, Stevie... Dios mío, ¡cómo luchamos! Pero murió –dijo con la voz rota–, murió de todos modos... Todo lo que hicimos no fue suficiente. Yo no podía creerlo..., no quería creerlo. El día en que la enterré, sentí que mi vida, al menos la vida que yo había amado, había terminado. Vine a casa y me emborraché... Así es como rendí mis respetos a Pat, Stevie. Vine a casa y me emborraché.

–No es tan horrible –murmuró ella–. Estabas sufriendo.

–Lo estaba –dijo Ben reviviendo el recuerdo de aquel dolor en su ojos oscuros–. Utilicé el alcohol como medicina, para cortar el dolor, para aliviar la tristeza y la soledad. No sé cuándo terminó eso, Stevie –añadió bajando la voz–, pero llegó un momento en que bebía sólo para emborracharme.

–A mí me pasó lo mismo, Ben –dijo ella recordando cómo solían jugar Pip y ella al juego de tragarse todo lo que encontraban, sólo para ver quién se sumergía primero en el olvido–. Pero ya no tenemos que hacerlo –afirmó improvisando de nuevo–. Cuanto más tiempo nos mantengamos alejados de lo que nos tienta, mejor nos sentiremos. Y, cuando mejor nos sintamos, menos tentaciones tendremos.

–Pareces un predicador –dijo él con una sonrisa.

–Así me siento –admitió ella–. No quiero perderte por la botella... Ya he perdido demasiado en manos del alcohol y las pastillas. No permitas que te pierda también a ti, Ben. Prométeme...

–No puedo –dijo él con suavidad. Observó la decepción que reflejó el rostro de Stevie y añadió–: Y, si te lo prometiera, no deberías creerme.

Justo cuando iba a insistir un poco más, se acordó de que Lee le había pedido el mismo tipo de promesa... y de lo rápidamente que la había roto cuando se enfrentó a la tentación.

–Tienes razón –dijo–, tienes toda la razón. De momento, intentemos superar el día de hoy y ya nos preocuparemos más tarde de mañana...

Dejándose llevar por la intuición, Stevie se retrotrajo a su infancia en busca de la disciplina militar y la rutina contra que antes se había revelado. Mientras que antes la habían aprisionado, ahora sentía que podían proporcionar orden y seguridad a unas vidas que se habían quebrado.

Los días siguientes se encargó de asegurarse de que Ben y ella lo hicieran casi todo en equipo. Iban a hacer compras, preparaban la comida juntos, daban largos paseos por Central Park, hacían y consumían litros de café negro y se pasaban horas hablando, compartiendo experiencias que antes habían vivido solos, ya fuera por vergüenza o por orgullo. Sólo cuando llegaba el momento de irse a dormir, Stevie se iba a su habitación y dejaba solo a Ben recordándole que, en caso de sentirse mal, la despertaría..., y pidiéndole que él hiciera lo mismo.

Conocedora de lo avergonzado que estaba Ben por su problema, Stevie intentaba recomponer su dignidad herida haciéndolo implicarse en proyectos que le recordasen quién era. Trazaba planes diarios para limpiar y devolver a la casa su belleza anterior. Se encargaba de llevar su ropa a la lavandería, de que se afeitase cada día, de que se peinase los espesos cabellos plateados. Pero lo principal era que lo involucraba en la búsqueda de claves y señales para fijar el camino que habían elegido recorrer juntos. Y, cada día que Ben no bebía, a ella le parecía una victoria de los dos: un día que celebraban con una ceremoniosa marca roja en el calendario y un brindis nocturno con agua gaseada con aroma de limón.

Juntos recorrieron las bibliotecas de la ciudad en busca de material relacionado con el alcohol y la adicción, y así fueron aumentando la colección de libros y revistas médicas del estudio de Ben. Casi religiosamente, leían unas tres o cuatro horas cada día, a veces en silencio, a veces comentando información en voz alta. Todo lo que ella no entendía, se lo preguntaba a Ben; al fin y al cabo, aquélla también era la batalla de Ben.

–Aquí dice que el alcoholismo es una enfermedad –dijo ella una noche–. Si es así, ¿por qué no se trata a los alcohólicos como..., como a los diabéticos?

–Buena pregunta –replicó Ben con una sonrisa–. Investigadores médicos llevan mucho tiempo intentando conseguir una buena respuesta a esa pregunta. –Se levantó, pasó el dedo por una hilera de libros cuidadosamente ordenados y cogió uno–. Aquí –dijo al encontrar la página que quería–. Lee esto... Lo escribió en mil setecientos ochenta y cuatro el doctor Benjamin Rush, uno de los firmantes de la Declaración de Independencia.

Stevie leyó el fragmento, que se titulaba «Una investigación sobre los efectos de los espíritus ardientes en la mente y el cuerpo humanos». Identificaba al alcohol como causante de adicción y afirmaba que, una vez que se había establecido el apetito de alcohol, el bebedor perdía todo control sobre él. Lo que defendía el doctor Rush era que la embriaguez sólo era culpa del bebedor en los primeros estadios de la enfermedad, antes de que el alcohol tomase el control.

–Es muy lógico –dijo Stevie recordando con un pinchazo de culpa la llorosa admisión de Irene de no poder hacer nada–. Pero, si los alcohólicos son enfermos, ¿por qué es tan difícil curarlos?

–Ésa es la pregunta para ganar el millón de dólares –dijo él con un suspiro. Se quedó un rato pensando–. La comparación que has hecho con los diabéticos no está mal, Stevie... Tampoco para ellos se dispone de una «cura», pero hay maneras de vivir con la enfermedad, tratamientos para mantenerla controlada.

–Pero los que padecen esta enfermedad tienen que hacer lo que es bueno para ellos –intervino Stevie–. En otro caso, se ponen más enfermos y mueren, ¿no?

Ben rió a su pesar.

–No me dejas escapatoria, ¿eh?

–No –dijo ella–. Ni escapatoria ni excusas.

Mientras avanzaba por el laberinto de hechos mezclados con mitos, la suerte o el destino la llevaron a leer la historia de Alcohólicos Anónimos. Era una historia que avivó su imaginación..., de un encuentro vital entre Bill Wilson, un agente de bolsa sin educación médica, y el doctor Bob Smith, un médico alcohólico. Se habían conocido en Akron, Ohio, en 1935, sin nada más que la determinación de recomponer sus vidas destruidas por el alcohol. A medida que iba leyendo, se iba convenciendo de que era un destino similar el que los había juntado a ella y Ben Hawkins.

Aunque su educación era limitada –o quizá, gracias a que no tenía la mente ocupada por complicadas teorías elaboradas–, Stevie captó un principio importante: no puede hacerse solo. Al recordar cómo se sentía cuando Lee la dejó, lo impotente que se había sentido ante la tentación y lo fácil que le había sido buscar el mal que conocía, se dio cuenta de que Ben necesitaba el apoyo de alguien que comprendiera la naturaleza de la lucha. Más que nunca, quería ser ella esta persona. Pero, mientras reflexionaba en la exitosa dinámica de AA, empezó a formarse una nueva idea en su cabeza. Ahora su fuente de inspiración era el almirante. «Decide el objetivo –solía decir éste– y la estrategia saldrá por sí sola.»

–¿Qué te parecería irte de la ciudad? –le preguntó a Ben.

–¿Quieres decir de vacaciones?

–No, quiero decir... un retiro. A algún lugar cerca de la naturaleza.

–Tengo una casa muy grande en la isla Shelter –dijo Ben– pero, en esta época del año, estará todo muy desierto...

–Parece perfecto –respondió Stevie–. Pero primero tengo algo que hacer aquí.

La fiesta en casa de Samson estaba en pleno apogeo. Los alrededores eran distintos de los de la Wherehouse; era un barrio más elegante y lujoso, pero la música era igual de fuerte y el ambiente igual de decadente. Después de todo lo que había pasado, Stevie se preguntó cómo podía haber encontrado divertido consumirse como la gente que veía allí.

–¡Linda Stevie! Qué agradable sorpresa –dijo Samson como si no hubiera estado ausente por largo tiempo. Pero lo había estado... y esto lo cambiaba absolutamente todo–. Estás muy guapa –dijo efusivamente–, ¡más que nunca! Tu cara...

–Tuve suerte... pero no voy a tentarla más –dijo calmada–. Llevo mucho tiempo sin colocarme. Sé que tú debes de pensar que esto es demasiado extraño...

Samson le dedicó la sonrisa juvenil que ella siempre había encontrado tan cariñosa, pero ahora, con los ojos envueltos en una sombra oscurecida, su cara se volvía incongruentemente vieja.

–No, no creo que sea tan extraño. Pero, ¿cómo lo hiciste, Stevie?

–Pude ver de cerca el final del camino, Samson. No era agradable... como no lo es nada de todo esto –dijo con un gesto que abarcaba la fiesta y un modo de vida–. He decidido dejar de evadirme –continuó–, ser una persona real...

–Oh, bueno –dijo él suspirando y con una caída de ojos–. Bueno, ya sabes lo que pienso de la realidad, linda Stevie. Se exagera mucho su valor, así que, si has venido a convertirme, estás perdiendo...

De pronto, sin previo aviso, alguien se acercó a Stevie por detrás y le dio un puñetazo que estuvo a punto de tirarla al suelo. Se volvió para ver al atacante: era una mujer joven con cabellos color púrpura y ojos perdidos.

–¡Ya sé lo que quieres! –dijo desvariando–. ¡Quieres que me deje y te vuelva a coger a ti, pero no ocurrirá, Stevie Knight! ¡Mejor será que desapararezcas de aquí, y deprisa, antes de que te arregle tu linda cara de una vez por todas! –Y, con estas palabras, sacó una navaja de sus botas altas. Stevie se quedó rígida y por sus labios salió un grito de terror.

Samson se apresuró a ponerse entre las dos mujeres.

–¡Déjalo, Baby Jean! –le gritó–. ¡Digo que lo dejes de inmediato... o se acabó todo! Estoy harto de tus rabietas... Harto, ¿me oyes?

Stevie la miró sin poder creerlo. ¿Era aquélla la Baby Jean que había visto antes, aquella adolescente inocente que la había reemplazado en el afecto de Samson...? ¿Era esta la criatura con aspecto de perdida que ahora se replegaba ante su ataque?

–Baby Jean es inofensiva –le explicó mientras la chica se alejaba–. Le gusta jugar a ser fuerte, pero es demasiado estúpida para jugar el papel de un modo convincente...

Stevie no estaba muy segura de que la chica fuera inofensiva, tan poco convencida de ello como de que los juegos de Samson fueran inofensivos.

–Puedes decirle a Baby Jean que no se preocupe –dijo–. No he venido a quedarme. –Se dio vuelta para quedar de cara al grupo de invitados de la fiesta que se habían agolpado a su alrededor después de ver la escena de Baby Jean.

–He venido –dijo elevando la voz– para recordaros que Philippa Mason, Pip para los amigos, murió hace cuatro meses. Era guapa, tenía talento, era rica, como la mayoría de vosotros..., y desperdició su vida. Nadie puede hacerla volver..., del mismo modo en que nadie puede devolverme los años que yo tiré por la borda. Creíamos ser controladas y refinadas, Pip y yo..., tan controladas que ella está muerta y yo fui a parar a Bellevue.

»He venido aquí porque he pensado que quizá, sólo quizá, algunos de vosotros estéis cansados de vivir como parásitos, de estar siempre mareados y confusos. He pensado que quizás aquí había alguien que no quería terminar muerto o loco..., alguien que necesita ayuda y no quiere ir a un hospital. Os propongo venir conmigo ahora mismo. Os doy mi palabra: no os arrepentiréis.

Se produjo un largo silencio y luego murmullos de conversaciones en voz baja. ¿Estaba hablando en serio... o era sólo otro de los juegos de Samson? Se oyó la risa nerviosa de una mujer borracha, pero Stevie no se movió, escrutando las caras una a una. Y, al final, no se fue sola. Primero se acercó Johnny London, la estrella del rock, con su novia Nancy a remolque. Lo siguieron la fotógrafa Mary Carstairs y el actor Bobby Reese. Eso fue todo, pero era suficiente para formar un grupo, una familia sustitutiva que ayudaría a sus miembros a crecer, en lugar de colaborar en su destrucción.

–Bueno, bueno –murmuró Samson sarcástico cuando el pequeño grupo salió de la casa–. La linda Stevie Knight haciendo de flautista de Hammelin... Interesante, pero me pregunto si llegará alguna vez a Broadway.

3

Cuando el pequeño grupo subió a bordo del ferry que los llevaría a través del corto trecho de aguas del Atlántico hasta el refugio de Ben en la isla Shelter, Stevie tenía la sensación de que eran todos peregrinos que se embarcaban en un viaje por aguas desconocidas y territorios que no salían en los mapas. Se había erigido en jefe del grupo y ahora sentía el pavoroso peso de la responsabilidad. Pero, como deben hacer siempre los viajeros de la vida, llevaba consigo la fe en algo más allá de ella. Para algunos era religión; para Stevie era el deseo de viajar por un camino nuevo y diferente, la poderosa convicción de que tenía que haber un modo de encontrarlo.

El cielo de marzo estaba casi blanco de nubes, el aire frío y cortante con los últimos restos del invierno. Como había predicho Ben, la isla Shelter era tranquila y casi desierta. La vieja casa colonial agrisada por el tiempo, con persianas blancas ribeteadas de negro, acogió al reducido grupo.

Incluso antes de encender la calefacción, Stevie sintió la calidez del lugar. Los muebles eran simples y robustos, lustrados por el uso y la cera de generaciones; la colección de edredones, ollas de cobre y la cerámica primitiva reflejaban la pasión de la difunta Pat Hawkins por los mercados populares y las ferias.

Las cajas y bolsas de provisiones estaban almacenadas en la gran cocina y prepararon y consumieron una comida ligera. Encendieron fuego en la alta chimenea de la sala. Se sirvió café y té y Stevie reunió al grupo alrededor del fuego. Sentada en el suelo con las piernas cruzadas, con el rostro iluminado por las llamas, dijo:

–No voy a hacer grandes discursos. Tenemos una oportunidad en la vida: es así de simple. Si alguien no quiere aprovecharla de verdad, si alguien ha cambiado de opinión, que lo comente con el resto del grupo... o que se vaya en el próximo ferry. –Se detuvo un momento y miró a su alrededor, pero nadie dijo nada–. Muy bien pues –continuó–, ¿por qué no empezamos por explicar cada uno las razones por las que vino? –Hubo otro silencio y Stevie vio que tenía que decir algo más–. Johnny –dijo eligiendo para empezar al hombre que actuaba públicamente para millares de personas–, tú fuiste el primero en dejar la fiesta de Samson... Dime por qué.

Johnny London alargó la mano al café, como antes solía alargarla para coger estimulantes más poderosos, y dio un sorbo.

–Dios mío –dijo–, no me iría mal algo para endulzar esto... y no me refiero al azúcar.

Hubo un estallido de risas nerviosas. Stevie estuvo a punto de saltarle al cuello para recordar a los otros lo que estaban intentando dejar, pero la intuición la hizo contenerse. Se dio cuenta de que Johnny hablaba sinceramente, y aquello era mejor que simular ser fuerte cuando no lo eres.

–Muy bien –dijo–, Johnny gana puntos por decir la verdad. Ahora dinos algo más, Johnny... Aquí todos somos amigos, y todos sabemos muy bien lo que es una copa, una pastilla o una esnifada.

Johnny esbozó la famosa sonrisa que había embellecido las cubiertas de sus álbumes.

–¿Quieres saber por qué vine contigo, Stevie?

–Me encantaría.

–He sido un buen bebedor desde los dieciséis años –dijo–. Cuando empecé a descubrir los clubes pequeños de Jersey Shore, mi grupo y yo solíamos tomarnos cientos de copas... y juerga libre toda la noche. Demonios, nos parecía que era algo magnífico..., una ocasión para hacernos famosos, para conseguir a las chicas más monas... y todo el licor que pudiésemos soportar.

»Al cabo de un tiempo, teníamos más dinero... y las chicas eran mejores... y las drogas también. Estábamos todo el día colocados. Los tíos de las compañías de discos nos daban lo que queríamos y así conseguimos poner nuestro nombre en la cima. Bueno, era el cielo... ¡sexo, drogas y *rock and roll*!

–Si era el cielo –lo interrumpió Stevie–, ¿cómo es que estás aquí?

La sonrisa de Johnny desapareció.

–Lo era –insistió–, al menos un par de años. Empecé a perder el conocimiento en nuestra última gira europea y entonces corté con el alcohol, y todo pareció ir bien. Bueno, el mes pasado, estábamos en Los Ángeles terminando una gira de diez semanas por Estados Unidos. Como tenía un poco de tiempo, alquilé un coche y me fui a Baja. Una noche, fui a la pequeña cantina y me eché al coleto unos tragos de tequila. No estaba borracho..., estaba bien. Nadie me había reconocido y me puse a charlar con el camarero. Entonces me pregunta mi nombre... y ¿sabéis qué? Estaba sentado en el taburete de la barra como una estaca y, por mis muertos, que no era capaz de pronunciar un nombre..., ni el de Johnny London ni el nombre que me dio mi madre. Eso me asustó muchísimo, Stevie... La noche que fuiste a casa de Samson, fue como..., bueno, sé que os parecerá ridículo, pero me pareció como una señal de alguna parte.

–Quizá lo fuera –intervino Mary Carstairs–. Y sé exactamente lo que debía de sentir Johnny. Yo llevaba una carrera fantástica, fotografiaba a las mejores modelos del mundo..., hasta fotografié a la linda Stevie Knight, ¿te acuerdas? Fue antes de que empezara a perder cosas..., trozos de mi vida, amigos, incluso mi trabajo. Gastaba rollos y rollos de película cuando estaba colocada y pensaba que serían brillantes..., mejor que Avedon, mejor que todo el mundo. Pero cuando revelaba el material, resultaba ser pura basura. Y cuanto peor trabajaba, más necesitaba colocarme.

Una vez rotos los muros de reserva, parecía que todo el mundo quería hablar y todo lo que podía hacer Stevie era mantener el orden. Pasaron varias horas, los ceniceros se llenaron de cigarrillos, el café fue sustituido por leche caliente... y Stevie recordó la necesidad de disciplina y rutina.

–Oigamos lo que dice Bobby –dijo señalando al joven actor rubio– y, luego, nos iremos a dormir. La diana es a las siete de la mañana... ¡sin excepciones!

Hubo un amable gruñido de protesta, en especial de parte de Johnny, quien a menudo se iba a la cama cuando salía el sol.

–Os he estado escuchando –empezó Bobby Reese–, y lo que he entendido es que, en un momento dado, todos sentisteis miedo o vergüenza por la manera en que vivíais. Yo me he sentido avergonzado toda la vida..., al menos desde que me di cuenta de que era homosexual. –Se detuvo y escrutó las caras que lo rodeaban en busca de una señal de desaprobación, o algo peor.

–Sigue –lo animó Stevie.

–Cuando llegué a Nueva York –continuó–, no me pareció tan horrible ser homosexual; desde luego, no como en Utah. Conseguí un papel en un serial y dinero suficiente para ir de juerga cada noche. Cuando entraba en un bar, siempre había alguien que quería venir a casa conmigo. Tuve una experiencia parecida a la de Johnny..., me desperté en la habitación de un hotel con un tío. No podía recordar su nombre o ni siquiera dónde lo había encontrado. Y, de pronto, me pareció que lo más importante del mundo era saber con quién me había acostado. Así pues, salí de la cama, cogí sus pantalones y busqué su cartera pensando que encontraría algún carné que lo identificase. Lo siguiente que recuerdo es que estaba tirado en el suelo con la nariz sangrando. El tío pensó que intentaba robarle, como un simple ratero. ¿Y sabéis qué? No lo culpé. Me pasé seis días de juerga... y perdí el trabajo. Yo creía haber dejado atrás la vergüenza –dijo con la voz vacilante–, pero todavía estaba allí, esperando salir a la superficie...

Impulsivamente, Stevie se levantó y rodeó a Bobby con los brazos.

–No pasa nada –le dijo con suavidad–. Te pondrás bien... aquí, con nosotros. No tienes de qué avergonzarte.

En los días siguientes, Stevie intentó ponerse al frente del grupo, fijando las normas y luego encargándose de que se cumplieran.

Allí todos eran iguales. Ella lo dejó claro: en virtud de sus problemas comunes, nadie era mejor ni peor que el resto. Pero alguien debía dirigir al grupo para que no se fuera a pique.

La rutina del día empezaba a las siete con un rápido paseo por la playa desierta, seguido del desayuno preparado, como todas las demás comidas, por equipos rotativos de dos personas. El grupo se reunía hasta que era hora de comer, y, después, todos los que tenían problemas médicos iban a ver a

Ben. La tarde empezaba con una sesión de ejercicio, que abarcaba desde los ejercicios de gimnasia de la Marina de Estados Unidos a las carreras de relevos, seguidos de media hora de meditación tranquila y una serie de labores, como limpiar la casa, lavar la ropa o ir a comprar comestibles. Las normas se iban fijando a medida que se necesitaban. Por ejemplo, cuando observó que la gente se pasaba horas hablando por teléfono con sus amigos, Stevie puso un límite de cinco minutos de llamada por día. Cuando vio que se pasaban demasiadas horas mirando la televisión, Stevie añadió otra sesión de grupo antes de cenar y nuevas obligaciones diarias a terminar antes de ir a dormir. Todos los miembros estaban invitados a utilizar la librería que, aunque más modesta que la de la propia casa de Ben, estaba llena de libros de medicina, psicología y de historia de la curación de enfermedades.

A medida que los componentes del pequeño grupo de peregrinos se fueron conociendo unos a otros, empezaron a conocer mejor la naturaleza de sus problemas. Fue Ben quien sugirió dedicar al menos parte de cada discusión de grupo a compartir la mayor cantidad posible de información sobre las drogas y el acohol. Y fue Ben quien se ofreció voluntario para mantener viva la discusión.

–Pensad en esto cada vez que tengáis tentaciones de tomar otra copa o algo de hierba. Nacemos con diez billones de células cerebrales... Parece mucho, pero es todo lo que recibimos. Algunas de ellas se agotan y mueren a medida que te vas haciendo viejo; es natural. Pero cuando abusas del alcohol o tomas muchas drogas, empiezan a consumirse mucho más rápido, tal vez unas dos o tres veces más rápido.

»Lo malo es que, aunque se tomen medidas contra ello, no hay manera de hacer renacer esas células muertas. Lo bueno es que, después de un período de tres a seis meses de sobriedad, vuelve la función del cerebro. Es decir que las áreas sanas del cerebro parecen ocuparse del trabajo de las áreas destruidas..., como cuando un empleado se encarga del trabajo de uno que se ha ido, además del suyo propio. En un alcohólico o drogadicto, esto no pasa... y, pronto, resulta que todos los trabajadores de la fábrica han salido a comer al mismo tiempo.

Hubo un momento de silencio mientras cada uno consideraba las implicaciones personales de esta información.

–Entonces, *doc*, si todos los médicos saben eso –dijo Johnny London–, ¿cómo es que seguías bebiendo?

Ben se rió.

–Es una buena pregunta, Johnny..., y la única respuesta que tengo es que es difícil pensar claramente cuando tienes el cerebro lleno de alcohol.

Nancy salió en su defensa.

–No te preocupes –dijo–. Mi familia tenía tantas ganas de que dejase el alcohol que me pagaron un tratamiento que costaba cincuenta dólares la hora. El psiquiatra me dijo que mis problemas con la bebida eran sólo un síntoma de mis problemas subyacentes. Yo dije: «Vale, analicémoslo». Tres años después, mis problemas estaban resueltos... ¡y yo seguía bebiendo como una esponja!

Todos se rieron, no con carcajadas de burla sino con profunda comprensión, con el conocimiento del dolor de otro e intentando, por un momento, superarlo.

–Mi opinión..., mi opinión, si es que sirve de algo... –empezó Ben, indeciso.

–¡Venga, hombre! –interrumpió Stevie–. Tu opinión sirve de mucho y no hay denuncia que pueda alterar esto.

–Muy bien –sonrió Ben–, mi opinión es que es mejor dejarlo antes de descubrir las razones y motivos. Al fin y al cabo, uno no se pregunta la causa del fuego cuando se está quemando el edificio o no intenta navegar en un barco que se hunde.

Cuando el grupo llevaba ya dos semanas en casa de Ben, empezaron a llegar nuevos compañeros –amigos y parientes– que engrosaron las filas hasta que fueron una docena y se hizo necesario formar dos grupos de discusión separados.

Stevie recibía a los nuevos con los brazos abiertos. Pero cuando una mañana tocó diana y encontró los restos de una fiesta con pastillas y alcohol en una de las habitaciones, recordó la cruda verdad de que no se podía confiar en un drogadicto de cualquier tipo. De inmediato, fijó otra norma. Cualquier persona que ingresase en la casa Hawkins tendría que ser registrada minuciosamente.

–Por esta vez lo dejamos correr –dijo–, porque yo debería haberlo previsto. Pero, a partir de ahora, cualquiera que lo haga será expulsado. Podemos ayudarnos unos a otros... pero sólo si somos sinceros.

—¿Qué pasa cuando salimos de aquí? —preguntó Mary—. ¿Qué pasa en el mundo real?

—¿Qué quieres que pase, Mary? —contraatacó Stevie—. Cierra los ojos..., tómate todo el tiempo que necesites e imagínate un cuadro. Ponte en él a ti misma exactamente como te gustaría ser. ¿Qué haces en el cuadro?

Mary cerró los ojos y se sentó en posición de loto, inspirando y exhalando con ritmo. Pronto se le transformó la cara en una expresión de serenidad.

—Quiero volver a hacer bien el trabajo..., mejor que bien. Quiero casarme. Quiero niños. Quiero alguien que me ame para siempre.

Abrió los ojos.

—Busca este cuadro —la animó Stevie—. Fíjatelo en la mente y recuérdalo cuando vuelvas al mundo real. Y si las tentaciones de fuera se hacen demasiado fuertes, coges el teléfono y nos llamas... Te lo recordaremos.

Stevie repitió el ejercicio con todos los del grupo. Cuando llegó a Ben, estaba segura de que sabía cuál sería su respuesta, pero Ben cerró los ojos y no encontró ninguna.

—No lo sé —dijo por fin—. Realmente no lo sé. Todo lo que puedo deciros es que no voy a volver a operar.

—¿Pero por qué? —preguntó Stevie—. La denuncia quedará pronto archivada... Con el tiempo la gente lo olvidará. Llevas semanas sin beber nada... Puedes ser mejor que nunca.

Él hizo un gesto de negación.

—Esta parte de mi vida ha terminado —dijo él—. Borracho o sobrio, esto lo sé. Creo que ahora tengo que encontrar algo en que ocuparme.

—¿Y tú, Stevie? —preguntó Johnny—. ¿Dónde quieres estar de aquí un año?

Stevie se quedó asombrada por la pregunta. Se había dedicado tan intensamente a provocar la visión en los otros que ni siquiera había pensado en ella misma. Cerró los ojos, se relajó primero y luego se concentró en un pequeño punto de luz en el centro de su mente. El pequeño punto se abrió en una bella escena, un lugar cálido y de claros cielos azules. Estaba rodeada de gente, tal como ahora, y era feliz.

–Quiero hacer esto –dijo claramente y con mayor convicción de la que había tenido nunca–. Quiero hacer exactamente lo que estoy haciendo ahora.

Fue después de esta visión cuando Stevie decidió la fecha –un mes después de la llegada– en que el primer grupo de peregrinos se iría a casa. Se dio cuenta de que un retiro debía tener un principio y un fin; en otro caso podía convertirse fácilmente en un sustituto de la vida.

Resistiendo a todos los intentos del grupo de descubrir qué planes tenía, hizo varios viajes misteriosos a la ciudad y volvió con un surtido de cajas y bolsas.

El último día que iban a pasar juntos, Stevie le confió el asunto a Ben y le pidió ayuda. Después de cerrar la puerta de la sala tras ellos, se pusieron a trabajar durante dos horas: inflando globos y cortando guirnaldas de papeles de colores. Y, cuando terminaron, Stevie pidió a Ben que «reuniera a las tropas» y las hiciera entrar. Puso el disco de «Pompa y Circunstancia» y sintió una oleada de ternura y orgullo cuando sus «licenciados» llenaron la habitación, con la cabeza alta, formando un círculo. En el centro, sobre una mesa cubierta con un mantel rojo brillante, había un enorme pastel blanco. Escrito con helado rojo se veía: «Feliz día de licenciatura», seguido de los nombres de todos los miembros del grupo. Junto a cada nombre había una vela.

Stevie encendió las velas.

–Daos todos la mano... Ahora, pensad un deseo y apagad todos las velas.

Pronto estaban todos riendo y aplaudiendo.

–Estoy orgullosa de vosotros –dijo Stevie–. Estoy orgullosa de todos vosotros. Habéis trabajado duro... y todos merecéis medallas. Mary, puedes acercarte y recoger la tuya...

Con gran solemnidad, le sujetó en el pecho una medalla de bronce, con su nombre, la fecha y la leyenda «Isla de Shelter, EE.UU.».

–Que seas feliz, Mary –dijo con los ojos llenos de lágrimas–, y por el amor de Dios, sé sincera.

Cuando acabó de repartir todas las medallas, Stevie estaba llorando abiertamente. Ahora que había llegado el momento de decir adiós, se daba cuenta de lo mucho que echaría en falta a su grupo y de lo mucho que los quería a todos. Una vez terminado el pastel, una vez intercambiados los abrazos, besos y promesas de mantenerse en contacto, Stevie acompañó a sus licenciados hasta afuera. Delante de la casa de Ben, los árboles estallaban en brotes; las campanillas florecían ya y mostraban su color..., un recuerdo adecuado de que para aquellos alumnos habría otra primavera y otra época de florecimiento y crecimiento.

4

Stevie fue la que tuvo el sueño, pero Ben el que ayudó a hacerlo realidad. Fue Stevie quien eligió el lugar, pero Ben el que liquidó sus acciones y bonos para comprar los ochenta acres fuera de Taos y construir la estructura de adobe que se convertiría en el corazón y centro neurálgico de los que seguirían. Stevie había leído en un libro sobre medicina popular que Nuevo México había sido considerado el centro del universo; le pareció adecuado que el peregrinaje para redimir a las almas perdidas fuese hasta allí.

–Es sólo un préstamo –insistió Stevie–. Encontraré la manera de devolvértelo algún día, te lo prometo.

–Yo lo considero una inversión. Se supone que hacemos esto juntos, ¿no te acuerdas..., colega? –dijo atusándole el pelo con afecto.

¿Cómo podía olvidarlo? De no haber sido por Ben, posiblemente estaría aún tropezando en la oscuridad, todavía en busca de una vida y una identidad.

–Es igual para ambos –dijo Ben como si supiese lo que estaba pensando ella–. Tú me ayudaste a encontrar muchas buenas razones para mantenerme sobrio, Stevie..., algo en que preocuparme.

Cuando analizaban el problema de cómo llamar al centro, Ben sugirió «El Paraíso».

Stevie negó con la cabeza.

–Paraíso suena como un sitio donde ocultarse..., tú lo intentaste y yo también. No –concluyó–, no puedes ocultarte, pero puedes conseguir la ayuda que necesitas para seguir adelante.

Y así nació El Oasis, en el desierto de Nuevo México, y

todos los que fueran a renovarse recibirían el nombre de «viajeros».

–Sólo hay una cosa más –dijo Stevie vacilante–. Creo que El Oasis debería ser un lugar sólo para mujeres.

–Eh, ¿de dónde sale eso? –preguntó Ben con una incredulidad que daba paso a la sospecha–. Nunca te he considerado sexista.

–No lo soy. Las mujeres pueden ser iguales, y digo *pueden,* pero no son lo mismo que los hombres, y, en cuanto al tratamiento de adicciones, nadie parece darse cuenta... o preocuparse. Mira estos informes –dijo dejando caer un montón de papeles en la falda de Ben–. ¡Observa los números! Las mujeres representan el cincuenta por ciento de los alcohólicos del país, el ochenta por ciento de usuarios de drogas prescritas, un tercio de los adictos a la cocaína. Las mujeres drogadictas se convierten en proscritas sociales... Puede ser que hayamos avanzado mucho, Ben, pero todavía sigue siendo más correcto emborracharse para un hombre que para una mujer.

Ben esperó que amainara la explosión de Stevie.

–Veo que has hecho deberes –dijo él seriamente, al notar el gesto de decisión de su mandíbula y la combativa postura de su cuerpo–. Dime qué fue lo que te sugirió esta idea, Stevie. ¿Se refiere a las mujeres en general... o a una en particular?

–No entiendo la pregunta –repuso tomada por sorpresa.

–Creo que sí –insistió él–. Mira, Stevie, no hay nada malo en que te sientas triste por no haber podido ayudar a mujeres como ella –dijo devolviéndole el montón de papeles–. Sólo quiero que seas sincera y honesta contigo misma, esto es todo.

–Es bastante –dijo ella con calma–. Pero, si puedo contar contigo para seguir siendo sincera...

–Todo el tiempo que me necesites –dijo Ben acariciándole las manos y manteniéndolas entre las suyas con una pregunta silenciosa en los ojos.

Juntos, Stevie y Ben hicieron florecer de vida El Oasis. A menudo trabajaban codo a codo con los artistas de paisaje que habían contratado para crear jardines tranquilos y estanques que suavizasen y realzasen la belleza natural del accidentado terreno.

Juntos recorrieron los talleres y fábricas de Nuevo México en busca de muebles que representasen las mejores obras de los artesanos regionales. Sin olvidar nunca su experiencia en Bellevue, Stevie estaba decidida a crear un ambiente de belleza y serenidad que aligerase el proceso de curación.

Juntos, ella y Ben entrevistaron a los posibles miembros del personal, buscando un equilibrio entre estudios y capacidad de compasión, pero, más que esto, una disposición de aprender y madurar con la gente a la que deberían tratar. Más de una vez rechazaron a un candidato que ofrecía simplemente unas credenciales impecables de buenas Universidades, a favor de alguien que poseía la curiosidad de un investigador y una disposición a explorar nuevos terrenos.

Y cuando los preparativos estuvieron casi completos, Stevie decidió ofrecer una rueda de prensa.

–Así la gente que vive en las ciudades cercanas sabrá quiénes somos –le dijo a Ben–. Vamos a necesitar su cooperación y apoyo.

Juntos redactaron una simple nota de prensa donde decían que El Oasis se dedicaría al tratamiento de drogadicciones.

Sólo había esperado la asistencia de un puñado de periodistas y autoridades locales a la rueda de prensa, pero, para su sorpresa, el auditorio estaba casi lleno de periodistas y fotógrafos. Por un momento, Stevie sintió pánico. Había planeado una reunión sencilla con té y pastas en una de las salas y ahora parecía que tenía toda una representación de la prensa en sus manos, prácticamente igual que las que deleitaban a Samson.

–Puedes hacerlo –dijo Ben–. Acuérdate de la época en que trabajabas delante de las cámaras..., sólo que esta vez es algo real, no de fantasía.

–Por eso estoy tan asustada –protestó ella–. Esto es demasiado importante para estropearlo.

–No lo estropearás –dijo dándole un beso de buena suerte–. Ahora, sal ahí fuera y déjalos tiesos.

El murmullo de conversación se intensificó cuando apareció Stevie. Alzó una mano pidiendo silencio y luego se apoyó con fuerza en el atril; era un ejercicio que liberaba tensión.

–Señoras y señoras –empezó–, bienvenidos a El Oasis. Todos saben ya para qué estamos aquí, así que les diré algunos de nuestros principios básicos, que son muy simples. El primero es reconocer que la drogadicción nos controla y que no podemos recuperarnos solos. El segundo es ser sincero, primero con nosotros mismos y luego con los demás. El tercero es comentarlo con los otros y conseguir la verdad en el proceso. Ésta es la parte crucial de la recuperación –siguió–, porque la vida del drogadicto es un monólogo... se relaciona sólo con su ego adicto. El adicto en recuperación es aquel que comprende y utiliza el diálogo.

–Señora Knight... –Un periodista se levantó con la mano alzada.

–¿Sí? ¿Tiene alguna pregunta?

–Sí –dijo sonriendo ampliamente–. He oído que usa el artículo masculino cuando habla de drogadictos mientras que, según mi información, El Oasis va a ser un club sólo para señoras. ¿Cómo lo justifica?

Se oyó un profundo rumor colectivo, y Stevie, de pronto, tuvo miedo de que aquélla fuera la razón por la que había tanta prensa: para provocar una polémica.

–No tengo que justificarlo –replicó Stevie rápidamente. Luego, arrepentida de su prisa, se corrigió–. Quiero decir que lo que intentamos en El Oasis es responder a una necesidad que no cubre nadie más. Las mujeres drogadictas sufren depresión, problemas de subestimación y problemas sexuales, más que los hombres. Las mujeres alcohólicas sufren riesgos físicos más serios porque sus cuerpos tienen un porcentaje menor de agua que el de los hombres. Como el alcohol no se diluye tan deprisa como en éstos, necesitan menos cantidad para elevar los niveles de alcohol de la sangre hasta llegar al punto en que el riesgo de lesión corporal y mental es más serio. Los órganos femeninos, en especial los riñones, quedan más severamente afectados que en los hombres.

Todavía de pie, el periodista lanzó otra pregunta.

–¿No es cierto que usted también es una drogadicta? ¿Es ésta la razón principal por la que está interesada en tratar sólo a mujeres?

–Sí, soy drogadicta –respondió Stevie con la voz temblorosa de indignación y un brillo en los ojos de lo que Ben llamaba celo mesiánico–. Soy una drogadicta que no se droga, pero, si ha venido aquí a buscar basura en mi vida personal, está perdiendo el tiempo. Le diré, sin embargo, que el hecho de ser drogadicta me ha enseñado mucho sobre las mujeres. Las drogadictas y alcohólicas embarazadas tienen miedo de pedir ayuda, miedo de que les quiten a sus niños. Así que evitan totalmente el cuidado médico, con lo que ponen en peligro al niño y dan a luz muy a menudo a un drogadicto de nueva generación.

»Como si la culpa, la vergüenza y el miedo no fueran suficientes, cuando las mujeres buscan ayuda y van a un centro mixto, allí tienen que enfrentarse al hostigamiento sexual de los pacientes masculinos.

»Esto ya sería bastante difícil para gente fuerte y sana, pero la mayoría de mujeres de las que hablamos suelen tener auténticos problemas con los hombres para empezar..., bien por culpa de incestos, abusos sexuales o malos matrimonios. Ahora... ¿alguien quiere decirme la razón por la que El Oasis no debería ser un centro de tratamiento para mujeres?

Se hizo el silencio en la sala. Luego hubo una explosión de aplausos en una esquina, seguida de otra y otra más, hasta que toda la gente estuvo de pie y aplaudiendo al unísono.

Con la adrenalina al máximo, Stevie siguió respondiendo a las preguntas que le plantearon durante una hora.

–Mi personal les enseñará el centro –dijo después, y pasó entre la multitud para encontrar a Ben. La opinión que quería era la suya.

–Lo has hecho fantástico –repuso, pero su expresión no parecía acorde con las palabras.

–¿Me he dejado algo? Dime, Ben. No puedo recordar ni la mitad de las cosas que dije...

–Stevie –le dijo–, hay alguien que quiere verte... –Ben señaló a un joven marino vestido de uniforme en el corredor.

¿Era posible?, se preguntó ¿Era posible que el almirante hubiera mandado realmente un mensaje... o se hubiera presentado él mismo?

El marino la saludó atentamente cuando se acercó.

–¿La señorita Stephanie Knight?

–Sí...

–Señorita –dijo con calma–. Siento informarle que su madre, Irene Knight, murió el mes pasado.

La noticia golpeó a Stevie como una bofetada en plena cara. Se le doblaron las rodillas y habría podido caer si Ben no la hubiera sostenido con sus fuertes brazos. Toda la excitación del día se redujo a cenizas.

–¿Cómo? –preguntó en busca de la realidad a través de una neblina de incredulidad.

–Aquí está todo –le dijo el marino con los ojos llenos de compasión mientras le ofrecía el documento impreso. Era una copia del certificado de defunción de Irene, debidamente firmado por un médico de la Armada. La causa principal de la muerte había sido una cirrosis hepática. Se daba una lista de complicaciones coadyuvantes..., todos los eufemismos que había exigido el almirante. Pero Stevie sabía perfectamente qué había matado a su madre.

–Tengo algo más para usted, señorita –dijo el oficial sacándose del bolsillo un pequeño paquete–. Su madre le dejó esto en el testamento. El almirante Knight me ordenó que se lo diera.

Stevie reconoció de inmediato el viejo joyero carmesí. Dentro había el broche granate que Irene había recibido de su madre el día de su boda.

–Gracias –murmuró luchando para no desvanecerse. El marino la volvió a saludar, giró marcialmente sobre sus talones y se fue.

Ben llevó a Stevie fuera, al refugio de un apartado «jardín de meditación» y la retuvo entre sus brazos.

–¿Cómo ha podido? –dijo rompiendo a llorar–. ¿Cómo ha podido dejarla morir sin decírmelo? Aunque fuera para decirle adiós, Ben, ni siquiera un adiós... ¿Cómo puede ser tan cruel? ¿Por qué tiene hijos un hombre así, Ben?

–No lo sé –murmuró Ben con el rostro contra sus cabellos–. Debe de ser un hombre miserable y solitario.

Pero Stevie no lo oyó. Asida a Ben para recibir consuelo, no atinaba a pensar en nada más que en su pérdida.

–No es justo –sollozaba–, no es justo. Siempe esperaba... Oh, Ben, fui tan mala con ella, y cada vez que escribí para decirle que lo sentía, él me devolvía las cartas. Nunca lo supo, Ben, nunca supo siquiera que yo lo sentía...

–No puedes estar segura de eso –la cortó–. Quizá lo sabía, Stevie. Quizá comprendió que tu trabajo aquí tenía mucho que ver con ella.

–¿Tú crees? –preguntó Stevie con un pequeño resplandor de

esperanza en sus ojos rojos e hinchados–. ¿De verdad lo crees?

Ben afirmó con la cabeza.

–Creo que te quería tanto como podía, Stevie. Quizá no logró ser la madre que tú necesitabas, pero, si puedes perdonarla, tal vez seas capaz de perdonarte también a ti misma.

Stevie se acurrucó más intensamente en el refugio de los brazos de Ben. Se quedaron fuera, en el sombrío retiro del jardín, y, cuando el frío del aire señaló la puesta del sol, Ben llevó a Stevie a sus cuarteles privados, la metió en la cama y le preparó una taza de té.

Se sentó a su lado durante las horas largas y oscuras de la noche, abrazándola cuando lloraba, diciéndole palabras de consuelo, ocupándose de ella como había hecho antes. Cuando ya no le quedaron lágrimas, Ben se quedó allí, como siempre desde el día en que se habían conocido.

Cuando la luz suave y temprana del alba se introdujo por las ventanas, Stevie seguía despierta, cansada hasta el agotamiento, pero al mismo tiempo curiosamente fortalecida por el poder de los mimos de Ben.

Relajada en sus sueños, ella le rozó la cara con las yemas de los dedos, recorriendo los aristocráticos rasgos que se habían vuelto tan familiares como los suyos propios. Los ojos oscuros de Ben se abrieron sorprendidos y se derritieron de amor al ver a Stevie, con sus rubios cabellos despeinados enmarcados en un halo dorado de luz del sol. Ben besó las lágrimas secas que manchaban sus mejillas. Ella le puso los brazos alrededor del cuello y lo acercó hacia sí. Su boca encontró la suya en un beso largo y dulce.

–Te quiero, Stevie –susurró–, desde el primer...

–Te quiero... –Las palabras parecían naturales y correctas, como lo parecía el amor que floreció en la mañana de un nuevo día reafirmando la vida en medio de la oscura sombra de la muerte.

Mientras antes Stevie había buscado el alivio para el dolor y la pena en los elixires mágicos del olvido, ahora lo encontraba en el trabajo: un trabajo duro, exigente, consumidor. Y tenía a Ben, un colega vital en este trabajo. Habían llegado muy lejos los dos juntos, llevándose uno a otro de la oscuridad a la luz. Él había sido un amigo y un mentor para ella; ahora era el amante y el padre que no había tenido nunca.

La conferencia de prensa provocó una oleada de historias; algunas laudatorias, otras escépticas. Una de ellas la describía como la santa patrona de las mujeres caídas y sugería que Stevie estaba calificada para el papel porque ella misma había sido una de ellas.

Las historias provocaron una avalancha de cartas; algunas de grupos de defensa de la mujer que se estaban creando por todo el país; pero, la mayoría, de drogadictos y sus familias. Por cada una de las cincuenta camas de El Oasis, había docenas de peticiones. Enfrentada a esta necesidad tan evidente, Stevie contrató los servicios de un gestor local para que buscase becas y donaciones de grandes corporaciones con la esperanza de ampliar el espacio que el primer día ya se había hecho pequeño.

Dos semanas después de haber admitido al primer grupo de viajeras, Stevie recibió una llamada a primera hora de la mañana. La voz que estaba al aparato era la de Samson y le despertó recuerdos de un pasado que ahora le parecía extraño y surrealista.

–He leído todo lo que se ha publicado de ti –le dijo–. Nunca pensé que la linda Stevie Knight se convertiría en salvadora de almas perdidas. Felicidades... o condolencias... lo que sea más apropiado...

Aunque hablaba ligeramente y sin esfuerzo, a Stevie la voz le sonó cansada y forzada.

–¿Por qué no vienes a verlo tú mismo? –le dijo–. Es muy bonito esto, Samson... Podrías descansar y...

–¿Me estás invitando a hacer el tratamiento, linda Stevie? Pensaba que sólo aceptabas mujeres.

–Ven como amigo –lo presionó ella queriendo para Samson lo que había encontrado para ella misma, lo que no había sido capaz de dar a Irene..., fuerza contra la tentación–. Déjame enseñarte lo que hacemos en El Oasis. Pruébalo, Samson. Date una oportunidad.

–Quizá lo haga –dijo con un suspiro–. Quizás un día lo haga. Pero ya sabes cómo son las cosas..., muchos sitios a donde ir, mucha gente que visitar...

Samson no fue, pero mandó en cambio un paquete por correo aéreo. Era un pequeño retrato, curiosamente anticuado y dibujado de memoria, de una guapa joven con los ojos tristes y encantados, vestida con las ropas clásicas de una diosa romana y blandiendo una espada contra una figura demoníaca cuyo rostro tenía un sorprendente parecido al de Samson. Qué extraño, pensó Stevie. ¿Realmente Samson se imaginaba que era un príncipe de la oscuridad y nada más? ¿Y realmente la veía a ella como una especie de diosa vengadora, cuando lo que ella quería era ser una amiga de verdad?

Inducida por su amarga y triste experiencia con Irene, Stevie se sentó de inmediato y escribió una larga carta a Samson. Como no había sido capaz de hacer con su madre, le habló de lo que había sido bueno en su relación. Recordándole al niño asustado que él mismo le había mostrado, llegó a decirle que sólo tenía que llamarla y ella lo ayudaría. Firmó la carta con amor y la envió, con la esperanza de que Samson un día aceptaría lo que ella tenía que ofrecerle.

Con Ben a su lado, se volcaba hacia las personas que estaban dispuestas a ser ayudadas. En los años que siguieron, a menudo se sentía similar a la mítica figura del cuadro de Samson, luchando por exorcizar a los demonios que poseían a sus viajeras y consumían su vida... y frecuentemente la de los que las amaban.

El Oasis no tenía pretensiones ni filosofías dogmáticas, y, a pesar de todo, como los Alcohólicos Anónimos –fundados por gente como ellos con una necesidad desesperada de ayuda–, funcionaba.

Aunque sus recompensas eran muchas, Stevie no se abandonó nunca al lujo de la autosatisfacción. A medida que aumentaba su dedicación, se daba cuenta de que nunca terminaría de educarse y de que debería seguir aprendiendo el resto de su vida.

A veces le proporcionaban conocimientos los libros y periódicos, y, a veces, de modos inesperadamente dolorosos, eran las propias mujeres a las que intentaba ayudar.

De Virginia Folsom, la esposa de un millonario de Denver que había ido a Nuevo México en medio de una batalla de divorcio muy aireada en la prensa y después de un intento de suicidio, Stevie aprendió que a veces las viajeras llegaban a

El Oasis con un plan oculto, un plan destructivo y engañoso. Tan pronto como Virginia se instaló, empezaron a aparecer informes en la prensa detallando sufrimientos mentales que le había infligido su marido y sus angustiosos intentos de superar los problemas. Cuando le pidió una explicación, Virginia negó tajantemente y con lágrimas tener nada que ver con las historias. Pero, tras una cuidadosa investigación, Stevie descubrió que, a fin de aumentar la cantidad asignada en la sentencia de divorcio, la mujer había sobornado a una empleada del comedor para que realizara las delirantes denuncias contra su marido y explicara cómo era ahora su tratamiento. Stevie despidió inmediatamente a la empleada y, con mucha pena, envió a Virginia a su casa.

–Tengo la sensación de haber fracasado –le dijo a Ben–. Creo que debería haberme dado cuenta de lo que pasaba con Virginia desde el principio. Debería...

–No puedes leer el pensamiento de nadie –la cortó él con firmeza–. Tienes mucha intuición, pero te volverás loca si intentas adivinar los pensamientos de toda persona que atraviese estas puertas. Es lógico que cometas errores, Stevie... Simplemente acéptalos e intenta aprender de ellos.

Aunque el consejo de Ben era lógico, Stevie sólo podía aceptarlo en parte. Se tomaba todos sus errores como un fracaso personal y, aunque le era doloroso, se veía forzada a reconocer que quizás había gente que no podía recibir ayuda en El Oasis. La experiencia le enseñó a distinguir las señales para identificarlas: mujeres que estaba aisladas y cerradas, aunque no bebieran ni tomaran drogas; que insistían en creerse diferentes de todos los demás; que no podían abandonar su conducta destructiva y eran incapaces de escuchar algo que pudiese ayudarlas; mujeres que estaban casi siempre enfadadas o paranoicas.

Aunque el trabajo le exigía una lucha continua, Stevie encontraba en él paz y seguridad, una razón para vivir. Su relación con Ben le proporcionaba el tipo de seguridad que había deseado tanto tiempo pero que nunca había conocido. Por una vez en su vida, no echaba nada en falta.

Convencida de que Ben y ella eran como dos partes de una unidad, operando en perfecta armonía, se quedó sorprendida cuando, en medio de una reunión de valoración semanal, lo pescó mirando por la ventana. Dejó de hablar, pero él no pareció notarlo hasta mucho después.

De pronto giró y, con una intensidad que no le había visto antes, le espetó:

–Cásate conmigo, Stevie..., ahora mismo.

Ella lo miró incrédula. ¿De dónde salía eso ahora?, se preguntó. ¿Y por qué tanta urgencia?

Sonrió con retraso y le cogió la mano.

–Ya sé que no es la propuesta más romántica del mundo, pero me esforzaré, te lo prometo. Dime sólo que te casarás conmigo...

–No lo entiendo –dijo ella–. Las cosas nos van tan bien, Ben. ¿Por qué quieres casarte de golpe y porrazo?

–No es de golpe y porrazo... Si me prestaras atención ya lo habrías notado.

El reproche de sus palabras era tan sorprendente como la propuesta. Apartó los papeles hacia un lado en un gesto de disculpa.

–Muy bien –dijo–. Siento haber estado ocupada en otras cosas. Dime, Ben. Dime qué pasa.

Él se atusó los cabellos plateados, con aspecto confuso y juvenil.

–Necesito definir mi vida, Stevie. No quiero seguir así..., a la deriva.

–¿Cómo puedes decir que vas a la deriva, Ben? Yo pensaba que estábamos construyendo una vida juntos.

–El Oasis... es tu vida, Stevie –le dijo negando con la cabeza–. Yo sólo he sido tu aliado..., tu consorte –añadió con un matiz de desilusión.

–No –lo cortó ella–. Has sido vital desde el principio.

–No quiero discutir –dijo él–. No es suficiente para mí, Stevie. Quiero un matrimonio de verdad... no un simple arreglo. Quiero que seamos una familia..., incluso tener un hijo...

La incredulidad de Stevie iba aumentando con cada palabra. Lo que le estaba sugiriendo Ben... era tan diferente de lo que le había parecido perfecto.

–¿Me puedes dar un poco de tiempo para pensarlo? –preguntó ella–. Necesito...

–Tiempo... –dijo él–. Supongo que es una respuesta.

–No seas así –le suplicó ella, incapaz de entender la urgencia de Ben. Después de todos aquellos años de paciencia y comprensión, ¿por qué actuaba ahora de aquel modo?

Cuando llamó el administrador de la Fundación Walsh y le preguntó si podía ir a Washington a discutir la subvención para El Oasis del año próximo, Stevie aceptó de inmediato, aliviada de encontrar una excusa legítima para posponer su respuesta. La propuesta de Ben la había afectado profundamente; no sólo empezó a sospechar que no lo conocía tan bien como pensaba sino que se sentía agobiada por la revelación de que él quería y esperaba cambios fundamentales en su relación.

El viaje a Washington era necesario, le dijo a Ben, como era necesario que él se quedase para supervisar El Oasis en su ausencia. Se preguntaba si Ben le había creído y si se daba cuenta de que había trastornado su frágil idea de que la vida era todo lo que podía ser.

Pero tan pronto como llegó al avión, se sintió invadida por la culpa. El anhelo de Ben de un hogar y una familia de verdad la conmovía. Él se merecía algo más que evasiones y vacilaciones, y comprendía que lo había herido al no responderle con un espontáneo y alegre «sí». ¿Cómo podía esperar que él entendiera su vacilación si no era capaz de entenderla ella misma? ¿Era sólo porque la propuesta de Ben la había cogido de improviso... o era algo que aún podía herir más a Ben... el sueño que había dejado a un lado pero nunca había olvidado del todo, el sueño del amor de otro hombre?

Cuando Stevie llegó a Washington, se encontró en el aeropuerto con Vincent Sutherland, el administrador de la Fundación Walsh, que la había ido a recoger y la llevó a la limusina que la esperaba.

–Espero que no te importe –dijo–, pero me he tomado la libertad de incluir tu nombre en la lista de invitados del banquete que da la Fundación Walsh esta noche.

–Claro que no –respondió ella amablemente, aunque, en realidad, había pensado en descansar bien toda la noche antes de enfrentarse a la larga y tediosa revisación que tenía que hacer meticulosamente al día siguiente de la proyectada subvención de la Fundación Walsh.

–Bien –dijo él–. Mi esposa arde en deseos de conocerla. Y lo mismo digo de los otros miembros del comité. Es sólo un problema de relaciones públicas –añadió con una carcajada de disculpa–. Como usted tiene el apoyo de la señora Walsh, el comité está más o menos obligado a aprobar la subvención del próximo año, pero...

–Comprendo. El comité quiere echar una mirada a la persona que está detrás del donativo de la señora Walsh. No puedo decir que los culpe, señor Sutherland. Probablemente hubiera debido hacer este viaje antes, pero nunca parecía haber tiempo suficiente.

–Ahora está aquí –le dijo suavemente Sutherland–. Espero hacer su estancia en Washington lo bastante agradable para que vuelva a visitarnos.

Sutherland dejó a Stevie en el hotel Mayflower con la promesa de volver en tres horas. Cuando ya estaba en la habitación y empezó a deshacer la maleta se dio cuenta de que no había llevado nada para ponerse en una fiesta de etiqueta. En cierto modo, había abandonado el hábito de vestirse bien junto con el estilo de vida que estuvo a punto de destruirla. Bajó rápidamente las escaleras, paró un taxi y le pidió que la llevara a los almacenes más cercanos.

Diez minutos después, se paseaba por una boutique de ropa de gala en Garfinckel's. Hacía años que no se compraba nada más elaborado que camisas y pantalones, y, aunque quería dar una impresión favorable al comité de la Walsh, no parecía encontrar nada en los colgadores que fuera correcto para la mujer en que se había convertido.

A instancias de una vendedora persuasiva, se probó sin mucho interés –y rechazó– media docena de vestidos –y lo que representaban–: espectaculares confecciones con colores deslumbrantes, vestidos de seda con abalorios que parecían pesar más que ella, trajes de vestir provocativamente transparentes...

–¿No tienes nada más? –preguntó desesperada–. No busco un disfraz..., sólo algo para ir a una fiesta de gente adulta.

La vendedora desapareció en el almacén y volvió con un traje con chaqueta de color crema. Aunque le quedaba perfecto y realzaba el permanente bronceado de Stevie, también destacaba sus lacios cabellos desteñidos por el sol. Tras pagar, se detuvo en el departamento de cosméticos y compró un champú que prometía producir «brillantes reflejos y armado instantáneo».

Cuando volvió al hotel, se lavó la cabeza y se quedó unos lujuriosos veinte minutos en un baño perfumado, pensando en el tiempo que hacía que no se permitía ningún tipo de vanidad femenina... y cómo habían desaparecido de su vida todos los adornos y complementos que antes habían sido una parte tan importante de ella.

Cuando se maquillaba y se ponía el nuevo vestido, la mujer reflejada en el espejo era sin duda encantadora... pero le faltaba algo, algo recordado y casi nunca olvidado. Era, pensó Stevie con un pinchazo de nostalgia, la ilusión, el deseo de una mujer de verse reflejada en los ojos de un hombre que la quería. Tenía un hombre así en casa, se dijo, un hombre que la quería con tejanos y ropa de trabajo. ¿Por qué no podía ser suficiente?, se preguntó. ¿Por qué no podía recibir con los brazos abiertos el regalo del amor de Ben?

La fiesta en los cuarteles generales de la Fundación Walsh, en Embassy Row, estaba justo empezando cuando la limusina de la fundación llevó a Stevie, junto con el señor y la señora Sutherland, a la entrada principal. Camareros de chaqueta blanca servían canapés y champán mientras una pequeña orquesta tocaba música bailable en la galería.

Los Sutherland presentaron a Stevie a los cinco miembros del comité de la fundación, y, aunque la diplomacia no había sido nunca su punto fuerte, se esforzó en expresar su agradecimiento por su apoyo continuado. Con un vaso de soda en la mano, se sumergió obediente en el tipo de conversación superficial de las fiestas que prácticamente había olvidado. Sonriendo, bailó con los miembros solteros del comité... y confió en ofrecerles una buena personificación de una mujer feliz, satisfecha y en paz consigo misma.

Tan pronto como pudo excusarse, Stevie dejó a los Sutherland y se fue en busca de un teléfono. Aunque había dejado El Oasis en las capaces manos de Ben, sentía la necesidad de asegurarse de que todo iba bien.

Al pasar por lo que parecía una biblioteca, vio salir a una

figura familiar de una esquina poco iluminada. Su corazón dio un salto de reconocimiento y el cuerpo se le fue hacia adelante con una sonrisa radiante en la cara. Es el destino, pensó, es el destino lo que lo ha traído aquí, pensó.

Un momento después, Stevie se detuvo y la sonrisa se convirtió en una mueca de dolor. Lee no estaba solo..., estaba con una mujer, una mujer guapa que llevaba un vestido asombroso. Ella lo miraba con aquel tipo de confianza secreta que comparten los amantes y le ponía el brazo sobre el suyo posesivamente mientras esperaba confiada ser besada.

Stevie se apresuró a apartarse de allí. No quería ver nada más..., no podía soportarlo. No podría simular que no eran más que viejos amigos, no cuando su corazón le decía: «Ésta podrías haber sido tú, deberías haber sido tú..., si sólo...»

Stevie se quiso convencer de que era mejor así. Ahora había vuelto a ver a Lee y sabía que era un capítulo cerrado. No podía olvidarlo; esto sería pedirle demasiado. Pero podía intentar poner en práctica lo que ella misma predicaba: vive el presente, día a día.

Sin embargo, no parecía poder dar a Ben la respuesta que él quería. Tampoco podía explicarle de un modo satisfactorio por qué no quería ser su mujer.

La relación que antes había funcionado tan perfectamente empezaba a cambiar. Mientras que antes habían sido excelentes compañeros, ahora Stevie sentía que apenas podía dar media vuelta sin chocar contra una pared de reproches.

–No puedo trabajar así –le dijo por fin–. Siempre que estamos juntos, te quedas mirándome como un perro apaleado. ¿Qué pasa, Ben? Te conozco..., tiene que estar pasando algo.

Ben sólo movió negativamente la cabeza.

–No pasa nada... Sólo que estoy loco por ti.

Estaba casi segura de que Ben ocultaba algo. ¿Por qué actuaba si no de modo tan extraño? Su propio corazón le sugirió una respuesta: la gente enamorada no siempre se comporta como la gente normal.

En un gesto de reconciliación, Stevie intentó ofrecer a Ben el tipo de amor que le podía dar. Se esforzó en pasar más horas con él, en ser más atenta. Pero cuando le sugirió irse un fin de semana los dos juntos, Ben se negó.

–No tengo bastante –dijo–. Veo tu intención, Stevie, y no es suficiente. Si no estás dispuesta a nada más que unas vacaciones...

–Suena como un ultimátum –lo cortó ella sin poder creer lo que oía.

–Sí..., es que lo es..., un ultimátum –replicó él con la cara tensa.

Ella se quedó callada. ¿Cómo podía hacerle aquello Ben después de hablar tanto de amor y compromiso?

–Me iré la semana que viene.

La incredulidad dio paso a la sorpresa.

–¿Irte? Ben, no hablarás en serio...

Ni siquiera después de haberlo visto hacer la maleta y meter sus cosas en el *jeep,* ni siquiera después de que pusiera en marcha el motor, Stevie pudo creer que no cambiaría de idea. Le había dicho que lo quería, que lo necesitaba, pero no había servido de nada. Stevie pensaba que o bien no había conocido nunca a Ben Hawkins... o bien se había convertido en otra persona.

Cuando él se fue, se llevó consigo toda la calidez y humanidad que habían suavizado la disciplina rigurosa y militar de la vida de Stevie. ¿Iba a ser siempre una huérfana de la vida?, se preguntaba tristemente. ¿Iba a rozar siempre el amor para que luego le fuera arrebatado?

En los dos años siguientes, El Oasis creció y prosperó. Los poco ortodoxos métodos de Stevie acabaron celebrados en todo el mundo. La invitaron a hablar en seminarios sobre drogadicción en Europa y Asia. Y, sin embargo, a medida que su estrella profesional iba adquiriendo brillo, Stevie Knight parecía irse diluyendo como mujer y siempre daba la impresión de que cada nuevo paso adelante de El Oasis significaba otra pérdida personal para Stevie.

Así ocurrió, por ejemplo, el día en que recibió la noticia de que la subvención de la Fundación Walsh sería doble. Mientras esperaba al personal administrativo con el que debía reunirse para planear una nueva ala en El Oasis de la que estaban tan necesitados, llamó al comedor y pidió una jarra de café. Echó una ojeada al periódico de la mañana... y se encontró con un titular sensacionalista que saltaba a los ojos: «Estrella porno apuñala al artista pop Samson Love.»

La historia que seguía era un recuento de las locuras de Baby Jane Cooper con anécdotas de todo un grupo de personas famosas que declaraban ser íntimos amigos de Samson. Era una historia muy parecida a la de Stevie, pero con terribles diferencias. Cuando los diez minutos bajo el proyector de Baby Jane terminaron, cuando fue expulsada del círculo íntimo de Samson, lo había amenazado con vengarse si no la aceptaba de nuevo. Samson no escuchó su súplica. ¿Tan seguro estaba de su propia inmortalidad? ¿O era demasiado miedoso para reconocer la realidad de la muerte? Stevie sintió una punzada en el corazón por el niño-hombre que había conocido ella, el niño que siempre había querido creer que era inmortal y que había muerto de manera tan horrible: a manos de una de sus creaciones artísticas.

Stevie sintió que los finos hilos de su propia historia se iban rompiendo uno a uno. El tema de la pérdida, tan importante en su vida, parecía ahora ser su destino.

Un año después, Marianne Forman, una distinguida autora cuya carrera había sido prácticamente destruida por el alcohol, escribió un libro llamado *Seis semanas para la salvación*, en el que describía su tratamiento en El Oasis. Dedicado «A Stevie Knight, que me demostró que los milagros son posibles», el libro se convirtió en un *bestseller* y provocó una nueva oleada de alabanzas al trabajo de Stevie.

Stevie recibió un doctorado honorario de la Universidad de Columbia, pero, antes de poder saborear plenamente el honor, recibió una carta de Ben con una dirección de Santa Fe en el remitente.

«Querida Stevie –empezaba–. Sé que te hice daño cuando me fui. Perdóname como yo te he perdonado por querer más El Oasis que a mí. He estado librando mi batalla por la vida, Stevie..., y de momento lo hago muy bien, aunque quede mal que lo diga yo. Quiero verte otra vez, vieja amiga... Hemos vivido juntos demasiadas cosas para dejarlo así. Con todo mi amor, Ben.»

Dios mío, pensó, ¿qué quería decirle Ben? ¿Estaba bebiendo

otra vez? Fuera lo que fuese lo que le pasaba, no debería estar solo. Se metió la carta en el bolsillo e hizo varias llamadas telefónicas para informar a sus ayudantes que tenía una emergencia personal y pedirles que se ocupasen de sus obligaciones mientras estuviese fuera. Una hora después, Stevie salía en su coche hacia Santa Fe.

La casa de adobe color crema estaba en un pequeño peñasco sobre un valle tranquilo. Llamó a la puerta. Abrió un ama de llaves, y, cuando Stevie le dijo su nombre, la mujer asintió con la cabeza y la llevó a la parte de atrás de la casa, donde Ben estaba trabajando en el jardín.

Cuando vio a Stevie, él levantó los brazos y ella corrió a su encuentro.

–¡Ben! ¡Oh, Ben! –gritó ella riendo de alivio al verlo en forma y obviamente sano.

–Gracias por haber venido –dijo con una seriedad que le partió el alma.

–¿Pensabas que no vendría?

–No –dijo con una sonrisa triste–. No, porque te llamaba como un amigo necesitado. Siéntate –le indicó señalándole un rincón a la sombra donde había una mesa de hierro y unas sillas. El ama de llaves les llevó un jarro de limonada y dos vasos y, cuando Ben la sirvió, Stevie notó que le temblaban las manos. ¿Estaba nervioso por volverla a ver... o realmente había vuelto a beber?

–Ben –dijo–, tu carta... ¿Qué querías decir con...?

–Ahora no –la cortó él–. Primero háblame de ti..., no de lo que leo en los periódicos. Háblame de la Stevie que yo amo.

–Es todo lo que hay –respondió ella suavemente–: lo que lees en los periódicos. Ben, quiero saber qué quería decir la carta. –Dudó unos instantes–. ¿Has vuelto a beber? ¿Es esto lo que querías decir?

Hubo un largo silencio, luego un suspiro.

–Ojalá fuera eso, Stevie. Nunca pensé que un día diría algo así, pero ojalá fuera sólo el alcohol. Es..., es algo mucho más difícil de superar. Se llama esclerosis amiotrópica lateral... «la enfermedad de Lou Gehrig» para la mayoría de gente. Lo que hace, Stevie, es intentar matarte poco a poco. Empieza atacando a los músculos, primero los pequeños...

Stevie notó que apenas podía respirar mientras escuchaba

con terror creciente la pausada descripción de Ben sobre la pérdida de función de todos los músculos... hasta que no quedaba nada más que una mente activa aprisionada dentro de un cuerpo inútil.

–No... –susurró–, no puede ser...

–Exactamente mi reacción... al principio. Ahora que ya llevo unos años viviéndolo, ya sé...

–¿Unos años? ¡Ben! ¿Quieres decir que ya sabías..., que ya lo sabías cuando estabas conmigo? Pero... ¿por qué te fuiste sin decírmelo, sin darme la oportunidad...?

–Porque no habría descubierto lo que necesitaba saber: si me querías lo bastante para casarte conmigo. Y, cuando lo descubrí..., bueno, no quería que estuvieras conmigo por lástima. Quería una esposa, Stevie, no una enfermera.

–Vuelve conmigo ahora –dijo ella sin dudar–. Estaremos juntos. Es mejor que estar solo.

–No sé si viviré mucho...

–¿Qué quieres decir? –le preguntó con miedo de oír su respuesta.

–Tengo intenciones de luchar todo lo que pueda, Stevie: ejercicios, dieta, vitaminas, trabajo. Demonios, mi médico está asombrado de lo bien que estoy. Pero, si alguna vez empiezo a perder esta batalla, bueno..., no estoy seguro de lo que haré. No creo que me quede mucho tiempo más por aquí...

–Ben, no puedes decir eso... ¡Eres médico, por Dios!

–Puedo decir exactamente eso. Stevie, para mucha gente la propia vida puede convertirse en una adicción. Se quedan aunque ya haga tiempo que su vida ha perdido sentido porque no saben cómo irse.

Stevie quería discutir con él de todo corazón, suplicar por cada minuto de la preciosa vida de Ben. Y sin embargo, mirándolos ahora, amándolo de modo inexpresable por su bondad y decencia, se preguntaba si tenía derecho a pedirle que soportase lo que a ella le parecía insoportable.

–No te pedí que vinieras para entristecerte, Stevie –dijo cogiéndole la mano y apretándosela. Ahora podía sentir el temblor, la debilidad de su mano.

–¿Aceptarías un consejo mío, Stevie..., por última vez?

Ella asintió en silencio, incapaz de hablar.

–¿Sabes? Estoy orgulloso de todo lo que hemos hecho juntos. Nunca lo olvidaré... ni a ti. En cierto modo, eres la persona más sincera que conozco. Excepto en lo relativo al amor. Aquí es donde haces trampas.

—¿Trampas? —repitió ella.

—Así es. Mucha gente que tiene profesiones exigentes, importantes, satisfactorias... y también una vida personal.

—Pero yo...

—Déjame terminar... por favor, Stevie: es importante para mí. No te lo pude hacer comprender cuando éramos amantes. Espero que ahora me escuches... Sé lo mucho que te preocupa El Oasis. Sé lo mucho que te preocupas por cada una de las mujeres que atraviesan aquellas puertas. Pero creo que, para ti, El Oasis es más que un trabajo. Incluso más que una misión. Me parece que El Oasis se ha convertido para ti en una fortaleza, un lugar en el que ocultarte, una defensa para no tener que darte a ti misma. No muevas la cabeza así, Stevie... Yo estuve allí, ¿no te acuerdas?

—Sí —dijo ella con lágrimas resbalándole por las mejillas—, me acuerdo. —Quería ser valiente por Ben, pero el dolor de saber que estaba intentando ayudarla cuando su propia vida se estaba apagando, le era insoportable.

—Te he visto trabajar dieciocho horas diarias, siete días por semana. Te he visto hacer trabajos que podían hacer otros. Te he visto actuar como si El Oasis pudiera deshacerse si te tomabas unas vacaciones. Stevie, sabes que no es verdad. Si murieras mañana, El Oasis seguiría en pie. Otra gente lo mantendría. Pero Stevie..., hay una cosa que no puede hacer nadie más que tú. Prométeme que te ocuparás de ello. Dame tu palabra...

—Cualquier cosa...

—Llena tu vida de amor —le dijo—, un amor completo. No hagas de El Oasis un sustituto. Prométemelo. Concédeme este deseo...

Concede un último deseo al moribundo. Casi había podido oír las palabras que faltaban. Aunque, sin Ben, ¿cómo podía mantener la promesa? Antes estaba Lee... y ahora éste tenía a otra.

Pero asintió y le concedió la promesa que pedía.

Cuando ya se iba, él sacó el tema de nuevo y le hizo repetir el juramento.

–Sé amada, permite que te amen –dijo.
Y ella respondió:
–Lo haré.

Nunca había querido engañarlo; ahora sentía que quizá lo estaba haciendo, a pesar de sus mejores intenciones. Sintió que finalmente se había interpuesto una mentira entre ellos.

Sexta parte

1

Anne acabó de peinarse los tupidos cabellos negros y se los ató en una cola con una cinta. El efecto era juvenil y favorecedor, aunque un poco incongruente con la ropa que llevaba: la cara blusa de seda y pantalones anchos de gabardina que habían sido las prendas más normales de su armario.

¿Se daría cuenta Hal?, se preguntó mientras se aplicaba un poco de pintalabios como único maquillaje. ¿Notaría que las arrugas de tensión que tenía alrededor de la boca se habían suavizado, que su piel brillaba y que los ojos le relucían sin necesidad de artificios o drogas?

Dejó la habitación y se apresuró hacia la oficina de Stevie... Tenía dificultades para no echarse a correr. Había echado en falta a Hal terriblemente y, cuando le envió el mensaje de que tenía que ir a ver al gobernador de Santa Fe y se detendría un momento en El Oasis, Anne se había emocionado de felicidad. Le agradecía mucho a Stevie que permitiera la visita de Hal sin atenerse a los procedimientos normales para visitas... y que les cediera su oficina para que pudieran tener cierta intimidad, lejos de ojos fisgones y lenguas habladoras.

Anne se sentó en la silla de Stevie y miró por la ventana el paisaje enmarcado por las montañas. Se sentía como si las hubiera escalado y siguiera todavía en busca de la cima. No hay ganancia sin dolor, decía Stevie a menudo cuando una de sus viajeras se quejaba de que era difícil hacer cambios reales y duraderos. Anne, al redescubrir a la mujer apasionada y atenta que se había enamorado del joven Hal Garretson, se dio cuenta de lo duro que sería mantener esta nueva conciencia de sí misma que había encontrado, protegerla de la fragmentación por las demandas de la carrera política de Hal. Estas presiones no iban a desaparecer; en realidad, podía aceptar que aumentarían. Pero de una cosa estaba segura: si se permitía ser eclipsada otra vez, la culpa sólo sería suya.

Sola en la oficina de Stevie, Anne esperaba contemplando las agujas del reloj y sintiendo el mismo tipo de desilusión que las drogas le habían ayudado a olvidar en otro tiempo. Hal no rompería su promesa, ¿verdad que no? Era imposible que dijera que venía... y luego no apareciese. Sólo si pasaba algo realmente importante, se respondió a sí misma, sabiendo como sabía las prioridades de un hombre que tenía los dos ojos firmemente puestos en la Casa Blanca.

Cuando por fin apareció, Anne se lanzó a sus brazos ansiosamente, con la necesidad de sentir de nuevo un amor mucho tiempo descuidado.

–Te he echado mucho en falta –murmuró ella–. Demasiado.

–Yo también, cariño –dijo Hal, pero fue él quien deshizo el abrazo–. Se te ve distinta –observó frunciendo el entrecejo y observándola con atención.

–¿Es un cumplido o una queja? –preguntó con más brusquedad de la que pretendía.

Hal pareció sorprenderse.

–Un cumplido –respondió recuperándose de inmediato.

–Mejor –dijo ella–, porque el aspecto que tengo ahora..., bueno, es el mío también...

–¿Cómo te ha ido? –preguntó Hal cordialmente con ese deje que la gente sana pone al hablar con un enfermo. Anne se preguntó si ella se había convertido en alguien extraño y ajeno por el mero hecho de intentar recuperarse.

–Mejor que en muchos años –respondió–. Estoy empezando a disfrutar de cosas que dejé de notar hace mucho tiempo. Estoy aprendiendo a trabajar con mi cuerpo en lugar de contra él. Casi no puedo esperar a compartir contigo algunas de las cosas que he aprendido, Hal. La semana pasada tuvimos un seminario sobre la lucha contra las drogas en los adolescentes –continuó, y empezó a describir cómo podían aplicarse los nuevos métodos en programas urbanos. Entonces, de pronto se detuvo, cuando se dio cuenta de que Hal echaba una mirada subrepticia al reloj. En otra ocasión habría hecho caso omiso del gesto o incluso se habría disculpado por retenerlo, pero ahora le dijo–: Sólo hace unos minutos que has llegado.

–Lo sé, cariño, y te aseguro que lo siento, pero tengo que coger el avión en cuarenta minutos. Mi reunión con el gobernador ha durado más de lo esperado y, desde luego, no podía cortarlo, especialmente esperando como espero su apoyo. Ya..., ya sabes cómo son las cosas, Anne, no hace falta que te lo diga.

–Sí –dijo ella muy despacio–, sé cómo son. Pero también sé que tú mismo eres quien escoge tus prioridades, no el gobernador ni nadie más.

Hal volvió a parecer sorprendido y movió la cabeza como si no pudiera creer lo que oía.

–Has cambiado, Anne.

Ella asintió.

–Y pienso seguir cambiando –añadió con una determinación que hacía mucho tiempo que no le mostraba–. Te quiero, Hal, y quiero que seas presidente. Estoy dispuesta a sacrificarme, pero espero algo a cambio. Tú también tienes que hacer algunos cambios.

–¿Qué tipo de cambios? –preguntó él con una expresión de confusión en la cara–. Sabes que te quiero... No lo entiendo.

–Sí, eso lo sé –dijo–, y también sé que tenemos que tomar importantes decisiones sobre lo que va a ser nuestra vida en el futuro. No pienso esperar callada hasta que seas elegido y no pienso actuar como escaparate para tu campaña. –Echó una mirada deliberada al reloj de la pared–. En realidad, yo también tengo una reunión importante. Mi grupo empieza en cinco minutos y no puedo llegar tarde.

Anne le dio un beso a su marido, y, por primera vez en muchos años, fue él quien la retuvo unos segundos extra cuando ella deshizo el abrazo. Fue una buena sensación; no, una sensación fantástica. Quizá, sólo quizá, si lo intentaban los dos seriamente, podrían empezar de nuevo...

Parte de la terapia de El Oasis era la realización de tareas cotidianas, tareas simples que les recordaban los elementos básicos de la vida. Era así incluso para aquellas que habían disfrutado de grandes riquezas y privilegios.

Fue así como Anne Garretson y Kanda Lyons se encontraron trabajando en la cocina de El Oasis un sábado por la mañana, preparando docenas de bocadillos para la tarde.

Mientras Kanda iba pelando una inmensa montaña de tomates, se preguntaba qué dirían sus *fans* si la vieran de aquella manera, con aspecto de simple doncella, sin el brillo y refinamiento que la habían distinguido siempre, vestida con tejanos y una simple camiseta y con el pelo lleno de trenzas.

Imaginó una entrevista de fantasía en *Vidas de los ricos y famosos.* «Señoras y señores –cacareaba Robin Leach–, tenemos hoy con nosotros a la estrella discográfica y ganadora de un premio de la Academia: Kanda Lyons, una de las estrellas más brillantes de Hollywood. Explique a los telespectadores lo que ha hecho esta semana, señora Lyons.» «Bueno, Robin, no puedes imaginarte lo ocupada que he estado... Se han de hacer tantas cosas, ya sabes, para encontrar la manera de superar el problema de la autoestima.» «Fascinante, Kanda. Estoy seguro de que a sus *fans* les encantará saber las cosas excitantes que planea para el futuro.» «Ahora estoy ocupadísima, Robin, haciendo bocadillos e intentando decidir si es mejor poner mantequilla o mayonesa en esta nueva hornada de pan.»

Kanda sonrió ante la imagen de su propia imaginación. Qué extraño, pensó, había venido a El Oasis dispuesta a odiarlo a muerte. Sin embargo, a medida que sentía menos deseo del polvo blanco, a medida que empezaba a examinar –aunque fuera con reticencia– su propia historia, habían empezado a suavizarse algunos de sus prejuicios más fuertes. En especial, después de descubrir que una mujer como Anne Garretson, a la que había admirado más que a Jackie Kennedy, también, también estaba allí encerrada realizando el mismo tipo de cambios.

–¿Podrías creerlo? –se quejaba Kanda, medio perpleja, mientras agarraba una barra de pan integral recién horneado–. Me he pasado media vida intentando huir del hecho de que mi madre era una criada... y aquí estoy ahora, haciendo exactamente lo que solía hacer aquella pobre vieja negra.

Anne levantó la vista de la pechuga de pato que estaba cortando. Le hacían gracia los cáusticos comentarios de Kanda y admiraba en secreto su capacidad de pagar con la misma moneda en las sesiones de grupo más acaloradas. Y, curiosamente, era en aquellos momentos en que la cantante parecía más a la defensiva, cuando el corazón de Anne, al notar el dolor y confusión que la atenazaban, se volcaba hacia ella.

–Mi madre era cocinera –dijo Anne como quien no quiere la cosa–. Y mi abuelo, albañil..., hasta que se rompió la espalda. Entonces fue mi abuela la que empezó a llevar el pan a casa, a veces literalmente, trabajando en las cocinas de otra gente. Si uno mira atrás, Kanda, siempre se encuentra con antepasados trabajadores que tuvieron que luchar. Es una característica de este país, ¿no?

–Pero no éramos todos esclavos, ¿verdad? –La réplica de Kanda había sido rápida y automática.

Anne le acercó la bandeja del pato.

–¿Cuándo piensas olvidarte de esta cantinela? Me recuerdas a dos políticos que conozco. Siempre hacen el mismo discurso caduco cuando se encuentran sin nada que decir.

–Estás muy dura últimamente –señaló Kanda y luego adoptó la postura descarada que había adornado su último disco, con la única diferencia de que ahora tenía un cuchillo de cocina sobre el hombro en lugar de la capa blanca de Fendi que le llegaba hasta los pies–. Pero será mejor que te comportes cuando te dirijas a esta ruda señorita de Chicago. Porque no hay duda de que podría decirte una o dos cosas sobre el tema, incluso en un día malo.

Anne sonrió con tristeza.

–Estoy segura de que puedes. En realidad, me encantaría que lo hicieras.

Antes de que Kanda tuviera tiempo de replicar, entró Deni Vickers en la cocina para recoger la bandeja de los bocadillos.

–Hola, Anne –dijo con aire despreocupado–, quedas muy bien en la cocina. Estoy segura de que los electores de Hal se quedarían impresionados si pudieran verte ahora.

Anne sonrió educadamente, pero Kanda vio desaparecer la sonrisa apenas Deni salió de la cocina.

–¿Te está molestando esta fulana? –dijo Kanda.

Anne suspiró y se apoyó en la mesa de roble.

–Esta «fulana», querida Kanda, me tiene muerta de miedo. Me mira de una manera que me siento tan..., tan desnuda...

–Demonios –se burló Kanda–, cree que es una especie de

estrella de los medios de comunicación. No dejes que te acoquine, Anne. Tú tienes distinción de verdad. Tú y el senador sois un equipo de dinamita.

–Gracias, guapa –dijo Anne con calma–. Yo también empezaba a creerlo... y a pensar que podía ser yo misma, no un simple adorno para las campañas de Hal y las fiestas de Washington, sino ser... alguien que pueda aconsejarlo, y ayudarlo, e incluso hacer algo yo misma. –Se mordió los labios–. Y ahora...

–¿Qué pasa ahora? –sondeó Kanda.

–Mi nuevo concepto de la vida quizá no importe.

–Tengo la impresión de que tienes lástima de ti misma –dijo Kanda moviendo el cuchillo en señal de burla–. No te tenía por cobarde.

Anne meneó la cabeza.

–¡Yo no quiero abandonar! Mi idea era superar mi propio problema y después salir y luchar para resolver los de otra gente. Lamentablemente, tal vez no tenga la opción... –Vaciló unos instantes, y, luego, tras decidir compartir la carga con Kanda, le explicó la espada que Livy Walsh había colgado sobre su cabeza–. Ahora parece que Livy se ha echado atrás –concluyó Anne–. Pero de pronto aparece Deni Vickers. ¿Me va a arruinar? Esta pulla que acaba de lanzarme sobre los votantes del distrito de Hal «viéndome ahora» podría ser una indicación.

–¡Demonios, qué guarrada! –declaró Kanda. Se sorprendió por el calor de su reacción. Hacía mucho tiempo que no se había preocupado por los problemas de nadie; no creía haberse visto nunca afectada por las tribulaciones de una mujer blanca privilegiada. Se sorprendió de descubrir que allí, por primera vez, había sido capaz de pasar por alto el color. Las viajeras no estaban divididas en blancas y negras; no se llevaba un recuento de quién era quién y cuál era cuál. Eran simples mujeres con deseos peligrosos y mortales. Y el olvido del color la había hecho más tolerante. Desde que había dejado de ser tan agudamente consciente de la «blancura» de las otras, dejó de sentir un profundo odio hacia sí misma por ser negra.

–Guarrada o no –dijo Ann–, no sé qué puedo hacer al respecto. Tengo que mantener los dedos cruzados y esperar que Deni Vickers me dé un respiro. Stevie parece pensar que todo irá bien. –Anne se encogió de hombros–. Mejor que sea así. Sabes tan bien como yo lo que puede hacer la prensa con mis problemas.

Sí, pensó Kanda, lo sabía demasiado bien: los medios de comunicación podían convertirte en una estrella un día y en cadáver el siguiente. Evidentemente, ella los había ayudado un poco haciendo alarde de mala conducta. Pero Anne era un caso muy distinto. No se merecía ser hundida para aumentar los niveles de público de un canal de televisión o la circulación de revistas. Hal Garretson era un hombre que quería ayudar a los demás, igual que su mujer. A Kanda no le gustaban los políticos, pero Garretson era algo más que un hombre atractivo que hacía promesas falsas. Demonios, él seguía luchando por los derechos civiles cuando todo el mundo en Washington actuaba como si esta batalla hubiera terminado.

–Anne –dijo Kanda–, si Deni Vickers abre la boca, tienes que luchar. No te quedes parada aceptándolo.

–No creo que lo haga. Pero, en cuanto está la prensa por medio, es una batalla perdida.

–Las únicas batallas que se pierden antes de empezar son aquellas en las que una de las partes cede. No importan las apariencias. ¿No te contó nunca tu madre la historia de David y Goliath?

Anne sonrió a pesar de su ansiedad imaginándose con una honda dirigida directamente al ojo frío y gris de la cámara de Deni.

–Si mi madre no lo hizo..., Hal sí –dijo Anne cortando otra lechuga–. Se la oigo contar cada vez que tiene que ir a luchar por una ley nueva que va a costar dinero para crear viviendas de bajo coste o alimentar a los pobres. Pero no nos preocupemos más de Deni. A lo mejor todo va bien. Explícame cómo te va. La primera semana vi que tenías muchas dificultades. Si puedo hacer algo...

Kanda asintió en reconocimiento al ofrecimiento de Anne. Sabía que era sincero y real, como la propia Anne Garretson.

–Ahora las cosas me van un poco mejor. –Kanda calló un momento inmersa en el recuerdo de un millar de oportunidades arruinadas–. Pero nunca se sabe cómo acabará la película hasta que se termina el último rollo, ¿no crees? Y todavía no he llegado.

Anne dejó el cuchillo y miró a Kanda.

–Hazme callar si crees que no me incumbe, pero quizás estés más avanzada de lo que tú crees. He visto cambios muy positivos en ti.

–¿De verdad? –preguntó Kanda con timidez, sorprendida de que alguien más que el personal la hubiera estado observando–. ¿Como qué?

–Como que... ya no pareces estar tan cerrada. El primer día que viniste al grupo te comportaste como si no pensases molestarte en hablar ni, desde luego, en escuchar. Pero, al cabo de un rato, pude ver que estabas escuchando, aunque no dijeras nada. Incluso tienes un aspecto distinto ahora. Tu cara ha perdido la tensión. No se te ve... siempre enfadada.

–Stevie nos cansa tanto trabajando, hablando y andando, que ya me dirás quién tiene un simple minuto para enfadarse.

Anne rió... y Kanda con ella.

–Y también haces esto –dijo Anne haciéndole notar a Kanda su risa–. Estás mucho más guapa cuando ríes.

–Quieres decir guapa para una negra –replicó Kanda como si se hubiera disparado su viejo sentido defensivo. No le gustaban los halagos. Había oído demasiados, y también demasiados habían sido utilizados contra ella por gente que quería robarle el dinero, el talento... o el alma.

–No quería decir eso para nada –dijo Anne con firmeza.

Kanda se encogió de hombros.

–No quiero esta mierda, Anne.

–¿Qué mierda? –A Anne, que se había pasado muchos años controlando su lenguaje por problemas de imagen, le costaba decir esta palabra. Pero le gustaba sincerarse con Kanda.

–Dices estas cosas para hacerme sentir bien.

–Seguro –dijo Anne–. Y ¿qué tiene de malo? Claro que quiero que te sientas bien, Kanda. Me gustas. Incluso sería capaz de ser amiga de alguien como tú, alguien que me diga siempre cómo son realmente las cosas. Lo que me trajo aquí es haber estado rodeada de gente que quería ver las cosas de un modo... que no me permitía ser nada inferior a la perfección. Bueno, me sería más fácil mantener mi imagen política, si tengo la suerte de llegar a necesitarla, si tuviera alguien a mano que me dijera cómo... ser real.

Kanda pareció sorprendida... y luego se echó a reír.

–Seguro que yo podría hacerlo, cariño. Te mantendría los pies en el suelo aunque te los tuviera que clavar. –Respiró profundamente como si se estuviera preparando para hacer un gran esfuerzo físico–. Y no me molestaría tener a alguien a mi lado... que dijera las cosas que necesito oír para sentirme bien.

–Alguien en quien puedes *confiar* –la corrigió Anne–. No te gustaría oír cosas encantadoras de gente que quiere...

–Amén, hermana Anne –dijo Kanda cerrando los ojos–. No como mi segundo marido, por ejemplo, aquel hombre encantador que se fugó a Sudamérica con mi dinero. Demonios, la mitad de estrellas de Hollywood creían en él... Supongo que me puedo despedir de todos aquellos millones. –Se echó a reír y, luego, se detuvo de golpe–. Eh, ¿de qué me río? Estoy arruinada..., mi vida es un lío... y Hacienda me persigue para llevarse todo lo que no me robó aquel cabrón.

Anne alargó la mano sobre la mesa y le acarició la mano.

–Quizás yo te pueda ayudar –le dijo–. Hal conoce buenos abogados en Washington, gente en quien puedes confiar. Quizás ellos puedan arreglar las cosas, hacer algún tipo de trato con Hacienda...

–¿De verdad serías capaz de dejarte cortar el cuello por mí...?

Anne se encogió de hombros.

–No me parece un riesgo tan grande. Sé que puedes ganar más dinero, Kanda. Puedes estar mejor que nunca si te mantienes alejada de las drogas. A todo el mundo le encantan los regresos, y tú puedes hacerlo. Pero, como nos recuerdan siempre en las reuniones de grupo, nadie puede hacerlo solo. Sólo quiero que sepas que me gustaría ser tu amiga... ahora y cuando salgamos de aquí.

–Demonios –dijo Kanda con expresión traviesa–, si lo dices de verdad, mejor será que llegues a la Casa Blanca. ¡Porque sin duda sería un lugar incomparable para empezar mi regreso!

La tarea que tenía Stevie entre manos era más compleja y difícil. El sábado por la noche solía revisar los expedientes de las viajeras para valorar sus progresos durante la semana, y, desde que había concluido la cena, había estado trabajando.

Sólo le quedaban dos expedientes sobre la mesa. Stevie

vaciló y estuvo casi a punto de apagar la lámpara: estos dos podían esperar. Pero luego tuvo que admitir que no podían. Ya llevaba demasiado tiempo evitando enfrentarse a estas dos viajeras en muchos aspectos. Optando por empezar por el más fácil, Stevie abrió el que decía «Lyons, Kanda».

En términos del mundo del espectáculo, era una reseña ambigua. Por un lado, todavía había informes de conducta poco cooperativa o trastornadora, en especial en lo relativo a algunas normas y reglas; Stevie vio que Kanda se seguía quejando de tener que levantarse a las siete y acostarse a las diez y que lo consideraba un «castigo cruel e inhumano». Aunque el lenguaje le hizo esbozar una sonrisa, Stevie estaba realmente preocupada por los problemas de la cantante con la disciplina y la rutina: elementos que habían estado demasiado ausentes de su vida y que ahora necesitaba si iba a haber alguna esperanza de restaurar el orden en una vida terriblemente trastornada.

Por otro lado, Kanda tenía realizado un importante trabajo que se le había asignado: hacer una lista de gente a la que causó daño o dolor. Sin inventar excusas, se había levantado delante de todo el grupo para explicar cómo se deshizo de las Wonders y había dejado a sus hijas al cuidado de gente pagada. Y había escuchado la advertencia de Stevie de que una parte importante de la recuperación era rectificar. ¿Estaba dispuesta a dar el siguiene paso?

Stevie tomó algunas notas: «¿Hablar con Kanda para organizar una visita a sus hijas? ¿Hablar con Miranda para hacer sesiones de terapia familiar cuando Kanda salga de El Oasis?»

Con reticencia, Stevie centró su atención en el expediente que contenía todo el material sobre Deni Vickers. Los comentarios del personal iban de una neutralidad cautelosa a positiva. Deni parecía ser cooperadora, casi un modelo en los asuntos disciplinarios y rutinarios.

Pero, al revisar las notas de Deni –muchas de ellas empezadas y luego tachadas y revisadas–, Stevie vio que eran un elocuente testimonio de confusión, más que de un progreso esperanzador. «Acaso alguien debería evaluar *mi* actuación» pensó Stevie, «porque lo que está claro es que no parezco estar desempeñándome bien.»

Consciente de su desagrado personal hacia Deni, Stevie se

reclinó en el sillón con ánimo de ser justa, fuera esto lo que fuera. Y, aunque era conocida por su agudeza y franqueza, por utilizar tácticas de rigor militar incluso con las mujeres más célebres y poderosas de América, en lo referente a Deni, Stevie se encontraba a menudo amagando el golpe sin atreverse a propinarlo.

¿Cómo podía explicar si no, por ejemplo, la diferencia en el modo en que había tratado la amenaza de Livy de publicar la drogadicción de Anne y el modo en que había respondido a la posibilidad de que fuera Deni quien revelara la misma historia? No había dudado en amenazar a Livy, y, en cambio, ni siquiera le había pedido a Deni que le prometiera silencio. ¿Era sólo un deseo de ser razonable y concederle a Deni el beneficio de la duda? ¿O es que, en la obsesión de Deni por su padre, veía la imagen de su propias confusiones y constataba que para hablar con Deni tenía demasiados asuntos sin terminar dentro de si misma?

¿O la retenía algo mucho menos complicado? Los celos. El temor de su propia vulnerabilidad. El poco interés de tentar a su corazón con una situación en la que ya no sería la salvadora sino la suplicante. ¿Le pediría a Deni que liberase a Lee..., le revelaría que lo había conocido mucho tiempo –antes que ella– y confesaría el desengaño que le produjo perderlo?

Le habría gustado pensar que estaba por encima de estas debilidades, que no comprometería su responsabilidad hacia ninguna de las viajeras. Pero, como los bebedores que dejan el licor pero nunca hablan de estar «curados» sino «en recuperación», Stevie había aprendido que uno siempre tiene que mantener alta la guardia contra las tentaciones.

Estar con la guardia alta no le sirvió de nada cuando Lee llegó a Taos y la llamó para invitarla a cenar. En teoría era para hablar de Deni Vickers, al menos es lo que él había dicho... y lo que ella se empeñó en creer. ¿Cómo habría podido saber que la noche sería tan bella, que Lee la llevaría al restaurante más romántico de la ciudad?

Al principio, escuchó la historia de cómo lo había conquistado Deni. Estaba solo, incapaz de relacionarse mucho tiempo con una mujer desde..., pero dejó esta parte inacabada. En cualquier caso, Deni era una mujer indudablemente guapa y excitante y, al principio de su relación, él no tenía ni idea de lo profundos que eran sus problemas. Y, claro, cuando lo descubrió, ya no podía echarse atrás.

–No, claro –dijo Stevie–. Tenías que quedarte e intentar resolverlos.

–Una vez –respondió él– dejé a alguien demasiado pronto. No quería cometer el mismo error.

–Quizá no haya sido un error, Lee. A lo mejor hiciste exactamente lo que tenías que hacer. Pasé tiempos malos, pero estoy aquí. Tuve que recomponerme porque cuando me dejaste perdí tanto que supe que no podría soportar que me volviera a pasar. Si alguna vez aparecía alguien como tú...

Dejó de hablar dándose a sí misma la excusa de que no debía abrir viejas heridas, pero sabiendo que, en realidad, no podía terminar la mentira. No podía hablar de alguien como él, porque no podía haber nadie como él. Y aquí estaba ahora.

La nostalgia dio paso entonces a algo distinto: un rechazo impronunciado a aceptar pesares por ambos lados, un deseo palpable de volver atrás y empezar de nuevo. Fuera cual fuese la resolución con que ambos se habían reunido aquella noche, el vino... y la llegada a su mesa del guitarrista... y toda la alquimia del amor convirtieron los pesares en esperanzas.

Después de cenar fueron al hotel de Lee. Ella cayó en sus brazos como si su cuerpo fuera independiente de su mente. Lo besó ávidamente, consumida por los anhelos que se había negado tanto tiempo.

–Stevie, oh Stevie –murmuró él contra su garganta con la voz ronca de pasión–. Te he echado tanto de menos...

Ella le sacó precipitadamente la ropa, con la carne ardiente de excitación. Gimiendo suavemente mientras él le acariciaba los pechos, atusándole el pelo con los dedos, se abrazó a él para sumergirse en su masculinidad y recordar al fin lo que era ser una mujer. Todas las barreras que había entre ellos se disolvieron, desapareció todo sentido de tiempo y lugar mientras se fundían, como un solo ser, y llegaban a la dulce realización de sus deseos más profundos.

Se quedó asida a él, diciendo su nombre, con la espalda levantada para recibirlo, para gobernar la cresta de la pasión que la dominaba sin permitirse dudas, razones ni sentido común.

Pero cuando se acabó la pasión, el dulce crepúsculo fue muy breve y no se oyeron cariñosas promesas de amor..., sólo un silencio largo y elocuente.

Por fin habló Lee.

–¿Qué vamos a hacer, Stevie?

La respuesta de Stevie le fue arrancada del alma:

–No podemos hacer nada...

Llena de remordimientos, se alejó de sus brazos y partió corriendo hacia la seguridad de El Oasis. Supo entonces que Ben había tenido razón. El Oasis era su fortaleza, el lugar en el que ayudaba a otras mujeres a enfrentarse a sus sentimientos mientras ella se escondía de los suyos.

Se pasó el día velando el amor perdido. Pero, luego, llamó Lee. Poco dispuesto a aceptar un final –especialmente porque ya había dejado una vez que perdurara una decisión equivocada–, le pidió una oportunidad de verla otra vez. Por debilidad, ella dijo que sí.

Lo esperó, sola en la oficina, escuchando el silencio sólo roto por el ruido de los grillos y aves nocturnas. Y, cuando oyó los pasos que anunciaban su llegada, corrió a la ventana para verlo. La luna llena iluminaba su cara, un perfil claro y poderoso, los hombros anchos, su manera de andar fácil y confiada.

¿Por qué había tardado tanto?, se preguntó. ¿Por qué, cuando por fin sabían que eran el uno para el otro, por qué tenía que ser demasiado tarde?

Un momento después estaba en su oficina. Stevie encendió las luces y se levantó, balanceándose tras la protección de la mesa con el único deseo de correr hacia sus brazos. Lee se quedó en el umbral, como si estuviese luchando con los mismos sentimientos.

–Gracias por recibirme –dijo.

–¿Cómo podía negarme? –Quería decir tantas cosas... Pero, ¿de qué servía torturarse con algo que no era posible?

Lee se dejó caer en la silla de delante la mesa, con su atractivo rostro teñido de dolor y preocupación. Alargó la mano por encima de la mesa y cogió la de ella.

–Stevie –empezó vacilante–. Me he pasado toda la noche en vela pensando en nosotros.

Durante un rato estuvieron hablando, simulando que tenían

alguna opción, cuando en realidad, siendo quienes eran, sólo tenían una. Hablaban para posponer el inevitable momento del adiós.

Lee se levantó y avanzó hacia la puerta, muy lentamente, como si esperase que ella lo llamara. Se volvió para mirarla por última vez y ella se asió a la mesa con todas sus fuerzas luchando por permanecer allí. Pero luego se le quebró la voluntad, corrió hacia él y ocultó la cara contra su pecho como un niño, consciente de que aquel abrazo tenía que durar para siempre.

Finalmente, se apartó.

–Te quiero –dijo. Pero esto no cambiaba nada. Un momento después, Lee se había ido.

Si había un indicio de lo espartana que era ahora la vida de Stevie, éste se encontraba en el modo en que pasaba los domingos. Siempre que nadie necesitaba su atención, su tiempo o energía, el día empezaba con unas brazadas en la piscina –sin interrupción por ninguna emergencia, esperaba ella– seguida del lujo de un desayuno tranquilo.

Un domingo, mientras bebía su zumo de naranja y leía el periódico, le llamó la atención un artículo sobre el aumento de uso del amilnitrato entre los adolescentes para potenciar el estímulo sexual y la creciente popularidad de una droga psicodélica recientemente inventada llamada «Éxtasis». Stevie tembló ante el mero nombre: la descarada promesa de sueños proporcionados por una combinación química de anfetaminas y mescalina sintética. ¿No sabían que, siempre, al final del sueño venía la pesadilla?

Recortó el artículo, señaló los párrafos importantes con lápiz rojo y escribió una nota para acordarse de investigar el tema. Sin duda llegaría el día en que debería tratar con alguien cuya vida habría sido destruida por esto, y Stevie quería estar preparada. Se hizo la reflexión de que nunca terminaba la búsqueda de mayores y mejores emociones; sólo parecían cambiar los nombres de las pociones y venenos.

Se sirvió una segunda taza de café, la única adicción que todavía se permitía, y se lo bebió lentamente, saboreando el gusto del Kona hawaiano recién molido que el personal de cocina tenía siempre a disposición.

El reloj deportivo que llevaba en la muñeca marcaba casi las diez y Stevie recordó que era el momento de emprender el camino. Se dirigió al armario que contenía su simple vestuario y sacó una camiseta de algodón y un par de tejanos recién lavados. Qué distinta era aquella ropa de las pieles y sedas lujosas de su época neoyorquina, y con qué exactitud reflejaba lo que había devenido su vida.

Cuando terminó de vestirse, metió unas cuantas cosas en una bolsa –una novela histórica, unos cuantos periódicos científicos y un nuevo juego de ordenador– y se fue hacia el coche.

Al salir de la avenida, saludó con la mano a los jardineros que mantenían El Oasis verde y bonito y luego se dirigió hacia Santa Fe. Hacía casi dos años que hacía este viaje todos los domingos, desde que se enteró de la enfermedad de Ben. Al principio, sus encuentros habían sido como la reunión semanal de dos amigos viejos y queridos. Comían en el jardín de Ben, iban a pasear al Museo de Arte estatal y visitaban el centro arqueológico del Palacio de Gobernadores que tenía más de trescientos años.

A medida que Ben se había ido debilitando, el alcance de su mundo físico se fue empequeñeciendo, limitándolo primero a los confines de su casa, luego a una silla de ruedas y, por fin, a la cama. Cuando los músculos perdieron toda su fuerza, cuando le era imposible una conversación normal, Stevie había encontra un sistema de ordenador que podía accionarse mediante impulsos bucales.

Después de haber sido siempre su maestro y mentor, Ben se había convertido en una fuente inagotable de valor para Stevie, porque, cuando veía la valentía con que luchaba contra su enfermedad, sentía que ella debía hacer todo lo que podía.

Cuando llegó a la simple casa de adobe sobre el acantilado, Stevie aparcó el coche rápidamente, subió las escaleras y llamó a la puerta. Al ver a Stevie, el ama de llaves rompió a llorar.

–¿Qué pasa, Rosa? –preguntó Stevie sin querer oír la respuesta, sin querer enterarse de que Ben estaba peor.

–Se ha ido –dijo Rosa–. El doctor Ben se ha ido...

Cuando ya le fallaba el aliento, intentó encontrar un último pedazo de esperanza.

–¿Está en el hospital de Santa Fe?

Rosa negó con la cabeza. El doctor Ben estaba más allá de hospitales y esperanzas.

–¿Pero por qué no me llamaste? –le preguntó sollozando–. Me lo prometiste, Rosa, me prometiste que me dirías si...

–Me dijo que no, señora Stevie. Me dijo que llamase al médico y nada más...

Como para demostrar que no le ocultaba nada, Rosa llevó a Stevie a la habitación de Ben. La cama de hospital todavía estaba allí, el ordenador, la bandeja junto a la cama, incluso las vitaminas que se inyectaba porque ya no podía tragar.

Pero Ben ya no estaba.

Rosa le ofreció un sobre.

–Me dijo que se lo diera, señora Stevie.

Stevie se sentó en la butaca en que se sentaba siempre, abrió el sobre y empezó a leer. Casi podía oír la voz de Ben hablándole como en los viejos tiempos, cuando se conocieron.

«Sé que te parece una faena, Stevie, pero el último trozo del viaje es sólo mío y, por tanto, supongo que puedo decidir cómo hacerlo. Llámalo vanidad o lo que quieras, pero ya es suficiente. Te he dejado compartir todas las indignidades que me ha supuesto esta enfermedad, así que será mejor que entiendas que, cuando me enfrente a mi creador, lo haga sin que tú me des la mano.

»No hace falta decir que has sido mi mejor amiga y que mi trabajo en El Oasis fue el mejor tiempo de mi vida. Todo lo que dejo es tuyo. Haz con ello lo que quieras, pero, por favor, cuida a Rosa y procura que no se quede sin trabajo. Y esto es todo. No quiero lágrimas, Stevie. Te he hecho caso y me he quedado mucho más tiempo del que yo pretendía. Ahora, cumple tú tu parte y ocúpate de la promesa que me hiciste. Con todo mi amor, Ben.»

Al terminar la carta, se limpió las lágrimas de la cara, como si Ben pudiera estar viéndola. Recorrió las habitaciones de la casa una a una. Incluso muerto, su generoso corazón la sostenía. Estaba allí, en los libros que él amaba, en el conocimiento que buscó y persiguió durante los últimos meses de su vida, en la solicitud que había mostrado hacia ella cuando era él el que la necesitaba.

Sin embargo, a pesar de saber lo mucho que él la quería, Stevie nunca había podido decirle por qué no podía mantener la promesa que le había hecho. En los años en que habían sido amigos, Stevie había compartido con Ben todo tipo de intimidades, le había revelado su yo secreto..., todo excepto la parte que pertenecía a Lee. Se había dicho que estaba protegiendo los sentimientos de Ben pero quizás eran los suyos propios. Desde que Deni había acudido a ella en busca de ayuda, desde que supo la relación de Lee con ella, Stevie se sentía avergonzada de sus sentimientos traicioneros, del recuerdo constante de que bajo lo que Ben llamaba humorísticamente su «celo misionero» había sin duda una mujer.

«¿Lo entiendes ahora, Ben?» preguntó al silencio que la rodeaba. «¿Entiendes por qué no puedo mantener la promesa que te hice de permitir que me amen?»

2

Después del silencio del desierto de Nuevo México, las calles de Washington parecían estruendosas y caóticas. ¿Eran simplemente el alboroto de las bocinas de los coches y el humo venenoso de miles de tubos de escape lo que llevó al límite la fatiga de Stevie después del largo viaje, o era la turbulencia que sentía dentro de ella?

Mientras el taxi avanzaba hacia el hotel Willard, sus luminosos ojos de almendra estaban inquietos; no veía la belleza de los cerezos en flor, símbolo de la primavera. De todos los momentos difíciles de su carrera, estas últimas semanas habían sido las peores. Tras largos años de experiencia en que su intuición y percepción habían madurado en un perfecto profesionalismo, ahora se encontraba cuestionando constantemente su objetividad y sus juicios, al menos en lo relativo a Deni Vickers. Qué ironía, pensaba, estar recibiendo el mayor de los premios en el momento en que más dudas tenía sobre sí misma; recibir lo que parecía un premio de consolación comparado con los besos de un hombre al que no podía dejar de amar.

Cuando llegó al hotel majestuosamente restaurado, el recepcionista le dio varios papeles con mensajes.

–Para usted, señora Knight... Han llegado todos hoy.

Los revisó rápidamente con temor de que pudiera haber alguna emergencia en El Oasis. Pero todos daban un número local al que llamar. Y, entonces, se dio cuenta de que la primera nota tenía una dirección más detallada: «Operador del Pentágono N. 4452». Como un reflejo, cerró la mano alrededor de los papeles como si los estrangulara. Luego se los metió en el fondo del bolsillo. Aunque se había mantenido alejada del almirante, sabía que a lo largo de los años había promociones; se imaginó que ahora debía de estar en el Pentágono. De hecho, dos o tres años antes, la esposa de un general del Ejército de alto rango que estaba en El Oasis, le había preguntado a Stevie si estaba emparentada con el «almirante de Flota Custer Knight». Stevie había cortado la conversación con una respuesta ambigua:

–Emparentada –había dicho– pero muy remotamente.

Ahora, la simple idea de que él pudiera estar intentando establecer contacto con ella le hacía saltar el corazón.

Hasta que estuvo sola en su habitación, Stevie no reconsideró la posibilidad de devolver las llamadas. ¿Podía llegar a madurar algún día si no arreglaba antes las cosas con el almirante?

Se sacó el fajo de papeles del bolsillo y los alisó sobre la mesa. Y, cuando los hubo examinado con atención, sólo pudo sonreír amargamente ante su propia necedad. ¿El almirante intentando comunicarse con ella? Claro que no. Nunca. El nombre dado en la primera de las llamadas era «contraalmirante Sanford Graystone». *Sandy*. Bien; por fin había conseguido una promoción, había roto las cuerdas que lo mantenían atado a la estela de Cus Knight como un bote de remos remolcado por un barco de guerra.

Su nombre, el recuerdo de sus encuentros clandestinos en el Motel Dreamland, evocaron sentimientos de vergüenza, pero también algo más... Un curioso placer de saber que había alguien que se acordaba y había querido a aquella adolescente infeliz y confusa, la joven Stevie Knight.

Marcó el número del Pentágono sin más vacilación.

–Stevie –dijo él con una voz tan ansiosa como la de veinte años atrás–. Tengo que verte.

–Sólo estoy aquí hasta mañana, Sandy. Debo...

–Ya lo sé, niña –le cortó él–. Lo he leído en los periódicos.

–Oye, ya no soy una niña –dijo ella, y lo dijo no del todo en broma.

–No, claro que no... Perdona, Stevie. Recibir un premio en la Casa Blanca, bueno, es muy importante. Estoy orgulloso de haberte conocido.

Calló unos instantes. Stevie estaba nerviosa. Era evidente

que la llamaba para algo más que para felicitarla. ¿Pensaba acaso que todavía era accesible...?

La voz de él interrumpió sus pensamientos.

–Stevie, me gustaría verte. Sé que estás ocupada y que tienes al mediodía la fiesta con el presidente y sabe Dios qué más. Por eso he intentado encontrarte hoy. Déjame ir a verte ahora... Puedo estar allí en diez minutos.

–Sandy, me encanta oír tu voz de nuevo. Pero ha pasado mucho tiempo...

–Eh, Stevie. Estoy felizmente casado y tengo cuatro hijos; el mayor entrará en la Universidad el año que viene. Tienes razón al decir que ha pasado mucho tiempo. En realidad, cuando pienso en el pasado... entre tú y yo... Bueno, siento vergüenza. Supongo que te debo una disculpa.

Si hubiera estado allí, lo habría abrazado. Nunca era tarde para disculparse. No necesitaba a Sandy para recuperar ninguna parte de su respeto propio; lo había hecho por sí misma. Pero la disculpa daba lustre a una zona del recuerdo que había permanecido empañada.

–Gracias, Sandy. Pero sé que hacen falta dos para que pase algo.

–Así que, ¿puedo ir a verte? –insistió–. Sólo necesito veinte minutos, Stevie...

¿Podía ser que su mujer –o uno de sus hijos– necesitase ayuda? Pudo detectar un deje de tribulación en su súplica.

–De acuerdo –convino derrotada, aunque necesitaba desesperadamente dormir. Después de colgar el teléfono, se fue al baño y se lavó la cara con agua fría. La mujer del espejo parecía todavía notablemente joven a pesar de su inacabable batalla con ejércitos de demonios que aparecían con los disfraces más engañosos; las facciones que habían ilustrado las portadas de las revistas de todo el mundo, aún más bellas ahora, estaban mejor definidas por las guerras que había ido ganando con tanto esfuerzo a lo largo de los años. Sin embargo, cuando Stevie miró su reflejo, vio sólo las oscuras ojeras de cansancio alrededor de sus ojos subrayadas por una mueca de vacilación.

Cuando llegó Sandy poco después, Stevie se dio cuenta de que su ansiedad carecía de motivos. Su saludo fue afable, pero militarmente correcto.

–Estás maravillosa –dijo–, tal como te recordaba.

–Gracias –dijo ella aceptando el cumplido en lo que valía–. A ti se te ve más... distinguido –añadió, porque ahora Sandy era la viva imagen de un alto mando privilegiado–. ¿Qué estás haciendo en Washington?

–Cus..., tu padre hizo que me destinaran al Departamento de Marina. No sé si te acuerdas, pero siempre fui el mejor en la administración.

Ella sonrió a pesar de sí misma, porque siempre había visto a Sandy como un esclavo personal del almirante.

–Stevie... –dijo vacilante–, he venido para hablarte de tu padre. ¿Lo has visto últimamente?

–No. –La respuesta fue seca e inequívoca, pero Sandy no se arredró.

–Entonces no sabes...

–¿No sé qué? –lo cortó con impaciencia. Lo último que deseaba en aquel momento era hablar del almirante.

–Stevie, sé que tienes razones para estar enfadada con Cus. Cielos, hubo momentos en que yo mismo le habría roto la cara...

–No es lo mismo –lo interrumpió ella–, y no sabes lo que era. Sin duda puede haber hecho un infierno de tu trabajo, pero no es lo mismo que me hizo a mí.

Sandy asintió.

–Vale..., quizás tengas razón, pero escúchame de todos modos. Stevie, tu padre tenía un gran amor en su vida y era la Marina. Puede que fuera un error, pero es como era: ciento por ciento marino. Custer Knight podría haber llegado a ser uno de los grandes, Stevie, como «Bull» Halsey o Chester Nimitz. Pero había algo en él... peor que el miedo, era como un volcán. Intentaba controlarse, pero era más fuerte que él y, cuando murió tu madre...

Stevie emitió un pequeño lamento de dolor.

–Sandy, ¿por qué me cuentas todo esto? ¿Acaso debo preocuparme después de...?

–Tú decides. Déjame terminar. Stevie, lo dejaron de lado, una y otra vez. En la Marina, como hombre de ideas, estratega y teórico de planificación, habría sido un complemento brillante en el Comité de Jefes. Pero él mismo era su peor enemigo, y nunca lo reconoció. Fue haciéndose cada vez más resentido y amargo. Un día explotó. Fue por una tontería... Su chófer llegó tarde a buscarlo para asistir a una cita, el coche no estaba exactamente como a él le gustaba, limpio y reluciente. El chófer era nuevo..., cometió el error de abrir la boca, y Cus se volvió loco. Le pegó como un poseído y lo envió al hospital por una semana.

–No me parece nada nuevo –dijo Stevie con calma.

–Quizá no lo sea –convino Sandy–, pero los tiempos han cambiado y el Ejército también. La familia del chófer llamó a su congresista y él se fue directo al Departamento de Marina. Tenían a Cus cogido de pies y manos... Al menos una docena de personas habían presenciado los hechos. La Marina no pudo desentenderse, Stevie, esta vez no. Le dieron dos opciones: retirarse o comparecer ante una Corte marcial. Se retiró. ¿Sabes lo que significa esto para Cus Knight? Lo ha perdido todo... –Esperó a que Stevie reaccionara, pero ella se mantuvo callada.

–Bueno –dijo al fin poniéndose de pie–. Me parecía que debías saberlo..., por ti, más que por él.

–Gracias por haber venido, Sandy. Sé que los has hecho con buena intención. Es sólo que... no sé.

Cuando cerró la puerta tras el hombre que había sido su aliado y también su peón en un tipo de lucha diferente, Stevie se puso las palmas de las manos en los ojos y se apoyó en el quicio de la puerta. «¿Por qué debo preocuparme?» se preguntó. ¿Por qué? Sus emociones estaban todavía en carne viva. ¿Por qué demonios tenía que intentar removerlas para encontrar un poco de compasión por el hombre que había estado a punto de destruirla?

El personal de la Casa Blanca se había superado a sí mismo y había rodeado el banquete de los premios con toda la pompa y boato de la mayor sala de la nación. Un guardia de honor que representaba a las tres ramas del servicio se mantuvo en posición de firmes mientras los invitados, miembros de la prensa de Washington y el cuerpo diplomático presentaban sus codiciadas invitaciones a un contingente de hombres del FBI vestidos de negro y entraban luego en la sala de la recepción, donde músicos de la Sinfónica de Washington tocaban una selección de los espectáculos de Broadway.

Dentro había una serie de mesas redondas dispuestas en forma de herradura, cubiertas con un mantel azul y preparadas con la porcelana francesa que había sido legado del presidente Kennedy y la decoración de cestos dorados de flores rojas, blancas y azules. En el centro había dos mesas, una ocupada por el presidente de los Estados Unidos y su familia, la otra por los premiados. Stevie estaba con cuatro hombres y mujeres que iban a recibir el mismo honor: un distinguido científico que había hecho un importante trabajo en el campo de la investigación del SIDA; un venerable autor que había pasado veinte años escribiendo una historia de diez tomos de los Estados Unidos; un alcalde negro que había convertido a su ciudad en modelo de armonía racial; un presidente de empresa que había salvado de la bancarrota a una importante compañía fabricante de automóviles y había preservado así decenas de miles de puestos de trabajo.

Pero, a pesar de estar rodeada de tan distinguida compañía, Stevie encontraba muy difícil concentrarse y conversar. Dentro de su cabeza había un alboroto de voces que hablaban a la vez, que requerían su atención y la lanzaban de un lado a otro. Y, en medio de todas, el eco de la historia que le había contado Sandy, el vívido retrato que había pintado del error definitivo del almirante.

Se comió los manjares que había preparado el *chef* de la Casa Blanca, sonrió mecánicamente cuando alguien le hablaba e intentó responder a las preguntas que le hicieron sobre su trabajo en El Oasis. Miró al presidente cuando se levantó de la mesa, se dirigió al estrado que habían preparado y se colocó delante del micrófono, con el facsímil ampliado del sello presidencial a sus espaldas.

Stevie aplaudió educadamente cuando se destacaron los méritos de los otros premiados y se les entregaron las medallas. Entonces oyó las palabras que reclamaron su atención.

–... y es un gran placer –estaba diciendo el presidente– ofrecer esta Medalla de la Libertad a una mujer cuyos esfuerzos en la lucha contra la drogadicción han sido prácticamente heroicos, cuya incansable labor e inacabable caudal de compasión son motivo de inspiración para todos nosotros..., ¡la señora Stephanie Knight!

Los aplausos llenaron la sala cuando Stevie se levantó de la mesa y se acercó al estrado. Le dio la mano al presidente y recibió la medalla. Manoseó con torpeza los papeles en los que había escrito algunas notas, luego movió la cabeza imperceptiblemente y los dejó a un lado.

—El presidente ha hablado de mi compasión —dijo—, pero quiero aprovechar esta oportunidad para pediros la vuestra. Me gustaría explicaros brevemente cómo es la vida de decenas de millones de norteamericanos que luchan contra la drogadicción.

»Soy hija de una alcohólica —continuó—. En este país hay más de veintiocho millones como yo. La mayoría hemos sido educados con el silencio como norma.

»La gente como yo nunca fuimos niños. Crecimos creyendo que no éramos lo bastante buenos para ser felices. Nunca nos enfrentamos a la realidad, y, por lo tanto, aunque abandonásemos el hogar, nuestras nuevas vidas eran una mentira. Yo me sentía tan avergonzada de ser quien era que intenté ser alguien que no era. Me convertí en drogadicta, como tantos hijos de drogadictos. Mi fantasía se convirtió en realidad..., de modo que me era imposible amar y ser amada.

»Me cuento entre los afortunados. He sobrevivido, cosa que muchos no hacen —siguió con la voz quebrada de emoción al repasar en silencio su propia lista de muertos—. Huí de la fantasía que estuvo a punto de destruirme... y encontré una identidad basada en la verdad. —Stevie se detuvo pensando que ya no tenía nada más que decir, y entonces, como una voz que le parecía no haber oído nunca antes, se puso a hablar de nuevo—: Mediante la verdad —dijo—, el dolor y la rabia engendran libertad. Y finalmente engendran el perdón. Sólo entonces podemos curar nuestras almas heridas...

Mientras agradecía los aplausos y aclamaciones que la rodeaban, sintió el temible peso de la medalla que tenía en la mano, el símbolo de lo que eran El Oasis y Stevie Knight. Si realmente quería ser merecedora del honor que le habían dispensado, le quedaba algo por hacer.

Cuando salía presurosa por el Pórtico Sur de la Casa Blanca oyó su nombre. Se volvió y se encontró con un hombre atractivo de pelo negro y profundos ojos azules; un extraño, le parecía, pero con algo familiar.

–Señora Knight..., soy Carey Walsh. Felicidades por el premio. Por lo que he oído de usted, es realmente merecido. –Con una expresión ciertamente embarazosa, siguió hablando–. La Casa Blanca había invitado a mi madre... Puede decirse que le he quitado el sitio. La historia de la familia Walsh parece ser siempre así, aunque supongo que ya la conoce bien.

–Carey, sé qué pasa entre tu madre y tú. No es precisamente el secreto mejor guardado del mundo... A mí me parece una vergüenza toda esta historia.

–A mí también, pero...

–Pero nada –lo cortó–. Lily Walsh es una de las personas más decentes que he conocido en mi vida. Claro que tiene cosas oscuras, como todos, pero está intentando con todas sus fuerzas superarlas. Creo que está decidida a hablar contigo.

Carey Walsh esbozó una sonrisa irónica y, en su cara, Stevie pudo imaginarse el rostro de Ken Walsh, el hombre al que Livy había amado con todo su corazón y al que todavía lloraba tantos años después.

–La historia me es familiar –dijo él–. Livy ya llegó a casa desde El Oasis llena de buenas intenciones en otra ocasión...

–La gente cambia –repuso con una sonrisa–. A veces necesita un poco de práctica antes de actuar bien. –Miró el reloj–. Tengo que coger un avión, Carey, y no puede esperar..., ya no. Pero te prometo algo. Oirás algo de Livy... y pronto. Cuando lo hagas, intenta recordar que es la única madre que tienes y que tendrás nunca. Es muy triste ser huérfano –añadió con calma–. Te lo dice alguien que sabe lo que es.

Era la última hora del día cuando el taxi dejó a Stevie frente al número 128 de Shady Lane. En la suave luz del crepúsculo, la casa era como ella la recordaba: una casa típica americana que podría haber albergado a una típica familia americana. Antes le había parecido la peor de las cárceles, pero los años habían ido borrando el halo de amenaza y temor que Stevie había sentido siempre de niña.

Tocó el timbre y nadie respondió. Entró dentro, inhalando profundamente sin darse cuenta, como si intentara captar algún aroma familiar, alguna evocación de tiempo y lugar. El ambiente era tibio, casi antiséptico, sin ninguna clave sobre la gente que vivía allí, y a Stevie casi le pareció que había entrado en un territorio desconocido.

–¿Hay alguien? –dijo en voz alta, y, justo cuando giraba para entrar en la sala, apareció una sombra ante ella. Era el almirante... y no lo era. Iba vestido con el uniforme que ya no tenía derecho a llevar. Éste estaba limpio y planchado, pero ya no parecía encajarle. Era como un disfraz que envolvía el cuerpo de un viejo.

Él mostró poca sorpresa ante su presencia. ¿O quizá hubo un ligero resplandor en sus ojos? Por un instante, ella pensó que la echaría, pero se hizo a un lado gruñendo para permitirle que entrara en la sala.

–Supongo que es mejor que entres, ya que estás aquí –dijo con brusquedad. Esperó hasta que Stevie se sentó, un poco dudosa, en la punta de una silla, y luego se sentó al otro lado de la sala. Se miraron uno a otro en la distancia, que era mucho mayor que la extensión de la alfombra.

–Supongo que has venido a regodearte –dijo él por fin.

–No, no he venido a eso. –Su respuesta fue rápida y segura. Sí, hubo un tiempo en que se hubiera alegrado de su desgracia, regocijado con su castigo. Pero ahora...– He venido... He venido porque quiero hacer las paces contigo.

En los lados de su boca apareció un amago de sonrisa.

–Es tarde para hacer las paces –dijo con rudeza. Pero no se levantó de la silla para echarla. Ya era algo, pensó ella, en especial teniendo en cuenta su último encuentro.

–Siento..., siento lo que te ha pasado –dijo sorprendiéndose a sí misma–. ¿Qué vas a hacer ahora?

–Escribir mis memorias. –Rió amargamente–. No estoy preparado para morir... Todavía no.

Stevie oyó el eco de las palabras de Sandy: «Custer Knight habría podido ser uno de los grandes...». Y, en aquel momento, Stevie se sintió tocada por un milagro. Sentía compasión por su padre. Había explicado a muchas mujeres que los padres hacen lo que pueden, pero nunca había pensado que aquello se aplicara al almirante. Y ahora, por primera vez, sospechó que el cruel tirano que ella recordaba ocultaba a un hombre asustado y tullido, aislado y privado de calor humano.

–Te he visto esta mañana en la televisión –dijo él, mirando por la ventana que había detrás de Stevie, como si no fuera capaz de encontrarse con sus ojos–. Supongo que valoras el honor, Stephanie...

Por un instante sintió algo similar a la rabia. ¿Tenía que decepcionarla incluso ahora? Y entonces se dijo a sí misma: «No sabe hacerlo mejor. Si supiera, no estaría sentado en esta casa vacía sin nadie a quien cuidar.»

–Sí –respondió ella–. ¿Quieres ver... la medalla?

Ahora sí que la miró a los ojos.

–Sí. Me gustaría.

Le alargó la medalla en su caja de terciopelo. Lo vio levantarla con reverencia, girarla y leer la inscripción: un hombre que había construido toda su vida sobre los rituales de autoridad para acabar destruido por ellos.

Stevie inhaló aire profundamente.

–Mira. Te he odiado mucho tiempo. Pero creo que ya no tiene sentido. Mentiría si dijera que el pasado no importa, pero... eres el único padre que tengo –siguió, repitiendo lo que había dicho a Carey– y, si a ti te parece bien, podríamos empezar de nuevo.

Calló y esperó un rato que pareció muy largo. Se preguntaba si el viaje habría sido en vano. ¿Odiaba Custer Knight a su única hija hasta el punto de rechazar la pipa de la paz?

El sol ya había desaparecido en el exterior dejando sólo una pálida luz grisácea en la habitación. Stevie se esforzaba por ver la cara de su padre entre las sombras. ¿Qué estaba pensando tan callado, moviendo los hombros como si suspirase?

–Tu madre... –dijo con una voz profunda y baja que parecía flotar por la habitación–, tu madre pensaba en ti al morir. Te quería.

Stevie se levantó y atravesó la alfombra que los separaba.

–Gracias –dijo poniendo una mano en el hombro de su padre–. Gracias por decirme esto.

Cuando Custer Knight dio un suspiro y cerró los ojos, a Stevie le pareció ver el brillo de una lágrima en su mejilla.

–Estoy cansado –dijo él con dificultad, y Stevie comprendió que había llegado el momento de irse.

–Volveré otro día a verte –dijo ella.

Él asintió lentamente con la cabeza. Muy bien, pensó ella, era un principio.

Era ya muy tarde cuando Stevie llegó a El Oasis. Estaba físicamente exhausta y emocionalmente agotada y su único deseo era dejarse caer, vestida, sobre la cama. Pero no podía permitirse descansar, todavía no.

Tras dejar la maleta en sus aposentos privados, salió a los tranquilos pasillos poco iluminados de El Oasis apresurándose hasta llegar a la habitación 118. Llamó ligeramente, entró en la habitación a oscuras y se acercó de puntillas a la cama junto a la ventana. Con suavidad, despertó a la mujer dormida.

Livy Walsh se sentó frotándose los ojos.

–¿Qué..., qué pasa? –preguntó.

Stevie le puso un dedo en los labios y la hizo salir de la habitación.

–Perdona que te moleste –se disculpó–, pero no podía esperar para decírtelo... He visto a Carey en Washington.

–¿Carey? –Livy se despertó del todo al instante–. ¿Has hablado con él, Stevie? ¿Te ha dicho algo?

–He hablado con él... y él conmigo. Oh, Livy, Carey te quiere... Es tanto tu hijo como lo era de Ken... y le gusta tan poco esta guerra como a ti. Está preocupado, Liv... Es un hombre maduro, y todavía le preocupa lo que pasó entre vosotros. Haz las paces con él..., no desperdicies más tiempo.

Liv le echó los brazos al cuello.

–Lo intentaré –dijo con verdadero fervor–, te prometo que lo intentaré.

Stevie se apartó un poco y miró en los ojos marrón claro de su amiga.

–Puedes hacer más que intentarlo –dijo con una sonrisa–. Conociendo como conozco a Livy Walsh, sé que puedes conseguirlo.

A poca distancia, en la oficina de Stevie, había otra viajera que no dormía. Era Deni Vickers, que hablaba por el teléfono de la oficina de Stevie protegida por la oscuridad.

–Seguro que pensabais que estaba loca –decía con los ojos brillantes de excitación–. Seguro que pensabais que la cadena me iba a echar... Supongo que ahora pensaréis de otro modo. Podría decirse que he estado bajo cubierto. –Rió con aire triunfal–. ¿Qué tengo? Tengo unas historias que matarías a alguien para obtener, Frank..., y son todas mías. ¿Quieres un ejemplo? Muy bien, ¿qué te parece esto...? Un par de meses antes de entrar en esta cárcel, Anne estaba tan hecha polvo que llegó a pensar en suicidarse... ¿Qué quieres decir, cómo lo sé? Lo he oído de sus propios labios, explicándolo al grupo. Y esto es sólo una parte, Frank... Tengo el tipo de mierda que no tiene *nadie* más...

Deni calló para dar tiempo a Frank Lester a asimilarlo. Sabía que Frank se moría de ganas de suplantarla. Demonios, no hacía falta ser un genio para darse cuenta; pero Frank no tenía instinto asesino, y esto, en el libro de Deni, lo convertía en un segundón permanente.

–Lo que quiero que hagas –continuó– es que traigas a todo mi equipo aquí mañana. Voy a revelar la historia sobre el terreno, aquí... antes de salir. ¿Qué? ¿Estás loco, Frank? A mí me hace tanta falta El Oasis como pasarme veinte años en Sing-Sing.

Decidida a descansar por fin, Stevie echó una última mirada a su mundo privado. Aunque su ausencia había sido breve, era como un padre extremadamente celoso que necesita asegurarse de que todo ha ido bien cuando él no estaba. Al pasar por su oficina se detuvo y cayó en la tentación de mirar si había algún mensaje importante.

Al girar el pomo de la puerta, Stevie oyó la voz del interior: instintivamente, se detuvo a escuchar. La habitación estaba a oscuras, pero la voz profunda y ronca que hablaba era sin duda la de Deni.

–... haz lo que te digo y yo me ocuparé de lo demás. ¿Lo que pasó en Afganistán? Demonios, estaba cansada, Frank... Tú también lo habrías estado si te hubieras pasado setenta y dos horas sin dormir. Escucha, no tengo tiempo de discutir contigo... Cualquiera que piense que Deni Vickers está loca se va a tener que sentar y escuchar. Espera a que me ponga a hablar de Garretson –dijo riendo–: se quedará sin saber de dónde vienen los palos.

Stevie no pudo soportarlo más. Encendió la luz y entró decidida en la oficina. Encendida de rabia, le arrancó el teléfono a Deni y colgó.

–¿Qué estás haciendo? –le preguntó con una voz fría como el acero.

–Hago mi trabajo, jefa –replicó Deni sin mover un solo músculo, sentada en la silla de Stevie y con sus largas piernas sobre la mesa como si fuera la dueña del lugar.

–Tu trabajo... –repitió Stevie con desprecio luchando por no expresar la protesta que le afloraba a los labios: «Lo dejé por ti, carajo, ¡por ti dejé al hombre que quiero!

–Muy bien –se burló Deni–, dijiste que querías ayudarme, y lo has hecho..., más de lo que te imaginas. Me has dado el billete de vuelta, Stevie. Estoy muy, muy agradecida.

–¡Se acabó, Deni! ¡Te irás de aquí... mañana a primera hora!

Con una fuerza nacida de una rabia consumidora, Stevie agarró a Deni por el brazo, la arrancó de la silla y la arrastró fuera de la oficina.

–¡Déjame! –chillaba Deni–, ¡déjame, demonios! ¡Te juro que me las pagarás, Stevie! ¡Voy a explicar al mundo lo nazi que eres!

Pero Stevie no la escuchaba mientras la empujaba por el pasillo; sólo la soltó cuando llegaron a la habitación que había ocupado Deni. Cogió la bolsa del armario y la tiró sobre la cama y luego se puso a sacar todas las cosas de Deni de los cajones y estantes y a lanzarlas a la bolsa. «Calma» le decía la voz de la razón, «tómatelo con calma, estás fuera de quicio». Pero Stevie no parecía poder evitarlo. En su impaciencia, se cayó la libreta de notas de Deni y, al agacharse a recogerla, vio el nombre de Kanda Lyons.

Deni intentó arrebatársela; aquello fue razón suficiente para que Stevie la apartara... y mirara su contenido. Las notas estaban escritas con prisas, con una letra pequeña y apretada o grande y extendida..., pero Stevie pudo leer perfectamente... las horribles insinuaciones, el periodismo sórdido y barato que detestaba, construido alrededor de los secretos privados no sólo de Anne sino de media docena de mujeres famosas, incluyendo a Livy y Kanda.

–No tienes derecho a mirar mis notas –dijo Deni desafiante con las manos en las caderas en actitud de reto.

–¡Tengo todo el derecho! Y pienso destruir de inmediato esta basura...

–Adelante, jefa, tengo todo lo que necesito aquí –dijo Deni riendo y señalándose la frente–. Tengo todo lo que necesito para revelar las historias más grandes de mi carrera... Demonios, cuando termine, nadie va a recordar por qué vine aquí... No lo harán después de oírlo todo sobre tus queridas y preciadas viajeras.

Stevie escuchaba con horror creciente mientras Deni desvariaba explicando que no sería sólo escándalo sino una serie completa.

–Quizá deje fuera a Livy Walsh... Prefiero no tenerla como enemiga... Además, todo el mundo sabe que es una borracha..., pero el resto, me parecen todas presas fáciles.

–¡Dios mío –dijo Stevie–, no has aprendido nada, ni una sola cosa! ¡Ni sobre ti ni sobre nada!

–Claro que sí..., he aprendido quién soy, jefa. ¡Soy Deni Vickers, y pretendo que el mundo no olvide nunca este nombre, ni un solo instante!

Contra el peligro, Stevie intentó atacar a ciegas.

–Si usas esa porquería –dijo agitando la libreta en la cara de Deni–, si lo usas, yo...

–¿Tú qué, jefa? –se burló Deni–. ¿Me vas a pegar en la mano con la regla? ¿Me mandarás a la cama sin cenar? Entérate, Stevie, estás perdida..., como todas las mujeres que voy a denunciar.

–¡También te denunciarás a ti misma entonces! Si te atreves a hacer daño a alguien, Deni, estás arruinada... ¡Yo me encargaré de ello!

–No lo harás –dijo Deni apagándosele la sonrisa al observar a su adversaria–. Lee dijo que podía confiar en ti...; supongo que el muy cabrón me mintió.

–No te atrevas a hablar de Lee de este modo –explotó Stevie–, es mucho más de lo que mereces... Es... –se reprimió rápidamente, pero el mal ya estaba hecho.

Los ojos color topacio de Deni se estrecharon, y, por un instante, pareció un tigre dispuesto a atacar.

–Tú –masculló–, eres tú... la mujer de la que no hablaba nunca...

Stevie no pudo negarlo.

–Me habéis puesto en ridículo –acusó Deni con la voz teñida de rabia–, los dos... simulando que querías ayudarme cuando lo que querías era quedártelo para ti. ¿Ibas a intentar tenerme encerrada para siempre, jefa? ¿Es esto...?

–No es así –la cortó Stevie–. Lee te quiere...

–¡Cállate! –gritó Deni–, ¡cierra tu sucia boca y sal de mi habitación!

La empujó fuera por la puerta y cerró ésta de golpe. Un momento después, la expresión de rabia de Deni fue reemplazada por una sonrisa de gato Cheshire. «Espera a mañana» pensó. «Que la bruja se piense que me echa. Mañana me vengaré de la gran y poderosa Stevie Knight.» Cuando Deni Vickers acabase con El Oasis, nadie importante volvería a poner allí los pies.

El enfado de Stevie se había disipado ya cuando llegó a su habitación, y, en su lugar, había aparecido una sensación de fracaso personal. Se dejó caer en la cama e intentó desesperadamente pensar. No importaba lo que sintiese hacia Deni: no tenía derecho a perder el control, a expulsarla en un ataque de rabia, a amenazarla. Pero ¿qué iba a hacer ahora cuando se estaban jugando muchas cosas más que su propia felicidad? Si los actos de Deni en el pasado servían de referencia de algún tipo, haría exactamente lo que había prometido... y destruiría la vida de mujeres que habían confiado en la inviolabilidad de El Oasis. Deni ascendería a cualquier precio, basaría sus niveles de público en la congoja de otras sin pensarlo dos veces.

¿Y no demostraba esto la terrible confusión de Deni?, se preguntó Stevie. Recordaba muy bien la época en que ella misma estaba enfadada y confusa, dispuesta a golpear a cualquiera que se le pusiese a tiro. Tengo que insistir, pensó Stevie. Ha de haber un modo de llegar a ella, aunque todavía no lo haya encontrado.

A las diez de la mañana siguiente, El Oasis estaba sitiado, rodeado de hordas de periodistas de televisión y prensa con sus coches y camionetas obstruyendo el camino de entrada, con sus cámaras y equipos firmemente plantados en las entradas e imposibilitando que nadie entrase o saliese sin ser sometido a un bombardeo de preguntas.

Movilizada al instante por la amenaza de peligro, Stevie les hizo frente. Como un pionero americano de antaño, se enfrentó con bravura a sus atacantes e intentó echarlos.

–Esto es propiedad privada –dijo–, y no tienen derecho a

entrar aquí. No habrá entrevistas ni declaraciones... ¡Venga, carguen todo el equipo y fuera!

–¿Es verdad que Anne Garretson es una de sus pacientes? –gritó un periodista.

–No pienso comentar con ustedes nada de mis viajeras. Si no desaparecen en quince minutos, llamaré a la policía.

La amenaza cayó en oídos sordos. Era una cantinela que todo periodista maduro había aprendido a pasar por alto. Una minicámara de televisión se acercó a Stevie.

–¿Es verdad que Anne Garretson intentó suicidarse antes de venir aquí? –le preguntó Frank Lester–. ¿Es verdad que su matrimonio hace agua?

Escondida al abrigo de un árbol cercano, Deni Vickers temblaba de rabia, sacudida por el amargo sabor de la traición. Aquél debía haber sido su momento, su espectáculo, y ahora se había convertido en un circo de periodistas, con Frank Lester, aquel cabrón asqueroso y taimado, como jefe del grupo. Muy bien, pensó Deni, quizás había sido un error haber tenido contemplaciones con Frank, pero ahora parecía que sería ella quien debería terminar el trabajo. Sin Deni Vickers, sin la información que ella tenía del interior, Frank no tenía nada. Deni podía coger el siguiente avión a Nueva York..., dejar a todos aquellos payasos en el polvo, mientras ella sola revelaba la historia. Deni Vickers volvería a estar en la cima... y Frank en el paro.

Desde su refugio en el interior de El Oasis, Anne contemplaba con terror creciente cómo su peor pesadilla se convertía en realidad. Stevie parecía estar librando una batalla perdida. Contra sus súplicas y amenazas, los periodistas eran como un grupo de perros salvajes oliendo la sangre..., la sangre de Hal. Y los despedazarían, a él y a ella, hasta que no quedara nada.

–No se van a ir –le dijo a Kanda–. No me dejarán nunca en paz.

–Entonces, ya puedes empezar a salir, chica –le dijo Kanda–. Deja de esconderte como un conejo asustado.

–Pero entonces sabrán... –dijo Anne casi en un murmullo–. Lo sabrán todo...

–No sabrán una mierda –replicó Kanda con desprecio–,

pero seguro que lo inventarán, tanto si tú les hablas como si no. Demuéstrales quién eres, Anne. Demuestra tu orgullo –la alentó poniéndole el brazo alrededor del cuello.

Aquel gesto desencadenó un recuerdo... de otra mujer, una mujer importante y poderosa que había intentado compartir con ella su fuerza, que la había alentado a luchar contra una adicción que gobernaba su vida.

–No te avergüences de ser quien eres –siguió Kanda–. Yo sé lo que es eso... Te come por dentro, te hace sentir que no eres nada... No te hagas esto a ti misma, Anne. Sal ahí fuera y muéstrales a esta gente cómo es una primera dama *real.*

–No sé si puedo.

–Claro que puedes. Sólo da un paso después del otro, uno cada vez.

Y, por primera vez desde que había empezado la campaña política de Hal, Anne Garretson tomó una decisión política por sí misma. Se enfrentaría a la prensa... sola.

Las dos mujeres atravesaron la puerta arqueada y salieron al implacable escrutinio de cientos de ojos. Cuando Stevie vio a Anne, alargó el brazo en un gesto protector, como si quisiera ocultarla de la explosión de *flashes* y el clamor de las voces.

–No pasa nada, Stevie –dijo Anne con una calma que contrastaba con el nudo de temor frío que sentía en el estómago–. Esta gente ha venido a verme a mí... Déjame contarles mi historia y que se vuelvan a sus casas.

Su aparición desencadenó un bombardeo de preguntas. Anne levantó la mano como le había visto hacer a Hal tan a menudo. El gesto exigía silencio y Anne dejó claro que no hablaría hasta que lo tuviera. Milagrosamente, las voces clamorosas se callaron.

–Señoras y señores de la prensa –dijo–, mi nombre es Anne Farrell Garretson y soy una drogadicta..., una drogadicta en recuperación gracias a Stevie Knight y El Oasis. Esto me hace igual a decenas de millones de norteamericanos, pero con una diferencia...: mi marido es un personaje público. En el pasado, muchos de vosotros habéis informado de sus éxitos. Espero que no cedáis ahora a la tentación de mancillar su buen nombre por culpa de una historia.

»Pero, si lo hacéis –continuó con voz cada vez más potente–, confío en que el público norteamericano os demuestre vuestro error. El senador Hal Garretson seguirá luchando por aquello en lo que cree... ¡y yo también! Mi batalla contra las drogas está sólo empezando –dijo, expresando una idea que se le había ocurrido hacía un rato–. Trataré de montar una campaña yo misma contra una epidemia que destruye vidas y familias enteras. Trataré de compartir mi experiencia con la gente... para establecer programas educativos en escuelas y Universidades...

Cuando Anne terminó su declaración, respondió a media docena de preguntas, declaró terminada la rueda de prensa y volvió al refugio de El Oasis. No miró atrás. Había dicho que su matrimonio era fuerte y sano; confiaba en que fuera verdad. Esperaba que Hal se sentiría orgulloso de ella, pero, si no...; bueno, también tendría que enfrentarse a este problema.

–Anne... –gritó una voz. Era Livy, con la mano en alto.

–Me saco el sombrero –le dijo–. Diga lo que diga o haga lo que haga esta gente, te prometo que el *Chronicle* te apoyará al ciento por ciento.

–Gracias, Livy –dijo Anne aceptando la mano ofrecida–. Te agradezco tu apoyo... y estoy segura de que Hal también lo hará.

–No necesito agradecimientos. Tú has hecho la parte difícil, Anne. Todo lo que voy a hacer es informar con justicia.

Sola entre las sombras, con su bella cara torcida en una rabia consumidora, Deni veía sus esperanzas convertidas en cenizas. La habían dejado en ridículo..., aquellas perdedoras de El Oasis la habían dejado en ridículo; le habían robado su historia y le habían arruinado la oportunidad de demostrar que Deni Vickers no había perdido el juicio. Si Black Jack levantara la cabeza, se avergonzaría de ella por haber dejado que aquella zorra, Stevie Knight, se llevara los laureles... después de haberle robado a su hombre. Nadie había ridiculizado a Black Jack Vickers... y, por todos los santos, nadie iba a ridiculizar a su hija.

«Gracias a Dios que ha terminado» pensaba Stevie mientras se quitaba los zapatos y se tumbaba en la cama. Se sentía como si le hubiera pasado por encima una división entera de tanques... pero Deni había hecho lo peor y Anne Garretson había sobrevivido. Y El Oasis también, aunque Stevie se había pasado horas intentando calmar y tranquilizar a las otras viajeras, temerosas ahora de que sus secretos más personales pudieran aparecer en primera plana... o ser oídos en el principal telediario. Pero el problema no había terminado. Había perdido a Deni.

Oyó que llamaban a la puerta, y, al abrirla, fue alzada por un par de brazos robustos y besada hasta quedarse sin respiración.

–Lee –susurró sin creer a sus sentidos–. ¿Qué demonios estás haciendo aquí? Pensaba que...

–Te equivocabas –dijo él con un gesto decidido en la barbilla–, los dos nos equivocábamos. Desde que me echaste, he estado intentando imaginarme la vida sin ti. Cuando he visto esta mañana lo que estaba pasando en El Oasis, he cogido el primer avión. He pensado que podías necesitarme y que, esta vez, no te iba a decepcionar. ¿Cómo demonios ha ocurrido, Stevie? ¿Ha sido Deni?

Stevie asintió con la cabeza.

–Lo siento tanto, Stevie... Tengo la sensación de que todo ha sido culpa mía por haberla hecho venir aquí.

–No es culpa tuya... Mi trabajo es ayudar a gente como Deni. Si hay algún culpable, soy yo... Esta vez no hice bien mi trabajo, así de simple. Tuvimos un encuentro terrible. Perdí el control, y...

–Debía de haber una razón –la cortó él–. Te conozco, Stevie... Debía de haber una razón.

–No importa –dijo ella con reticencia a revelar lo mucho que la había provocado–. Lo importante es que tengo que encontrar el modo de recuperarla. Tengo que empezar de nuevo...

–Cállate –le ordenó con suavidad–. He venido a hablar de nosotros, no de Deni. Nos ha costado tanto tiempo encontrarnos... ¿Por qué permitimos que dirija nuestras vidas alguien que no tiene remedio?

Stevie movió la cabeza.

–No puedo aceptarlo, Lee. Si me rindo con Deni, sería como..., como aceptar que no tiene solución, después de haberme pasado la vida intentando demostrar que *nadie* es un caso imposible. Sólo tengo que seguir intentándolo hasta que encuentre el modo de llegar a ella. Tengo que... –Se detuvo a media frase, con los sentidos repentinamente alertados por la conciencia de que estaba ocurriendo algo extraño.

Un momento después, la calma de la noche fue quebrada por el lamento agudo y penetrante de un detector de humo. Instantáneamente movilizada por la amenaza de un peligro físico, Stevie cogió el teléfono y marcó el número de urgencias.

–Tenemos fuego en El Oasis, en el ala oeste, creo. Salgo ahora a investigar pero será mejor que manden ayuda de inmediato.

–Quédate aquí –le dijo a Lee.

–Ni hablar... Voy contigo.

–No, te necesito aquí. Mi gente llegará en un minuto... Diles que formen tres equipos y hagan un reconocimiento de las alas norte, sur y este... y que evacuen a todas las viajeras si hay la más mínima traza de fuego.

Y, con estas palabras, Stevie salió corriendo hacia la sirena que sonaba. «Por favor, Dios mío, que no sea nada más que un cigarrillo quemándose en una papelera, nada peor que esto.» Se empezaban a abrir puertas, mujeres medio dormidas salían al pasillo.

–¿Qué demonios pasa? –preguntó la estrella de cine Jennifer Halliday cerrándose la bata con ribetes de maribú alrededor del delgado cuerpo–. ¿Es un simulacro de incendio en medio de la...?

–No es un simulacro –intervino Stevie–. Tenemos fuego en esta ala y pronto lo habremos apagado. Quiero que mantengáis la calma. Coged algo para cubriros e id hacia la salida más cercada.

Al ver a Livy Walsh, Stevie la apartó a un lado.

–No sé el alcance del fuego, Livy... Quiero que te asegures de que todas las habitaciones de esta ala están vacías. No dejes que nadie pierda tiempo recogiendo sus cosas.

–Vale –dijo Livy con una disciplina de escuela parroquial similar a la de Stevie. Y, sin dudar ni un segundo, empezó a abrir puertas y a envolver a las ocupantes medio dormidas en jerséis y chaquetas... señalándoles la salida más cercana.

Pasado el gimnasio, Stevie notó que el olor a quemado era más fuerte y penetrante y, cuando llegó a la cocina, vio las nubes negras e hinchadas de humo y el fuerte olor a grasa. Arrancó un extintor de la pared y abrió de par en par la puerta que llevaba al área de cocina. Un muro de llamas descontroladas la obligó a echarse atrás medio asfixiada en busca de aire. ¿Cómo podía haber ocurrido aquello? Era como si alguien lo hubiera regado todo con aceite.

Un momento después, Stevie estaba rodeada de tres miembros del personal del comedor en distintos grados de desnudez, dispuestos a luchar contra el fuego.

–No –les dijo–, es demasiado peligroso... Acordonad el área hasta que lleguen los bomberos. Y, por el amor de Dios, manteneos lejos de la cocina.

De pronto estalló otra alarma en el ala adyacente y su agudo lamento llenó a Stevie de terror. Mientras corría hacia el sonido, pudo ver entre las nubes de humo una figura espectral con un nimbo de pelo rojo tras ella. Stevie se frotó los ojos intentando ver con mayor claridad, pero la figura había desaparecido. Al volver la esquina, Stevie se encontró con otro muro de llamas, una hoguera de colchones y sábanas que salía de un cuarto de almacén y obstruía el pasillo llenando el aire del olor del aceite quemado. Forzada a dar media vuelta, Stevie giró y casi chocó con Kanda Lyons, que corría en dirección al fuego sin nada más encima que una camiseta grande.

–¿Adónde vas? –le gritó Stevie agarrando el brazo de la cantante–. ¡Quiero que salgas de aquí de inmediato!

–No sin Anne –dijo Kanda tratando de liberarse.

–¡Anne no corre peligro, mierda, está en el ala sur! Ahora no te quedes aquí discutiendo conmigo. ¡Sal afuera!

Como para contradecir sus palabras, la alarma del ala sur estalló. Kanda se liberó y corrió a salvar a su amiga, con Stevie detrás.

La distancia a la habitación de Anne era sólo de unos cien metros, pero parecieron tardar una eternidad en llegar, llamándola, gritando su nombre entre el alboroto de las alarmas.

–¡No está aquí! –gritó Kanda.

–¡Ya debe de estar fuera! –respondió Stevie también gritando–. ¡Todo el mundo debe de estar fuera!

–¡Tengo que asegurarme!

Stevie corrió hacia el baño de Anne y empapó de agua dos toallas.

–Toma –le dijo alargándole una a Kanda–, cúbrete la cara y comprobaremos todas las habitaciones.

Luchando contra el humo que amenazaba con envolverlas, Kanda y Stevie se abrieron camino por el pasillo gritando el nombre de Anne.

–¡Aquí no hay nadie! –gritó Stevie... y justo entonces volvió a ver la figura espectral. El reconocimiento la golpeó con la fuerza de un martillo contra el pecho. ¡Era Deni! Con la cara oscurecida de humo, atravesaba todas las esquinas de El Oasis como un ángel oscuro dejando una estela de destrucción y temor. Por un terrible momento, Stevie casi sucumbió a la fuerza del odio que intentaba consumir todo lo que ella había construido. Pero no tenía tiempo para debilidades: la seguridad de sus viajeras estaba en juego. Cogiendo a Kanda de la mano, Stevie corrió decidida hacia una salida. Abrió la puerta y casi se tiró fuera para respirar en grandes bocanadas el aire frío y limpio del desierto. Luego, antes de que nadie pudiera detenerla, Stevie volvió a entrar en el edificio.

Tenía que encontrar a Deni. ¿Pero dónde? Había docenas de cuartos de almacenamiento llenos de material inflamable... ¿Dónde golpearía ahora Deni?, se preguntaba avanzando de memoria entre el calor abrasador con la toalla húmeda en la cara. Tenía los pulmones como papel de lija y los ojos hinchados, pero seguía adelante. Y entonces vio a Deni unos metros más allá, con una lata de metal, acercándose al armario de medicinas como si fuese sobrehumana, inalcanzable por el fuego y el humo.

Stevie avanzó a trompicones, llamándola, y Deni se detuvo un instante. Stevie alcanzó a oír el sonido de su ronca carcajada antes de que la lata volara por los aires y la golpeara.

Mientras el sonido de la alarma señalaba la llegada de los bomberos locales, Lee se paseaba por las hileras de viajeras y personal buscando desesperadamente en cada cara la que le era más querida. «Dios mío» pensaba, «no está aquí. ¡Stevie no está!» La entrada principal de El Oasis estaba llena de llamas, y, mientras los bomberos bajaban del autobús, Lee se dio cuenta de que no había un minuto que perder. Cubriéndose la cabeza con la chaqueta, se lanzó contra una ventana haciendo caso omiso de los pedazos de vidrio que le cortaban la cara.

Rezando como no lo había hecho jamás, Lee penetró en el infierno. El calor y el humo eran como en Vietnam, pero ahora no era sólo a un colega al que tenía que salvar: era a la mujer que quería como a la propia vida.

Entre la algarabía de sirenas y voces de mando, los apagados gritos de ayuda que salían del armario pasaban inadvertidos. En la urgente batalla por reducir las llamas, nadie oyó los golpes en la puerta, los intentos desesperados de correr el pestillo que había sido cerrado. A medida que el aire se iba haciendo más venenoso y mortal, los golpes se fueron debilitando y los gritos de socorro apagando..., hasta que se pararon para siempre.

Grises dedos de humo acre y espeso emborronaban el alba del desierto: un triste recordatorio de la locura final de Deni. Y, mientras contemplaba la destrucción que Deni había propiciado, Stevie sentía una lástima profunda, una extraña solidaridad con aquella alma torcida que se había consumido de odio.

Envueltas en mantas para protegerse del aire frío de la mañana, las sobrevivientes estaban reunidas alrededor de Stevie como si fuera todavía su pastora. Pero, en su actitud, había algo protector y preocupado, porque todas sabían que, para Stevie Knight, El Oasis era algo más que un trabajo; había sido toda su vida.

Viendo la cara macilenta de Stevie, malinterpretando quizás su expresión de desolación, Livy se acercó a ella y murmuró:

–Parece peor de lo que es, Stevie. He hablado con los bomberos... La estructura básica no ha quedado afectada. Se podrá reconstruir todo en un par de meses. Te prometo un millón y medio de la Fundación Walsh. Puedo conseguir el dinero la semana próxima...

–Puedes contar conmigo, también –dijo Lee abrazando a Stevie, como si no pensara alejarse jamás de su lado–. Sé que este lugar lo significa todo para ti...

Stevie lo miró con una mirada nacida del pesar y clara como la verdad.

–No –dijo con calma–, todo no. El Oasis es importante, pero no es todo para mí, Lee..., ya no. Lo reconstruiremos, empezaremos de nuevo. Pero antes de perderme en mi papel de misionera otra vez, tengo otro tipo de promesa que cumplir...

Los ojos de Lee le hacían silenciosamente la pregunta.

–Una promesa de amor –dijo ella.

Y, cuando él la envolvió en un beso tierno y largo, ella cedió a una tentación más: la tentación de su corazón, una tentación que sabía que nunca tendría motivos para lamentar.